국토탐방 下(하권)

오이환 지음

지은이 오이환

1949년 부산에서 출생하여, 서울대학교 철학과를 졸업하였다. 동 대학원 및 타이완대학 대학원 철학과에서 수학한 후, 교토대학에서 문학석사 및 문학박사 학위를 수여받았다. 1982년 이후 경상대학교 철학과에 재직해 왔으며, 1997년에 사단법인 남명학연구원의 제1회 학술대상을 수상하였고, 제17대 한국동양철학회장을 역임하였다. 주요 저서로는 『남명학파연구』 2책, 『남명학의 새 연구』 2책, 『남명학의 현장』 5책, 『해외견문록』 2책, 『동아시아의 사상』, 편저로 『남명집 4종』 및 『한국의 사상가 10인—남명 조식—』, 교감으로 『역주 고대일록』 3책, 역서로는 『중국철학사』(가노 나오키 저) 및 『남명집』, 『남명문집』 등이 있다.

국토탐방 下(하권)

© 오이환, 2014

1판 1쇄 인쇄__2014년 08월 05일
1판 1쇄 발행__2014년 08월 15일

지은이__오이환
펴낸이__홍정표
펴낸곳__글로벌콘텐츠
　　　　등록__제25100-2008-24호
　　　　이메일__edit@gcbook.co.kr

공급처__(주)글로벌콘텐츠출판그룹
　　　　대표__홍정표
　　　　이사__양정섭
　　　　편집__노경민 김현열 김다솜　디자인__김미미　기획·마케팅__이용기　경영지원__안선영
　　　　주소__서울특별시 강동구 천중로 196 정일빌딩 401호
　　　　전화__02-488-3280　팩스__02-488-3281
　　　　홈페이지__http://www.gcbook.co.kr

값 28,000원
ISBN 979-11-85650-41-8 04810
　　　　979-11-85650-39-5 04810(set)

국토탐방

하권

오이환 지음

글로벌콘텐츠

머리말

이 책은 나의 일기 중에서 국내 여행과 등산에 관한 부분을 발췌하여 편집한 것이다. 등산이라면 해외에서 한 것도 더러 있고, 여행이라면 연구와 관련하여 현장 답사 및 자료 수집을 목적으로 한 것도 있지만, 그것들은 이미 『남명학의 현장』 및 『해외견문록』에 포함되었으므로 대체로 생략하였다. 그러므로 이 책에 수록된 것은 국내에서 연구 이외의 목적으로 행한 일반적인 것에 한정된다고 할 수 있다. 이즈음은 여행이나 등산 안내서가 제법 출판되어 있지만, 이것은 타인을 위한 것이 아니라 순전히 개인적 경험의 기록이란 점에서 그런 것들과는 좀 다르다.

나는 일기를 쓰기 이전부터 답사 성격의 주말여행을 계속하고 있었다. 그런 답사가 대충 마무리 지어진 이후로는 자연스럽게 취미를 목적으로 한 여행으로 성격이 바뀌었다. 우리나라 국토의 대부분이 산지이고, 이제는 그 산들이 모두 녹화되어 동네 뒷산조차도 아름답지 않은 곳이 없으므로, 내 여행의 주된 대상도 자연히 산으로 옮겨져 갔다. 그리고 해외여행이 자유로워진 이후로는 교직에 몸을 담고 있는 까닭에 여름과 겨울의 긴 방학을 이용하여 일 년에 두 번 정도씩 바다 건너로 바람 쐬러 다니게 되었다. 또한 2007년에 내가 살고 있는 진주 근교의 산 중턱에 4천 평 가까운 농장을 소유하게 된 이후로는 매주 토요일은 그리로 가서 시간을 보내게 되었다. 그리하여 토요일은 농장, 일요일은 등산, 방학에는 해외여행을 떠나는 것이 내 생활의 패턴으로서 자리 잡게 된 것이다.

옛 사람들의 문집을 보면, 자연을 찾아 여행이나 등산을 떠난 기록이 자주 눈에 띈다. 교통이 발달되지 않았던 그 당시의 여행은 지금처럼 쉽지 않았을 터이므로, 보통 사람이 하기 힘든 경험이라 기록해 둘 만한 가치가 충분히 있었을 것이다. 국내의 여행도 그다지 쉽지 않았을 터인데, 하물며 해외유람이겠는가! 이러한 기록들을 통해서 우리가 확인할 수 있는 것은 여행이나 등산이란 당시로서는 선비의 고상한 취미의 일종으로 간주되고 있었던 점이다. 그런데 지금은 등산이 우리나라 국민 스포츠로서 선비의 부류뿐만이 아닌 일반대중의 가장 보편적인 취미생활로 되어 있는 것이다.

내가 살고 있는 진주는 그다지 크다고 할 수 없는 지방도시이지만, 그 숫자도 파악하기 힘들 정도로 수많은 산악회가 존재하고 있다. 그러므로 얼마나 많은 사람들이 산에 오르고 있는지 미루어 알 수 있다. 과거에 우리나라는 산이 많고 평지가 적어 국토가 척박한 것을 한탄한 적이 있었다. 그런데 그러한 국토가 이제는 축복이 되었다. 아무 산에 올라보아도 사람이 다닐 수 있을 만한 곳에는 어김없이 색색의 등산 리본이 매어져 길을 안내하고 있고, 대체로 적지 않은 사람들을 만날 수 있다. 그 산지가 이제는 공원이 되었고, 또한 이용률이 매우 높음을 알 수 있는 것이다.

미국에는 각지에 삼림보호구역이 많다. 그것들이 대체로 시민공원의 역할을 하는 것이지만, 우리나라의 산처럼 광대하고 녹지가 풍부하지는 않다. 웅장한 경치를 가진 국립공원도 적지는 않지만, 일반인이 사는 곳은 삼림보호구역을 제외한다면 대체로 종일을 가도 끝이 없는 평원이거나 사막일 따름이어서 단조롭기 짝이 없다. 독일은 녹지가 많은 것으로 이름난 나라이지만, 그 국토의 대부분이 평지이고 녹화의 비율 역시 우리나라 정도는 아니다. 최근에 여행한 이스라엘은 6일 전쟁으로 점령한 땅까지 합하면 우리나라의 경상남북도를 합한 정도의 면적인데, 그 영토의 대부분이 사막이거나 사막에 준하는 것이었다. 그러나 우리나라는 어디를 가도 산이 있고, 강이 있고, 바다가 있으며, 사계절이 뚜렷하여, 실로 아기자기하고도 다채로운 국토를 지녔음을 외국에 다녀볼수록 더욱 느끼게 된다.

지금은 도로와 교통이 발달하여, 남한 땅 어느 곳이라도 대체로 하루

만에 다녀올 수 있는 1일 생활권으로 되어 있다. 또한 우리나라의 산들은 크게 높은 것이 별로 없어 하루 이틀이면 즐기다가 오기에 족하다. 그러므로 나는 이 국토 전체를 내 집 정원처럼 생각하고, 또한 세계를 무대로 노닐기에는 등산으로 치자면 베이스캠프에 해당하는 것쯤으로 여기고 있다. 등산 활동을 통해 전국 방방곡곡을 구석구석 누비고 다닐 수 있으므로, 등산 자체가 일종의 여행이라고도 할 수 있다.

이즈음은 어느 산악회든 이른바 1대간 9정맥을 답파했고, 심지어는 그 기맥까지 대부분 다녀왔다는 사람들을 더러 만날 수 있다. 나 자신도 백두대간 정도는 대체로 다녀보았고, 정맥도 더러 다닌 것이 있지만, 그 어느 것도 완전히 답파한 것은 없다. 또한 등산을 다니기 시작한 지는 이제 이십 년 정도의 세월이 지났지만, 아직도 능력 면에서는 초보자의 수준에도 미치지 못하는 점이 있다. 그리고 보면 나는 등산의 경험이나 능력 면에서 아직 남에게 내세울 만한 것이 별로 없다. 그러나 나로서는 학문의 경우와 마찬가지로 특별한 일이 없는 한 매주의 주말이면 아직 가보지 못한 곳을 향해 떠나는 일종의 탐험을 해 왔을 따름이며, 또한 그것으로 만족하고, 앞으로도 신체적 능력이 미치는 한도까지 그렇게 여생을 보내려 하고 있다.

2014년 4월 30일
오이환

목 차

1월

12 (일) 맑음 -보성 오봉산, 율포 해수녹차탕

서민산악회를 따라 전남 보성군 득량면에 있는 五峰山(392m)과 율포 해수탕에 다녀왔다. 오전 8시 30분까지 옛 장대파출소 건너 경남스토아 앞에 집결하였는데, 참가자가 많아 대절버스 한 대로는 부족하여 한 대를 더 부르노라고 출발 시각이 반시간 정도 지체하였다.

남해·호남고속도로와 전남의 국도 2호선을 따라 순천·벌교를 거쳐 보성군 득량면으로 접근한 다음, 최대성 장군 유적지라는 곳에서 옆길로 접어들어 기남마을을 지나 해평저수지 위쪽의 주차장에 도착하여 하차하였다. 최대성은 보성군 겸백면 출신으로서, 임진왜란 당시 훈련원정의 신분으로 이충무공의 막하로 들어가 한후장이 되어 남해의 곳곳에서 승첩을 거두는데 공을 세웠고, 정유재란 때는 관군의 와해로 호남 일대가 도탄에 빠지자 향병을 모집하여 광양·순천·고흥 등 곳곳에서 왜군과 접전을 벌이던 중 이곳에서 왜적의 비탄을 맞아 그의 나이 45세 때 전사하였으므로, 그가 숨진 득량면 삼정리 삼거리에다 1992년부터 치적을 기리기 위한 사당 건축을 시작한 것이라고 한다.

저수지의 주차장에서 조금 산길을 올라가니 머지않아 바위 봉우리 몇 개가 뾰족하게 늘어선 칼바위(340m)에 이르렀다. 나는 가파른 바위를 기어올라 칼바위 꼭대기까지 올라가 보았으나, 아내나 다른 일행은 대체로 아래에서 쳐다보았을 따름이었다. 칼바위 부근에서 비교적 완만한 능선 길을 따라 한참 걸어 오봉산 정상에 도착하였는데, 이 산은 칼바위와 정상 등 곳곳에 형성된 너덜지대에 쌓여있는 돌들이 여느 너덜과 달라 모두가 널찍하고 반듯반듯하였다. 한 때 이 부근 주민들은 여기서 나오는 구들로 생계를 유지할 수 있었다고 할 만큼 질 좋은 구들감이 많은 곳이라고 한다.

이 오봉산은 우리 집 뒤편의 망진산 정도 규모 밖에 안 되는 야산이지만, 그래도 한민족의 아픔이 서려 있는 곳이다. 1949년 10월 초 빨치산 보성지구 부대는 보성경찰서를 습격하려다 사전에 정보를 입수한 경찰의 매복에 걸려 전투 끝에 100여 명이 군경저지선을 뚫고서 오봉산으로 도망쳤으나, 뒤쫓아 온 군경들에게 다시 발견돼 격렬한 전투를 벌였고, 결국 빨치산 잔당들은 30여 명의 사상자를 낸 뒤에야 오봉산을 벗어날 수가 있었다고 한다.

정상의 반석 위에 걸터앉아 아내와 둘이서 점심을 든 다음 용추폭포 쪽으로 하산하였다가, 폭포에서 골짜기를 따라 난 길로 오전의 하차 지점까지 되돌아왔다. 이 협곡 양쪽에 커다란 암벽과 바위 봉우리들이 늘어서 있어 그런대로 경치가 볼만하였다.

하산을 완료한 후, 대절버스로 보성만에 면한 율포해수욕장에 들러 두 시간 정도 머물면서 보성군이 운영하는 해수녹차탕으로 목욕을 하였다. 목욕탕은 붉은색 4층 건물에 2층이 여탕이요 남탕은 3층인데, 단체 요금 1인당 4,500원을 내고서 안으로 들어가 보니 여느 사우나탕과 별로 다를 바가 없으나, 한쪽 벽면은 온통 유리로 되어 있어 바다에 면해 있고, 실내에는 지하 150m의 암반에서 끌어올린 지하해수를 데운 물로 냉탕·온탕 등을 마련한 데다 사우나도 있었으며, 전국 최대의 녹차 주산지인 지역적 장점을 살려 녹차 엑기스로 탕을 만든 것도 있었다. 각 탕을 번갈아 오가며 한 시간 남짓 목욕을 한 다음, 나와서 율포해수욕장의 송림과 백사장을 지나 반대편의 방파제 끝까지 혼자 산책하여 돌아왔다.

오후 다섯 시 무렵에 율포를 출발하여 활성산과 봇재를 중심으로 봉산리와 영천리 일대의 가파른 산비탈을 이용하여 조성한 보성다원들의 풍경을 바라보며 귀로에 올랐고, 올 때의 코스를 경유하여 밤 여덟 시 무렵에 진주의 우리 집에 도착하였다.

19 (일) 맑음 ―선진성지, 조명군총, 의암
  부산의 친척들이 버스를 대절하여 우리 집으로 놀러오기로 약속이 되어 있는지라, 오전 중 서재에서 『霞谷集』 권10에 수록된 門人 沈銷 撰 '行狀'을 번역본을 참조해 가면서 읽었다. 아내 방 천정의 조명등이 간밤에 떨어져내려 電線에 의지하여 가까스로 매달려 있는 상태인지라 손님들이 도착하기 전에 시내의 조명점에다 전화하여 수리하였다. 아내는 이번 모임에 대비하여 주방 테이블의 의자들 가죽도 모두 새 것으로 갈았다.
  11시 남짓에 친척들이 도착하자 거실과 서재에서 차와 과일 등을 들며 대화를 나누다가 정오 무렵에 함께 밖으로 나가 우리 아파트 입구에 정거해 둔 대절버스를 타고서 출발할 준비를 하고 있는데, 인문대학장 최종만 교수가 버스의 앞쪽 유리창에 내 이름이 써 붙여져 있는 것을 보고는 무슨 일인가 싶어 차에 올라와서 묻는 것이었다.
  부산에서는 큰누나 내외와 미화를 포함하여 澤根(덕구) 숙부 내외와 혁자 어머니, 그리고 사촌들을 합해 모두 22명이 왔고, 거기에 우리 내외가 가담하여 함께 사천군 용현면 신촌리의 언덕 위에 있는 화곡관광농원으로 이동하였다. 그 부근에 위치한 임진왜란의 전적지인 船津城址를 둘러보러 가는 도중, 그곳의 싸움에서 島津義弘의 왜군에 의해 만 명 이상의 조선과 명나라 군인들이 살육 당한 것을 기념해 만들어 둔 朝明軍塚에 들러 사진을 찍기도 하였다. 선진성지 입구에서 경북 구미로부터 영업용 소형 트럭을 운전하여 오는 큰집 차녀 귀남이 및 그 남편 鄭서방과 합류하여, 예약해 둔 오후 1시가 조금 지난 시각에 화곡관광농원에 도착하였다. 거기서 생선모둠회와 개불·해삼, 그리고 백합죽으로 술과 점심을 들며 담소하면서 놀았다. ―心會가 당시 총무였던 작은집 장남 호환이의 파산으로 말미암아 깨어진 후 여러 해 만에 가까운 친척들이 처음으로 다시 친목의 모임을 가지게 되었을 뿐 아니라, 사천만의 全景을 조망할 수 있는 경치 좋은 장소인지라 다들 만족해하는 모습이었다.

회식을 마치고서 횟집 밖에서 귀남이 내외와 작별한 후, 나머지 일행은 진주로 돌아오는 도중에 큰집 장녀인 귀순 누나의 제의에 따라 내 연구실이 있는 경상대학교 인문대학 앞에 들러 다시 기념촬영을 하였고, 칠암동 남강변의 도로를 따라가 진주성지에 들러서 촉석루 아래의 論介가 투신했다고 하는 義巖을 둘러본 후, 진주성 밖에서 우리 내외는 부산의 친척들과 작별했다. 내가 취침한 이후 백환 형, 큰누나, 미화로부터 각각 인사 전화가 걸려왔었다고 하는데, 부산으로 가는 도중에 다들 차례로 노래를 부르며 즐겁게 놀았다고 한다.

26 (일) 들에는 비, 산 위는 함박눈 -백련산

아내와 함께 금산산악회를 따라 전북 任實郡의 청웅면과 강진면 사이에 위치한 白蓮山(759m)에 다녀왔다. 오전 8시 30분까지 장대동 현대예식장 앞에 집결하여 부산교통의 대절버스 한 대로 출발하였다. 대진고속도로와 88고속도로를 경유하여 나아가는 도중에 비가 내리기도 하고 눈이 내리기도 하였다. 88고속도로 가의 지리산휴게소에 들렀다가 38,000원에 곶감을 몇 타래 샀다. 순창에서 27번 국도를 따라 북상하다가, 30번 국도로 접어들어 신기마을(강진면 백련리 신촌)이라는 곳에서 하차하여, 비가 내리는 가운데 절반 정도의 인원인 20여 명이 등산을 결행하고 나머지 사람들은 그대로 차에 남은 채 하산 지점인 학석리 골짜기에 있는 황토방으로 찜질을 하러 갔다.

우리 내외는 등산 팀에 끼었다. 산기슭 상강진 마을의 천태종에 속해 있는 白蓮寺의 현재 터라고 하는 민가 같은 집 부근에서 나는 방한복인 스키복 상의를 방수 재킷으로 갈아입고서 구두에는 아이젠을 차고 배낭에다 방수 커버를 덮어씌운 후 제일 후미에 처져서 서서히 급경사를 올라갔다. 도중에 옛 백련사 터라고 하는 계곡의 바위 언덕을 지나 산 능선에 올라설 무렵부터 비가 함박눈으로 변하여 모처럼 눈다운 눈이 내리는 모습을 실컷 구경할 수 있었다. 백련산 정상에는 철조망에 둘러쳐진 조그만 무인기상관측소가 들어서 있었고, 주위는 안개가 자욱하여 근처 밖에는 아무것도 조망할 수가 없었다. 우리 일행은 북쪽 계곡 길로 하여 첫 번째 동네인 이윤 마을로 내려와서 마을 안의 어느 폐가에 들어가 그 처마 밑에서 점심을 들었다. 산의 높은 곳에서는 함박눈이 쏟아지고 중턱부터는 소나기가 내리고 있었기 때문에 산 위에서 식사를 하기가 불편했던 것이다.

점심 식사를 마친 후 또다시 내가 맨 뒤에 혼자 처져서 아내의 휴대폰 연락에 따라 27번 국도까지 내려온 후 도로를 따라 옥정호 방향으로 얼마간 걸어 올라가 일행이 있는 황토찜질방에 도착하여 합류하였다. 돌아올 때는 88고속도로의 남원 휴게소에서 잠시 정거하기도 하였다.

2월

9 (일) 화창한 봄 날씨 -달음산, 용궁사

회옥이는 어제부터 1박 2일 일정으로 YWCA가 주최하는 MT에 참가하여 琴山으로 갔고, 아내와 나는 산행을 통해 오래 전부터 친하게 알고 지내는 박양일 前 농협 전무가 회장으로 있는 희망산악회를 따라 부산광역시 기장군 일광면과 정관면에 걸쳐있는 달음산(月陰山, 587m)에 다녀왔다. 1994년도 판 10만 분의 1 도로교통지도에는 여기가 경상남도 양산군에 속한 것으로 표시되어 있는데, 부산직할시가 광역시로 되면서 부산에 편입된 모양이다.

아침 8시 30분 무렵 남강 가의 귀빈예식장 앞 도로에서 대절버스 두 대로 출발하였다. 희망산악회는 몇 차례 진주시장에 출마한 바 있는 강대승 변호사가 스폰서로 되어 있는지라 보통 열댓 대의 버스로 출발하며 많은 때는 스무 대에까지 이른 적이 있었다고 한다. 그러나 이제는 강변호사가 별로 후원을 하지 않는지 일반 산악회 정도의 규모로 줄었고, 가고 오는 도중의 차 안에서 춤을 추는 행위도 보이지 않았다.

남해고속도로를 경유하여 사상 부근의 낙동강을 건너서부터는 부산

시내의 고가도로에 올라 황령 터널까지 직행하였고, 터널을 지나서는 다시 개통한지 얼마 되지 않는 국내 최장의 광안대교 아래층을 거쳐 동해고속도로 중 부산-울산 간 고속도로의 일부 완성된 구간에 진입하여 송정까지 간 다음, 그 이후는 일반국도를 경유하였다.

달음산 기슭에 하차하여서는 폐광 터 부근의 玉井寺 앞을 경유하여 간밤까지 내린 비로 질퍽질퍽해진 산길을 올라 정상에 도착하였다. 이 산은 아래에서 바라보면 꼭대기에 한 무더기의 바위가 우뚝한 것이 특징일 정도이지만, 막상 올라보니 그 바위 절벽이 꽤 장관이었다. 그 절벽 중 하나의 작은 꼭대기에 앉아서 아내와 함께 눈앞에 펼쳐진 동해바다와 장안읍과 서생면의 경계지점인 갈천리 바닷가에 위치한 고리원자력발전소의 돔형 지붕들을 바라보며 준비해 간 도시락과 주최 측으로부터 받은 소주 한 병으로 점심을 들었다. 다른 하산 길을 거쳐 옥정사 아래쪽으로 내려온 후 고속도로 건설공사 현장사무소 마당에서 일행이 다 내려오기를 기다렸다.

귀로에는 기장읍 신천리의 바닷가 바위 위에 지어진 龍宮寺에 들렀다. 이 절은 예전에 TV를 통해 한두 차례 본 적이 있었지만, 海水觀音 도량이라 한 가지 소원은 꼭 이루어준다고 소문을 내서인지 사람들이 와글와글 몰려들어 진입로의 차량 정체가 심하였고, 바닷가 바위 위에 촛불들을 켜놓고는 합장 염불을 하고 있는 모습들이 지리산 골짜기에서 성행하는 샤머니즘과 영락없이 닮아 있었다. 돌로 조각한 그 관음상도 머리에 넓은 갓 같은 것을 쓴 모습이 대구 팔공산 갓바위의 것을 닮아 있었다. 절 입구에서 나는 돌김과 삶은 고동을 사고 아내는 붕어빵과 풀빵을 사서 돌아오는 차 안에서 먹기도 하였다. 돌아올 때는 광안대교의 위층을 경유하였고, 밤 8시 반쯤에 진주의 우리 집에 도착하니 회옥이가 먼저와 있다가 문을 열어주었다.

11 (화) 맑음 -지리산 플라자호텔
2003년도 인문대학 동계교수세미나가 있는 날이라 오후 2시에 인문대 앞 광장에서 스쿨버스 한 대로 교수 10여 명과 학과 조교 10여 명, 그리고 인문대 행정실 직원 전원을 합한 30여 명의 인원이 출발하여 전남 구례군 마산면 황전리의 화엄사 입구에 위치한 지리산 플라자호텔(지리산 한화콘도)로 향했다. 남해고속도로와 섬진강변의 국도를 경유하여 한 시간 반쯤 후 호텔에 도착해 방을 배정받았는데, 내가 든 556호실은 원래 다섯 명의 교수가 함께 쓰기로 되어 있었으나 신청했던 교수들이 오지 않아 권오민 교수와 더불어 둘이서 30여 평의 방을 사용하게 되었다.

12 (수) 맑음 –화엄사

8시에 어제의 식당에서 조식을 마친 후, 호텔에서 600m쯤 더 올라간 지점에 있는 화엄사까지 산책을 나섰다. 화엄사 일주문을 들어서자, 함께 오기로 했던 영문과의 안상국 교수가 성종태 교수와 더불어 이미 화엄사 경내를 둘러보고서 내려오고 있는지라, 그들을 따라 그냥 돌아서 나왔다.

17 (월) 맑음 –한벌농원, 내원사

오후 2시 남짓에 철학전공에 진입하는 학생들과 기존의 철학전공 4학년생, 그리고 철학과 대학원생들 및 배석원·권오민 교수와 더불어 인문대 앞 광장을 출발하여 산청군 삼장면 대포리의 내원사 입구에 위치한 한벌농원으로 출발하였다. 작년 이 무렵에도 여기서 MT를 가진 적이 있었으나 나는 참석하지 못했었다. 네 대의 승용차에 분승하여 떠났는데, 나는 선도차인 대학원 박사과정 김경수 군의 차에 학부생 두 명과 더불어 탑승하여 판문동과 성철스님 생가인 겁외사 앞을 지나는 코스를 취해 나아갔다.

한벌농원에 도착하여서는 뜰에서 돼지 불고기 바비큐 안주에다 막걸리 전주와 소주 등을 마시며 좀 시간을 보내다가, 다 같이 내원사까지 산보삼아 걸어 올라가 보았다. 절로 가는 길도 포장도로로 잘 정비되어 있는데다 주변에 농원 식의 새 건물들이 여럿 들어서 있었고, 절에서도 국비 및 도비 등의 지원을 받아 건물과 부지의 확장 공사가 진행되고 있었다.

18 (화) 맑음 -대원사

아침 식사 전에 권오민 교수는 큰아들의 초등학교 졸업식에 참석하러 일찍 출발하였고, 조식 후 간밤에 도착했던 대학원생 안명진 군도 자기 차를 몰고서 먼저 돌아갔다. 나머지 사람들은 각기 세 대의 승용차에 분승하여 한벌농원을 출발하여서는 大源寺로 들어갔다. 그 절도 두 채의 콘크리트 건물을 새로 짓고 있는 중이었다.

절을 둘러보고 경내에서 잡담을 나누다가, 걸어서 유평 마을까지 걸어 올라가 지금은 폐교되어 공무원 수련장으로 바뀐 가랑잎초등학교보다 조금 더 위쪽까지 나아갔다가 돌아 나왔다. 본교 철학과의 성립과 더불어 시작되어 인문학부 학생들이 지금도 매년 여름방학을 맞이한 직후에 계속하고 있는 지리산 주능선 주파 등반대회에서 하산하면 종종 숙박한다고 하는 유평의 갑을식당에서 산채비빔밥으로 점심을 든 후, 다시 대원사까지 걸어 나와 차에 타고서 진주로 돌아왔다. 귀로에는 배석원 교수의 차에 동승하여 내가 길을 안내하여 산청군 남사 마을 앞에서 관정리 쪽으로 방향을 잡아 진양댐 숭상공사로 말미암아 호수 지대로 변한 들판 길을 따라 나동을 거쳐서 학교까지 돌아왔다.

21 (금) 흐림 -은해사

교직원식당에서 점심을 든 후, 경북 永川의 팔공산 동북쪽 자락에 위치한 銀海寺에서 21, 22 양일간에 걸쳐 열리는 한국동양철학회의 제40차 동계학술회의에 참가하기 위해 내 차를 몰고서 출발하였다. 대구까지의 최단거리인 구마고속도로를 이용하려고 했으나, 남해고속도로에 진입할 무렵 진주 인터체인지에서 방향을 잘못 들어 반대쪽인 전라도 방향으로 접어들었으므로, 그냥 그쪽 길을 달려 남해·대진·88·경부고속도로를 경유하여 동대구를 지난 경산 인터체인지에서 일반국도로 빠져나왔고, 하양과 와촌, 청통을 거쳐 오후 3시 반쯤에 은해사 구내에 진입하였다.

종합토론을 마친 다음 총무인 동국대 유흔우 교수의 사회로 총회가 있었고, 그런 행사가 모두 끝난 다음 은해사 주지인 신법타 스님을 청해 환영사를 겸하여 「남북한 불교 비교」에 관한 강연과 그가 북한의 여러 사찰들을 방문하여 캠코더로 촬영한 다음 미국에서 편집했다는 비디오 테이프를 법타 스님 자신의 설명을 들으며 시청하였다. 이 스님은 충청도 청주 출신으로서, 동국대 인도철학과를 졸업한 후 미국으로 건너가 1989년 6월 25일에 미국 영주권자의 신분으로 한국승려로서는 최초로 북한을 방문한 이래 모두 15차례에 걸쳐 북한을 방문하였으며, 지금도 황해도 사리원에서 직접 국수공장을 경영하는 한편 북한의 동포나 사찰들을 물질적으로 원조하는 사업을 계속하고 있다는 것이다. 그리하여 1996년에 미주리州 세인트루이스市에 있는 클레이튼 대학교에서 「20세기 후반 북한 불교에 관한 연구―주체사상과 한국전통 불교사상 조사―」라는 주제의 논문으로 철학박사학위를 받았으며, 근년에는 그 학위논문의 全文이 포함된 『북한불교연구』(서울, 민족사, 2000)를 출판하기도 하였다. 그는 초기에 북한을 방문하고서 미국으로 돌아가는 귀로에 한국에 들렀다가 중앙정보부에 연행되어 조사를 받고서 투옥생활을 한 적도 있는 모양이며, 오늘 낮에도 대구지하철 방화참사 희생자들의 빈소에 다녀왔다고 한다.

22 (토) 비 ─추사 글씨, 귀로

새벽 여섯 시 무렵에 이애희 교수가 깨웠으므로 일어나 식당으로 가서 죽으로 조반을 들었다. 일부 교수들이 주지실에서 차를 들고 있다는 말을 듣고 그리로 가보았더니 이미 그들은 차 모임을 마치고서 나올 무렵이었다. 그 방 벽에서 추사 김정희가 썼다는 큰 글씨의 액자가 걸려 있었는데, 추사는 과거 이 절에서 3년 정도 머문 적이 있어 여기에 추사 글씨가 여러 점 남아 있다는 말을 어제 들은 바 있었다.

조식을 마친 후 각자 승용차를 운전하여 귀가 길에 오르는 듯하므로, 나는 아직 간밤에 마신 술이 다 깨지 못하여 입에서 술 냄새가 풍기는 상태임에도 불구하고 별 수 없이 우중에 차를 몰아 어제 왔던 코스로 경부고속도로를 상행한 다음, 금호 인터체인지에서 구마고속도로로 접어들고 남해고속도로를 경유하여 오전 11시 무렵에 학교의 연구실에 도착하였다.

3월

2 (일) 맑음 -무등산, 춘설헌, 의재미술관

아내와 함께 삼천리산악회를 따라 광주 무등산(1,186.3m)에 다녀왔다. 무등산에는 개인적으로나 학회 혹은 산악회를 따라 忠壯祠 쪽으로부터 여러 차례 올라 본 적이 있었지만, 근년까지 출입통제로 되어 있었던 까닭인지 정상 부근까지는 가보지 못했었다. 오늘은 정상인 천왕봉 옆의 인왕봉까지 간다고 하므로 일부러 참가해 본 것이다.

오전 8시 30분까지 진주MBC방송국 옆 진주중학교 앞에 집결하여 대절버스 한 대로 출발하였다. 남해·호남고속도로를 거쳐 광주에 도착하여, 東區의 문빈정사라는 절 앞에서 하차하여 등산을 시작하였다. 이쪽으로는 예전에 대학생 시절 毅齋 許百鍊의 제자인 동양화가 友峰 崔永國 형을 따라 春雪軒으로 한 번 와 본 적이 있었다. 友峰은 하동군 辰橋 출신으로서 昆陽 多率寺의 주지인 曉堂 崔凡述 스님의 친척인데, 효당과 의재가 서로 呼兄呼弟하는 사이이므로 의재의 문하에서 그림 공부를 하여 당시 이미 개인전을 여러 차례 가졌던 터이다. 나는 대학생 시절 서울대학교 불교학생회 회원들과 함께 통도사에서 열린 수련회에 참가하였다가, 수련회를 마친 다음 참가자 중 일부 학생들과 더불어 다솔사로 효당을 찾은 것이 인연이 되어 그 후 방학이 되면 자주 이 절에 와 지내면서 우봉과도 호형호제하는 사이가 되었던 것이다.

문빈정사에서 무등산 최대의 사찰인 證心寺로 올라가는 도중에 춘설헌의 안내판이 있어 들러보았다. 의재는 여기서 여생을 보내다가 내가 대학을 졸업하던 해인 1977년에 90세 가까운 나이로 서거하였는데, 그 집은 현재 비어 있었다. 기와지붕이나 벽 모양이 일본식이어서 당시에는 일본 사람이 살던 집인가 생각했었는데, 오늘 알고 보니 한국 사람이 살던 집 자리에다 의재가 해방 후에 다시 지은 것이라고 한다. 춘설헌에서 좀 더 올라간 산비탈에 있는 의재 묘소에도 들렀다. 鷺山 李殷相 씨가 지은 비문이 무덤 앞에 서 있었다. 무덤에서 내려와 의재가 설립한 三愛농업고등기술학교 자리에 세워진 毅齋미술관에 들러 전시품들을 둘러보았다. 지상 2층에 지하 1층의 양식 건물로서 2층이 의재의 작품들이었고, 1층에서는 어린 시절 의재의 스승으로서 당시 珍島에 유배와 있었던 茂亭 鄭萬朝의 草書 병풍 및 曉堂의 書札도 보았다.

증심사에 들러 보물 131호로 지정된 통일신라시대의 철조비로자나불좌상 등을 둘러보았고, 절에서 나와 등산길에 접어들어서는 증심사 뒤편 산등성이의 의재가 일군 春雪茶園도 바라보았다. 중머리재와 장불재를 거쳐 立石臺를 지나서 瑞石臺에 이르렀다. 정상 부근은 군사시설이 들어서 있어 과거에 설치되어 있었던 미사일은 이제 철수되었다고 하지만 아직도 기지 주위의 광범위한 지역이 철조망으로 둘러쳐져 있어 일반인이 접근할 수 없도록 되어 있었다. 서석대에서 광주 시내를 비롯하여 화순군 일대까지가 펼쳐지는 주위의 풍경을 두루 조망한 다음, 節理狀 암석들로 이루어진 서석대의 바람이 적은 자리를 찾아 아내가 준비한 도시락과 버스에서 마시다 남은 소주 반병으로 점심을 들었다.

하산 길에는 서석대로부터 아직도 얼음과 눈으로 덮인 미끄러운 오솔길을 나뭇가지와 지팡이에 의지하고서 조심하여 내려와, 1998년에 군부대가 철수하여 자연 상태를 회복한 지역을 통과해 중봉에 올랐고, 중봉에서 중머리재를 거쳐 바람재·원효사로 가는 하산 길로 접어들어 소나무 숲이 울창한 산길을 따라 증심사로 내려왔다. 집합 시각인 오후 다섯 시 정각에 문빈정사 입구에 주차에 있는 삼천리산악회의 대절버스에 도착할 수가 있었다.

9 (일) 맑음 -수인산, 하멜 집터, 고인돌공원

아내와 함께 태양산악회를 따라 전남 長興郡 有治面과 康津郡 兵營面의 경계에 위치한 修仁山(561.2m)에 다녀왔다. 오전 8시 30분까지 장대동의 구 현대예식장 앞에 집결하여 대절버스 한 대로 출발하였다. 대진·남해·호남고속도로를 경유하여 광양에서 일반국도로 접어든 다음, 순천·보성·장흥을 거쳐 월출산 쪽으로 향하는 길로 접어들어 강진군 병영면의 全羅道兵馬節度使營 비석이 서 있는 곳에서 좀 더 들어간 지점인 지로리에서 하차하였다.

홍골저수지를 오른쪽으로 둘러, 죽은 사람의 가족과 더불어 비구니 둘이 遷度祭를 지내고 있는 수인사에 도착하여 조그마한 절의 경내를 둘러보고서는 병풍바위에 올랐다. 그 바위 절벽에는 兵馬節度使·監司·御使·縣監·虞侯 등의 이름이 여러 개 새겨져 있었다. 이 수인산 자락에는 조선왕조 태종 때(1471년) 전라도 지방 육군본부인 兵營이 설치되었기 때문에, 산 위에도 고려시대에 축성한 꽤 큰 규모의 산성과 그 동서남북 성문 터가 존재하고 있으며, 정상인 노적봉에는 봉수대 터가 있다.

노적봉에 올라 준비해 온 도시락과 산악회로부터 받은 소주 한 병으로 아내와 함께 점심을 든 다음, 산성 위를 걸으며 홈골 쪽으로 내려와 홈골저수지를 이번에는 왼쪽으로 둘러서 오후 세 시 남짓에 대절버스가 서 있는 출발지점으로 내려왔다. 집결시각인 네 시까지는 아직 시간적 여유가 있었기 때문에 마을 사람에게 길을 물어 긴 돌담이 많은 병영마을 안을 통과하여 수령 700년 정도 된 은행나무 고목 가의 네덜란드 사람 하멜이 함께 제주도에 표착한 동료 33명과 더불어 7년간(1656~1663)이나 머물렀다고 하는 집터로 찾아가 보았다. 그들은 이곳 전라병영에 소속되어 있다가 일부는 조선 여인과 결혼하기도 하였는데, 나중에 각처로 분리 수용되자 여수로 옮겨진 하멜 일행 7명은 배로 탈출하여 일본을 경유해 고국으로 돌아가서 저 유명한 『하멜표류기』를 남겼던 것이다.

오후 네 시 남짓에 병영을 출발하였는데, 낮이 길어져 시간이 남으므로 도중에 주암댐의 고인돌공원에도 들렀다가 밤 7시 30분 무렵에 진주의 집에 도착하였다.

16 (일) 비 -백두대간 3차, 작은고리봉, 묘봉치, 만복대, 고리봉, 수정봉

아내와 함께 백두대간 구간종주 3차 산행에 참가하여 지리산 성삼재에서 남원 여원재까지 주파하였다. 나는 일찍이 백두대간산악회를 따라 백두대간의 남한 측 중간 지점인 속리산 불란치재에서부터 휴전선 부근의 민통선 안까지 주파한 적이 있었다. 당시 도동에 있었던 백두대간 등산장비점 주인으로서 산악회 회장이기도 했던 정상규 씨가 다시 2003년 2월 16일부터 2004년 8월 14·15일까지 33회에 걸친 백두대간 종주 산행계획을 세워 지난달부터 시행하고 있으므로, 내가 커버하지 못했던 구간을 이 기회에 보충해 두려는 것이다.

오전 7시까지 공설운동장 부근의 백두대간등산장비점 앞으로 가서 만원이 되어 복도에 여러 명이 서거나 걸터앉은 대절버스 한 대로 출발하였다. 대진고속도로와 지리산 달궁을 거쳐서 성삼재 아래의 도로 가에서 하차하여 얼마간의 거리를 걸어서 올라갔다. 차 안에서 배부 받은 산행계획서에 의하면 오늘의 제3차 구간은 실 거리 16km, 소요시간은 10시간이며 최고봉은 지리산 만복대라고 되어 있다.

부슬비가 내리는 가운데 지리산 서북능선에 올라 작은고리봉(1,248m), 묘봉치(1,108m)를 지나 3시간 정도 후에 오늘의 최고봉인 만복대(1,433.4m)에 올랐다. 해발 1,000m 정도 이상 되는 곳에는 아직도 눈이 겹겹이 쌓여 있어 길이 미끄러웠다. 안개가 자욱하여 주위의 경치를 감상할 수 없었으나, 나뭇가지에 氷花가 맺힌 모습이 아름다웠다. 만복대에 올랐을 때는 안개 속으로 건너편 고리봉의 정상 부근까지를 바라볼 수 있었다.

만복대 정상에서 잠시 휴식을 취하며 정상규 씨에게 담배를 한 대 얻어 피운 후, 다시 40분 정도를 걸어 정령치휴게소로 내려왔다. 인적이 끊어져 휴게소 상점들은 모두 닫혀 있고, 이쪽 서북능선은 아직 입산통제구역이라고 하지만 감시원도 없었다. 정령치에서 30분 정도 더 걸어 지리산 서북능선의 백두대간 마지막 지점인 고리봉(1,304.6m)에 오른 후, 옆으로 뻗은 다른 능선을 따라 난 급경사 길을 타고서 한 시간 반 정도 내려와 남원시 주천면 고기리에 다다랐다. 그곳에는 남원에서 정령치로 통하는 포장도로가 나 있고 우리의 대절버스도 거기에 대기하고 있었으므로, 근처의 식당 건물 바깥에 지붕이 있는 장소로 가서 준비해 간 도시락으로 점심을 들었다.

아내는 그 정도로서 오늘의 운동량은 충분하다면서 차 속에 남고, 나는 일행 중 대부분의 사람들과 함께 주촌리까지 십여 분을 포장도로를 따라 걸어 다시 출발하였다. 포장도로로 변한 이곳의 백두대간은 남강과 섬진강의 분수령을 이루는 지점이라고 한다. 주촌리에서 다시 산길로 접어들어 1시간 20분 정도를 걸어서 이쪽 코스의 최고봉인 수정봉(804.7m)에 올랐고, 거기서 다시 1시간 30분 정도를 더 걸어 오후 여섯 시 가까울 무렵에 오늘의 종착점인 남원 여원재에 도착하였다. 내 허리에 찬 萬步器에 나타난 수치로는 이 지점까지 총 30,530보에 19.84km를 걸은 것으로 되어 있었다.

여원재의 도로 가에 있는 어느 절의 법당 뒤편으로 가 젖은 옷을 새 옷으로 갈아입고서 차로 돌아와 나머지 일행이 다 도착하기를 기다려 출발하였다. 차 안에서 아내가 따라주는 맥주 한 병과 옆 좌석의 낯익은 사람이 권하는 소주를 받아 마시며, 밤 여덟 시 무렵에 진주에 도착하였다.

23 (일) 맑음 -울돌목, 왕온 묘, 첨찰산, 운림산방
아내와 함께 석류산악회를 따라 한반도 서남쪽 끝에 위치한 珍島의 尖察山(485.2m)에 다녀왔다. 오전 8시 30분까지 칠암동 남강변의 귀빈예식장 앞에 집결하여 매화관광버스 한 대로 출발하였다. 우리 내외가 택시를 타고서 도착해 보니 이미 좌석은 다 차 버렸는지라, 복도 뒤편의 뒷좌석으로 오르는 계단에 깔개를 하고서 앉는 수밖에 없었다. 순천·보

성·장흥·강진·해남을 거쳐 약 네 시간 반이 지난 오후 1시 남짓에 목적지인 첨찰산 입구 雲林山房 정류장에 도착할 수가 있었다.

도중에 진도대교를 보기 위해 해남군에 속한 右水營 쪽의 울돌목(鳴梁)에 정거하였을 때 상점에 들러 진도 특산품인 40도짜리 紅酒 됫병 두 개를 샀다. 이곳은 이순신 장군의 저 유명한 명량대첩지로서, 정유재란 당시 장군은 이곳 진도 쪽의 碧波津에다 조선군의 깨지고 남은 배 10여 척을 감추고서 대기하고 있다가 다가오는 왜선 30여 척을 유인하여 干潮 때의 급한 물살로 이름난 이곳 해협에서 地利를 이용해 다시금 큰 승리를 거두어 또다시 제해권을 장악하게 되었던 것이다.

벽파리 부근에는 고려 시대 三別抄의 抗蒙 유적지인 龍藏山城이 있다. 진도읍을 지나 첨찰산으로 향하는 도중에 왕고개라 불리는 언덕을 넘었는데, 그 부근의 산 중턱에 당시 삼별초가 세웠던 오랑국의 왕으로 추대되었다가 이 부근에서 몽고군에게 잡혀 참수된 王溫의 것으로 전해지는 무덤이 바라보였다.

운림산방은 바로 雙溪寺와 접해 있었다. 이 절은 신라 말 도선국사에 의해 창건된 것으로 알려져 있으며, 진도에서 제일 큰 것이라고 한다. 쌍계사 일대의 숲은 50여 樹種을 지닌 천연기념물 107호 상록수림으로 지정되어 있는 곳이다. 완만한 경사의 산책로 같은 오솔길과 맑은 시내를 따라 올라가는 동안 주위가 동백을 비롯한 각종 남방의 나무들로 온통 뒤덮여 있고, 냇물 여기저기에 붉은 동백꽃이 떨어져 있는 모습이 그 자체로서 예술적 정취를 한껏 맛보게 해 주는 것이었다. 진도에서 제일 높다는 첨찰산 정상에 오르니 섬 전체를 조망할 수가 있고, 가두리 양식장으로 뒤덮인 다도해의 풍경도 바라보였다. 원래의 일정에는 건너편의 죽제산(424m)까지도 가는 것으로 되어 있지만, 그쪽은 둥글고 귀갑무늬가 있는 레이더 탑 같은 것이 정상을 차지하고 있는데다, 집결시각인 오후 4시 이전까지 운림산방을 구경하기 위해 봉수대가 있는 정상 아래의 바위에서 점심을 든 다음 올라왔던 코스로 서둘러 하산하였다.

쌍계사 옆으로 하여 조선 말기 이래 우리나라 전통 남화의 본거지라

할 수 있는 운림산방 경내에 들렀는데, 현재 대대적인 공사가 진행 중이었다. 첨찰산 기슭에 위치한 이곳은 憲宗의 총애를 받았던 화가인 小痴 許鍊(初名 維)이 만년에 서울생활을 청산하고서 고향 부근인 이리로 내려와 雲林閣을 짓고서 거처하며 작품 활동을 하던 곳이다.

소치는 1808년(純祖 8년) 진도읍 쌍정리에서 陽川許氏 집안의 장남으로 태어나 1896년(建陽 元年) 86세의 나이로 죽은 사람이다. 어려서부터 그림에 재능이 있어 28세 때 두륜산방(현 해남 대흥사)의 草衣禪師 밑에서 그림을 익히기 시작하여, 33세 때 草衣의 소개로 서울로 가서 秋史 金正喜 문하에서 본격적인 書畵의 수업을 받아 詩·書·畵의 三絶로 명성을 얻게 되었으며, 40세 되던 1847년 7월에 낙선재에서 헌종을 뵙고 헌종이 쓰던 벼루에 먹을 찍어 그림을 그렸는가 하면 흥선대원군·권동익·민영익·장학연 등 당대의 권문세가와 어울리며 작품 활동을 하였다. 추사가 제주도로 유배를 갔을 때는 유배지까지 찾아가서 스승을 뵙기도 하였는데, 1856년(哲宗 7년) 추사가 세상을 떠나자 서울 생활을 청산하고서 자연경관이 아름다운 이곳으로 내려와 화실을 만들어 여생을 보냈던 것이다. 그는 武班 직으로부터 시작하여 정2품 知中樞府事까지 지냈을 정도로 당시의 僻地 출신 화가로서는 파격적인 출세를 했던 인물이다.

이곳에서 소치는 米山 許瀅을 낳았고, 한 집안 사람인 毅齋 許百鍊 역시 이곳 미산의 문하에서 처음으로 그림을 익혔던 것이다. 이 운림산방은 또한 소치와 미산의 뒤를 이어 南農 許楗·林田 許文에 이르기까지 4대에 걸쳐 남화의 전통을 이어왔으므로, 남화의 본고장이라는 이름에 손색이 없다고 하겠다. 경내에는 원래 소치의 墓碑로 씌어진 爲堂 鄭寅普의 글을 一中 金忠顯이 쓴 기념비가 세워져 있고, 입구에는 이곳을 재정비한 南農의 글도 아담한 돌에 새겨져 있었다. '雲林山房'이라는 추사 친필의 액자가 걸린 기와집은 ㄷ자 형으로 되어 있고, 그 뒤편에 초가로 된 살림채가 있으며, 雲林閣 앞 480평 규모의 5각으로 만들어진 연못 중앙의 작은 섬에는 소치가 심었다는 배롱나무(百日紅) 한 그루가 서 있었다.

소치의 손자인 남농이 퇴락해 가는 유적을 5년간 다듬어 1981년에 도

지정문화재로 지정 받기에 이르렀다. 그 경내에 지금은 이미 여러 채의 한옥이 들어서고 드넓은 마당에는 잔디와 다듬은 돌들이 깔려 있는데다 다시금 한쪽에 현대식 기념 미술관의 건설을 비롯한 공사가 한창이었다. 이미 관광지로 변하여 소치 당시의 조촐했던 모습을 느끼기는 어려웠다. 운림각과 초가집에 걸린 柱聯도 대개 추사의 글씨였다.

오후 네 시 반쯤에 그곳을 출발하여 다시 진도 쪽 울돌목 주차장에 정거하였을 때는 새로 50도짜리 홍주 됫병을 하나 더 샀다. 왔던 길을 경유하여 밤 9시 남짓에 우리 집에 도착하였다. 돌아올 때는 복도에서 디스코 춤을 추는 사람이 많아, 아내와 나란히 뒷좌석에 앉을 수가 있었다.

26 (수) 맑음 -공주, 부여 지역

2003년도 인문학부 춘계 학술답사에 인솔교수로서 참가하여 충남지역으로 출발하였다. 28일까지 2박 3일 일정으로 가지는 이번 답사에는 인문학부로 된 이래 최대 규모로서 1·2학년생을 중심으로 한 119명의 학생이 참가하고, 사학전공의 이원근·조영제·김상환, 철학전공의 배석원·이성환 및 나를 포함하여 여섯 명의 인솔교수가 참가하여 대절버스 세 대로 충남·전북 지방의 백제 및 동학농민전쟁 유적지를 두르게 되었다.

오전 9시에 인문대학 앞 광장을 출발하여 대진고속도로를 경유하여 대전의 월드컵 축구장까지 북상한 다음 일반국도로 공주를 향했다. 도중에 공주 석장리의 구석기 유적지 표지판 앞을 지나, 12시 30분 무렵에 백제의 熊津 시대 왕궁이 위치했던 公山城 앞에 도착하여 교수와 운전기사들은 성 앞의 식당 2층으로 들어가 점심을 들고 학생들은 준비해 온 도시락으로 따로 식사를 하였다. 식사를 마친 다음 성 안으로 들어가 둘러보았는데, 지난 번 답사 때도 공산성에 오기는 했었지만 당시는 입구까지만 오고 성에 들어가지는 않았으니 사실상 처음인 셈이다.

오후 2시경에 공산성을 출발하여 공주박물관으로 향했다. 이미 여러 차례 와 본 곳이라 우리 교수들은 관장실로 들어가 조영제 교수의 부산대 후배인 관장으로부터 차를 대접받으며 대화를 나누기만 하고 대부분

전시실에 들어가지 않았다. 공주박물관은 무령왕릉 부근에 신축중이어서 1년 이내에 그리로 이전할 모양이었다.

박물관을 떠나 동학군의 마지막 격전지인 牛金峙 전투 유적비에 들렀다. 다시 일어나 공주를 향해 진격하던 동학군은 이 고개에서 일본군의 신식 무기를 상대로 여러 차례 진격과 후퇴를 거듭하다 결국 궤멸적인 타격을 입고서 패퇴하고 말았던 것이다. 당시 수만에 이르는 농민군은 전투수행능력과 화력에서 월등한 차이가 있는 일본군 200여 명과 관군 2,500여 명 등 2,700여 명에 불과한 진압군을 극복하지 못하였던 것이다. 李瑄根 박사가 지은 전적비에는 동학군의 숫자가 20만 명이었다고 적혀 있었다.

부여의 부소산성에 도착하여 다시 한 번 두루 둘러보았다. 고란사 뒤편의 바위 틈새로 나는 샘물에 이제 皐蘭은 흔적도 보이지 않고 물가 바위에 이끼만이 좀 나 있을 따름이었다.

저녁 무렵 부여읍 구교리의 백마강 가 구드래조각공원 경내에 있는 삼정부여유스호스텔에 도착하였다. 버스 한 대에 사학·철학 교수가 각 한 명씩 탑승하여 날마다 각 버스를 번갈아 타게 된다. 나는 경북대 출신으로서 통영에 사는 김상환 교수와 짝이 되어 숙소도 늘 같은 방을 배정받게 되었다.

27 (목) 간밤에 비 온 후 개임 −부여, 익산, 김제 지역

오전 9시 무렵 숙소를 출발하여 定林寺址로 향했다. 절 경내의 금당 터에는 커다란 鴟尾를 단 기와지붕의 새 건물이 이제 완공되어 고려시대 석불이 거기에 안치되어 있었다.

宮南池에 들렀더니, 연못 입구에 새 정원이 조성되어져 있고, 반대쪽인 주차장 건너편에는 계백장군의 5,000 결사대 조각상이 한 쌍의 대형 치미 모양 석조물을 배경으로 새로 설치되어 있었다.

궁남지 근처에 위치한 부여박물관에 다시 들러 어제 저녁식사 때 우리의 숙소로 찾아와 서로 인사를 나눈 바 있었던 학예실장이 강당에서

슬라이드를 방영하며 선사시대 이후의 백제유적지에 대한 강의를 반시간 정도 해 주었다. 그는 이 박물관에 20여 년간 근무하고 있는데, 최근 몇 년간은 국립진주박물관에 근무한 바도 있었다고 한다. 이어서 박물관의 유적들을 둘러보았다. 지난 번 왔을 때 보았던 의자왕의 태자 夫餘隆의 誌石 모조품은 이제 보이지 않았고, 그 대신 건물 바깥의 정원 한 귀퉁이에서 유명한 唐將 劉仁願의 紀功碑가 눈에 띄었는데, 마모가 심하여 비문은 거의 읽을 수 없었다.

인구 2만 정도의 부여를 떠나 익산 미륵사지로 향하는 도중 일정에 없었던 부여 능산리의 고분군을 다시 둘러보게 되었다. 미륵사지 입구의 식당에서 점심을 들고서 절 터 안으로 들어가서는 박물관에서 비디오를 시청하였고, 해체 복원 공사 중인 西塔의 모습을 직접 공사 현장의 가건물 안에서 견학할 수가 있었다.

익산에서도 예정을 바꾸어 武王과 신라 선화공주의 무덤으로 전해 오는 雙陵 대신에 이미 여러 차례 가본 적이 있는 王宮里의 오층석탑을 둘러보게 되었는데, 도중에 여러 차례 길을 잘못 들었다가 결국 포기하고서 다음 답사지인 김제시 부량면 신용리의 碧骨堤로 향하게 되었다. 벽골제 경내의 광장에서는 이 지방에서 생산되는 쌀을 홍보하는 KBS TV 프로가 현장 생방송으로 촬영 되고 있는 중이라 짙은 화장을 한 선녀 같은 차림새의 젊은 여성들이 스무 명 정도 어지럽게 춤을 추며 돌아가고 있었다. 벽골제 경내의 여러 곳과 수리민속유물전시관을 두루 둘러본 다음, 정읍의 내장산 입구에 숙박업소가 밀집해 있는 장소로 가서 투숙하였다. 1층의 식당에서 저녁식사를 하며 들기 시작한 술을 밤늦게까지 계속 마셔, 크게 취하여 2층의 방으로 올라왔다.

28 (금) 맑음 -고부, 순천 지역

오늘의 첫 답사지인 黃土峴 戰迹地에 이르러 보니 그 건너편에 새로 대형 기념관을 조성하고 있어 건물은 이미 거의 완공 단계에 있었다. 전봉준 고택에 들러서는 동학사상에 관한 학생의 발표 뒤에 내가 보충설명을 하였고, 거기서 고부농민봉기 당시의 집회 장소였던 말목장터를 지나 동학 혁명의 발단지인 萬石洑에 새로 들렀다. 이로써 예정된 모든 답사 일정을 마치고서 내장산 입구의 숙박지로 돌아와 점심을 든 다음, 호남고속도로를 따라 귀로에 올랐다.

도중에 주암 인터체인지에서 송광사 방향으로 접어들어 원래의 일정에는 포함되어 있지 않은 지석묘박물관에 들렀다. 그 경내의 전남문화재연구소 소장실에 들러 차를 대접받으며 소장과 대화를 나누다가 밖으로 나와 학생들 가운데 끼어서 고고학 전공인 조영제 교수의 설명을 경청하였다.

남해고속도로를 경유하여 저녁 여섯 시에 출발지인 인문대학에 도착하였다. 인문학부장 강길중 교수와 조교들의 영접을 받으며 모임을 파한 후, 교수들은 승용차 한 대와 타고 온 대절버스 한 대에 동승하여 우리 아파트 입구의 수박횟집에 들러 저녁식사를 한 후 작별하였다. 그 횟집에서는 때마침 본교 국문과 대학원생들의 모임이 있어 국문과 교수들과 중국인 崔元萍 여사를 비롯한 대학원생들을 여러 명 만났다.

4월

6 (일) 맑음 -제4차, 여원재, 고남산, 복성이재

아내와 함께 '비경'의 백두대간 제4차 구간종주에 참가하여 전라북도 남원시 운봉읍의 女院재에서부터 운봉읍 아영면의 복성이재까지 답파하였다.

늘 그렇듯이 오전 7시까지 공설운동장 부근 백두대간 등산장비점 앞에 집결하여 대절버스 한 대로 출발하였다. 대진고속도로를 경유하여 지난번 제3차 때의 종착지점인 여원재에 있는 금년 3월에 종교법인으로 등록했다는 어느 신흥 불교종단의 총본산인 절 앞에 도착하여 등산을 시작하였다.

산행계획서에 의하면 오늘 코스는 실 거리 22km, 소요시간 총 10시간으로서 최고봉은 해발 646m의 고남산인데, 운봉 지역이 이미 해발 400m 정도의 고지대이므로, 실제로는 나지막한 야산들을 산책하듯이 걸을 수 있는 구간이다. 거의 전 구간을 뒤덮고 있는 소나무 숲길을 지나 꼭대기 부근에 통신중계소 시설이 있는 고남산에 올랐더니 산불초소에서 감시원 두 명이 지키고 있었다. 백두대간의 길목이라 감시원이 지키고 있다 하여 계속해서 몰려오는 등산객들을 모두 돌려보낼 수도 없으므로, 이럭저럭 문제없이 통과할 수 있었다.

한참을 더 가서 운봉읍 매요리 마을에 이르러 점심을 들었다. 이곳은 원래 지형이 말허리 모양 같다 하여 馬要里였는데, 근처에 이성계가 왜구 아기발도의 대군을 크게 무찔러 본격적인 출세 가도에 오를 계기를 마련한 古戰場 荒山벌이 있으므로, 사명대사가 풍수상 매화꽃이 피는 형국이라 하여 매요리로 바꾸었다는 전설이 있다고 한다. 매요리의 잡화점에 들렀다가 거기서 라면 두 개와 막걸리, 그리고 다른 등산객들이 주는 김밥과 주먹밥 등으로 점심을 때우고서 우리가 버스 안에 둔 도시락은 가지러 가기가 귀찮아서 손을 대지 않았다.

점심을 든 후 아내는 오늘 하루 운동량이 이미 충분하다면서 매요리의 대절버스 안에 혼자 남고 나는 다른 일행을 따라 오후의 코스로 나섰다. 점심 때 마신 막걸리로 말미암아 오전보다는 한층 힘들었다. 88고속도로의 지리산휴게소 부근인 사치재에서 고속도로를 횡단하였는데, 그 건너편은 근년에 있었던 산불로 말미암아 드넓은 지역이 온통 황무지로 변해 있었다. 우리 일행이 땡볕을 맞으며 산을 오르고 있을 때 한참 뒤의 고속도로 부근 지점에서 또 산불이 나 연기가 거세게 솟아오르고 있었다. 거기서 머무르며 대책을 협의하다가 결국 아직 따라오지 못한 일행 여섯 명은 뒤에 남겨둔 채 예정된 코스로 계속 나아갔다. 오후 여섯 시 반에서 일곱 시 사이에 일행이 하산을 마칠 것으로 생각하고 있었으나, 우리가 종착점인 복성이재에 도착했을 때는 그보다 두 시간 정도가 빠른 오후 네 시 반 무렵이었다.

아내와 뒤처진 일행 여섯 명을 태운 대절버스가 도착하기를 기다려 복성이재를 출발하였다. 버스 속에서 나는 맥주 한 병과 앞좌석의 회원이 계속 부어주는 소주 등을 받아 마시며 우리가 점심 반찬으로 준비해 간 장어구이와 소시지부침, 김치와 쇠고기장조림 등을 안주로 내놓아 제법 취하도록 마셨다. 돌아올 때는 함양군 백전면과 병곡면을 거쳐서 북쪽 끄트머리에 뇌계 유호인의 기념비가 보이는 함양읍의 上林을 거쳐 구도로 가에 확장하여 새로 낸 국도를 따라서 아직도 밝을 무렵인 오후 일곱 시 반 무렵에 진주에 도착하였다. 집에 도착했을 무렵 내가 허리에 차고 간 만보기로는 오늘의 총 보행 수 28,852보, 거리는 18.76km를 나타내고 있었다.

13 (일) 맑음 –대운산, 시명산

현역 및 예비역 공군들로써 2년 남짓 전에 결성된 보라매산우회의 제25차 산행에 아내와 함께 동참하여 울산시 울주군에 위치한 大雲山(742m)과 양산시 웅상읍에 위치한 시명산(673m)에 다녀왔다.

오전 8시까지 도립문화예술회관 앞 주차장에 집결하여 대절버스 한 대로 출발하였다. 남해고속도로를 거쳐 양산군내로 접어들어서는 7번 국도를 따라 동면 법기리를 지나 웅상읍에 도착하여 등산을 시작하였다. 탑골저수지를 지나 상당히 윗부분까지는 산복도로가 나 있었고, 그것이 끝나는 지점에서부터 비로소 등산로가 이어져, 정오 무렵에 대운산 정상에 도착하였다. 며칠 간 비 오고 날씨가 흐리더니 오늘은 날씨가 매우 포근하여 마치 초여름을 방불케 하였다.

정상 부근의 공터에서 햇볕을 바로 받으며 준비해 온 도시락으로 아내와 함께 점심을 든 다음, 회원의 카메라로 기념촬영을 하고서는 시명산 쪽으로 향하였다. 부산시 기장군 장안읍의 長安寺로 오후 4시 30분까지 하산하게 되어 있으므로 일행의 대부분은 도중의 갈림길에서 장안사 쪽 계곡으로 내려갔는데, 나는 갈림길에서 아내와 작별하여 거기서부터 능선으로 계속 이어진 시명산과 기장군 정관면의 석은덤산(543m)까지 주파했다가 백 코스로 다시 돌아와 장안사계곡으로 하산할 생각을 가지고 혼자서 계속 나아갔다. 그러나 시명산을 넘은 직후부터 길을 잘못 들어 장안사계곡의 맞은편 산줄기로 접어들고 말았으므로, 장안사와 그 부속 암자들이 환히 내려다보이는 그 능선 길을 따라 계속 내려오다가 도중에 元曉가 도술을 부려 글을 쓴 나무판자를 중국인가 인도로 날려 보내 수천 명의 인명을 구했다는 설화에서 그 이름이 유래한 擲板庵에 들렀고, 또한 그 아래쪽의 붉은 벽돌로 2층 법당을 지은 백련암을 거쳐 장안사로 내려왔다. 장안사 역시 원효가 창건한 사찰이라고 되어 있었는 데, 웅상읍 건너편의 원효산 원효암과 千聖山 內院寺 등도 척판암 전설과 서로 관련되어 있어 이 부근에는 원효와 관계된 설화를 지닌 절들이 적 지 않다.

절 구경을 한 다음, 오후 4시경에 장안사를 출발하여 기장을 거쳐 부 산 해운대구까지 와서 회원 한 명을 내려준 후, 다시 양산 쪽으로 향하여 새로 건설 중인 양산(상)휴게소에 정거하여 준비된 맥주를 마셨다. 양산 물류센터 구역을 지나서 왔던 코스로 되돌아가 오후 7시 무렵에 진주에 도착하였다.

27 (일) 맑음 -석대산, 구현산, 화왕산

아내와 함께 천왕봉산악회의 창립 2주년 기념 산행에 참가하여 창녕 의 석대산-화왕산 종주를 다녀왔다. 오전 8시 30분까지 장대동의 구 미 니주차장 건너 경남스토아 앞에 집결하여 대절버스 한 대와 봉고차 한 대로 출발하였다. 남해고속도로와 구마고속도로를 거쳐 영산 톨게이트 를 벗어난 후 일반국도로 접어들어 계성면에서 관룡산 쪽 옆길로 진입했 다가 옥천저수지 조금 못 미친 지점의 북암이라는 곳에서 산중턱의 三聖 庵으로 향하는 길을 따라 올라가서는 버스가 더 이상 진입할 수 없는 지점에서 하차하여 걷기 시작했다.

포장된 가파른 산길을 한참 걸어 대나무 숲으로 둘러싸인 삼성암에 도착한 다음, 그 절 옆으로 난 오솔길을 따라 한참을 더 올라 마침내 첫 번째 목적지인 석대산(581.4m)에 도착하였고, 거기서 능선을 따라 얼마를 더 간 지점에 위치한 구현산(764.4.m)에도 올랐다. 구현산에서 비탈길을 한참 내려가니 옥천리 쪽으로부터 올라오는 길이 지나치는 비들재에 이르렀다. 우리 내외는 비들재를 지나 다음 산봉우리로 오르는 길목의 바람이 잘 부는 소나무 숲 속에서 준비해 간 도시락과 주최 측으로부터 받은 소주 한 병으로 점심을 들었다.

식사를 마친 후 다음 산봉우리에 오르니 그곳 헬기장에서 나머지 일행들이 산신제를 마치고서 점심을 들려고 하고 있었다. 마련된 돼지머리고기를 몇 점 얻어먹고서 취중에 다시 산길을 나아가 오늘의 마지막 목적지인 화왕산(756.6m)성의 배바위에 다다랐고, 그 부근의 샘에서 솟아나는 물로 수통을 채운 후 계곡을 따라 하산하였다. 도중에 아래쪽으로부터 올라오고 있는 학림회원인 심리학과의 윤문숙 교수를 만나기도 하였다.

창녕여중고 입구의 도로 가에 세워져 있는 산악회의 대절버스에 도착한 다음, 그 건너편 언덕에 있는 레스토랑 겸 카페로 들어가 아내는 아이스크림, 나는 흑맥주를 들었다. 버스 옆으로 내려와 길가에서 일행과 함께 돼지고기를 안주로 맥주를 마시다가, 오후 5시 반 무렵에 출발하여 갔던 길로 진주에 되돌아왔다.

5월

4 (일) 흐림 −제6차, 영취산, 깃대봉

아내와 함께 '비경을 찾아서' 팀을 따라 백두대간 구간종주의 제6차 영취산~육십령 구간 산행에 참가하였다. 전체를 다섯 개의 큰 구간으로 나눈 가운데서 오늘 코스는 첫 번째인 지리산 구간의 마지막에 해당하는지라, 총33회에 걸친 작은 구간 중 가장 짧은 거리인 17km 정도를 주파한 후 종착지인 육십령에서 산신제 행사를 가졌다.

평소처럼 오전 7시에 공설운동장 입구의 백두대간 등산장비점 앞에 집결하여 일행 65명 정도가 대절버스 한 대와 봉고차 한 대에 분승하여 출발하였다. 대진고속도로를 따라 북상하다가 전북 장수에서 일반국도로 빠져나와 장계 및 論介의 고향이라고 하는 朱村을 거쳐 무령고개에서 하차하였다.

8시 30분 무렵부터 등산을 시작하여 오늘 코스의 최고봉이자 백두대간과 금남·호남정맥의 분기점이기도 한 영취산(1,075.6m)에 오른 다음, 북쪽으로 방향을 잡아 비교적 완만한 능선 길을 따라 나아갔다. 이 능선 길은 경상남도와 전라북도의 경계를 이루고 있는 지점이기도 하다. 큰바위전망대를 거쳐 철제 고압선 電柱 두 개가 서 있는 지점에서 가까운 민령에 도착하여 점심을 들고서, 깃대봉(1,014.8m)을 거쳐 오후 두 시가 채 못 되어 육십령에 도착하였다. 팔각정 전망대에서 바람을 쐬며 주변의 풍광을 구경하다가, 일행이 거의 내려왔을 즈음에 건너편 골짜기의 집합 지점으로 가서 산에서 흘러내리는 물에 윗몸을 씻고서 상의를 갈아입은 다음 시산제를 지냈다. 나는 절하기가 싫어 마지막 즈음에 아내와 내 몫의 찬조금 2만 원만 돼지머리의 입에다 물려두었다.

시산제 행사가 끝난 다음 준비된 음식으로 거기서 술을 들며 놀다가 오후 다섯 시 반쯤에 출발하여 서상면 소재지를 거쳐서 대진고속도에 올라 아직도 해가 꽤 남아 있을 무렵 진주에 도착하였다. 오늘 산행에는 경상대병원의 초대 병원장이자 내 치질 수술을 집도하여 완치케 해 준 분이기도 한 박순태 교수 및 공대 화공과의 교수 한 명도 참가하였다.

11 (일) 맑음 -해주오씨시조단, 함양오씨시조단

아내와 함께 在晉吳氏花樹會를 따라 京畿道 龍仁郡 慕賢面 吳山里 山5번지에 있는 海州吳氏始祖壇과 慶南 咸陽郡 柳林面 西洲里에 있는 咸陽吳氏始祖壇을 참배하고서 돌아왔다.

오전 7시 30분까지 공설운동장 북문 앞에 집결하여 대절버스 두 대와 소형 버스 한 대로 출발하였다. 대진고속도로를 거쳐 정오 무렵에 용인의 시조단에 도착하였다. 그곳은 내가 젊은 시절 서울에 살 때 버스로 지나다니면서 길가의 표지석을 통해 몇 번 본 적이 있는 조선 仁祖 때의

영의정 楸灘 吳允謙의 別廟와 齋舍가 있는 곳으로서, 시조단은 추탄공의
재실 위쪽에 세워져 있었다. 나는 예전부터 집에 있는 『海州吳氏大同系
譜略記』(서울, 간행위원회, 1981)를 통하여 경기도 南楊州郡 眞乾面 培養
里의 洪·裕陵 부근에 있는 世德壇과 그 재실인 培養齋의 모습을 익히 보
아 왔으므로 오늘 가는 곳도 거기인 줄로 알았었는데, 도착해 보니 전혀
다른 곳이었다. 그 일대는 예상했던 것보다 훨씬 웅장하게 꾸며져 있어
문중 사람들에게 자긍심을 심어주기에 부족함이 없었다.

1992년 해주오씨대동종친회에서 세운 海州吳氏始祖設壇碑의 비문과
오늘 일부러 나와 우리 일행을 맞아 준 대동종친회의 사무국장에게 물어
서 알게 된 바를 종합해 보면, 1963년에 해주오씨 司直公派의 派祖를 모
신 곳(1960년에 창건된 7세 判三司事公 外 8位의 神壇인 承德壇?)인 양주
배양리의 산 중턱에다 시조로부터 6世까지 11위의 神壇인 세덕단을 세
웠는데, 그곳이 협소하여 1986년에 이 장소로 옮기기로 결의하여 이듬
해인 1987년에 기공식을 가졌다. 그 문제로 사직공파 측과 심각한 대립
이 있어 아직도 배양리에는 예전의 세덕단이 그대로 남아 있으나 조만간
이리로 합쳐질 것이라고 한다.

시조단에서는 바닥의 板石 등을 교체하는 공사가 진행되고 있었다.
그 아래쪽의 設壇碑 맞은편에는 해주오씨 시조로서 고려 成宗 3년(984)
에 軍器監을 지낸 吳仁裕를 기념하는 비석이 커다랗게 서 있었는데,
비문은 李家源이 짓고 글씨는 金忠顯이 쓴 것이었다. 나는 그 26세손으
로서 陽亭公派에 속한다.

그 앞 잔디밭에서 준비해 간 도시락 및 술과 고기로 점심을 들었다.
오늘 행사에는 진주에서 100여 명의 일족 및 그 배우자가 참여하였다.
진주에서는 이미 50년 전부터 본관을 따지지 않고서 모든 오 씨를 결집
한 화수회가 결성되어 1년에 한 번씩 총회가 개최되고, 그 친목단체인
晋吳會도 운영되어 왔다고 한다. 나는 진주가 서부경남 지역에 위치해
있어 함양오씨가 많을 줄로 알았지만, 의외에도 진주에 사는 오씨의 8할
이상은 본관이 해주라고 한다. 高敞吳氏 竹牖 吳澐의 후예로서 지난달

나에게『國譯 竹牖全書』한 질을 보내준 바 있는 홍재 씨도 부총무로서와 있었다.

점심을 든 후 나의 의견에 따라 그 바로 옆 골짜기에 있는 추탄공 일족의 묘소를 둘러보았다. 이곳 역시 풍수적인 요소를 두루 갖춘 좋은 장소였는데, 추탄공의 묘소를 중심으로 하여 골짜기 전체의 좌우로 일족의 묘소들이 널리 배치되어 있었으며, 그 오른쪽 끄트머리의 높은 곳에 추탄공 부친이자 임진왜란 중 난중일기인 국보『鎖尾錄』의 저자 吳希文의 묘소와 그 부친, 즉 추탄공의 조부 묘소가 배치되었다. 그리고 추탄공 묘소 아래쪽에는 오래 된 향나무 한 그루가 서 있고 그보다 더 아래의 입구 오른편에 方塘이 위치해 있었다. 이러한 배치로 미루어 볼 때 이 장소는 추탄공이 출세한 이후에 정돈된 것이며, 吳山里라는 지명 역시 이 묘소에서 유래하는 것인 듯했다. 여기서 얼마 떨어지지 않은 곳에 병자호란 때 三學士의 한 사람인 吳達濟의 묘소와 신도비가 있다. 그가 瀋陽에서 죽은 후 衣冠을 가져와 장사한 곳이라고 하며, 현재 그는 같은 모현면 안에 묘소가 있는 鄭夢周와 구한말의 충신인 閔泳煥, 그리고 다른 한 사람과 함께 용인민속마을 안의 忠烈書院에 위패가 모셔져 있다고 한다.

돌아오는 길에 함양의 수동 톨게이트 부근에서 일반국도로 접어들어 유림면 국도 가의 함양오씨 시조로서 서기 1200년 무렵에 태어난 文度公 咸陽府院君 諱 光輝의 신도비가 있는 곳에서부터 안쪽으로 뻗은 길을 따라 들어가 西洲里 晦洞에 있는 재실인 永華齋 및 시조 祠宇인 晦洞祠를 참배하였다. 거기서 제51회 2003년도 재진오씨화수회 총회를 가져 현재의 회장인 吳相玉 씨와 두 사람의 총무를 모두 유임시키기로 결정하였다. 총회가 열리고 있는 중에 齋閣 마당의 비문들을 읽어보았다. 그것에 의하면 나와도 아는 사이인 前 경북대학교 사학과의 吳主煥 교수가 함양 오씨 大宗會長으로 재임하던 기간인 1997년에서 2001년 사이에 재실·사우의 건설과 시조묘의 보수, 派譜의 편찬 등 四大宗事를 이루었으며, 역시 나와 아는 사이인 거창의 향토사학자 吳煥淑 교장은 비문을 지었다. 함양오씨 祭廳인 永華齋는 1958년에 창건되었다가 2000년에 祠宇의 신축과 더불어 현재의 장소에 중건된 것이었다.

영화재에서 우리가 대절해 온 관광버스들이 주차해 있는 회동마을회관으로 걸어가서 다시 그 뒤편의 華藏山 중턱에 있는 함양오씨 시조 묘까지 걸어서 올라갔다. 시조 묘소가 이 근처에 있었다는 것은 근처의 지명을 통해서도 알려져 있었으나, 구한말인 1907년에 후손이 碑片을 발견함으로서 비로소 현재의 장소를 시조 묘로 확정하여 재건하게 되었다고 한다.

함양오씨 측은 신라 智證王 원년인 서기 500년에 중국으로부터 바다를 건너와 함양의 速舍라는 곳에 定居하였다가 귀국한 武惠公 吳瞻을 우리나라 오씨의 鼻祖로 간주하며, 이 땅에 남은 둘째 아들 吳膺의 후예로서 25世인 고려 중엽의 인물 光輝 때 비로소 다시 함양에 거주하기 시작하였다고 보고 있다. 광휘가 고려조의 벼슬에서 물러나 귀향하여 거주하던 곳을 掛冠洞이라 했다고 하는데, 현재 함양에 있는 掛冠山이 그 故事와 관계가 있는 지도 모르겠다.

회동마을회관 앞으로 도로 내려와 거기 포장도로 가에 둘러앉아서 다시 준비된 술과 고기를 들다가 밤 8시 30분쯤에 귀가하였다.

18 (일) 맑음 -산성산, 한우산(찰비산), 응봉산, 자굴산

아내와 함께 백두대간산악회의 진주의맥 탐사 종주에 참가하여 합천군 쌍백면·대의면과 의령군 궁유면·가례면·칠곡면의 경계에 위치한 산 능선을 따라 한티재에서 머리재까지 도상거리 15.5km, 실제거리 약 20km를 주파하였다.

오전 7시까지 시청 앞 육교 아래에 집결하여 대절버스 한 대로 출발하였다. 대부분의 회원들이 예전에 우리 부부와 함께 속리산 불란치재로부터 강원도 민통선 구역까지 남한 쪽 백두대간 코스의 절반 정도를 답파하였고, 낙남정맥 코스 때도 우리 내외가 두 차례 참가한 적이 있어 낯익은 사람들이었다. 이 산악회에서는 백두대간 답파를 마친 후 낙남정맥·낙동정맥 코스를 마치고서, "진주인 기상의 원천을 발굴·거양하고, 지리

인식 제고 및 독도능력을 배양"한다는 목적으로 금년 1월 5일부터 7월 6일까지 13차 예정으로 매월 첫째, 셋째 일요일에 남강의 발원지인 남덕유산에서부터 진주 시내의 仙鶴山에 이르기까지 총 156km의 산 능선을 구간 종주하고 있는데, 오늘은 그 중 제10차 구간에 해당한다.

진주를 출발하여 공설운동장 앞 등 몇 군데에서 회원들을 더 태워 대절버스의 좌석을 거의 다 채운 다음, 일반 국도로 院旨의 白馬山 뒤편에 다다른 후 20번 국도로 접어들어 산청군 신안면 문대리에서 생비량면을 거쳐 합천군 삼가면과 쌍백면으로 나아간 다음, 雙栢面 소재지인 平邱里에서 平地里·大峴里를 지나 의령군 궁유면과의 경계인 오늘 산행의 출발지 한티재에 이르렀다. 산 능선을 지나는 이 길도 이미 2차선으로 포장되어 있었다.

한티재에서 길도 보이지 않는 언덕을 치고 올라 능선에 접어들었더니 ≪국제신문≫ '근교의 산들' 팀에서 달아놓은 노란 리본들이 보이기 시작하였다. 사람이 거의 다니지 않아 뚜렷하지 않은 능선 길을 따라 556.5고지를 지나 옛 성터가 남아 있는 山城山(741.4m)에 이르렀고, 거기서 더 나아가 寒雨山(766m)에 이르렀다. 한우산은 찬비산(찰비산)을 한자로 옮긴 이름으로서 거기서 의령 쪽으로는 찰비계곡이 이어지고 있다. 찰비산에서 건너편 의령의 응봉산(584.7m)에 이르는 일대는 여기저기 패러글라이딩 장으로 개발되어 산 정상 부근까지 포장도로가 거미줄처럼 얽혀 있었고, 차를 몰고서 바람 쐬러 온 사람들과 이들을 상대로 하는 장사꾼도 눈에 띄었다. 오늘 전체 구간의 약 절반 정도 지점에 해당하는 찰비산 정상 아래의 광장에 둘러앉아 준비해 온 도시락으로 점심을 들었다.

오후에 다시 산행을 계속하여 오늘의 최고봉인 자굴산(897.1m)에 이르렀는데, 25,000분의 1 지도에는 도굴산으로 표시되어 있었다. 옛 지명 중 하나인데, 이 산은 여러 가지 비슷한 발음으로 불리다가 20세기에 들어와 山 字 앞의 두 글자에도 각각 山변을 넣어 자굴산으로 통일하게 되었다고 한다. 의령군의 최고봉인 자굴산에는 이번으로 세 번째 와 본 것이 아닌가 싶다. 첫 번째는 허권수 교수 및 조평래, 김경수 군과 함께 남명이 노닐며 시를 남긴 明鏡臺를 찾기 위해 비 오는 날 이 산에 올랐었는데, 그때는 아직 등산 붐이 일기 전인지라 정산 부근은 허리 위까지 올라오는 풀들로 뒤덮여 나아가기가 힘들 정도였다.

당시는 결국 명경대가 어디인지 확실하게 알지 못한 채 하산하고 말았다. 어제 인터넷 '한국의 산하' 홈페이지의 자굴산 조를 통해 알아본 바에 의하면 "자굴산 산행은 남쪽 내조리에서 시작하여 어느 할머니가 맺힌 한을 풀기 위해 하나하나 잘게 쪼갰다는 너덜지대인 '할미너덜'을 가로지른 뒤 계곡 가운데에 들어서면 연중 마르는 일이 없다는 샘이 나온다. 이 샘 위쪽에 명경대가 있고 이곳에서 길은 두 갈래인데 곧장 오르면 순한 정상 서릉길이지만 경관은 오른쪽의 정상 남릉길이 더 낫다. 급경사의 암봉 사이로 튼튼한 밧줄이 설치된 길을 따라 오르면 천왕봉에서 노고단에 이르는 지리산 능선의 장관을 구경할 수 있다. 여기서 조금 오르면 금지샘터가 나오고 금지샘터 옆의 절벽 사이로 난 길을 오르면 정상 남릉 위다."라고 되어 있다.

자굴산 정상 근처에서 맨발로 걷고 있는 여자를 보고서 나와 또 한 사람의 일행도 등산화와 양말을 벗어 배낭에 넣고는 한동안 맨발로 걸어보았다. 정상에서 금지샘터를 지나 좀 더 아래로 내려온 지점에 경치 좋은 전망대가 있어 거기의 바위에 올라 宜寧郡 七谷面 內槽里 일대의 계곡을 조망하였다. 내가 발을 디디고 선 곳 일대는 여기저기에 바위 절벽이 널려져 있고, 그 아래에 꽤 넓은 너덜지대가 펼쳐져 있으며 너덜지대 부근에도 작은 샘이 있다고 한다. 우리 일행 중 이 부근의 지리와 故事에 밝은 초등학교 교장 선생이 옆에 서 있다가 우리가 선 곳 일대의 바위기둥이 바로 명경대이며 바위에 그런 글자가 새겨져 있다고 일러주었는데, 인터넷을 통해 알아본 바와 대조해 보면 과연 그를듯하였다. 전망대 바로 아래쪽이 내조리로 내려가는 갈림길이었는데, 갈림길 표지판에는 명경대라는 명칭 대신 다른 한글 이름이 씌어져 있었다.

우리 일행은 내조리로 내려가지 않고서 계속 자굴산 서남쪽 능선을 따라서 한참을 내려와 좌골티재에 이르렀다. 내가 예전에 다른 산악회를 따라 두 번째로 자굴산에 올랐을 때는 이 코스를 이용하였었다. 칠곡면과 대의면을 연결하는 좌골티재에서 다시 산 능선을 타고 한참을 걸어 500.9봉에 이르렀고, 거기서 또 한참을 가니 이제는 길도 희미해져 종착점인 머리재로 내려올 즈음에는 길이 보이지 않는 잡목 비탈을 헤치고 나아갔다. 오후 여섯 시가 지나서 기진맥진하여 머리재에 도착했을 즈음 내 허리에 찬 만보기는 총 26,563보, 17.26km를 기록하고 있었다.

그곳 휴게소에서 위통을 벗고서 먼저 도착해 있던 아내로부터 고무호스로 등물을 해 받은 다음 옷을 갈아입었다. 귀로에 마쌍리를 지나 대의면 소재지에서 부인과 함께 개인우체국을 경영하고 있는 회원 이 씨의 우체국에 들러 그 뒤편 잔디밭에서 이 씨 가족이 제공하는 삶은 돼지고기와 막걸리로 조촐한 파티를 가진 다음, 올 때의 코스를 경유하여 밤 여덟 시가 넘어서 진주에 도착하였다.

24 (토) 흐리고 오후에 부슬비 -황매산

오후 두 시에 인문대학 앞 광장의 등나무 벤치에 집결한 일반대학원 철학과 및 교육대학원 철학교육전공의 대학원생들과 박선자·권오민 교수와 더불어 여러 대의 승용차에 나누어 타고서 합천군 가회면의 황매산을 향해 떠났다. 스승의날 행사를 대신하여 학생들이 학과 교수를 청한 야유회였다.

원지, 단계, 덕촌, 오도리를 지나 황매산에 올라 젖소 목장이 있는 곳에다 차를 세워두고는 철쭉꽃이 다 져 버린 산 능선에 올랐다. 돌아오는 길에는 가회의 모산재 입구에 있는 石亭이라는 식당에 들러 돼지 및 오리고기 삼겹살을 안주로 술과 음식을 들었다. 금년에 교육대학원 석사과정을 졸업하게 되는 진주이비인후과 원장 진종부 씨와 그 부인인 국제대학교 유아교육과의 조선희 교수도 뒤늦게 도착하여 그 자리에 합류하였다.

6월

1 (일) 맑음 -제8차, 백암봉, 지봉, 대봉, 갈미봉, 빼봉

아내와 함께 비경회의 백두대간 구간종주 제8차 덕유산 구간에 참가하여 동엽령에서 신풍령까지 도상거리 13.22km, 실거리 17km를 다녀왔다. 산기슭에서 능선에 오르기까지의 거리를 포함하면 오늘도 총 20km 정도는 될 것이다. 백두대간의 남한 쪽 전체 구간 중에서 지리산이 가장 높고 다음은 설악산이며, 덕유산은 그 중 세 번째인데, 우리 내외가 참가하지 않은 지난번의 제7차 구간에 이어 오늘 마침내 덕유산국립공원의 동쪽 끝에 다다르게 된다. 오전 7시까지 공설운동장 입구 백두대간 등산장비점 앞에 집결하여 50명의 인원이 대절버스 한 대로 출발하였다. 나는 출발에 앞서 등산장비점에서 둥근 챙이 있는 모자 하나와 소매 없는 상의 하나를 샀다.

대진고속도로를 거쳐 함양군 북동쪽의 지곡 톨게이트에서 일반국도로 빠져나와 안의와 거창군 마리면, 위천면 搜勝臺, 북상면 葛溪里를 지나 병곡리 빙기실 마을에서 하차하여 등산을 시작하였다. 초입의 송어양식장과 송어횟집이 있는 곳을 지나 가파른 언덕길을 한참 올라 동엽령에 도착하였고, 거기서 주능선을 따라 북상하여 덕유산의 정상인 香積峰(1,614m)과 그 아래의 中峰(1,594.3m)이 바로 앞에 바라보이는 오늘 코스의 최고봉 白巖峰(1,503)에 다다랐다. 거기서 방향을 오른쪽으로 틀어 계속하여 경상남도와 전라북도의 경계를 이루는 산 능선을 따라가다가 도중의 나무그늘 아래에 먼저 간 일행이 점심을 들고 있는 것을 보고서 우리 내외도 거기서 식사를 하였다.

점심을 마친 후 송계사 쪽으로 내려가는 계곡 길과 만나는 횡경재에 다다랐는데, 오늘의 전체 코스 중 여기까지는 과거에 망진산악회 회원들과 더불어 여러 차례 다녀본 적이 있었고, 횡경재로부터는 처음 가는 길이다. 횡경재로부터 오늘의 종착지점인 新風嶺까지에는 지봉·대봉·갈미봉·빼봉 등 1,000m 넘는 봉우리가 댓 개 정도 이어져 있어 계속 오르

내리는 능선을 따라가야 했다. 오후 다섯 시 남짓에 경남의 거창군 고제면에서 전북의 무주구천동 쪽으로 넘어가는 727번 지방도로인 신풍령에 도착하였는데, 하산지점의 포장된 도로 가에 秀嶺이라고 새겨진 표지석이 서 있었다. 본래 이 고개 부근에는 사냥꾼과 도적이 많아 그들이 잡아먹은 동물 뼈가 가득 쌓여 있었다고 해서 뼈재라고 했지만, 그것이 경상도 발음으로 빼재가 되었는데, 이 고개이름을 한자로 적으면서 빼어날 秀 자를 취해 이렇게 이름붙인 것이라고 한다.

신풍령 휴게소에서 산골 개울물로 땀을 씻고 난 다음 대절버스의 그늘에 앉아서 일행과 더불어 홍어회를 안주로 준비된 맥주와 소주를 들었고, 桐溪 鄭蘊의 고향인 위천면 소재지 부근에서부터 왔던 길을 따라 진주로 돌아왔다.

6 (금) 맑음 -봉림사지, 창원의 집
현충일 휴일이라 하루를 쉬었다.

점심을 든 후 시외버스를 타고서 마산으로 출발하여, 오후 1시 45분쯤에 마산터미널에서 대학원 박사과정 1학년에 재학 중이며 나보다 두 살 아래인 조덕제 씨의 마중을 받아 그가 운전하는 그랜저 승용차로 창원으로 향했다. 九山禪門의 하나인 鳳林寺址를 탐방하기 위해서였다. 먼저 정병산 기슭에 있는 현재의 봉림사까지 차로 올라가서 그곳 기념품 상점에 들러 녹차를 마셨다. 현재의 봉림사는 1947년에 새워졌는데, 작년에 대웅전을 새로 짓고 절을 확장하는 중이었으며, 절로 올라가는 언덕길 가에 불교대학 빌딩도 가지고 있었다.

절에다 차를 세워두고서 양복 상의는 벗고 여름용 흰색 골프 모자를 쓰고서 조 씨의 인도를 받아 숲길을 따라 정병산 등산로를 올라갔다. 정상을 500m 정도 남겨둔 지점에서 약수터 방향의 옆길로 접어들어 약수터에 도착하여 물을 마신 후, 그 바로 아래편에 있는 봉림사지에 도착하였다. 절터는 창원시에서 사적지로 보존하고 있어 비교적 잘 관리되고 있었다. 그 위치는 골프장인 컨트리클럽과 사격장 사이의 산중턱이며,

야트막한 능선으로 둘러싸여 아래쪽을 향해 삼각형을 이룬 것이 절터로 서 그럴듯한 위치임을 한 눈에 알 수 있었다.

여름철이라 풀이 자라서 절의 흔적은 별로 눈에 띄지 않았지만, 조선 시대까지 있었다는 절의 기와조각들을 쌓아놓은 곳이나 大正8년(1919) 3월에 현재의 경복궁 경내인 총독부박물관으로 그 절에 있던 탑을 옮겨 간 후 조선총독부가 그 자리에 세워 둔 비석이 남아 있었다. 이 비석(鳳 林寺眞鏡大師寶月凌空塔碑)의 비문은 『朝鮮金石總覽』 上卷에 실려 있어 예전에 한 번 검토해 본 적이 있었는데, 신라 景明王 8년(924)에 세워진 것으로서, 그 중에 "大師諱審希, 俗姓新金氏, 其先任那王族"이라 하여, 伽 倻를 任那로 칭한 대목이 있다.

올랐던 길로 도로 내려와 다시 차를 타고서 조 씨가 하이트맥주 마산 공장을 명예퇴직하고서 작년부터 개업한 창원시 사림동 '창원의 집' 주 차장 바로 옆에 위치한 전통찻집 茶泉에 도착하였다. 먼저 창원의 집을 둘러보았는데, 그곳은 원래 있던 順興安氏의 古家를 바탕으로 하여 여러 가지 부속건물들을 신축해서 민속박물관처럼 꾸며둔 곳이었다. 茶泉이 들어선 건물은 조 씨가 근년에 구입한 것이라고 하는데, 지하 1층과 지 상 1층은 찻집으로 쓰고 2층은 임대를 해주고 있었다. 조 씨는 직장 시절 부터 민예품이나 골동품을 수집하는 취미를 갖고 있었는데, 그것들을 실내 여기저기에다 배치해 두어 다방 전체가 작은 민속박물관을 이루고 있었다. 지하에는 조그만 무대도 마련되어 있어 여러 가지 문화 행사를 펼치고 있고, 『茶泉문화』라고 하는 월간 소책자를 발행하고 있었으며, 근자에는 내 아내의 전 시아버지인 진주의 亞人 朴鍾漢 옹을 초청하여 정례적인 다도 강좌도 열고 있는 모양이었다. 지하에서 沫茶와 보이차를 마시며 대화를 나누다가, 나오는 길에 중학교 미술교사인 조 씨의 부인 과 만나 인사를 나누었다.

조 씨를 따라 어느 자연산횟집으로 가서 저녁식사를 하며 술을 들다 가 다시 필리핀 사람인 듯한 외국인 보컬 그룹이 공연하는 생맥주집에 들러 2차를 하였으며, 택시로 마산 시외버스터미널에 도착해 보니 밤

10시의 진주 행 막차가 방금 떠난 후인지라, 박 씨가 태워준 택시로 진주의 집에 도착하였다.

8 (일) 맑음 -제비봉
아내와 함께 늘푸른산악회의 제42차 산행에 동참하여 충북 단양군 단성면의 월악산국립공원 구역 내에 위치한 제비봉(710m)에 다녀왔다. 오전 9시경 23명이 부산교통 대절버스 한 대로 장대동의 제일은행 앞을 출발하여 남해·구마·중앙고속도로를 경유하여 단양 인터체인지에서 일반국도로 빠졌고, 충주댐 건설로 말미암아 강폭이 넓어진 남한강변을 따라 장회리에 있는 휴게소 주차장에서 하차하였다. 단양팔경 중의 하나인 구담봉이 바라보이는 풍치 지구이다.
龜潭·玉筍峰을 두르는 관광유람선의 선착장을 지나 윗말에서부터 등산을 시작하였다. 그 일대의 산들은 모두 바위로 이루어져 경사가 급하고 나무가 적었다. 높이 올라감에 따라 평지에서는 잘 보이지 않던 단양팔경 중 또 하나인 옥순봉의 모습도 분명해졌다. 정상에 도착해 주위의 수려한 경관을 둘러보았고, 아내와 함께 나무그늘이 있고 한적한 장소를 찾아 점심을 든 다음, 외중방리 구미마을의 얼음골식당이 있는 곳으로 내려왔다. 내려오는 길은 숲이 우거져 계속 그늘 속을 걸을 수 있었다. 얼음골에서 산골을 흘러내리는 시원한 물로 등물을 한 다음, 왔던 코스로 밤 여덟 시 반쯤에 집에 도착하였다.

15 (일) 흐리고 저녁 무렵 한 때 비 -제9차, 삼봉산, 삼도봉, 대덕산
아내와 함께 비경회의 제9차 백두대간 종주에 참가하여 신풍령휴게소에서 덕산재까지 약 15.2km의 구간을 다녀왔다. 평소처럼 공설운동장 입구의 백두대간 등산장비점 앞에 집결하여, 대절버스 한 대와 봉고 승용차 한 대로 출발하였다. 대진고속도로를 경유하여 함양의 지곡 톨게이트에서 일반국도로 접어들어 함양군 안의면과 거창군 마리면을 거쳐 경남 거창군 고제면에서 전북의 무주구천동 쪽으로 넘어가는 고개인 빼재

의 신풍령휴게소에 도착하였다.

휴게소에서 입고 있던 바지의 잭을 열어 반바지로 만들고 상의도 긴 소매 셔츠를 벗고서 소매 없는 셔츠만 입은 후, 오늘 아침 등산장비점에서 하나 얻은 고리로 짧은 타월을 배낭의 뒤쪽에 고정시키고서, 일행의 뒤를 따라 산을 오르기 시작했다. 오늘 코스는 시종 경상도와 전라도의 경계를 이루는 산줄기를 따라 가는 길이었다.

고제면의 삼봉산(1,254m)에 올라 주위의 경관을 둘러보았다. 3개의 바위 봉우리로 이루어져 있다 하여 이런 이름이 붙은 것인데, 여기는 예전에 망진산악회 회원들과 함께 金鳳庵을 몇 차례 올라 본 적이 있다. 삼봉산을 지난 후 급경사를 계속 내려가 정오가 되기도 전에 고랭지 채소밭이 널려 있는 해발 700m의 소사마을에 도착하여 일부는 그곳의 상점 뜰에서, 우리 내외는 그 근처의 나무그늘에 앉아 준비해 간 도시락과 차에서 가져온 맥주로 점심을 들었다. 왕년에 삼봉산에 올랐다가 이 근처로 하산하였는데, 남해안의 굴을 싣고서 서울로 가던 화물차가 가드레일을 받고서 길가의 논으로 추락하여 기사는 죽고 굴 상자가 주위에 온통 흩어져 있어 사람들이 그 널려진 굴을 줍노라고 분주하던 기억이 난다.

점심식사를 마치자말자 다시 산행을 계속하여 고랭지채소밭 길을 한참 올라 경상남북도와 전라북도의 접점인 三道峰(1,250m)에 도달하였다. 이곳은 다음 코스에 포함되어 있는 삼도봉(1,176m)과 같은 이름인데, 다음 코스의 것은 경상북도·전라북도·충청북도가 만나는 지점이므로 전국적으로 널리 알려진 곳이다. 정상의 표지석에는 초점산(草岾山)이라고도 되어 있는데, 이는 申景濬의 『山經表』에 나오는 이름이라고 한다.

삼도봉에서 다시 완만하면서 숲이 별로 없는 오솔길을 따라 2km 북쪽의 능선 상에 이웃해 있는 오늘 코스의 최고봉 大德山(1,290m)에 올랐다. 이 산은 예전부터 한 번 오르고 싶었는데, 오늘 마침내 뜻을 이루었다. 우람한 肉山인 정상 주위는 온통 억새밭으로 이루어져 있어 사방의 이름난 산들을 조망할 수 있는 위치이지만, 오늘은 날씨가 그다지 맑지 않아 건너편의 삼봉산을 바라볼 수 있는 정도였다. 대덕산에서 긴 숲길을 따라 내려와 30번 국도가 지나가는 덕산재에 다다라 이번 코스를 모두 마쳤다.

덕산재에는 원래 휴게소가 있었는데, 별로 장사가 되지 않으므로 폐업하여 지금은 건물 두 채와 주유소의 자취만 남아 있고 사람 모습은 볼 수가 없다. 도중의 중간지점인 소사고개에서 오후 코스를 포기한 아내와는 거기서 다시 만났고, 건물 안에 들어가 땀에 젖은 옷을 갈아입은 다음 일행과 어울려 맥주와 소주를 들고 수박도 먹었다. 비경회의 등반대장인 왕윤수 씨는 신풍령휴게소에서 합류하여 여기까지 함께 왔지만, 이 이후는 단독종주를 하여 휴전선의 종점까지 간 후 8월경에 다시 우리와 합류할 것이라고 한다. 격려하는 뜻에서 주머니에 남아 있는 만 원권 지폐를 통 털어 3만 원을 주었는데, 아내도 따로 오만 원을 준 모양이었다.

손을 흔들며 우리를 전송하는 왕윤수 씨를 혼자 남겨두고서 덕산재를 출발하여 30번 국도를 따라 전북 무주군 무풍면 쪽으로 방향을 잡아 羅濟通門으로 향하다가, 도중에 1089번 지방도로 접어들어 소사고개를 지나서 다시 경남 거창군 고제면에 들어와 오전에 지났던 마리면에 이른 다음, 왔던 코스를 따라 진주의 출발지점에 도착하였다. 택시로 갈아타고서 밤 여덟 시 반 무렵 우리 집에 도착했다.

22 (일) 흐림 -독용산

아내는 작은 처남 황광이의 둘째 아들 돌잔치에 참가하러 처가에 가고, 나 혼자서 솔산악회의 6월 정기산행에 참가하여 경북 星州郡 伽泉面과 金水面의 경계에 있는 禿用山(955.5m)에 다녀왔다. 걸어서 집결 장소인 제일예식장 옆까지 가서 오전 여덟 시에 90명 정도의 인원이 대절버스 두 대에 분승하여 출발하였다. 나는 1호차에서 예전부터 산행을 통해 아는 정년퇴직한 교사 강대열 씨와 더불어 나란히 앉았다.

대진고속도로와 88고속도로를 경유하여 고령 톨게이트에서 일반국도로 접어들었고, 국도 33번을 따라 북상하다가 寒岡 鄭逑의 위패를 모신 檜淵書院을 지나 가천(창천리) 삼거리에서 寒岡의 武屹九曲으로 들어가는 삼존이골 쪽으로 방향을 잡아 산골짜기를 향해 나아가다가, 가천면 금봉리에서 하차하여 걷기 시작하였다. 회연서원 뒤편의 제1곡인 봉비 암에서부터 시작되는 무흘구곡은 대가천 지류의 물줄기를 따라 이어져 있는데 1~5곡은 성주군에 있고, 6~9곡은 김천시(예전의 금릉군)에 있 다. 예전에 제자인 趙平來 군과 더불어 김천시 증산면의 寒岡 武屹精舍가 있던 자리를 탐방하고서부터 구곡이 點在해 있는 골짜기를 따라 계속 내려온 적이 있었는데, 東岡 金宇顒의 考磐精舍도 그 도중에 있었다.

나는 학창 시절에 입던 짧은 테니스용 반바지에다 상반신에는 소매 없는 셔츠를 걸치고서 둥근 챙이 있는 모자를 썼다. 버스가 정거한 지점 으로부터 한참을 걸어 학산마을에서 산을 오르기 시작하였다. 일행과 떨어져 좀 다른 방향으로 둘러갔다가 지금은 폐사가 된 안국사 터에 있 었던 것으로 추정되는 보물로 지정된 통일신라시대의 석조 비로자나불 이 안치되어 있는 조그만 암자를 거쳐, 길도 없는 산비탈을 치고 올라가 독용산성으로 연결되는 딘보능선에 다다랐다. 삼존이골에 맞닿아 있는 이 능선은 학산마을 위쪽에서부터 바람 한 점 없는 바람재를 지나 665· 745·865·915·925m 등 점차 높아지는 봉우리의 능선 길을 계속 따라가 니, 마침내 길이 3km, 너비 3m의 영남 최대라고 하는 抱谷式 산성인 독 용산성에 이르렀다.

멀리 가야시대로부터 비롯된다는 이 산성은 지금도 꽤 잘 남아 있었 는데, 925봉에서부터 독용산 정상으로 향하는 등산로는 주로 성벽 위로 이어져 있었고, 도중의 곳곳에 건물의 흔적으로 짐작되는 바위에다 기둥 을 박기 위해 둥근 구멍을 뚫어놓은 것들이 보였다. 성터 안에는 트럭이 다닐 수 있는 도로가 마련되어 있었고, 더러 채소밭도 눈에 띠었다. 독용 산 정상에 다다라 보아도 표지석 하나 보이지 않고, 다만 +모양이 새겨 진 사각형의 측량점 돌 하나가 박혀 있었다.

정상 옆의 나무그늘에서 일행과 어울려 점심을 든 다음 동문을 지나 하산하였는데, 새로 만든 누각이 세워진 동문 부근에는 산성의 복원 공 사를 위한 건축공사장이 설치되어 있었다. 지능선을 따라 내려오다가 시여골계곡에 이르러 물길을 따라 걸었으며, 마을 부근에 이르러서는 냇물에 몸을 담그고서 목욕을 하기도 하였다. 우리가 목욕한 지점 아래로는 무슨 공사가 한창 진행 중이었다.

갔던 코스를 경유하여 밤 9시 무렵에 집에 도착하였다.

29 (일) 맑음 -스포츠파크, 달반늘

내일이 장모의 일흔 살 생신인데 오늘 조촐한 칠순 잔치를 가지기로 되었으므로 일요일이지만 산에는 가지 않았다.

간밤에 서울에서 내려온 작은처남 황광이가 잠에서 깨어나기를 기다려, 오전 11시 반 무렵 황 서방이 운전하는 봉고 차가 우리 아파트 입구에 도착하였으므로, 회옥이를 제외한 우리 내외도 그 차에 동승하여 함께 삼천포로 향했다. 삼천포 시내로 들어가기 전 남양포도원 사거리에서 실안·대방 방향의 해안도로로 접어들어 묘충공원에서 200m 정도 더 간 지점에 있는 '노을이 아름다운 횟집'에 이르렀다. 사천시 송포동에 있는 이 집은 이전에 대영횟집이라고 하던 곳인데, 처제의 친구와 그 남편인 강창용 씨가 한두 달 전에 인수하였다고 한다.

다도해에 면한 흰색 2층집으로서 2층은 게스트하우스(민박)로 되어 있고 별채도 있었다. 한쪽 벽을 튼 창문 너머로 바다에 물고기가 뛰는 모습도 바라보이는 분위기 있는 곳이어서 오늘 같은 휴일에는 마당에 관광버스도 두어 대가 들어서 있고, 예약한 손님이 아니고서는 받지 못할 정도의 성황이었다. 그 집 1층의 테이블과 의자가 마련된 특실에서 각종 해산물로 식사를 하고 빵집을 경영하는 큰처남 황광이가 특별히 만들어온 삼층 케이크를 잘랐으며, 한복으로 갈아입은 장모를 모시고 처가 식구들이 함께 기념사진을 찍기도 하였다.

거기서 점심과 칠순 행사를 마친 후, 우리 내외는 다시 황 서방의 차를 타고 따로 도착한 큰처남의 가족 전원이 탄 소형 승용차는 그 뒤를 따라 함께 실안 마을을 거쳐 근자에 개통한 삼천포-창선도 간의 국내 최대 규모인 연륙교를 건너게 되었다. 나는 점심 때 마신 술로 말미암아 조느라고 다리 구경은 하지 못했고, 창선도에서 남해도로 연결되는 창선대교를 지날 무렵에야 잠에서 깨었다.

남해읍 근처를 둘러서 남해군 서면 서상리에 있는 스포츠파크에 들렀다. 이곳은 다년간의 공사 끝에 작년에 비로소 완공되었다고 하는데, 바다에 면한 드넓은 부지에 온갖 종류의 실내외 스포츠 시설이 마련된 곳이다. 그 구내에 있는 남해스포츠파크호텔의 안내 팸플릿 첫 면에 "아시아 최고의 스포츠, 레저, 휴양, 관광의 중심지"라고 인쇄되어 있을 정도로 국제적으로도 손색이 없을 정도의 시설이었다. 그래서 국내외의 운동팀들이 전지훈련 차 이용하기도 하는 모양이었다. 구내의 남해향토역사관을 방문한 후 아내와 함께 공원 전체를 한 바퀴 둘러보았다.

돌아오는 길에 남해읍에 들러 작은처남의 장인 장모와 처가에 맡겨둔 둘째 아들 현주를 태워서 함께 창선대교 부근에 있는 '달반늘 숯불 장어구이'라는 음식점으로 가서 장어구이로 저녁을 들었다. 이곳은 남해군 상동면 지족1리로서 지족 우회도로에서 바다 쪽으로 향한 곁길로 들어가 와현부락의 축항 앞에 위치한 마지막 집인데, 달반늘이란 이 일대에 대한 고유어 지명이라고 한다.

서울의 신림동 고시촌에서 고시전문 서점을 경영하고 있는 처남 내외는 첫 아들 민우도 다섯 살 무렵까지 처가에 맡겨두었다가 제법 자란 후에 데려갔었는데, 지난주 일요일에 진주에서 돌잔치를 치른 현주도 남해의 처가에서 길러 주고 있었다. 그 장인 장모는 모두 남해읍의 토박이로서 함께 이불과 수예품 등을 취급하는 상점을 경영하고 있으며, 장인 되는 분은 1950년대에 카추샤의 전신인 위탁 국군으로 미군부대에서 근무했던 까닭에 오키나와(沖繩)에서도 1년 남짓 근무한 적이 있는 모양이었다. 작은처남 댁인 장옥희는 본교 간호학과 출신으로서 은사인 아내의 소개로 처남과 결혼하게 된 것이다.

식사를 마친 후 창선도와 접한 해협에서 노을 진 바다 풍경을 구경하기도 하다가 작은 처남의 장인 장모와 현주를 다시 남해읍까지 태워드린 후 거기서 큰처남 가족과도 작별하여, 우리는 이순신 장군의 전몰지에 세워진 李落祠 앞을 지나 남해안고속도로를 경유하여 밤 아홉 시 무렵에 귀가하였다.

7월

6 (일) 종일 비 -제10차, 덕산재~해인재

아내와 함께 비경회의 제10차 백두대간 구간 종주에 참가하였다.

오늘 코스는 지난달 셋째 주 산행의 종착점이었던 경북 김천시 대덕면 덕산리와 전북 무주군 무풍면 금평리의 경계인 덕산재에서부터 경북과 전북 혹은 충북과의 경계를 이루는 산 능선을 따라 경북 김천시 구성면과 충북 영동군 상춘면의 접점인 우두령 질매재까지에 이르는 24.55km 구간인데, 우리 내외는 계속 장대같이 쏟아지는 소나기로 말미암아 그 중 절반 남짓인 13.5km 지점의 三道峰(1,172m)을 500m 정도 남겨둔 지점인 해인재에서 김천의 釜項面 해인리 쪽으로 탈출하였다.

평소처럼 오전 7시에 공설운동장 입구의 백두대간 등산장비점 앞에서 집결하여 대절버스 한 대와 봉고 차 한 대로 출발하였다. 지난 달 귀가했던 코스를 경유하여 덕산재에 도착한 다음, 비가 내리는 가운데 각자 차림새를 가다듬어 출발하였다. 나는 발목에는 눈 속을 걸을 때 신는 행건 모양의 스패츠를 착용하고 배낭에는 커버를 하였다. 주최 측은 차 안에서 오후에는 비가 그칠 것이라고 말하고 있었지만, 빗발은 오히려 점점 굵어져 마침내 언제 그칠지 모르는 소나기가 되었다.

5.5km 지점의 부항령을 지나 조선 태종 때인 1414년에 조선을 팔도로 나눌 때 충청·경상·전라 삼남의 분기점이 된다하여 이름 지었다고 하는 삼도봉으로 향하는 도중에 이 모임의 대표 격인 정상규 씨가 준비해 온 비닐 덮개 아래에서 비를 피하며 점심을 들었다. 거기서 좀 더 나아간 지점에서 반대쪽 방향으로부터 진행해 오는 뇌호회 팀을 만날 수가 있었다. 뇌호회는 진주의 몇 개 산악회가 연합하여 남한의 북쪽 끝에서부터 남쪽으로 백두대간을 따라 내려오고 있는 팀인데, 오늘 그들은 오전 5시

에 진주를 출발하여 우리 팀과 같은 코스인 질매재에서 덕산재에 이르는 구간을 역방향으로 나아오고 있는 것이었다.

소나기로 말미암아 길 자체가 미끄럽기 그지없고 게다가 내가 신은 가죽 등산화는 오래 되어 바닥이 많이 닳은지라 아무리 조심해도 빨리 나아갈 수가 없었다. 배낭 커버나 스패츠도 소용없어 결국 온통 물에 빠진 생쥐 꼴이 된 데다 아내가 사 주었던 오스트리아제 스틱마저 부러져 버렸으므로 결국 더 이상 산행을 계속하는 것은 무리라고 판단하게 되었다.

일행 가운데서 가장 뒤에 처져 후미 가이드와 함께 오고 있는 우리 내외를 해인재에서 우산을 받쳐 쓴 채 20여 분 동안 기다리고 있었던 중년 남자 한 사람과 더불어 능선 코스를 탈출하여 해인리의 해인산장에 도착하였다. 대구에서 온 사람들이 화톳불을 둘러싸고서 술을 마시고 있는 자리에 어울려 소주를 몇 잔 받아 마시다가 우리 버스의 운전기사가 봉고차를 몰고서 그리로 데리러 왔으므로, 그 차를 타고서 가는 도중에 어느 음식점에 들러 흑돼지 불고기를 안주로 소주를 마시고 된장찌개로 넷이서 점심 겸 저녁식사를 들었다. 해인재에서 우리를 기다리던 사람은 처음 등산에 참가해 보는 것이라고 하는데, 비를 위한 아무런 대비를 해 오지 않았을 뿐 아니라 도시락도 준비해 오지 않아서 그때까지 아무것도 먹지 못하고 굶었다는 것이었다. 신세를 진 데 대한 보답으로 그 점심 값은 아내가 지불하였다.

질매재로 가보니 일행 중 몇 명은 이미 도착해 있었다. 그러나 나머지 일행은 날이 깜깜해 진 이후까지도 하산이 완료되지 않았다. 더러는 우리처럼 도중에 탈출한 사람도 있는 모양이었지만, 세 명의 동정은 끝내 확인되지 않았다. 밤 아홉 시가 넘어 일단 질매재를 출발하여 귀로에 올랐지만, 김천시 증산면의 어느 주유소에 정거하였다가 주최 측이 탄 봉고차 한 대는 도로 질매재로 돌아가고 버스에 탄 나머지 사람들은 자정 무렵에 진주로 귀환하였다.

20 (일) 흐리고 오후에 소나기 —제11차, 삼성산, 여정봉, 황악산

비경회의 백두대간 제11차 구간종주 질매재에서 추풍령까지의 코스에 참가하였다. 이 구간은 산행계획서에 의하면 실 거리 23.74km, 예상 소요시간 11시간으로서 지난 번 제10차 때의 24.75km, 12시간에 비해 약간 적은데, 아내는 자신의 능력에 부친다면서 참가를 포기하였다.

혼자서 택시를 타고 오전 7시까지 집합장소인 공설운동장 입구 백두대간 등산장비점 앞으로 나가 다른 참가자들과 더불어 대절버스 한 대로 출발하였다. 그 새 백두대간 단독종주를 마친 산행대장 왕윤수 씨도 이번부터 다시 우리들의 팀에 참가하였다. 그가 단독종주를 계속하는 동안 비경회의 회원 몇 사람이 여러 차례에 걸쳐 차를 몰고서 북상하여 그와 약속한 지점에서 만나 식료품 등 필요한 물자를 공급해 주었다고 한다.

대진고속도로를 따라 북상하다가, 늘 그러했던 것처럼 함양의 지곡 인터체인지에서 안의 쪽의 일반국도로 빠져나와 3번 국도를 따라 거창을 지나서 김천 방향으로 나아갔다. 지난번 첫째 일요일에 釜項面 해인리로 탈출해 빠져나와 버스 기사랑 네 명이 함께 흑돼지 불고기로 점심을 든 곳은 이 국도 가의 知禮面 소재지였음을 비로소 알았다.

제10차 산행의 종착지점인 김천시 부항면 마산리의 질매재에서부터 다시 등산을 시작하여 경북과 충북의 경계를 이루는 능선을 타고서 북상하였다. 삼성산(985.8) 여정봉(1,030)을 지나 방송중계소가 있는 지점에 이르렀을 무렵부터 흐리던 날씨가 조금 개어 주위의 좀 먼 곳까지를 조망할 수 있었으나, 고랭지 채소밭이 있는 바람재를 지나 이번 구간의 최고봉인 황악산(일명 황학산 1,111.4)에 이르렀을 무렵 다시 짙은 안개가 끼어 시계가 좁아졌다. 일행 중에는 유명한 直指寺를 구경하러 일부러 황악산을 내려갔다가 다시 올라오는 사람도 있었다.

황악산에서 점심 식사를 하기로 예정된 궤방령까지의 긴 산길을 나뭇가지에 매달린 여러 산악회의 리본들을 길잡이로 삼아 나아갔다. 전체 코스의 절반을 넘겨 궤방령에 거의 가까워지는 지점에서부터 빗방울이 듣기 시작하더니 금방 소나기로 변해버렸다. 나는 지난번 산행의 실패를

거울삼아 방수 커버가 완전히 덮이는 등산 가방으로 바꿔왔는데, 이번에는 실수로 우비와 갈아입을 옷을 챙겨오지 못했다. 폭우에 무방비 상태가 되어 곧 홀딱 젖고 말았는데, 다행히 머지않아 오후 두 시 반쯤에 우리들의 버스가 대기하고 있는 궤방령에 다다를 수가 있었다.

김천시에서 충북 영동군 매곡면 쪽으로 넘어가는 977번 지방도가 있는 이 지점에는 마침 부근에 비를 피할 수 있는 지붕이 달리고 그 아래에는 나무로 만든 탁자와 의자가 마련된 정자처럼 생긴 휴게소가 있어 거기서 점심을 들었다. 앞으로 약 네 시간 정도의 행정이 더 남았지만 비가 좀처럼 그칠 기미를 보이지 않는지라, 의견을 수렴하여 결국 나머지 구간은 여덟 시간쯤 소요될 예정인 내달 첫째 주의 일정에다 보태기로 하고 궤방령에서 철수하기로 결정하였다. 귀가 길에 김천 시내를 거쳐서 다 같이 거창 가조의 온천에 들렀다.

8월

17 (일) 비 -제13차, 큰재~신의터재

혼자서 비경회의 백두대간 구간종주 제13차 큰재에서 신의터재까지의 24.47km에 참가했다. 아내는 자기 체력에 무리라며 동행하지 않았다.

평소처럼 오전 7시까지 공설운동장 입구 백두대간 등산장비점 앞에 집결하여 대절버스 한 대로 출발하였다. 그 새 참가자가 많이 줄어 오늘 인원은 모두 38명이었다. 지난번 8월 첫째 주의 12차는 유럽 여행 관계로 빠졌다. 대진·88고속도로를 경유하여 거창에서 일반국도로 접어든 후 김천 쪽으로 향하다가 도중에 황악산 직지사 방향의 지름길로 접어들어 추풍령을 거쳐서 오늘의 출발지점인 경북 상주시 공성면의 큰재에 도착하였다.

오늘 구간은 화령재에서 추풍령까지의 중화地溝帶에 속하는 고원지대인데, 평지보다 평균 기온이 3~5도 정도 낮기 때문에 당도가 높은 과일을 생산하는 과수농업이 발달해 있으며, 특히 포도가 주산물을 이루고 있다고 한다. 해발 250~350m의 높은 대지에 형성된 산맥이므로 야산들도 해발 300m가 넘는다. 남한 쪽 백두대간 전체에서 高度가 가장 낮고, 능선의 힘도 가장 약하며, 야산이라 잡목이 우거지고 민가에 가까워서 농로와 소로 길이 많아 길을 잃기 쉬운 구간이었다.

부슬비가 내리는 가운데 개터재를 거쳐 윗왕실이라는 곳에서 점심을 들었고, 거기서 좀 더 나아간 지점에 위치한 오늘 구간 중의 최고봉 白鶴山(615m)에 올랐다. 백학산은 전체 구간의 중간 정도에 있는데, 거기서부터 개머리재(소정재), 지기재를 거쳐 아직 날이 어두워지기 전에 종착점인 상주시 화동면의 신의터재(어신재)에 다다랐다. 중간 여기저기의 재 부근에 과수원이 널려 있었고, 지기재와 신의터재에는 금강과 낙동강의 분수령이라는 표지판이 세워져 있었다. 알프스의 융프라우 전망대에서 사 온 쌍지팡이를 오늘 처음 사용하였고, 비에 대비하여 출발할 때 백두대간 등산장비점에서 판초 우의를 하나 샀지만 더워서 거의 사용하지 않았다. 신의터재의 갯가에서 옷을 갈아입었는데, 그때 허리띠 없는 반바지의 허리춤에다 꽂아두었던 만보기가 한참 후 돌아오는 차 안에서 보니 어디론가 사라져 버리고 없었다.

신의터재에서 지방도를 따라 백화산(포성봉)·주행봉 기슭을 지나, 충북 영동군의 황간 및 경북 김천시와 경남 거창을 거쳐서 밤 10시 반 무렵에 우리 집에 도착하였다.

9월

14 (일) 맑음 -별매산, 가학산, 흑석산
태풍이 지나간 후 다소 서늘해 져 가을을 느끼게 한다.

모처럼 아내와 함께 박양일 씨가 회장으로 있는 희망산악회의 9월 산행에 동참하여 전남 해남군 계곡면과 영암군 학산면의 경계에 걸쳐 있는 별매산(465m) 가학산(577m) 흑석산(650.3m) 능선 종주 산행에 참가하였다. 오전 8시까지 진주교 부근 칠암동의 귀빈예식장 앞에서 집결하여

34명이 대절버스 한 대로 출발하였다. 남해 및 호남고속도로를 경유하여 순천 인터체인지에서 일반국도로 접어든 후 순천·벌교·보성·장흥을 거쳐 강진군 성전면 월평리의 제전마을에서 하차하여 등산을 시작하였다. 호남 지방은 이번 태풍의 진로에서 비켜나 있었던 까닭인지 들판이나 산길의 모습이 보통 때와 별로 다름이 없었다.

아내는 약 두 달 만에 산에 오르는 셈인데, 그런 탓인지 평소와는 달리 늘 내 뒤에 쳐졌다. 예전에 망진산악회 회원들과 함께 가학산 아래의 흑석산 기도원을 경유하여 흑석산에 두어 번 올랐던 적이 있었지만, 이렇게 긴 능선을 타는 것은 처음이다. 가학산 못 미친 지점에서 점심을 든 다음 잡목이 우거진 좁다란 오솔길을 반소매 차림으로 계속 스쳐 지나가려니 팔에도 긁힌 흔적이 적지 않게 생겼다. 흑석산의 정상인 깃대봉을 거쳐 가리재에서 영암군 학계리 쪽으로 하산하였다. 도중에 길을 잘못 들어 진흙투성이인 옥수수 밭고랑을 한참 헤매기도 하였다.

대충 12km쯤 되는 거리를 일곱 시간 정도 걸은 다음 학계리에 도착하여 시냇가에서 윗몸을 씻고 상의를 갈아입고서 주최 측이 준비한 맥주를 두어 병 마셨다. 일행 중 일곱 명은 가학산 못 미친 지점에서 지름길 능선으로 하산하여 수암 휴게소에서 우리와 합류하였다.

20 (토) 흐림 -백두대간 행
아내는 오늘 오후 3시에 연세대학교 알렌관에서 거행되는 본교 간호학과 김은심 교수의 장녀 이소연 양의 결혼식에 참석하기 위해 아침에 서울로 올라갔다가, 밤 10시 내가 비경회의 백두대간 구간종주 무박산행 참가를 위해 집을 나설 무렵 귀가하였다. 구간종주는 이번부터 전날 밤에 출발하는 무박산행에 들어간다. 밤 10시 반에 공설운동장 앞 백두대간 등산장비점 앞에서 집결하여 대절버스 한 대로 대진·경부고속도로를 따라 밤새 북상하였다.

21 (일) 맑은 가을 날씨 -제15차, 형제봉, 천황봉, 비로봉, 문수봉, 문장대

오전 2시 무렵에 속리산 아래의 목적지인 경북 상주시 화남면 동관리의 비재에 도착한 다음, 한동안 자유 시간을 보내다가 조반을 들고서 오전 4시 반 무렵부터 헤드랜턴을 착용하고서 등산을 시작하였다. 급경사를 타고서 한참을 오르니, 한 시간 남짓 지나서부터 날이 점점 밝아지기 시작하였다. 맑고 싸늘한 아침공기와 주변의 풍광이 더없이 상쾌하였다. 이번의 제15차 구간종주는 속리산 구간에 속하며 총23.57km인데, 갈령삼거리를 지나 형제봉(803.3m)에서부터는 경북 상주시 화북면과 충북 보은군 내속리면의 경계를 이루는 국립공원 속리산의 주능선을 따라 북상하게 되었다. 피앗재를 지나 한참동안 가파른 경사 길을 걸어서 속리산의 최고봉인 天皇峰(1,057m)에 올랐다. 이곳에서 한남금북정맥이 갈라지고, 남한을 대표하는 세 강의 분수령이 되기도 하는 곳이다.

천황봉에서부터 비로봉(1,032m)·입석대를 지나 신선대의 휴게소에 이르러 점심을 들었다. 계속 암봉으로 이어지는 구역이라 설악산의 공룡능선처럼 굴곡이 심해 사람을 피로하게 만들었다. 간밤의 수면부족으로 말미암아 피로감이 한층 더하여 때로는 발아래의 길을 구분하기 어려울 정도였다. 입석대를 비롯하여 이 일대에는 조선 인조 시대의 임경업 장군과 관련된 전설이 많이 남아 있었다. 신선대 휴게소의 주인아주머니가 자기네 상점의 물건을 별로 팔아주지 않으면서 상점에서 설치한 탁자와 의자만 사용한다고 제법 구박을 하였다.

문수봉(1,031m)을 거쳐 문장대(1,033m)에 이르러 거기서 점심을 든 우리 일행과 합류한 다음, 속리산의 주능선을 버리고서 나무로 막아둔 목책을 넘어 백두대간 능선을 타고서 하산하기 시작했다. 그곳은 대부분 위험한 암릉으로 이루어져 있어 설악산의 용아장성 능선을 연상케 하였다. 우리들의 대절버스가 대기해 있는 밤티재의 포장도로에 도착하자 일행 대부분은 피로에 지쳐 더 이상의 산행을 포기하였으나, 나는 모든 짐을 차에다 둔 채 맨몸으로 뒷짐을 지고서 다시 백두대간 능선을 따라

이어진 리본을 표지삼아 혼자서 산책하듯이 또 하나의 봉우리(696.2봉)를 더 넘어 오후 다섯 시 남짓에 오늘의 목적지인 눌재에 도착하였다.

일행은 나의 도착을 기다려서 눌재를 출발하여 귀로에 올랐고, 머지않아 어느 식당에 들러 저녁식사를 한 다음, 밤 10시가 넘어서 진주에 도착하였다.

28 (일) 흐림 —성주봉

아내와 함께 천왕봉산악회의 9월 정기산행에 참가하여 경북 문경시 문경읍 당포리에 있는 성주봉(911m)에 다녀왔다. 오전 8시 장대동의 舊미니주차장 건너편 경남스토아 앞에 집결하여 부산교통의 대절버스 한 대로 출발하였다. 남해·구마·경부고속도로를 경유하여 구미 부근에서 새로 건설 중인 고속도로로 진입하여 현재 그 공사가 완료된 上限 지점인 상주까지 간 다음, 다시 일반국도로 빠져나와 함창·점촌을 지나 문경에 이르렀고, 거기서 901번 지방도를 따라 동북쪽으로 나아가 당포리에서 하차하였다.

성주봉은 전에 올라본 적이 있는 운달산의 서쪽에 인접해 있는 바위산으로서, 산 전체가 온통 바위덩어리로 이루어져 있어 서울의 인왕산을 연상케 하였다. 우리 일행은 정오 무렵 당포 1리에서 등산을 시작하여 조그만 사당 같은 느낌을 주는 성주사를 지나 경사가 가파른 바위 절벽을 오르기 시작하였다. 아내는 산중에 위험한 구간이 많다는 설명을 듣고서 아예 등산을 포기하고 당포리에 남았다. 나는 첫 번째로 닿은 봉우리인 수리봉(565m)에 올라 넙적한 바위 끄트머리에 앉아서 배를 하나 깎아 먹으면서 주변 산들과 골짜기의 경치를 바라보았다. 거기서 오는 도중의 휴게소에서 준비한 김밥 및 프라이드치킨 하나씩과 주최 측이 준비한 소주 한 병으로 점심을 들고서, 제일 나중에 혼자서 터벅터벅 산길을 올랐다.

성주봉 정상을 거쳐 운달산 방향으로 향하다가 로프를 잡고서 바위 절벽을 내려가던 중에 술을 마신 까닭인지 한쪽 발이 미끄러져 오른쪽

팔꿈치를 조금 다쳤고, 왼손의 가운데 손가락 끝에는 그 충격으로 아주 작은 침이 박혔는지 눈에는 띄지 않아도 계속 따끔거렸다. 정상 바로 옆 계곡을 따라 계속 이어지는 너덜지대를 지나 하산하여 출발지점으로 되돌아왔다. 아내는 마을 할머니의 집까지 따라가서 도라지를 샀다고 한다.

돌아올 때는 예천을 지나 중앙도속도로를 경유하여 대구까지 왔고, 대구서부터는 올 때의 코스를 따라 밤 10시가 넘어서 귀가하였다.

10월

12 (일) 흐리고 오후에 부슬비 -영인봉, 황정산, 남봉

경상대학교 총동문산악회(개척산악회)의 월례산행에 동참하여 충북 단양군 대강면에 있는 黃庭山(959.5m)~수리봉(1,019m) 종주를 다녀왔다. 오전 7시 동문회관 앞에 집결하여 38명 정도 인원이 대절버스 한 대로 출발하여, 남해·구마·중앙고속도로를 경유하여 단양 인터체인지에서 일반국도로 빠진 다음 단양8경 중 하나인 舍人巖 마을을 경유하여 황정리의 황정산 등산로 입구에서 하차하였다. 일행 중에는 우리 부부 외에도 현 농대 학장과 원예학과의 朴重春 씨 등 네 명의 본교 교수가 포함되어 있었고, 현직 혹은 정년퇴임한 교사도 여러 명 있었다.

몇 년 전에 한 번 오른 적이 있는 코스로 다시 황정산을 오르기 시작하여, 圓通庵을 거쳐 그 당시에도 점심을 들었던 장소인 영인봉(830m) 부근에서 일행과 함께 점심을 들었다. 황정산 정상에 도착할 무렵부터는 흐리던 날씨에 부슬비가 조금씩 내리기 시작하여, 가을 단풍이 절정인 주위의 산세를 더 이상 조망할 수 없는 것이 유감이었다. 예전에는 정상에서 백 코스로 하산하였지만, 이번에는 건너편의 수리봉과 연결하는 산행이었기 때문에 계속 능선을 타서 남봉(950m)에 도달한 다음, 아내와 박중춘 교수 등은 도락산(964.4m) 방향의 빗재로 하산하기로 하고 나를 포함한 세 명은 수리봉 방향으로 계속 전진하였다. 그러나 얼마

못가서 같이 가던 두 사람이 갈림길에 붙은 리본들에 현혹되어 바른 길로 가던 나를 돌이키게 하여 왔던 방향으로 난 오르막길을 오르기 시작하였는데, 결국 아내 등이 아직도 남아 있는 남봉 정상으로 되돌아오게 되었다.

등산부장인 정상규 씨의 先導를 따라 뒤에 온 사람들을 포함한 일곱 명이 다시 출발하여 수리봉으로 향했다. 우리가 수리봉 부근의 신선봉(995m)에 채 도달하지 못하였음에도 불구하고 정 씨는 도중에 휴식을 취한 장소를 신선봉으로 착각하고서, 앞서 간 사람들과의 시간적 간격이 이미 반시간 정도나 되므로 계곡 코스로 방향을 바꾸어서 목적지인 방곡리의 陶藝村까지 질러가자고 하여, 길도 없는 산비탈을 앞장서서 내려가기 시작하였다. 나는 이번에도 방곡리 쪽으로 가려면 반대 방향의 계곡으로 방향을 잡아야 한다고 생각했지만, 등산 경험이 풍부한 정 씨에게 이의를 말하기도 무엇하여 잠자코 따라나섰다. 그러나 방곡도예촌까지의 최단거리인 산막골로 접어든 줄 알았던 것이 가도 가도 좀처럼 끝이 나지 않더니 결국 출발지점인 원통리의 대흥사 앞길로 나서고서야 비로소 반대 방향으로 길을 잘못 들어선 것임을 확인할 수 있었다.

별 수 없이 그 길을 계속 걸어 황정리 입구의 황정교 삼거리를 조금 지난 지점에서 사인암리를 거쳐 온 나머지 일행이 타고 있는 대절버스에 오를 수 있었다. 그리하여 왔던 코스를 경유해 밤 10시경에 진주로 돌아왔다.

나는 오전 중 단양 방향으로 가던 도중에 두 차례 정거했던 칠서 및 안동 휴게소의 가판대에서 각각 특이한 모양의 케이스에 든 돋보기안경 하나씩을 구입하였는데, 안동에서 산 것은 2.0으로서 내 시력에는 잘 맞지 않는 듯하므로, 돌아오는 길에 2.5 정도의 것으로 바꾸고자 했지만, 같은 모양의 케이스에 든 안경은 눈에 띄지 않았다.

20 (월) 오전 중 흐리다가 개임 -보성 지역 예비답사
본교의 개교기념일로서 하루를 쉬게 되었으므로, 우리 내외와 인문대

학 교수회의 간사인 안상국 교수 내외가 함께 11월 1일에 있을 인문대학 교수친목야유회의 예비답사 차 전라남도 보성 지역으로 떠나게 되었다. 오전 9시 30분경에 안상국 교수가 신안동 현대아파트의 자택으로부터 승용차를 몰아 우리 아파트 7동 아래까지 와서 우리 내외를 태워, 가좌 캠퍼스 정문 앞을 지나 사천에서 남해고속도로에 올랐다. 호남고속도로 의 순천 인터체인지에서 목포행 국도를 따라가다가 순천·벌교를 지나 보성읍의 대야리 삼거리에서 다시 지방도로 접어들어, 약간 남쪽으로 내려간 지점에 위치한 강산리의 서편제 판소리 창시자 朴裕全 (1835~1906)의 藝蹟碑가 있는 松林공원에 들렀다.

그런 다음 日林山 등산로가 시작되는 한치로 향하다가 도중에 길을 잘 못 접어들어 일림산 관광휴양림 쪽으로 진입하였다. 다시 돌아 나와 한치 주차장에서 우리 부부는 하차하여 등산을 시작하고 안상국 교수 내외는 그대로 차를 몰고서 재를 넘어 會泉面 회령리의 회천서국민학교 근처에 서 우리가 하산하는 쪽의 산록으로 진입하여 대기하게 되었다. 우리 내외 는 능선을 따라 일림산 정상(664.2m) 방향으로 나아가다가 첫 번째 갈림 길이 있는 지점에서 남쪽의 회령다원 방향으로 하산하였다. 전체 트래킹 코스는 2.8km 정도로서 내 걸음으로 한 시간 정도 소요되었다.

넓은 茶園 안을 가로질러 정문 앞의 비료공장 입구 광장에서 안 교수 내외와 합류한 후 18번 국도까지 내려왔으나, 또 방향을 잘못 잡아 장흥 군 쪽으로 좀 나아가다가 반대 방향으로 돌이켜 회천면 영천리의 도강마 을에 있는 松溪 鄭應珉(1896~ ?) 노래비가 있는 '보성소리의 名家'에 들러 경내를 둘러보았다. 갔던 길을 잠시 돌아 나온 후 해안도로를 따라 국민관광지로 지정되어 있는 栗浦해수욕장에 이르렀다. 그 일대에서 점 심 장소를 물색하며 여기저기 돌아다녀보다가 태백산맥이라는 횟집에 들러 광어회와 전어구이로 점심을 들었다.

海水綠茶溫泉蕩이 있는 건물에 들러 가격 등을 알아본 후 율포해수욕 장을 떠나 지나왔던 해안도로를 따라서 회천면 벽교리의 남태평양횟집 과 아까 장흥 방향으로 잘못 들었던 길 가에 있는 회천면 전일리 군학마을의 푸른바다횟집에 들러 단체로 점심을 들기에 적당한 장소를 물색해 보다가, 바다 풍경이 좋고 가격도 그럴듯한 푸른바다횟집으로 내정해 두었다.

거기서 18번 국도를 따라 북상하여 봇재를 넘어 보성읍 봉산리의 활성산 자락에 있는 한국 유일의 차 관광농원인 대한다업관광농원에 이르러 전신주 크기의 삼나무가 늘어선 길을 따라 들어가 30여만 평의 드넓은 다원을 둘러보았다. 귀로에는 계속 18번 국도를 따라 북상하여 보성군 문덕면 용암리에 있는 서재필 생가마을에 들러 그곳에 새로 조성된 서재필 기념공원과 도로 건너편의 조각공원을 둘러본 다음 어두워진 주암호 호반도로를 따라가 주암 인터체인지에서 호남고속도로에 올라 진주로 돌아왔다.

진주에 도착하여서는 본교 대학병원 부근의 칠암동 남강 가에 있는 뚱보화로불고기에 들러 소불고기와 냉면으로 저녁식사를 들었다. 안 교수 내외는 자택에다 차를 갖다 둔 후 택시로 다시 와서 우리와 합류하였는데, 우리는 친목야유회 당일 이 집에서 저녁식사를 들기로 예정하고 있으므로 주인을 불러 구체적인 사항을 점검해 보았다. 식사를 마친 후 의과대학 정문 부근의 찻집에 들러 차를 마시며 대화를 나누다가, 안 교수 내외와 헤어져서 밤 10시가 넘어 귀가하였다.

11월

1 (토) 맑음 - 보성 지역

인문대학 교수친목회의 가을 여행이 있는 날인지라, 귀가할 때의 사정을 생각하여 차를 집에 두고서 스쿨버스로 출근하였다. 금년 들어 새로 부임한 모스크바 출신의 러시아인 여교수 나탈리아와 南京에서 온 중국인 여교수 夏小芸을 포함한 교수들과 다섯 명 정도의 각 학과 조교를 보태어 약 30명 정도의 인원이 오전 9시 20분 무렵 스쿨버스 한 대로 인문대학 앞 광장을 출발하였다. 두 사람의 외국인 교수는 모두 미혼으로 착각할 정도로 젊어보였고, 영어도 꽤 유창하였다. 지난번 예비 답사 때와 같이 남해고속도로와 호남고속도로를 따라 서쪽으로 가다가 순천에서 목포 행 일반국도로 접어들어, 벌교를 거쳐 보성읍 대야리에서 회천 방향의 지방도로 빠진 후, 대야리 강산마을에 있는 판소리 서편제의 비조 강산 박유전의 藝蹟碑를 둘러보았다. 소나무 공원 안의 비석 앞에서 내가 서편제와 박유전에 관한 설명을 하였다.

그 다음으로는 일림산의 한치에 이르러 대부분 하차하여 트레킹을 시작하고, 간사인 안상국 교수와 박선자 교수는 차에 남아 우리가 하산할 지점으로 차를 인도하였다. 봄 날씨처럼 화창하나 늦가을의 정취가 무르익은 남도의 산길 2.8km를 한 시간 남짓 산책하면서 득량만의 경치를 감상하기도 하다가 드넓은 회령다원의 측백나무 가로수 길을 따라 茶園 한가운데를 지나서 그 입구로 빠져나왔다. 거기 비료공장 앞에서 다시 차를 타고는 예약해 두었던 시각인 오후 1시 30분에서 1분의 오차도 없이 점심 장소인 보성군 회천면 전일리 군학마을의 바닷가에 위치한 푸른 바다횟집에 도착하였다.

거기서 생선회와 소주 등으로 점심을 든 후 보성군 회천면 영천리의 도강마을에 있는 보성소리 창시자 송계 정응민의 노래비가 있는 '보성소리의 名家'에 다다라 내가 비석 앞에서 다시 보성소리의 유래와 정응민을 비롯한 河東鄭氏 일문의 판소리 전통에 관해 설명하였다. 때마침 지난주 토요일에서 일요일까지 이틀간에 걸쳐 보성 읍내에서는 제6차 보성소리 축제가 열렸던지라, 그 집 대문에 아직도 그 포스터가 붙어 있었다.

왔던 길을 조금 돌아 나와 풍치 좋은 해안도로를 따라서 율포해수욕장에 도착한 후 희망자들은 나를 따라 해수녹차탕으로 들어가서 목욕을 하고 나머지 사람들은 간사인 안상국 교수와 함께 그 일대를 산책하며 차를 마시기도 하는 등 한 시간 정도 자유 시간을 가졌다.

다시 18번 국도를 따라 봇재를 넘어가며 활성산 일대에 펼쳐진 다원들을 바라보다가 대한다원관광농원에 들러 자유 시간을 가졌고, 보성읍에서부터는 올 때와 같은 코스를 경유하여 예약해 둔 오후 7시보다도

40분 정도 늦은 시각에 진주시 칠암동의 진양교와 대학병원 사이 강변로에 위치한 뚱보화로불고기에 들러 불고기와 술, 냉면 등으로 늦은 저녁식사를 들었다.

오늘의 친목 여행에 대해서는 프로그램이 알차고 준비가 치밀하다면서 다들 칭찬이 자자하였다.

16 (일) 맑음 −절골, 가메봉

아내와 함께 오랜만에 일요 등산에 나서 新花산악회를 따라 경북 靑松郡 府東面에 위치한 가메봉(882m)에 다녀왔다. 오전 8시 장대동 어린이 놀이터 옆에 집결하여 대절버스 한 대로 출발하였다. 남해·구마·중앙고속도로를 경유하여 경북의 의성 IC에서 일반국도로 진입한 다음, 의성·청송을 거쳐 周王山국립공원 남동쪽의 절골 매표소 앞에 도착하였다.

매표소에서부터 산행을 시작하여, 절경이라는 소문을 들어 왔던 절골 골짜기의 기암괴석으로 이루어진 절벽과 그 사이를 흐르는 강물을 따라 계속 동북 방향으로 나아가다가, 갈전골 쪽 골짜기와 갈라지는 지점의 대문다리에서 직진하여 점점 고도를 높여 마침내 가메봉 정상에 도착하였다. 정상을 좀 지난 지점에 있는 널찍한 무덤가에서 준비해 간 반찬과 산악회로부터 받은 주먹밥 및 소주 한 병으로 점심을 들었다. 사창골을 거쳐 주왕산 제3폭포와 제2폭포 사이 지점의 큰길로 내려와서, 제1폭포를 지나 오후 다섯 시 무렵에 大典寺 부근 상의리의 주왕산 버스터미널에 도착하여 산행을 마쳤다.

돌아올 때는 永川과 慶山, 서대구를 경유하였다.

21 (금) 맑음 −청학문화체험학교

오후 두 시 무렵에 불문과의 서연선 교수 연구실로 가서, 독문과 이재술 교수와 더불어 셋이서 동편제 판소리를 들으러 하동군 악양면 매계리의 폐교된 구 매계초등학교 건물 안에 개설된 청학문화체험학교로 갔다. 3층의 서 교수 연구실로 내려가 보았더니 웬 중년의 스님 한 분과 감잎으로 물들인 개량한복을 입은 여신도 한 사람이 동석해 있었다. 玄潭(法號는 德山)이라는 법명의 그 스님은 산청군 시천면 덕산리 윗소리당의 산중턱에 休休庵이라는 자신의 암자를 지어 거처하며, 보살 내외는 그 신도로서 스님을 여러모로 돕고 있다고 한다. 서 교수는 무슨 인연인지 얼마 전부터 그들과 교제가 있는 사이인데, 악양의 소리꾼과는 스님 쪽에 교분이 있어, 서 교수 자신도 오늘 우리를 데리고서 스님을 따라 처음으로 가보는 터임을 비로소 알았다.

스님 차에 보살이 함께 타서 선도하고, 서 교수 차에는 교수 세 명이 타서 남해고속도로와 섬진강 가의 일반국도를 경유하여 악양 골짜기 깊숙한 곳에 위치한 폐교로 찾아갔다. 긴 머리를 뒤로 묶은 40대 중반 정도의 남자가 나와서 우리를 맞아 학교 2층의 응접실 비슷한 장소로 데리고 올라가더니, 그 일대에서 생산되는 발효차와 손수 담은 포도주로 우리를 대접하였다. 그는 전라도 영광 출신의 김소현이라는 사람으로서, 남원에서 강도근이라는 사람의 제자가 되어 동편제 소리를 전수받았으며, 예전에 이 악양골 산중의 어느 폐가에서 현담스님과 함께 거처했는데, 낮에는 그가 소리 공부를 하고 밤에는 스님이 불교 공부를 하는 식의 생활을 했으므로 서로 허물없는 사이라고 한다. 진주 출신인 현담은 동래 梵魚寺에서 東山스님 문하로 得度하여 전국의 이런저런 사찰에서 수행하였는데, 지금은 이를테면 파계승으로서 서연선 교수를 본받아 파이프 담배를 피우고, 술도 고래처럼 마시며, 판소리 같은 雜技에도 일가견을 가지고 있었다.

얼마 후 김소현 씨가 흰 두루마기를 차려입고서 북을 가지고 병풍 앞무대 모서리에 앉고, 우리를 위해 진주에서 일부러 불러왔다는 그의 제자인 주영이라는 아가씨가 붉은 치마에 흰 저고리 차림으로 나와 興夫歌의 박 타는 대목을 불렀고, 이어서 초등학생 정도로 보이는 김 씨의 두 딸 역시 치마저고리 차림으로 나와서 민요 메들리를 불렀고, 끝으로는 김 씨 자신이 놀부가 부자 된 흥부 집을 찾아간 대목을 불렀다. 특히 주영 양은 전국 규모의 경연대회에서 몇 차례 수상한 경력이 있다는데,

그 노래 솜씨가 과연 보통이 아니었다. 김 씨의 아내도 소리하는 사람이라고 하는데, 지금은 타지에 나가 있는 중이었다. 이들은 여기서 멀지 않는 위치에 있는 평사리 최참판댁에서도 매주 공연을 하는 모양이었다.

우리가 한 부씩 받은 '청학문화체험학교'의 팸플릿에는 다음과 같이 적혀 있었다.

전통 문화를 사랑하는 예술인들과 참교육을 열망하는 전교조 선생님들이 모여서 경남 하동군 악양면에 청학문화체험학교를 열었습니다. 지리산과 섬진강이 만나 넓은 들을 이룬 악양은 대하소설 『토지』의 무대인 평사리, 고소산성, 화개장터, 쌍계사 등으로 유명한 곳입니다. 청학문화체험학교에서는 김소현 선생의 동편제 판소리, 김수정 선생의 천연염색과 다도, 성광명 선생의 대나무 공예, 이필재 선생의 서예와 전각, 김기철 선생의 연 제작과 연날리기, 장경철 선생의 풍물 등 전통문화체험을 할 수 있습니다. 그리고 시골마을 정취를 느끼며 먹빛 하늘에서 쏟아지는 겨울 별자리를 찾아보고, 아름다운 자연을 온몸으로 느끼며 주변 문화답사를 합니다.

이 팸플릿에는 www.echunghak.org라는 인터넷 주소도 적혀 있었다. 이곳을 방문하는 사람들은 대부분 서울이나 부산 같은 대도시에서 광고를 통해 찾아온다고 하는데, 그것도 한 철 여름방학 기간뿐일 터이므로 김 씨에게서는 가난의 흔적이 역력하였다. 운동장 여기저기에 물이 고여 잡초 무성한 진흙 밭을 이루고 있는 등 校舍는 꽤 황폐해져 있었고, 관리 소홀 때문에 이 폐교조차 조만간 비워주어야 할지도 모를 위기 상황에 처해 있는 모양이었다.

어느덧 날이 어두워졌으므로, 내가 저녁을 사겠노라고 말하여 다함께 김 씨를 따라 식당으로 가기 위해 나왔다. 그가 우리를 데리고 간 곳은 하동군 화개면 운수리의 쌍계사 石門 바로 앞 광장에 위치한 어느 국수 전문 식당이었다. 그러나 주인이 출타하고 없으므로 별 수 없이 그 근처의 쌍계수석원식당이라고 하는 돌솥밥 전문점 2층 다락방으로 올라갔는데, 우연히 마주친 그 주인아주머니는 현담 스님이 악양에 거처하던 시절 잘 알던 사람이었다. 밤이 제법 깊어져 식당도 마칠 무렵이 되었고, 운전을 해야 하는 현담과 서 교수는 좋아하는 술을 제대로 마실 수도 없었으므로, 결국 김소현 씨가 거처하는 폐교로 다시 돌아가 하룻밤을 묵게 되었다.

식당에서 먹다 남은 막걸리와 파전을 챙겨달라고 하고, 악양의 상점에서 다시 막걸리와 서편제라는 이름의 술 및 아이들에게 줄 과자도 좀 사서, 학교 뒤편의 옛 사택인 김 씨의 거처로 돌아와서 장작불로 구들을 데운 방에서 밤늦게까지 김 씨의 소리를 들으며 놀았다. 터널 뚫는 도로 공사 일을 전문으로 한다는 보살의 남편도 그 늦은 시각에 아내를 데려가기 위해 차를 몰고 왔다가 악양에서 우리 일행과 합류하여 하루 밤을 묵게 되었다.

22 (토) 맑음 -악양 청학동, 귀로

새벽에 잠을 깨고 보니 내가 잔 방에 서연선·이재술 교수가 나란히 누워있었다. 혼자서 먼저 일어나 산책을 위해 더 깊은 산골짜기 방향으로 걸어 올라가 보았다. 매계마을을 지나 평촌마을 일대를 둘러보면서 길가의 石槽에 고인 찬물로 세수를 하였다. 이 일대는 이른바 靑鶴洞으로 알려진 장소 중 하나이며, 골짜기 안쪽의 묵계 방향으로 넘어가는 산 능선에는 남명의 전설이 어린 회남재도 바라보였다.

햇살이 산중턱으로부터 점차 아래쪽으로 내려오는 무렵에 사택으로 돌아와 보았더니, 그 새 내가 잔 방의 이불은 단정히 개어 치워져 있고, 서연선·이재술 교수의 모습은 보이지 않았다. 그들을 찾아 교정으로 다시 나와 둘러보았지만 우리 일행이 타고 왔던 차들조차 보이지 않았다. 자그마한 교사의 1·2층 교실들도 두루 둘러보고 학교 안팎으로 서성거렸으나 결국 아무도 발견할 수가 없었다. 사택 가운데 방에서 밤새 불을 켠 채 자고 있던 김도현 씨가 눈을 떴을 때 그에게 우리 일행의 행방을 물어보았지만, 근처의 온천에 목욕하러 간 것이 아닐까 하는 정도로 대답할 뿐 그 역시 알지 못하기는 마찬가지였다.

　무작정 기다리기도 무엇하여 말없이 학교를 나와 악양 읍내 쪽으로 터벅터벅 걸어 내려오다가 휴대폰으로 철학과사무실에 전화를 걸어보았지만 아무도 받지 않으므로, 조교인 이수진 양의 휴대폰으로 걸어보았더니 넷째 토요일인 오늘은 휴무이므로 자기 집에 있다는 것이었다. 조교를 통해 불문과 서연선 교수의 휴대폰 및 자택 전화번호를 알아 서 교수 휴대폰으로 전화해 보았지만 받지 않았다. 다시 이수진 양에게 연락하여 이재술 교수의 휴대폰 번호를 알려달라고 하였는데, 얼마 후 서연선 교수로부터 먼저 전화가 걸려왔다. 그는 불문과 조교의 연락을 받고서 내게로 전화를 건다는 것이었는데, 이미 진주로 가고 있는 도중이었으나 다시 차를 돌려와 악양면사무소 앞 삼거리에서 기다리고 있는 나와 합류하였다. 서 교수 및 이 교수의 말에 의하면, 간밤에 내가 과음하여 벽에 기대어 자고 있으므로 먼저 옆방으로 가 자도록 하고서 자기네는 현담 스님과 더불어 그 후 한 시간 정도 더 술을 마시며 김도현 씨의 창을 듣고 춤도 추면서 놀았다고 한다.

　그들이 아침에 일어나 보니 같이 있던 일행이 모두 떠나버려 차가 보이지 않으므로, 나도 먼저 떠나는 차에 동승하여 진주로 돌아간 줄로 알고서 자고 있는 주인 김 씨에게는 인사도 없이 출발하여 도중에 재첩국으로 조반을 들고서 하동 삼거리까지 갔다가 되돌아 왔다는 것이었다. 서 교수의 차를 타고서 셋이서 출발하여 도중에 하동읍 화심리 만지마을의 만지횟집 앞에 주차하여 나도 재첩국 정식으로 조반을 든 다음, 진주로 돌아와 본교 입구에서 이재술 교수와 작별하고, 서 교수와 나는 낮 12시 반 무렵에 연구실로 돌아왔다.

　평소처럼 오후 다섯 시 무렵에 퇴근하여 집으로 돌아오니, 아내가 내 생일 선물로 겨울 등산용 상의 한 벌을 사 두었다. 음력으로 동짓달 초이튿날인 이 달 25일이 내 생일인 것이다.

12월

7 (일) 맑으나 한파 -고정봉, 문덕봉

아내와 함께 봉우리산악회를 따라 전북 남원시 周生面·金池面·帶江面의 경계에 위치한 고정봉(605m)과 門德峰(598.1m)에 다녀왔다. 오전 8시 30분까지 봉곡동의 동아주유소 앞에 집결하여 대절버스 한 대로 출발하였다. 대진·88고속도로를 경유하여 남원 시내로 진입한 다음, 순창쪽으로 향하는 24번 국도를 따라가다가 송대리에서 하차하여 송내마을회관 앞을 거쳐 산으로 접근하였다.

별로 높은 산은 아니지만 수려한 산줄기가 남으로 삿갓봉·고리봉까지계속 이어져 있고, 고정봉·문덕봉 일대의 능선은 험한 바위로 이어져있어 제법 위험한 곳도 많았다. 별로 이름을 들어 보지 못했던 야산치고는 산행의 재미가 있을 뿐 아니라 등산객도 적지는 않았다.

능선을 따라 북쪽으로 향하다가 문덕봉 정상의 바위가 양쪽 바람을가린 장소에서 준비해 간 도시락과 산악회로부터 받은 소주로 일행 중일부와 더불어 점심을 들었다. 평촌리 쪽으로 하산하다가 지능선 길을잘못 잡아 88고속도로의 갓길을 따라 걷기도 하였다. 하산한 이후 이럭저럭 제법 많은 술을 마셔 귀가했을 무렵에는 비틀거릴 정도였다.

그동안 거듭된 친척 결혼식 등으로 휴일에도 산에 가지 못하는 때가많았는데, 모처럼 산행다운 산행을 했다.

9 (화) 맑음 -지리산가족호텔

기획분과위원회 회의를 마친 후 대학본부 앞에 대기한 스쿨버스를 타고서 2003년도 본교 대학평의원회 연수회에 참가하기 위해 전남 구례군산동면 대평리의 지리산온천단지 구내에다 대한교원공제회가 전액 출자하여 금년 10월 9일에 개관한 지리산가족호텔을 향해 출발하였다. 버스 한 대에 13명 정도가 타고서 남해고속도로를 따라 나아가다가 하동에서 일반국도로 접어들어 섬진강을 따라 북상하였다. 구례군에 이르러

스위스관광호텔 옆에 위치한 지리산욕쟁이할매라는 식당에 들러 푸짐하고도 다양한 반찬이 나오는 산채 위주의 한정식으로 점심을 들었다.

호텔에 도착하여서는 농대 교수회장인 김영복 씨와 더불어 17평형의 객실인 203호실을 배정받고서 다른 일행과 함께 스파에 들러 온천욕을 하였다. 오후 4시부터 두 시간 정도 1층의 세미나실 노고단에서 제210차 대학평의원회가 열려 교명변경안과 대학평의원회 운영규정 개정안에 대해 심의하였다.

대학평의원회의가 열리고 있는 도중 서울에 출장 중이던 조무제 총장을 비롯하여 교무·학생·기획연구처장 등 주요보직자들이 우리의 연수회 장소에 도착하였고, 백종국 기획연구처장이 회의에 출석하여 학무회의와 대학평의원회 간의 협조 체제에 대한 의견과 교명변경 문제에 대한 본부 측의 구상을 말했다.

오후 여섯 시 무렵에 총장 일행과 평의원들은 호텔 건너편의 지리산 기슭인 산동면 좌좌리 원좌마을에 위치한 무지개本家라는 식당으로 자리를 옮겨 흑염소 요리 등으로 저녁식사를 들면서 대화를 나누었다. 식사를 마친 후 총장 일행은 진주로 돌아가고, 평의원들은 산동면의 지리산온천랜드 앞에 있는 월드컵이라는 나이트클럽 겸 노래방으로 자리를 옮겨 종업원 아가씨들과 더불어 노래 부르고 춤을 추며 밤늦게까지 놀았다.

21 (일) 쾌청 -수리봉, 신선봉, 남봉

아내와 함께 한라백두산악회의 제128차 산행에 동참하여 충북 단양군 대강면에 있는 守理峰(1,019m), 신선봉(985m), 남봉(950m) 종주산행을 다녀왔다.

오전 8시까지 장대동의 어린이놀이터 앞에 집결하여 대절버스 한 대로 출발하였다. 남해·구마·중앙고속도로를 경유하여 단양 IC에서 일반국도로 접어들었고, 단양팔경의 하나인 舍人巖 부근을 지나 도락산과 남봉 사이의 우리들 하산 지점인 빗재를 넘어 남행하여 방곡리의 방곡도예원을 거쳐 윗점 마을에서 하차하였다.

정오 가까운 무렵부터 등산을 시작하여, 슬랩 지대를 거슬러 올라 정상인 수리봉에 도달하였고, 거기서 다시 설악산의 용아장성을 방불케 하는 아슬아슬한 바위 능선으로 이루어진 용아릉을 지나 신선봉에 올랐다. 금년 가을에 반대 방향을 취해 황정산을 거쳐 수리봉 쪽으로 남행했을 때는 안개가 자욱하여 주위의 풍광을 감상할 수가 없었고, 마침내 수리봉 못 미친 지점에서 방곡도예원 쪽으로 하산한다는 것이 반대 방향의 골짜기로 잘못 내려가 버리고 말았었는데, 오늘은 날씨가 아주 맑아 백두대간을 비롯하여 주위를 빽빽이 둘러싼 산 능선들을 또렷이 감상할 수가 있었다.

오후 세 시 쯤 남봉 아래의 바람을 막아주는 경사면에서 다시 아내와 합류하여 일행과 더불어 점심을 들었다. 남봉에 이르러, 나는 원래 예정된 코스인 황정산(959,5m)까지 갔다 돌아오자고 하고 아내는 이미 두어 번 가본 곳이니 남봉에서 그냥 빗재로 하산하자고 하여 잠시 망설이고 있는 동안, 중국 외삼촌의 장녀인 해숙이로부터 내 휴대폰에 전화가 걸려왔다. 해숙이는 수원의 식당에서 일하고 있었는데, 지금은 서울에서 어느 집의 가정부로 취업해 있다고 한다. 최근 강화되고 있는 외국인 불법체류자 단속에 대해 염려하였더니, 자기와 올케는 아직 한국에 온지 4년이 되지 않으므로, 당국에 신고하고서 합법적으로 일하고 있다는 것이었다.

돌아올 때는 575번 국도를 따라 경북 문경군 동로면 적성리를 지나 경천호반의 어느 식당 앞에 주차하여 주최 측이 준비한 소주와 돼지머리 삶은 것을 들다가, 다시 점촌·김천·거창을 거쳐 거창에서 88고속도로에 올랐고, 함양에서부터 대진고속도로로 접어들어 밤 아홉 시 무렵 진주에 도착하였다.

28 (일) 흐림 −향적산
아내와 함께 일송산악회를 따라 충남 논산군 상월면과 두마면의 경계에 위치한 향적산(574m)에 다녀왔다. 오전 8시 30분까지 진주교 부근의 귀빈예식장에 집결하여 대절버스 세 대로 출발하였다. 대진고속도로를 경유하여 대전 가까운 지점에서 논산 방향의 남부순환도로로 접어들었고, 얼마 후 일반국도 및 지방도를 따라 한동안 달린 후에 오전 11시 반 무렵 계룡산 정상에서 정남 방향으로 뻗은 능선의 서쪽 기슭 중간 지점인 상월면 대명리의 龍國寺 입구에서 하차하였다.

평지에서 산기슭 방향으로 걸어 들어가 근자에 현대식으로 어마어마할 정도 크게 지은 무슨 수양원 부근에서 오른쪽 갈림길로 접어들어 용국사를 경유하였고, 용국사에서부터 본격적인 등산을 시작하여 무당들이 길가에다 울긋불긋한 천을 늘여놓고 털을 벗긴 삶은 통돼지 한 마리를 진설해 놓은 산제단이라는 곳을 지나 한참 만에 능선의 헬기장에 도착하였다. 거기서 다시 남쪽 능선 길을 따라 얼마쯤 더 올라가니 송신탑이 있는 정상에 다다랐는데, 계룡산 정상에서 남쪽 5.5km 지점에 위치한 향적봉 정상에는 돌과 콘크리트로 만들어 각각 종교적인 내용의 한자를 새겨 넣은 두 개의 기둥과 비석이 서 있었다. 이 능선의 동쪽 두마면 일대는 조선 왕조 개국 당시 처음 수도로 정하여 공사를 시작했다가 곧 중단한 뒤 수도를 지금의 서울로 옮겨갔으며, 그 이후 현대에 이르기까지 우리나라 신흥종교의 소굴이 된 이른바 신도안이라 불리는 곳이어서 이처럼 곳곳에 무당이나 신흥종교의 흔적이 있는 것이다. 정작 계룡산 남쪽 자락의 두마면 윗부분에는 이제 계룡대라는 커다란 군사기지가 들어서 깨끗이 정리되어져 있고, 두마면의 아래쪽은 소규모 아파트 단지가 형성되어 있었다.

정상을 지나서 더 간 지점의 능선 바위 위에 걸터앉아 신도안 쪽 들판을 바라보며 아내와 함께 준비해 간 도시락과 주최 측으로부터 받은 소주 한 병으로 점심을 들었다. 거기서 남쪽 능선을 좀 더 걸어 굴날고개에서 극락암 방향으로 하산한 다음 띠울마을과 논길을 지나 오후 세 시 반 무렵에 대명리의 정미소 앞쪽 도로 가에 정거해 있는 우리들의 대절버스로 돌아왔다. 거기서 산악회 측이 준비한 막걸리 및 두부와 삶은 돼지 내장이나 간 등을 안주로 下山酒를 들고서, 왔던 길을 돌아 개태사 입구를 지나서 대진고속도로를 따라 하향 길에 들었다.

　도중에 금산 읍내에 들러 한약재 쇼핑을 하였는데, 아내와 나는 지난번에 몇 차례 들렀던 수삼센터로 가서 수삼 7만 원어치를 샀고, 되돌아오는 길에는 2만 원짜리 인삼정과도 한 상자 구입하였다. 이미 어두워진 밤길을 달려 7시 반경에 진주에 도착하였다.

31 (수) 맑음 -가리왕산 행

　택시를 타고서 밤 10시에 장대동 어린이놀이터 앞으로 나가 한라백두산악회의 강원도 정선군 가리왕산 해돋이 무박산행에 참여하였다. 대절버스 한 대로 대진고속도로를 따라 북상하였다.

2004년

1월

1 (목) 대체로 흐림 -가리왕산, 중왕산

대절버스가 영동고속도로에 접어들자 심한 정체로 가는 등 마는 등
하였다. 진부에서 33번 국도로 접어들었지만, 그것 역시 곳곳에서 정체
가 있었다. 그래서 원래 예정으로는 밤 3시 반쯤에 등산 기점에 도착하
여 헤드랜턴을 켜고서 산에 올라 새해 첫날의 일출을 구경하도록 되어
있었으나, 우리가 등산 기점인 강원도 정선군 북평면 대기마을 부근 장
구막이골 입구에 도착했을 때는 이미 날이 밝아진 7시 50분 무렵이었다.
날씨가 흐려서 설사 예정대로 진행이 되었다 할지라도 일출을 보기는
어려웠을 듯하다.

장구막이골을 따라 오르니, 이 지역도 예상했던 것보다는 눈이 적게
내려 아이젠이 필요치 않을 정도였다. 2시간 30분 정도 소요된다고 등산
안내 지도에 적혀 있는 골짜기 길을 다 올라 능선에 이를 때까지 도중에
한 번도 쉬지 않았다. 거기서부터 加里旺山 정상(1,560.9m)까지는 얼마
되지 않는 거리였다. 이 산은 경사가 매우 완만한 전형적인 肉山인데,
정상에 다다르니 날씨가 흐릴 뿐 아니라 세찬 바람이 불어 굉장히 추우
므로, 맨 먼저 도착한 그룹 중에는 이대로 일곱 시간 정도 걸리는 전체
코스를 주파하는 것은 위험하니 정상에서 가까운 어은골로 하여 자연휴
양림 쪽으로 하산하겠노라고 말하는 사람도 있었다. 그러나 나는 선두
그룹에 속하여 혼자서 말없이 馬項峙 방향으로 전진하였다.

아내는 무박산행은 우리 나이에 무리라 하여 오늘 동행하지 않았다.

아내가 최근에 산 레드포스(Red Force) 상표의 등산 배낭과 내 것을 서로 바꾼 이래 이번에 그것을 처음 메고 나왔으므로, 마항치로 가는 도중에 배낭에 아직도 매달려 있는 상표를 떼어 버렸더니, 금방 바람에 날려가 버렸다. 산 위의 날씨는 대체로 흐렸지만, 때때로 해가 나타나기도 하고 가루 같은 눈발이 흩날리기도 하였다. 산복도로가 지나므로 사거리를 이루고 있는 마항치의 바로 위쪽 경사로에는 조선시대에 이 지역의 산삼 채취를 금지하기 위해 세워진 돌로 된 표지석이 보존되어 있었다. 이 고개에서부터 다시 경사로를 오르기 시작하여 中旺山(1,376m)을 지나고서, 다음 봉우리와의 사이 좀 얕아진 고개에서 바람을 피할 수 있는 장소를 골라 먼저 도착한 일행과 더불어 점심을 들었다.

식사를 마친 후, 그 아래로 곧바로 이어진 가파른 돌길을 따라 하안미리 방향으로 하산을 시작하였다. 너덜지대로 이어진 골짜기의 길은 낙엽에 덮여 내내 분명하지 못하다가 산복도로가 시작되는 도치동 부근에 와서야 다소 넓어졌다. 오후 3시 무렵 종착지점인 가평초등학교가 있는 마을까지 다 내려와서, 일행이 하산을 마치기를 기다려 그곳 평창군 대화면 하안미 5리에 있는 가평허브찜질방으로 들어가 때 이른 저녁식사를 들며 맥주와 소주도 좀 마셨다.

돌아올 때는 고속도로의 교통 정체를 피하기 위해 한참동안 국도를 달리다가, 중앙고속도로를 경유하여 밤 11시 가까운 무렵에 진주의 집에 도착하였다.

4 (일) 맑음 -낙동정맥 1차, 백양산
아내와 함께 진주산벗회의 洛東正脈 제1차 구간 종주에 참여하여 부산의 개금사거리에서 백양산, 만덕고개를 지나 동래 金井山城의 동문 근처 산성고개까지에 이르는 코스를 답파하였다. ≪경남일보≫ 레저 면의 산행안내 란에는 오전 6시 제일예식장 옆에서 집결한다고 되어 있으므로, 깜깜한 가운데 택시를 타고서 그 시각에 지정된 장소까지 가보았더니, 나온 사람은 우리 내외를 포함하여 넷뿐이었다. 휴대폰으로 주최 측에 연락해 보니 집합시간이 7시로 조정되었다고 하므로, 일단 집으로 돌아왔다가 그때쯤 다시 나갔다.

대절버스 한 대로 출발하여 8시 50분쯤에 출발장소인 개금고개에 당도하였다. 도중에 집행부 측의 설명을 들으니, 이 산악회는 지난해까지 약 1년 반에 걸쳐 비경회와는 반대 방향으로 휴전선에서부터 남쪽으로 백두대간을 답파했던 뫼호회의 회원들이 주축이 되어 금년에 산벗회라는 이름으로 새로 출발한 것이며, 오늘이 그들의 낙동정맥 종주 첫 번째 산행이 된다는 것이었다. 개중에는 나와 서로 낯이 익은 사람도 있었다.

나는 지금의 부산광역시 사상구 주례동 898번지에서 태어났는데, 당시에는 이곳이 행정구역상으로 慶尙南道 東萊郡 沙上面 周禮里 898番地였다. 당시에는 開琴고개를 넘어야 비로소 부산시의 지경이었는데, 나는 鶴章국민학교 2학년(?)에 재학하던 무렵에 생모가 죽고 1년 후쯤에 계모 즉 미화의 생모가 들어와 당시의 부산으로 이사하게 되어 부산진국민학교를 졸업하였다. 부산진구와 사상구는 오늘 우리가 주파하는 낙동정맥의 산줄기를 경계로 구분되므로, 이를테면 산 너머로 이사한 셈이 된다.

주례에 살던 당시 그 중턱에 우리 집이 소유한 밭이 있었던 앞산을 삼각산으로 불렀던 듯한데, 오늘 산악회로부터 배부 받은 1/70,000 등산 안내 지도를 통해 확인해 보니 그것은 엄광산(508m)으로서 역시 개금고개에서 申景濬의 『山經表』에 나타난 낙동정맥의 끝인 다대포 沒雲臺로 이어지는 산줄기의 첫 번째에 위치해 있고, 개금고개에서 오늘 코스의 최고봉인 白楊山(841.5m)으로 이어지는 주례마을 뒷산의 능선 상에 三角峯(454m)이라는 것이 따로 있었다. 1986년에 편집된 1/50,000 지형도에는 엄광산이란 이름이 보이지 않고, 그 대신 바로 옆 오른편에 있는 봉우리를 高遠見山(503.9m)으로 표시하고 있다.

백양산에서 시산제를 지낸 다음, 젊은 시절의 내가 부산대학교 뒤편 산복도로를 경유하여 동래산성마을로 넘어가던 고개가 바로 오늘의 종착지였고, 거기서 산성마을을 향해 1km정도 내려간 지점에서 대기하고 있는 우리들의 대절버스에 다다라 준비된 술과 음식을 들었다. 산벗회의 낙동정맥 산행일정표에 의하면 구간 종주는 한 달에 두 번씩 북쪽을 향해 차례로 나아갔다가 금년 11월 21일에 백병원-엄광산-구덕산-몰운대를 끝으로 대단원의 막을 내리게 되는데, 우리 내외도 이왕 참여한 김에 가능한 한 끝까지 가 볼 생각이다.

아직 해가 있을 무렵인 오후 여섯 시경에 집에 도착하였다.

11 (일) 흐리고 낮 한 때 눈발 -치술령, 치산서원

아내와 함께 보라매산우회의 제34차 산행에 동참하여 경북 경주시 외동읍과 울산광역시 두동면의 경계에 위치한 鵄述嶺(765.4m)에 다녀왔다. 오전 8시 정각에 대절버스 두 대로 도립문화예술회관 광장을 출발하여 남해고속도로와 경부고속도로를 경유하여 언양읍에서 35번 일반국도로 빠진 다음, 盤龜臺 刻石 4km, 川前里 각석 2km 등의 표지판을 바라보며 북상하다가, 봉계리에서 1025번 지방도로로 접어들어 조금 남쪽으로 내려온 다음, 천하제일숯불갈비 부근에서 하차하여 배내마을을 거쳐 산을 향해 나아갔다.

처음 나지막한 구릉 같은 산에 올라서 능선을 따라 얼마간 가다가, 그 산을 거의 다 내려간 다음 건너편의 보다 높은 산 능선에 올랐고, 그런 다음 다시 그 산줄기를 버리고서 한참 내려갔다가 또 건너편의 더 높은 산 능선을 타는 것이었다. 두 번째 내려간 지점의 철탑 전신주 아래에서 아내와 더불어 귤을 까먹으며 잠시 쉬다가, 세 번째 능선에 오른 후 첫 번째로 만난 568m 봉우리의 헬기장에서 일행과 더불어 점심을 들었다. 그 주 등산로의 최고봉에 해당하는 799봉에 있는 두 번째 헬기장을 지나 한참 더 능선을 타고 가니 마침내 朴堤上 설화로 유명한 치술령에 다다랐다.

박제상은 신라의 奈勿王 때부터 訥祗王 때까지 활동한 사람이라고 한다. 신라는 백제 세력을 견제하기 위해 實聖王 원년(402)에 내물왕의 셋째아들 未斯欣을 왜에, 실성왕 11년(412)에는 내물왕의 둘째 아들인 卜好를 고구려에 파견하여 군사원조를 요청하였다. 그러나 왜와 고구려는

이들 왕자를 인질로 감금하고서 정치적으로 이용하고 있었다. 내물왕의 큰아들인 눌지왕은 즉위한 뒤 두 동생을 구출하기 위해 군신을 불러 협의한 결과, 눌지왕 2년(418)에 박제상을 이들 나라에 파견하게 되었다. 그는 고구려 쪽의 인질인 복호는 왕을 언변으로 설득하여 무사히 데리고 왔으나, 왜국에서는 미사흔을 탈출시킨 후 일본군에 잡혀서 木島에 유배되었다가 끝내 화형에 처해졌다는 것이다.

눌지왕은 고구려의 長壽王 시기에 해당하며, 연표 상으로 볼 때 당시 일본의 왕은 允恭이었던 것으로 되어 있으나 사실상은 그것이 분명치 않아 이른바 古墳時代에 속한다. 신라는 그보다 조금 앞선 시기에 고구려 광개토왕의 침입을 받아 수도인 경주가 함락되었고, 광개토왕비에 한반도 남부의 왜를 정벌한 기사가 보이므로, 『三國史記』『三國遺事』 등에 보이는 박제상의 이야기는 꽤 납득이 가는 내용이라 하겠다.

치술령은 고개가 아니라 능선 상에 있는 하나의 봉우리인데, 거기서는 건너편의 여러 산봉우리들 사이로 멀리 울산만과 시가지의 모습이 바라보였다. 그렇다면 박제상의 아내와 딸들은 매일 이 봉우리에 올라 저 울산만의 바다를 바라보고 있었던 셈이 된다. 하나 오늘날 일본 내에서 박제상의 기념비는 본토가 아닌 對馬島에 위치해 있듯이, 박제상 부인의 설화 현장도 몇 곳의 후보지가 있는 가운데 여기가 그 중 가장 유력한 장소로 알려져 있는 것이라고 한다. 콘크리트로 받침을 한 치술령 표지석과 나무로 된 이정표는 뽑혀서 주변에 버려져 있고, 정상에는 근자에 세운 것으로 보이는 가로로 널찍한 직사각형의 비석이 있었다. 그 비문에 의하면 이 자리에는 과거에 박제상의 아내와 세 딸 중 죽은 두 딸을 함께 神으로서 섬기는 사당이 위치해 있었다는 것이다.

치술령에서 능선을 따라 조금 더 내려온 지점에 망부석이 있었다. 박제상의 아내가 남편을 기다리다가 돌로 변했다고 하므로 그것이 사람의 모습을 닮아 있을 줄로 상상했지만, 전혀 그렇지 않고 그저 널찍한 바위 덩어리였다. 산을 다 내려온 지점의 대절버스가 기다리고 있는 구미리 도로 가에 鵄山書院이 있었다. 이 자리에는 원래 박제상과 그 부인 및 두 딸의 忠孝烈을 기리는 서원이 있었던 것을 역시 근자에 복원한 것이라고 하며, 강당 마루의 벽에는 그것과 관련한 비석들의 탁본과 그들을 칭송하는 후세 사람의 글을 담은 액자들이 걸려 있었다. 도로교통지도에 '박제상유적지'로 표시되어져 있고, 또한 치술령과 망부석에 가까운 위치이며, 서원 뜰의 비문에 관계 학자들의 고증을 거쳤다고 씌어져 있는 것으로 보아 여기가 박제상의 가족이 살던 장소라는 의미인 듯했다.

우리는 오전 10시 10분경부터 등산을 시작하여, 오후 4시 반 무렵에 하산을 완료하였으며, 갈 때의 코스를 경유하여 밤 7시 무렵에 진주로 돌아왔다. 등산 도중에 얼마 전 아내가 내 생일 선물로 사 준 등산복 상의를 새 배낭 뒤에 꽂아두었다가 잃어버렸고, 집으로 돌아오는 도중 진영휴게소에서 3.0도 돋보기안경과 문자가 나타나는 탁상시계를 각각 하나씩 샀다.

25 (일) 맑음 -관기봉

혼자서 천왕봉산악회의 2004년 1월 신년 산행에 동참하여 경남 창녕군 성산면과 대구광역시 달성군 유가면, 그리고 경북 청도군 풍각면의 경계에 위치한 관기봉(989.8m) 능선에 올랐다. 오전 8시 30분까지 장대동 구 미니주차장 건너편의 경남스토아 앞에 집결하여 대절버스 한 대로 출발하였다. 남해·구마고속도로를 경유하여 창녕읍으로 접어들었다가, 5번 국도를 따라 북상하여 성산면에서 지방도로를 따라 대산리로 접근하였다.

대산리 안심마을에서 등산을 시작할 예정이었지만, 차가 멈춘 곳이 애매하여 일행은 세 그룹으로 나뉘어 뿔뿔이 따로 골짜기를 따라 올라갔는데, 결국 780봉 근처의 조그만 절인 覺了庵에서 합류하였다. 현판에 琵瑟山 覺了庵이라는 글자가 보이는 것으로 미루어 이 일대의 산들은 모두 현풍 비슬산의 지맥인 듯하였다.

관기봉은 10만분의 1 도로교통지도에도 나타나 있지 않은데, 경남 창녕군 성산면과 경북 청도군 풍각면의 경계를 이루는 능선을 따라 북상하다가 대구광역시 달성군 유가면과 만나는 지점쯤에 있는 가장 높은 바위 봉우리가 그것인 듯했다. 나는 그 봉우리에 오르지 못하고 옆으로 난 오솔길을 따라 비켜 지나쳤지만, 오른 사람에게 물어보니 꼭대기에 아무런 표시도 없었다고 한다. 그 일대에는 비슬산으로 이어지는 자동차도로가 나 있기도 하였지만, 우리는 도로를 피해 능선 길을 따라 비슬산 조화봉 방향으로 989.7봉까지 나아간 다음 거기서부터는 오른쪽 능선으로 방향을 틀어 청도군 풍각면과 각북면 사이의 위험한 암릉 지대를 곡예하듯 한참 타고 가다가 암릉을 다 벗어난 지점에서 점심을 들었다. 그리고는 풍각면 수월리의 상수월(상기 도로교통지도에는 상수원이라고 되어 있다) 마을에 있는 보림사 쪽으로 내려와 거기에 대기하고 있는 차를 탔다.

돌아오는 길에는 창녕의 교동고분군을 경유하였다. 산 위에서 점심 때 소주 한 병을 마신데다가 하산 길과 귀로에서도 권하는 대로 술을 받아 마셨기 때문에 귀가했을 무렵에는 이미 취해 있었다.

2월

1 (일) 맑음 –거제도 망산

아내와 함께 동명산악회의 월례 산행에 참가하여 거제도의 남쪽 끝에 위치한 望山(373m)에 다녀왔다. 오전 8시 30분까지 공설운동장 1번 출구 앞에 모여 부산교통의 대절버스 한 대로 출발하였다. 이 산악회는 원래 동명중고등학교의 동창생들로 조직되어 15년 정도의 역사를 가지고 있는데, 지금은 동창회 산악회는 따로 하나가 더 조직되어 오늘 같은 장소에서 다른 곳으로 출발하며, 종래의 이 산악회는 일반시민들에게도 개방하고 있다고 한다.

사천·고성·통영을 경유하여 거제도에 들어서는 거제면 소재지(서상리)를 거쳐 동부면 소재지(산양리)에서 율포로 향하는 남쪽 방향의 도로를 취해 남부면 소재지이자 明沙해수욕장이 있는 저구리 언덕의 주유소에서 하차하였다. 거기서부터 등산을 시작하여 여러 개의 봉우리를 지나 세 시간 정도 걸었다. 정상에 서니 부근의 매물도·소매물도·비진도·한산도 등 예전에 내가 다녀본 섬들이 바라보이고 욕지도는 시계가 썩 청명하지는 않아 눈에 띄지 않았다. 여기서 맑은 날이면 일본의 對馬島까지 바라보인다고 한다.

지나온 코스를 조금 되돌아가 虹蒲(무지개) 쪽으로 하산하였는데, 아내는 정상에 오르지 않고서 되돌아와 만나는 갈림길 지점인 고개 마루에서 바로 하산해 있었다. 아내와 함께 근처의 커피숍 겸 호프집으로 들어가 바다 풍경을 바라보며 500cc 생맥주를 하나 마신 다음, 대절버스가 주차해 있는 지점으로 돌아가 상점 앞에서 주최 측이 준비한 동동주 및 맥주와 굴·멍게·돼지고기 등을 들었다. 왔던 코스를 경유하여, 어두워진 후인 오후 6시 30분쯤에 집으로 돌아왔다.

5 (목) 간밤에 눈 왔고 맑으나 다소 추움 -해운대 아쿠아리움,
　　경주교육문화회관

2003학년도 인문대학 교수동계세미나에 참가하였다. 오전 9시 30분에 인문대 앞 광장에서 교수 및 조교, 직원들이 집결해 대절버스 한 대로 출발하였다. 남해고속도로를 따라 부산으로 가서 광안대교를 경유하여 해운대해수욕장에 도착한 다음, 백사장 부근의 지하로 내려가서 대형 수족관인 아쿠아리움을 구경하였다. 그 부근의 길목식당이라는 곳에서 낙지전골로 중식을 든 다음, 경주로 이동하여 보문단지에 있는 경주교육문화회관에 도착하였다.

회관 1층의 식당에서 버섯전골로 저녁식사를 들었고, 방으로 올라와 다른 교수들과 어울려 밤 1시가 넘도록 술을 마셨다.

6 (금) 맑으나 다소 추움 -대왕암, 감은사지, 석남사, 표충사

새벽 6시 40분까지 회관 1층 로비에 집결하여 대절버스를 타고서 한 시간 정도 걸리는 거리인 동해안 감포의 바다로 가서 대왕암 일출을 구

경하였다. 도착한 지 얼마 지나지 않아 해는 야트막한 구름 위로 떠올랐다. 돌아오는 길에 그 부근 感恩寺址의 삼층석탑 등 유적을 둘러보았다. 감은사지는 버스를 타고 지나치면서 바라본 적은 있었지만 차를 내려서 자세히 둘러본 적은 없었는데, 오늘 마침내 숙원을 달성하였다. 회관 1층의 식당에서 해장국으로 조식을 든 다음, 별관으로 가서 사우나를 하였고, 방으로 올라와 출발 시각에 맞추기 위해 서둘러 양치질과 면도를 하다가 면도칼에 오른쪽 턱밑 부분의 피부를 다쳤다.

　오전 9시 30분에 출발하여 언양 읍내를 거쳐 石南寺에 도착하여 경내를 둘러본 다음, 한 시간 정도 가지산 등반을 할 예정이었는데, 주최 측이 사전 답사를 한 것이 아니라 관광회사 측의 말만 듣고서 계획을 세운지라 등산로를 잘 알지 못하여 우왕좌왕하다가 결국 등산은 포기하고 말았다. 다시 대절버스에 타고서 가지산을 향해 오르다가 석남터널의 전망대에서 잠시 휴게한 다음, 얼음골을 경유하여 表忠寺 진입로에 있는 밀양시 산외면 금곡리 농협 앞의 초가집가든이라는 식당에 들러 갈비탕으로 점심을 들었다. 등산을 취소한 까닭인지 예정했던 것보다도 시간이 남아 원래 일정에는 없었으나 근처의 표충사에도 들러보았다.

　밀양 시내와 진영을 거쳐 오후 4시 무렵에 학교로 돌아왔다.

16 (월) 맑음 -단양읍 대명콘도

　오후 1시에 진주교육대학 윤리교육과의 김낙진 교수가 우리 아파트 7동 부근으로 찾아와 그의 차에 합석하여 함께 단양으로 향했다. 남해·구마·중앙고속도로를 경유하여 단양 톨게이트에서 일반국도로 빠진 후, 오후 4시 40분경에 한국유학사상대계 철학사상편의 집필진 워크숍 장소인 충북 단양군 단양읍 상진리에 위치한 대명콘도에 도착하였다. 이 콘도는 2002년 12월 말에 개관하였으므로 지은 지 1년 2개월 정도밖에 되지 않은 것이다. 그 시설이 크고 고급스러워 이 일대 관광객의 주된 숙박소인 모양인지, 일반국도로 접어들자 말자 계속 그리로 인도하는 표지판이 눈에 띄어 어렵지 않게 찾아갈 수가 있었다.

도착한 후 28평형의 1102호실로 방을 배정받았다. 김낙진 교수와 마찬가지로 고려대학교 철학과 출신으로서 고대 민족문화연구소에 근무하고 있으며, 상권 9장 「율곡 이이와 율곡학파의 사상」 집필자인 김경호 씨와 더불어 셋이서 같은 방을 쓰게 되었다. 방 안 냉장고에 비치된 맥주를 마시며 대화를 나누었다. 이리로 오는 도중에 김낙진 교수로부터 서울대 철학과 후배인 丁垣在 씨가 정년퇴임한 李楠永 교수의 후임으로 금년 1학기부터 서울대학교 철학과의 전임강사로 부임하였다는 소식을 처음 들었으므로, 그것이 주된 화제로 되었다.

17 (화) 맑음 —구담봉, 옥순봉, 청풍문화재단지, 금월봉, 도담삼봉
오전 7시에 기상하여 콘도 지하의 사우나로 내려가서 목욕을 한 후, 평강식당에서 해장국으로 조식을 들었다. 오전 9시 무렵에 체크아웃하고서 콘도 현관에 집결하여 호텔 버스 한 대로 답사를 떠나게 되었는데, 다들 먼저 돌아가 버려 지두환·김낙진 교수와 나만이 남아서 국학진흥원의 사람들과 더불어 출발하게 되었다.

남한강의 장회나루에서 유람선을 타고는 丹陽八景 중에 포함되는 龜潭峰·玉筍峰을 둘러본 후 충주댐 건설로 말미암아 수몰될 전통건축물들을 옮겨다 놓은 청풍문화재단지에 상륙하여 그 구내를 둘러보았다. 나로서는 이미 세 번째로 구경하는 터이라 별다른 흥미는 없었다. 돌아오는 길에 제천군 금성면 월봉리에 있다 하여 금월봉이라는 명칭이 붙은 새로 생긴 명소를 한 군데 둘러보았다. 이곳은 시멘트의 원료가 되는 황토를 채취하기 위해 땅을 파다가 우연히 흙 속에서 발견하게 된 기암괴석들로써 이루어진 곳이었다. 답사 도중에 종종 서울문리대 73학번 동기인 지두환 교수와 나란히 걸으며 澗松美術館의 최완수 씨를 중심으로 하여 그 역시 중요 멤버 중의 하나로서 속해 있는 이른바 간송학파에 관해 물어보았다.

단양읍으로 돌아와 팔경 중 하나인 島潭三峰을 바라본 후 그 곁 유원지에 있는 강변식당에서 어탕으로 점심을 들고서 대명콘도로 돌아와 오

후 2시 무렵에 해산하였다. 김낙진 교수와 더불어 어제 왔던 코스를 따라서 진주로 돌아왔고, 나는 답례의 뜻으로 근자에 발표된 내 논문 두 편의 별쇄본(『『남명집』 중간본의 성립」, 「남명의 생애에 관한 약간의 문제」) 및 후자와 관련되는 내 글 「지리산과 남명학관」이 수록된 『남명원보』를 한 부 김 교수에게 주었다.

20 (금) 맑음 −지리산 성모상, 천상병 시비, 빨치산기념관, 지리산
　　덕산관광휴양지

오전 11시에 인문대 앞 광장의 등나무 휴게소를 출발하여 인문학부 4학년 철학전공 진입생을 환영하는 의미의 MT를 떠났다. 금년에는 예년보다 많은 9명의 학부생과 상당수의 대학원생들 및 교수로는 학과장인 나를 포함하여 배석원·권오민 교수가 참여하였다. 학부생에게는 1인당 만원씩의 참가비를 내게 하였고, 대학원생에게는 돈 대신 차가 있는 사람은 몰고 와서 수송을 담당하게 하였다.

12시경에 지리산 천왕봉 아래의 산청군 시천면 중산리에 도착하여, 정류장 부근의 산기슭에 새로 만들어진 지리산 聖母像과 천상병 시인의 '歸天' 詩碑를 둘러본 다음, 정류장 식당에서 점심을 들고는 빨치산기념관 안팎을 관람하였다. 그런 다음 나는 권오민 교수 및 박사과정의 대학원생 한 명과 더불어 중산리에서 3km 정도 떨어진 아래쪽의 동당리에 위치한 모임 장소인 지리산덕산관광휴양지까지 포장도로를 따라 걸어서 내려오다가 제일여고 논리교사인 대학원생이 학부생들의 수송을 마치고서 승용차를 몰아 데리러 왔기에 도중부터는 그 차를 타고서 왔다. 그 휴양지는 산청군에서 군비를 들여 건설한 곳으로서 꽤 큰 규모의 위락 및 숙박 시설을 갖추고 있었다. 이번 MT는 과거 두 차례와 마찬가지로 본교 철학과 1회 졸업생인 대학원 박사과정의 김경수 군에게 맡겨 장소와 프로그램을 준비토록 하였는데, 점심때부터 학과 예산 및 학부생들의 참가비 전액도 김 군에게 맡겨 알아서 집행토록 했다.

21 (토) 비 -거림골, 겁외사

오전 열 시가 지난 늦은 시각에 내가 제일 먼저 일어나 세수를 마치니 하나둘씩 잠에서 깨어나기 시작하였다. 비를 맞으며 김경수 군과 더불어 먼저 가야정 식당으로 내려와 집에 가져갈 고로쇠 수액을 한 통 사고서 아내에게 전화하였더니, 반가와 하며 한 통 더 사오라는 것이었다. 권오민 교수의 제의에 따라 근처의 지리산 내대 골짜기 쪽으로 들어가 조반을 들고자 하다가 여학생 두 명을 관광휴양지에 놓아두고서 온 것을 도중에야 알고서 구자익 군이 차를 돌려가서 태워 오기도 하였다.

내대를 지나 거림골 차도 끄트머리의 절이 있는 곳까지 올라갔다가 차를 돌려 덕산 읍내로 나와서 조반 겸 점심을 들었다. 성철 스님의 생가 자리에 세워진 劫外寺와 판문동, 나동을 경유하여 학교로 돌아와서 해산하였다.

29 (일) 오전까지 흐리다가 갬 -작성산, 동산

상록수산악회를 따라 충북 제천군 금성면 성내리에 있는 鵲城山 (770.9m)과 東山(896.2m)에 다녀왔다. 오전 8시까지 장대동 제일은행 앞에 집결하여 대절버스 세 대로 출발하였다. 원래는 같은 錦繡山(1015.8m)의 지맥에 위치한 미인봉·저승봉·신성봉을 탈 예정이었는데, 주최 측이 그 능선 일대가 입산금지구역으로 되어 있음을 뒤늦게 확인하고서 부근의 다른 산으로 변경하게 된 것이다.

남해·구마·중앙고속도로를 거쳐 남제천 IC에서 일반국도로 빠져나온 후, 지난번 단양에서 『한국유학사상대계』 관계 워크숍이 있었을 때 들렀던 적이 있는 새 명소 금월봉 앞을 지나 정오 무렵에 등산출발지점인 성내리의 무암계곡 입구 버스 주차장에서 하차하였다. 송어양식장과 저수지를 지나서 한참을 걸어 올라가 霧嚴寺에 다다랐다. 이 조그만 절은 신라의 의상대사가 창건한 것으로서 창건 당시에 소가 한 마리 나타나 건축 공사를 맡았고, 그 소가 죽은 후에 화장을 하였더니 몸에서 다량의 사리가 나왔으므로 부도를 세웠다는 황당무계한 이야기가 전해 내려오고 있어, 절 부근의 골짜기를 소부도골이라 부른다고 한다. 법당에는 관음삼존불을 모셨고 그 배후에 금빛 찬란한 木撑이 배치되어 있었다.

우리 내외는 다른 일행과 떨어져 둘이서 무암사 아래의 작은 골짜기를 따라 지름길을 취하여 남보다 먼저 오늘의 주목적지인 작성산에 올라서 도시락을 들었다. 점심식사 후 작성산보다 한층 더 높은 능선 위의 까치산(846m?) 봉우리를 지나 고갯마루인 새목재에 다다르자, 아내는 골짜기로 난 길을 따라 먼저 하산하고, 나는 다시 건너편 능선에 올라 이 일대의 최고봉인 동산을 거쳐서 남근석이 있는 가파른 지능선을 따라 무암사 입구까지 내려온 다음, 헐레벌떡 뛰다시피 하여 집합시간보다 반시간 정도 늦어 출발시간인 오후 5시 무렵이 되어서야 주차지점인 원위치로 돌아왔다.

오전에 지나온 코스를 경유하여 밤 9시 반 무렵에 진주의 집에 도착하였다. 돌아오는 도중 차 안에서 음주가무를 하다가 고속도로 상에서 경찰에 적발되어 우리가 탄 1호차의 기사가 3개월 운행정지 처분을 받았다고 한다. 그 후로는 조용히 왔는데, 그러던 도중에 차안에서 술 취한 총무와 다른 승객 사이에 시비가 벌어져 또 한동안 소란하였다.

3월

7 (일) 맑으나 쌀쌀함 –낙동정맥 제5차, 가지산

혼자서 모처럼 산벗회의 낙동정맥 구간종주에 참가하여 경남 청도군 운문면의 석남터널에서부터 울산광역시 두서면 외항재까지의 약 17km쯤 되는 구간을 걸었다. 첫 번째 구간종주에 참가한 이후 그동안 주 중에 이런저런 일로 진주 밖으로 나갈 일이 자주 있었으므로, 중간의 세 번은 빼먹고서 오늘 다섯 번째 산행에 다시 합류하게 된 것이다.

걸어서 집합장소인 제일예식장 앞 도로까지 간 후, 오전 7시 30분 무렵에 대절버스 한 대로 출발하였다. 도중에 여기저기서 합류하는 사람도 있어 모두 약 40명 정도의 인원이 되었다. 남해·경부고속국도를 경유하여 언양에서 일반국도로 빠져나온 후 석남사 입구를 지나 오전 9시 반 남짓에 석남터널 건너편에서 하차하여 등산을 시작하였다.

근자에 전국적으로 내린 대설로 말미암아 가지산 일대에는 눈이 제법 많이 쌓여 있었다. 겨울이 지나고 봄이 다 되어 매화가 한창인 3월에 이르러서야 올해 들어 처음으로 아이젠과 스패츠를 착용하고서 산길을 걷게 되었다. 경상남도와 울산광역시의 경계가 되는 능선을 따라 해발 600m 정도 가파른 산길을 계속 올라서 1,168.8봉을 하나 지난 다음 이 일대 영남알프스의 최고봉이자 낙동정맥 전체 구간의 최고봉이기도 한 加智山(1,240m) 정상에 도착하였다.

가지산은 경남·경북·울산의 경계지점인데, 정상에서 동쪽 방향으로 울산광역시와 경상북도의 경계를 이루는 능선을 따라서 정오 무렵에 쌀바위를 지났고 1114봉(雲上山?) 및 귀바위를 지나, 雲門嶺에 조금 못 미친 지점의 헬기장에서 일행 중 일부와 더불어 점심을 들었다. 가지산 정상에서 쌀바위로 가는 도중부터 아이젠을 착용했다가 해발 1,000m 이상의 고산지대를 벗어나고서는 눈이 적으므로 벗었다. 자동차가 넘나드는 운문령을 지난 후 894.8봉을 마지막으로 하여 하산길이 이어졌다. 원래는 1,032.8m의 고헌산을 하나 더 지나 소호령에서 하산할 예정이었으나, 시간이 부족할 것 같아 고헌산 어귀의 외항재까지로 목표를 변경하였다. 그 일대에는 넓게 마을이 형성되어져 있고 포장도로도 이어져 있었다. 우리는 도로를 따라서 울산 경내의 소호리까지 걸어 내려와 먼저 간 일행 몇 명이 고헌산과 소호령을 거쳐 하산할 때까지 그곳 초등학교 정문 근처의 개울가에서 술을 마셨다.

오후 6시 무렵 거기를 출발하여 울산지역을 경유해 밤 8시 무렵 귀가하였다.

14 (일) 완연한 봄 날씨 -대부산(화촌산)

아내와 함께 태양산악회를 따라 전북 완주군 동상면 水滿里에 있는 貸艀山(601.7m, 일명 화촌산)에 다녀왔다. 오전 8시 30분까지 구 현대예

식장 앞에 집결하여 버스 한 대로 출발하였다. 대진고속도로를 따라 북
상하다가 전북 장수군 장계 쪽으로 빠져나와, 26번 국도를 취해 진안군
에 다다랐다. 마이산을 바라보며 전주 방향으로 계속 나아가다가 완주군
소양면에서 북쪽 방향의 지방도로 다시 빠져나와 終南山 松廣寺를 바라
보면서 지나쳐 예전에 와본 적이 있는 威鳳山城 고갯마루를 건너 동상면
수만리에 이르러서 하차하였다.

마애석불 안내판이 있는 오솔길을 따라 등산을 시작하여, 안도암이라
는 민가 모양의 조그만 산 중턱 암자를 지난 다음, 그 위쪽의 신라 말
고려 초에 유행하던 양식인 대형 마애석불을 둘러보았다. 능선에 이르러
서는 먼저 전망암봉의 바위에 올라 동상저수지를 비롯한 주변의 경관을
둘러본 다음, 반대 방향으로 되돌아 나와 대부산 정상을 지나서 능선을
따라 걸었다. 산중턱에 꼬불꼬불한 임도가 나 있는 쪽으로 계속 능선을
타다가 오후 1시 남짓에 도중 어느 지점에 머물러 점심을 들고서 학동
쪽으로 하산한 다음, 처음 하차했던 지점 부근에 대기하고 있는 대절버
스 쪽으로 돌아왔다.

길가의 오래된 느티나무 아래에서 주최 측이 준비해 온 안주로 소주
를 마시다가, 역시 예전 위봉산에 올랐을 때 들른 적이 있었고 보물 608
호 보광명전이 있는 고찰 위봉사를 다시 한 번 둘러본 다음, 올 때의
코스를 경유하여 밤 7시 남짓에 진주에 도착하였다.

21 (일) 대체로 맑으나 밤에 부슬비 -낙동정맥 제6차, 고헌산,
    백운산

혼자 산벗회의 낙동정맥 구간종주 산행에 참가하여 울산광역시와 경
북 경주시 산내면의 경계지점인 외항재에서부터 울산 내의 高嶽山
(1,032.8m), 白雲山(892m)를 지나 경주시 산내면 당고개(땅고개)에 이르
는 능선 코스를 다녀왔다. 아내는 도상거리 19km에 8시간이 소요된다는
안내문을 보고서 오늘 아침에 이르러 참가를 포기하였는데, 그것은 원래
예정인 소호령에서부터의 거리이고, 실제로는 이 달 첫 번째 주 산행에

서 선두 그룹 여덟 명을 제외하고 나머지 대부분의 인원은 외항재에서 고헌산을 거쳐 소호령에 이르는 구간을 답파하지 못했기 때문에 그보다 훨씬 더 길다고 할 수 있다. 주최 측은 9시간에서 9시간 반 정도의 시간을 예상하고 있었다.

평소처럼 오전 7시 30분까지 제일예식장 옆 도로에 집결하여 대절버스 한 대로 출발하였다. 남해·경부고속국도를 경유하여 언양에서 일반 국도로 빠져나온 다음, 오전 9시 50분 무렵 외항재에 도착하여 등산을 시작하였다. 오늘 구간의 최고봉인 고헌산까지 헐떡거리며 한참을 오르는데, 지난 번 산행 때 가지산 일대에 눈이 많았던 것과는 대조적으로 어느 산에서도 눈이나 얼음은 전혀 찾아볼 수가 없으나 아직 산 위의 나무에 새 잎은 별로 돋아나지 않았고, 눈 녹은 물 때문인지 땅이 제법 축축하였다. 지난번에 소호령까지 주파했던 그룹이나 체력에 자신이 없는 사람들은 소호령에서부터 산행을 시작하였다.

고헌산을 지나, 차도가 통과하는 소호령도 지난 다음 다시 산길을 한 시간 정도 올라서 백운산에 도착하였다. 백운산에서부터 약 두 시간 거리이며 역시 차도가 지나는 소호고개(일명 태종고개)에 이르러 소주 한 병과 함께 아내가 마련해 준 도시락으로 일행과 함께 점심을 들고서, 식사를 마치자 말자 바로 다시 산행을 시작하여 제일 후미에 쳐져서 댓명 정도가 함께 다시 능선 길을 걸어 나아갔다.

소호고개를 지나서부터는 해발 500에서 700m 내외의 이름 없는 야산들이 계속되고, 곳곳에는 농장을 개설하여 집이 들어서거나 도로가 개설된 곳들도 있었다. 그 중 하나로서 광대한 지역을 개발하여 잔디밭을 깔아 놓았고, 능선 상에 교회 모양의 끝이 뾰족한 삼각형 건물도 들어서 있는 OK그린농원을 지나, 경주국립공원 단석산 지구에 들어서서는 예전에 한 번 오른 바 있었던 단석산(827.2m) 정상을 왼편으로 좀 비켜서 난 길을 따라 가파른 능선을 몇 개 더 지난 다음, 날이 저물어 올 무렵인 오후 6시 40분경에 제일 꼴찌로 하산을 완료하였다. 오전에 등산을 시작한 이후로 약 아홉 시간 정도를 계속 걸은 셈이다.

20번국도 가에 주차해 있는 대절버스 옆에서 먼저 도착한 일행과 어울려 맥주를 두어 잔 마시고 있으려니 금방 사방이 깜깜해졌다. 일행 중 일찍 온 사람은 오후 4시 5분 무렵 목표지점에 이미 도착했다고 한다. 여자들도 대부분 이미 백두대간 종주를 마친 사람들이어서, 폐활량이 적은 나로서는 도무지 감당할 수 없는 베테랑들이었다.

건천IC에서 경부고속도로에 올라 언양부터는 다시 왔던 코스를 경유하여 밤 10시가 좀 넘어서 집에 도착하였다.

28 (일) 맑은 봄 날씨 -선녀봉

아내와 함께 천왕봉산악회를 따라 전북 완주군 운주면 금당리의 선녀봉(665.9m)에 다녀왔다. 오전 8시 30분까지 장대동 구 미니주차장 건너편 경남슈퍼 앞에서 집결하였는데, 대절버스 한 대가 다 차서 우리 내외는 추가로 마련된 등산대장의 봉고차에 탔다.

대진고속도로를 경유하여 충남 錦山郡의 인삼랜드를 지나 추부 톨게이트에서 일반국도로 빠져나온 후, 금산군 추부면 소재지를 지나 17번 국도를 따라가다가 대둔산의 梨峙에 새로 크게 세워진 성균관대 교수 송하경 씨의 글씨로 된 임진왜란 대첩비 부근에서 잠시 휴식을 취하였다. 천등산 부근의 갈림길에서 활골 쪽으로 빠져나와, 버스 한 대가 간신히 지날 수 있는 좁다란 말골 골짜기를 따라 금당리의 도토리골 갈림길에 도착한 다음, 하차하여 등산을 시작하였다.

합수골의 올라갈수록 가팔라지는 오솔길을 따라 585봉에 오른 후, 능선 상의 봉우리를 몇 개 지나서 정상인 선녀봉에 다다랐다. 거기서는 오른쪽 바로 건너편으로 대둔산도립공원과 그 영역 안의 천등산이 바라보였다. 이 두 산은 충청남도에서 이름난 것이므로 예전에 모두 올라본 적이 있었다. 정상을 좀 지난 지점의 헬기장에서 먼저 도착한 일행이 점심을 들고 있기에 우리 내외도 그 부근의 능선 바위틈에 주변의 경치를 조망할 수 있는 장소를 골라서 준비해 온 도시락과 산악회로부터 받은 소주 한 병으로 식사를 하였다.

점심 후에도 계속 대둔산과 천등산을 바라보면서 서쪽 방향으로 능선을 따라 걸어서 625봉, 655봉, 선녀남봉(665m), 595봉을 지난 다음, 庚川面 가천리 쪽으로 하산하였다. 거기서 대절버스에 준비된 맥주와 부근의 식당에서 사 온 동동주를 마시며 일행이 하산을 마치기를 기다렸다가, 왔던 코스를 경유하여 밤 8시 30분 무렵에 진주의 집으로 돌아왔다.

4월

11 (일) 대체로 흐림 -주작산

아내와 함께 희망산악회를 따라 전남 강진군 신전면과 해남군 북일면에 걸쳐있는 朱雀山(429m) 능선 산행을 다녀왔다. 오전 8시까지 귀빈예식장 앞 도로변에 모이기로 되어 있었으나 시각이 되기도 전에 대절버스 두 대가 다 차서 좌석이 모자라므로 8시 이전에 출발하였다. 아내는 이럭저럭 1호 차 가운데쯤의 좌석에 앉을 수 있었지만, 나는 자리가 없어 제일 뒤편 좌석으로 올라가는 복도 계단에 걸터앉아서 갔다.

남해 및 호남고속도로를 경유하여 순천에서 일반국도 2호선으로 접어든 후 벌교·보성·장흥을 거쳐 강진에 이르렀고, 茶山草堂이 있는 만덕산 뒤편을 경유하여 해남군 북일면 흥촌리의 두륜산 아래에 위치한 오소재에서부터 등산을 시작하였다. 오늘 우리가 탄 산 줄기는 강진의 덕룡산에서 해남의 두륜산으로 이어지는 중간 능선에 해당하는 셈이다. 덕룡산과 비슷한 좁고 기복이 심한 암봉 능선을 따라 계속 북동쪽으로 올라가는 산행이었다. 동쪽으로 호수처럼 잔잔한 강진만의 수려한 경치가 펼쳐져 있어 지루하지 않았다.

401, 412봉을 거쳐 427봉인 듯한 곳의 정상에 이르니 비로소 여러 명이 앉을 수 있는 공간이 있었으므로 거기서 점심을 들고서 다시 북쪽을 향해 나아갔다. 이 능선 일대에는 아직도 진달래가 많이 남아 있어 아내는 집에 돌아가 화전을 구워주겠다며 진달래꽃을 많이 땄다. 덕룡산으로 이어지는 작천소령에 위치한 양란재배를 위한 비닐하우스 단지 부근에서 오

른쪽으로 크게 방향을 꺾어 肉山 능선을 타고서 한참을 더 나아가니 비로소 주작산 정상에 다다를 수가 있었다. 일행 중 어떤 사람은 덕룡산 능선상의 양란재배지 뒤편에 있는 472봉이 大주작산이고 여기 있는 것은 小주작산이라 한다고 일러주는 이가 있었으나, 지도상에나 푯말에는 그런 표시가 없었다. 주작산 정상에서 얼마간 더 내려가 전망대인 듯한 팔각정에 다다르기 조금 전에 산복도로로 내려서 하산을 시작하였다.

양란재배지로 이어지는 도로 가의 수양관광농원 주차장에 대기하고 있는 대절버스 옆에서 주최 측이 준비한 술과 음식을 들며 나머지 일행이 다 하산할 때까지 쉬었다. 나는 주차장 입구에 늘어 앉아 있는 아주머니로부터 고들빼기와 우엉 잎을 한 보따리 사서 아내에게 주기도 하였다. 저녁 5시 반 무렵에 거기를 출발하여 밤 9시 무렵에 진주의 집에 도착하였다. 돌아오는 길에는 뒤따라 온 봉고차로 옮겨간 사람들이 있었으므로 아내와 나란히 좌석에 앉을 수가 있었다. 진주에 도착하여 버스에서 내릴 때 아내는 깜박 잊고서 내가 사 준 산나물 보따리를 차에 둔 채 내리고 말았다.

18 (일) 맑으나 밤에 비 -운악산(현등산), 현등사

아내와 함께 동산산악회를 따라 경기도 포천군 화현면과 가평군 하면의 경계에 위치한 雲岳山(일명 懸燈山, 935.5m)에 다녀왔다. 오전 7시에 진주시청 앞 육교 아래에서 대절버스 한 대로 출발하여, 대진·경부·중부 고속도로를 경유하여 경기도 남양주시에서 일반국도로 접어들었다. 서울 근교의 교통정체가 심하여 우리가 북한강을 따라 춘천으로 통하는 가도를 거슬러 올라가 청평댐에서 왼쪽 갈림길을 취해 가평군 하면 하판리의 등산기점에 다다랐을 때는 이미 오후 12시 30분경이었다.

懸燈寺 쪽으로 올라가다가 도중에 오른쪽으로 난 소로로 접어들어 눈썹바위 방향으로 한참을 올라가니, 그 일대의 깎아지른 바위 절벽과 봉우리들이 그림처럼 수려하였다. 운악산은 화악·관악·감악·송악산과 더불어 경기 5악의 하나로 꼽히며, 개중에서도 가장 수려한 산이라고 한다.

남쪽 지방에서는 이미 철이 지난 벚꽃과 개나리·목련·진달래 등이 이 일대에서는 아직도 한창 피어 있었다. 미륵바위를 지나 정상에 오를 때까지 험준한 바위 길 여기저기에 쇠로 된 밧줄들과 발을 디딜 쇠받침들이 많이 설치되어 있었다.

우리는 정상을 조금 지난 하산 길 지점에서 비교적 평탄한 장소를 찾아 여기저기에 흩어져 앉아 점심을 들었다. 정상을 지나서부터는 바위 절벽이 그다지 없어 비교적 평범한 지형이었다. 하산 도중에 혼자 현등사에 들러보았는데, 신라 법흥왕 때 창건했다고 하는 이 조그만 절의 입구에 뜻밖에도 涵虛堂 得通 己和의 鐘形 부도가 서 있었다. 안내판에 의하면, 함허당은 태종 때 이 절을 중수했다고 하며, 그의 부도는 여기 외에도 그와 인연이 있는 다른 장소들에 세 개가 더 있다고 한다. 절에서 조금 내려오니 골짜기의 시내가 흐르는 경사진 너른 바위 위쪽 면에 '閔泳煥'이라는 세 글자가 새겨진 곳이 있었다. 忠正公이 을사보호조약으로 이곳에서 자결한 다음해인 1906년에 그의 知人들이 새긴 것이라고 한다.

정상을 중심으로 하여 출발지인 하판리 마을까지 한 바퀴 돌아서 내려오는 산행을 마친 후, 그곳 어느 주막에 들러 일행과 더불어 두부를 안주로 하여 이곳 특산의 막걸리를 몇 잔 마신 후 아내와 함께 개울로 가서 맨발을 담그고 있다가 일행이 모두 차에 오르기를 기다려 귀로에 올랐다.

돌아올 때는 도중에 남양주 쪽으로 빠지지 않고, 계속 북한강을 따라 내려와서 다산 정약용의 고향인 능내리를 지나 동서울 톨게이트에서 중부고속도로에 올랐다. 이쪽 길도 마찬가지로 교통정체가 극심하여 진주의 집에 도착하니 자정 무렵이었다.

25 (일) 맑음 —곰재산, 사자산

아내와 함께 천왕봉산악회의 창립 3주년 기념 산행에 동참하여 전라남도 장흥군 장흥읍과 보성군 웅치면의 경계에 위치해 있는 帝巖山 (778.5m) 獅子山(668m) 종주를 다녀왔다. 오전 8시 30분쯤에 장대동 구

미니주차장 건너편 경남슈퍼 앞에서 대절버스 두 대로 출발하였다.

대진·남해·호남고속도로를 경유하여 순천에서 일반국도로 빠져나온 후, 보성 읍내를 조금 벗어난 지점에서 895번 지방도로를 취해 웅치면 소재지를 지났다. 작년에 인문대학 교수친목야유회의 예비답사를 위해 우리 내외와 안상국 교수 내외가 함께 왔었다가 강산리의 판소리 서편제 창시자인 박유전 유적비를 둘러보고서 회천면 쪽으로 넘어가려다가 길을 잘못 들어 다다랐던 웅치면 대산리의 제암산자연휴양림 구역에 들어섰다. 이번에도 원래는 장흥읍 금산리의 금산저수지 위쪽 신기마을에서 부터 형제바위 촛대바위를 지나 제암산 방향으로 올라갈 예정이었지만, 기사가 국도 가의 제암산을 알리는 표지판을 보고서 길을 잘못 접어든 것이었다.

별 수 없이 자연휴양림에서부터 등산을 시작하여 거기서 1km도 채 못 되는 곰재까지 올라왔는데, 일행은 대부분 오른쪽으로 향하여 이 능선 상의 최고봉인 제암산까지 올라갔다가 도로 돌아오는 코스를 취했으나, 나는 예전에 망진산악회 등을 따라 제암산에는 몇 번 오른 적이 있었기 때문에 반대 방향의 사자산 쪽으로 천천히 나아갔다. 곰재에서 사자산에 이르는 능선 일대는 전국 최대의 철쭉 군락지를 이루고 있으므로, 오늘 진주에서도 제암산을 산행 목표지로 삼은 산악회가 여럿이었다. 그러나 아쉽게도 철쭉은 아직 시기가 일러 피기 시작하기는 하였으나 장관을 이룰 정도는 못되었다.

우리 내외는 곰재에서 곰재산(614m) 방향으로 나아가다가 철쭉제단 부근의 길가 나무그늘에 앉아 준비해 간 도시락과 주최 측으로부터 받은 소주 한 병으로 점심을 들었다. 식사를 마친 후 다시 능선 길을 걸어 곰재산과 간재를 지나 사자산(尾峰) 정상에 올랐다. 여기서 바라보면 보성만의 전경과 예전에 아내와 더불어 철쭉 철에 주파한 적이 있었던 일림산 일대가 바라보인다. 예정된 코스에는 다시 간재로 내려가 골짜기 길을 따라 장흥읍 금산리의 신기마을로 하산하는 것으로 되어 있지만, 시간적 여유도 있고 하여 우리 내외는 사자의 꼬리에 해당하는 정상에서부터 1km 정도 앞에 바라보이는 머리에 해당하는 사자두봉까지 능선을 따라서 더 나아갔다.

사자두봉에서 금산저수지 방향으로 내려가는 산길이 보이기에 그쪽 하산 길로 접어들었다. 그 길은 새로 만들기는 하였으나 뚜렷하지 못하여 도중에 바위너덜지대와 잡목림 속을 헤매다가 왼쪽 손바닥의 피부가 좀 벗겨지는 상처를 입기도 하였다. 이럭저럭 금산저수지로 하산하여 자동차 도로를 따라 신기부락으로 올라간 후 그곳 주차장에 대기해 있는 우리 일행의 대절버스 가로 가서 그늘진 자리를 골라 이미 술판을 벌이고 있는 일행 틈에 끼어 삶은 돼지고기와 김치를 안주로 소주를 마셨다. 거기서 맥주 한 병을 가지고서 아내가 있는 우리 차 쪽으로 와서 아내와 함께 서늘한 장소를 찾아 함께 앉아서 맥주를 마신 후 아내가 좋아하는 강냉이를 삶은 것과 구운 것 각각 하나씩 사 와서 나누어 먹기도 하였다.

돌아오는 길에는 착각하여 출발지인 제암산자연휴양림 쪽으로 하산한 사람도 있으므로 보성군 웅치면 쪽으로 접어들었다가 국도 변에 나와 있는 그들을 태웠다. 갈 때는 고속도로 가의 섬진강휴게소에서 중국식 여름용 신발을 하나 샀고, 돌아오는 길에는 보성 휴게소에서 진도 홍주 됫병 하나와 녹차주 세 병 들이 한 세트를 샀다. 밤 아홉 시 가까운 무렵에 집에 도착하여 늘 그런 것처럼 샤워를 마친 후 취침하였다.

30 (금) 흐리다가 개임 -황매산

오후에는 철학과 대학원생들이 교수들과 함께 하는 봄 야유회에 참가하여 합천군 가회면 황매산의 철쭉을 보러 갔다. 학교 식당에서 점심을 든 후 차를 운전하여 우리 아파트 주차장에 갖다 둔 후, 주약동 현대아파트 건너편 사거리에서 류왕표 교수와 더불어 대기하고 있다가 12시 50분 무렵 대학원생 안명진 군이 배석원 교수를 태워 오는 차에 동승하여 일행보다 먼저 황매산으로 향했다.

산청군 원지 부근에서 오른쪽 길로 접어들어 단계를 지나 가회면 소재지인 덕촌 마을에서 오도리 방향의 산길로 접어들어 포장도로가 끝난 지점에서부터 비포장의 길을 한참 더 따라 올라가서 능선 부근의 작년 이맘때에도 와 본 적이 있는 젖소 목장에 다다랐다. 정상에서 능선을 따라 모산재 방향으로 1.8km 정도 내려온 지점인데, 지난주 일요일에 전라남도 제암산에 갔을 때는 아직 철쭉 철이 이르더니, 이곳에서는 이미 거의 절정에 가까워 새로 피는 꽃도 많고 시들어 가는 꽃도 적지 않아 수백 미터에 달하는 능선 일대가 온통 붉었다.

박선자 교수를 포함한 교수 네 명과 열 명 가까운 학생들이 모두 도착하기를 기다려 능선 위에 깍은 돌로 床石처럼 설치된 널찍한 철쭉제단에 둘러서서 준비해 온 캔 맥주 등의 간식을 들었고, 그 일대의 철쭉 꽃밭을 산책하며 두루 주위의 경치를 조망하였다. 목장에서 방목하는 홀스타인 젖소들이 꽃밭에도 여기저기 들어와 풀을 뜯어먹고 있었다.

돌아오는 길에 산청군 신등면 文臺里에 있는 돼지 수육을 잘한다는 식당으로 김경수 군이 일행을 안내하여 거기서 삶은 돼지고기를 안주로 소주를 들었다. 이미 밤이 되어 박선자 교수와 여학생 두 명은 거기서 먼저 돌아가고, 나머지 남자들은 진주 시내 평거동의 카페 산책 부근에 있는 통영해물다찌라는 상호의 실비집으로 자리를 옮겨 2차로 맥주를 들었다. 2차 비용 6만 원은 내가 지불하였다.

류왕표 교수가 중앙시장 안에 있는 1980년대 무렵에 우리가 가끔씩 드나들던 가야금을 뜯는 기생들이 남아있는 청림집이 새로 문을 열었다는 소문을 들었다면서 거기 가서 3차를 하자고 하므로 다들 택시를 타고서 그리로 이동하였다. 그러나 그것은 헛소문이어서 그 장소에는 이미 다른 식당이 들어서 있었고, 그 새 건물 3층쯤에 청림집의 옛 주인이 아직 살고 있다고 했다.

5월

2 (일) 흐리고 때때로 비 -수락산
혼자서 자연산악회의 서울 水落山(637.7m) 산행에 참가하였다. 오전

7시까지 시청 앞 육교 아래의 도로 가에 집결하여 부산교통의 대절버스 한 대로 출발하였다. 아내 분 예약금 27,000원은 출발 전에 돌려받았다.

대진·경부고속도로를 경유하여 서울로 향하는 도중에 두 번째로 어느 휴게소에 들렀을 때, 차량 행상인이 영업을 시작하기 위해 막 열고 있는 차 안에 만보기 세 종류가 진열되어 있는 것을 발견하고서, 그 중 내가 한동안 차고 다니다가 작년에 백두대간 구간종주를 하다 잃어버린 것과 똑같은 시계 겸용의 일제 DIGI-WALKER SW500 만보기를 하나 구입하였다.

서울에 도착하여서는 강남고속터미널 뒤쪽을 경유하여 신반포아파트에서 오늘의 안내를 맡아줄 사람 두 명이 새로 탔다. 그 중 한 명은 산청 출신으로서 진주에서 중·고등학교를 다녔고 지금은 서울의 행정자치부에 근무하고 있는 공무원이며, 또 한 사람은 그의 동료라고 한다. 진주자연산악회에서 운영하는 인터넷 홈페이지에 접속하여 비로소 알게 된 사람으로서, 집행부 측과는 오늘 처음 서로 만나보게 되었다고 한다.

한강다리를 지난 다음 한강을 따라 동쪽으로 향하다가 중랑천을 따라 북상하였다. 예전에 내가 서울 살 때의 중랑천은 지저분한 오수가 흐르는 하천이었지만 지금은 물이 꽤 맑아 보이고 강가 양쪽으로 시민이 산책할 수 있는 널찍한 둔치도 개발되어 도심 속의 공원처럼 되어 있었다. 중랑천을 따라 북쪽으로 한참 거슬러 오르다가 蘆原區廳을 거쳐 지하철 4호선 종점인 당고개역에서 좀 더 올라가 시민들의 반대로 현재 건설이 중단된 상태인 듯한 불암산 터널 입구 부근의 서울특별시와 남양주시의 경계가 되는 덕능고개 쯤에서 하차하여 오전 11시 반 무렵부터 등산을 시작하였다.

佛巖山(508m)과 수락산의 경계 지점이기도 한 덕릉고개에서 철망을 따라 한참 올라가다가 능선 길을 따라 걷게 되었다. 나는 대학시절에 지금은 서울산업대학교 캠퍼스가 된 노원구 공릉동의 서울대학교 공과대학 및 미술대학에 부속되어 있었던 교양학부에서 1년간을 수학하며 학교 앞의 하숙에서 생활하였었다. 그 당시에는 하숙집 부근이 온통 배밭이어서 다소 시골분위기였고, 학교 뒷산이기도 한 불암산을 매일 바라보며 지냈으나 올라볼 생각을 해 본 적은 없었다. 서울 살 때 북한산에는 몇 번 오른 기억이 있으나 그것도 등산을 목적으로 했다기보다는 수유리 근처에 왔던 김에 산책삼아 올라본 정도였고, 그 외의 도봉산이나 관악산은 진주에 살면서 오늘처럼 산악회를 따라 천리 길을 와서 일부러 오르게 된 것이었다.

서울 주변의 다른 산들처럼 수락산에도 여러 등산로가 있으나 오늘 우리가 택한 것은 덕능고개에서 의정부시 장암동 동막의 동부순환도로 변 초소까지에 이르는 가장 긴 종주 코스였다. 예상했던 것보다는 사람이 적어 지방의 여느 산과 별로 다름이 없었으나 정상 부근에서는 제법 붐볐다. 정상에 거의 다가간 무렵부터 비가 내리기 시작하여 정상에 도착해서는 사암으로 된 바위 중턱의 겨우 한 사람이 앉을 수 있을 만한 빈틈에 자리 잡고서 대충 바람과 비를 피해 준비해 간 도시락을 들었다.

점심 식사 후에는 우리 일행과 함께 홈통바위라고 불리는 길고 가파른 바위를 밧줄을 잡고서 줄지어 내린 다음, 524, 509, 425 등 몇 개의 작은 봉우리를 더 지나서 오후 3시 반 무렵에 의정부 쪽의 등산 기점인 초소로 하산하였다. 종착 지점인 초소에 다다르면 대절버스가 대기하고 있을 줄로 예상했으나 그렇지 않았으므로, 핸드폰으로 연락하여 거기서부터 한참 더 떨어진 경원선 회룡역 부근에 차가 정거해 있다는 것을 알고서 다시 걸어서 그리로 이동하던 도중 동막의 장암신주공아파트와 동아아파트 경계지점으로 이동해 온 차에 탑승하였다.

일행이 다 모이기를 기다려 의정부에서 수락산과 불암산 뒤편의 순환도로를 거쳐 동서울만남의광장이라는 휴게소에 정거하여 주최 측이 준비해 온 막걸리와 캔 맥주를 나누어 마셨다. 그리고는 2주 전 가평의 운악산에 들렀을 때 귀로에 올랐던 동서울 톨게이트에서 중부고속도로에 진입하여 경부·대진고속도로를 경유하여 밤 9시 반쯤에 진주의 우리 집에 도착하였다. 오전에 만보기를 구입한 이후 총 17,750보를 걸었다. 거리 측정의 기준을 마련하기 위해 집에 와 샤워를 마친 후 줄자를 가지고 거실에서 거듭 측정해 본 결과 나의 보폭은 약 67cm라고 판단하였다.

16 (일) 흐리고 오전 한 때 부슬비 -낙동정맥 제4구간, 원효암,
천성산, 정족산

오전 7시까지 제일예식장 옆 도로로 가서 산벗회의 낙동정맥 구간종
주 팀에 참가하여 원효암-천성산-노상산-양산지경고개 16km 구간을
다녀왔다. 아내는 일기도 불순하고 코스도 너무 길다고 하면서 집에서
쉬겠노라고 했다.

원래 오늘은 전체 26구간 중 11차인 오룡고개-도덕산-배티재-한티
터널 17km 구간을 가기로 예정되어 있었는데, 참가 인원이 총 20명뿐인
데다 날씨도 좋지 않고 하여 지난번 원효산 일대의 산불로 말미암아 입
산이 금지되어 오르지 못하고서 남겨두었던 제4구간으로 변경하자는 제
의가 있어 출발 직후에 그렇게 결정되었다.

대절버스 한 대로 남해고속도로를 경유하여 9시 남짓에 양산군 상북
면 대석리의 元曉山(992.2m) 아래 군납업체인 京都의 입구에 도착하였
다. 여기서 매 시간 정상 바로 아래의 원효암까지 신도들을 실어 나르는
버스가 왕복한다고 하는데, 우리는 9시에 그 버스가 출발한 직후 당도하
였는지라 한 시간 정도를 기다리지 않으면 안 되었다. 그 정류장에는
예비군 군복을 입은 중년 남자가 운영하는 컨테이너를 개조한 불교용품
점이 하나 있었고, 정류장 일대에서 지난 번 화재로 불탄 원효산의 모습
이 잘 바라보였다. 버스는 군부대 안을 가로질러서 낙동정맥 능선에 오
른 다음 원효암으로 향하였는데, 여기저기서 흰 구름이 일고 있는 산의
모습이 그림 같았다.

원효암에서 하차한 다음, 군사시설이 들어 있어서 접근할 수 없는 원효
산 정상 언저리에 쳐진 지뢰주의 경고문이 붙은 철조망을 둘러서 內院寺
위쪽의 千聖山(812m)에 도착하였고, 숲 속의 오솔길을 계속 걸어 정족산
(700.1m)에 도달하였다. 날씨가 흐려서 먼 곳을 조망할 수는 없었다. 우
리 팀 중 뒤에 온 일부는 정족산 부근 능선의 자갈을 깐 도로에 주저앉아
서 점심을 들었고, 얼마 후 앞서간 일행이 쉬고 있는 지점에 당도하였다.

점심을 든 이후부터는 길을 잘못 들어 계속 우왕좌왕하였다. 원래 예

정된 구간이 아니었기 때문에 미리 지도를 준비하지 못하고서 한 사람이 월간 『사람과 산』의 별책부록으로 나온 낙동정맥 전체 구간 지도집을 하나 가지고 있을 따름이어서 이런 사태가 벌어진 모양이었다. 잘못 든 길을 되돌아 나오는 일이 몇 번 거듭되다가 나는 두어 명의 앞서간 사람이 밟았던 코스를 따라 길이 별로 뚜렷하지도 않은 어느 능선을 혼자서 걸어 내려왔는데, 하산하고 보니 전혀 엉뚱한 곳이었다.

앞서거니 뒤서거니 하면서 뿔뿔이 흩어져 그쪽 마을 근처로 내려온 사람들이 다 모이니 남자만 열 명이었다. 공단지대를 지나 경부고속국도까지 걸어 나와, 전화 연락을 받고서 그리로 이동해 온 우리들의 대절버스를 타고서 종착지인 통도사 입구 통도판타지아 부근인 지경고개에 다다랐다. 두어 명을 제외한 나머지 일행은 그리로 내려올 나머지 일행을 마중하기 위해 다시 낙동정맥 구간을 거꾸로 밟아 올라갔다.

노상산(342.7m)을 지나 능선의 일부까지 포함한 광대한 지역을 차지한 통도컨트리클럽 골프장을 가로질러 한 시간 정도를 올라갔으므로 정족산과도 멀지 않을 터인데, 회장을 포함한 나머지 일행 열 명은 여전히 모습이 보이지 않았다. 내 휴대폰으로 컨트리클럽 부근의 산길에서 더덕을 캐고 있는 산행대장과 연락해 본 결과 여자들이 절반인 나머지 일행도 길을 잘못 들어 다른 곳으로 하산했다고 하므로, 컨트리클럽 내의 다른 코스를 지나서 되돌아 내려왔다. 회장을 포함한 다른 일행은 한참을 산속에서 헤매다가 우리보다도 더 엉뚱한 지점인 내원사 입구로 내려와 있었다. 결국 오늘 우리 일행 중 예정된 낙동정맥 구간을 제대로 주파한 이는 한 사람도 없는 셈이다.

그들과 합류하여 부산 방향으로 돌아오던 도중 어느 주차장에 정거하여 준비해 간 술을 들었는데, 우리 차가 자기네 石物店 입구를 가렸다고 불평을 말하는 사람이 있어 도로 차에 올라 돌아오는 도중에 마시기로 하였다. 나는 맥주와 담근 도라지술 및 다른 소주 등을 계속 들었으므로 차 안에서 마신 양이 이미 적지 않은데, 진주의 출발지점에 도착한 후 회장인 거창세무소 직원 崔景澤 씨 내외 및 산행대장 내외를 따라 그곳의 불고기집으로 들어가 다시 저녁식사와 함께 소주를 마셨으므로 만취하여 귀가하였다. 오늘은 이럭저럭 총 걸음 수가 3만 4천 보 정도나 되었다.

22 (토) 맑음 -천왕봉의 집

근자에 받은 부산개성중학교 제14회 동기회보 『開物成務』 제210호(2004년 5월호)에 5월 22일부터 23일까지 이틀간 지리산 중산리에 있는 천왕봉의 집이란 식당에서 부산모임과 서울모임이 함께 하는 부부동반 야유회가 있다는 공고가 있었으므로, 그리로 가보기로 작정하고서 오후 세 시를 전후하여 출발할 그들이 도착할 시각에 맞추어 평소의 퇴근시각인 오후 6시에 연구실을 나섰다. 칠암캠퍼스의 간호학과가 들어 있는 도서관 건물 앞으로 가서 아내를 태운 후 나동·완사를 거쳐 하동 가는 국도와 수곡을 경유하여 아직 해가 남아 있는 7시 반 무렵에 중산리 매표소 앞에 있는 5층 건물 1층의 천왕봉의 집에 도착하였다.

부산 팀은 이미 도착하여 술을 들고 있었고, 서울 팀은 우리보다 좀 뒤에 도착하였다. 저녁식사를 든 후 2층의 콘크리트 벽으로 된 빈 공간에서 부산 팀이 대동해 온 밴드의 반주에 맞추어 노래와 춤으로 놀았다. 나는 거기에 얼마 동안 앉아 있다가 1층의 식당으로 내려와 서울서 온 친우 김영수 군 등과 어울려 밤늦게까지 술을 마셨고, 동아일보사 기자인 박문두 군을 따라 5층의 어느 방으로 가서 취침하였다. 그 방은 작고 사람도 적었으나 이불이 별로 없고 난방도 되지 않았다. 별 수 없이 여름 이불 하나를 바닥에 깔고서 옷 입은 채로 베개도 없이 드러누워 잠을 청해 보았다.

23 (일) 맑음 -천왕봉, 법계사

새벽 4시 반 무렵 추워서 잠이 깨었다. 소변보러 방 밖으로 나가보니 아래쪽에서 사람들이 웅성거리는 소리가 들리는지라, 그 소리 나는 곳으로 내려가 보았다. 2층 홀에서 5시 출발예정인 등산을 위해 미리 나와 있는 동기들이었다. 간밤의 과음에다 수면부족으로 컨디션이 좋지 않았지만, 따라가 보기로 마음먹었다. 군불이 들어가는 2층 방으로 들어가 잠시 드러누웠다가 다시 나와 여자들이 자는 3층의 복도로 가서 아내를 불렀다. 아내는 頂上인 천왕봉(1,915.4m)까지는 왕복 8시간 정도 걸린다고 하므로 자기는 나중에 다른 사람들과 더불어 그 절반인 法界寺까지만 다녀오겠다는 것이었다.

스무 명 남짓한 인원으로 5시 20분경에 출발하여 許萬壽 기념비가 있는 곳에서 본격적인 등산로로 접어들어 칼바위를 거쳐 두 시간쯤 후에 법계사에 이르렀고, 다시 두 시간 정도 더 올라서 정상에 도착하였다. 우리가 취한 중산리 매표소에서 천왕봉에 오르는 코스는 정상까지의 가장 짧은 코스인 반면에 가장 가파른 산길을 올라야 하며, 많은 사람들이 이용하는 까닭에 나무나 쇠로 된 계단이나 시설물의 설치가 많아 산행의 재미가 덜했다.

오랜만에 들러본 법계사는 중창 공사를 마쳐 있었는데, 적멸보궁이라는 이름의 대웅전에는 불상이 없고, 그 대신 뒤편 바위 언덕 위에 서 있는 2m 정도 되는 삼층석탑을 석가모니의 진신사리가 모셔진 곳이라 하여 예배의 대상으로 삼고 있었다. 이 절은 신라 진흥왕(?) 때 인도에서 건너온 緣起祖師가 창건했다고 하는데, 그가 당시 가져온 불사리를 이 탑 속에다 안치했다는 것이다. 그런 설이 언제쯤부터 생겨났는지 나는 알지 못하나 이번에 처음 안내판을 통해 알았다. 이 절은 임진왜란 때 소실되었다가 복구된 것이 6.25 무렵 빨치산의 아지트가 된다 하여 또다시 소각하였는데, 근자에 이르러서야 비로소 완전히 재건된 것이다.

백 코스로 하산하여 천왕봉의 집 앞 탁자에서 식사를 하고 있으려니, 김영수 군 등과 함께 법계사까지 다녀온 아내가 우리들 자리에 어울렸다. 점심 식사를 마친 후 막걸리 등으로 뒤풀이를 하다가 오후 3시 무렵에 모든 일정을 마쳤다. 뒤풀이 자리에서는 현역 육군 소장인 서울모임 회장 김정일 군과 중앙의 경찰차장까지 역임하고서 퇴임하여 이번 총선에 부산 사하구에서 열린우리당 후보로 출마했다가 차점으로 낙선한 이헌만 군이 여러 테이블을 돌며 석별의 막걸리를 권하고 있었다. 나는 찬조금 조로 부산모임 회장 양윤석 군에게 20만 원을 전했다. 이번 모임에는 회원과 그 배우자를 합해 백 명 정도의 인원이 참석했다고 한다.

30 (일) 흐리고 때때로 부슬비 ―낙동정맥 제11차, 운주산

산벗회의 낙동정맥 제11차 구간종주에 참가하여 경북 영천시 임고면 오룡리의 오룡고개에서부터 포항시 죽장면 정자리와 기계면(북구) 가안리의 경계에 위치한 한티재까지 도상거리 17km(실제거리 23km), 8시간 구간을 다녀왔다. 아내는 자기 체력으로서는 무리라 하여 동참하지 않았다.

오전 7시 늘 만나는 제일예식장 앞 도로에서 집결하여 대절버스 한 대로 출발하였다. 도중에 합류한 사람들까지 보태어 약 30명 정도의 인원이었다. 남해·구마·경부고속도로를 경유하여 영천 톨게이트에서 4호선 국도를 따라 시내로 빠져나온 후, 다시 포항 쪽으로 가는 28번 국도를 취하여 고경면 소재지를 조금 지난 지점에서 좁은 지방도에 접어들어 얼마 정도 더 달린 다음 오늘의 출발지점인 오룡고개에 도착하였다.

오전 10시 무렵부터 등산을 시작하여 가파른 고갯길을 헐떡이며 한참 오른 후 도덕산 정상(703.1m)을 조금 벗어난 지점의 능선에 다다랐다. 여기서부터 경주시 안강읍 옥산리에 위치한 玉山書院 및 그 앞산인 紫玉山(569.9m)까지는 멀지 않으므로 서원의 풍경을 바라볼 수 있을까 기대했지만, 안개가 끼고 부슬비조차 나리는 날씨여서 그렇지 못했다. 도덕산 능선에서부터 경주시 안강읍과 영천시 임고면의 경계를 이루는 능선을 따라 북상하다가 봉좌산(600m) 부근의 614.9봉에서부터 임고면과 포항시 기계면(북구)의 경계로 접어들었고, 오후 1시 남짓에 두 구역을 잇는 도로가 통과하는 이리재에서 점심을 들었다.

계속 나아가 영천시 임고면과 자양면, 그리고 포항시 기계면의 경계인 오늘의 최고봉 운주산(806.2m)에 이르렀다. 서낭당 같은 돌무더기가 있는 정상에서부터 오르고 내리는 길을 한참 더 지나와 불랫재에서 잠시 휴식을 취한 다음, 마지막 남은 545봉을 넘어서 오후 6시 무렵에 오늘의

목표지점인 오룡고개에 도착하였다.

근처의 복숭아 과수원 사이를 흐르는 개울로 가서 세수를 하고 땀에 젖은 옷을 벗고서 청색의 반바지 반팔에다 샌들 차림으로 갈아입은 다음, 대절버스가 대기하고 있는 장소로 돌아와 일행과 더불어 오리고기에다 돼지껍질 볶은 것을 안주로 맥주와 소주를 들었다.

밤 11시 무렵에 귀가하여 샤워를 마치고서 취침하였다.

6월

6 (일) 맑음 -낙동정맥 제12차, 침곡산, 사관령

아내와 함께 산벗회의 낙동정맥 제12차 구간종주에 참가하여 한티터널-침곡산-사관령-가사령 코스를 다녀왔다. 오전 7시에 제일예식장 앞 도로에 집결하여 대절버스 한 대로 출발하였는데, 도중에 합류한 사람들을 포함하여 모두 38명이었다.

지난주처럼 남해·구마·경부고속도로를 경유하여 영천시로 진입한 후, 69번 지방도로 및 국도 31호를 따라 포항시 기계면과 죽장면의 경계에 위치한 지난주 하산지점인 한티재에서 하차하여 등산을 시작하였다. 이 일대의 오늘 코스는 예전에는 경북 迎日郡의 기계면·기북면·죽장면에 속해 있었는데, 지금은 모두 포항시 북구에 포함되어 있다.

오전 10시 무렵부터 등산을 시작하여 기계면과 죽장면의 경계를 이루는 능선을 따라가다가, 산불감시탑이 있는 768봉에서부터는 기북면과 죽장면의 경계를 따라서 동북 방향으로 올라갔다. 오늘 코스 중 두 번째로 만나는 큰 봉우리인 針谷山(725.4m)을 좀 지난 지점에서 일행이 합류하여 점심을 들었다. 다시 배실재를 지나 세 번째이자 마지막 큰 봉우리인 사관령(788.2m)에 올랐는데, 그 정상에 지도에는 없는 헬기장이 있으므로, 우리는 지도에 나타난 성법령 부근의 헬기장인 줄로 알고서 이미 종착지에 거의 다 온 줄로 착각하였다. 그러나 숲속의 오솔길은 가도 가도 끝이 없이 이어지더니 그렇게 한참을 더 간 후에야 비로소 지도상의 헬기장이 나타나고, 그 후에도 작은 봉우리들을 무수히 오르내린 다음 오후 6시 무렵에야 종점인 가사령에 도착할 수가 있었다. 일정표 상에는 도상거리 17km, 소요시간 7시간으로 되어 있지만, 그것을 작성한 정경택 회장도 착오가 있는듯하다고 말하면서 실제거리는 23~4km 정도 될 것이라고 했다.

모처럼 구간종주에 참가한 아내의 보조에 맞추다 보니 일행 중 맨 끄트머리쯤으로 종점에 이르렀는데, 빨리 간 사람은 우리보다 두 시간이나 이른 오후 4시 무렵 벌써 거기에 도착했다고 한다. 전화 연락을 받고서 온 대절버스를 타고서 일행이 모여 있는 개울 근처의 도로 가로 내려가 옷을 갈아입고는 함께 맥주를 마셨다.

돌아오는 길에는 69번 지방도로를 따라 竹長面 소재지인 立巖里까지 내려왔다. 선바위라고 불리는 이곳은 旅軒 張顯光이 만년을 보낸 곳으로서 내가 예전부터 한번 와 보고 싶어 했던 곳이다. 여헌을 향사하는 입암서원은 입암리보다는 오히려 그 위쪽의 매현리에 가까운 침곡교 부근에 있는 모양인데, 그 일대는 이른바 '선바위(立巖)' 등이 있는 풍치지구였다. 올 때 경유했던 69번 지방도로를 따라 영천호를 지나서 永川 시내로 향하는 도중에 포은 정몽주의 고향이자 포은을 모신 臨皐書院이 있는 임고마을도 지났다. 임고서원은 내가 예전에 한 번 답사해 본 적이 있었다.

올 때의 고속도로들을 역으로 경유하여 밤 11시 무렵에 진주의 집에 도착하였다. 귀가 시간이 늦어지는 문제를 고려하여, 다음 구간부터는 출발시간을 오전 6시 30분으로 앞당길 것이라고 한다.

13 (일) 맑음 −선운산, 선운사
아내와 함께 오랜 山 친구인 朴良一 씨가 회장으로 있는 희망산악회의 월례산행에 따라 전북 고창군에 있는 禪雲山(444m)의 동편 및 가운데 능선을 다녀왔다. 오전 7시 30분까지 남강 변의 귀빈예식장 앞에 집결하여, 팔도관광의 대절버스 두 대로 출발하였다. 남해·호남고속도로를 경유하여 전남 장성군의 백양사 IC에서 빠져나온 뒤, 15호 지방도를 따라 예전에 올랐던 적이 있는 방장산(733.6) 능선상의 양고살재를 넘어서 전북 고창군 지경으로 들어갔다. 고창읍을 거친 후, 국도 23호 및 22호를 따라서 유네스코 국제문화유산으로 지정된 고인돌 군을 지나 선운산도립공원 구역 안 삼인리의 식당가에서 하차하였다.

삼인초등학교와 그 옆의 조각(문학비)공원을 지나 등산을 시작하였다. 선운산은 예전에 주능선 쪽을 몇 번 올라보았지만, 원래 300m 내외의 고만고만한 봉우리들로 이루어진 야산 같은 곳인데, 오늘 우리가 오른 것은 주능선이 아닌지라 더욱 낮았다. 형제봉(248) 구황봉(299)을 지나 도솔제라고 하는 호수까지 내려왔다가 다시 능선에 올라 안장바위와 병풍바위(230.9)를 지난 지점에서 점심을 들었다. 그리고는 다시 비학산(307.4)을 지나 두 능선 사이의 희여계곡으로 빠지는 희여재로 내려온 후, 거기서부터 다시 한참을 올라 오늘 코스의 최고봉인 338봉에 이르렀다. 먼저 간 일행 중 일부는 거기서 주능선 쪽으로 건너간 사람들도 있었지만, 나는 자꾸 뒤처지는 아내를 기다려 예정된 코스대로 가운데 능선으로 접어들어 사자바위·투구바위를 지나서 도솔제 입구의 상점이 있는 곳으로 내려와 비로소 만난 계곡물에 윗몸과 머리를 씻었다. 선운산은 높지는 않지만, 능선 길 여기저기에 기암괴석으로 이루어진 거대한 절벽들이 흩어져 있어 호남의 명산이라는 이름에 손색이 없다.

고찰 선운사에 들러 보물로 지정된 대웅전과 被帽地藏菩薩 및 동백숲 등을 둘러본 후, 수통에 다시 물을 가득 채웠다. 선운사 입구에서 복분자주 됫병 하나와 은행열매 삶은 것 및 고구마호박 말린 것을 사서 아내와 함께 군것질을 했다. 오후 다섯 시 반쯤에 선운사 주차장을 출발하여, 올 때의 코스를 경유해 밤 아홉 시 무렵에 집으로 돌아왔다.

27 (일) 맑음 -덕가산, 악휘봉, 마분봉
아내와 함께 메아리산악회의 월례산행에 동참하여 충북 槐山郡 延豊面·七星面과 경북 聞慶市 加恩邑의 경계에 위치한 樂輝峰(845m)에 다녀왔다. 오전 7시 30분까지 진주역전에 집결하여 삼천포에서부터 회원들을 태우고 오는 대절버스 한 대에 동승하여 출발하였다. 메아리산악회는 원래 초등학교 교사들로써 구성된 것이었는데, 근자에는 교사가 아닌 일반인들도 1일 회원으로 받아들이는 모양이었다.

대진·88고속도로를 경유하여 거창에서 일반국도로 접어든 후 김천과 상주·문경을 경유하여 이화령을 지나서 괴산군 쪽으로 향하는 34번 국도를 따라가다가, 연풍면의 攀桂亭 근처에서 적석리로 접어들었다. 반계정은 송강 정철의 현손으로서 영조 원년(1725)에 영의정을 지낸 丈巖 鄭澔(1648~1736)가 거처하던 곳인데, 이곳 장바위마을에서 그의 호 장암이 유래한다고 한다. 시골길을 따라 조금 더 들어가니 속리산의 정이품송처럼 생긴 冠松이라는 이름의 소나무 고목이 하나 있었고, 그 부근의 갈림길에서 德加山(850m) 쪽으로 갈 사람들은 먼저 내리고 나머지는 그대로 차에 타고서 입석마을 쪽으로 나아갔다. 나는 아내의 만류에도 불구하고 덕가산 가는 팀에 합류하여 먼저 내리고 아내는 버스에 남았다.

오전 11시 반 무렵부터 등산을 시작하여, 10명이 채 못 되는 우리 일행은 양지마을과 드넓은 사과나무 과수원을 지나 상의 전체와 바지 윗부분이 흠뻑 젖을 정도로 땀을 흘리면서 가파른 산길을 계속 걸어 올랐다. 한참 만에 주능선에 오른 다음, 다시 능선의 비탈길을 따라 반시간 정도 더 오른 후 괴산군 연풍면과 長延面의 경계에 위치한 덕가산 정상에 다다랐다. 정상 부근에서 새로 이어지는 능선을 타고서 악휘봉 방향으로 향하였다. 도중에 칠보산 쪽으로의 갈림길과 아내 등 버스에 남은 일행들이 입석마을로부터 올라온 샘골고개를 지나, 전망이 트인 바위 슬랩에 멈추어 점심을 들고자 덕가산 팀의 일행과도 작별하여 혼자 암봉을 타고서 계속 올랐다. 얼마 후 오늘의 목적지인 악휘봉에 올랐는데, 덕가산을 지나오는 도중에 휴대폰으로 아내와 연락하여 악휘봉에서 만나기로 했으나 아내의 모습은 보이지 않았다. 다시 연락하여 거기서 커다란 남방식 지석묘처럼 생긴 선바위를 지난 안부에서 비로소 아내와 합류하였다. 입석마을의 이름은 이 바위에서 유래하는 것이다. 은티재 쪽으로 빠지는 지점의 백두대간 능선과 만나는 삼거리까지 걸어와 아내와 둘이서 준비해 간 도시락으로 점심을 들었다.

나는 이 일대의 속리산국립공원 북부에 위치한 산들을 이미 여러 차례 올랐다. 처음 백두대간 구간종주를 시작한 지점은 속리산의 불란치재부터였는데, 그 첫 산행에서 장성봉을 지나 오늘 점심을 든 지점을 거쳐서 구왕봉·희양산 방향으로 나아갔었다. 그리고 제수리재에서 막장봉을 거쳐 시모살이골을 따라 쌍곡리 절말 쪽으로 하산한 적이 있었고, 또 한 번은 떡바위 쪽에서 칠보산을 지나 살구나무골로 하여 쌍곡리 절말로 하산한 적도 있었다. 오늘 연풍면 쪽에서 오른 것까지 포함하면 사방 모두에서 악휘봉 방향으로 접근한 셈이 된다.

아내는 사거리 안부인 은티재에서 일행 몇 명과 더불어 입석골로 하여 오늘의 종착지인 연풍면 주진리 은티마을 쪽으로 하산하고, 나는 거기서 다시 774봉과 馬糞峰(말똥바우, 776m)에 올랐다가, 영화에서 보는 비행접시처럼 생긴 UFO바위를 지나 안부로 내려온 다음, 다시 마법의 성이라고 불리는 기괴한 모양의 바위절벽을 타고 올라서 능선을 따라 은티마을로 하산하였다.

주차장에 도착한 다음, 근처의 개울로 가서 팬츠 바람으로 찬 시냇물에 들어가 땀에 저린 몸을 대충 씻고서 새 옷으로 갈아입었다. 목욕을 마치고서 주차장으로 돌아오니 막걸리 파티는 이미 끝난 무렵이었으므로, 짐칸의 아이스박스에서 포천막걸리 새 병을 하나 꺼내 차안으로 들어와 아내와 함께 들었다.

오후 5시 45분 무렵에 은티마을 주차장을 떠나, 돌아오는 길은 괴산군 소재지를 지나서 중부·경부·대진고속도로를 경유하는 코스를 취해 밤 10시 반 무렵에 출발지인 역전 광장에서 하차하였다. 바로 근처에 있는 우리 아파트까지 걸어서 돌아왔다.

7월

18 (일) 오전에 흐렸다가 개임 -낙동정맥, 가사령~질고개

새벽 5시에 기상하여, 태풍으로 말미암아 그 동안 두 번이나 취소되었던 산벗회의 낙동정맥 구간종주에 참가하였다. 어제 귀가하는 도중의 비행기와 고속버스 안에서 자는 둥 마는 둥 눈을 붙이고 있었던 것을 제외하면 침대에 누워 취침한 것은 세 시간에 불과한 셈이다. 아내는 가사령에서 피나무재까지 도상거리 20km, 총 9시간이 소요될 예정인 산행은 자기에게 도무지 무리라 하여 동행하지 않았다.

오전 6시 30분까지 제일예식장 부근의 도로변에 집결하여 평소처럼 대절버스 한 대로 출발하였고, 도중에 여기저기서 다른 회원들을 태워 총 32명이 동행하였다. 이번에도 남해·구마·경부고속도로와 경북 영천을 통과하는 4번 및 28번·69번 도로를 경유하여 지난번 산행의 종착 지점이었던 포항시 죽장면(북구) 가사리까지 가는 도중에 다시 한 번 張旅軒의 유적지인 죽장면 선바위를 통과하게 되었으므로, 이번에는 그 부근에 남아 있는 古家들 위치와 立巖書院의 현판을 뚜렷이 확인할 수가 있었다.

세 시간 쯤 후에 가사령에 도착한 후, 이번에는 겉옷을 벗고서 반바지 에다 겨드랑이가 드러나는 한여름 등산복 차림으로 산에 오르기 시작하였다. 오늘 코스 가운데서 두 번째로 높은 776.1봉을 지나 포항시와 청송군의 경계지점인 통점재까지가 약 4.5km, 거기서 최고 지점인 785봉까지가 4.3km, 다시 질고개까지 5.7km, 마지막으로 오늘의 종착지점인 경북 靑松郡 부동면 내룡리의 피나무재까지가 7.1km이다. 나는 전체 구간의 3/4쯤 되는 청송군 부남면과 부동면의 경계지점인 질고개에서 일행 10명과 더불어 탈락하여, 전화 연락을 받고서 거기까지 태우러 온 대절버스를 타고 피나무재로 향하였다. 평소에는 아무리 힘들어도 도중에 탈출하는 일이 거의 없었는데, 오늘은 최경택 회장의 컨디션이 매우 좋지 않은데다 일행 중 네 명이 도중에 길을 잘못 들었다가 갔던 길을 되돌

아오는 등 이변이 있어 탈락자가 많아졌고, 나 또한 간밤의 수면부족과 얇은 양말로 말미암은 양쪽 발가락의 통증 때문에 도중에 포기하게 된 것이다.

차를 타고서 피나무재로 이동하여 졸졸 가늘게 흐르는 계곡물에 수건을 적셔서 위통의 땀을 대충 닦은 후, 차 그늘에 앉아서 준비된 오리고기 구이를 안주로 맥주와 소주를 들며 일행이 다 하산하기를 기다렸다. 집에 도착하니 밤 12시 30분경이었다. 취기가 남아 있는데도 샤워를 마치고서 취침하였다.

25 (일) 무더위 −불태산

아내와 함께 천왕봉산악회의 7월 정기산행에 참여하여 전남 장성군 장성읍과 장성군 진원리의 경계에 위치한 불태산(佛臺山, 710m)에 다녀왔다. 오전 8시 30분까지 장대동의 구 미니주차장 건너편 경남슈퍼 앞에 집결하여 대절버스 한 대로 출발하였다. 대진·88고속도로를 경유하여 도중에 남원군내의 지리산휴게소에서 한 번 정차하였고, 담양에서 일반 국도로 빠진 후 전남 長城郡 珍原面 진원리에서 하차하여 등산을 시작하였다. 도로교통지도에서는 이 산을 '불태산' '불다산'으로 적고 있으며 집행부에서 배부한 개념도에도 '불태산'으로 되어 있으나, 金正浩의 『大東地志』에는 佛臺山으로 적혀 있으므로 아마도 '불대산'을 한글로 적은 과정에서 생긴 오류가 아닌가 한다.

우리가 하차한 장성군 진원면 진원리는 내가 예전에 한두 차례 답사한 적이 있었던 高山書院의 바로 앞이며, 서원 맞은편에 불태산이 있으니 高山이라 함은 불태산을 지칭한 것인지도 모르겠다. 그 산 쪽으로 향하는 동네 입구의 비석에도 高山里라고 새겨져 있으나, 지도에 고산리라는 이름이 보이지는 않는 것으로 보아 공식적인 행정 지명은 진원리인 듯하다.

우리는 고산리 표지석이 있는 지점에서부터 평지를 걷기 시작하여, 진원제라는 저수지가 있는 곳까지 나아간 다음, 골짜기를 따라 산에 오르기 시작하였다. 바람 한 점 불지 않는 무더운 여름날에 가파른 산길을 오르려니 땀이 비 오듯 쏟아지고 물이 한없이 먹혔다. 가까스로 안부에 올라선 다음, 능선을 따라 오른쪽으로 진행하여 578봉에 올랐고, 지능선과의 삼각점인 602.4봉도 지나 낙타 등처럼 아래위로 꾸불꾸불한 산길을 힘겹게 나아갔다. 능선에서도 바람이 전혀 없다시피 하여 무덥기 짝이 없는데, 어느 전망이 트인 바위에 먼저 온 아주머니 하나가 앉아서 쉬고 있기에 우리 부부도 그 곁에서 한숨 돌리고자 하였다. 그런데 바위의 안쪽 끄트머리에 자리 잡고 앉자말자 무슨 모기 같은 것이 날아와 물므로 손을 흔들어 쫓으려 하였더니, 난데없는 벌떼들이 와글와글 몰려들어 마구 쏘아대는 것이었다. 혼비백산하여 달아나며 쫓아오는 벌떼를 피하고자 하였지만, 이미 나는 온몸 여기저기를 쏘이고, 아내도 머리카락 안쪽을 쏘인 모양이었다. 쏘인 자리는 한참이 지나도 몹시 아프고 서서히 부어오르기 시작하였다.

점심을 든 다음, 우리는 마침내 천신만고 끝에 뾰족한 암벽으로 이루어진 정상에 올랐다. 불태산은 예전에는 산자락에 훈련소가 위치해 있어서 출입이 금지되었다고 한다. 정상을 지난 다음 우리는 주능선을 벗어나서 장성군 북하면과 담양군 대전면의 경계에 위치한 大峙(한재)에서 대전면 평창리의 대야제 쪽으로 흘러내리는 한재골 쪽으로 빠지는 지능선을 따라 한재골유원지로 내려왔다. 평창리는 조선조 후기의 대표적 양반 가문 가운데 하나인 광산김씨의 발상지라고 한다. 그 일대의 시내와 냇물이 고인 洑에는 피서 나온 인파들로 북적거리고 있었다. 우리는 대절버스를 찾아 철조망으로 가려진 상류 쪽에서 이동하다가 인적이 드문 그쪽 개울에서 목욕을 한 다음, 기사와 휴대폰으로 연락하여 버스의 위치를 파악한 다음 유원지 입구에서 더 아래로 내려간 위치의 도로 가에 서 있는 버스에 올랐다.

돌아올 때는 담양에서 일반국도를 따라 남쪽으로 빠진 다음, 곡성 IC에서 남해고속도로에 올라 밤 10시 반쯤에 진주에 도착하였다.

8월

1 (일) 흐리고 때때로 비 -낙동정맥, 별바위, 왕거암

혼자서 산벗회의 낙동정맥 구간종주에 참가하여 경북 청송군 부동면과 영덕군 달산면의 경계에 위치한 주왕산국립공원 바깥 능선을 탔다. 오전 6시 30분까지 제일예식장 옆 도로가에 집결하여 대절버스 한 대로 출발하였다. 오늘은 신문에 국립공원인 주왕산으로 간다고 났기 때문인지 평소보다 참가자가 많아 45인승 버스 한 대가 거의 다 찼다. 근자에 몇 차례 이용했던 남해·구마·경부고속도로 코스를 따라 올라갔다. 영천에서 일반국도로 접어들어 안동으로 향하는 35번 국도를 타고 북상하다가 도중에 오른쪽 길로 빠져 보현산 천문대 부근을 지나 청송군의 지경에 들어갔다. 그러나 청송군 내에서 기사가 길을 잘못 들어 한참을 나아갔다가 도로 돌아 나오는 바람에 시간이 꽤 지체되어 예정보다 한 시간 이상 늦은 11시 20분경에야 비로소 지난번 하산 지점인 靑松郡 府東面 내룡리의 피나무재에 도착하여 등산을 시작할 수가 있었다.

가는 도중에는 대체로 맑았으나 등산을 시작할 무렵에는 부슬비가 내리고 있었다. 그러던 것이 한참 능선을 타고 있으니 또 비가 그쳤다가 내렸다가 하다가 나중에는 햇빛이 비치기도 하였다. 오늘 중 일본을 경유한 중형태풍이 한반도에 상륙한다는 일기예보가 있었는데, 이 정도 같으면 오히려 무더운 여름철로서는 등산하기에 이상적인 날씨라고 할 수 있다.

조망이 트인 별바위(745.4)에 올라 아내가 싸준 포도를 다 까먹고서 다시 일행의 꽁무니에 쳐져서 잡목림 속의 능선 길을 터벅터벅 걸어가다가 먼저 간 일행이 점심을 먹고 있는 재에 이르렀다. 헬기장이 있는 798봉과 절벽 길을 따라가는 대관령을 지나 오늘 코스의 최고봉인 왕거암(907.4)에 이르렀다. 왕거암은 주왕산 국립공원 구역 안에서 가장 높은 봉우리이다. 거기서부터는 계속 내리막길을 걸어 오늘 능선 코스의 종점인 느지미재까지 내려온 다음, 큰골을 타고서 하산하여 내원동을 지나

주왕산 제3폭포에 이르렀다.

제3폭포에서부터는 이미 여러 차례 걸어본 적이 있는 눈에 익은 코스였다. 제1폭포와 大典寺를 지나 종점인 주왕산 입구의 상의리 버스 터미널에 다다랐을 때에는 이미 날이 어두워져 가는 오후 7시 15분경이었다. 그러니까 오늘도 꼬박 여덟 시간 정도 산길을 걸은 셈이다.

일행과 더불어 대절버스 옆에서 술을 좀 든 후, 집에 도착하여 샤워를 마치니 밤 1시 10분경이었다.

8 (일) 맑음 -향로봉, 청하골, 보경사

아내와 함께 희망산악회의 8월 정기산행에 참여하여 경북 포항시와 영덕군에 걸쳐 있는 內延山 정상인 香爐峰(930m)과 청하골을 다녀왔다. 오전 7시 30분까지 귀빈예식장 옆에 집결하여 대절버스 두 대로 출발할 예정이었으나, 참가자가 적어 한 대는 돌려보냈다.

근자에 낙동정맥 구간종주를 다니면서 계속 이용해 온 코스와 같은 남해·구마·경부고속도로를 경유하여 경북 영천에서 일반국도로 접어들었고, 69번 도로를 따라 북상하여 圃隱 鄭夢周의 고향인 임고에 있는 臨皐書院과 旅軒 張顯光을 모신 立巖書院을 지나 포항시 죽장면 하옥리의 비포장 도로 고갯마루에 이르렀다. 거기서 교통경찰이 대형 차량의 통행을 막으므로, 별 수 없이 하차하여 반시간 정도 땡볕을 맞으며 찻길을 따라 걸은 다음 비로소 월사동에 있는 등산 시작 지점에 다다를 수가 있었다. 영천을 지나 여기까지 오는 도중의 계곡 곳곳에 승용차를 몰고서 가족과 더불어 피서 나온 사람들이 계곡마다 들어차서 때때로 우리 버스의 동행에 방해가 되곤 하였다.

모처럼 함께 등산을 온 아내가 피곤해 하므로 곳곳에 멈춰 쉬면서 일행의 꽁무니를 따라 올라가다가, 향로봉 정상에 약간 못 미친 지점의 三枝峰 방향과 갈리는 능선에서 도시락을 들었다. 그곳은 바람이 시원하여 벌써 제법 많은 사람들이 자리 잡고 있었다.

식사를 마친 후 향로봉에 올랐다가, 바로 반대쪽 아래로 난 오솔길을 따라 내려가 시명리에서부터 청하계곡의 물길을 따라갔다. 은폭을 지난 지점에서 물속에 놀고 있는 다른 사람들의 흉내를 내어 반바지에 슬리퍼 차림으로 옷을 입은 채 계곡물에 몸을 담갔고, 연산폭포에 이르러서는 아예 헤엄을 쳐서 폭포 아래로 다가가 물을 맞기도 하였다.

모처럼 온 寶鏡寺의 경내를 다시 한 번 둘러본 다음, 오후 6시 가까운 시각에 매표소 아래 마을의 주차장에 도착하여 오늘 등산을 마쳤다. 거기서 맥주 두 잔을 마시며 좀 쉬다가 동해안 쪽으로 빠져나와, 교통정체가 심한 포항 지역을 지나서 경주 휴게소에 머물러 유부우동으로 간단한 저녁식사를 든 다음, 경부·남해고속도로를 경유하여 밤 11시 반쯤에 집에 도착하였다.

15 (일) 아침 한 때 비 온 후 개임 −낙동정맥 제16차, 대둔산, 먹구등
혼자서 산벗회의 제16회 낙동정맥 구간종주에 참가하여 경북 청송군 진보면과 영덕군 지품면의 경계에 위치한 황장재에서 지난번에 경유한 느지미재를 거쳐 주왕산 입구의 상의리 주차장까지 내려오는 코스를 주파하였다. 도상거리로 약 13km의 구간이었다.

지난번보다 다시 반시간을 앞당긴 오전 6시까지 제일예식장 옆 도로변에 집합하여 대절버스 한 대로 출발하였다. 남해·구마·중앙고속도로를 경유하여 남안동 인터체인지에서 안동군 일직면으로 빠진 뒤, 보물 57호인 조탑리 5층전탑을 바라보며 안동시내로 올라가, 시내에서 다시 34호 지방도를 따라서 안동대학교와 임하면 천전리의 의성김씨 종택, 임동면 수곡리의 定齋 柳致明 고택 등을 지나, 청송군 지경으로 들어간 뒤 진보면 소재지인 진안리를 지나 신촌리의 약수터에 정차하여 휴식을 취하였고, 사이다 맛이 나고 누런빛이 도는 약수도 한 통 샀다.

거기서 얼마쯤 더 간 거리에 있는 황장재에서 하차하여 오전 9시 45분 무렵부터 등산을 시작하였다. 주왕산 입구의 매표소와 지루한 큰골 일대의 상행로를 피하기 위해 이번에는 평소와는 반대로 북쪽에서 남쪽으로 내려오는 코스를 취하였다. 가파른 오솔길을 따라 한참 올라서 오늘의

최고봉인 대둔산(905m)에 다다른 후부터는 비교적 평탄한 능선 코스였다. 비가 온 뒤라 땅과 풀들은 물기를 머금었고, 기후는 등산하기에 적당할 정도여서 별로 덥지 않았다.

먹구등(846.4m) 헬기장 부근에서 일행 몇 명이 모여앉아 점심을 들었다. 그 일행 대부분은 지난번에 이미 통과한 바 있는 느지미재 이후의 긴 하산로를 피하여, 먹구등에서 금은광이·월미기·장군봉을 거쳐 광암사와 백련암을 지나 상의리로 내려오는 새로운 능선 길을 취하려고 마음먹고 있었는데, 갈림길 표지가 없고 그쪽으로 빠지는 길도 뚜렷하지 않아 그만 명동재를 거쳐 느지미재로 빠지고 말았다. 이번 달 첫째 일요일에 이미 한 차례 통과한 바 있는 큰골과 내원동, 제3·제1폭포를 거쳐 상의리 주차장에 도착하니 오후 다섯 시 반쯤 된 시각이었다.

주차장의 화장실에 들어가 옷을 갈아입고서 돌아와, 일행과 어울려 오리고기 구이를 안주로 맥주와 소주를 들며 하산 후의 휴식을 즐기다가, 밤 11시 반 무렵에 귀가하였다.

29 (일) 대체로 맑음 -낙동정맥, 명동산, 봉화산

혼자서 산벗회의 낙동정맥 구간 종주에 참가하여 경북 청송군 진보면과 영덕군 지품면의 경계에 위치한 황장재에서부터 영양군 석보면과 영덕군 영해면의 경계쯤에 위치한 봉화산(733m)을 거쳐 석보면 하삼의까지 도상거리 약 22.4km 구간을 걸었다.

새벽 6시 무렵 제일예식장 부근의 부산냉면 앞에서 대절버스 한 대로 출발하여 남해·구마·중앙고속도로를 경유하여 지난번과 같이 남안동에서 일반국도로 진입하였다. 안동시에서 낙동강을 건너 시내로 진입하지 않고서 映湖樓에서 오른쪽으로 35번 국도를 따라 남선면을 가로질러 가다가, 포진교를 건너 안동대학교 앞으로 빠져서 다시 지난번처럼 반변천을 따라 임하면 천전리와 임동면 수곡리를 지나 진보면의 신촌 약수터에서 잠시 정거하였다.

오전 10시 무렵에 등산을 시작하여 영양군 석보면과 영덕군 지품면을 잇는 도로가 지나는 화매재를 지나 세 번째 송전탑이 있는 장구메기 근처에서 일행 몇 명과 더불어 점심을 들었다. 점심을 든 이후부터는 자꾸만 졸음이 와서 걸음이 느려지므로, 도중에 뒤에 쳐져 남의 무덤 앞이나 바람이 시원한 장소에서 잠시 눈을 감고 드러누워 있기도 하였다. 박짐고개와 오늘 코스의 최고봉인 명동산(812.4m)을 지나 완주를 포기한 부인 두 명과 더불어 기진맥진하여 돌로 쌓은 성벽 모양의 조선시대 봉수대가 있고 그 너머 헬기장에 정상이 있는 봉화산에 닿았다.

하산로를 물어보기 위해 도중에 명동산 근처에서부터 여러 차례 휴대폰으로 뒤에 쳐진 회장 및 앞서 간 총무에게 연락을 시도하였지만, 산중이라 연결이 되지 않는 것인지 자꾸만 상대방이 휴대폰을 꺼두었다는 안내 메시지만 나오므로, 오늘 산행에 참가하지 않고서 진주에 남아 있는 산행대장에게 연락하여 얼마 후 비로소 총무와 통화할 수가 있었다.

봉화산을 지나 임도삼거리를 만난 지점에서 앞서간 일행 세 명과 합류하였다. 길을 잘못 들어 그리로 온 가족 세 명이 탄 사륜구동 승용차에 동승하여 곰취농장까지 내려왔다. 그 길 도중에는 공사 관계로 차량이 통과할 수 없는 지점이 있다는 농장 주인의 설명을 듣고서 우리 일행은 차를 내려 3km 정도 걸어서 봉의곡을 따라 내려와 오후 7시 무렵에 하삼의에 대기해 있는 대절버스에 도착하였다.

근처의 다리 밑을 흐르는 개울에서 땀에 젖은 옷을 벗고서 좀 씻고 옷을 갈아입은 다음, 오늘의 연장한 목표 지점인 율치재까지 간 사람들과 합류하기 위해 917번 도로를 따라 영양읍 양구리까지 북상하였다. 거기서 이미 어두워져 밤이 된 가운데 돼지고기를 굽고서 맥주와 소주를 들었다. 오늘의 일행 가운데서 회장인 최경택 씨 내외를 비롯한 11명은 영양군 석보면과 영덕군 지품면을 연결하는 비포장도로가 지나는 박짐고개에서 일찌감치 삼의리 쪽으로 하산하였고, 우리처럼 원래 예정되었던 코스대로 봉화산에서 봉의곡을 따라 하산한 사람들도 있으며, 다섯 명만이 오늘 연장한 코스까지 답파하여 율치재에서 하산하였다.

집에 돌아오니 이미 자정이 넘은 시각이었다.

9월

5 (일) 아침 한 때 비 온 후 개임 -오룡산(시살등)

모처럼 아내와 함께 동부산악회의 제151차 산행에 동참하여 경남 양산시 원동면과 하북면의 경계에 위치한 통도사 뒤편 능선의 五龍山(시살등, 980.9m)에 다녀왔다. 오전 8시 30분까지 장대동 제일은행 앞에 집결하여 대절버스 두 대로 출발하였다. 남해 및 경부고속도로를 경유하여 양산에서 일반국도로 빠진 후, 양산·물금·원동을 거쳐 이 일대에서는 풍치지구로서 이름난 배내골로 들어갔다.

원동면 선리에서 하차하여, 水中洑를 건너 가파른 산중턱을 한참 오른 다음 550.7m 전망대가 있는 능선에 도달하였다. 거기서 남쪽 방향으로 능선을 따라 한참 나아가 다시 건너편의 통도사 뒤쪽 능선으로 연결되는 능선 길로 접어들었다. 도중에 양산시 상북면 쪽에서 산을 넘어 원동면의 배내골로 연결되는 1028호 비포장도로를 만나고, 825봉을 지나 통도사 뒷산 능선의 끝자락으로서 보통 오룡산이라 불리는 오룡3봉에 이르러 먼저 도착한 우리 일행 중 일부와 더불어 점심을 들었다. '오룡'이라 함은 다섯 개의 산봉우리가 용의 모양 같다 하여 붙여진 것이라고 하는데, 종래에는 별로 이름이 없었다가 부산의 ≪국제신문≫ '근교의 산' 칼럼을 쓰는 기자 팀이 개발하여 기사와 책으로 소개함으로써 알려지게 된 것이다.

점심 때 소주 한 병을 비우고 나니 취기에 걸음이 늦어져 조금 먼저 출발한 아내와는 하산을 완료할 때까지 끝내 만나지 못했다. 966.8봉과 통도사 자장암 방향으로 내려가는 갈림길을 지나 오룡산의 정상인 시살등에서 원동면 배내골의 2차선 포장도로가 끝나는 마을인 장선으로 내려가는 능선 길을 탔다. 그러나 도중에 갈림길에서 장선 방향의 길은 나뭇가지를 꺾어 막아놓았으므로, 다른 길을 찾으며 한참을 헤매다가 바위 절벽 아래의 수도처 비슷한 선동대동굴에서 통도골 방향으로 난 길을 따라서 내려왔다. 통도골을 따라 한참 내려오니 도중에 '영화 달마야 놀자 촬영 현장'이라고 쓰인 표지가 있었는데, 그곳 沼에 혼자 벌거벗고 들어가 헤엄을 치며 땀에 밴 몸을 헹구기도 하였다.

이럭저럭 버드나무집 황토찜질방이 있는 도로까지 빠져나온 다음, 길을 물어 2차선 포장도로가 끝나는 지점인 장선의 버스 종점에 이르러서야 비로소 일행과 합류하였다. 아내 일행은 시살등에서 선동대동굴까지는 나와 같은 길로 왔는데, 동굴에서부터 쉽게 능선 길을 찾아 바로 장선마을로 내려왔다고 한다. 돌아올 때는 새로 만들어진 밀양댐의 웅장한 풍경을 내려다보며 표충사 진입로를 따라 나와 밀양 시내를 거쳐서 남해고속도로에 올랐다.

밤 아홉 시 반쯤에 집에 도착하였다.

19 (일) 맑음 -화악산 중봉

아내와 함께 일칠산악회를 따라 경기도 加平郡 北面과 강원도 華川郡 史內面의 경계에 위치해 있는 京畿五嶽 중의 하나이자 경기도 전체에서 가장 높은 華岳山(1,468.3m)에서 조금 아래쪽에 있는 中峰(1,450m)에 다녀왔다.

오전 5시까지 경남문화예술회관 주차장에 집결하여 21명이 대절버스 한 대로 출발하였다. 대진·경부·중부·영동·중앙고속도로를 경유하여 중앙고속도로의 종착지인 강원도 도청소재지 춘천에 도착한 다음, 46번 국도와 북한강을 따라 가평군소재지에 이르렀고, 거기서 75번 국도를 따라 북상하여 적목리 용수목의 38교에서 하차하여 등산을 시작하였다. 원래는 명지초등학교가 있는 적목삼거리에서 하차할 예정이었으나 실수로 지나쳐 버렸던 것이다.

오전 11시에 가까운 무렵부터 등산을 시작하여 鳥舞樂골을 따라서 올라가다가 적목용소 폭포의 웅장한 모습을 구경하기도 하였다. 이웃한 石龍山(1,150m) 가는 계곡 길을 따라가는데, 근자의 계속된 비로 말미암아 수량이 꽤 늘어 개울을 건너기 어려운 곳이 많았다. 석룡산 방향과의 갈림길에서 계곡 길을 버리고 가파른 언덕길을 올라 마침내 중봉에 다다라 점심을 들었다. 바로 건너편의 화악산 정상에는 군사시설에 들어서 있어서 일반인이 접근할 수 없게 되어 있었고, 중봉 바로 옆까지도 철조망으로 접근이 차단된 초소가 들어서 있어서 경북 경산 출신인 권총을 찬 哨兵 한 명과 중봉 정상에서 대화를 나누기도 하였다. 그의 설명에 의하면 우리가 밟고 있는 이 중봉이 『世宗實錄地理志』에 한반도 전체의 정중앙에 위치하는 것으로 기록되어져 있다고 한다.

점심 식사를 마친 후, 하산 길을 잘못 접어들어 화악산 중턱 방향으로 내려갔다가 도중에 길이 끊어져 가파른 언덕길을 도로 올라왔다. 중봉 부근에 올라와 보니 우리 일행의 모습은 전혀 보이지 않으므로 능선 길을 따라 예정된 하산 코스인 애기봉(1,055.3m) 방향으로 나아가다가, 또 자꾸만 길이 아래로 향하는 것이 의심스러워 도로 올라와서 관정리 방향으로 향한 길 표시가 있는 표지판에 의지하여 계속 앞으로 나아갔다. 도중에 또 한 차례 갈림길에 부닥쳐 머뭇거리다가 대체적인 방향으로 감을 잡아 왼쪽 방향의 길을 취했는데, 그것은 성공적이었다.

오전에 하차할 무렵 오후 4시까지 하산을 완료해 달라는 말을 들었었는데, 벌써 4시를 훨씬 넘기고 있었으므로 집행부 측에 전화를 계속 시도하였으나 산속 골짜기라 통화가 되지 않았다. 마침내 관정리 보건지소의 우리 차가 대기해 있는 지점에 당도해 보니 우리 내외가 꼴찌가 될까 봐 걱정했었으나 그것과는 정반대로 첫 번째로 도착한 것이었다. 얼마 후 도착한 세 명의 말에 의하면, 애기봉 방향의 길은 뚜렷하지도 않고 표지도 거의 없는데다 여성 세 명의 그룹이 도토리를 줍느라고 뒤쪽에 쳐져 계속 진행이 더디다는 것이었다. 얼마 후 그들의 하산지점으로 차를 이동하여 대기하면서 산에 있는 집행부 측과 기사가 여러 차례 통화하였는데, 사방이 이미 깜깜해지고 밤 10시가 지난 무렵에야 비로소 하산을 완료할 수 있었다. 그것은 우리가 진주에 도착해 있어야 할 시간이었다.

내 배낭 속에 있는 헤드랜턴까지 빌려 주어 몇 명이 산에 있는 일행을 마중하러 도로 애기봉 방향으로 산을 올라갔다. 애기봉에서의 내림 길이 가파른데다 여러 군데 내를 건너야 하는데, 도토리 줍던 여자 중 한 명이 어둠 속에서 다리를 다쳐 남자들이 엎기도 하고 부축하기도 하면서 하산하느라고 더욱 늦어진 것이었다. 진주에 도착하니 다음날 오전 3시가 넘은 시각이었다.

22 (수) 맑음 -순천, 광주, 화순 지역

2박 3일간에 걸친 인문학부의 전라도 지역 추계답사 여행에 참가하였다. 오전 9시 10분 남짓에 인문대학 광장에서 대절버스 두 대로 출발하였는데, 인솔교수는 철학전공의 이성환·오이환, 사학전공의 윤경진·이승열 교수였다. 남해·호남고속도로를 경유하여 순천 송광사에 들렀다가 송광사 입구에서 점심을 들었다. 이어서 광주로 향해 망월동의 5·18묘역에 들렀다가, 화순 운주사를 거쳐 해남 대흥사 입구의 식당을 겸한 모텔 대성각에 투숙하였다. 원래 일정표에는 화순군 도곡면 효산리와 춘양면 대신리 일대에 위치한 전국 최대의 고인돌 밀집 분포 지역을 둘러보기로 되어 있었으나, 시간 관계로 운주사만 보고서 2시간 정도 차를 달려 해남으로 향하였다.

23 (목) 오전 한 때 부슬비 내린 후 개임 -해남, 강진, 진도 지역

9시경에 출발하여 해남의 윤선도 고택에 들른 다음, 월출산 남쪽 기슭의 강진군 지역에 위치한 無爲寺에 들렀다. 강진군내의 대구면 도요지와 다산초당을 둘러보고서 다시 대흥사 입구의 숙소로 돌아와 점심을 든 다음, 해남군에서 진도로 넘어가는 우수영에 위치한 울돌목의 명량대첩 전적비를 둘러보았다. 그곳 주차장의 매점에서 나는 다시 페트병에 든 진도 홍주 됫병 두 개를 구입하였다. 진도대교를 일단 건넜다가 오늘도 마지막 코스인 진도 내의 삼별초 유적지 용장산성 코스는 생략하고서 바로 되돌아 나와 숙소인 대흥사 입구의 대성각으로 돌아왔다.

24 (금) 맑음 -목포, 정읍 지역

오전 9시경에 해남의 숙소를 출발하였다. 2번 국도를 따라서 영암군을 가로지르고 영산강 하구언을 거쳐서 목포시 용해동에 위치한 국립해양유물전시관에 들렀다. 다시 서해안고속도로를 따라 북상하여 내장사 입구에서 점심을 든 다음, 정읍시 덕천면 하학리의 황토현 전적지에 위치한 동학농민혁명기념관에 들렀다. 지난번에 왔을 때는 이 기념관이 건축 중이었는데, 이제 최신식 시설을 갖추고서 개관해 있어 오히려 건너편의 황토현 전적기념탑이 있는 곳에는 사람들이 별로 들르지 않는 듯했다.

저녁 6시 무렵에 본교로 귀환하여 대기하고 있던 사학전공 교수들 및 양 전공의 조교들과 합류하여 상평교 부근의 호탄동에 있는 추풍령감자탕이라는 식당으로 가서 함께 저녁식사를 들었다. 우리 아파트 바로 아래층의 배석원 교수 댁에 세 들어 살고 있는 사학과 조교의 차에 이성환 교수 및 철학과 조교 최정임 양과 더불어 넷이서 동승하여 돌아오는 길에 아파트 입구의 맥주 집 백두대간에 들러 내가 흑맥주를 샀고, 밤 10시 무렵에 귀가하였다.

10월

3 (일) 맑음 -속리산 상학봉, 묘봉, 개천예술제

아내와 함께 자연산악회를 따라 속리산 서북릉에 다녀왔다. 오전 8시까지 진주시청 앞에 집결하여 대절버스 한 대와 봉고 차 한 대로 출발하였다. 이 산악회는 최근에 낙남정맥 구간 종주를 마친 모양이고, 예약제를 실시하고 있었다.

대진고속도로를 따라 대전광역시까지 거의 다 올라갔다가 추부에서 37번 국도로 빠져 옥천읍과 금강 일대 및 보은읍을 지나 忠北 報恩郡 山外面 新正里 바위골에서 하차하였다. 오전 11시 반 무렵부터 등산을 시작하여, 바위골계곡의 임도를 따라 1km 정도 걸어 들어가다가 갈림길에서 용회골 방향의 임도지선으로 접어들어 본격적인 등산을 시작하였다. 계속 올라서 능선의 안부에 다다른 다음, 582·705·765·830·825봉을 지나 해발 862m인 상학봉에 올랐다. 이 능선 일대는 대부분 바위로 되어 있고, 로프 외에 사다리는 설치되어 있지 않았으므로, 특히 고개를 지나 830에서 825봉에 이르는 구간은 깎아지른 바위를 한 사람씩 로프를 잡고 올라야 하는 지점이 여러 곳 있어 시간이 많이 소요될 뿐 아니라 힘들고 위험하였다. 우리 내외는 그 구간 도중의 바위 위에 올라 둘이서 점심 도시락을 들었다.

상학봉을 지나 하산 코스로의 갈림길이 있는 855봉에서 앞서 갔던 아내는 먼저 산을 내려간 모양이고, 나는 거기서 300m 정도 더 나아간 지점에 위치한 오늘 코스 중의 최고봉인 묘봉(874m)까지 나아갔다가 855봉으로 되돌아와 하산하였다. 묘봉으로 접근하는 도중에도 로프를 잡고서 한 사람씩 올라야 하는 구간들이 있어 시간이 꽤 지체되었으므로, 나는 길이 아닌 다른 바위언덕을 통해 위험하게 오르기도 하였다. 하산하여 임도의 종점에 다다른 다음, 임도를 따라서 터벅터벅 걸어 늘은개골과 바위골을 경유해 오후 4시 반쯤에 오전 중 하차한 지점인 신정리 바위골에 도착하였다. 아내는 산악회 임원 한 사람과 더불어 맨 먼저 도착해 있었다. 나보다 먼저 하산을 완료한 사람이 열 명 정도 되었는데, 희망자는 먼저 출발하는 봉고차를 탈 수 있다고 하므로, 준비된 막걸리를 몇 잔 마신 다음 우리 내외를 포함한 열서너 명의 참가자는 봉고차로 갈 때의 코스를 따라 먼저 돌아왔다.

서진주 인터체인지를 지나 시내에 들어오니 오늘부터 개천예술제가 시작되는지라 진주성에서 불꽃놀이가 시작되고 있었다. 엊그제인 10월 1일에도 남강국제流燈축제의 개막을 장식하는 불꽃놀이가 있었다. 우리가 진주성 주변을 지나올 때까지 불꽃놀이가 계속되었다. 해마다 있는 행사지만 이렇게 가까이서 바라보기는 처음이었다. 밤 8시 반쯤 집에 도착하여 샤워를 마친 다음, 평소 취침 시간인 9시에 침상에 들었다.

오늘 들판에는 탐스럽게 익은 누런 벼가 온 누리에 펼쳐져 있어 가을의 정취를 충분히 느낄 수 있었다. 추수를 마친 논은 아직 얼마 되지 않았다. 아내는 하산하는 도중 억새꽃과 코스모스를 꺾어 배낭에 꽂고서 집으로 돌아온 다음, 그 꽃들을 화병에 꽂아 장식하기 위해 우선 물에 담가두었다.

10 (일) 맑음 -치악산 향로봉, 비로봉

아내와 함께 희망산악회를 따라 강원도 원주의 치악산에 다녀왔다. 오전 6시 30분까지 귀빈예식장 앞에 집결하여 대절버스 한 대로 출발하였다. 대진·경부·중부·영동고속도로를 경유하여 원주 시내로 들어간 다음, 행구동의 國亨寺 부근에서 하차하여 오전 11시 반 무렵부터 등산을 시작하였다.

普門寺를 지나 주능선에 오른 다음, 갈림길에서 100m 정도 떨어진 향로봉(1,042.9m)까지 갔다가 다시 갈림길로 돌아왔다. 여기까지는 예전에 멋-거리산악회를 따라 무박산행으로 상원사를 거쳐 남대봉으로 올랐을 때 하산 길에 지났던 코스였다. 향로봉 갈림길에서 비로봉으로 향하는 주능선이 아직 걷지 못한 코스인데, 비로봉 일대도 1·2년 전에 황골 쪽으로부터인가 올라서 오늘 하산하는 사다리병창 쪽으로 하산했던 적이 있었으니, 오늘은 주능선의 향로봉 삼거리에서부터 황골 방향 삼거리까지의 아직 답파하지 못한 코스를 걷는 데 의의가 있다고 하겠다.

곧은치를 지나 원통재로 향하는 도중에 일행과 어울려 점심을 들었고, 식사 후 맨 뒤에 혼자 처져서 정상인 비로봉(1,288m)에 오른 다음 몹시 가파른 사다리병창 길을 한참 내려서 구룡폭포를 지나고 龜龍寺에 이르렀다. 구룡폭포에서 구룡사를 지나 절 입구의 일주문인 圓通門에 이르는 길가에는 헝겊에다 시를 인쇄하여 길가의 나무에다 걸어 전시하는 행사가 벌어지고 있었다. 매표소를 지나 또 한참을 더 걸어 내려와 종합 주차장의 대형버스 주차장에 다다르니 오후 다섯 시 무렵이었다.

나는 일행 중 중간 정도로 하산한 셈인데, 주차장에서 나머지 일행이 다 내려오기까지 맥주와 소주에다 갓 끓인 국을 들며 시간을 보냈다.

돌아오는 길은 중앙고속도로를 취해 대구로 내려온 다음, 구마·남해고속도로를 거쳐서 밤 11시 무렵에 출발지인 귀빈예식장 앞에 다다랐다. 개천예술제의 폐막일이라 남강가의 둔치 일대에는 야시장 텐트가 가득 늘어서 있었다. 귀가하여 샤워를 마치고 나니 자정 무렵이었다.

15 (금) 맑음 -피아골

철학과 대학원 학생들이 교수들을 청하여 함께 가을 소풍을 나가기로 예정되어 있는 날이므로, 오전 10시 50분 무렵에 인문대 앞 광장으로 내려가 보았다. 학생 열 명 정도와 교수로는 권오민, 박선자 그리고 내가 참여하게 되었다. 두어 대의 승용차와 칠암교회 부목사인 지근혁 씨가 운전하는 봉고차에 나누어 타고서 출발하였다. 우리는 남해고속도로와 섬진강 강변로를 따라 단풍의 명소로서 널리 알려진 지리산 피아골로 들어갔다.

燕谷寺를 조금 지난 지점인 몇 년 전 장인 내외를 모시고서 처가 식구들이 함께 소풍을 나온 바 있었던 상점 마을 부근에 다다르자 더 이상 차량으로 진입할 수가 없게 되었으므로, 그 근처 골짜기 아래에 있는 너럭바위로 내려가 준비해 온 음식과 술을 들며 한 나절을 즐겼다. 바위를 건너다가 미끄러져 시냇물에 아랫도리를 적신 박선자 교수는 끝내 우리 있는 곳으로 건너오지 않고서 건너편의 양지바른 곳에 절반 남짓 되는 학생들과 더불어 앉아 있다가 피아골 골짜기로 단풍을 보러 올라갔다 오고, 권 교수와 나는 김경수·박라권·구자익 군 등과 더불어 앉은 자리에 그대로 머물러 내가 진도에서 사 온 홍주 및 학생들이 준비한 맥주를 들며 대화를 나누었다.

오후 다섯 시 무렵에 학교로 돌아와 박선자 교수 등 몇 명은 먼저 귀가하고, 나머지는 시내로 들어가 2차 모임을 가지게 되었다. 권오민 교수는 본교 10월제의 마지막 날인 오늘 인문학부 학생들이 차려둔 주점에 들르기로 약속이 되어 있다면서 나중에 다시 합류하기로 하고 헤어졌고, 나는 학생 몇 명과 더불어 내 차로 우리 아파트까지 와서 주차해 둔 후에 택시를 불러서 함께 평거동의 카페 귀빈 앞으로 갔다. 일단 귀빈으로 들어갔다가, 저녁식사를 겸하여 술을 마시기 위해 거기서 얼마 떨어지지 않은 지점인 청호아구찜이라는 식당으로 자리를 옮겨 아귀찜으로 술을 들었다. 소풍에 참석하지 못했던 대학원생 몇 명도 그 자리로 와서 합류하였다. 어제 무렵부터 감기 초기인 듯 기침과 담이 나오고 있으므로, 김경수 군이 내일 새벽에 서울에서 있을 부친의 제사에 참석하기 위해 먼저 돌아가야 한다면서 일어날 무렵에 나도 함께 자리를 떴다. 2차 비용은 내가 지불한 후 하상협 양의 차에 동승하여 밤 여덟 시 남짓에 일찌감치 귀가하였다.

17 (일) 맑음 -신어산

아내와 함께 東山산악회를 따라 김해의 神魚山(630.4m)에 다녀왔다. 오전 8시 30분까지 시청 앞 육교 옆에 집결하여 대절버스 두 대로 출발하였다. 우리 내외는 모르고서 왔지만, 오늘이 이 산악회의 창립 10주년 기념일이자 洛南正脈 구간종주의 마지막 회에 해당하는 날이라 주최 측이 준비를 많이 하였고, 그래서 그런지 두 대의 버스에 다 앉을 수 없을 정도로 참가자가 많았다. 버스 안에서 우리 내외는 각각 작은 물통과 운동용 수건 및 기념 책자 하나씩을 선물로 받았다.

남해고속도로를 경유하여 추수가 이미 절반 정도 진행되어 있는 가을 논들을 바라보며 나아가다가 김해시 안동의 한일아파트 뒷길에서부터 등산을 시작하였다. 우리가 탄 능선은 김해시와 김해군 대동면의 경계를 이루는 것으로서 대동면 수안리 선암마을의 불암교 근처로 흘러내린 것을 거슬러 오르는 셈이었다. 칠불사가 있는 능선에 오르니, 곧 삼각형으로 뾰족 솟은 370봉이 건너편에 바라보였다. 남명이 산해정을 짓고서 30대부터 40대 중반까지 15년 정도 거주했었던 처가 동네는 지금의 대동면 주중리로서 산봉우리들 사이로 주중리 들판이 내려다 보였다. 이 370봉이 여기서 어린 나이로 죽은 남명의 첫 아들 次山의 이름을 따서 조차산이라 불리는 것인 듯한데, 그 기슭의 산해정 옆에 근자에 新山書

院을 복원해 두었다지만, 이 봉우리에 가려 보이지 않았다.

거기서 능선을 따라 좀 더 오르면, 근자에 김해공항에 착륙하려던 중국 항공기가 視界不良으로 추락사를 일으킨 지점이었다. 도시 근처의 산이라 능선 길에 큰 나무는 별로 보이지 않고, 그 대신 가을 정취를 느끼게 해주는 억새꽃이 많았다. 돌탑봉을 지나 신어산 정상에 올랐고, 거기서 東신어산(475.6m) 쪽으로 향하는 오솔길의 전망 좋은 바위에 걸터앉아 준비해 간 도시락으로 점심을 들었다. 정상 아래쪽의 광장에서는 우리 일행의 기념 산신제가 행해졌으나, 우리 내외는 참가하지 않았다.

점심을 든 후 일행보다 먼저 출발하여, 정상에서 얼마 떨어지지 않은 지점의 능선 삼거리에서 靈龜庵 쪽으로 내려왔다. 이 절이 『남명집』에 실린 오언절구 '題龜巖寺'의 현장이라는 것은 『金海邑誌』인가에서 확인한 바 있었으므로, 한 번 와 보고 싶었기 때문이었다. 돌로 새로 지은 법당 옆에 세워진 안내판을 통해서도 영구암의 옛 이름이 구암사였음을 확인할 수가 있었다. 법당 마당 앞의 臺에서는 그 산 중턱에 펼쳐진 銀河寺(일명 西林寺)와 그 근처의 東林寺를 내려다 볼 수 있었다. 영구암 안내판에 의하면, 영구암은 동림사·서림사와 더불어 후한 광무제 때 인도에서 배를 타고 건너온 가야국 수로왕비 허황옥의 오빠인 長游和尙이 세운 것이라고 되어 있었다.

원래는 영구암을 둘러보고서 다시 능선으로 올라 예정된 코스대로 하산할 생각이었는데, 가파른 산길을 다시 오르기가 귀찮아 그냥 내려왔다. 은하사를 둘러보고서, 거기서 800m 정도 떨어져 있다는 천진암을 보러 가자고 했더니 아내는 먼저 하산하겠다고 하므로, 혼자서 원래 예정되어 있었던 하산 코스를 거슬러 천진암까지 올라갔다. 거기는 예상했던 것보다 꽤 멀어 능선에서 얼마 떨어지지 않은 지점이었으므로, 하산 완료 예정 시각까지는 아직 많이 남았기도 하여 계속 산을 타고서 능선에 올라선 다음 구름다리를 지나 다시 영구암 쪽으로 하산하였다.

산 중턱에서부터 포장도로를 따라 한참 걸어 내려와 보니, 기슭의 가야연수원 잔디밭에서 동산산악회 측이 술과 음식을 마련하여 낙남정맥 종주 및 창립 10주년 기념행사를 벌이고 있었다. 우리 내외는 경품 추첨에 당첨되어 유리로 된 주전자 하나를 받기도 하였다. 거기서 오후 여섯 시 무렵까지 머무는 동안 나는 혼자서 연수원 구내의 오솔길을 산책해 보았다.

밤 일곱 시 무렵에 귀가하여 샤워를 마친 다음, TV를 통해 녹화테이프를 시청하면서 아침때와 마찬가지로 아내가 마련해 준 전기주전자에서 나오는 쑥탕의 김을 들이마시며 감기 치료를 했다. 감기가 한층 심해져 담이 계속 나오고 있다.

24 (일) 맑음 -천주산

아내와 함께 대안산악회를 따라 경북 문경시 東魯面에 있는 天柱山(836m)에 다녀왔다. 오전 8시까지 중심가에 있는 성모병원 앞에 집결하여 대절버스 한 대로 출발하였다. 남해·구마·경부고속도로를 거쳐 구미에서 새로 이루어진 중부고속도로로 진입하여 북상주 요금소에서 일반 국도로 빠져나온 후, 지방도 975호를 따라 북상하였다. 계곡을 막아 1989년에 준공된 수평리의 慶泉湖에서 조금 더 올라간 지점인 간송리의 도로가에 天柱寺 입구 표지가 있는 곳에서 하차하여 등산을 시작하였다.

산 중턱의 천주사(혹은 천주암이라고도 한다)까지는 차가 다닐 수 있는 포장도로가 조성되어져 있었다. 절을 지나서부터는 가파른 숲길과 암벽을 로프에 의지하며 올라서 정상에 다다랐다. 정상 일대는 삐죽 솟은 암봉으로 되어 있는데, 그래서 하늘을 받치는 기둥이라는 뜻으로 천주봉이라 부르기도 하고, 멀리서 보면 큰 붕어가 입을 벌리고 하늘을 쳐다보고 있는 모양이라 붕어산이라 부르기도 한다.

정상의 전망 좋은 바위 위에서 아내와 둘이서 도시락과 소주 한 병을 비우고 난 후, 뒤쪽으로 나 있는 역시 가파른 산길을 따라 내려왔다. 큰사태골을 따라 노은리 쪽으로 하산하였는데, 한적한 계곡의 단풍이 너무나 아름답고, 마을 부근에는 모과나 산수유를 비롯한 갖가지 가을 열매들이 풍성하게 열려 있었다. 노은리를 지나 동로면 소재지인 동로리에 이르러 하산을 완료하였다. 나머지 일행이 도착하기를 기다리며 혼자서 동로리의 여기저기를 산책해 보았다. 조그만 시골마을인데, 문경 쪽과 단양 쪽의 길이 갈라지는 삼거리라 마을이 생긴 모양이었다. 마을 끝의 문경 쪽 도로가 운동장에서는 남녀 노인들이 모여 게이트볼을 하고 있었다.

동로리에서 술과 방금 끓인 유부 국을 들며 쉬다가, 왔던 코스를 따라 귀로에 올라 밤 8시 30분 무렵에 집에 도착하였다.

11월

7 (일) 맑음 -선각산, 삿갓봉

아내와 함께 지리산산악회를 따라 전북 鎭安郡 白雲面에 있는 仙角山 (1,145m) 및 진안군 백운면과 長水郡 天川面의 경계 지점에 위치한 삿갓봉(1,080m)에 다녀왔다. 오전 8시 10분까지 시청 앞에 집결한 다음, 신안동 공설운동장에서 출발한 또 한 대의 대절버스와 서부시장 박영수 한의원 앞 도로에서 합류하였다. 대진고속도로를 경유하여 장수에서 일반국도로 빠져나온 후 장수군 장계리를 거쳐 26번 국도를 따라 진안에 이르렀고, 거기서 다시 30번 국도를 따라 마이산을 지나 남쪽으로 내려와 백운면 신암리 유동마을 입구에서부터 등산을 시작하였다. 지난주 일요일 밖으로 나와 보지 못했더니 그새 들판의 논들은 추수를 모두 마쳐 있었다.

도중에 길이 끊어진 가파른 산길을 거슬러 올라 오늘의 정상인 선각산에 이르렀다. 산악회 측으로부터 배부 받은 개념도에는 그 높이가 1,105m로 되어 있지만 정상에 세워진 비석에는 그보다 좀 더 높은 것으로 새겨져 있었다. 남쪽 방향으로는 과거에 이미 오른 적이 있는 팔공산 (1,147.6m)과 聖壽山(875.9m)이 바라보였다. 거기서부터 능선 길을 따라 계속 걸어서 건너편에 바라보이는 가장 높은 봉우리인 삿갓봉까지 가서 도시락과 소주 한 병으로 점심을 들었다. 산기슭에는 아직도 단풍이 남아 있지만 산 위의 나무들은 이미 잎이 다 떨어져 겨울 모습을 하고 있었다.

일행 중에 우리가 점심을 든 장소가 삿갓봉이 아니라고 말하는 사람들이 있어 식사를 마친 후 그들이 삿갓봉이라고 가리키는 건너편의 나지막한 봉우리까지 갔다 왔는데, 하산하여 자연휴양림에 있는 지도를 보니 점심을 든 장소가 삿갓봉이 맞았다. 삿갓봉에서 금남호남정맥의 능선을 타고서 남동쪽으로 좀 내려와 오계치에 이른 다음, 골짜기 길을 따라 장수군 천천면 와룡리에 있는 와룡자연휴양림으로 하산하였다. 거기 주차장에서 맥주 한 병을 마시며 일행이 다 내려오기를 기다렸다. 진주의 집에 돌아왔더니 밤이지만 아직도 시간은 일곱 시 반 정도밖에 되지 않았다.

14 (일) 남부 지방은 오전에 비, 북부는 개임 –희양산

희망산악회를 따라 충북 槐山郡 延豊面과 경북 聞慶市 加恩邑의 경계인 백두대간 상에서 문경 쪽으로 조금 치우친 곳에 위치한 曦陽山(998m)에 다녀왔다. 아내와 함께 가기로 예정되어 있었으나, 출발할 무렵이 되어 아내는 이번 주 수요일(17일)에 대입 수능고사를 치르는 회옥이를 두고서 놀러가기가 미안하다면서 집에 남겠다고 했다.

오전 8시까지 남강 가의 귀빈예식장 앞에 집결하여 대절버스 한 대로 출발하였다. 대진·88고속도로를 경유하여 거창에서 일반국도로 빠져나온 다음, 3번 선을 타고서 김천으로 향하였다. 김천에서 다시 경부고속도로에 진입하려다가 기사의 운전 미숙으로 말미암아 요금소에서 두 차례나 중량초과에 걸렸으므로, 기사가 거기에 있는 경찰서로 들어가 조사를 받느라고 시간이 꽤 지체되었다. 기사는 결국 50만 원 정도의 벌금을 물기로 하고서 풀려났는데, 구미에서 중부내륙고속도로에 진입하려다가 또 실수하여 구미 시내로 향하는 인터체인지에 들어갔다가 되돌아나오는 해프닝이 있었다. 공사 중인 중부내륙고속도로는 구미에서 상주까지만 현재 개통되어져 있으므로, 상주에서 다시 일반국도로 빠져나와 문경을 경유하여 이화령 부근에서 연풍 쪽 34번 국도로 들어갔다.

연풍천주교성지가 있는 삼풍리에서 지난번 악휘산 산행 때 하산한 바

있는 은티마을로 올라가 하차하였다. 예정했던 것보다 한 시간 이상 늦은 오후 12시 반 무렵이었다. 은티마을에서 시루봉(914.5m) 쪽의 골짜기와 산중턱 및 능선 길을 따라 계속 올라서 마침내 백두대간 주능선에 다다른 다음, 대간을 따라 906·905봉을 거쳐서 희양산 방향으로 나아가던 도중 먼저 간 일행이 머물러 점심을 들고 있는 장소에 주저앉아 나도 함께 식사를 하였다. 식사 후 산성 터 및 가은 쪽 골짜기에 있는 鳳巖寺에서 등산객의 출입을 막기 위해 설치해 놓은 나무로 된 차단벽을 지나 마침내 희양산 정상에 도착하였다.

예전에 처음 백두대간 구간 종주를 할 때 이 근처까지 온 적이 있었으나, 조계종 특별수도도량인 봉암사에서 입산을 막고 있다고 하므로 봉암사 앞길 쪽 골짜기로 하산한 바 있었다. 아래에서나 멀리서 바라다보면 희양산 꼭대기 부분은 마치 하나의 큰 바위로 되어 있는 듯한 모습이지만 직접 올라보니 여느 산과 크게 다르지는 않았다. 신라 九山禪門 중 하나인 희양산 봉암사에는 최치원의 四山碑銘 중 하나인 지증대사적조탑비(보물 138호)를 비롯한 다섯 점의 보물과 함허당 득통지탑 등 여러 문화유적들이 있으나, 음력 초파일을 전후한 약 한 달가량을 제외하고는 일반인의 출입이 금지되어 있는 까닭에 나도 아직 들어가 보지는 못했다.

희양산 정상에서 다시 백두대간 주능선으로 돌아 나온 다음 가파른 바위 절벽에 걸쳐진 밧줄을 타고서 아슬아슬하게 내려왔다. 구왕봉(898) 아래의 지름티재까지 이르렀을 때 시각은 이미 오후 세 시 반을 넘기고 있었다. 원래는 구왕봉을 지나 은티재에서 하산하기로 예정되어져 있었으나, 등산 시작 시간이 이미 늦었고, 또한 이즈음은 낮이 짧아 오후 다섯 시가 넘으면 어두워지기 시작하므로, 희망산악회 측에서 지름티재의 땅바닥에다 설치해 둔 종이로 된 하산표지를 보고서 구왕봉 이상의 코스는 포기하고서 골짜기를 따라 은티마을로 하산하였다.

네 시 반 무렵에 하산을 완료하여 주차장에서 박양일 회장이 즉석에서 끓여주는 유부국과 라면에다 맥주를 마시다가, 일행이 하산을 완료하기를 기다려 5시 20분 무렵에 귀로에 올랐다. 돌아올 때는 괴산을 거쳐 대진고속도로를 경유하였는데, 동행한 메아리산악회 회장의 제의에 따라 참가자들이 추렴하여 기사의 벌금을 가볍게 해 주기로 하였으므로 나도 만 원을 기부하였다.

대진고속도로 상의 금산 인삼랜드에 도착했을 때는 거기 서점에서 파는 金亨壽 著『韓國400山行記』(서울, 깊은솔, 2002년 초판, 2004년 4판) 한 권을 정가인 35,000원에 구입하였다. 내가 이미 가지고 있는『222山行記』(서울, 평화출판사, 1988 초판, 1990 5판)의 증보판으로서, 내가 지난번 이곳에서 처음 보고는 사고 싶었으나 수중에 돈이 부족하여 뜻을 이루지 못했던 책이다. 저자는 1927년 김해 한림면에서 출생하여 김해농고, 진주사범학교, 동아대학교를 졸업하고서 초등학교 교사 및 시청 공무원으로 근무하다가 1988년 서울시청을 정년퇴직한 한 노인으로서,『111산행기』로부터『222산행기』를 거쳐『한국400산행기』에 이르기까지 계속 증보판을 내 왔다.『222산행기』는 2000년에 18판까지 내었다고 하니, 이런 종류의 등산안내서 가운데서는 가장 많이 팔린 책이라고 하겠다.

집에 도착하여 샤워를 마치고 나니 밤 10시 반 무렵이었다.

23 (화) 맑음 -산청군 생초면 어서리 가야고분군

어제 점심 때 인문대학 앞에서 본교 박물관의 유창환 학예사를 우연히 만났는데, 인사말로 언제 다시 한 번 만나야지 했더니, 오늘 그의 고등학교 1년 선배인 김경수 군을 통해 연락해 와서 그가 발굴 작업을 지휘하고 있는 산청군 생초면 어서리로 청하는 것이었다. 오후 네 시 무렵에 집으로 와서 내 차를 주차시켜 둔 후에 구자익 군의 차에 동승하여 김경수 군이 사는 판문동 현대아파트 입구로 가서 김 군을 태운 다음, 대진고속도로를 따라 생초에 도착하였다.

예전에 인문학부 학생들의 답사 여행을 따라 어서리의 가야시대 고분 발굴 현장에 와 본 적이 있었는데, 그 당시 본교 박물관 측이 산청군의 위촉을 받아 발굴을 진행하고 있었던 어서리 야산의 가야 고분군은 이제 조각공원으로 변모해 있었고, 유 군은 본교 학생들을 인솔하여 그 위쪽의 봉우리 부근에 있는 보다 큰 무덤을 발굴하고 있었다. 그 주변에는 제법 큰 수장급 무덤들이 여기저기에 산재해 있었는데 대부분 이미 도굴된 것이라고 한다. 지금 발굴을 진행하고 있는 무덤은 시신이 안치된 구덩이 바로 옆에 있는 좀 작은 규모의 다른 구덩이에서 수많은 가야 토기들이 고스란히 나왔고, 그 밖에 큰 구덩이에서도 검이나 은제 팔찌, 마구 등이 좀 출토되었다고 한다. 그들은 지난달부터 12월까지 70일간의 일정으로 발굴 작업을 추진하고 있었다.

발굴 현장을 둘러 본 후 그들이 민가를 빌려 아지트로 삼고 있는 鏡湖江 건너편의 古邑 쪽으로 가서 출토품들을 구경하며 설명을 들은 다음, 다시 현재의 생초읍이 되어 있는 어서리로 돌아와서 경호강 가의 즐비하게 늘어선 민물고기 식당 중 하나에 들어가 빙어튀김과 피리조림 등을 안주로 소주를 마셨다. 제법 거나해진 후 유 군을 고읍으로 태워다 주었고, 우리 세 명은 진주로 돌아와서 평거동의 어느 빌딩 5층에 있는 로그인이라는 맥주 집에 들러 흑맥주를 마시며 대화를 나누다가 자정 무렵에 귀가하였다.

28 (일) 맑음 -두륜산, 일지암, 대흥사

아내와 함께 정맥산악회를 따라 전남 해남의 頭輪山(703m)에 다녀왔다. 오전 7시 40분까지 신안동 실내체육관 앞에서 집결하여 대절버스 한 대로 출발하였다. 남해고속도로를 거쳐 순천에서 일반국도로 접어든 후 보성을 지나 해남에 이르렀고, 거기서 다시 남쪽으로 난 827번 지방도를 따라 두륜산 뒤쪽의 오소재에 이르러 하차하여 11시 15분 무렵부터 등산을 시작하였다.

두륜산은 조계종 31본산 중 제22교구본사인 大芚寺(大興寺)를 둘러싸고서 8개의 봉우리가 원형으로 배치되어 있는 형국인데, 우리는 긴 너덜지대를 지나서 그 중 老僧峰(혹은 凌虛臺, 685m)에 올라 주위를 조망하고, 바람을 피할 수 있는 나무 사이에 앉아 도시락과 소주 한 병으로 점심을 들었다. 남쪽으로는 다도해인 남해바다가 펼쳐져 있고, 오심재 건너편으로 꼭대기에 여러 층으로 된 무슨 둥근 건물이 건축 중인 고계봉(638m)이 바라보였다. 소주와 옆 자리에 앉은 본교 건축학과 대학원생 부부로부터 얻어 마신 매실주로 하여 제법 취기가 오른 가운데 가파른 바위 언덕을 내리고 다시 올라 주봉인 迦蓮峰(703m)에 이르렀다가, 그 건너편의 만일재에서 다음 차례인 頭輪峰(673m)에는 오르지 않고서 바로 하산하였다. 나는 예전에 아마도 멋-거리산악회를 따라 대흥사 쪽에서부터 두륜산 정상에 한 번 올랐다가 도로 대흥사로 하산한 적이 있었는데, 오늘은 산 뒤편에서부터 올라 대흥사로 하산하는 코스를 취한 것이다.

도중에 전남 무안 출신의 草衣禪師가 만년의 약 40년간을 기거한 한국다도의 메카인 一枝庵에 들러보았다. 산 중턱에 있는 이 암자에도 예전에 한 번 들러본 적이 있었는데, 오늘 모처럼 다시 와 보니 예전의 마당 연못을 바라보고 있던 누각 모양의 기와집은 흔적도 없이 사라지고, 그 대신 다실 모양의 조그만 초가로 된 일지암과 그 옆에 초의가 평소 거처하던 집이라는 기와 건축물 한 채, 그리고 진입로 쪽에 또 한 채의 초가가 세워져 있는데, 기와 건물은 현재도 건축 중이었다. 이 새 건축물들은 속리산의 보은 쪽 입구에 위치한 에밀레박물관의 설립자이기도 한 한국민화 수집가 조자룡 씨가 설계한 것이라고 한다.

대흥사로 내려와서는 서산대사기념관으로 되어 있는 聖寶博物館에 들러보았다. 서산대사의 유품과 초의선사와 관련된 물건, 기타 대흥사의 소장품들을 전시한 곳이었다. 나는 평소 서산대사를 기념하는 표충사가 그와 별 인연이 없는 이 절에 세워진 것을 의문스럽게 여기고 있었는데, 오늘에야 비로소 西山大師 休靜이 선조 37년(1604) 묘향산 원적암에서 입적할 무렵 대둔사에 자신의 衣鉢을 전하라고 하며 "바다와 산이 둘러싸 지키고, 골짜기는 깊고 그윽하니 만세토록 不毁의 땅이다"고 그 이유를 밝힌 데 말미암은 것임을 알았다. 역시 풍수지리상의 이유에서인 셈이다. 이곳은 또한 『鄭鑑錄』의 十勝之地 중 하나이기도 한 모양이다.

절에서부터 매표소까지 이어진 긴 숲길을 반시간 정도 걸어서 한두 달 전 인문학부 고적답사 때 학생들과 더불어 이틀 밤을 묵은 적이 있었던 대성각 여관의 건너편에 있는 종합 주차장까지 내려와 맥주와 소주 등을 좀 더 마시다가, 밤 9시 무렵에 만취하여 귀가하였다. 도중의 섬진 강휴게소에 들러서는 좌판을 벌인 할머니로부터 맛조개를 5천 원어치 사기도 하였다.

12월

5 (일) 맑음 -낙동정맥 제24차, 구덕산, 시약산, 다대포

아내와 함께 산벗회의 낙동정맥 마지막 구간 종주에 참가하여 부산의 구덕산(665m) 시약산과 다대포 몰운대에 다녀왔다. 금년 1월 4일부터 12월 5일까지 한 달에 두 번 정도씩 24차에 걸쳐 계속된 산행인데, 나는 1월 4일의 부산 개금고개에서 동래산성까지에 이르는 첫 구간에서부터 참가하여 8월 29일의 황장재~창수령(자대목) 구간까지는 군데군데 빠지기도 하였지만 대체로 참가하였다. 그러나 아내의 권유에 따라 무박산행이 시작된 제17차 창수령~백암온천 구간에서부터 빠졌다가, 다시 당일산행으로 끝맺음을 하는 오늘의 마지막 행사에 참가하게 된 것이다. 이 산벗회는 백두대간·낙동정맥 완주에 이어 내년 1월부터는 다시 낙남정맥 구간종주에 들어갈 예정이다.

오전 8시까지 제일예식장 옆 도로에 집결하여 대절버스 한 대와 봉고차 한 대로 출발하였다. 남해고속도로를 따라 부산에 다다른 다음, 사상구 학장동 쪽 구덕터널 어귀의 도로 가에서 하차하여 등산을 시작하였다. 구덕병원을 향해 난 포장도로를 따라 올라갔는데, 여기는 예전에 내가 주례에 살던 어린 시절 우리 해주오씨 문중의 선산이 있었던 곳으로서 매년 시사 때 친척들과 함께 오르곤 했던 곳이다. 당시는 학장 마을을 지나 야시골짜기(여우골)라 불리던 시내를 따라가는 계곡 길을 한참 걸은 후 이쪽 골짜기로 올라왔었다. 그러나 이제는 그야말로 桑田碧海로 되어 그 야시골짜기 일대가 구덕터널 진입로로 변해 넓은 도로 위에 차량의 왕래가 끊일 사이 없어진 것이다.

우리 선산이 위치했던 곳은 지금 구덕병원의 본건물이 들어서 있는 자리 근처인 듯했다. 구덕병원이 끝난 곳에서부터 오솔길에 접어들어 구덕산 중턱을 오르기 시작했다. 원래 오늘의 구간은 개금고개에서부터 낙동정맥의 남단인 몰운대까지인데, 많은 지역이 이미 시가지로 변해버렸으므로 그 중 자연이 비교적 남아 있는 구덕산에서 사하구 괴정동과 서구 부평동의 경계 지점인 대치고개까지만 걷기로 한 것이다. 오전 10시 무렵부터 등산을 시작하여 정오 무렵에 마쳤다. 구덕터널 위쪽의 구덕령은 내가 어릴 때 구디기고개라 불리던 곳으로서, 개금고개와 더불어 우리 가족이 살던 경상남도 동래군 사상면 주례리 쪽에서 당시의 부산시로 들어가는 최단거리였다. 가야·서면 방향으로 들어가는 개금고개에는 당시에 이미 비포장 차도가 나 있었으나, 대신동 방향으로 연결되는 구덕령은 산길을 걸어서 올라야했다. 지금은 구덕령으로 연결되는 골짜기 일대에 꽃마을이라 불리는 동네가 형성되어 있었다.

우리는 오솔길을 치고 올라 구덕령에서 구덕산·시약산 방향으로 연결되는 산복도로를 만난 후 그 길을 따라서 올라갔다. 구덕산 정상 부근에는 항공무선표지소가 들어서 있었고, 그 맞은편의 시약산 정상에는 기상레이더관측소 건물이 위치해 있으므로 우리는 바로 근처에서 두 산봉우리를 바라보기만 했다. 부산의 항만과 중심가가 한눈에 바라다 보이는 시약정이라는 정자 부근에서 기념사진 촬영을 마친 후 다시 오솔길을 따라 대치고개 아래의 괴정동에 있는 대치고개 전철역 쪽으로 하산하였다.

그 부근에 대기하고 있는 우리의 대절버스에 올라 다대포로 이동하였다. 부산의 참가자들이 오늘 행사를 위해 생선회를 많이 준비해 왔으므로, 다대포해수욕장의 관리사무소 앞에서 자리를 펴고 앉아 갖가지 생선회를 안주로 술을 들었다.

나는 해수욕장에 도착한 후 휴대폰으로 막내 누이 미화에게 전화해 보았는데, 마침 현 서방과 함께 집에 있었다. 얼마 후 미화가 승용차를 운전하여 우리가 있는 곳으로 왔다. 미화네가 사는 곳은 다대포 해수욕장과 몰운대 일대의 바다를 내려다보는 언덕인 사하구 다대1동에 위치한 대우아파트 105동이다. 꽤 높은 건물 가운데서 전망이 가장 빼어나로열층이라고 할 수 있는 11층에 위치해 있었고, 48평에 큰 방 두 개 작은 방 두 개가 있으며, 비데가 설치된 좌변기 등 실내의 시설도 최신식이었다. 얼마 후 현 서방의 인도를 따라 그 부근의 횟집으로 이동하여 네 명이 생선회와 소주 한 병을 곁들인 점심을 들며 모처럼 단란한 대화의 시간을 가졌다. 미화도 이즈음 친구들과 더불어 부산 근교로 등산을 다니고 있다는데, 그래서 그런지 예전보다 한결 건강해 보이고 표정도 밝았다. 현 서방은 평소처럼 학교로 나가려던 참이었다고 한다.

오후 세 시 반 남짓에 해수욕장 부근에서 그들과 작별한 후 일행과 더불어 네 시 무렵에 출발하여 여섯 시 무렵 진주에 도착하였다. 시내의 반도병원 앞에 차를 세워 다시 그 근처의 술집으로 가서 남은 생선회와 술을 드는 모양이었지만, 우리 내외는 택시를 타고서 그냥 집으로 돌아왔다. 샤워를 마치고서 TV를 시청하고 있으려니 구역질이 나 서재 방화장실에서 제법 토했는데, 이번에는 한기가 들어 잠옷 위에다 두터운 털실로 된 재킷을 걸쳤다.

12 (일) 맑음 ―구수산, 원불교 성지, 법성포
아내와 함께 장수산악회를 따라 전남 영광군 백수읍에 있는 구수산(九岫山, 351m)에 다녀왔다. 오전 8시 20분까지 하대동 럭키아파트 옆 강변도로에 집결하여 대절버스 한 대로 출발하였다. 남해·호남고속도로를 경유하여 장성IC에서 일반국도로 접어든 다음, 삼계리와 상무대를 거쳐 영광으로 진입하였다. 영광에서 30리 거리인 백수읍 길용리 노루목의 원불교 창시자인 少太山 朴重彬(1891~1943)이 진리를 깨달았다는 大覺地 앞에서 하차하였다. 이 일대는 예전에 한국동양철학회 회원들과 더불어 한 차례 방문한 적이 있는 원불교 성지의 중심에 해당하는 곳이다.

11시 반 무렵부터 등산을 시작하였다. 소태산이 소년 시절 水害를 만나 이사해 살았던 九虎洞 마을을 지나 길용제 저수지가 있는 골짜기로 들어가 幸州殷氏世葬碑를 거쳐 마당바위에 올랐다가 우물과 한옥이 있는 삼밭재기도실에 이르렀다. 주능선의 삼밭재 아래에 있는 마당바위와 기도실은 소태산이 산신을 만나 삶에 대한 의문을 풀기 위해 11살 때부터 5년간 기도를 올렸다는 곳이다. 삼밭재에 이르러 거기다 배낭을 놓아두고서 그 서남쪽 옆에 있는 구수산 정상에 올랐다. 다시 삼밭재로 내려온 다음, 서레바위봉(설렁봉)과 상여봉을 지나 능선을 타고서 내려오다가 먼저 온 일행이 점심 판을 벌이고 있는 빈터에 이르러 法性浦 일대의 풍경이 정면으로 바라다 보이는 바위 절벽 위에 아내와 둘이서 앉아 도시락과 맥주 한 병으로 점심을 들었다.

상여봉과 옥녀봉 사이의 재에서 아내는 먼저 하산하고, 나는 거기서 다시 옥녀봉에 올랐다. 옥녀봉 정상에는 소태산의 아우를 기념하는 문구들이 여기저기 눈에 띄었다. 옥녀봉 정상 부근의 바위에 원불교의 상징인 一圓相이 새겨져 영산 일대에서 환히 바라볼 수 있도록 흰 페인트로 칠해져 있고, 그 중턱에는 교단 설립의 중심이 된 사람들의 이름이 새겨진 題名 바위가 있다. 옥녀봉을 다 내려오면 먼저 아홉 제자들이 최초로 세운 교당이 있었다는 九間道室터에 다다르고, 그 부근에 1891년 5월 5일 소태산이 태어난 생가가 초가집 옛 모양으로 복원되어져 있다. 거기서 남쪽 개울을 건너 우리가 하차한 노루목의 대각지로 돌아와 산행을 모두 마쳤다.

오후 2시 무렵이라 아직 시간이 꽤 남아 있으므로, 혼자서 걸어 그 일대의 원불교 성지들을 둘러보았다. 먼저 大覺碑 일대를 거쳐 건너편의 영산포교당과 영산고등학교 쪽으로 갔다가 대각지 뒤편 언덕 하나 너머에 있는 영산원불교대학교 구내를 두루 둘러보았다. 이리의 원광대학교가 종합대학교인데 비해 이곳은 원불교 성직자들을 배출하는 일종의 신학교인 듯했다. 대학교 부근의 와탄천 주변에는 소태산이 마을 사람들과 함께 防堰工事를 하여 이룩했다는 논들이 펼쳐져 있고, 영춘교라고 하는 멋진 돌다리도 바라보였다.

오후 3시에 차를 타고서 노루목을 떠나 법성포 건너편의 모래미해수욕장까지 잘못 들어갔다가 차를 돌려 와탄천의 배수갑문을 건너 법성포에 이르렀다. 이곳은 東晉으로부터 승려 마라난타가 처음 상륙하여 백제에 불교를 전했다는 곳이며, 영광굴비의 본고장이기도 하다.

어항인 법성포 일대의 상가는 온통 '굴비' 글자가 들어간 간판 일색이었다. 우리는 그 일대를 산책하며 굴비백화점이라는 간판이 있는 상점에 들어가 아내가 내일로 다가온 내 생일을 위해 열 마리에 5만 원하는 최고급의 큰 것 한 꾸러미를 샀다. 돌아오는 길에 내가 따로 부두의 행상에게서 말린 장어 큰 것 하나를 8,000원에 샀고, 또 우리 차가 대기해 있는 장소로 돌아와서는 그 바로 길 건너편의 한우리수산, 성해수산이라는 굴비가공공장에 들러서 스무 마리에 3만 원 하는 것을 또 한 꾸러미 구입하였다.

돌아오는 도중에 삼계리 부근의 상무대에서 장교로 근무하고 있는 젊은이가 자기 아버지가 포함된 우리 일행을 위해 소주와 맥주 각각 한 박스에다 각종 음료수와 안주가 든 또 하나의 박스를 올려주었다. 진주의 집에는 밤 8시 무렵에 도착하였다.

19 (일) 흐림 –별유산(우두산), 단지봉, 남산제일봉

산벗회를 따라 경남 거창군 가조면·가북면에서 합천군 가야면에 이르는 마장재–별유산–남산제일봉 산행을 다녀왔다. 아내는 기말시험 채점과 회옥이의 대학입학 준비 관계로 바쁘다면서 함께 가지 않았다. 8시까지 제일예식장 앞 도로변에 집결하여 대절버스 한 대로 출발하였다. 대진·88고속도로를 경유하여 가조에 다다른 다음, 지방도를 따라 의상봉 아래의 주차장에 당도하여 오전 9시 30분 무렵부터 등산을 시작하였다. 출발 전에 최경식 회장에게 내년부터 시작되는 낙남정맥 산행의 찬조금조로 10만 원을 건넸다.

주차장에서 바로 의상봉(1,032m)으로 올라가는 산길과 마장재(810m) 가는 길이 갈라졌다. 주차장의 행상으로부터 간에 좋다는 헛개 열매를 만 원어치 샀다. 3km 정도 산길을 올라 마장재에 다다른 다음, 능선을 따라 의상봉 쪽으로 2.5km 정도 전진하여 별유산(1,046.3m)에 다다랐다. 상봉·우두산이라고도 불리는 것인데, 의상봉과는 500m 정도 떨어진

위치의 밋밋한 봉우리였다. 마장재에서부터 별유산까지는 가조면과 가야면의 경계를 이루는 능선을 걸어왔고, 별유산에서부터 큰재(930m)까지 약 4.5km는 가북면과 가야면 사이의 비교적 평탄한 경계 능선을 따라가다가 합천군 쪽으로 방향을 바꾸었다. 큰재에서 3km를 걸어 단지봉(1,028.6m)에 이르고, 거기서 다시 4km를 걸어 오늘 산행 중 최고봉인 남산제일봉(1,054m)에 이르렀다. 단지봉으로 향하는 도중에 회장 내외 등과 함께 점심을 들었다. 지금까지는 남산제일봉과 매화산을 같은 것으로 인식해 왔었는데, 오늘 알고 보니 매화산은 건너편 능선을 가리키는 것으로서 그 정상은 954.1m로서 훨씬 낮았다. 일행 중 일부는 매화산까지 갔다 오는 사람들도 있었다.

남산제일봉에서 해인사 앞 치인리 집단시설지구의 위쪽 끄트머리에 위치한 해인사관광호텔 앞 주차장으로 2km 정도 내려와 오후 3시 30분 경에 오늘 산행을 모두 마쳤다. 주차장에서 주최 측이 준비한 소고기국과 막걸리·맥주·소주를 조금씩 들며 매화산 쪽으로 갔던 일행이 다 돌아오기를 기다려 귀로에 올랐다. 해인사 터미널에서부터 시작되는 59번 국도를 따라 홍류동계곡을 내려와, 가야면 소재지이자 내암 정인홍의 고향인 황산리(1구)를 지나서 해인사 IC에서 88고속도로에 오른 다음, 가조에서부터는 왔던 코스를 경유하여 오후 6시 남짓에 진주의 출발지점에 도착하였다.

25 (토) 맑음 -선진공원, 조명군총, 지족해협, 독일마을
이틀간의 크리스마스 연휴가 시작되는 날이라 하루를 쉬었다.

정오 무렵에 부산으로부터 현서방의 차에 수린이를 포함한 미화네 가족 전원과 큰누나 내외 등 다섯 명이 타고서 진주에 도착하였다. 오는 도중에 남해고속도로상의 터널에서 10여중 자동차 충돌사고가 일어나 도착이 늦어졌다고 한다. 그보다 조금 전에 우리 아파트에 살고 있는 산벗회의 임시총무가 지난 12월 5일 다대포해수욕장에서 찍은 낙남정맥 종주 마지막 산행의 기념사진을 크게 확대하여 액자에 넣어서 가져왔으

므로, 지난 일요일 산행 때 낸 찬조금 10만 원에 추가하여 5만 원이 든 봉투를 또 하나 전했다.

중학 1학년생인 수린이는 회옥이가 탄 우리 가족의 차로 옮겨와 두 대의 차에 각각 네 명씩 나누어 타고서 남해 섬을 향해 출발하였다. 도중에 사천시 용현면 신촌리의 사천만 全景이 바라보이는 언덕 위에 위치한 화곡관광농원에 들러 생선회와 백합죽, 매운탕으로 점심을 들었는데, 내 신용카드로 결제한 비용은 총 154,000원이었다. 점심 때 현 서방은 소주를 들었기 때문에 거기서부터의 운전은 미화가 맡았다. 관광농원에서 나오는 도중 船津공원에 들러 거기에 남아 있는 임진왜란 당시의 倭城을 둘러보고, 또한 거기서 좀 떨어진 위치에 있는 조선과 명나라 병사들의 假墓인 朝明軍塚에도 들렀다.

삼천포의 풍광 좋은 실안 해변도로를 거쳐 창선·삼천포대교를 건너서 남해군의 권역인 창선면으로 들어갔다. 창선도와 남해 본섬의 사이에 있는 지족해협을 건너기 전에 어느 횟집 앞에 차를 세워두고서 창선교 위에서 이곳 명물인 죽방렴을 바라보았다. 현지에서는 '좁은 바닷길'이라는 뜻의 손도라 불리는 지족해협에는 26통의 죽방렴을 고스란히 간직하고 있다. V자 모양의 대나무 정치망인 죽방렴은 길이 10m 정도의 참나무 말목 300여개를 물살이 빠르고 수심이 얕은 갯벌에 박고서 주렴처럼 엮어 만든 그물을 물살 반대방향으로 벌려 놓은 원시어장이다. 물이 흐르는 때를 보아 하루 두 차례 뜰채로 생선을 퍼내는데, 지족해협의 물이 맑고 물살이 빠르기 때문에 이곳에서 생산되는 수산물은 특히 맛이 있다고 한다.

창선교를 건넌 다음에는 삼동면의 동쪽 해변을 따라 남쪽으로 차를 몰아 물건리의 독일마을에 다다랐다. 천연기념물 제150호로 지정된 勿巾防潮漁付林이 잘 바라보이는 위치의 산중턱에 자리한 독일마을에는 1960년대 독일에 광부 및 간호원으로 갔던 사람들이 귀국하여 조성한 것인데, 지금도 건설 공사가 진행 중이었다. 독일인 남편과 함께 살고 있는 어느 부인의 댁에 들어가 커피를 대접 받고서, 거기서 좀 떨어진 딴채에 마련된 펜션으로 안내되었다.

독일 마을은 독일 교포들이 다년간 고국 정부에다 청원해 왔었던 것으로서, 김두관 전 행자부장관이 남해군수로 재임하고 있던 기간에 비로소 실현되어져 건설되기 시작한 것이다. 나는 우리 정부가 상당한 정도의 보조를 해주는 것으로 알고 있었지만, 정부의 물질적 보조는 없었다고 한다. 독일식으로 지은 건물들 안에 모든 현대적인 설비가 갖추어져 있고, 거기서 바라다보는 바다의 풍광도 무척 아름다워 우리 모두는 크게 만족하였다. 우리가 든 펜션의 2층에는 출입구를 달리 하여 다른 손님이 들 수 있게 되어 있었고, 방 두 개와 거실, 부엌, 욕조 딸린 화장실을 포함한 한 층의 사용료는 15만 원인데, 우리 일행은 아내의 제자인 부근 동천리의 보건소장이 주선하여 10만 원만 내면 되었다.

아내가 준비해 간 재료들로 도미 어탕을 끓여서 저녁식사를 하고 소주 네 병과 백세주·맥주 각 한 병씩을 나누어 마셨다. 현 서방의 제의로 한밤중에 택시 두 대를 불러서 현 서방 내외와 큰누나 내외 그리고 나는 남해읍으로 나가 노래방에서 춤추고 노래하며 즐겁게 지내다가, 자정 무렵에 타고 갔었던 택시 두 대 중 한 대를 다시 불러 독일마을로 돌아왔다.

26 (일) 맑음 -해오름예술촌, 물미해안도로, 임진성, 노량

독일마을에서 빵과 우유와 과일, 그리고 어제 먹다 남은 조기국물을 데워서 아침식사를 하고서 출발하였다. 먼저 물건리 아래쪽의 은점 마을 부근에 있는 해오름예술촌에 들러보았다. 1년 남짓 전에 폐교가 된 국민학교 건물을 개조하여 만든 것인데, 안에는 눈요기가 될 수 있는 갖가지 향수어린 물건들과 민예품들을 전시하였고, 2층의 호정갤러리에서는 숭의여자대학 음악과 컴퓨터음악 겸임교수인 鄭純男 씨가 '2004 빛과 소리'라는 기획전을 열고 있었다. 예술촌을 나온 다음, 물건리와 남해도의 남쪽 끝인 미조리를 잇는 풍광 좋은 물미해안도로를 따라 드라이브하여 미조에 도착한 다음, 거기서 다시 해변의 지방도로를 따라 북상하여 송정해수욕장으로 나왔고, 상주에 도착한 다음 다시 지방도를 따라 西浦

金萬重의 유허지인 앵강만 중의 櫓島를 가장 가까이서 바라볼 수 있는 해변을 거쳐서 북상하여 국도로 나온 다음, 다시 앵강만을 따라 서쪽 길로 꺾어들어 두곡·월포 해수욕장을 지났다.

중간 목적지인 남면 가천리의 다랭이마을과 암수바위를 보기 위해서는 석교삼거리에서 왼쪽 길로 접어들어야 하는데, 앞서가던 두 대의 승용차를 따라 일단 그길로 들어가려다가 아내가 길을 잘못 든다고 만류하는 바람에 방향을 바꾸어 남면 소재지를 지나게 되었다. 양지 삼거리에서 다시 길을 잘못 들어 가천 쪽으로 내려가는 길로 접어들었다가 삼거리로 돌아 나와 북상하는 길을 취했다. 임진왜란 때 군·관·민이 힘을 합해 축성한 民堡城이라고 하는 남면 상가리 바닷가의 壬辰城을 지나 서쪽 해변 길을 북상하여 서면의 남해스포츠파크에 도착하였다.

미화 내외는 오늘 오후 5시에 부산시민회관에서 공연되는 뮤지컬 〈지서스 크라이스트〉를 보기 위해 빨리 돌아가야 한다면서 스포츠파크를 구경할 생각이 없다고 하므로, 남해 섬의 해안도로를 일주하려던 예정을 바꾸어 내지의 남해읍 소재지로 들어온 다음, 국도를 따라 북상하여 고현면의 관음포 이충무공 전몰유적인 李落祠 입구에다 차를 세웠다. 그러나 역시 그들은 부산에 빨리 돌아가야 한다면서 구경할 생각이 없으므로, 그대로 차를 출발하여 오후 1시 가까운 시각에 남해대교 아래의 노량마을에 들러서 근년에 새로 설치된 거북선 부근의 횟집 동네에서 점심을 들었다. 애초에는 설천면 동쪽 해변의 산중턱에 있는 한려관광농원에 들러 토종닭으로 점심을 들고서 천천히 그 일대를 산책해 볼 예정이었으나, 이곳에서 계절의 별미인 물메기탕으로 점심을 들게 되었다. 노량 마을에는 이순신 장군의 유체를 약 3개월간 가매장해 두었던 장소에 충렬사가 세워져 있기도 하지만, 역시 관심 없어 하므로 들르지 않았다.

점심을 든 후 수린이는 자기네 차로 옮겨 가고서 다시 내 차가 인도하여 남해대교를 건너서 진교까지 나온 다음, 남해고속도로에 진입해서부터는 현 서방네 차가 우리를 앞질러 작별하였다. 우리 가족은 사천공항 요금소에서 일반국도로 빠져나와 귀가하였다.

1월

2 (일) 대체로 맑고 산 위는 약간의 가랑눈 -치마산

아내와 함께 지리산산악회를 따라 전북 완주군 구이면과 임실군 신덕면의 경계선상에 완만하게 솟아 있는 肉山인 치마산(607m)에 다녀왔다. 오전 8시 10분까지 시청 앞 육교 부근에 집결하여 관광버스 2호차로 출발한 다음 서부시장 박형수한의원 옆 부산카오디오 앞에서 공설운동장으로부터 출발한 1호차와 합류하였는데, 1호차에는 탄 사람이 많지 않아 그들이 우리 차로 옮겨와서 결국 한 대로 출발하게 되었다.

8시 30분 남짓에 박형수한의원 옆을 출발하여 대진·88고속도로를 경유하여 남원에서 일반국도로 빠진 다음, 전주로 가는 17번 국도를 따라 북상하여 임실군 관촌에서 다시 49번 지방도로 서쪽으로 꺾어 완주군에 접어들었다. 순창에서 전주로 올라가는 27번 국도를 타고서 조금 북상한 후, 구이저수지 아래쪽 동성마을 부근의 두암마을에서 하차하여 등산을 시작하였다.

치마산은 호남정맥 상에 위치한 이렇다 할 특색이 없는 야산이었다. 인터넷을 통해 미리 알아본 바에 의하면 겨울에 눈이 많이 쌓이는 곳이라 하고 엊그제는 진주에서도 첫눈이 내렸으므로 본격적인 겨울등산장비를 준비하여 갔었는데, 이 산에서 눈은 흔적도 찾아볼 수 없어 괜히 짐만 무겁게 되었다. 푹푹 발목이 빠지는 낙엽을 밟고서 계속 산길을 나아가 정상 옆의 헬기장에서 일행과 더불어 점심을 들었다. 예정대로라면 호남정맥 능선을 따라 남쪽으로 향하여 계곡리의 영암 마을 쪽으로

하산하게 되어 있었는데, 4시 반 정도에 하산하려던 것이 산이 작고 코스가 짧아서 점심 식사를 마쳐도 오후 1시 정도 밖에 되지 않았으므로, 코스를 좀 더 길게 잡기 위해 다른 방향으로 나아가게 되었다. 그리하여 어느 저수지가 있는 마을로 하산하게 되었지만, 역시 하산을 완료해도 오후 2시 반 정도밖에 되지 않았다.

일행이 다 내려오기를 기다리면서 인가가 몇 채 되지 않고 주민도 보이지 않는 마을 안을 혼자 산책하기도 하고 그 마을 안의 새로 짓고 있는 정자에 몇 사람이 걸터앉아 술을 마시기도 하면서 시간을 보내다가, 갈 때의 코스를 따라 밤 7시 30분 무렵에 귀가하였다.

9 (일) 맑음 -김해 백두산, 동신어산

아내와 함께 보라매산우회를 따라 김해시 大東面에 있는 白頭山 (352.9m)과 대동면과 上東面의 경계에 걸쳐 있는 東神魚山(475.6m)에 다녀왔다. 오전 8시까지 공설운동장 1문 앞에 집결하여 대절버스 한 대로 출발하였다. 대진·남해고속도로를 경유하여 김해시에 다다른 다음, 일반 국도로 진입하여 대동면 초입의 수안리 선암마을에 이르렀고, 거기서부터는 다시 낙동강 지류 가의 지방도를 따라 남명의 처가 동네로서 山海亭과 新山書院이 있는 주중리를 지나 초정리의 圓明寺 입구에서 하차하였다.

콘크리트로 포장된 길을 따라 한참 걸어 들어가서 원명사에 다다른 다음, 그 부근에서 오른쪽으로 꺾어 들어가 오전 9시 30분 무렵부터 등산을 시작하였다. 부드러운 오솔길 능선을 산책하듯이 걸어 올라가 마침내 백두산에 다다랐다. 이 일대는 내가 어려서 부산 주례리(당시로서는 경상남도 동래군 사상면 주례리)에 살고 있을 때 구포에서부터 걸어서 종종 가곤 했던 큰 이모가 살던 괴정리의 뒷산에 해당하는 것이다.

백두산 정상에 올라 낙동강 하류를 비롯한 김해평야 일대의 풍경을 조망한 후, 다시 백 코스로 좀 내려온 다음 능선 길을 따라 오늘의 전체 코스 가운데서 가장 높은 봉우리인 510봉에 다다랐다. 거기서 길이 신어산·동신어산·백두산 방향의 세 갈래로 갈라져 동신어산에서 신어산으로 이어지는 길은 洛南正脈의 주능선을 이루게 되는데, 우리는 대동면과 상동면의 경계를 이루는 그 정맥 능선을 따라서 동신어산 방향으로 나아갔다. 감천재를 지나 다시 암봉으로 이루어진 뾰족한 산마루에 오른 다음, 낙동강과 그 건너편 물금리의 풍경이 잘 바라다 보이는 정상의 바위에 걸터앉아 아내와 둘이서 도시락과 소주 한 병으로 점심을 들었다. 동신어산의 정상은 거기서 조금 더 나아간 곳에 있었고, 우리는 오후 2시 반경에 레미콘 공장이 있는 매리의 고암마을 쪽으로 하산하였다.

일행이 하산을 완료하기를 기다려 그 부근 어느 식당 앞 공터로 이동하여 주최 측이 준비한 술과 음식을 좀 들었다. 근처의 대동 톨게이트 부근에서 고속도로에 진입하여 남해고속도로를 따라 평소보다 다소 일찍 진주로 귀환하였다.

16 (일) 맑으나 쌀쌀함 -설흘산, 망봉, 매봉산(응봉산)
아내는 회옥이로 말미암아 오늘 등산을 포기하였으므로, 나 혼자서 신화산악회의 남해군 남면 매봉산(일명 응봉산 472.7m) 산행에 참가하기 위해 택시를 타고서 장대동 어린이놀이터로 갔다. 출발예정 시각이 8시 30분인데, 이 산악회와 여러 해 동안 관계를 가져왔던 대절버스 기사가 보수 문제로 말미암은 의견 대립 때문인지 시간이 지나도록 오지 않고서 핸드폰도 끄고 있어 연락할 수 없는 사태가 벌어졌으므로, 집행부 측이 다른 버스를 물색해 오느라고 오전 9시가 지나서야 비로소 출발할 수 있었다.

남해고속도로를 따라 전라도 방향으로 나아가다가 진교에서 일반국도로 접어들어 노량해협에서 남해대교를 거쳐 남해읍까지 갔으며, 서면의 스포츠파크 방향으로 꺾어들어 지난번 큰누나 및 미화네 가족과 함께 드라이브한 바 있는 해안 길을 따라 남하하다가 월포에서 우회전하여 가천 방향으로 가는 도중 홍현 2리에서 하차하여 등산을 시작하였다.

주능선 상의 홍현 및 가천 방향으로 내려가는 길이 갈라지는 사거리에 다다라 배낭을 거기에 둔 채 빈 몸으로 주봉인 설흘산(488m) 정상의 봉수대에 올랐다. 거기서는 발 아래로 해안의 가파른 산비탈에 100단이 넘게 조성된 소규모 계단식 경작지인 다랑논으로 말미암아 근자에 관광객들의 각광을 받고 있는 가천마을이 내려다보이고, 앵강만과 그 가운데 위치한 서포 김만중의 유배지인 노도의 아름다운 풍경을 조망할 수가 있었다. 봉수대에서 좀 더 바다 쪽으로 접근한 위치의 전망대 끝까지도 가보았고, 되돌아 내려오는 길에 삼거리 건너편의 망봉(408m)에도 올라보았다.

사거리로 돌아와 배낭을 다시 짊어지고서 능선을 따라서 서쪽 편으로 향하다가 우리 일행이 이미 시산제를 마치고서 점심을 들고 있는 헬기장에 다다라 점심을 함께 들었다. 지난주 일요일 이후 감기로 말미암아 일체 입에 대지 않고 있었던 술도 두어 잔 받아마셨다. 나의 감기는 한결 나아진 셈이지만 아직도 남아 있고, 몸에 무리가 왔을 때 종종 그러하듯이 콧구멍 언저리와 입술이 헐기 시작했다. 오늘 등산의 주 목적지인 매봉산을 지나 암릉지대를 거쳐서 사촌해수욕장 부근의 선구마을 언덕 위에 있는 느티나무 앞에 이르러 하산을 완료하였다.

귀로에 壬辰城을 지나 서면의 스포츠파크에 이르러 한 시간 정차하였고, 남해읍과 창선도, 삼천포를 거쳐 사천에서 다시 남해안고속도로에 올라 어둠이 깔릴 무렵 진주로 돌아왔다.

25 (화) 흐리고 오후에 눈발, 밤에는 큰 눈 -무주리조트

내 차에 미화 모녀를 태워서 오전 7시 30분쯤에 집을 출발하여 대진고속도로를 경유하여 전라북도의 덕유산휴게소에서 한 번 정거한 후, 덕유산 IC에서 일반국도로 접어들어 안성을 거쳐 9시 30분경 무주리조트에 도착하였다. 도중의 휴게소에서 미화 모녀가 아침식사를 하느라고 정거한 시간을 포함하여 두 시간 정도 걸렸다. 웰컴 센터에 들러 예약해 둔 호텔 실버 룸의 방 배정을 받고자 하였으나, 체크인 수속이 오전 10시부터 시작된다고 하므로 그 수속과 차 열쇄는 미화에게 맡기고서 우선 만선하우스로 가서 리프트사용권을 끊고 스키부츠로 갈아 신은 다음 수린

이와 함께 스키를 타기 시작했다.

우선 카누 리프트를 타고서 미드피크로 올라가, 아내가 주로 이용하는 초중급자용 서역기행 코스를 타면서 조카인 수린이에게 스키 지도를 시작하였다. 중학교 2학년생인 수린이는 미화가 영어 강사로 나가고 있던 부산 YMCA의 스키 강습에 참가하여 용평과 무주에서 각각 한 번씩 스키를 익힌 바 있어 기본은 되어 있으나 아직 서툰 편이었다. 다소 긴 서역기행 코스를 다 내려온 다음에는 자기가 스키를 배웠던 용평의 코스와 다르다면서 그만타고 싶다는 것이었다. 미화가 수린이를 위해 스키장에 함께 데려가 달라고 여러 번 부탁한 바 있어 오늘과 같은 기회가 마련되었고, 아내로부터 스키 장비도 빌려온 데다 오전·오후의 주간용 리프트 사용권을 끊었는데, 한 번 타고서 그만두겠다고 하니 어이가 없었다. 달래서 만선베이스의 초보자 슬로프로 장소를 옮겼더니, 거기는 자기에게 익숙한 코스와 유사하다면서 마음에 들어 하는 모양이므로 몇 번 더 함께 타며 크게 커브를 그리면서 속도를 조절하는 법을 지도하였다.

휴대폰으로 미화와 연락하여 카니발상가 안에 있는 옛촌이라는 한식점으로 가서 함께 점심을 든 다음, 수린이와 나는 다시 만선베이스의 초보자 슬로프로 가서 몇 차례 더 지도하였다. 나머지는 혼자서 자꾸 연습하여 익히기 나름이므로, 초보자 슬로프에다 수린이를 남겨두고서 나는 요트 리프트를 타고서 만선베이스와 설천베이스를 연결하는 커넥션 코스를 따라 설천 쪽으로 건너갔다가, 코러스 리프트와 하모니 리프트를 이어 타고서 덕유산 정상(1,614m)에 가까운 무주리조트의 최고 지점인 설천봉까지 올라갔다. 덕유산맥과 그 주위의 눈 덮인 연봉들을 조망하며 실크로드 코스를 따라 하모니 리프트까지 내려오는 코스를 몇 차례 반복하였다. 도중에 수린이가 이미 스키를 그만두고서 만선베이스의 코인로커 있는 곳으로 내려와 함께 기다리고 있다는 미화의 전화 연락을 받고서 오후 네 시 남짓에 그리로 되돌아갔다.

미화가 내 차를 운전하여 미리 확인해 둔 진달래동 1층의 배정받은 호텔 방으로 갔다. 그 근처의 민들레동 1층에 있는 슈퍼마켓으로 가서 삼겹살과 소주 및 맥주 됫병 등을 사서 돌아와 미화가 요리한 불고기와 참치국 등으로 술을 곁들인 저녁식사를 하였다. 밤에 눈이 펑펑 쏟아져 창밖은 절경을 연출하고 있었다.

26 (수) 맑음 -무주리조트, 안의원조갈비집

미화와 수린이는 오늘 스키 대신 눈썰매를 타겠다고 하므로 자고 있는 수린이를 호텔 방에 남겨두고서 미화와 함께 지하 1층의 주차장으로 내려가 보았더니, 건물 앞 입구 곁에 세워둔 내 차가 손바닥 한 뼘 정도 높이로 눈을 덮어쓰고서 주변의 다른 차들과 구분하기 어렵게 되어 있었다. 트렁크에 들어 있는 먼지 닦기를 꺼내어 눈을 대충 치운 다음, 앞뒤 유리창에 얼어붙은 눈도 熱線과 에어컨, 그리고 성애 제거용 스프레이 등으로 대충 녹였다. 설천베이스로 이동하여 정오에 거기서 만나기로 약속하고서 작별하였다.

나는 오전 권을 끊어 어제처럼 코러스 리프트를 타고서 올라갔다가, 실크로드 코스의 아랫부분을 한 번 지친 다음 다시 올라가 보니 그제야 하모니 리프트가 작동하고 있었다. 그것을 타고서 다시 설천봉으로 올라가 어제 오후처럼 실크로드 코스의 윗부분을 몇 차례 왕복하였다. 다리가 무척 피곤하고 머리도 좀 아파 평소의 실력이 제대로 발휘되지 않으므로 군데군데 쉬면서 천천히 하강하기를 반복하였다.

약속한 시각인 정오에 설천하우스로 내려와 미화 모녀를 만났다. 그들은 수린이가 늦잠에서 일어난 다음 진달래동의 호텔 방을 체크아웃 하였고, 눈썰매도 타지 않고서 이 리조트 내에서 최고급인 티롤호텔로 가서 빵으로 조식을 든 다음 그곳 커피숍에서 쉬었다고 한다.

미화가 운전하여 어제 왔던 길을 따라 진주로 돌아오는 도중, 함양군의 지곡 IC에서 일반국도로 빠져나가 안의 읍내에 있는 할매갈비라는 이름으로 더 잘 알려진 안의원조갈비집에 들러 점심을 들었다. 수린이가 제일 좋아한다는 갈비찜을 든 다음, 다시 대진고속도로를 타고서 서진주 IC를 통해 진주의 집으로 돌아왔다. 우리 아파트 옆의 단골로 이용하는

SK주유소에 들러 무료 세차를 하고서 집에 도착해 보니, 회옥이는 TOEFL 준비를 위해 독서실로 가고 아내는 E마트로 쇼핑을 나가고서 아무도 없었는데, 샤워를 마치고 한참 있으니 아내가 돌아왔다.

미화는 부산으로부터 시외버스를 타고서 오는 친구 두 명과 오후 5시에 진주에서 만나기로 약속하였고, 창원으로부터 올 예정인 친구 한 명과도 도중의 적당한 지점에서 합류하여 함께 삼천포를 거쳐 남해 섬으로 들어가 하룻밤 자고서 내일 저녁에 돌아온다고 하며, 수린이는 우리 집에다 맡겨두었다.

30 (일) 흐림 -안양산, 무등산

아내와 함께 산경산악회의 창립산행에 동참하여 광주광역시와 전남 화순군에 걸쳐 있는 안양산(853m) 무등산(1,187m)에 다녀왔다. 산경산악회는 진주에 사는 산청 출신 사람들의 친목 단체인 산청군향우회가 조직한 것으로서, 희망산악회 회장이며 우리 부부의 오랜 산 친구인 박양일 씨가 향우회장과 산악회장을 겸임하고 있다. '산경'이란 山淸郡과 그곳을 종단하는 남강의 상류인 鏡湖江의 첫 글자를 취한 것이라고 한다.

오전 8시 30분까지 귀빈예식장 앞에서 집결하게 되어 있었지만, 우리 내외가 평소처럼 30분 전에 집을 출발하여 택시를 타고서 8시 10분경에 거기에 도착해 보니 이미 좌석은 차 버려 복도에다 접는 의자를 펴고서 앉을 수밖에 없었다. 이미 더 이상 참가자를 받을 수 없는 상태이므로 예정보다 10분 이른 8시 20분경에 출발하였다. 남해·호남고속도로를 경유하여 송광사 톨게이트에서 일반국도로 빠져나온 다음 和順邑 수만리와 화순군 二西面 갈두리의 경계에 있는 안양산자연휴양림관리소 내의 둔병재에서 하차하여 등산을 시작하였다.

하차 지점에서 바라보니 주위 산에 눈의 흔적은 보이지 않으므로 대절버스 안의 선반에다 아이젠과 스패츠 등은 두고서 내렸는데, 막상 산에 올라보니 제법 눈이 남아 있었다. 스위스 알프스의 융프라우 정상 부근에 있는 상점에서 사온 한 쌍의 스틱을 양손에 하나씩 짚고서 가파른 언덕을 계속 올랐다. 낙엽과 눈과 얼음이 뒤섞인 산길은 꽤 미끄러웠다. 안양산 정상에서부터는 비교적 평탄한 능선길이 이어지므로 밋밋한 말 잔등 같다 하여 백마능선으로 불린다고 한다. 능선에 올라서니 찬바람이 제법 강하게 불어오므로, 방한복을 꺼내 입고 얼굴덮개도 하고서 나아갔다.

무등산 입석대 아래의 장불재에 이르니, 먼저 도착한 아내가 입석대 쪽으로는 올라가지 말자고 하고, 아내와 함께 서 있는 우리 일행 중의 부부도 부인 쪽의 컨디션이 좋지 않아 거기서 하산 길로 접어들겠다고 하는 것이었다. 예전에 아내와 더불어 광주의 증심사계곡 쪽에서 올라와 무등산 입석대와 서석대를 둘러본 적이 있었으므로, 아내의 의견을 따라 장불재에서 바로 규봉암 방향의 하산 길로 접어들었다. 指空너들을 지나 石佛庵과 그 뒤편의 마애불을 둘러보고서 단청한 觀音殿이 있는 圭峰庵으로 나아갔다. 이 일대에는 무등산 특유의 箭理型 암석들이 즐비하여 특이한 경관을 빚어내므로 이 바위들을 총칭하여 광석대라 부르는 모양이었다.

규봉암을 나와서는 길을 잘못 들어 대부분의 사람들이 가는 넓은 길을 따라간 아내의 뒤를 좇아 나아갔다. 지도상의 하산 길은 오르는 코스보다 다소 짧은 느낌임에도 불구하고 규봉암 쪽으로 올라오는 사람들에게 물어보니 약 두 시간 걸린다고 하고 우리의 실제 느낌으로도 장불재까지의 등산로보다 훨씬 긴 듯하였다. 우리 부부는 예정된 등산 코스를 모두 주파하지 않고서 장불재에서 먼저 하산 길로 접어든 데다 점심도 하산 후에 들 생각으로 계속 걸었으므로, 일행을 한 시간쯤 앞선 선두에 서게 되었다.

공원관리사무소 방향의 표지판을 따라 아마도 화순군과 담양군의 경계인 큰갈림길을 지나 담양군과 광주광역시의 경계 지점인 꼬막재 쯤에 이르렀을 때 박양일 회장으로부터 내 휴대폰에 전화가 걸려왔다. 우리 부부의 소재를 묻기에 공원관리사무소를 4km 정도 남겨둔 지점이라고 대답했더니, 길을 잘못 들었다면서 그리로 가면 광주광역시이니 규봉암까지 도로 올라오라는 것이었다. 부득이 큰갈림길 부근의 억새밭까지 돌아와 거기서 일단 점심을 들고서 잠시 기력을 회복한 다음, 내려왔던 코스를 되돌아 올라가 규봉암 어귀에 이르니 우리 일행이 나무에다 붙여 둔 갈림길을 알리는 종이 표지가 눈에 띄었다. 그 표지를 따라 이서북국 민학교가 있는 화순군 이서면 영평리의 영신마을 쪽으로 내려왔다.

대절버스가 대기하고 있는 장소에 다다라 준비된 국을 안주로 소주를 몇 잔 마시고서 출발하여 왔던 코스로 진주에 돌아왔다. 오후 여섯 시가 좀 지난 무렵이라, 서진주 톨게이트를 지나 우리 집에 도착했을 무렵에 도 아직 날이 완전히 어두워지지는 않았다.

2월

6 (일) 맑고 포근함 ―낙남정맥 제2차, 나밭고개~냉정고개

아내와 함께 산벗회의 낙남정맥 제2차 구간종주에 참가하여 김해시 삼계동과 생림면 나전리의 경계 지점에 있는 나밭고개에서부터 진례면 과 주촌면의 경계를 이루는 냉정고개까지 도상거리 약 14.8km 구간을 주파하였다. 오전 8시까지 제일예식장 옆 부산냉면 건너편의 도로변에 집결하여 대절버스 한 대로 출발하였다. 남해고속도로를 따라 동쪽으로 나아가다가 서김해에서 58번 국도로 접어들어 나밭고개에 도착하였다. 2001년도에 남명 탄생 500주년 기념으로 진주MBC에서 특집다큐멘터 리 〈오백년의 대화―남명 조식―〉을 제작할 때 나와 함께 작업한 바 있 었던 PD도 이 산행에 첫 회부터 참여하고 있었다.

우리는 김해시에서 생림면·한림면·주촌면·진례면의 경계를 이루는 해발 2~300m 정도의 야산 능선 길을 따라 계속 나아갔다. 도중에 능선 까지 올라온 낙원공동묘지와 덕양공동묘지 구역 안을 지나치기도 했다. 오늘 주파한 능선 중 5만분의 1 지형도에 이름이 나타나 있는 것은 금음 산(376.1m)과 황새봉(393.1m) 뿐이었다. 냉정고개 근처에 이르러서는 굴다리를 통해 남해고속도로를 가로질러야 했는데, 그 근처의 매봉산

(338m) 일대는 예전에 백두대간산악회의 낙남정맥 구간종주 팀을 따라서 역방향으로 일부 구간을 커버한 적이 있었다. 종착지인 냉정고개에 이르러 소주·맥주·막걸리에다 돼지고기 불고기와 상치를 안주로 하여 뒤풀이를 하고서 아직 해가 꽤 남아 있을 무렵에 진주로 돌아왔다.

11 (금) 맑음 ―통일전망대, 장전항, 금강산온천
2박 3일간의 금강산 여행을 떠나는 날.

오전 5시까지 도동의 지리산여행사 앞에서 집결하여 인솔자 강덕문 씨를 포함한 참가인원 17명이 대절버스 한 대에 동승하여 진주를 출발하였다. 버스는 좌석 앞뒤의 간격이 넓어 그 사이에 별도로 마련된 발받침대를 설치하여 누울 수 있게 되어 있었다. 남해·구마·중앙·영동고속도로를 경유하여 영동고속도로가 끝나는 지점인 현남 요금소로 빠져나와 동해안을 따라서 북상하는 7번국도로 접어들었고, 38선과 양양·속초를 거쳐 고성군 현내면의 화진포 해수욕장을 조금 지난 지점에 위치한 금강산콘도에 이르렀을 때는 오전 11시 반 무렵이었다. 거기서 오후 1시 50분부터 북한출입수속이 시작된다고 하므로 두 시간 남짓 대기하며 점심을 들고 자유 시간을 가졌다. 우리 가족은 콘도 지하의 한정식당과 스낵에서 각각 점심을 들고 1층 로비에서 금강산 비디오 등을 시청하며 시간을 보냈다.

수속과 안내는 지하 1층의 연회실인 듯한 넓은 공간에서 이루어졌다. 하루에 한번만 수속을 하는 모양이라 전국각지에서 온 사람들이 모두 모여 꽤 혼잡하였다. 거기서 여권을 대신하는 금강산관광객증을 비롯하여 사실상의 출입국 수속에 해당하는 여러 서류들을 발급받아 끈이 달린 비닐 커버에다 넣어서 목에 걸었고, 현금을 대신하는 금강산카드라는 것도 돈을 주고서 샀는데, 우리 가족 세 명은 각각 10만 원 어치씩의 카드 세 개를 구입하였다. 북한에서는 이것을 신용카드처럼 쓰고서 모자라면 현지에서 더 충전할 수 있고 남으면 돌아올 때 환불해 준다고 한다. 우리 부부는 거기서 금강산호텔 1동 4층 11호실을 배정받았고, 회옥이는 바로 옆방에서 우리 일행 중 혼자 온 중년 부인 한 명과 같은 방을 쓰게 되었다.

거기서 더 북쪽으로 이동하여 통일전망대 아래에 설치된 남측출입사무소(CIQ)에 이르러 다시 한참을 대기한 다음, 공항의 출국검사대 같은 곳을 거쳐서 비무장지대로 들어가게 되었다. 대기하는 동안 나는 말로만 익히 들어왔던 고성의 통일전망대에 비로소 올라가 보았다. 남측출입사무소에서부터는 우리가 대절해 왔던 차는 두고서 숙소별로 구분된 35대 정도의 현대 측이 제공하는 30인승 금강산관광버스로 바꿔 타게 되었다. 우리가 대절해 온 차 안에다 북한 반입이 허용되지 않는 휴대폰을 모두 거두어두었고, 금강산관광버스가 출발하기 전에는 다시 차마다 한 명씩 배치된 현대 측 가이드(북한에서는 조장이라 부르고 있었다)양의 안내에 따라 내 배낭에 매달아 두었던 등산용 소형 나침반이 달린 고리도 거두어 출입사무소에다 따로 보관해 두게 되었다. 김 씨 성을 가진 그 조장 아가씨가 이틀 후 이리로 다시 돌아올 때까지 계속 우리 차의 안내를 맡는다고 한다.

거기서부터 비무장지대로 진입하여 鹽湖라고 불리는 潟湖가 변한 호수를 지나 북한 구역으로 들어갔다. 북한에 들어선 다음 어느 초소 옆에서 겨울 복장을 한 북한 군인들에 의해 검문을 받았는데, 그들의 동작은 시종 인형처럼 기계적이고 검문검색을 행할 때도 인사말이나 경례가 전혀 없이 굳은 표정으로 입을 다물고 있었다. 북한 지경의 산들은 소문이나 TV를 통해 익히 알고 있는 바와 같이 거의 나무가 없어 전체적으로 사막지대 같은 느낌을 주었다.

비무장지대를 지나서 금강산으로 이동하는 2차선 도로는 현대그룹 측에 의해 포장이 되고 그 좌우로 가드레일과 연두색 페인트칠을 한 철책이 계속 이어지며, 그 도로 건너편에는 원산을 거쳐 평양으로 향하는 동해북부선 철로도 보이는데, 해방 전부터 있었던 그 철로는 비무장지대 부분의 복구 작업이 거의 완공 단계에 있어 조만간에 다시 개통될 예정이라고 한다. 철책 건너편으로 종종 비포장도로가 보이고 거기로 북한주민들이 자전거를 타거나 도보로 왕래하고 있으며 그들이 사는 마을들도 여기저기에 눈에 띄었다. 그러나 그 행인들 중에는 근처에서 수십 대씩 행렬을 지어 지나가는 우리들의 관광버스에 눈길을 주는 사람은 없어보였다. 연두색 철책의 바깥쪽을 따라서 이어진 둑 위에는 겨울 정복 차림의 북한 군인들이 부동자세로 드문드문 지켜 서서 우리 차량들을 감시하고 있었다. 그들의 한쪽 손에는 빨간 手旗가 들려져 있는데, 우리가 차 안에서 바깥 풍경을 카메라나 비디오로 촬영하면 그 기를 들어서 차를 세운 다음 그런 행위를 한 사람을 적발하기 위한 것이라고 한다. 말하자면 북한 사람들의 일상생활이나 풍경을 촬영하는 것은 일종의 간첩행위로 간주되는 셈이다.

금강산 부근으로 이동한 다음, 우리는 북한에서 고성항이라 부르는 장전항에 현대아산그룹이 세운 선박 모양의 해금강호텔 옆에 있는 북측 출입사무소에 들러 북한 측의 검색을 받았다. '출입국'이라는 말만 쓰지 않을 뿐 사실상 공항에서 행해지는 일반 출입국수속과 다를 바 없었다. 해로관광이 행해지던 때에는 현대 측의 선박이 이 항구에 정박하여 관광객들이 처음 북한 땅을 밟았던 장소인데, 육로관광이 시작되면서 최근에 유람선 운행은 전면적으로 중단되었지만 북측의 출입사무소는 여전히 여기에 있었다. 큰 호수 같이 생긴 장전항의 건너편으로 북측 고성읍이 바라보였다. 금강산은 강원도 고성군에 속해 있는데, 고성군은 남미의 칠레처럼 남북으로 길게 뻗어 있어 원래의 군청 소재지는 남한에 있는 현재의 고성읍에 위치해 있었다. 그러므로 북한에서는 따로 고성읍을 두고서 장전항의 이름도 고성항으로 부르고 있는 것이다.

북측출입사무소에서도 군복을 입은 사람들이 그 업무를 보고 있었다. 우리는 수속을 끝낸 다음 금강산 아래의 溫井里로 이동하였다. 온천이 유명하여 그런 이름이 붙은 마을인데, 지금은 그 건너편에 陽地마을이란 것이 하나 더 생겨 원래의 이 마을 주민들은 대부분 거기로 이주해 있고, 온정리에는 금광산관광과 관련된 북측 봉사요원들이 주로 거주하는 모양이며, 그 마을 한쪽에 남한 측 기업이 세운 '금강산샘물' 공장이 하나 크게 들어서 있었다.

우리는 현대 측에 의해 개발된 새로운 온정리에 이르러, 그 가장 안쪽에 위치한 소련식 건물을 현대그룹 측이 인수하여 리모델링한 숙소인 금강산호텔에 이르렀다. 배정된 방에다 여장을 푼 후 호텔 2층에 있는 레스토랑에서 저녁식사를 들었다. 식사를 마친 후에도 아직 날이 밝았으므로 호텔 건물 밖으로 가족이 함께 나와 디지털카메라로 기념사진을 촬영하였는데, 추위 탓인지 카메라가 도중에 문득 제대로 작동하지 않는 것이었다. 호텔로의 진입로 좌우에까지도 연두색 철책이 이어지고 있어 관광종사원이 아닌 북한주민과의 접촉은 철저히 통제되고 있었다. 우리는 사진 촬영을 위해 호텔 북쪽의 숲으로 난 문을 향해 접근하다가 민간인 복장을 한 북한 여성의 제지로 도로 돌아왔다.

어두워진 다음 아내와 회옥이는 생리 중이라 호텔에 남아 있고, 나 혼자서 셔틀버스를 타고 새 온정리로 내려와 금강산온천에 들었다. 온천장 안의 시설은 현대 측이 지은 것이라 남한의 일반 사우나욕장과 전혀 다를 바 없었다. 온천장 주위에는 온천빌리지나 포레스트돔 등 현대아산 측이 지은 숙박시설들이 들어서 있는데, 거기에는 정부 지원으로 단체 금강산관광을 온 학생들이 주로 숙박하는 모양이었다. 학생들은 2박 3일에 1인당 6만 원만을 지불하며 나머지는 우리 정부가 부담하는 모양이었다. 온천욕을 한 후 각종 기념품판매점과 식당이 들어서 있는 온정각휴게소에도 들러보았다. 현대아산에서 세운 금강산온천이나 온정각 혹은 그 옆의 이마트에서는 한국의 신용카드가 통용되고 심지어는 한국 화폐도 사용되는 모양이었다. 말하자면 이 일대는 북한 속의 한국인 셈이다. 거기서 복무하는 아가씨들이나 우리가 타고 온 관광버스의 기사들은 거의 모두 현대 측이 중국으로부터 고용해 온 조선족이었다.

12 (토) 맑고 포근함 ―구룡계곡, 신계사지, 삼일포, 온정리문화회관
호텔 레스토랑에서 한식뷔페로 조식을 든 후 온정각으로 이동하여 어제 함께 온 버스들의 관광객이 모두 집합하기를 기다렸다가, 버스 행렬

을 지어 외금강의 구룡연 코스 쪽으로 등산을 떠났다. 당 간부들을 위한 전국의 4대 휴양소 중 하나이며 금강산호텔과 더불어 남북적십자사가 주선한 이산가족 상봉의 장소로 사용되기도 했던 김정숙휴양소 앞을 거쳤다. 그러나 이 휴양소는 건물 바깥의 대부분에 페인트칠을 하지 않아서 칙칙한 얼룩이 여기저기에 져 있는 회색 콘크리트가 그대로 드러나 있었다. 북한에서 美人松이라고 부르는 오래된 赤松 숲이 뒤덮고 있는 계곡을 한참 달려서 神溪寺址를 지나 木蘭다리 종점에서 하차하였다.

거기에는 현대 측이 관광객을 위해 지은 무료 화장실이 있는데, 그 중 남자 화장실 안으로 들어서니 입구 한쪽에 검은 무연탄이 제법 높게 쌓아올려져 있고, 내부의 빈터에는 철판으로 둥글게 만든 가스 배출구가 밖으로 연결된 무연탄 난로가 하나 놓여 있었다. 북한은 油類나 전력 사정이 매우 좋지 않아 공중 화장실에서도 내 어린 시절에 흔히 보았던 무연탄 난로를 아직도 사용하고 있었다. 그 외의 등산 도중에 간혹 눈에 띄는 북한 측이 만든 화장실에서는 달러로 사용료를 받고 있는데, 서서 보는 소변기는 한 사람당 1달러, 좌변기는 4달러라고 한다. 도중의 어떤 관광객 노인이 달러를 지니고 있지 않아 화장실에 들어갈 수가 없어서 다른 차의 조장 아가씨가 관광객 중 달러를 가진 사람을 찾고 있었다.

등산로의 중간 중간에는 현대 측의 조장들뿐만이 아니라 북한 측 관광안내원이나 사적비 관리원, 그리고 임시 매점의 여직원들이 배치되어 있었다. 산 중턱 주차장까지 30인승 버스를 타고서 올라오는 도중이나 등산로 곳곳에 이른바 구호바위라 하여 김일성·김정숙·김정일 혹은 김일성의 모친이나 조부 등을 우상화하고 북한식 공산주의를 찬양하는 내용의 구호나 글귀가 새겨진 것들이 눈에 띄었는데, 조장의 설명에 의하면 금강산 내에만 해도 그런 구호바위가 4,000개가 넘는다고 한다. 그 글자는 큰 것은 하나에 사방 1m가 넘는 것도 있고, 그보다 작은 것들도 있었다. 또한 금강산 일대 곳곳에는 그보다 더 많은 수의 비석들이 있어서 거기에는 김일성이나 그 처인 김정숙, 그리고 그들 부부의 아들인 김정일 현 국방위원장이 그곳을 방문한 날자와 그들이 강령적 교시를 해 주었다는 내용의 글이 새겨져 있었다. 그런 비석들에는 대개 한두 명씩의 남자 관리인이 지키고 있어서 관광객이 비석에다 손을 대거나 혹은 무심코 비석을 둘러싼 테두리 돌 위에 걸터앉거나 발을 올려놓거나 하면 주의를 주고, 심한 경우에는 벌금을 물리기도 하는 모양이었다.

그 코스의 등산객은 모두 같은 시각에 출발하는 차로 함께 도착하여 앞서거니 뒤서거니 하며 산을 오르는지라 꽤 번잡하지만 등산은 대체로 하루에 한 번씩만 이루어지므로 우리가 두세 시간 걸려 산행을 마치면 그 다음부터는 도로 인적이 끊어지는 모양이었다. 우리는 木蘭館이라는 이름의 북한 측에 세운 식당 옆을 지나 蔘鹿水, 金剛門, 玉流潭, 飛鳳瀑布, 聯珠潭 등을 거쳐 觀瀑亭에 이르러 얼어붙은 九龍瀑布를 바라보고서 왔던 길을 되돌아 하산하였다. 진주에서 출발한 우리 일행은 원래 신계사 부근에서 動石골로 접어들어 관폭정 뒤편의 世尊峰(1,132m)에 올랐다가 오늘 오른 코스로 하산할 작정이었으나 참가 인원이 부족하여 여덟 시간 정도 소요되는 그 코스로 갈 수가 없었다. 인솔자인 강덕문 씨는 그 대신 구룡폭포 위쪽의 上八潭까지 갈 것이라고 했으나, 그쪽 갈림길도 통행이 통제되고 있어 아무도 가는 사람이 없었다.

금강산에는 골짜기마다 눈이 제법 많이 쌓여 있고, 산길도 눈과 얼음이 뒤덮여 사람들은 모두 아이젠을 착용하고서 오르내렸다. 중국을 대표하는 명산인 黃山과 우리나라의 금강산은 모두 돌로 이루어진 산이라는 점에서는 같지만, 황산이 큼직큼직하고 거무스레한 돌덩어리로 이루어져 장중한 느낌을 주는데 비하여 금강산의 바위들은 대부분 잘게 갈라져서 세밀하고 섬세한 멋이 있었다. 또한 우리나라를 대표하는 명산인 금강산에는 외국인이나 북한인 관광객은 거의 없고, 99% 이상이 남한에서 온 사람들이었다.

하산 길에 목란관에 들러 평양식 냉면 등으로 점심을 들었다. 올라올 때 우리를 싣고 온 버스들이 내려갈 때는 셔틀버스로 되어 하산하는 등산객들을 순서대로 실어 아침의 출발지인 온정각까지 내려간다. 우리는 도중에 神溪寺址에 들러서 남한 조계종의 지원에 의해 복원공사가 마무리 단계에 접어든 대웅전을 둘러보고서 한국에서 파견되어 있는 스님으로부터 잠시 법문도 들었다.

온정각휴게소에서 신용카드로 알코올 농도 40%인 백두산들쭉술 한 병을 사서 셔틀버스를 타고는 배낭과 함께 금강산호텔의 우리 방으로 갖다 둔 다음 도로 온정각으로 돌아와서 가족과 함께 오후 2시 15분에 三日浦로 가는 옵션 관광에 참여하였다. 온정각에서 차로 15분 쯤 걸리는 거리의 해금강 가는 도중에 있는 삼일포는 관동팔경 중 하나로서, 석호가 융기하여 담수호로 변한 것이었다. 호수 가에 북한 측이 지은 식당 겸 매점인 丹楓館을 거쳐서 조선시대 명필이자 시인인 楊士彦의 호를 딴 蓬萊臺에 올라 삼일포 전체의 풍광을 감상하였다. 구룡계곡 일대와 마찬가지로 여기서도 울창한 赤松 숲이 호수를 감싸고 있었다.

삼일포에서 온정리로 돌아오는 도중에 버스 대신 지붕 없는 트럭 위에 올라타 있는 북한 주민들의 모습을 바라보았다. 축구공 절반을 엎어 놓은 모양을 한 돔형의 온정리 문화회관에서는 다시 옵션으로 평양모란봉교예단의 종합교예공연을 관람하였다. 북한을 대표하는 평양모란봉교예단은 네 개의 팀으로 이루어져 있어 한 달 정도씩을 주기로 서로 이동해 가며 공연하는데, 각 팀에는 각각 인민배우 한 명씩과 공훈배우 한 명 정도씩이 배정되어져 있다고 한다. 북한에서 그들의 지위는 매우 높아 인민배우는 장관급, 공훈배우는 차관급의 대우를 받으며, 교예단이 금강산에서 머무는 숙소도 우리가 든 금강산호텔 부근의 산비탈에 있는 당 간부용 초대소라고 한다. 나는 중국의 北京과 上海에서 각각 한 번씩 중국 雜技團의 공연을 본 적이 있었고, 소문으로만 듣고 있던 북한 교예단의 공연은 이번에 처음 관람하였다. 양자가 모두 일종의 서커스로서 대중예술인 셈인데, 중국의 것에는 어린이들의 출연이 많았지만, 북한 팀은 청소년들만으로 이루어져 있었다.

교예관람을 마친 후 호텔로 돌아와 한식뷔페로 저녁식사를 들었고, 우리 방에 돌아와서는 밤에 회옥이와 한 방에 든 아주머니가 회옥이를 통해 전해 준 북한 막걸리를 한두 잔 마셔 보았다. 북한은 수력발전에만

의존하기 때문에 전력사정이 매우 좋지 않았다. 우리가 머무는 금강산호텔은 이 지역에서 최고급 숙소이지만 전력 공급이 달려 전반적으로 조명이 충분치 못할 뿐 아니라, 아침저녁으로 두어 시간씩만 시청이 가능한 TV도 전력이 약하여 시청이 곤란한 경우가 많으며, 화장실의 샤워 물도 한참을 틀어 놓아도 좀처럼 따뜻한 물이 나오지 않았다. 실내에는 220볼트 전원이 여기저기 눈에 띄었으나 그 중 실제로 전기가 공급되는 것은 몇 개 밖에 되지 않았다. 이처럼 전력공급이 불안정한 탓도 있는 셈인지, 간밤에 오랫동안 충전해 둔 디지털카메라가 오늘도 제대로 작동하지 않아 기념사진 촬영은 거의 포기하는 수밖에 없었다.

13 (일) 맑음 -만물상, 미시령
만물상 코스로 떠나는 날이다.

호텔 2층의 레스토랑에서 어제처럼 한식 뷔페로 조식을 들고서 짐을 모두 챙겨서 지정된 버스에 올랐다. 온정각 앞에 정거하여 얼마간 자유 시간을 가진 다음, 유람객들이 다 모인 시각에 일제히 출발하였다. 1박 2일 코스로 온 사람들은 나중에 따로 출발하는 모양이었다. 차량 행렬은 현대 측이 평양 대동강변의 유명한 식당과 같은 이름으로 신축 중인 玉流館과 제일교포가 짓다가 자금 부족으로 중단하여 흉물스럽게 방치되어져 있는 호텔과 식당 및 그 바로 곁에 있는 금강산호텔 앞을 거쳐서 꼬불꼬불한 미인송 숲길을 해발 660m 정도까지 올라 만상정 주차장에 닿아 하차하였다.

거기서부터 도보로 걸었는데, 날씨가 풀려 눈과 얼음이 많이 녹았으므로 어제처럼 아이젠을 착용할 필요까지는 없었으나, 좁은 길로 한꺼번에 올라가는 사람들로 말미암아 자주 정체되었다. 어제의 구룡계곡 코스와는 달리 오늘 코스에는 능선 길을 오르는 경우가 많으므로 쇠다리 구름다리는 별로 없었으나, 이쪽 코스에 설치된 철제 계단 등도 대부분 남한에서 흔히 보던 재료로 된 것으로 미루어 외금강 등산로의 시설물은 대부분 현대 측이 건설한 것임을 짐작할 수 있었다. 도중의 鬼面巖에 올라

상봉의 萬物相 전경이 7할 정도 바라보이는 조망을 감상하고서 내려온 다음 다시 천천히 걸어서 나중에는 80~90도 정도 되는 경사의 가파른 철 계단을 번갈아가며 오늘 등산의 정점인 天仙臺에 올랐다. 만물상은 바로 건너편 능선 일대의 바위들이 뾰족뾰족하게 늘어서 기기묘묘하고도 장엄한 풍경을 자아내고 있는 모습을 가리키는 말이다. 하늘문을 거쳐서 望洋臺 쪽 갈림길이 있는 쪽으로 내려와 다시 올라왔던 코스로 하산하였다.

하산 후 온정각 식당에서 비빔밥 뷔페로 점심을 들었다. 어제 들은 바로 오후에 해금강 옵션 관광이 가능한 것으로 이해하고 있었는데, 오늘 김 조장이 하는 말로는 오전 중 만물상 코스와 삼일포·해금강 코스 중 하나를 선택해야 하며 오후에 따로 해금강으로 갈 시간적 여유는 없다는 것이었다. 점심 식사 후의 자유 시간에 온정각 매점에서 북한에서 만든 〈천하절승 금강산〉이라는 제목의 비디오테이프를 하나 사고서, 우리 가족의 금강산카드에서 쓰고 남은 금액은 모두 원화로 바꾸었다.

오후 한 시 반쯤에 온정각을 출발하여 올 때의 코스 그대로 장전항의 북측 출입사무소로 가서 짐 검사, 차 검사 등의 수속을 거치고 검문소와 비무장지대를 통과하여 통일전망대 아래의 남측 출입사무소에 이르러 다시 수속을 밟은 다음, 조장 및 우리 대절버스에 맡겨두었던 나침반과 휴대폰도 모두 찾았다. 북측은 출입사무소에서도 정복 차림의 군인들이 업무를 보고 있었고, 그 군인들 가운데서 미소 지은 얼굴은 하나도 눈에 띄지 않았다. 남측으로 건너오니 야산에 나무가 비교적 우거지고 사람들의 표정과 행동거지도 자유스러워 다들 긴장이 풀어짐을 느꼈다.

돌아올 때는 설악산 미시령과 소양강변을 따라 서울 방향으로 나아가다가 홍천에서 중앙고속도로에 올랐다. 미시령의 농수산물직판장에 들러서는 덜 말린 황태와 오징어, 그리고 내가 좋아하는 명란젓과 창란젓도 구입하였다. 차 안에서는 발 받침대를 설치하고서 등받이를 뒤로 젖힌 채 잠을 좀 자다가 밤 11시 무렵에 진주의 우리 집에 도착하였다.

27 (일) 맑음 -다리성봉(월성봉), 바랑산

아내와 함께 대안산악회를 따라 忠南 論山郡 陽村面과 伐谷面 사이에 위치해 있는 다리성봉(達里城峰, 일명 월성봉, 650m)과 바랑산(555.4m)에 다녀왔다. 충남과 전북의 경계를 이루는 大芚山(877.7m)에서 서북쪽으로 뻗어나간 능선의 도중에 있는 두 봉우리였다.

오전 8시 30분까지 중심가의 성모병원 입구에 모여 대절버스 한 대로 출발하였다. 대진고속도로를 경유하여 대전에 다다른 다음, 호남고속도로에 연결하여 서남쪽으로 나아가다가 논산 톨게이트에서 일반국도로 빠져 나왔다. 양촌면의 오산리 1구에 이르러 하차하여 등산을 시작하였다.

오른쪽 골짜기를 따라 올라가 능선갈림길에 다다른 다음, 대둔산의 반대 방향으로 나아갔다. 다리성봉 정상에 이르러 조망 좋은 장소를 골라 아내와 둘이서 집행부가 준비한 주먹밥과 집에서 마련해 간 반찬으로 점심을 들며 소주 한 병을 마신 다음, 건너편으로 바라보이는 바랑산으로 향했다. 둘 다 거대한 바위 벼랑으로 이루어진 봉우리였다. 그 두 봉우리 사이의 산중턱에는 근자에 세워진 법계사라는 이름의 절이 있었다. 그 절 경내에는 무슨 목적에 쓰는 것인지 여러 층을 이룬 아파트 모양의 원형 건물에다 지붕에는 기와를 올렸고 건물 가운데는 빈터를 이루고 있는 부속 건축물이 들어서 있었다. 법당보다도 몇 배나 큰 건물이라 세속적이라는 느낌이 들었다. 바랑산 능선을 따라 채광리 2구 쪽으로 하산을 완료한 다음, 일행이 다 내려올 때까지 거기서 따뜻하게 끓인 유부 국을 안주로 술을 마셨다.

돌아오는 길에 논산 방향으로 나아가다가 도중의 어느 할머니가 경영하는 허름한 묵 집에 들렀다. 그 음식점의 주인 할머니는 묵을 팔아서 나온 수익금의 대부분을 장애인 돕기에 희사하는 까닭에 김영삼·김대중·노무현 대통령을 비롯하여 도지사 등으로부터 받은 상장들이 식당 벽에 다섯 개 걸려 있었다.

3월

6 (일) 화창한 봄 날씨 -낙남정맥 제4차, 천주산

혼자서 산벗회의 낙남정맥 제4차 구간종주에 참가하였다. 오전 8시까지 제일예식장 옆 부산냉면 앞 도로에 집결하여 대절버스 한 대로 출발하였다. 어제 김병택 교수와 둘이서 학교 뒷산의 풀코스를 산책하여 기숙사 부근의 산비탈을 내려오면서 白梅와 紅梅가 한 둥치로 얽혀 있는 매화나무에 꽃이 피었는지를 살펴보았었다. 백매만이 더러 꽃을 피우고 나머지는 아직 꽃망울 상태였다. 그것을 구경하고서 산을 다 내려왔을 무렵 맑은 대낮에 마치 백매 꽃잎이 지는 듯 하늘에 흰 눈발이 분분히 날리고 있는 모양을 보았고, 연구실로 돌아온 이후로도 한참동안 그런 모양으로 눈이 내렸다.

오늘 아침 뉴스를 통해 비로소 강원과 영남 지방에 폭설이 내려 부산에는 1904년 부산기상청이 기상 관측을 시작한 이래 최대의 적설량(37.2cm)을 기록하였음을 알았다. 그러나 진주에서는 이미 눈이 온 흔적조차 보이지 않으므로, 오늘의 산행지인 창원·마산 일대에도 그러려니 여기고서 겨울이면 평소 늘 배낭에 넣고 다니는 아이젠과 스패츠 등도 일부러 빼고서 출발하였다. 그런데 차가 남해고속도로를 따라 동쪽으로 나아감에 따라 곳곳에 적지 않은 눈이 쌓인 것을 보았다.

우리가 창원시 봉림동에서 하차하여 종합사격장 구내를 질러 올라가 정병산(566.5m) 아래의 소목고개(295cm)에 도착했을 때 이미 주변은 온통 눈이었다. 어제 창원 지역에도 8cm의 적설량을 기록했다고 한다. 이번 겨울에는 눈 속의 산행을 별로 하지 못했는데, 이미 봄에 접어든 오늘에 이르러 때 아닌 눈밭 산행을 하게 된 것이다. 九山禪門 중 하나인 鳳林寺址가 있는 윗봉림에서 명곡동·도계동에 걸치는 창원컨트리클럽의 위쪽 능선을 다 지날 때까지 계속 눈밭 속을 걸었는데, 마산 지역에 가까워지자 그 일대는 어제의 적설량도 적은 데다 화창한 날씨에 이미 녹기도 하여 곳곳이 진흙길을 이루고 있었다. 그런 까닭에 갓 세탁하여 오늘 처음 입고 간 등산복 바지를 더럽히게 되었다.

오늘 코스는 소목재에서부터 신풍고개(도상거리 4.3km, 2시간 소요)와 천주봉(3.7km, 2시간 10분)을 거쳐 마산시의 서쪽 끝인 마재고개(일명 마티고개, 7.9km, 3시간 10분)에 이르는 것이었다. 팔각정 전망대가 있는 천주봉을 지나 오늘 코스의 최고 지점인 天柱山(638.8m)에 이르기까지는 창원시와 옛 창원군(지금은 창원시 동읍·북면)의 경계를 이루는 능선을 따라가고, 천주산에서 마재고개까지는 마산시와 함안군 칠원면 및 내서읍의 경계선을 걷는 코스였다. 창원시와 마산시 및 그 북쪽의 함안군 일대를 두루 조망할 수 있는 천주산에는 예전에 한 번 오른 적이 있었다.

오전 9시 반 남짓에 등산을 시작하여 오후 6시 반 정도에 하산을 완료하였다. 코스가 너무 길어 회장 내외를 비롯하여 도중에서 탈출하여 택시를 타고서 종점으로 오는 사람들도 있었다. 남해고속도로가 지나가는 마재고개에서는 차량들의 소음을 피하여 그 부근의 아늑한 골짜기 공장 옆에 우리 차가 대기하고 있었다. 거기서 맥주와 막걸리·소주에다 돼지불고기를 안주로 술을 마시다가, 어두워진 이후에 출발하여 진주로 돌아왔다.

13 (일) 맑음 -소룡산, 바랑산

아내와 함께 보라매산우회의 창립 4주년 산행에 동참하여 경남 산청군 오부면과 거창군 신원면의 경계 지점에 있는 巢龍山(760.9m)·바랑산(796.7m)에 다녀왔다. 오전 8시 30분까지 공설운동장 제1문 앞에 집결하여 대절버스 두 대로 출발하였다. 3번 국도를 따라 북상하다가 산청군 소재지를 지난 지점의 오부면 양촌리에서 1026번 지방도로 접어들어 도로가 끝나는 지점인 오부면 중촌리 오휴마을에서 하차하여 오전 9시 45분 무렵부터 등산을 시작하였다.

임진왜란 때 姜氏 성을 가진 사람이 피난 와서 팠다는 전설이 있는 바위굴인 姜窟을 지나 소룡산 정상에 올라서 창립 4주년을 기념하는 산신제를 지냈다. 거기서 깎아지른 절벽 위의 전망대 바위와 해발 550m 지점의 재를 지나 건너편으로 바라보이는 산 능선 중 최고봉인 바랑산에 올랐다. 원래 일정에는 바랑산에서 능선을 따라 거창군 신원면 소재지 쪽으로 좀 더 나아간 지점에 위치한 保錄山(701.6m)까지 갔다가 바랑산 으로 되돌아오는 것으로 되어 있었지만, 먼저 갔던 사람들이 도중에 가시덤불로 길이 막혔다면서 되돌아오는 통에 나도 중간 지점까지 나아갔다가 포기하고서 바랑산으로 돌아왔다. 바랑산 정상 옆의 삼거리에서 아내와 더불어 소주 한 병에다 준비해 간 도시락으로 점심을 들고서 왕촌 저수지 부근을 지나 오부면 왕촌리 왕촌마을로 내려왔다. 오후 4시까지 하산을 완료할 예정이었으나 코스가 짧아서 오후 2시쯤 벌써 종착지에 다다랐다.

대절버스 옆의 도로에서 주최 측이 준비한 돼지고기 삶은 것을 안주로 술을 마시다가, 왔던 길을 경유하여 돌아가는 도중에 모처럼 경호강 휴게소에서 한 번 정거한 다음, 평소보다 꽤 이른 시각에 귀가하였다. 기념품으로 만 원짜리 장갑 하나씩을 받았다.

20 (일) 맑음 −낙남정맥 제5차, 무학산, 대곡산, 대산, 광려산

아내와 함께 산벗회의 낙남정맥 제5차 구간종주에 참여하여 마산시 내서읍 두척동의 마재고개에서 함안군 여항면과 마산시 진북면의 경계지점인 한치고개까지에 이르는 능선 코스를 답파하였다. 산행지도에 의하면 마재고개에서 무학산까지가 도상거리로 4.7km로서 소요시간은 2시간, 무학산에서 대곡산까지 2.6km 50분, 대곡산에서 대산까지 3.7km 2시간, 대산에서 한치고개까지 4.9km 2시간 30분으로 예정되어져 있다.

오전 8시까지 제일예식장 옆 도로 가에 집결하여 대절버스 한 대로 출발하였다. 남해고속도로를 경유하여 일반 국도를 통해 함안 읍내로 접어든 다음, 고속도로 주변의 도로를 따라 등산 시작지점인 마재고개로 이동하였다. 오전 9시 남짓부터 산을 오르기 시작하여 오늘 코스에서 최고봉인 마산의 舞鶴山(761.4m)에 올라 마산시와 창원시 일대 및 남녘

의 다도해를 조망하였다.

나는 계속 스위스의 융프라우철도 꼭대기 지점에 있는 매점에서 구입한 스틱 두 개를 사용하여 걸었다. 대곡산(516.1m)을 지나 쌀재고개로 내려온 후 다시 바람재와 윗바람재를 거쳐 大山(608m)에 이르렀고, 계속 서쪽으로 나아가 광려산을 거쳐서 오후 4시 남짓에 오늘의 종착지점인 한치고개에 이르렀다. 전체적으로 보면 남동쪽으로 크게 弧를 그리는 코스였다.

종점인 한티골에는 마산시와 함안군을 연결하는 국도 79번(67번?)이 남북으로 통하고 있다. 도로 가에 고려 공민왕 시절 홍건적의 침입에 대항하여 군공을 세워서 역사에 이름을 남긴 李芳實 장군이 이곳에서 출생한 것을 기념하는 비석이 세워져 있었다. 이방실 장군은 함안이씨로서 함안 읍내로 진입하는 입구에도 그 동상이 세워져 있을 정도로 이 고장이 자랑하는 인물인데, 예순의 나이로 비명에 죽었다고 한다. 한치고개의 휴게소 앞 주차장에서 주최 측이 준비한 술과 고기를 들다가 어스름해질 무렵에 진주로 돌아왔다.

23 (수) 맑음 -보은, 괴산, 충주 지역

2005학년도 인문학부 춘계답사 '소백산맥 문화권'에 철학전공의 인솔 교수로서 참여하기 위해 오전 7시 30분에 집을 나섰다. 승용차를 몰고 학교로 가서 인문대 옆쪽 도로에 집결한 다음, 8시 30분경에 대절버스 세 대로 출발하였다. 철학전공에서는 나와 이성환·류왕표 교수, 사학전공에서는 김상환·김성렬·윤경진 교수가 참여하였다. 사천시 정동면에서 개척교회를 인도한다는 사학 부전공의 1960년생인 목사 한 명도 학생으로서 참여하였다.

대진고속도로를 따라 북상하여 대전 부근에서 국도로 빠져나가 충북 옥천을 거쳐 보은으로 진입한 다음, 첫 번째 방문지인 속리산 법주사에 이르렀다. 여러 해 만에 모처럼 들러보았더니 보물 제915호인 대웅보전은 현재 보수공사 중이라 그 앞에 임시 법당을 마련해 두고 있었다. 경내의 금동미륵대불은 2000년부터 청동불상에다 금박을 입히는 개금불사가 시작되어 2002년에 완공되었는데, 그 지하에는 유물전시관을 겸한 법당이 마련되어져 있었다.

경내를 두루 둘러보고서 절 입구로 돌아 나와 주차장 부근의 진주식당이라는 곳에서 교수들은 막걸리를 곁들인 산채정식으로 점심을 들었다. 학생들은 준비해 온 도시락을 든 모양이다. 그들이 식사를 한 정이품송 곁으로 이동하여 학생들을 태운 다음, 다시 속리산 기슭을 따라 좀 더 북상하여 괴산군 청천면에 있는 華陽九曲에 이르렀다. 거기서도 華陽書院과 萬東廟 터는 공사 중이었고, 제4곡 金沙潭까지 걸어 들어가서 그곳 바위 위에서 송시열의 별장이었던 巖棲齋를 바라보며 내가 학생들에게 설명을 하였다. 돌아 나오는 길에 몇몇 학생들과 함께 복원공사 중인 화양서원 터에도 잠시 들어가 보았다.

다시 더 북상하여 월악산국립공원 구역 내의 미륵사지에 들렀다. 발굴조사 결과 이절의 원래 이름은 彌勒大院이었음을 확인할 수 있었다. 이절의 위치는 『삼국사기』에 신라의 여덟 번째 임금인 아달라왕 3년(156)에 개척되었다고 하는 鷄立嶺(지릅재, 馬骨岾, 麻木峴)路 가운데서 갈평·문경으로 이어지는 백두대간의 하늘재와 안보리·수안보를 거쳐 충주로 이어지는 지릅재의 사이로서, 교통의 요지임을 알 수 있다. 계립령 길은 2년 뒤에 열린 죽령 길과 더불어 오랫동안 영남에서 소백산맥을 넘는 주교통로로서 이용되었는데, 보다 가까운 거리를 개척한 문경새재 길이 고려 말 쯤에 뚫려서 조선시대를 통해 주요교통로로 되고, 일제시기에는 이화령을 지나는 신작로가 개설됨에 따라 차츰 쇠퇴하게 된 것이다. 이미 여러 차례 들른 바 있었던 미륵리 절터를 보고서 돌아 나오다가 1호차 기사의 배려로 그 입구의 식당에 들러 손두부를 안주로 막걸리를 들기도 하였다.

충주호 아래쪽을 통과하는 국도 36호를 따라서 숙소인 단양유스호스텔에 이르러 오늘 일정을 모두 마쳤다. 赤城山城이 바로 앞에 바라보이는 위치인 2층 끝 방을 배정받아 오늘과 내일 이틀간에 걸쳐 철학과 교수 세 명이 함께 투숙하게 되었다. 거실과 침실이 따로 되어 있는 넓은 방이었다. 1층의 식당에서 저녁식사를 들고 반주로 소주도 마시다가 방으로 올라와, 류왕표·이성환 교수는 바둑을 두고 나는 밤 8시경에 일찌감치 취침하였다.

24 (목) 큰 눈과 꽃샘추위 -단양, 제천, 영월 지역

8시경에 출발하여 중앙고속도로의 상향선 단양휴게소 뒷산에 있는 新羅赤城碑 및 적성산성에 들렀으나, 간밤부터 계속 내리는 많은 눈으로 말미암아 좁은 산길이 매우 미끄러우므로 사고가 날 것을 염려하여 도중에 포기할 수밖에 없었다.

다음 목적지를 향해 북상하던 중 9시 50분에 차 안에서 내 휴대폰으로 걸려온 전화를 받았는데, 수원에 있는 중국 이모의 큰딸인 영옥이었다. 일본에 유학 중인 아들이 며느리가 될 사람을 데리고서 한국에 와 열흘 쯤 전 수원에서 결혼식을 올리고자 하였는데, 남편인 엄상길 씨가 결혼식장으로 가던 도중 수원역 부근에서 한국 경찰의 불법체류자 단속에 걸려 체포되었으므로 결혼식이 취소되고 아들 내외는 현재도 수원에 머무르고 있다는 것이었다. 엄 씨는 경찰 측과의 교섭이 대충 마무리 지어져 구류 상태에서 조만간에 바로 중국으로 송환될 것이며, 영옥이 자신도 이 달 31일 다년간에 걸친 한국 생활을 접고서 중국으로 돌아갔다가 2년쯤 후에 다시 한국으로 나와서 돈벌이를 계속할 예정이라고 했다.

제천시에 이르러, 교외의 長樂洞에 있는 보물 제459호 칠층모전석탑을 둘러보았다. 다시금 더 북상하여 강원도 영월군 수주면 법흥리에 있는 九山禪門 중의 하나인 獅子山 法興寺에 들르고자 하였지만, 눈발이 세져 고저가 심한 시골 길로 버스가 통행하는 것이 위험해졌으므로, 도중에 포기하고서 돌아 나오는 수밖에 없었다. 삼월 하순에 때 늦은 함박눈이 내려 대절버스의 운전이 제대로 되지 않으므로 이대로는 답사를 계속할 수 없다고 판단하여 오늘의 남은 일정을 모두 포기하고서 단양유스호스텔로 돌아가고자 하였다. 그러나 영월 읍내의 점심을 예약해 둔

식당 측이 손해배상을 강하게 요청하는데다 눈발도 점차 그치는 것 같으므로 산업도로를 따라 원래의 일정대로 영월읍으로 향하였다. 그러나 오늘 날씨는 함박눈과 햇살이 비치는 맑은 날씨가 계속 교체되어 종잡을 수가 없었다.

단종의 묘소인 莊陵 앞에 있는 기사식당에 도착하여 점심을 든 다음, 장릉과 그 경내에 있는 단종역사관 등을 둘러보고서 이동하여 모터보트 나룻배를 타고 西江을 건너서 淸泠浦로 들어갔다. 복원된 단종어소에서 그곳에 배치된 여자 안내원으로부터 설명을 들은 다음, 魯山臺·觀音松·禁標碑 등 청령포 내의 유적을 두루 둘러보았다.

1441년에 문종과 현덕왕후 권 씨 사이에서 원자로 태어난 단종은 1452년 문종이 젊은 나이로 승하하자 12세의 어린 나이로 제6대 왕으로 즉위하였고, 1454년 14세 때 결혼하였다. 1455년 6월 세조가 왕위찬탈을 노린 癸酉靖難이 일어나자, 단종은 삼촌인 수양대군에게 왕위를 물려주고 15세에 上王이 되었다. 그러다가 단종의 복위를 꾀하는 사육신 사건이 일어나자 1457년(세조 3년) 魯山君으로 降封 된 후 영월 청령포로 유배되었다. 그 해 9월에 사육신 사건의 동조자로서 영남의 順興에 유배되어 있던 錦城大君이 다시 단종의 복위를 꾀하다가 사사되자 노산군에서 서인으로 강등되었다. 그리고 1457년 10월 24일 17세의 어린 나이로 觀風軒에서 사약을 받아 승하하였다. 그가 왕으로 복원된 것은 숙종 24년이었다.

청령포는 삼면이 감돌아 흐르는 서강으로 둘러싸이고 뒤쪽은 깎아지른 절벽으로 막혀 천혜의 유배지라고 할 수 있는데, 단종이 이곳으로 온 지 2개월 정도 지났을 때 홍수로 인해 읍내의 객사인 관풍헌으로 옮겨진 것이었다. 관풍헌에 이르러서는 단종이 올라 소쩍새의 슬픈 울음소리에 자신의 처지를 비유한 子規詩를 지었다 하여 子規樓라고도 불리는 梅竹樓 2층의 누각에 올라보기도 하였다.

떠나 올 때 아내가 추운 날씨에 대비하여 스웨터를 하나 가져가라고 하였으나 그 말을 듣지 않고서 봄 등산복 차림으로 길을 나섰는데, 예상

외로 영하의 쌀쌀한 날씨에다 수시로 함박눈까지 내리는지라 관풍루 앞의 스포츠 매점에 들러 겨울용 등산복 상의를 한 벌 사서 점퍼 안에 껴입었다. 이곳 관풍루 입구의 안내판에는 여기가 김삿갓이 자신의 조부를 비판하는 내용의 시를 써서 과거에 합격한 현장이라는 설명문도 씌어져 있었으나, 아마도 영월군 내에 김삿갓의 묘소라는 곳이 근년에 발견된 데서 비롯한 부회가 아닌가 싶다.

다음 목적지인 온달산성은 포기하고서 단양으로 귀환하는 도중에 다시 적성산성에 들러 국보 제198호인 적성비를 둘러보았다. 1978년 1월에 단양군 단양면 하방리 남한강변의 산성 내에서 발견된 이 비석에는 모두 22행 약 430자 정도의 글자가 비교적 정연하게 새겨져 있었다. 발견될 당시 비석 몸체는 흙속에 묻혀 있고 상단부의 일부가 흙 밖으로 나와 있었던 까닭에 자연석 화강암의 몸체에 남아 있는 글자 288자는 보존상태가 아주 좋고 그 외에도 파편으로서 수습된 글자가 21자 더 있으나, 깨어진 상단부가 22행 중 20행에 이르러 전체의 뜻을 명확히 파악하는 데는 상당한 어려움을 주고 있다. 진흥왕이 평정한 지역을 순시하며 새 영토의 주민들을 회유한 내용을 기록한 것이다. 구체적으로는 이 산성을 쌓다가 사고로 죽은 지역 주민 也尒次의 유족을 포상한 내용으로 되어 있는데, 비문의 첫째 단락에 김유신의 조부인 武力이나 우산국을 정벌한 이사부의 이름도 보인다. 진흥왕 순수비로서는 창녕의 것보다 10년 전에 만들어진 것이라 한다.

진흥왕 시기에 이루어진 사적 제265호 적성산성은 태뫼식 석성으로서 현재 단양휴게소 쪽에서 바라보이는 923m 정도가 남아 있으나 그것도 윗부분이 대체로 붕괴되었다. 적성은 단양의 古名이다.

25 (금) 맑음 -영주, 예천 지역
9시경에 단양유스호스텔을 출발하여 중앙고속도로를 따라 내려오다가 영주의 紹修書院에 들렀다. 여기는 이미 여러 차례 방문했었던 곳으로서, 안향이 젊은 시절 공부하던 宿水寺라는 절터에 중종 37년(1542)에 풍기군수 주세붕이 祠廟를 세우고 그 이듬해에 조선 최초의 서원인 白雲洞書院을 세운 데서 비롯하였다. 그 후 이황이 풍기군수로 재임 시 나라에 소를 올려 명종 5년(1550)에 소수서원이라는 사액을 받아 사액서원의 효시가 된 곳이기도 하다. 건물들의 배치가 일반적인 서원과는 사뭇 다르다. 원래의 서원 터 뒤편에 사료관과 충효교육관 등을 덧붙였는데, 이번에 와 보니 서원을 둘러 흐르는 죽계천 바깥쪽으로 넓게 터를 닦아서 선비촌과 저자거리, 그리고 영주의 역사와 문화를 소개하는 소수박물관과 청소년수련원 등을 더 지어 이 일대가 마치 민속촌처럼 되어 있었다.

이어서 부석사로 이동하여 국보 건축물인 無量壽殿과 祖師堂 등 경내를 두루 둘러보았고, 부석사 입구의 식당에서 점심을 들었다. 소수서원과 부석사에서는 내가 인솔 학생들에게 설명을 하였다. 돌아오는 길에 소수서원 뒤편의 제2차 단종 복위운동 때 중심인물이었던 세종의 여섯째아들 錦城大君과 그와 더불어 거사를 도모했던 사람들을 祭享하는 錦城壇에 들렀다.

중앙고속도로를 따라 내려오다가 예천군 예천읍의 논 가운데에 있는 보물로 지정된 開心寺址 오층석탑에 들렀다. 하층기단에 십이지신, 상층기단에 팔부신중이 부조로 조각되어져 있고, 상층 기단 위의 갑석 아랫면에 빙 둘러가며 글이 새겨져 있는데, 이 銘文을 통해 고려 초기인 현종 1년(1010) 2월 1일에 이 지역의 香徒에 의해 조성된 것임을 알 수 있다.

중앙·구마·남해고속도로를 거쳐 퇴근 시각인 오후 6시 무렵에 출발지인 본교 인문대학 옆에 도착하였다. 마중 나온 사학과 교수들과 함께 저녁식사를 하러 간다는 것이었지만, 나는 주차도 어렵고 하여 내 차를 운전해 먼저 귀가하였다.

4월

3 (일) 흐리고 오후에 진눈깨비 ─대부산, 서북산, 소무덤봉, 여항산 산벗회의 洛南正脈 구간종주에 참여하여 마산시와 함안군의 경계에

해당하는 능선을 따라 한치고개-서북산-여항산-오곡재(비실재) 구간을 주파하였다. 배부 받은 산행지도에 의하면, 이들 각 구간의 사이의 거리와 소요되는 시간은 5.6km(3시간)·4.3km(2시간)·4.2km(2시간)로 되어 있다. 원래는 오늘 마산시와 진주시의 경계를 이루는 발산재까지 나아가는 것으로 예정되어 있었는데, 코스가 너무 길다 하여 절반 가까이 단축한 것이다. 산행 예정표에 의하면 한치고개에서 발산재까지는 22.5km로서 9시간 50분이 소요될 것으로 되어 있는데, 최근에 이 구간을 다녀온 회원의 말에 의하면 실제로는 12시간 가까이 소요되었다는 것이므로 집행부에서 무리라고 판단하여 예정을 변경하게 된 것이다. 아내는 원래의 예정표에 적힌 것을 보고서 지레 겁을 먹어 오늘은 동행하지 않았다.

오전 8시까지 제일예식장 옆 도로에 집결하여 대절버스 한 대로 출발하였다. 도중에 부산에서 온 팀 등이 합류하였다. 남해고속도로를 경유하여 함안 읍내로 진입한 후, 79번 국도를 따라 함안군 여항면과 마산시 진북면의 경계를 이루는 한치고개의 진고개휴게소에 도착하였다.

거기서 대부산(649.2m)을 거쳐 마산시 진북면과 진전면, 그리고 함안군 여항면의 경계를 이루는 서북산(738.5m)에 이르니, 정상 옆에 나지막한 戰跡碑가 하나 서 있었다. 6.25 당시 이곳에서는 국군 및 유엔군과 북한 인민군 사이에 혈전이 벌어져 아군이 반격의 계기를 마련한 곳이었다. 당시 이곳 전투에서 미군 100여 명이 전사하였는데, 그 중 한 사람인 대위의 아들이 주한 미8군사령관으로서 부임하여 1995년쯤에 국군 측과 더불어 이 비석을 세운 것이었다. 서북산 정상에서 금년 들어 처음으로 할미꽃 두 송이가 피어 있는 것을 보았다.

거기서 한참을 더 나아간 지점인 706봉 부근의 어느 전망 좋은 장소에 내가 제일 후미로 도착하여 일행과 더불어 점심을 들었다. 오전에 한두 차례 가랑비가 듣다가 개이기도 하였는데, 내가 점심을 들고 있는 동안 날씨가 갑자기 변하여 구름이 짙게 끼더니 싸락눈이 내리기 시작하였다. 그 눈은 얼마 후 함박눈이 되고 진눈개비가 되기도 하다가 부슬비로 변하였다. 아마도 올해에 마지막으로 본 눈이 되지 않을까 싶다.

안개가 끼어 주위를 조망할 수 없는 가운데, 바위 절벽으로 이루어진 소무덤봉(668m)을 지나고, 바위 절벽에 로프와 쇠줄을 타고서 오늘의 최고봉인 여항산에 올랐다. 함안군 함안면과 마산시 진전면을 연결하는 비포장도로(차량 통행은 불가)가 있는 미산령을 지나 오늘의 목적지인 오곡재에 이르니 거기에도 함안군 군북면과 마산시 진전면을 연결하는 도로가 지나고 있었다. 도로를 따라서 죽죽 뻗은 소나무 숲을 따라 진전면 여양리 쪽으로 혼자 터벅터벅 걸어 내려오노라니, 군북면 쪽에서 건너오는 사륜구동 승용차 한 대가 지나다가 나를 태워주므로, 그 차에 동승하여 여양리 둔덕마을의 경로당 앞에 대기해 있는 우리의 대절버스 부근까지 편하게 올 수가 있었다.

산벗회의 회원이나 동참하는 사람들은 다들 등산 실력이 보통이 아니므로, 오후 세 시경에 내가 승용차를 얻어 타고서 둔덕마을에 도착하니 다른 일행은 이미 거의 다 와 있었다. 선두 그룹 중에는 나보다 두 시간 정도 먼저 도착한 사람도 있었고, 실수로 오곡재를 지나 더 나아갔다가 택시를 불러 타고서 이곳까지 도로 올라온 사람도 있었다. 경로당 안으로 들어가 그곳의 방 두 개에서 이 마을 늙은이들과 함께 앉아 준비된 술과 음식을 들었다.

거기서 온천장과 위락시설이 있는 진전면 양촌마을로 내려온 다음, 2번 국도를 따라 발산재를 넘어서 비교적 이른 시각에 진주시 경내로 접어들었다. 귀가한 후에는 샤워를 마치고서 밀린 비디오테이프를 시청하였다.

9 (토) 흐리고 오후에 부슬비 ─꽃구경

지금이 벚꽃의 절정기라 아내가 가족 함께 꽃구경을 하러 나가자고 하였다. 회옥이는 오늘 오전 중 본교 대학병원에서 종합검진을 받고 난 다음, 제일병원의 비만 클리닉에도 들렀다. 앞으로 매주 한 번씩 비만 클리닉에 들러 체중 감량에 관한 의사의 체크와 조언을 받게 된다. 아내와 회옥이가 제일병원을 나올 무렵 전화연락을 받고서 내가 연구실을 나서 승용차를 몰고서 우리 아파트 부근으로 와서 가족을 태운 다음, 도동 쪽 남강 변을 달려 초장동의 진주중앙청과에 들러서 몇 종류의 과일을 샀다.

금산면으로 이동하여 중촌리에 있는 '콩세상 청국장 금산점'이라는 식당에 들러 점심을 든 다음, 벚나무로 가로수를 이룬 금산 일대를 달려 문산으로 빠져나왔고, 다시 문산에서 시내 가호동 쪽으로 건너오는 2번 국도의 숨 막히게 호화로운 벚꽃 터널을 지나 진양교 쪽에서 남해고속도로에 진입하였다.

고속도로를 따라 서쪽으로 나아가다가 하동군의 진교에서 남해대교 쪽으로 나아가는 국도로 빠져나오니, 거기서부터는 또다시 벚꽃 터널이 시작되었다. 대교를 건너 남해군 설천면 일대를 한 바퀴 두른 다음, 고현에서 서면 쪽 해안가로 빠져 중현리에서 화방사 입구를 지나 남해읍 쪽으로 나왔다. 거기서 다시 창선교를 건너 또 다른 섬인 창선면으로 들어간 다음 죽도를 징검다리로 한 삼천포대교를 건너서 삼천포 시내로 나와 사천을 거쳐서 오후 다섯 시 반쯤에 진주로 돌아왔다. 제법 먼 거리를 드라이브하는 동안 온갖 종류의 봄꽃들이 흐드러지게 피어 있는 모습을 두루 둘러볼 수가 있었다.

17 (일) 맑음 -깃대봉, 용암산
산벗회의 낙남정맥 구간 종주에 참가하여 오곡재-발산재-담티재 구간을 다녀왔다. 오전 8시경에 대절버스 한 대로 제일예식장 옆을 출발하여 문산에서 마산으로 가는 새 도로인 2번 국도에 올라 발산재 부근에서 지방도로 접어든 다음, 오전 9시 무렵부터 지난번에 하산했었던 오곡재에서 527봉을 하나 건넌 큰정고개 부근에서 능선을 타기 시작했다.

발산재에서 점심을 든다고 하므로, 배낭은 차에 둔 채 빈 몸으로 산을 타 진주시 二班城面과 마산시 鎭田面의 경계를 이루는 능선을 따라 정오 무렵에 鉢山재에 이르렀다. 능선 곳곳에는 진달래가 한창이었다. 발산재

휴게소 부근의 옛 도로는 폐기되고 완전히 새로운 4차선 고속도로 같은 것이 새로 나 있었다. 그 도로 아래의 터널에서 먼저 온 몇 명이 함께 점심을 들었고, 뒤에 온 사람들은 근처의 修鉢寺 입구로 가서 점심을 들었다. 점심을 든 후 휴대폰으로 아내에게 전화를 걸어 보았다. 간밤에 서울 광화문의 세종문화회관에서 막심이라는 서양인 젊은 남자의 일렉트릭 피아노 공연을 관람하였고, 지금은 작은처남 황광이를 따라 수원으로 가서 소불고기로 점심을 들고 있으며, 오후 5시 30분 서울발 고속버스로 돌아온다고 한다.

발산재를 지나 다시 능선에 오르기 위해 혼자서 산악회의 리본을 따라 올라가다가 길을 잃었다. 가시가 있는 나무 가운데를 헤매다가 이럭저럭 시멘트 포장된 길로 나섰다. 그 길이 끝나는 지점에서 꽤 넓은 면적을 차지한 옛 무덤들이 나타났는데, 長興高氏의 선산이었다. 그 중 가장 높은 곳에 위치한 무덤은 명종·선조 연간의 인물인 隼峰 高從厚(1554~1593)의 것이었다. 그는 의병장 高敬命의 아들로서 光州에서 태어나 문과에 급제하고서 臨陂縣令 등의 벼슬을 역임한 문신인데, 임진왜란에 그의 부친과 아우가 錦山에서 전사하자 이듬해에 400여 명의 의병을 규합하여 復讐義兵軍을 조직하고서 진주성에 들어가 계사년의 2차 전투에서 진주성이 함락될 때 金千鎰·崔慶會와 함께 남강에 투신 순절하여 '三壯士'의 한 사람으로 일컬어지는 사람이다. 죽은 후 이조판서에 추증되고 孝烈이라는 시호를 받았다. 그의 무덤을 여기서 만난 것은 참으로 뜻밖이었다.

固城郡 九萬面과 介川面의 경계를 이루는 능선을 따라 깃대봉(기대봉 520.6m), 528봉과 용암산(399.5m)을 지나 오후 3시 반 무렵에 1002번 지방도가 지나는 담티재에 이르러 하산을 완료하였다. 오늘은 내가 시종 빈 몸으로 걸은 탓에 네 번째로 일찍 하산하였다. 먼저 온 일행과 더불어 술과 불고기를 들며 나머지 일행이 다 내려오기를 기다렸다. 진주로 돌아오는 길에 일행 중 한 명이 교장을 하고 다른 중년 부인 한 명은 교사로 있는 고성군 永吾面의 영오초등학교에 들러 커피를 대접받으며 좀

머무르기도 하였다.

22 (금) 맑음 -남해군 일주

오전 10시에 인문대학 녹지 광장의 등나무 그늘 아래로 가서 철학과 대학원생들과 학과장인 류왕표 교수 및 박선자 교수와 합류하여 남해군 으로 출발하였다. 교수들은 조덕제 씨의 승용차에 동승하였고, 다른 학 생들은 금년에 일반대학원 서양철학전공 석사과정에 입학한 진주구세 군교회 목사가 운전하는 교회의 봉고차에 탔다. 남해고속도로를 따라 전라남도 방향으로 나아가다가 하동군 진교에서 1002번 국도로 접어들 었는데, 얼마 전 가족과 함께 벚꽃 나들이를 왔을 때 통과했었던 길이지 만, 이미 벚꽃은 다 져 버렸다.

남해대교를 건너 고현에 접어들어서는, 나의 제의로 서면의 바닷길을 따라 스포츠파크까지 내려온 다음, 다시 해안선을 따라 남면으로 접어들 어 사촌해수욕장을 지나서 설흘산 아래의 加川마을에 이르러서는 그 마 을 명물인 암수바위(일명 가천미륵불)를 구경하고 근년 들어 관광지로 서 각광을 받고 있는 다랑논도 둘러보았다. 망망대해를 바라보는 급경사 의 산비탈에 100층이 넘는 계단식 논들이 펼쳐져 있는 마을이다. 지금은 이런 곳을 찾아보기 어렵게 된지라 몇 년 전에 TV를 통해 소개된 이후 관광객이 많이 찾아오게 되어 민박집이나 펜션도 들어서고, 이제는 남해 군의 관광명소 중 하나로 된 마을이다.

斗谷·月浦 해수욕장을 지나 西浦 金萬重의 유배지인 櫓島를 바라보며 앵강만을 끼고돌아 錦山(681m)으로 들어갔다. 보리암 아래의 주차장에 서 하차하여 한 시간쯤 전에 먼저 도착해 있는 학생들과 합류해 보리암 을 둘러본 다음, 일부는 차를 타고서 왔던 길로 내려가고 교수들 및 학생 몇 명은 걸어서 상주해수욕장 쪽으로 하산하였다. 남해군의 농협에 근무 하고 있는 대학원 석사과정 수료생 朴性哉 씨도 보리암 주차장으로 마중 나와 있었다. 그의 지도교수인 권오민 교수는 얼마 전에 그가 수정해 온 논문도 통과시킬 수 없다는 뜻을 이미 그에게 표명했다고 한다.

등산로 입구의 주차장에서 차를 타고 내려온 학생들과 다시 합류한 후, 상주·송정해수욕장과 물미해안도로를 거쳐서 남해군의 동남쪽 해안을 따라 북상한 후, 창선대교를 건너 창선도에 들어갔다가 박성재 씨의 先導에 따라 공룡발자국으로 유명한 창선면 가인리 쪽으로 들어갔다. 바닷길을 따라 꼬불꼬불 한참을 돌아서 가인리 171번지의 삼천포시와 근년에 새로 건설된 네 개의 대교가 마주바라보이는 한적한 해안에 위치한 별장식의 콘도를 겸한 횟집인 '바다에'에 이르렀다. 거기서 박성재 씨로부터 자연산 회와 점심식사를 대접받고서 소주를 마시며 놀다가 가인리 쪽을 한 바퀴 빙 돌아서 대교를 건너 삼천포 쪽으로 넘어왔다. 남해도는 주된 농산물이 마늘인데, 가인리 일대에서는 오히려 고사리 재배가 주종을 이루고 있었다. 바다 경치가 좋은 삼천포의 실안해변을 거쳐 진주로 돌아와서, 오후 7시쯤 출발지인 본교 인문대학에 이르러 해산하였다.

23 (토) 맑음 -울릉도, 독도
박양일 씨가 회장으로 있는 희망산악회를 따라 1박 2일 일정으로 독도·울릉도 관광 및 성인봉 등반을 떠나기로 되어 있는 날이다. 오전 6시 30분 무렵 진주교 옆 귀빈예식장 앞에서 50여 명이 대절버스 한 대로 출발하였다. 남해·구마 및 대구·포항 간 고속도로를 경유하여 오전 9시 무렵에 포항 여객선터미널에 도착하였다. 그곳 주차장에서 박 회장과 그 부인이 자택에서 손수 마련해 온 도시락과 시래기 국으로 조식을 들었는데, 나는 집에서 가져 온 빵과 과일로 차 안에서 이미 조식을 마친지라 국만 한 그릇 받아마셨다.
부산에서 대마도로 왕복하는 여객선과 같은 회사인 포항대아 소속의 3층 대형 선박인 썬-플라워호의 2층 일반석에 타고서 오전 10시에 경북 포항을 출발하여 울릉도로 향하였다. 도중에 파도가 제법 일어 3시간 소요될 예정이었던 것이 반시간 정도 더 늦은 시각인 오후 1시 30분 무렵에 울릉도의 관문인 도동항에 도착하였다. 부두의 비치호텔에 딸린 노래방에다 짐을 두고서 그 옆 식당에서 중식을 들었다.

오후 2시 30분 무렵에 포항에서부터 타고 왔던 썬-플라워호로 독도를 향해 출항하여 3시간 정도 해상관광을 하였다. 독도로 갈 때는 3층의 우등실을 배정받았다. 최근에 한·일간 독도 영유권 분쟁이 격화된 이후 우리 정부가 독도 여행을 자유화하여 하루 두 차례 각각 80명씩 제한된 인원의 관광객 상륙도 허가하자 독도 관광이 붐을 이루게 되어 종래의 중형 선박에 추가하여 4월 4일부터 썬-플라워호도 매일 오후 2시에 취항하게 된 것이다. 그러나 허가 인원의 제한 때문에 우리가 탄 배는 상륙하지 못하고서 독도를 두 차례 천천히 선회하며 가까이에서 바라보는 것으로 만족해야 했다. 동도 서도 두 개의 섬 중 보다 큰 쪽에는 군인부대와 고사포 등 군사시설이 눈에 띄었고, 군인인지 관광객인지 육안으로 확인되지는 않으나 섬 꼭대기에 제법 많은 사람들이 서 있는 모습도 바라보였다. 독도에 접근하자 우리가 탄 배 1·2층 후미의 갑판을 개방하였으므로 나를 포함한 많은 사람들이 갑판으로 나가 섬의 모습을 바라보고 촬영도 하였다. 수많은 갈매기 떼가 우리가 탄 배를 향해 낮게 날아와 관광객의 손끝에서 감자튀김 같은 음식물을 쪼아 먹기도 하였다.

도동으로 돌아온 후 선착장에서 등대까지 왕복 한 시간 정도 걸리는 행남해안보도를 따라 화산의 용암으로 형성된 해식동굴들을 오르내리며 바다를 따라 걷다가 굵은 돌들이 널린 해변의 군 초소를 지나서부터는 숲속 오솔길을 따라 작은 산을 올라가 건너편 저동항의 전체 모습이 내려다보이는 행남등대까지 산책하였다가 도동항 여객선터미널로 되돌아왔다. 여러 해 전 처음 울릉도에 왔을 때에도 해식동굴 일대는 좀 둘러본 것 같으나 이곳 등대까지 와 본 기억은 없다. 울릉군이 10년에 걸쳐 조금씩 공사를 진척시켜 최근에야 이 산책로를 마무리했다고 하니, 당시에는 이처럼 길이 완성되어 있지도 않았을 것이다.

점심을 들었던 식당에서 석식을 마친 후 중형 버스를 타고서 도동 마을의 위쪽 끝 부근에 위치한 재향군인회관으로 이동하여 방 배정을 받았다. 나를 포함한 남자 네 명은 202호실에 들게 되었다. 이 건물은 지은지 그다지 오래 되지 않은 것이어서 온돌방이 깨끗하고 호텔처럼 현대식

설비가 되어 있는데다 화장품까지 갖추어져 있었다.

낙남정맥 산행을 통해 알게 된 일행과 더불어 밤거리를 산책하다 술집에도 들러볼까 하여 그들이 배정 받은 301호실로 가보았으나 아무도 없었다. 혼자서 밖으로 나가 어느 호프집에 들러 생맥주를 주문하였지만 병맥주 밖에 없다고 하므로, 그곳을 나와 다시 거리를 산책하다가 같은 방에 든 일행 두 명을 우연히 만나 함께 어울리게 되었다. 그들은 중앙시장에서 농약상을 하는 70대 노인과 그 조카인 50대의 동업자였다. 그들과 함께 선착장 부근까지 걸어 내려와 해안에서 횟감을 파는 노천시장에서 생선을 사 회를 장만해서는 그 인근의 식당으로 이동하여 소주와 초장을 따로 시켜 술을 들었다.

두 병 정도 마시고서 한 병은 점퍼 포켓에 넣어 숙소로 돌아왔더니 3층 복도 끝의 큰방에 출입문이 열려 있고 왁자지껄한 소리가 들려오므로 그 방으로 가보았더니, 박양일 회장을 비롯한 낙남정맥 팀의 지인 두 명도 모두 그 방에서 진주여고 동창생인 여성 팀 가운데 어울려 있었다. 그들은 저동 항까지 택시를 타고 가서 마련해 온 횟감을 안주로 술을 마시고 있었던 것이다. 나도 그 자리에 어울려 함께 놀다가 제법 취하여 2층 방으로 내려와 취침하였다. 여성들과 낙남정맥 종주 팀의 남성 두 명은 그 후 다시 노래방으로 가서 다음날 오전 1시 무렵까지 놀았다고 한다.

24 (일) 맑음 -울릉도 일주, 나리분지, 성인봉

향군회관 1층 식당에서 조식을 들고는 두 시간 정도가 소요되는 울릉도 육로관광 및 聖人峰(984m) 등반길에 나섰다. 간밤에 3층에서 함께 어울렸던 젊은 남자 한 명도 어제 우리가 산책을 나간 후에야 비로소 향군회관에 도착하여 우리 방에서 자고 있었다.

오늘은 버스 한 대와 중형버스 한 대에 나눠 타고서 926번 일주도로를 따라 섬의 남동쪽 울릉읍 소재지인 도동리에서 출발하여 서쪽·북쪽 해안선을 따라 북동쪽의 섬목 도선장까지 섬을 거의 한 바퀴 돌았다. 기사들은 익숙한 솜씨의 만담 조 말주변으로 손님들을 즐겁게 하며 관광 가이드 역할까지 아울러 맡았다. 기사의 설명에 의하면 울릉도의 인구는 2만여 명에서 크게 줄어 지금은 만 명에 채 못 미치는 수준이라고 하며, 그 대부분은 도동에 살고 있는 모양이다. 인구가 준 주된 원인은 주요 산업인 오징어 어업이 컴퓨터 작동에 의한 자동설비로 바뀌게 됨에 따라 노동력의 수요가 크게 감소되었기 때문이라고 한다.

지난번 성인봉 신년 일출 등반을 위해 아내와 함께 왔었을 때는 서면 소재지인 남양리의 민박집에 묵었었는데, 일주도로는 하나 밖에 없으므로 이번에도 그리로 지나가게 되었다. 도중 몇 곳에서 관광을 위해 정차하면 으레 거기에는 토산품을 파는 노점 상인이나 매점이 있었다. 나는 남양리 부근에서 처음 더덕을 샀다가 북면의 현포항 방파제에서는 이곳 특산의 나물 말린 것들을 또 샀다. 우리는 일주도로가 끝나는 섬목까지 나아갔다. 이곳 도선장에서 지난번에는 연락선에 올라 동쪽 해안을 따라 저동 항까지 가서 차로 갈아타고 도동 쪽으로 나아가 섬 일주를 마쳤었는데, 지금은 연락선 운항이 중단되고 그 대신 유람선이 하루 4~5회 운항되는 모양이었다.

이번에는 일주도로를 따라 북면 사무소가 있는 천부 항까지 되돌아와서 차에 탄 채 나리분지를 향해 가파른 산길을 올랐다. 울릉도에서 유일한 들판이 있는 나리분지는 원래 이 섬 최대의 분화구였으며, 그보다 작은 분화구는 그 옆 송곳산 부근의 알봉이라고 한다. 나리분지는 관광 지구로 지정되어져 있어서 지금도 너와집 투막집 같은 이곳 특유의 전통 가옥이 몇 채 보존되어져 있다.

나리분지에서 타고 온 차를 돌려보내고서, 빈 몸에 물통 하나만 손에 들고는 네 시간 정도가 소요된다고 하는 성인봉 등반에 나섰다. 군부대 옆을 지나 차가 다닐 수 있는 넓고 완만한 비포장 산길을 걸었다. 천연기 념물 189호로 지정되어져 있는 성인봉 원시림을 비롯하여 울릉도에 존재하는 숲은 고로쇠나무가 주종을 이루고 있고, 그 숲속에는 나물 종류의 먹을 수 있는 풀들이 지천으로 자라고 있었다. 숲은 이제 신록이 돋아

나고 있어 한결 정취가 있었다. 울릉국화인 천연기념물 52호 섬백리향 군락 부근의 약수터까지 버스가 올라오며, 거기서부터 본격적인 등산길이 시작되었다. 성인봉 일대에는 육지와 달리 봄이 한창인 지금까지도 얼음으로 변한 눈이 여기저기에 많이 남아 있었다.

가파른 등산길에는 대체로 나무 층계가 마련되어져 있고, 길가에는 로프를 단 나무 지지대도 설치되어져 있었는데, 보수반원들이 지지대 보수공사를 하고 있었다. 계단을 올라가는 도중에 또 한군데 약수터가 있고, 그밖에도 눈 녹은 물이 흐르는 계곡을 만날 수 있어 식수는 따로 준비하지 않아도 좋았다. 성인봉 정상에 오르니 날씨가 쾌청하여 섬의 사방과 그 너머 바다까지를 모두 조망할 수 있었다. 하산은 도동리 방향의 길을 취하여 팔을 휘저으며 활기차게 내려왔다.

그쪽도 산 전체가 온통 나물 천지였다. 예전에 신년 일출을 보러 밤중에 이 산을 올랐을 때는 사동 1리의 KBS 중계소 옆길을 따라 올라서 오늘과 같은 도동리 방향 길로 하산했었던 듯하다. 그때는 날씨가 춥고 일기가 불순하여 안개와 눈 밖에는 별로 본 것이 없었는데, 이번에야 성인봉 등산의 묘미를 마음껏 즐긴 셈이다. 하산을 완료한 지점에 대원사라는 절이 있어서 이번에도 들어가 보았다. 그 절은 육지의 것과는 달라 절 입구의 일주문이나 사천왕문 위치에 神堂이 서 있고, 대웅전 옆에도 산신당과 나란히 龍王閣이 세워져 있었다.

선두 그룹에 끼어 숙소인 향군회관으로 내려온 다음, 배낭을 보관해 둔 205호실에서 머리를 감고 발을 씻고서 내의를 갈아입었다. 배낭을 메고서 숙소를 떠나 도동항의 비치호텔까지 내려온 다음, 어제 점심과 저녁을 든 그 옆 식당에서 먼저 온 순서대로 뷔페식 점심을 들었다. 식사후 오후 두 시까지 자유 시간을 가졌는데, 나는 낙남정맥 일행을 따라 부두의 대복상회로 가서 아내가 좋아하는 오징어 말린 것과 덜 말린 오징어를 각각 세 축씩 샀고, 그 밖에 울릉도 전통술인 동해주 한 병과 호박엿도 샀다.

오후 2시 무렵에 여행사의 버스를 타고서 저동 항으로 이동하여 3시

에 경북 울진군의 후포로 향하는 포항대아 소속의 2층 중형여객선인 씨
-플라워 I 호를 탔다. 이번에는 창문가 좌석이어서 바깥 풍경을 바라보
는데 불편함이 없었다. 일행 중 10명 정도는 4시에 포항을 향해 출발하
는 썬-플라워호를 타고 가 포항에서 우리와 합류하게 되었다. 저동에서
후포까지는 3시간 10분 정도가 소요된다고 한다. 그러나 처음 비교적
잔잔했던 바다가 나중에는 오히려 올 때보다 더 흔들려 배의 속도를 떨
어뜨려야만 했으므로, 한 시간 정도나 연착한 오후 7시 무렵에야 후포
항에 당도하였다.

거기에 대기하고 있는 대절버스를 타고서 포항 쪽으로 15분 쯤 이동
하여 도중의 휴게소 식당에서 석식을 들었다. 식사 중에 맥주와 소주를
좀 들었기 때문에 밤길을 달리는 차 속에서는 포항으로 먼저 도착한 일
행과 합류하는 것도 알지 못하고서 거의 잠을 잤다. 밤 12시 반 무렵에야
진주에 도착하여 출발지인 귀빈예식장 앞에서 하차한 후 택시를 타고서
귀가하였다.

5월

1 (일) 오전에 흐리다가 개임 -낙남정맥 제8차, 담티재~큰재

아내와 함께 산벗회의 제8차 낙남정맥 구간산행에 참가하여 고성군
내의 담티재-배치고개-장전고개-큰재 구간을 다녀왔다. 도상거리로는
12.9km, 소요시간은 6시간 20분 예정이었다.

평소처럼 오전 8시까지 제일예식장과 진주냉면집 사이의 도로 가에
집결하여 대절버스 한 대로 출발하였다. 문산에서부터는 잠시 근자에
새로 건설된 마산행 2번 국도를 따라가다가 1007번 지방도로 접어들어
갈촌·영오를 지나서는 다시 1002번 지방도로 바꾸어 지난번 하산 지점
인 고성군 개천면과 영오면의 경계지점 담티재에 이르러서 오전 8시 30
분 남짓부터 등산을 시작하였다.

이 두 면의 경계지역을 따라 남쪽 능선을 타서 필두산(420m)을 지나

찻길이 지나가는 새터재에 이르렀다. 새터재의 왼편은 산벗회 총무인 한의구 씨의 고향 개천면 봉치리이고, 오른쪽은 부회장의 고향인 구만면 소재지였다. 산길에 진달래는 이미 많이 지고 신록이 한층 우거져 있었다. 봉광산(386m) 및 탕근재 부근의 367봉을 지나서부터는 개천면과 마암면의 경계지역이었다. 다시 찻길이 지나가는 신고개를 건너 1007번 지방도가 지나는 배치고개에 이르러서 점심을 들었다. 아내와 내가 회장·총무를 비롯한 일행 일부와 더불어 점심을 든 그곳 언덕에서는 건너편으로 玉泉寺가 있는 연화산도립공원 일대의 개천면 쪽 풍경이 꽤 넓게 펼쳐지고 바람도 시원하였다.

점심을 든 후 아내는 네 시간 가까이 등산한 것으로써 이미 충분하다면서 배치고개에 대기하고 있는 대절버스에 남고 나만 계속하여 다음 코스를 탔다. 점심을 들면서 맥주 한 병을 마신 탓에 몸이 제법 나른해졌다. 덕산(278.3m)과 떡고개, 성지산(392.9m) 옆의 459봉을 지나자 거기서부터는 이미 대가면 지역이었다. 건설 중인 대전-통영간 고속국도의 고성3터널이 지하로 관통하는 장전고개에 이르자 거기에는 1009번 지방도가 지나고 있었다. 성베네딕도수도원과 제일목장 사이로 난 언덕길을 따라 목장의 초원을 올라 백운산을 지나자, 그 다음의 486봉까지는 엄청 가파르고 힘든 코스였다. 높이로는 야산 급이지만, 이처럼 고된 구간은 백두대간에서도 찾아보기 힘들 것이다. 마침내 그곳을 통과하여 비교적 완만한 또 하나의 언덕길을 올라 오늘 산행의 최고봉인 501봉에 다다르니, 발 아래로 목적지인 큰재와 그곳을 지나는 도로 근처 샛길에 주차해 있는 우리의 대절버스가 내려다보였다.

마침내 큰재에 이르러 땀에 젖은 등산복을 새것으로 갈아입고서 일행과 어울려 돼지불고기를 안주로 맥주·막걸리·소주를 마셨다. 오늘 산행도중에 일행 중 다른 사람들은 산나물을 많이 채취해 왔는데, 그렇게 뜯어온 취나물·두릅 등을 고기에 섞어 함께 프라이팬으로 볶고 쌈을 싸서 먹기도 했다. 희망산악회 회장인 박양일 씨를 비롯한 네 명은 도중에 성지산 근처에서부터 길을 잘못 들어 학남산(551m) 쪽으로 계속 헤매다가 나중에 장전고개 부근에서 일행과 다시 합류하였다. 1009번 지방도를 따라 고성군 영현면과 진주시 금곡면, 문산면을 경유하여, 아직도 해가 많이 남아 있는 비교적 이른 시간에 귀가하였다.

8 (일) 흐리고 꽤 서늘함 —도봉산

박양일 씨가 회장으로 있는 희망산악회를 따라 아내와 함께 서울 道峰山(739.5m)에 다녀왔다. 오늘이 어버이날이라 오전 5시 30분경 집을 나설 때 회옥이가 모처럼 일찍 일어나 자신이 손수 접어 만든 종이 카네이션을 우리 부부의 등산복 왼쪽 가슴에다 달아주었다. 어디서 보고 만들었는지 꽤 그럴듯한 꽃이었다.

오전 6시 30분에 칠암동 강변의 귀빈예식장 앞에서 대절버스 한 대로 출발하였다. 대진·경부·중앙고속도로를 경유하여 세 시간 만에 서울에 도착했는데, 서울 시내의 신호등 때문에 목적지인 우이동까지 가는데 한 시간 반 정도 걸려 오전 10시 무렵부터 등산을 시작할 수 있었다.

우이동유원지 입구의 한일교 부근에서 하차하여, 牛耳巖 매표소를 경유하여 우이남능선에 올랐다. 능선 길을 따라 가는 도중에 왼편으로 북한산의 주봉인 백운대·인수봉 등과 오른쪽 건너편으로는 지난번에 올랐던 수락산 및 내가 1년간의 서울대 교양과정부 시절을 보낸 공릉동캠퍼스 뒷산인 불암산이 건너다보았다. 도봉산은 북한산국립공원에 속하는 산으로서 北漢山(839.5m)의 일부라고 할 수 있는 것인데, 북한산은 작은 부분인 상장능선만 漢北正脈에 걸친 데 비해 도봉산은 賜牌峰(552m)에서 우이암까지의 주릉 전부가 한북정맥에 속해 있다. 높이는 97m가 작아도 북한산보다 수려함은 더하다고 한다. 이 도봉산에는 과거에 몇 번 올라본 듯하지만, 워낙 코스가 다양한지라 어디서 올라 어디로 내렸던지 지금은 기억이 확실치 않다.

우리는 서울시 도봉구와 楊州郡 長興面의 경계를 이루는 도봉주능선을 따라 북쪽으로 나아갔다. 수도의 鎭山이라 그런지 그 흔한 산악회의 길안내 리본도 거의 보이지 않았고, 군데군데 국립공원관리공단이 설치한 길 표지와 안내도 및 조망을 설명하는 전망대의 사진 안내판 외에는 다른 설치물이 거의 없었다. 관리를 잘해서인지 오르는 사람이 매우 많을 터임에도 불구하고 그런대로 깨끗하고 고즈넉한 등산로의 분위기를 유지하고 있었다. 일주일 사이에 녹음이 한층 짙어진 산길을 따라가다가 오봉능선 갈림길을 지나 주봉에 좀 못 미친 지점에서 일행과 더불어 점심을 들었다. 자리가 좁아 우리 내외는 벤치 모양의 바위 위에 둘이서 따로 자리를 잡았는데, 화창할 것이라던 일기예보와는 달리 계속 흐린데다 바람이 와 닿는 능선에 자리를 잡은지라 식사 도중에 제법 늦가을 날씨 같은 추위를 느꼈다.

추위 때문에 다들 식사를 마치자 말자 서둘러 움직이기 시작했다. 그 무렵부터는 안개가 짙게 끼어 100m 이내의 가까운 거리 외에는 주변 풍경을 조망할 수가 없었다. 도중에 주봉의 모습은 안개 너머로 아련히 바라보였지만, 최고봉인 자운봉을 지날 때는 아무런 표시가 눈에 띄지 않아 그곳이 자운봉인지도 알지 못했다. 정상 부근은 커다란 암벽 사이로 한 사람이 간신히 지나갈 수 있을 정도의 좁은 바위길이 계속 이어지는데, 양쪽 방향에서 등산객이 연이어 비켜 나아가므로 꽤 위험한 장소도 적지 않았다. 가파른 암벽 길을 모두 지나자 거기서부터는 비교적 평탄한 포대능선이었다. 예전에 이 일대의 여러 곳에 고사포 砲臺가 설치되어져 있었던 곳이라 하여 붙은 명칭이 지금도 그대로 불린다고 한다.

포대능선이 끝나고서 북쪽 끄트머리의 賜牌山으로 이어지는 사패능선이 시작되는 지점에서 동쪽의 의정부시 방향으로 하산하였다. 도중에 도봉산 일대에서 가장 크다는 望月寺에 멈추어 경내를 둘러보기도 하였다. 비교적 한적한 元도봉계곡을 따라 하산하여 민가가 시작되는 쌍룡사 부근에서 제2주차장 쪽의 샛길로 방향을 잡아 조금 더 내려오니 우리의 대절버스가 포장도로 끝 부분까지 올라와 대기하고 있었다. 우리 내외는 오후 세 시 반쯤에 하산을 완료하였는데, 내려와 보니 선두에 가까웠다.

장모가 술안주 감으로 사다 주었다는 겨자가 들어간 '와사비'라는 이름의 매콤한 일본 과자를 안주 삼아 소주 한 병을 마시며 일행이 하산을 완료하기를 기다렸다가, 오후 4시 반쯤에 출발하였다. 상경할 때와 같은 코스를 경유하여 돌아왔다. 중부고속도로를 지나가는 도중에 경기도 이천시 마장면의 회억리로 접어들어 차도 가에 외따로 떨어져 있는 외할머니집 이천점에 들러 손두부와 청국장 정식으로 저녁식사를 들었다.

고속도로 상에서 상경할 때는 〈두사부일체〉라는 제목의 코미디 조폭 영화를, 그리고 귀로에는 〈행복은 없다〉인가 하는 제목의 폭력 영화를 각각 한 편씩 DVD로 시청하였다. 밤 9시 30분경에 출발지점인 귀빈예식장 앞에 도착하여 택시를 타고서 귀가하니, 회옥이가 어버이날 선물로서 고구마 파르페를 만들어 두었다가 우리 내외에게 대접하였다. 인터넷을 통해 만드는 법을 배웠다고 한다. 이미 배가 불렀지만 만든 정성을 생각하여 나는 한 종지 다 들었고, 아내는 몇 숟갈 든 후 내일 먹겠다며 그만두었다.

15 (일) 맑음, 스승의 날이자 부처님 오신 날. -낙남정맥 제9차, 큰재~부련이재

아내와 함께 산벗회의 제9차 낙남정맥 구간종주에 참여하여 고성군의 큰재-화리치(2.5km, 1시간 20분)-대곡산(2.4, 1:40)-배곡고개(4.1, 2:00)-부련이재(5.6, 2:20)를 주파하였다. 오전 8시까지 제일예식장 부근 진주냉면 앞 도로변에 집결하여, 대절버스 한 대로 출발하였다. 1009번 지방도를 따라 진주시 문산면·금곡면과 고성군 영오면·영현면을 거쳐 대가면 갈천리에서 갈천저수지 방향의 기타도로로 접어들어 큰재에 도착하였다.

오전 8시 30분 무렵부터 등산을 시작했다. 전체 코스의 절반 정도 지점인 영현면 추계리와 상리면 망림리의 경계지점인 가르멜수도원 부근 가리고개에서 점심을 든다고 하므로, 오늘도 배낭은 차 안에 두고서 물통 등 필요한 물품 몇 개만 간단한 베주머니에 집어넣고서 땀 닦을 수건을 주머니 끈에다 동여매어 등에다 짊어졌다.

대가면을 아래로 질러 내려가 무량산(581.4m)과 화리치를 지나 대가

면과 상리면 및 고성읍의 경계 지점에 위치한 대곡산(542.8)에 이르렀다. 숲속으로 끊어질 듯 한없이 이어지는 오솔길에는 진달래, 철쭉도 이미 거의 다 지고 조팝나무 비슷한 흰 꽃을 피운 나무들이 눈에 띄었다. 송충이 비슷하나 독을 쏘지는 않는 벌레들이 나뭇가지에서 거미줄 같은 것을 늘어뜨리고 매달려 있다가 한도 끝도 없이 몸에 달라붙었다. 도중에 천황산사슴오소리농장의 긴 철망을 둘러 지나가야 했다. 고만조만한 야산들이라 아무런 표지가 없으므로 대곡산을 지나 대가면과 상리면, 그 다음은 영현면과 상리면의 경계를 이루는 능선을 따라 점심을 들기로 되어 있는 가리고개에 다다라 거기 도로에 정거해 있는 우리의 대절버스를 볼 때까지 나는 그곳이 이미 지나친 지 오래인 화리치인 줄로 잘못 알고 있었다.

점심을 든 후, 아내는 이번에도 오전의 산행으로 이미 충분하다면서 차에 남고 나만 다른 일행의 뒤를 따라 다시 나머지 구간을 걷기 시작했다. 계속 영현면과 상리면의 경계 지역을 이루는 숲속의 능선 길을 걸어 천황산(342.5)과 배곡고개, 그리고 백운산이라고도 불리는 또 다른 대곡산(391)을 지나 문고개에서 콘크리트 포장도로를 만났고, 거기서 마지막 언덕 하나를 넘어 오후 3시 30분 무렵에 오늘의 종착 지점인 부련이재에 다다랐다.

나머지 일행이 다 내려올 때까지 옷을 갈아입고서 맥주를 마시기도 하며 기다리다가, 차를 타고서 우리 일행 중 한 명이 교장으로 근무하고 있는 영오면의 영오초등학교로 이동하였다. 초등학교 잔디운동장에서 일행이 축구와 배구를 하며 노는 동안, 나를 포함한 다른 사람들은 양념한 장어를 버너 불에 구워 소주 등과 함께 먹으며 운동장 곁에서 시간을 보냈다. 석양 무렵에 진주로 돌아왔다.

22 (일) 맑음 −상서산, 만행산(천황산), 귀정사지
아내와 함께 일송산악회의 정기산행에 동참하여 전북 남원군 보절면과 산동면의 경계에 위치한 萬行山(일명 천황산, 909.6m)에 다녀왔다.

오전 8시 30분까지 귀빈예식장 앞에 집결하여 대절버스 두 대로 출발하였다. 대진·88고속도로를 경유하여 남장수 요금소로 빠져나간 후, 19번 국도를 따라 북상하여 번암면 국포리 하북에서 기타도로로 접어들었다. 임실 방향으로 나아가다가 장수군 번암면과 산서면의 경계인 말치고개 부근에 위치한 馬將公園이라는 표지석과 정자가 있는 곳에서 차를 돌려 왔던 길로 약간 돌아온 후 하차하여 비포장 임도를 따라 산을 오르기 시작했다.

임도의 꼭대기까지 오른 후 다시 조금 아래로 내려가다가 등산로를 발견하여 빨간 페인트로 나무와 바위에 화살표를 그려 둔 표지를 따라 계속 올랐다. 정상에 다다르니 무덤 외엔 아무런 표지도 없으나 거기가 상서산(627.4m)인 듯했다. 상서산에서부터 몇 km 건너편에 뾰족하게 솟아오른 오늘의 목적지 만행산을 향해 능선을 따라 한참 나아가니 봉우리의 한쪽 편이 깎아지른 기암절벽으로 이루어진 상서바위에 이르렀다. 거기서 다시 한참을 더 나아가 마침내 만행산 정상에 다다랐다.

조망이 트인 정상 부근의 바위에서 일행과 더불어 점심을 든 후, 가까운 거리에 있는 남원군 산동면 대상리의 歸政寺 쪽으로 하산할 예정이었는데, 하산 길을 찾지 못하여 능선 길을 따라 한참 더 나아간 후 멀찌감치 만행산 정상 아래쪽 계곡에 위치한 조그만 절을 발견하고서 그 방향으로 계곡 길을 따라 내려왔다.

귀정사에 다다라 아내와 다른 일행은 먼저 내려가고서 나는 대나무 숲속으로 난 오솔길을 따라가 歸政寺址를 둘러보았다. 이 절은 전라북도에서 가장 오래된 백제의 고찰로서 武寧王 때 玄五國師가 창건했는데, 원래의 절 이름이 萬行寺였다고 한다. 당시에는 고승이 많아 명성이 높았으므로 임금이 백관을 거느리고서 이곳에 와 3일 동안 머물면서 政事를 보고 돌아갔다 하여 이후 귀정사라 불리게 되었다는 설화가 전해 오고 있다. 여러 차례 소실되어 중수를 거듭했으며, 6.25 때 또다시 소실되어 현재는 조그만 암자 정도의 규모이고, 전북 지정 기념물 제76호로 자리 잡고 있다. 조그만 법당과 짓고 있는 것을 포함한 두어 채의 초라한 건물 외에는 절의 이름이 적힌 현판도 눈에 띄지 않았다. 귀정사에서부터 콘크리트 포장로를 따라 대상리까지 걸어 내려왔다.

일행이 하산을 완료하기를 기다려 오후 5시 무렵 거기를 출발하여 갔던 코스로 돌아왔다. 갈 때와 마찬가지로 88고속도로 상의 지리산 휴게소에서 정거했는데, 거기서 뜻밖에도 작은집 장녀인 순남이의 남편 윤서방이 우리가 탄 차로 찾아와 인사를 했다. 도중에 대진고속도로의 산청군 생초 톨게이트에서 일반국도로 빠져나와 경호강을 따라서 진주까지 왔다. 오후 7시 무렵 진주에 도착해서는 강변로에서 하차하여 아내와 함께 강남동에 있는 부산냉면까지 걸어가 비빔냉면을 한 그릇씩 먹고는 택시를 타고서 귀가하였다.

29 (일) 맑음 -낙남정맥 제9차, 부련이재~계리재, 두문리 이정표석
아내와 함께 산벗회의 제9차 구간종주에 참가하여 부련이재-봉대산 (2.6km, 1:10 시간)-돌장고개(9.4, 3:10)-계리재(9.3, 3:10) 구간을 다녀왔다. 오전 8시까지 제일예식장 앞 도로변에 집결하여 대절버스 한 대로 출발하였다. 평소보다 참가자가 적었다.

문산에서부터 1009번 지방도를 따라 내려와, 지난번 산행의 종착 지점인 고성군 영현면과 상리면의 경계지점에 위치한 부련이재에 도착하여 오전 8시 반 무렵부터 등산을 시작하였다. 양전산(310.3m)을 지나 오늘 산행의 최고 지점인 진주시 금곡면과 사천시 정동면의 경계 지점에 위치한 봉대산(409m)에 올랐다. 봉대산은 평지처럼 널찍한 꼭대기에 헬기장이 있어 비교적 식별하기 용이했지만, 다른 봉우리들은 대개 소소한 야산이므로 이렇다 할 표지가 없었다. 우리는 그저 산책하는 기분으로 짙은 녹음 속에서 그다지 고저가 심하지 않은 능선 길을 계속 오르내리며 앞으로 나아갈 따름이었다.

오후 12시 반 쯤에 진주시 금곡면과 사천시 사천읍의 경계지점인 돌장고개에 도착하여 점심을 들었다. 그곳은 지난 화요일(24일)에 대학원생들과 함께 사천읍 구암리로 와서 옻닭으로 점심을 들고는 모처럼 다시

가보았던 龜溪書院에서부터 지방도 1022호선을 따라 오른쪽 방향으로 계속 나아가 금곡면으로 넘어가는 지점의 고개인데, 지금은 대전·통영 간 고속국도의 건설 작업이 진행되고 있었다.

우리는 금곡면 두문리 산103-1번지의 1991년에 경상남도 문화재자료 제179호로 지정된 晉州 斗文里 里程標石이 있는 지점의 바람이 시원한 언덕에서 각자의 도시락을 펴 점심을 들었고, 그 근처의 2차선 포장도로에 서 있는 대절버스에서 가져온 맥주를 들기도 하였다. 이정표는 조선 시대에 세워진 것으로서 2m 정도 되는 널판 모양의 널찍한 사각형 자연석을 대충 다듬어 세운 것인데, 앞면에 듬성듬성 새겨진 글자는 알아보기 힘들었다. 내용은 진주로부터의 거리를 나타낸 것이었다. 그 앞에 세워진 안내판에는 천태산 마구할미가 큰골(현 사천시 두량) 방향에서 물레를 하려고 바위 세 개를 가져오다가 두 개는 고성 영오와 사천 구암 숲에 버리고 치마에 담아오던 바위 하나를 여기에 심어두었다는 내용의 전설이 소개되어 있었다.

아내를 포함한 여성들 여러 명은 거기 대절버스에 남고 나머지 사람들만 산행을 계속하였다. 낮 최고기온이 30도를 육박한다는 일기예보가 있었으므로, 나는 소매가 없는 짧은 셔츠를 입고서 모자도 쓰지 않았으므로, 어깨와 팔에 나뭇가지로 긁힌 흔적이 많이 남게 되었다. 산길에는 찔레와 계피나무(산초나무?) 같은 가시 있는 식물들이 많았고, 일행은 도중에 산딸기·계피·오디 등의 열매를 따느라고 곳곳에서 멈추었으나 나는 그런데 별로 관심을 두지 않고서 계속 나아갔다. 舞仙山(277.5m)과 또 하나의 포장도로가 지나는 고개를 지나, 진주축협 생축사업장의 쇠울타리를 따라 내려와 오늘의 목적지인 진주시 정촌면과 금곡면의 경계 지점인 계리재에 도착하였다. 그곳은 내가 동료나 대학원 학생들과 더불어 수궁어탕 집으로 점심을 들러 가기 위해 가끔씩 통과하는 지점이었다.

영천강의 흐름을 막은 시멘트 洑를 만들어 큰 沼澤地를 이룬 부근의 계리교(일명 소음교) 옆 물가에 앉아 오늘은 참가하지 않은 영오초등학교 교장선생의 찬조에 의해 마련된 문산 명물 아귀찜을 안주로 막걸리와 맥주 등을 들었다. 돌장고개에서 차에 남은 아내를 비롯한 몇 명의 여인네들은 그 새 문산이 고향인 여인을 따라 그 친정아버지가 가꾸는 고추밭으로 가서 붉고 푸른 고추를 많이 따 와 있었다.

아직도 해가 많이 남아 있는 저녁 여섯 시 무렵에 진주로 돌아왔다. 일행은 남은 술을 마시기 위해 진양교 부근의 남강 둔치 가에 차를 세웠다. 우리 내외는 거기에 참가하지 않고서 둔치의 자전거 도로를 따라 걸어서 돌아오는 도중에 석류 아파트 옆에 있는 인도어 골프장으로 가서 그 시설을 둘러보았다. 우리 아파트 구내에 있는 실내연습장에서 골프를 익히고 있는 아내의 두 달째 회비가 이 달 말로써 만료된다고 하므로, 6월부터는 나와 함께 시설이 훨씬 훌륭한 이곳에서 다시 골프 연습을 시작해 보자는 의견을 나누었다.

6월

6 (월) 맑음 ─낙남정맥 제10차, 계리재~유수교
현충일이라 또 하루를 집에서 보냈다.

집에서 점심을 든 후, 어제 있었던 산벗회의 낙남정맥 제10차 구간종주에 참여하지 못한 것을 매우기 위해 혼자 배낭을 메고서 집을 나섰다. 등산객들은 이런 일을 흔히 '땜방'이라고 부른다. 택시를 불러 타고서 가호동의 개양역과 정촌면 관봉리의 관봉초등학교 앞을 지나 지난주 일요일 산행의 종착 지점인 진주시 정촌면과 금곡면의 경계 지점인 계리재로 향했다. 계리재 고개 마루에서부터 여러 산악회들이 붙여 둔 리본을 안내자 삼아 능선의 오솔길을 타기 시작했다. 숲길을 한참 지나니 해발 100m 내외의 얕은 야산지대인 데다 진주시에 속한 구역이라 능선까지도 대부분 감·살구·포도·배·밤 등의 각종 과수원과 감자 등 채소밭으로 개발되어져 있었다. 그런 곳들은 농로가 이어져 있는지라 오히려 길 찾기가 쉽지 않아 두어 번이나 길을 잃고서 다른 곳으로 접어들었다가 되돌아오기도 하였다. 와룡산(93.8m)은 경상대학교의 바로 앞에 위치해 있는데, 그쯤에서는 본교의 캠퍼스는 물론 내 연구실까지도 바라보였다.

오후 한 시 남짓에 등산을 시작한 이래 진주시와 정촌면의 경계를 이루는 능선을 세 시간쯤 걸어 대전-통영 간 고속도로 공사가 한창 진행 중인 정촌면의 고속도로 진주분기점에 이르렀다. 대진·남해고속도로의 교차점이기도 하다. 본교의 교직원들이 종종 이곳 식당으로 점심을 들러 오는 황새등이라고도 불리는 화원마을을 거쳐 오늘의 목적지인 내동면 유수교까지 나머지 절반의 코스로 접어들었다.

마을을 벗어나니 흔히 보는 숲속의 오솔길이 이어졌고, 대진고속도로에서 멀어질수록 차 소리도 점차 작아져서 마침내 온전히 숲의 고요함을 즐길 수가 있었다. 내동면과 정촌면의 경계를 이루는 능선을 타다가 내동면과 사천시 축동면의 경계로 이어져 마침내 慶全線 철로 유수역의 앞산을 지나 진양호에서 수문을 통해 사천 쪽으로 물이 빠져나가는 가화천에 걸쳐진 긴 다리인 유수교에 이르는 구간이었다. 도중에 오늘 코스 중 제일 높은 실봉산(185m)이 있었지만, 역시 아무 표지가 없어 언제 지났는지 알 수 없었다. 진주분기점으로부터 이쪽 능선에는 비교적 숲이 많았지만, 그래도 때때로 과수원이나 두릅 같은 것을 재배하는 밭들, 그리고 축사를 만나기도 했다. 차츰 어두워지기 시작할 무렵인 오후 7시 남짓에 유수교에 당도하여 휴대폰으로 다시 택시를 불러 타고서 귀가하였다. 오늘의 산행 전체를 통하여 나 이외의 다른 등산객은 아무도 만나지 못했다.

12 (일) 맑음 -용바위봉, 신선봉, 저승봉(미인봉), 족가리봉

우리 부부의 오랜 친구인 박양일 씨가 회장으로 있는 희망산악회를 따라 충북 제천시 水山面과 淸風面의 경계를 이루는 금수산(1015.8)의 북쪽 지능선을 따라 神仙峰(845.3), 猪昇峰(일명 미인봉, 596), 족가리봉(582)을 다녀왔다. 오전 8시까지 남강변의 귀빈예식장 앞 도로변에 집결하여 대절버스 한 대로 출발하였다. 이 산악회는 집결 시각에 미달하여도 버스가 다 차면 출발하므로 우리 부부는 평소보다 20분 정도 먼저

집을 나섰는데, 이번에도 7시 45분경에 이미 만석이 되어 통로에다 접는 의자를 몇 개 놓고서 출발하였다. 진주의 내로라하는 산악인들은 오늘 거의 이 산악회에 모인 듯하였다. 남해·구마·중앙고속도로를 경유하여 오전 11시에 등산 기점인 단양군 적성면 소야리와 제천시 청풍면 학현리의 접점인 갑오고개에 이르렀다.

고갯마루에서 하차하여, 丹陽郡과 堤川市의 경계를 이루는 능선을 따라 주봉인 금수산 방향으로 남쪽을 향해 나아갔다. 용바위봉(750)을 지나 오늘 산행의 최고지점인 900봉에 이르렀고, 거기서 충주호 방향으로 뻗어나간 서쪽 지능선으로 접어들었다. 계속 되는 오르막길에 숨이 가빠 쉬다가 약초를 캐느라고 제일 뒤에 쳐진 일행을 만나 딱지(딱주)라는 풀을 몇 개 얻어 그 뿌리와 잎을 씹어 먹어보기도 하였다. 900봉과 신성봉 사이에서 먼저 도착한 일행과 함께 점심을 들었다. 이 지능선의 남쪽에는 골짜기 하나를 건너 금수산에서 망덕봉으로 뻗어나가는 능선이 있고, 북쪽에는 또 하나의 골짜기를 건너 동산(성산) 능선이 뻗어나가고 있다. 충주호를 왼쪽에 두고서 마치 빗살처럼 주능선과 지능선들이 뻗어 있는 첩첩산중이었다.

점심을 들고서 이 지능선 상의 주봉인 신선봉을 지나니 얼마 후부터 암릉 구간이 시작되었다. 위태로운 곳을 밧줄을 잡고서 계속 오르내리며 나아가다가 암릉이 거의 끝난 지점에서 현지의 표지판에는 미인봉이라 적혀 있는 저승봉에 이르렀다. 거기서 1.5km 정도 더 나아가면 서로 이웃해 있는 정방사 쪽 갈림길 봉우리와 족가리봉에 이르고, 계속 능선을 따라 바로 가면 학현리 골짜기에서 도화동천을 따라 충주호 쪽으로 향하는 포장도로를 만나게 된다. 오후 네 시 반쯤에 하산한 후 일행과 더불어 학현3교 다리 부근의 도화동천에서 벌거벗고 목욕을 하였다.

거기서 맥주와 소주를 몇 잔 마시다가 일행이 하산을 완료하기를 기다려서 출발하여 왔던 코스를 경유하여 진주로 귀환하였다. 밤 아홉 시 남짓에 집에 도착하였다.

19 (일) 흐림 -솔티고개~마곡고개

아내와 함께 산벗회의 낙남정맥 구간종주에 참여하여 유수교-나동공원묘지(6km, 4시간)-재봉재(4.2, 2)-원전고개(7.1, 2:20) 구간을 다녀왔다. 오전 8시까지 제일예식장 옆 진주냉면 앞 도로변에 집결하여 대절버스 한 대로 출발하였다.

진주시 내동면 유수리에서 내평리의 태봉산(190.2m)를 거쳐 하동 가는 2호 국도가 지나는 솔티고개까지는 별다른 특징이 없는 야산 능선이면서도 2호선 국도를 두 번이나 가로질러야 하므로 생략하고서, 8시 30분 무렵 솔티고개의 라스베가스 레스토랑 부근에서 하차하여 등산을 시작하였다. 거기서부터 내동면과 사천시 곤명면의 경계를 이루는 능선을 따라서 남쪽으로 향하다가 나동공원묘지를 지나서부터는 사천시 곤명면과 곤양면의 경계를 따라갔다. 곳곳에 산딸기(覆盆子)가 흐드러지게 열려 있어 그것들을 실컷 따먹으며 나아갔다.

오늘 코스도 대부분 해발 100m에서 200m 급의 야트막한 야산 능선이 이어진 것이다. 곤양면 송전리 포곡마을 부근의 多率寺 건너편에 있는 234.9봉에서 일행 몇 명과 더불어 점심을 들었다. 거기서부터는 다시 서북쪽으로 방향을 틀어 올라가다가 조장리 부근에 있는 오늘 코스 중 최고 지점인 245.5봉에서부터는 곤명면 지경 안을 나아갔다. 다솔사 입구라고도 불리는 원전 사거리 부근에서 다시 2호선 국도를 만나 건너고, 송림리에 있는 삼화레미콘 부근의 새 4차선 국도 건설현장을 가로질러서, 다시 완만한 능선 길을 따라 밤꽃이 한창인 밤 밭을 지나 오늘의 목적지인 곤명면 마곡리 마곡고개에 다다랐다. 오늘 우리 내외는 선두그룹에 끼어 종착지점에 도착하였다. 마곡고개는 원전 사거리에서 곤명면의 世宗과 端宗 胎室址가 있는 隱土里 방면으로 넘어가는 지방도가 지나는 지점이다.

마곡고개에서 자리를 펴고는 부근의 완사리 식당에다 예약하여 배달받은 피순대와 돼지 내장 삶은 것을 안주로 맥주와 막걸리를 마셨다. 오후 다섯 시 무렵 진주에 도착하였다.

7월

10 (일) 오전에 맑았다가 오후에는 흐리고 더러 성근 빗방울 -일월산

아내와 함께 장수산악회의 제48차 산행에 동참하여 英陽郡에 위치한 경북에서 가장 높다는 日月山(1,219m)에 다녀왔다. 오전 8시 무렵 시청 앞에서 대기하고 있다가 하대동 럭키아파트 앞의 강변도로에서부터 출발한 대절버스에 올랐다. 45인승 대형버스 한 대에 꼭 맞는 인원이었다.

남해·구마·중앙고속도로를 경유하여 南安東에서 일반국도로 빠져 안동시에 이른 다음, 안동교를 건너지 않고 映湖樓에서 35번 국도를 따라 오른쪽으로 향하다가 안동대학교 앞을 경유하여 반변천을 따라 나아갔다. 천전리의 의성김씨 종택 앞과 수곡리의 柳定齋 고택을 지나 임하댐으로 말미암아 조성된 임하호를 바라보며 청송군 진보면 소재지까지 이른 다음, 34번 국도를 버리고서 31번 국도를 따라 북상하여 목적지인 영양군 일월면에 이르렀다.

영양군은 내륙에서도 오지에 속한지라 나는 낙동정맥이나 백암산을 타면서 영양군과 영덕군 및 울진군의 경계에 이른 적은 몇 차례 있었어도 영양군에는 별로 와 본 적이 없는 것 같다. 어쩌면 예전 겨울방학 때 아내와 더불어 안동 지방을 답사하다가 葛庵 부친인 石溪 이시명의 유적지를 찾아 영양군 수비면 혹은 석보면에까지 한 번 발길이 닿은 적이 있었던 듯도 하다.

청송군으로부터 영양군의 경계에 들어갈 무렵부터 길가 여기저기에 '文鄕의 고을'이라는 문구가 눈에 띄었다. 일월면 주곡리(주실마을)에서 1920년에 청록파 시인 조지훈이, 영양읍 감천리에서 1901년에 서정시인 오일도가, 그리고 1948년에 석보면 원리리에서 소설가 이문열이 출생하는 등 현대 한국문단의 이름난 존재들이 배출되었기 때문일 것이다. 소급해 보면 이문열은 葛庵 李玄逸과 密庵 李栽 父子 같은 퇴계학파의 도통을 계승한 인물을 배출한 재령이씨 종가의 방계 출신이기도 하다. 얼마 전 안동대학교가 동양철학전문출판사인 예문서원을 통해 『영양 주실마

을』이라는 책을 펴내기도 했었다.

집행부는 원래 일월산 기슭 용화리 아랫대티의 선녀탕에서부터 등산을 시작하려 했으나, 그 쪽 코스의 도중에 산사태로 말미암아 등산로의 상당 부분이 훼손되었다는 정보를 입수하고서 윗대티의 천문사 부근 주차장으로 바꾸었다고 한다. 그러나 직접 예비답사를 한 적은 없어서 그 지점을 놓치고서 터널을 지나 봉화군의 지경까지 갔다가 되돌아오기도 하였다. 그런 과정에서 차창 너머로 바라보니 일월산의 정상 부근과 중턱에는 공군의 레이더 기지가 건설되어져 있었다.

정오가 지난 무렵, 이미 차를 타고서 산에 상당 정도까지 들어온 지점인 윗대티 주차장에서부터 한여름의 기가 펄펄 살아있음을 느끼게 하는 숲속으로 걸어 들어가 계속 위로 향해 올랐다. 정상 부근인 일자봉에 이르니 거기에 이문열의 '日月頌辭'가 뒷면에 새겨지고 앞면에는 조각작품처럼 제법 멋을 낸 큼직한 일월산 비석이 서 있었고, 그 앞은 나무로 계단 모양의 광장을 만들어두었다. 우리 일행은 거기서 점심을 들었다.

식사를 마친 다음, 공군기지 입구의 일월산 표지석까지 나아가 건너편의 월자봉에 다녀온 다음 표지석에서부터 하산 길로 접어들었다. 주위는 짙은 안개로 말미암아 조망이 차단되었는데, 점심 무렵부터 약간의 빗방울이 듣기 시작했으나 곧 그쳤다. 하산 길은 한동안 지능선을 타고서 내려가다가 장마로 말미암아 수량이 분 계곡으로 이어졌다. 우리는 우렁찬 소리를 내며 물안개를 뿜으면서 흘러내리는 계곡물을 따라 윗대티 주차장으로 돌아내려왔다.

주차장에서 일행이 하산을 완료할 때까지 맥주를 마시며 대기하다가, 오후 5시 무렵에 출발하였다. 갈 때의 코스를 경유하여 밤 10시 무렵에 귀가하였다.

17 (일) 흐리고 곳에 따라 비 -오봉산(청평산), 청평사, 소양댐
아내와 함께 泗川의 洙陽산악회를 따라 강원도 春川市 北山面과 華川郡 看東面의 경계 지점에 있는 五峰山(일명 淸平山, 779m)에 다녀왔다.

새벽 5시에 사천을 출발하여 5시 15분에 대절버스가 진주의 개양오거리를 경유하므로 우리 내외는 개양의 문산 방향 시외버스 주차장에서 대기하고 있다가 합류하였다.

출고하여 갓 운행하기 시작한 뉴해인관광의 최신형 관광버스 한 대로 대진·경부·중부·영동·중앙고속도로와 국도 46호선을 경유하여 오전 10시 무렵에 오봉산 뒤편 해발 600m 지점에 위치한 오음리고개의 배후령에 도착하였다. 그곳 주차장에는 38선이 지나는 지역임을 표시하는 비석이 세워져 있었다. 출발 당시 진주에는 가랑비가 내리고 있었고, 고속도로를 달려 북상하는 도중에 비가 제법 많이 내리는 지역도 있었으나, 다행히 춘천지역은 흐리기만 할 뿐 비 온 흔적은 없었는데, 하산을 완료하여 절에 도착한 무렵부터 유람선을 타고서 소양호를 건너올 때까지 가랑비가 좀 내렸다.

배후령에서 등산을 시작한지 얼마 아니 되어 능선에 올라섰다. 거기서부터는 능선을 따라 1봉에서 5봉까지의 바위산을 차례로 거쳐 갔다. 봉우리마다에는 나한·문수·보현·관음·비로 등의 불교식 이름이 붙어 있었다. 정상을 지나 반시간쯤 더 나아간 지점의 어느 조망 좋은 바위 위에서 점심을 들었다. 하산 길에는 한 사람이 간신히 지나갈 수 있는 좁다란 바위틈으로 한참동안 빠져나가야 하는 구멍바위를 경유하여 해발 688m 지점의 망부석 다음부터는 가파른 바위절벽에 쇠줄이 계속 이어진 급경사 구역을 한참 지나서 청평사 경내로 들어섰다.

이 절은 신라 말 당나라에서 온 禪師 永玄이 고려 光宗 24년(973)에 세운 白巖禪院에서 비롯하여, 그 후 조부 李子淵(1003~1061) 이래 왕실과의 중첩된 혼인을 통해 구축한 대표적인 문벌귀족이며 왕위를 노리고서 반란까지 일으켰던 권신 李資謙의 사촌 李資玄(1061~1125)이 벼슬을 버리고서 그 아버지 李顗가 春州道監倉使로 있을 때인 文宗 22년(1068)에 중건하여 普賢院이라고 개명했던 이곳에 은둔하여 宣宗 6년(1089)에 세 번째로 중수해 文殊院으로 개칭하고서 그 생애의 후반부 37년간을 보냈던 곳이다. 고려시대의 대표적 명필인 坦然의 글씨로 된 '文殊院記'

가 유명하다. 조선 불교를 중흥한 普雨가 이 절의 주지로 되어 명종 5년 (1550)에 다시 중창하였으나, 6.25 사변에 국보로 지정된 극락전을 비롯한 여러 건물들이 소실되고서 지금은 조선 시대에 극락전 전면에 세운 寺門인 回轉門 정도가 남아 보물 446호로 지정되어져 있을 따름이다. 절은 현재 대규모의 보수공사가 진행되고 있었다.

요사채 쪽으로 빠져나와 골짜기를 따라서 걸어 내려오는 길에 이자현이 이 골짜기 일대의 2km 900여 평에 걸친 지역에다 조성했다는 자연정원의 일부라고 하는 影池를 지나게 되었다. 그 부근에 그의 것이라고 전해지고 있는 팔각원당형의 眞樂公浮屠와 서울의 관악산 연주암을 세운 승려의 것인 幻寂堂浮屠도 둘러보았다. 眞樂公은 이자현이 조정으로부터 받은 시호이다. 고려정원이 시작되는 지점 부근에 있는 골짜기 아래의 九聲폭포도 지나는 길에 바라보았다. 이곳의 정원은 일본 京都에 있는 西芳寺의 枯山水式 정원보다 200여 년 앞선 것으로서 지금까지 밝혀진 정원 가운데서 가장 오래된 것이라고 한다.

국내 최대의 저수량을 지닌 소양댐 가의 청평리 선착장에 도착해서는 일행 중 선두가 되어 오후 3시의 유람선을 타고서 소양댐 휴게소 부근의 선착장에 도착하였다. 장마철임에도 불구하고 소양댐의 수위는 많이 내려가 있었다. 반시간 후에 나머지 일행이 다음 배를 타고서 도착하기를 기다렸다가 출발하였다.

귀로에는 중앙·구마·남해고속도로를 경유하여 밤 9시 무렵 진주의 우리 집에 도착하였다.

22 (금) 맑음 -전북대학교, 전주대학교

아침에 아내와 더불어 골프 연습장에 다녀온 후, 오전 9시 무렵에 집을 나서 1박 2일의 일정으로 전주대학교 교수연구동 8층 대강당에서 개최되는 한국동양철학회 2005년 제47차 하계학술발표대회에 참석차 떠났다. 택시를 타고서 장대동 시외버스터미널에 당도한 다음, 전주행 직행버스로 갈아타고서 舊도로로 산청·함양·인월·운봉·남원을 거쳐 세 시간쯤 후에 전주에 도착하였다.

전주시외버스터미널 가의 식당에서 비빔밥으로 점심을 든 다음 택시를 타고서 전주대학교로 가고자 했는데, 택시 기사가 착각하여 전북대학교로 향하는 바람에 전북대 교내에서 길을 물으며 한동안 헤매다가 비로소 잘못 왔음을 알고서 시 중심가를 벗어난 지점에 위치한 전주대학교로 향했다.

승용차에 나눠 타고서 중심가 쪽으로 이동하여, 이조인가 하는 이름의 한정식점에서 만찬을 들었다. 호스트 격인 전주대학교 오종일 교수의 지도로 박사학위를 받은 여성이 돈을 낸 것이라 했다. 참석자가 제법 많아 그 식당에 다 수용할 수가 없어서 일부는 맞은편의 다른 식당으로 옮겨가기도 하였다. 식사를 마친 다음, 2차로 그 근처 도로 가의 맥주 집으로 걸어서 이동하여 밤늦도록까지 병맥주를 마시며 대화를 나누었다.

나는 고참 회원들과 함께 전주시 완산구 다가동에 있는 전주관광호텔 215호실로 숙소가 배정되어 고려대학교 철학과 이승환 교수와 더불어 같은 방을 쓰게 되었다. 이 일대는 전주의 명동이라 일컬어질 정도로 구시가의 중심부를 이루는 곳이라고 하는데 그럼에도 불구하고 꽤 한산하였다. 전주가 고향인 이승환 교수가 산책하러 나간다고 하므로 자정 무렵 함께 밖으로 나와 그 근처를 좀 둘러 다니다가 호텔 옆 관통로 쪽에 있는 오투(O TWO)라는 바에 들러 하이네켄 맥주를 마셨다. 김미경이라는 이름의 마담이 카운터를 사이에 두고서 마주앉아 우리를 상대하여 대화를 나누었는데, 우리가 점잖은 손님이라 하여 호감을 표시하였고, 근처에 앉은 다른 남자손님 한 사람도 역시 자기가 산 맥주를 말없이 우리 자리로 보내주기도 하였다. 밤 2시 무렵까지 맥주를 마시다가 호텔로 돌아와 취침하였다.

23 (토) 맑으나 무더위 ―무성서원, 삼인대

늦게 취침하고서 아침 일찍 일어났으므로 간밤에는 별로 자지 못한 셈이다. 호텔 뒤편의 전주 향토음식지정업소인 삼백집이라는 곳에서 그 집 명물인 콩나물국밥과 선지국밥, 그리고 모주로 조반을 들었다.

식사를 마친 후, 각각 승용차에 나눠 타고서 오늘의 일정인 답사 코스로 떠났다. 나는 목포대 윤리교육과의 김승현 교수 및 전북대 철학과의 최형찬 교수와 더불어 최 교수의 제자가 운전하는 승용차에 동승하게 되었다. 남쪽으로 한 시간 남짓 달려서 먼저 정읍시 七寶面의 武城書院에 들렀다. 칠보면의 서북쪽이 정읍군 태인면인데, 이 서원은 지금의 泰仁인 泰山의 태수를 지낸 신라 말의 최치원을 主壁으로 하고 이 지역 출신 학자들을 배향한 곳이었다. 그 중 한 사람인 '賞春曲'을 쓴 문인 不憂軒 丁克仁의 묘소가 바로 근처에 있다고 한다. 대원군 시대의 서원철폐령에도 훼철을 면한 전국 47개 院祠 중 하나로서 면암 최익현이 구한말에 의병을 일으킨 곳이었다.

무성서원을 떠난 다음 더 남하하여 순창군 팔덕면에 있는 剛泉山에 이르렀다. 여름철이라 계곡에 물놀이 나온 피서객들이 많아서 교통이 복잡하므로 타고 온 차는 절 입구의 도로가에 세워두고서 반시간 정도 계곡 길을 걸어 들어가 剛泉寺 앞쪽에 있는 三印臺와 그 기념비각을 둘러보았다. 나로서는 이곳의 山城山과 강천산에 등산 와서 이미 두어 차례 들른 적이 있었던 곳이다. 중종반정 때 폐위된 왕비 慎氏의 복위를 주장하여 訥齋 朴祥 등 세 명의 호남 지역 지방관이 이곳에 모여 官印을 풀어 걸어놓고서는 상소문을 지었다고 하는 곳이다. 무성서원과 더불어 호남 지역의 향토사 연구에 조예가 있는 오종일 교수가 발굴하여 이제는 매년 순창지방의 충의정신을 표방하는 민속제를 치를 정도로 널리 홍보되어져 있다고 한다.

되돌아 나올 때는 남들이 하는 것을 흉내 내어 신발과 양말을 벗어서 한쪽 손에 들고는 맨발로 흙을 밟고 계곡 입구의 매표소 부근까지 걸어왔다. 다음 순서로는 순창읍 순화리의 현대병원 옆에 있는 한식전문 전통음식점 남원집에 들러서 점심을 들었다. 거의 백가지에 가까운 음식들이 상다리가 부러지도록 차려져 나오는 전라도 특유의 밥상이었다. 전주나 광주 등지에서 일부러 찾아오기도 할 정도로 소문난 곳이라고 했다. 식사 후 전임 회장으로서 동국대 철학과를 몇 년 전에 정년퇴임한 宋在

雲 교수가 혼자서 너무 오랫동안 지껄이는 바람에 대부분의 회원들은 삼삼오오로 뿔뿔이 흩어져 먼저 돌아갔다. 마지막까지 남은 우리도 거기서 회장단 일행과 작별하여 전주로 돌아왔다.

전주 시외버스 터미널에서 하차하여 오후 5시 25분발 진주행 직행 버스를 타고서, 어제 왔을 때의 코스를 경유하여 밤 아홉 시 가까운 시각에 귀가하였다.

24 (일) 맑으나 오후 한 때 비 -토옥동계곡, 월성치

아내와 함께 대안산악회를 따라 전라북도 장수군 계북면에 있는 덕유산 토옥동계곡에 다녀왔다. 오전 8시 30분까지 성모병원 입구에 집결하여 대절버스 한 대로 출발하였다. 대진고속도로를 경유해 장수군의 장계리로 빠져서 19번 국도를 따라 북상하다가 무주군 안성리에 7km 정도 못 미친 양악리에서 덕유산계곡을 향해 들어갔다. 陽岳湖를 지난 지점에 있는 버스 주차장에서 하차하여 등산을 시작하였다.

비포장 차도를 따라 걷다가 양어장 횟집을 지나 정상인 월성치에 5km 정도 못 미친 지점의 갈림길에서 폭포를 보기 위해 남덕유산 부근 서봉 쪽을 향해 난 소로를 따라 오른쪽으로 접어들었다. 갈림길에서 500m 정도 더 올라간 지점에 양악폭포가 있었다. 아내는 거기에 머물러 더 이상 산을 오르려고 하지 않으므로, 나 혼자서 갈림길 쪽으로 내려와 다시 왼쪽 길을 택하여 월성치 쪽으로 나아갔다. 계곡을 따라 시원한 물소리를 들으며 나무그늘 속으로 계속 걸어 들어갔다. 오후 한 시 무렵에 월성치에 올랐고, 갔던 코스를 되돌아 내려오다가 개울가에서 총무 일행을 만나 함께 점심을 들었다. 점심을 마칠 무렵부터 비가 내리기 시작하더니 얼마 후 그쳤다. 함께 점심을 들던 사람과 얼마 후 하산 길에서 또 마주쳐 함께 목욕을 하기도 하였다.

오후 네 시 무렵까지 하산을 완료하여 귀로에 올랐다. 그러나 시간이 너무 이르므로 일부러 무주 쪽으로 올라가 羅濟通門을 지나 경남 거창군을 경유하여 진주로 돌아왔다.

2006년

8월

13 (일) 아침까지 흐린 후 개임 -적대봉

사천 등구산악회의 제2차 산행에 참가하여 전남 고흥군 금산면 居金島에 있는 積臺峰(592.2m)에 다녀왔다. 아내는 집안 정리 관계로 동행하지 못했다.

오전 8시까지 구 귀빈예식장인 포시즌 앞에 집결하여 대절버스 두 대로 출발하였다. 벌교에서 잠시 휴식을 취한 다음 고흥반도로 접어들었다. 소록도를 마주보는 녹동항에서 페리여객선을 타고서 오전 11시 30분쯤에 거금도의 신평 선창에 도착하였다. 거금도는 프로레슬링 챔피언 김일의 고향으로서, 금산면사무소가 있는 대흥리에 그를 기념하는 비석이 서 있다고 한다. 녹동항에서 소록도까지는 이미 다리가 놓여 있어 완공이 머지않은 듯하였고, 소록도에서 거금도를 잇는 다리도 공사가 시작되어 있었다.

신평리에서 차로 이동하여 파상재에 이른 다음, 하차하여 등산을 시작하였다. 적대봉은 고흥군에서 팔영산 다음으로 높은 산이라고 한다. 그러나 산의 나무들이 대부분 키가 낮고 정상까지의 길이 오솔길이라기에는 좀 넓은지라 한여름의 땡볕을 피하기 어려웠다. 오르내리는 길에 물이라고는 갈림길인 마당목치로 오르는 도중에 만난 샘터가 하나 있을 따름이었는데, 그나마도 수량이 적어 순서를 기다려서 수통에 물을 채우는데 제법 시간이 걸렸다.

능선 길에 위치한 마당목치까지 오른 다음 적대봉 정상까지 왕복 5km

정도의 거리를 다시 땡볕을 맞으며 갔다 와야 했다. 능선에도 바람이 거의 불지 않아 매우 덥고 피곤했다. 마당목치로 돌아온 후에는 다시 반대방향으로 난 능선 길을 따라 하산지점인 오천리 쪽으로 향했다. 그쪽 역시 대부분 능선길이라 물을 만날 수 없었다. 도중에 뒤쳐진 일행 두 명과 더불어 길가의 그늘에 앉아 점심을 들고서 다시 나아갔다. 도중에 둥구산악회에서 표시해 둔 방향지시 표지들을 만나 그것을 따라서 나아갔다. 그러나 그 길은 비탈의 긴 너덜지대에서 끊어져 버려, 우리는 무더위를 무릅쓰고서 길 같지도 않은 곳을 한참동안 통과해야 했으므로 더욱 지쳐버렸다.

산길을 내려 골짜기의 차도에 다다르자 대절버스 한 대가 와서 우리를 오천리까지 태워갔다. 오천리는 해수욕장이 있는 자그만 어촌이었다. 나는 버스에 오르고서부터 맥주 한 병으로 갈증을 달랜 다음, 지쳐 떨어져서 바닷가 송림의 콘크리트 축대 위에 배낭을 베개 삼아 한참동안 드러누워 있다가 준비해 간 수영복으로 갈아입고서 잠시 바닷물에 들어가 보기도 하였다.

오후 일곱 시 무렵에 오천리를 출발하여 신촌리의 금진 선창으로 나온 후, 밤 여덟 시에 출발하는 페리를 타고서 거금도를 떠났다. 선창에서 아내에게 가져갈 선물로서 다시마를 한 통 사기도 하였다. 밤 11시 반쯤에 진주의 집에 도착하였다.

20 (일) 흐리고 아침 한 때 부슬비 -전북 오봉산

일출산악회를 따라 전북 完州郡 九耳面과 任實郡 雲岩面의 경계 지점에 있는 五峰山(513.2m)에 다녀왔다. 오전 8시 30분까지 귀빈예식장 앞에 모여 대절버스 한 대로 출발하였다. 대진고속도로를 따라 북상하다가 수동에서 함양 쪽으로 빠져 88고속도로에 진입한 다음, 지리산 휴게소를 지나고부터는 다시 일반국도를 경유하여 순창에 이르러, 27번 국도를 따라 북상하였다.

완주군 구이면 백여리에서 하차하여 대모마을 방향으로 난 차도를 따라 골짜기의 산길을 거슬러 한참 올라가니 능선에 다다랐다. 능선 건너 편에서 옥정호(운암댐) 순환도로를 지나가는 차량의 소리가 가깝게 들려왔다. 능선에서부터는 등산로를 따라 북쪽으로 나아갔는데, 머지않아 정상인 5봉에 다다랐다. 거기서 혼자 벼랑 위의 바위에 걸터앉아 집행부로부터 받은 소주 한 병 및 주먹밥과 더불어 아내가 마련해 준 점심을 들었다. 아내는 시카고에서 작성하던 논문을 빨리 끝내기 위해 마음의 여유가 없으므로 이번 주에도 함께 오지 못했다.

점심을 든 장소에서는 산골짜기로 가늘고 길게 꼬불꼬불 펼쳐진 옥정호의 전경을 내려다 볼 수 있었다. 식사를 마친 다음, 능선의 숲길을 따라서 4봉·3봉·2봉·1봉을 차례로 경유하여 오봉산정 및 옥천가든이라는 음식점이 있는 소모마을 골짜기를 경유하여 대절버스가 대기하고 있는 27번국도 가의 주유소와 휴게소가 있는 지점까지 내려왔다.

오후 네 시 남짓에 일행이 모두 하산하기를 기다려 귀로에 올랐다. 돌아오는 길에는 임실군과 순창군의 경계 지점인 갈재에서 정차하여 도로 가에 주저앉아 집행부가 준비해 온 술과 고기를 들며 좀 시간을 보냈다. 지리산휴게소에 다시 들렀을 때, 나는 아내를 위해 토종꿀 한 되 들이 병을 35,000원에 샀다.

간밤에 태풍이 온다는 소식과 더불어 비가 내리더니, 그것이 소진한 뒤인 오늘부터는 제법 가을을 느끼게 하는 선선한 날씨로 접어들었다.

9월

3 (일) 대체로 맑음 -연인산

아내와 함께 지리산산악회를 따라 경기도 가평군에 있는 戀人山 (1,068m)에 다녀왔다. 오전 5시까지 시청 앞 육교 밑에서 모이고, 5시 30분에 신안동 공설운동장 앞에서 다시 일행을 태운 다음, 대절버스 한 대로 출발하였다. 대진·경부·중부고속도로를 경유하였다. 오전 8시 무렵 신탄진 휴게소의 주차장에서 집행부가 준비한 음식으로 조식을 들었다.

남양주에서 46번 京春국도로 접어들어 북한강을 만났고, 南楊州郡을 지나서 加平郡에 들어선 다음 대성리와 청평을 지나서 목적지로 나아갔다.

연인산은 가평읍과 하면·북면이 서로 만나는 지점에 위치해 있는데, 예전의 10만 분의 1 도로교통지도에는 모두 우목봉이라고 되어 있으나, 1999년 3월 가평군 지명위원회에서 이렇게 이름 지었고, 그 주변의 몇몇 봉우리나 능선들도 그러하다. 우리가 탄 차는 길을 잘못 들어 하산지점인 下面 마일리의 국수당으로 들어갔다가, 차를 돌려 빠져나와 하면 상판리의 다락터 부근에서 하차하여 오전 11시 무렵부터 등산을 시작하였다.

차가 다닐 수 있는 1차선 비포장도로를 따라 한참 산속으로 올라가다가 마침내 잡풀이 우거진 오솔길로 접어들었다. 아마도 박골인 듯한 골짜기를 따라 올라가 능선을 만났다. 우리는 능선을 북에서 남쪽 방향으로 타고 가서 정상에 다다랐다. 정상에는 아직도 뜨거운 햇볕이 내리쬐고 단체로 점심을 들 만한 넓은 장소도 없었으므로, 거기서 우정능선을 따라 좀 더 내려간 다음 각자에게 편한 데로 여기저기 나무 그늘에 뿔뿔이 흩어 앉아서 점심을 들었다. 나는 아내와 둘이서 등산로의 한쪽 편에 비켜 앉아서 집행부로 받은 주먹밥과 소주 한 병, 그리고 아내가 집에서 준비해 간 반찬으로 식사를 들었다. 하산 길에는 오후 4시 반 무렵 마일리의 국수당에 거의 다다른 지점에서 골짜기로 들어가 시원한 개울물로 목욕을 하였다.

예전에 가평군과 포천군의 경계 지점에 위치한 현등산에 갔을 적에도 그러했듯이 돌아올 때는 교통정체가 매우 심하였다. 북한강을 따라 계속 내려오다가 남한강과 물길이 만나는 지점에 위치한 다산 정약용의 고향마을 능내에서 한참을 주차한 다음, 다시 출발하여 중부고속도로에 올랐다. 자정이 좀 지난 시각에 진주의 집에 도착하였다.

10 (일) 맑고 서늘함 -계룡산 쌀개봉, 관음봉, 갑사
아내와 함께 오랜 산 벗인 박양일 씨가 회장으로 있는 희망산악회를 따라 忠南 公州市 鷄龍面·反浦面·鷄龍市의 경계 지점에 있는 계룡산

(845.1m)에 다녀왔다. 오전 8시까지 시청 서문 앞에 집결하여 대절버스 한 대로 출발하였다. 대진고속도로를 따라 대전에 이르렀고, 남측 순환 고속도로를 따라 서쪽 끄트머리의 월드컵 축구경기장에 다다른 후, 일반 도로로 접어들어 더 서쪽으로 나아갔다. 계룡산에는 이미 몇 차례 올라 본 적이 있었지만, 이번에는 치개봉(664)·황적봉(605)·쌀개봉(829.5)을 경유하는 새로운 코스로 가므로 참가한 것이다.

1번 국도를 따라 동쪽 끝의 민목재(밀목재?)에 다다라 하차하여 등산을 시작하였다. 치개봉·황적봉과 로프를 잡고서 내려가는 벼랑바위를 지나 쌀개봉에 가까운 지점의 東鶴寺가 내려다보이는 바위 위에서 교사를 정년퇴직한 지 이미 오래 된 70대의 강대열 선생과 더불어 셋이서 점심을 들었다. 계룡산 정상인 천황봉은 방송통신시설이 세워져 오를 수가 없으므로, 그 옆에 있는 쌀개봉을 거쳐 갈림길인 관음봉(816)에 이르렀다.

거기서 아내는 강 선생을 따라서 지름길로 접어들어 문필봉(756)을 지나 바로 갑사계곡 쪽으로 접어들어 하산하였고, 나는 날카로운 바위 절벽으로 이루어진 자연성릉을 지나 좀 더 북상하여 금잔디고개에서 갑사 쪽으로 내려갔다. 계곡 길을 따라 신흥암과 용문폭포 그리고 대성암을 거쳐서 갑사에 다다라 모처럼 이 절의 대웅전이 있는 뜰을 한 바퀴 둘러본 후, 거기서 한참을 더 내려가 오후 5시가 지난 시각에 오늘 산행의 종점인 절 입구의 주차장에 이르렀다.

진주에 도착한 후에는 공설운동장 옆 백두대간 등산장비점 부근의 식당에서 일행이 함께 국수 한 그릇씩을 든 후, 우리 내외는 진양교 부근의 강변로에서 하차하여 오후 9시 남짓에 귀가하였다.

27 (수) 맑음 -오천유적지, 병산서원, 충효당, 양진당

인문학부 철학전공의 2박 3일간에 걸친 전공답사가 시작되는 날이다. 이번 여행의 주제는 '안동의 정신과 문화'로서, 퇴계 및 그 문도의 유적지를 돌아보게 되어 있다. 오전 8시 반까지 인문대학 앞에서 집결하여 9시에 출발하기로 예정되어 있었으나, 9시가 넘어서야 떠날 수 있었다.

사학전공은 우리보다 조금 더 이른 시각에 출발하여 전북 및 충북 지역으로 답사여행을 갔다고 한다. 나는 사학과 측의 요구에 따라 이제부터 답사여행을 따로 떠나게 되었다는 소식을 들은 이래로 인문학부라는 명칭은 이제 더 이상 의미를 가질 수 없게 되었다고 보고서 그 이후에 새로 새긴 명함에서는 인문학부가 아닌 철학과 교수로 새겼다.

41인승 대절버스에 교수 넷, 대학원생 넷, 4학년 철학전공 및 철학교직과정을 밟고 있는 학부생 32명을 합하여 빈 좌석이 하나도 없는 만원 상태였다. 학과장인 배석원 교수가 학부생들을 독려하여 이처럼 참석률을 높인 것이었다. 교수로는 학과장과 나 외에 류왕표·이성환 씨가 참여하였고, 대학원생으로는 김경수·구자익·류재한·안명진 군이 참여하였다. 대학원생들에게는 학부생들의 취업상담, 생활지도, 취업정보제공 및 기타 활동을 한다는 명분으로 취업활동을 위해 철학과에 배정된 예산 가운데서 1인당 20만 원의 수당을 배정하기로 하고, 이번에는 우선 그중 10만 원씩을 지불하게 되었다. 각자에게 배정된 예산 가운데서 교수는 1인당 8만 원, 대학원생은 학부생과 마찬가지로 7만 원씩의 참가비를 내기로 하였다.

남해 및 구마, 중앙고속도로를 경유하여 벼가 누렇게 익어 가는 들판을 달려 북쪽으로 나아갔다. 안동의 고속도로 휴게소에 들러 국밥으로 점심을 들고서 서안동에서 일반국도로 접어들어 먼저 예안면에 있는 光山金氏의 烏川遺蹟地에 이르렀다. 烏川七君子라고 일컬어지는 일곱 명의 퇴계문인을 배출한 집안의 가옥들인데 안동댐의 건설로 말미암아 수몰될 상황이라 이곳에다 옮겨 모아둔 것이다. 내가 오늘 出喪하는 영남대 사학과의 이수건 교수로부터 입수하여 이 바로 이웃에 위치한 한국국학진흥원에서 간행한 『한국유학사상대계』의 철학사상편 상권 제7장에다 기고한 남명 및 남명학파에 관한 글에서 처음으로 소개했던 『溪巖日錄』 親筆稿의 주인인 金坽의 신도비와 그가 거주한 溪巖亭도 있었다. 학생들이 준비한 책자 중의 해당 부분을 읽고 난 다음, 내가 설명하는 순서로 답사가 진행되었다.

다음 순서로는 동남쪽으로 반대 방향에 있는 풍산읍의 병산서원으로 향하였다. 거기에는 여자 해설사가 배치되어 있었으므로 晚對樓에 올라 그 설명을 듣고 내가 사상사적인 코멘트를 보태었다. 이어서 하회마을에 들러 柳成龍 계의 종택인 忠孝堂과 그 형인 柳雲龍 계의 종택으로서 이 마을 풍산유씨의 대종가인 養眞堂에 들렀다. 양진당을 끝으로 오늘의 답사 일정을 모두 마치고서, 이번 여행 이틀간의 숙소로 예약된 하회마을의 식당 겸 민박집인 추임새 파크라는 2층 양옥 건물로 이동하였다. 그집 1층의 식당에서 저녁식사와 술을 든 후 2층에서 취침하였다. 교수 네 명은 202호실에 함께 들었다.

28 (목) 흐림 -이현보 종택, 이황 유적, 한국국학진흥원

오전 8시에 숙소를 출발하여 먼저 청량산으로 향했다. 봉화 땅에 속한 청량산 입구에 이르렀다가, 김경수 군이 일행을 인도하고자 했던 청량산 聾巖종택의 유교문화원은 안동에 속한 것임을 알고서 차를 돌려 왔던 길을 되돌아왔다. 안동시 도산면 가송리 612번지에 있는 농암 李賢輔의 종택은 원래 도산서원 아래편에 있었던 것인데, 역시 수몰 관계로 근자에 이 자리로 옮겨온 것이다. 김경수 군이 남명학연구원의 사무국장을 맡아 있던 시절 그와 교분이 있었던 종손 李性源 씨를 만나서 이 씨의 안내를 받아 경내를 둘러보면서 설명을 들었다. 汾江서원이 현재 재건 중이었고, 내가 예전에 들른 바 있었던 愛日堂은 아직 이리로 옮겨오지 못했다고 한다. 서원 앞으로 낙동강의 본류가 흐르고 있었는데, 예전에는 그 강가로 도산서원에서 청량산을 오가는 길이 나 있어서 수많은 詩人墨客들이 그 풍경을 담은 작품들을 남겼다고 한다.

두 번째로는 안동시 도산면의 토계리에 있는 퇴계 종택에 들렀다. 나로서는 처음 가보는 퇴계 묘소와 퇴계의 유적인 養眞庵 터, 그리고 묘소 입구의 下溪 마을에 있는 퇴계 후손 이만도 등의 독립운동기념비도 둘러보았다. 토계리를 떠나서는 다시 청량산 입구로 가서 청량산관리사무소 맞은편에 있는 식당에서 점심을 들었다. 다시 도산면으로 돌아오는 길에 온혜리의 퇴계 고향 마을에 들러 출생지인 胎室에 들렀다. 예전에 왔었을 때보다는 제법 잘 정비된 느낌이었다.

도산서원에 들러 문화유적해설사의 안내를 따라 경내를 두루 둘러본 다음, 거기서 2km 쯤 떨어진 곳에 있는 예안리의 한국국학진흥원에 들렀다. 그 뒤편에 국학박물관이 석 달 전부터 개관되어 예전에 연구동 건물 내의 전시실과 자료실에 있던 물건들이 모두 그리로 옮겨져 있었다. 거기서도 여성 안내원의 설명을 들으며 4층까지의 박물관 구내를 두루 둘러보았다. 견학을 마칠 무렵 김경수 군을 통해 사전에 연락해 두었던 국학자료부의 수석연구원 설석규 박사가 입구에 마중 나와 있었다. 그의 안내를 따라 교수 네 명과 대학원생 네 명이 연구동 2층의 부장실로 가서 커피를 마시며 대화를 나누었다.

예전에는 안동대학교 동양철학과의 교수들이 국학진흥원의 여러 부문 책임자로 되어 있었는데, 금년부터 그들은 모든 업무를 인계하고서 철수했으므로 수석연구원 중 가장 연장자인 설석규 박사가 현재 국학자료부 부장의 직책을 맡아 있는 모양이었다. 부장실에는 내가 발견한『孤臺日錄』의 번역물이 출력되어 탁자에 얹혀 있었는데, 남명학연구원의 상임연구위원 다섯 명이 분담하여 이미 번역작업을 모두 마쳤으며, 서울에 있는 민족문화추진회 成百曉 씨의 감수를 받은 후 내년 중에 출판될 전망이라고 한다. 사단법인 남명학연구원과 본교 남명학연구소가 공동 명의로 출판한『남명학관련문집해제(Ⅰ)』은 연구비 지원기관인 한국학중앙연구원의 심사에서 불합격 판정을 받아 차후의 지원을 중단하기로 결정되었다는 소식도 거기서 처음으로 들었다. 설 박사는 남명학연구원의 상임연구위원을 겸임하고 있는 것이다.

안동시내로 돌아와 역전에서 안동대학교 동양철학과의 유일한 서양철학 담당 교수인 심상형 씨를 만나 안동시 용상동 454-9번지에 있는 잉어찜 원조 용상가든이라는 식당으로 이동하여 잉어찜으로 저녁식사를 대접받았다. 밤늦게 숙소인 하회마을 입구의 추임새 파크로 돌아와서는 학부생 및 대학원생들과 어울려 다음날 오전 3시 40분 무렵까지 술을 마셨다.

29 (금) 맑음 –김성일 종택, 봉정사, 이천동석불상

답사 셋째 날인 오늘은 먼저 안동시 西後面 金溪里 856번지에 있는 의성김씨 鶴峰종택에 들렀다. 본교 사범대학에 근무하고 있는 후손인 김덕현 교수를 통해 사전에 연락해 두었으므로, 종손을 비롯한 세 명의 노인이 종택 대문 밖까지 나와 우리를 기다리고 있었다. 그 중 한 명으로서 여기가 근무처인 金龍洙 씨가 유물관인 雲章閣 및 종택 내부로 우리를 안내하여 친절하게 설명해 주었다.

학봉 종택을 떠나서는 鳳停寺로 향했다. 나로서는 세 번째로 이 절에 와보는 셈이다. 남자해설사의 설명을 듣고서 경내의 古건축물을 두루 둘러본 다음, 영화 〈달마가 동쪽으로 간 까닭〉, 〈동승〉을 촬영한 장소인 딸린 암자의 마루에 앉아 기념사진을 촬영하기도 했다. 관람을 마치고서 산길을 걸어 내려오던 도중에 일주문 앞에서 홍화씨 기름과 중국산 해바라기 씨를 파는 상인을 만나 나는 퇴행성관절염을 앓고 계신 장모님과 아내에게 주기 위해 뼈에 좋다는 홍화씨 기름을 두 병 샀다. 일행인 다른 교수 두 명도 내 뒤를 이어 그것을 샀다.

봉정사를 끝으로 예정된 답사 일정을 모두 마치고서 돌아오는 길에, 김경수 군의 제의에 따라 안동 지방의 명물 중 하나이며 제비院미륵불로서 더욱 잘 알려진 泥川洞석불상에 들렀다. 거기에도 여성 해설사가 배치되어져 있어 마애불과 제비 전설에 얽힌 이야기 등을 들려주었다.

진주로 돌아오는 도중에 안동시 일직면 원호리 477번지에 있는 안동한우고을휴게소에 들러 점심을 들었다. 거기서 남안동 요금소를 경유해 중앙고속도로에 오른 다음, 갈 때의 코스를 경유하여 오후 5시 반쯤에 출발지인 본교 인문대학 아래편의 주차장에 도착하였다. 나는 배석원 교수를 승용차에 태우고서 돌아와 럭키아파트 후문에다 배 교수를 내려준 다음 새 아파트로 돌아왔다.

10월

2 (월) 맑음 -설악산 산행 예약

비경마운틴의 대표 정상규 씨에게 전화하여 10월 6일 추석날 밤 9시 30분에 시청을 출발하여 8일 밤 11시에 진주로 돌아올 예정인 2박 3일간 의 설악산 산행을 예약하였다. 다음 카페의 비경마운틴 홈페이지에 들어 가 보니, 구체적인 산행코스는 용대리-백담사-수렴동산장-가야동계곡 -용아장성-봉정암(1박)-소청-중청-대청봉일출-화채능선-만경대-천 불동계곡-신흥사로 되어 있었다. 아내는 용아장성과 같은 위험한 코스 로 가기를 꺼려하므로, 이번에는 나 혼자 참가하기로 했다.

3 (화) 맑음 -남강유등축제

개천절 휴일이라 하루를 쉬었다.

밤에 아내와 더불어 산책하여 남강 가로 금년도의 진주남강유등축제 를 보러 갔다. 촉석루 아래를 중심으로 진주교에서 천수교까지 진주성 일대의 남강에다 각종 대형 유등들을 설치해 두고서 어제부터 축제가 시작되었다. 우리 내외는 강남동 강변의 대숲 길을 따라서 유등과 각종 공연을 구경하면서 걷다가 요금을 내고서 강을 가로지르는 浮橋를 건너 촉석루 쪽으로 건너가기도 했다. 건너편 강변의 바위 위에 올라가 오후 8시 10분부터 시작된 불꽃놀이를 바라보았다. 그런 다음 진주성 안으로 들어가서 인파를 헤치며 옆문인 拱北門으로 빠져나온 뒤, E마트에 들러 서 집안의 남은 짐들을 정리해서 담을 비닐 바구니를 아홉 개 구입하여 택시를 타고서 집으로 돌아왔다.

5 (목) 맑음 -망진산과 가좌산

오늘부터 사흘 간 추석 연휴이다.

점심을 든 후 혼자서 망진산과 가좌산 일대를 한 바퀴 두르고서 돌아오 는 길에 경전선 건널목 가의 약골 구멍가게에 들러 맥주 한 병을 마셨다.

6 (금) 맑음, 추석 -설악산 행

오늘밤 10시 무렵 본교 영문과 출신인 정상규 씨가 운영하는 비경마운틴을 따라서 2박 3일간에 걸친 설악산 등반을 떠나게 된다. 총 참가자는 42명이라고 한다.

7 (토) 맑음 -백담사, 구곡담계곡, 봉정암

남해·구마·중앙고속도로를 경유하여 새벽 6시 무렵에 설악산 백담사입구의 강원도 인제군 북면 용대리에 닿았다. 한 사람당 주먹밥 네 개씩을 지급받고서 긴 줄을 지어 매표소 부근에서 한 시간 반 정도 대기한다음, 셔틀버스를 타고서 백담사까지 이동하였다. 백담사에서부터는 수렴동계곡을 따라서 걸어 올라갔는데, 조금 가다가 백담대피소에 들러조식을 들었다.

永矢庵을 지나 중간기착지점인 수렴동대피소에 도착했을 때 나는 조금 뒤쳐져 있었다. 대피소 바깥에 있는 사람들을 훑어보았지만, 내가 아는 얼굴은 보이지 않아 우리 일행인지 어떤지 확인할 수가 없었다. 일단커피를 한 잔 사 마시고서 화장실에도 다녀온 다음, 물어서 용아장성서쪽의 가야동계곡 입구까지 가보았으나, 일행의 모습은 전혀 보이지않고 입산금지 표지만 눈에 뜨이며 그쪽으로 가는 사람도 전혀 없었다.뒤에 알고 보니 당시 우리 일행은 아직도 수렴동대피소에 머물고 있어화장실에 다녀오는 나의 모습도 보았다고 한다.

일행을 놓치고 말았다고 판단한 나는 가야동계곡을 경유하여 오늘의목적지인 봉정암까지 올라가고 싶었지만, 길도 잘 모를 뿐 아니라 오늘비로소 알고 보니 이 코스도 통제 지역이므로 만약 혼자서 들어갔다가삼림감시원에게 적발되면 50만 원의 과태료를 물어야 할 상황이었다.일단 성공적으로 진입하기만 하면 도중에는 감시원이 거의 없으므로,우리 일행은 가야동으로 들어갔다가 도중에 역시 통제 등산로이며 험난하기로 한국 제일인 용아장성릉 코스로 접어들기로 되어 있었다. 우리일행은 가야동 초입에 들어갔다가 인원 점검 후 수렴동대피소로 사람을 보내 나를 찾기도 했다고 하는데, 그 무렵 나는 이미 발걸음을 돌려 많은 사람들이 다니는 용아장성 동쪽의 구곡담계곡 코스로 진입해 있었다. 도중에 계곡물이 아름다운 장소에 머물러서 혼자 점심을 든 후 오후 2시 무렵 봉정암에 도착하였다.

우리 일행의 봉정암 도착 예정은 오후 6~7시로 되어 있으므로, 절 경내를 둘러보고서 남자 숙소의 마루에 걸터앉아 서울서 기도하러 온 남자와 대화를 나누기도 하였다. 절 안의 숙박 시설은 최대로 수백 명 정도를 수용할 수 있는 규모이나 오늘 이 절에는 5천 명이 밀려들었다고 한다. 절 측에서는 한 사람당 1만 원씩의 예약비용을 받고서 수용 능력을 고려치 않고 신청자마다 모두 받아주니 대낮인데도 불구하고 방들은 이미 입추의 여지없이 사람들이 들어차 자리를 빼앗기지 않기 위해 일찌감치 드러누워 눈을 감고서 잠을 청하고 있는 모습들이었다.

아직 일행이 도착할 때까지는 시간이 많이 남았으므로, 오후 4시 무렵에 석가모니의 진신사리를 모셨다고 하는 사리탑을 거쳐 오세암 방향으로 가파르게 비탈진 산길을 걸어 내려가 보았다. 도중에 가야동계곡의 진입금지 표지가 있는 지점에서 발길을 돌려 내려갔던 길을 도로 걸어서 올라왔다. 절에서는 이미 저녁 공양이 시작되어 있었다. 수백 미터 길이로 늘어서 있는 행렬의 끄트머리로 가서 줄을 서 있으려니 그제야 우리 일행이 길도 아닌 산 고개를 넘어서 내가 서 있는 지점으로 내려오는 것이었다. 함께 나란히 줄을 서 기다리다가 우리 차례가 되자 미역국에다 쌀밥 한 공기를 떨어뜨려 놓았을 따름인 저녁공양을 받아서 식사를 마쳤다.

식사 후에는 그 인파의 북새통 속에서 일행들과 다시 만나 행동을 같이 하기가 무리라고 판단하여 내일 새벽 대청봉에서 만나자는 말을 전해 두고서, 낮에 보아두었던 남자 숙소 뒤편 언덕의 평지에다 준비해 간 매트리스를 깔고서 그 위에다 여름용 침낭을 편 다음, 방한복을 껴입고서 일찌감치 잠자리에 들었다. 그러나 절의 마이크 소리와 기도 소리 따위가 시끄러운 데다 발을 뻗은 지점의 위치가 조금 높아 자리도 불편하므로 밤 11시 무렵까지 제대로 잠을 이룰 수 없었다. 그러나 비박이긴

하지만 콩나물시루 같은 방안에 쑤셔든 사람이나 바깥에 앉아서 추위에 떨며 밤을 지새운 사람들에 비하면 나는 산 속의 호텔에 든 것이나 다름 없었다.

8 (일) 맑음 -대청봉, 화채봉, 칠성봉, 소토왕성폭포

새벽 네 시에 휴대폰의 모닝콜 기능을 이용하여 자리에서 일어났다. 대충 세수를 마치고 짐을 챙겨서 어두운 가운데 오전 4시 45분 무렵 헤드랜턴을 켜고서 출발하였다. 그 이른 시각에도 이미 움직이기 시작한 사람들의 물결로 산길의 혼잡이 심했으므로 올라가는 속도가 매우 더뎠다. 소청(1,550m)·중청(1,676)을 거쳐 설악산 최고봉인 대청봉(1,708.9)에 오르니 우리 일행의 도착예정 시각인 6시 30분을 조금 지난 시점이었는데, 주위를 둘러보아도 일행의 모습은 하나도 보이지 않았다. 또 일행을 놓친 모양이라고 판단하고서 혼자 정상 부근의 바위에 걸터앉아 조식을 들고 있으려니, 정상 건너편에서 대장인 정상규 씨가 일행을 인솔하여 오다가 나를 발견하였다. 그들은 나보다 먼저 도착하여 건너편 안부에서 조식을 들었다고 한다. 포기하고 천불동 쪽으로 내려가려던 나는 그들을 따라나섰다.

희운각 방향으로 조금 내려가다가 입산금지 표지가 있는 지점에서 삼림감시원의 눈길을 피해 능선 길로 접어들었다. 얼마쯤 내려가다가 건너편의 화채능선으로 접어들기 위해 길도 없는 산중턱의 밀림 속으로 길을 만들면서 옆으로 나아갔다. 일행 가운데 짐이 많이 든 내 배낭은 가장 높아서 자주 나뭇가지에 배낭 꼭대기가 걸렸다. 죽음의 계곡이라는 골짜기를 통과하여 또 하나의 능선과 계곡을 지나서 비로소 화채능선 등산로에 오를 수가 있었다. 이번에 내가 비경마운틴클럽의 설악산 등반에 동참한 것은 아직 답파해 보지 못한 화채능선 코스를 가보기 위해서였다. 그러나 이 능선 길에 오르기까지 이미 많은 시간과 체력이 소모되었다.

화채능선 쪽은 밋밋한 육산이지만, 거기서 바라보는 설악산의 풍경은 절경이었다. 설악산의 이름난 절경들을 대부분 조망할 수가 있었다. 가

을 단풍도 한창이었다. 일행 중에서 설악산의 경치가 금강산보다 못하지 않다고 말하는 사람이 있었지만, 내 생각도 그러했다. 우리는 원래 산림 감시원의 눈길을 피하기 위해 화채능선의 끝인 외설악의 권금성 쪽으로 가지 않고서 1253봉에서 그 일대의 정상인 화채봉(1,320)으로 갔다가 다시 1253봉으로 돌아와 거기서 뻗어 내린 지능선을 따라 설악산 최고의 조망지점이라고 소문이 나 있는 망경대를 거쳐 천불동의 양폭대피소 쪽으로 내려가 점심을 들 예정이었다. 그러나 대장인 정상규 씨의 생각이 달라져 화채봉에서 바로 권금성 방향의 능선을 타게 되었다.

이 역시 절경을 조망할 수 있는 칠성봉(1,076.9)에서 점심을 든 다음, 집선봉 쪽으로 향하다가 도중에 보이는 계곡으로 접어들어 내려갔다. 긴 너덜지대를 지나 물이 보이기 시작할 무렵부터는 길인 듯 아닌 듯 어렴풋한 오솔길을 만나 급경사를 타고서 내려왔다. 도중에 소토왕성폭포라는 곳에 이르렀는데, 그 일대는 사방이 깎아지른 천 길 절벽으로 둘러싸여 있어서 이 또한 장관이었다. 우리는 소토왕성계곡이라는 골짜기를 따라서 내려와 예정 시간보다도 훨씬 늦게 비룡폭포 쪽으로 들어가는 도중의 작은 다리가 있는 지점에 도착하였다. 이 일대는 내가 중학생 때와 고등학생 때 두 차례 수학여행으로 설악산에 와서 비룡폭포를 보러 가노라고 지난 적이 있는 길이었다. 당시 우리는 외설악 일대의 신흥사와 울산바위도 둘러보았던 것이다.

근처의 좀 큰 냇물에서 일행 중 먼저 내려온 남자들과 더불어 팬츠 바람으로 물에 발을 담그고서 수건에 물을 적셔 몸의 땀을 닦고 옷을 갈아입었다. 냇물을 가로질러 숲을 건너서 소공원 쪽으로 간 다음 우리의 대절버스가 오기를 기다려 설악파크호텔 쪽으로 이동하였다. 거기서 나머지 일행이 도착할 때까지 근처의 식당에 들어가 맥주와 소주를 마시며 휴식하였고, 잇달아 저녁식사도 들었다. 나와 같은 테이블에 앉게 된 오래 전부터 서로 교분이 있는 진주 대아고등학교 국어교사 조병화 씨의 제의에 따라 내가 술값으로 4~5만 원을 내었고, 조 씨를 비롯한 나머지 사람들도 얼마씩 추렴하여 대장인 정상규 씨에게 돌아가는 차 속에서 마실 술값으로 10만 원을 건넸다. 예정 시간인 오후 3시에서 세 시간 정도가 늦어 비로소 출발할 수 있었는데, 저녁식사 때 모두 이미 술을 상당히 마셨으므로, 차 안에서는 더 마시는 사람이 거의 없었다. 우리는 다음날 오전 1시 반 무렵에 진주에 도착하였다.

14 (토) 맑음 -설악산 행

오늘밤 8시 30분에 박양일 씨가 회장으로 있는 희망산악회를 따라 다시 한 번 설악산을 향해 출발하게 되었다. 한계령에서부터 등산을 시작하여 서북능선을 거쳐서 대청봉과 봉정암을 지나 내가 아직 답파해 보지 못한 가야동계곡을 지나서 백담사와 용대리 쪽으로 하산하게 된다. 아마도 내일 자정이 지나야 귀가하게 될 것이다. 지난주의 산행이 내 몸에 적지 않은 부담이 되었는지 며칠 전부터 또 아래 입술 왼쪽의 피부가 헐어져 있다.

15 (일) 오전 중 흐렸다가 개임 -서북능선, 봉정암, 가야동계곡, 백담사

오전 3시 남짓에 한계령 주차장에 닿았다. 집행부가 준비한 주먹밥과 시래기 국으로 간단하게 조식을 들고 헤드랜턴을 켜고서 등산길에 올랐다. 그 이른 시간에도 등산객이 많아 좁은 길이 심한 정체를 이루고 있었다. 능선에 올라서 서북능선을 타고 동쪽으로 향하는 도중에 날이 밝았다. 안개로 말미암아 먼 곳을 조망할 수 없었으므로, 대청봉에는 오르지 않고서 소청대피소를 거쳐 봉정암 쪽으로 내려갔다.

봉정암에 박양일 회장 등이 먼저 도착하여 일행을 기다리며 점심을 들고서 우리 내외에게도 거기서 점심을 들라고 했지만, 소청산장에서 라면을 하나씩 사 먹었고 도중에 과일과 간식도 들었으므로 식욕이 없어 점심은 생략했다. 아내는 봉정암에서 짧은 하산 코스인 구곡담계곡을 경유하여 먼저 내려가고, 나는 박 회장 및 다른 회원 10여 명과 더불어 오세암 가는 길로 하여 가야동 입구에 다다랐더니, 거기에 먼저 도착한 일행들이 우리를 기다리고 있었다. 거기서 점심을 드는 사람들을 남겨두고서 10여 명이 먼저 가야동을 경유하여 내려왔다.

설악산 능선과 중턱 일대에는 벌써 나무 잎이 모두 져 버렸지만, 가야동에서부터 더 아래로는 아직 단풍이 꽤 남아 있었다. 가야동은 반석이 많고 길이 보이다가 끊어지기를 반복하는 꽤 위험한 구간이어서 박 회장도 도중에 바위에서 떨어져 옷을 많이 적셨다. 수렴동대피소에 거의 다다라 우리가 가야동을 벗어나 오세암 방향으로 가는 길로 빠지려는 지점에 국립공원관리공단의 감시원이 지키고 있다가 우리를 검문하여 통제구역에 출입한 벌로서 과태료 50만 원을 부과하였다. 이 계곡 길을 내려오는 도중에 우리는 이미 들어와 있는 다른 등산객들도 더러 볼 수 있었다. 수렴동대피소에서 박 회장을 대기하고 있다가 세 명이 함께 내려오는 도중에 박 회장은 대피소의 화장실에 들렀다가 현금 등이 든 어깨에 메는 작은 가방을 화장실 바깥에 걸어두었다면서 다시 올라가 찾아서 돌아왔다.

백담사 주차장에 당도해 보니 예상했던 대로 셔틀버스를 기다리는 등산객들이 사찰 경내에까지 장사진을 치고서 줄을 서 있는 지라 그 뒤에 반시간 정도 서 있다가 포기하고서 걸어가기로 마음잡고 열을 따라 앞으로 걸어가고 있는 도중에 앞줄에 서 있는 박 회장 등 우리 일행을 만나 그들 틈에 끼어서 좀 더 일찍 종점인 용대리로 하산할 수가 있었다. 박 회장이 우리 일행을 많이 새치기 시켜준지라 버스 안에서 다른 손님과 그 문제로 시비가 붙어 서로 우격다짐까지 하는 사태가 벌어졌다. 그 상대방인 서울 사는 남자 하나가 버스 안에서 휴대폰으로 경찰을 호출한 바람에 용대리에 닿자말자 경찰차가 와서 우리를 기다렸다. 우여곡절 끝에 그 남자의 부서진 안경 값 15만 원을 물어주고서 문제를 해결할 수가 있었다.

오후 6시가 지나서 용대리를 출발하여 도중의 식당에 들러 늦은 저녁 식사를 든 후, 중앙고속도로를 경유하여 다음날 오전 2시 무렵에 진주에 도착하였다.

20 (금) 맑음 -노고단

철학과 대학원생 야유회에 동참하여 지리산 노고단에 다녀왔다.

대학원생인 진주 성공회교회의 이 목사가 운전하는 봉고 차에 김경수·구자익·박라권 등 대학원생 7명과 철학과장 배석원 교수 및 내가 함께 타고서 오전 9시 남짓에 인문대학을 출발하였다. 하동 길 국도를 거쳐서 섬진강변의 도로를 따라 구례까지 북상한 후, 泉隱寺 입구를 지나서 노고단의 성삼재 주차장에 도착하였다.

거기서부터는 걸어서 노고단대피소를 지나 건너편으로 지리산에서 두 번째 높은 반야봉을 조망할 수 있는 언덕의 바위 위에 자리를 잡고서 두 아이의 어머니인 하상협이 창원에서 마련해 온 김밥과 돼지족발 등을 중국 白酒 한 병을 곁들여서 나눠 마셨고, 구자익 군이 직접 담근 매실주도 마셨다. 酒流派는 거기서 계속 술을 들고 비주류는 예약해 둔 시간에 맞춰 노고단 정상까지 올라갔다가 돌아왔다. 오랜 가뭄 탓인지 산 위에서 바라보는 단풍 모습은 별로 곱지 않았다.

나는 등산을 시작할 무렵부터 컨디션이 좋지 않더니, 한참을 걸어서 도로 성삼재까지 내려올 때에는 설사가 나기 시작했다. 진주로 돌아오는 코스는 뱀사골 입구를 거쳐 지리산을 한 바퀴 두르는 도로를 취했다. 그러나 나는 술기운 탓에 뱀사골에 다다르기도 전에 차 안에서 잠이 들어 학교에 도착할 무렵에야 깨어났다. 들판의 누렇게 물든 논에는 추수가 이미 절반 정도 진행되고 있었고, 가을 단풍도 좋았겠지만 아쉽게도 놓쳐버렸다.

오후 다섯 시 반쯤에 인문대학으로 돌아와 이 목사 등 몇 명은 먼저 돌아갔고, 관례에 따라 나머지 사람들을 저녁식사를 위해 판문동의 남강변 녹지공원 가 KT&G 부근에 있는 태양식당으로 갔다. 내 차는 구자익 군이 대신 운전하여 트리펠리스 아파트의 지하 주차장에다 세워두고서 뒤따라온 하상협 양의 차에 동승하여 갔다. 배 속 사정이 좋지 않음에도 불구하고 거기서 합류한 권오민 교수 및 안명진 군 등과 어울려 계속 술을 들었고, 태양식당을 나온 후에 배석원 교수는 먼저 귀가하고 남은 몇 명이 권 교수네 집 근처에 있는 단골 실비식당 장녹수에 들러 다시 술을 마시다가 다음날 오전 1시 반 무렵에야 귀가했다.

29 (일) 맑음 -명성산 억새밭, 산정호수

아내와 함께 사계절산악회를 따라 강원도 철원군 葛末邑과 경기도 포천군 永北面에 걸쳐 있는 鳴聲山(921.7m)에 다녀왔다. 오전 5시 무렵 봉곡 로터리에서 대절버스 한 대로 출발하여 대진·경부·중부고속도로를 경유하여 북상하다가 충북 음성 휴게소에서 주최 측이 준비한 조식을 들었다. 동서울 톨게이트를 지나 일반국도에 접어들어 포천군내의 내촌에서 잠시 휴식을 취한 다음, 하산 지점에 위치한 산정호수를 지나 울퉁불퉁한 비포장도로를 따라서 한참 올라가다가, 철원군 갈말읍(신철원) 강포리의 강포3교라는 언덕에서 하차하여 등산을 시작하였다.

그곳은 정상까지 최단 거리로서 주로 하산 코스로 이용되는 지점이었다. 수도권의 들판에는 이미 추수가 완전히 끝나 있었는데, 그곳 골짜기에는 아직 단풍이 고왔다. 반석 지대를 지나 능선인 용두목에 오른 다음, 명성산 정상을 조금 더 지난 지점의 910봉 부근에서 점심을 들었다.

예전 망진산악회 회원으로 있던 시절 늘 같이 산행을 했던 차희열 씨가 망진산악회 회원 여러 명과 함께 이번 산행에 동참해 있었으므로, 그 회원들과 합석하여 점심을 들었다. 차 씨의 말에 의하면 그 산악회의 1인 독재자였던 유춘식 고문이나 올해 89세인 임 영감 등도 이제는 모두 나이가 많아 등산에 참여하지 않는다고 한다. 예전에 늘 모이던 진주고등학교 앞 도로가에서 집결하여 한 달에 한 번씩 대절버스를 빌려 산행하고 있으며, 나머지 주에는 이처럼 서로 협조 관계에 있는 다른 산악회의 등산에 참여한다는 것이었다.

명성산은 철원군의 남쪽 끄트머리에 위치한 것으로서, 태봉국을 건설하여 철원에 수도를 두었던 궁예가 왕건의 반란으로 말미암아 이 산에 피신해 있다가 사세가 부득이하여 마침내 군대를 해산했다는 전설이 있다. 그래서인지 궁예능선이라는 이름을 가진 지능선도 있고, 울음산이라는 명칭을 가지기도 하였다.

점심을 든 후 주능선을 따라서 남진하여 삼각봉(893)을 지나 팔각정(770)에 이르렀다. 목조 2층으로 지은 팔각정 부근은 수도권 일대에서 가장 넓은 억새밭으로 소문난 곳으로서, 매년 10월 중순에 억새꽃축제가 열리는 곳이다. 지금은 억새가 철이 좀 지난 느낌이었다. 또한 이 일대의 능선에서는 포천군의 명소인 산정호수의 전경을 내려다 볼 수 있었다. 이는 1925년에 설치한 영북면 토지개량조합 저수지를 개조한 것이라고 한다. 규모는 그다지 크지 않았는데, 우리가 하산할 즈음에 수중분수의 쇼를 펼치기도 했다. 팔각정에서 134계단과 책바위 암릉지대를 지나 비선폭포 쪽으로 하산하였다. 건너편 산록에는 왕건의 기도처라는 자인사도 바라보였다.

삼정리 주차장에서 일행이 모두 하산하기를 기다려 오후 4시 반쯤에 출발해 귀로에 올랐다. 수도권이라 일반국도의 차량 정체가 심하여 동서울까지 빠져나오는데 예상보다 시간이 많이 지체되었다. 갈 때와 마찬가지로 내촌에서 잠시 쉬고, 음성휴게소에서 주최 측이 마련한 술과 음식으로 늦은 저녁식사를 든 다음, 밤 11시 무렵 진주에 도착하였다.

11월

5 (일) 낮 한 때 소나기 온 후 개임 −소요산

아내와 함께 우정산우회를 따라 경기도 동두천시와 포천군 신북면에 걸쳐 있는 逍遙山(585.7m)에 다녀왔다. 새벽 5시 15분경에 대절버스 한 대로 칠암동의 문화예술회관 앞을 출발하여 북상하였다. 대진고속도로를 경유하여 경부고속도로의 신탄진 휴게소에서 조식을 든 후 중앙고속도로를 경유하여 동서울·의정부·동두천으로 나아갔다. 신탄진휴게소의 정자에서 조식을 들 무렵 부슬비가 내리고 있다가 소나기로 바뀌어 오늘 등산은 틀린 것이 아닌가 하고 생각했으나, 더 올라갈수록 날씨가 개어 소요산 주차장에 내렸을 무렵에는 청명하기 그지없었다. 이곳에도 아침에 잠깐 비가 내린 흔적은 있었다. 계곡의 숲에 아직 남아 있는 단풍도 썩 아름다웠다.

원효폭포를 지나 청량폭포가 있는 자재암을 거쳐서 하백운대(440)에 오른 다음, 중백운대(510), 상백운대(558.7), 나한대(570.5)를 거쳐서 정상인 의상대에 올랐고, 거기서 조금 더 내려간 지점의 널찍한 비탈에서 점심을 든 다음, 여섯 개의 봉우리 중 마지막인 공주봉(526)을 거쳐서 원효폭포와 일주문 쪽으로 하산하는 코스였다.

일행이 모두 하산하기를 기다려 주차장의 공터에서 주최 측이 준비한 술과 음식물을 든 다음, 오후 6시 무렵에 출발하여 올 때의 코스를 거쳐서 진주에는 밤 10시 반쯤에 도착하였다.

18 (토) 오전 중 흐렸다가 개임 -황석산성

본교 인문대학 2006년도 교수친목회 야유회가 있는 날이라 토요일임에도 불구하고 평소처럼 학교로 갔다. 오전 9시 15분 무렵에 사회대학 앞에서 대절버스 한 대로 출발하여 대진고속도로를 경유하여 함양군 안의면의 黃石山城으로 향하였다. 안의에서 26번 국도를 따라 화림계곡을 경유하여 육십령·장계 방향으로 나아가다가 거연정·군자정이 있는 西下面 봉전리에서 산길로 다소 올라간 다음 우전 마을에서 하차하여 등산을 시작하였다.

중문과의 권호종 교수가 그 학과 소속의 외국인 교수로서 금년 9월 1일부터 1년간 근무하게 된 중국인 한 명 데려왔는데, 권 교수는 등산 도중의 지점에서 하산하여 부인과 아이들이 있는 강원도 제천으로 향하게 되므로, 중국어를 할 수 있는 내가 그 중국인 교수와 함께 다니게 되었다. 그는 山東省의 靑島大學 문학원 중문과에서 魏晉남북조 문학을 전공하는 30대 후반의 王今暉 부교수인데, 黑龍江省 海倫 출신으로서 그 省에서 사범대학을 졸업한 후 山東대학에서 대학원 과정을 밟아 박사학위를 취득한 사람이었다. 부인도 같은 대학에서 중국현대문학을 가르치는데, 北京사범대학 박사과정을 수료하고서 현재는 靑島로 돌아와 학위논문을 준비하고 있으며, 슬하에 자식은 없다고 했다. 정상 부근의 능선 성터(사적 제322호)에서 주최 측이 준비한 충무김밥으로 간단한 요기를 하고서, 그 옆에 있는 황석산 정상(1,190m)에 오른 다음 올 때의 코스로 하산하였다.

등산을 마친 다음, 오후 4시 가까운 시각에 안의읍내에 있는 원조 안의갈비탕 식당에 들러 갈비찜과 천년약속 술로 식사를 하고서 갈 때의 코스로 진주를 향해 돌아왔다. 진주 시내에 도착하여 일부 교수들은 남강 가 신안동의 남도레포츠 앞에서 내려 술을 들러 가는 모양이었지만, 나는 그대로 차에 남아 학교까지 돌아와서는 王 교수와 작별하여 내 차를 몰고서 귀가하였다.

26 (일) 부슬비 -신불공룡능선, 신불산, 간월산

아내와 함께 솔산악회를 따라 경남 양산시와 울산광역시에 걸쳐 있는 공룡능선과 神佛山(1,208.9m) 肝月山(1,083m)에 다녀왔다. 8시까지 제일 예식장 옆에 집결하여 대절버스 한 대로 출발하였다. 부슬비가 내리는지라 참가 인원이 버스의 2/3 정도 밖에 차지 않았지만, 그 중 절반 정도는 아는 사람들이었다.

남해·경부고속도로를 경유해 양산시 三南面의 산 중턱에 있는 자수정 동굴나라 유원지에 도착한 다음, 거기서부터 신불공룡능선을 타고 신불산 정상까지 올라갔다. 아내는 비가 온다 하여 등산에 참가하지 않고서 버스 안에 남았다. 숲길을 따라 그 능선을 절반 정도 오른 지점부터 이른바 공룡능선으로 불리는 암릉이 시작되었다. 통도사 쪽에서 가까이 바라보이는 예전부터 한 번 타보고 싶었던 능선인데, 주위는 짙은 안개에 뒤덮여 먼 곳을 조망할 수 없는 점이 아쉬웠다. 산을 오르다 보니 더워서 방수 점퍼는 벗어버리고 그냥 비를 맞으면서 걸었다. 신불산 정상에 올라선 후 그 부근의 천막을 쳐 놓고서 장사하는 매점으로 들어가 우리 일행과 더불어 점심을 든 다음, 혼자서 먼저 출발하여 간월산 방향으로 나아갔다.

간월재를 지나 간월산 정상까지는 제대로 갔으나, 정상에서 혼자의 감에 의지해 나아가다보니 엉뚱한 코스로 잘못 들어 목적지인 배내고개가 있는 능동산·가지산 방향이 아닌 梨川里(배내) 방향으로 뻗은 능선을 탔다. 그 쪽 코스에도 국제신문사 등에서 붙인 길 안내 리본이 계속 붙어 있었으나 길은 매우 좁았다. 배내고개에서 신불산까지의 코스는 예전에도 몇 번 걸어본 적이 있었으므로 좀 자신을 가지고 있었으나, 당시에는 이번과 달리 차도 다닐 수 있을 만큼 널찍한 길이었다. 도중에 비포장 산복도로와 거기를 지나는 승용차 한 대를 만나기도 했다. 그러나 우리 일행은 배내봉(966m)을 지나 배내고개까지 나아가게 되어 있으므로, 불안했지만 영남알프스의 산행 길로 짐작되는 등산로를 계속 탔다.

간월산을 지난 이후로는 도중에 다른 등산객을 한 사람도 만나지 못했다. 그 길로 계속 나아가니 마침내 시멘트 포장된 산 중턱의 도로를 만났는데, 거기서 때마침 지나가는 승용차를 얻어 탔다. 젊은 부부와 어린 두 딸이 타고 있었는데, 배내골로부터 와서 부산 쪽으로 간다고 했다. 그들도 배내고개의 위치를 알지 못했으므로, 휴대 전화로 아내 및 솔산악회 쪽과 계속 연락을 취하면서 나아가다가 배내골에서부터 올라오는 69번 국도를 만나, 원불교수련원 근처를 지나 언양 석남사 방향으로 나아갔다. 도중의 고개에서 솔산악회 일행 여섯 명을 만나 승용차에서 내린 후, 그들과 함께 걸어서 배내고개의 주차장에 다다랐다.

마침내 우리의 대절버스에 도착하여 젖은 상의를 갈아입고서 준비된 오뎅과 막걸리, 소주를 각각 한 잔씩 들었다. 승용차나 도중의 일행을 만나 도움을 받지 못했다면 비 내리고 안개 낀 가운데 젖은 옷차림인데다 휴대폰의 배터리도 거의 다 방전되었고 날도 저물어가고 있었으니 낭패를 당할 번했다.

돌아올 때는 석남터널을 지나 산내면을 거쳐서 밀양시에 다다른 다음, 진영을 지나 남해고속도로에 올랐다. 밤 7시 무렵 진주역전 사거리에서 하차하여 귀가했다.

12월

3 (일) 맑음 –불명산(시루봉), 화암사

대봉산악회를 따라 전북 완주군 경천면과 운주면의 경계에 위치한 佛明山(427.6m)에 다녀왔다. 아내는 전라도 지역에 많은 눈이 내렸다는 TV 보도를 보고서 동참을 포기했다.

오전 8시 30분까지 장대동의 구 현대예식장 앞에 집결하여 대절버스 한 대로 출발하였다. 대진고속도로를 따라 북상하다가 충남 금산에서 690번 지방도로 접어들어 도중에 17번 일반국도로 바뀐 다음, 대둔산도립공원 입구의 전북·충남 경계지역 전망대에서 잠깐 주차했다가, 오전 10시 30분 무렵에 경천면 가천리에 도착하여 등산을 시작하였다.

가파른 골짜기를 따라 한참 올라서 먼저 花巖寺에 다다랐다. 현재 법당 주변 요사채 등의 보수공사가 진행되고 있는 이 절은 규모는 작지만 1300여 년 전 신라 진덕여왕 3년(649년)에 창건되었을 것으로 추정되는 고찰로서 경내에 두 개의 보물 건축물과 1점의 지방문화재를 보유하고 있다. 그 중 입구의 강당인 雨花樓는 보물 662호, 법당에 해당하는 극락전은 보물 663호이며, 극락전에 비치되어 있는 동종은 지방문화재이다. 두 개의 보물은 모두 조선 광해군 무렵에 중수된 것으로 간주되고 있으며, 특히 극락전의 두공 부근 목조 지지물의 처리는 국내에서 유일한 양식이라고 한다.

화암사의 뒷산이 불명산(시루봉)이었다. 거기서 일행은 방향을 잃고서 한 동안 나아갔던 길을 되돌아오기도 하고 일행 중 일부가 갈리기도 했지만, 나는 한참 후에 집행부가 앞서 나아갔던 길을 뒤따라갔다. 도처에 낙엽이 짙게 깔려 있고, 어제 내린 눈으로 덮인 곳도 있었지만 그다지 많이 쌓이지는 않았다. 용계재를 지나 선녀봉으로 향하는 도중의 능선에서 점심을 들었다. 점심 후 선녀남봉으로 접어드는 갈림길을 놓치고서 곧바로 선녀봉 쪽으로 나아간 사람들도 몇 명 있었다. 쎄레봉을 지나 내리막길 능선을 타고서 오후 5시 무렵에 가천리의 용궁산장으로 하산하였다. 산이 높지는 않지만, 만만히 볼 수 없는 힘든 코스였다.

진주의 집에는 밤 9시 무렵에 도착하였다.

25 (월) 맑고 포근함 -덕산, 청학동, 삼성궁, 최참판댁

오전 10시쯤 현 서방이 운전하는 승용차에 다섯 명이 타고서 진주 시내와 남명로를 가로질러서 원지를 경유하여 덕산에 이르렀다. 산천재 부근의 남명기념관을 둘러보고서 그 근처의 2층 옥상에다 곶감을 널어놓은 민가로 들어가 곶감을 사서 맛보고 덕천서원에도 들렀다.

지리산 내대 마을에서부터 하동 방향으로 근년에 새로 개설된 산복도로와 산청군과 하동군을 잇는 긴 삼신봉 터널을 거쳐 하동군 청암면으로 넘어간 다음, 묵계 마을로 내려가는 도중의 원묵계 산비탈에 있는 시인 겸 산악인 성락건 씨의 거처 茶悟室에 들렀다. 성 씨는 부인 남경옥 씨와 더불어 인도 여행을 떠나고 없고 집은 낯선 남자 두 명이 지키고 있었다. 청학동 골짜기로 들어가 청학동 마을과 그 부근의 三聖宮을 둘러보았는데, 청학동 마을 꼭대기에는 교당 건물이 새로 개축되어져 있었고, 삼성궁 아래의 주차장 주변도 새롭게 단장되어 있었다.

횡천을 거쳐서 하동읍으로 나온 후, 주민에게 그곳의 괜찮은 음식점을 물어서 읍내 섬진강 부근 221-44에 있는 동흥횟집으로 찾아갔다. 오후 2시 반쯤에 거기서 재첩회와 재첩진국으로 점심 겸 저녁을 들었다.

이어서 섬진강을 따라 좀 더 북상하여 박경리 씨의 대하소설 『토지』의 무대가 된 악양 최참판댁에 들렀다. 지난번에 왔을 때는 완공에 가까워져 가는 최참판댁과 그 부근의 고소성·한산사를 둘러보았었는데, 오늘 다시 와 보니 최참판댁이 완공되어져 있을 뿐 아니라 그 부근의 소설에 등장하는 인물들이 살던 올망졸망한 초가집들도 건설되어져 있고, 마을 위쪽에 토지기념관도 들어서 있었다. TV 드라마 〈토지〉를 촬영하기 위해 만든 세트장이 그대로 관광자원으로서 활용되고 있는 모양이었다. 섬진강을 따라서 도로 하동읍을 거쳐 전도까지 내려와 남해고속도로에 올라 오후 5시 반 무렵에 진주의 우리 집에 도착하였다.

31 (일) 맑음 -말탄봉(기마봉), 정동진, 영덕대게

우리 내외가 탄 광제산악회의 대절버스는 대진·경부·중부·영동고속
도로를 경유하여 예정시간보다 꽤 이른 오전 4시가 채 못 된 시각에 강
원도 강릉시 강동면과 옥계면의 경계 지점인 동해고속도로 동해2호 터
널이 있는 지점 언덕 위의 국도 1호선이 지나는 밤재에 도착하였다. 거
기서 내려 산악회 측이 준비해 온 조식을 들고난 이후에도 산행 시작
시각인 오전 5시 50분까지는 꽤 시간이 남았으므로, 한 시간 이상 차
안에서 눈을 붙이고 있다가 헤드랜턴을 켜고서 출발하였다.

원래는 정상인 말탄봉(일명 기마봉, 383m)에서 동해에 떠오르는 일출
을 구경할 예정이었으나, 우리가 정상에 이르렀을 무렵에도 아직 일출까
지는 한 시간 정도가 남았으므로, 그대로 더 나아가 297.2봉에서 기다렸
다가 일출을 보았다. 동녘 하늘에 구름이 끼어 수평선에서 떠오르는 해
를 보지는 못하고 그 조금 위의 구름 사이로 얼굴을 내미는 해맑은 태양
을 바라보았다.

일출을 본 후 산 위에서 라면과 만두 끓인 것을 조금 나눠먹고서 다시
능선을 따라 계속 내려가니 정동진 항구였다. 근년에 TV 드라마인가 무
슨 영화인가의 무대가 되어 전국에 그 이름이 널리 알려진 곳인데, 생각
보다도 규모가 작고 산골짜기에 접한 해변 마을이었다. 정동해수욕장의
파도가 꽤 높아 서핑 하기에 적합할 정도였다. 산에서 내려온 우리 내외
는 해안 언덕 위에 세워진 대형 유람선 모양의 리조트 부근 도로를 따라
내려가 해수욕장 가의 모래시계 공원을 둘러본 후 바다에 면한 정동진역
까지 걸어갔다가 역사에서 100m 남짓 떨어진 곳에 있는 대형 주차장으
로 가서 거기에 대기하고 있는 우리의 대절버스를 만났다.

일행이 모두 도착하기를 기다려 거기서 떡국을 끓여 소주와 함께 든
후 정동진을 출발하여 귀로에 올랐다. 동해안을 따라서 내려오다가 경북
영덕군 영덕읍의 산마루에 풍력발전소가 늘어서 있는 골짜기를 거쳐 바
닷가의 해맞이공원을 지난 다음 창포리 활어횟집 부근의 상호도 없이
입구에 낚시도구 파는 조그만 가게가 있는 민가에 들어가서 그 집에 마

련된 전복 회와 삶은 영덕대게에다 소주로 점심을 때웠다. 아내는 값비싼 영덕대게를 혼자서 네 마리나 먹었고, 나는 전복 회 안주로 소주를 마시느라고 대게는 한 마리 반 밖에 들지 못하였다. 그 마을에서 나는 아내가 좋아하는 덜 말린 오징어를 한 폭 사기도 하였다.

강구에서 다시 7번 국도를 만나 계속 남쪽으로 내려온 후 포항에서부터는 서쪽의 대구로 향하는 고속도로를 탔는데, 도중의 영천 휴게소에서 큰누나에게 전화를 걸어보았다. 대구를 지나 구마고속도로에 오른 다음 남해고속도로 상의 차량정체 정보로 말미암아 화원에서 88고속도로로 접어들었다가, 다시 대진고속도로를 경유하여 밤 7시 무렵 진주에 도착하였다. 우리 집에 돌아와 샤워를 마친 다음 취침 시간까지 제야의 연례 행사인 NHK 紅白노래대항을 시청하였다.

2007년

1월

6 (토) 흐리다가 정오 무렵부터 첫눈 -진양댐, 대원사, 밤머리재

오전 중 처제가 우리 집으로 전화를 걸어와, 내가 에베레스트 베이스 캠프 트레킹을 떠나기 전에 함께 산청군 시천면 원리에 있는 물레방아식 당으로 가서 보리밥과 피리조림으로 점심을 들자고 했다. 황 서방이 특히 좋아하는 곳이라 예전에 몇 번 함께 갔던 적이 있었고, 지난번 크리스마스 연휴에 부산의 누이들과 더불어 그 근방에 갔을 때도 아내가 거기서 점심을 들지 못하는 것을 못내 아쉬워하더니, 처제와 더불어 그 이야기를 하여 이런 제의가 들어온 모양이다.

오전 11시 20분 무렵에 우리 아파트 입구에서 황 서방 내외를 만나 황 서방네 차는 우리 아파트 지하 주차장에다 세워두고서 내가 모는 우리 차로 네 명이서 출발했다. 내평 지역의 진양댐을 가로질러 산청 남사마을로 빠진 다음 덕산에 이르렀다. 지난번 크리스마스 때 들렀던 山天齋 부근의 그 민가에서 아내는 우리 집과 황 서방네 집에 나눌 덜 말린 곶감을 사고, 나는 상자에 든 곶감을 따로 한 상자 샀으며, 이번에도 떡두 개를 공짜로 얻었다. 그리로 가고 있을 무렵부터 눈발이 날리기 시작하더니, 물레방아식당에 다다라 점심을 들고 있을 때는 제법 눈발이 거세지기도 하였다.

돌아오는 길에는 황 서방의 제의에 따라 대원사계곡으로 들어가 보았다. 금년부터 국립공원 입장료가 없어져 그냥 무료로 차를 몰고 절 구역으로 들어가서 대원사와 유평을 지나 그 차도가 끝나는 새재까지 들어가

볼 작정이었는데, 겁이 많은 아내가 눈으로 길이 미끄럽다며 자꾸만 돌아가자고 보채는 바람에 미처 새재 마을까지 도착하지 못하고서 도중에 차를 돌릴 수밖에 없었다.

차에서 내려 대원사 경내를 둘러보았고, 돌아오는 길에는 명상 마을에서 59번 지방도를 따라 홍계리 쪽으로 들어가 백두대간의 끄트머리쯤인 밤머리재를 넘어서 금서면 쪽으로 빠진 다음, 산청 읍내를 가로질러서 진주로 돌아왔다. 밤머리재를 넘어 비탈길을 내려올 무렵에도 눈발이 상당했는데, 오후 네 시가 채 못 된 무렵 진주에 도착하니 날씨가 맑았다. 그러나 진주도 해 저물 무렵부터는 제법 눈발이 날리기 시작하였다.

7 (일) 맑음 ―시코등, 양각산(소뿔산), 흰대미산(흰덤이산)
아내와 함께 고려산악회를 따라 거창군 웅양면과 가북면의 경계에 있는 兩角山(1,150m)과 흰대미산(1,018)에 다녀왔다.

오전 8시까지 공설운동장 1문 앞에서 모여 45명이 대절버스 한 대로 출발하였다. 어제 산청읍에서 돌아올 때 통과했었던 일반국도를 따라 북상하여 생초에서 대진고속도로에 접어들었는데, 차량 통행이 드문 일반국도는 온통 얼음으로 뒤덮여 있었다.

웅양면 소재지에서 구도로인 1099번 지방도를 따라 올라가 소머리재(牛頭嶺)에서 하차하여 등산을 시작하였다. 경남 거창군과 경북 김천시의 경계를 이루는 산 능선을 따라 오른쪽 방향으로 계속 올라가서 오늘 등산의 최고봉인 시코등(1237봉)에 이르렀다. 그 능선을 계속 따라가면 바로 건너편에 바라보이는 수도산(1,313)에 이르게 되고 단지봉을 지나 가야산으로까지 연결되지만, 우리 일행은 시코등에서 남쪽으로 방향을 틀어 지능선을 따라 내려왔다. 위험한 암릉지대와 1166봉을 지나 양각산에 채 못 이른 지점에서 점심을 들었다. 양각산은 뿔 모양의 두 봉우리가 우뚝 솟아 있다 하여 소뿔산이라고도 불리는데, 이 근처의 산이나 지명에는 소코샘·소구유마을 등등 소와 관련된 것들이 유난히 많다.

산에는 어제 내린 눈으로 말미암아 무릎 정도까지 눈이 쌓인 곳도 있으므로 우리는 올해 들어 처음으로 아이젠과 스패츠를 착용하고서 계속 나아갔다. 마지막 높은 봉우리로서 소의 어깨에 해당하는 흰대미산(흰덤이산)에 오르면 발아래 오른쪽으로 俛宇 郭鍾錫이 만년을 보낸 茶田 즉 지금의 가북면 중촌리 심방 마을이 내려다보이고, 그 조금 아래편에 茅溪 文緯의 무덤이 있는 산수 마을도 바라보인다. 우리는 보해산으로 연결되는 그 능선을 벗어나 웅양면 산포리의 우량동(소불알마을) 쪽으로 하산하였다. 그 마을에 대기해 있을 줄로 알았던 대절버스가 보이지 않으므로, 얼음으로 미끄러운 1099번 콘크리트 포장도로를 따라 계속 걸어서 도중에 대형 채석장 두 곳 근처를 지나며 산포 마을 어귀의 커다란 소나무가 서 있는 국도 3호선에까지 도착해서야 비로소 오늘 산행을 모두 마칠 수 있었다.

거기에서 준비된 국물과 술을 들면서 일행이 모두 하산하기를 기다렸다가, 근년에 새로 개통된 거창 외곽도로를 거치고 88고속도로와 대진고속도로를 경유하여 밤 7시 무렵에 진주에 당도했다.

2월

7 (수) 맑음 –무안, 목포 지역

아내는 오전 11시 30분 고속버스를 타고서 서울로 출발하여 하와이에서 개최되는 연세대학교 간호대학 30주년 모임에 참석했다가 12일에 귀국하게 되며, 나는 오늘과 내일 이틀간에 걸쳐 전남 목포시 죽교동 신안비치호텔 아리랑관에서 개최되는 2006학년도 본교 인문대학 교수동계 세미나에 참석하게 되었다. 오전 9시 40분 무렵 대절버스 한 대로 인문대 뒤편을 출발하여 곡성 휴게소와 광주를 거쳐 무안의 안성식당에서 점심을 든 후, 務安 回山의 白蓮池와 백련차전시관·수생식물원 등을 둘러보았다.

목적지인 목포에 도착하여 용해동에 있는 국립해양유물전시관·목포자연사박물관을 둘러본 다음, 신안비치호텔에 도착하여 방 배정을 받고서 바로 10층 스카이라운지에 있는 연회실로 올라가서 세미나를 가졌다.

세미나를 마친 다음, 다시 대절버스를 타고서 호텔에서 시내 쪽으로 한참을 더 나아간 지점에 있는 인동주마을이라는 술집에 들러 홍어회와 인동초로 담았다는 인동주 등으로 석식을 들었다. 홍어를 우린 국이 특별히 맛있었다. 이번 코스는 목포 출신인 사학과의 강길중 교수가 예비 답사에 따라와 사전에 여러 가지로 배려해 두었으므로 그의 친구 및 지인들로부터 여러모로 도움을 받게 되었다. 행정실장을 비롯한 인문대 행정실의 직원들과 각 학과 조교들도 대부분 함께 따라왔다.

호텔로 돌아와 나는 철학과의 배석원·류왕표 교수와 더불어 502호실에 들게 되었다. 밤에 3층 방에서 바둑이나 술 모임이 있는 모양이었지만, 나는 이미 인동주로 어느 정도 취기가 있으므로, 밤 10시 가까운 무렵에 남보다 일찍 잠자리에 들었다.

8 (목) 비 -목포, 강진 지역

새벽 5시 무렵에 일어나 어제 및 네팔 여행 중이었던 1월 18일의 일기를 입력하였다.

일기 쓰기를 마친 후, 새벽에 호텔 2층의 사우나실로 내려가 목욕과 사우나를 하였고, 8시에 1층 구내식당에서 조식을 들고, 커피숍에서 배석원 교수와 더불어 한 잔에 4천 원 하는 커피를 들었다.

오늘 아침 유달산에 올라보기로 예정되어 있었지만, 부슬비가 내리는지라 노적봉 앞에서 하차하여 그 일대의 콘크리트 계단을 걸어서 오르내리며 목포 시가지를 좀 내려다 본 것으로써 대체하였다. 그 대신 어제 방문할 예정이었던 龍海洞 9-36의 南農記念館에 들러보았다. 거기서 조선조 말 남화의 정통 맥을 이은 小癡 許鍊(1808~1893), 米山 許瀅(1862~1938) 그리고 南農 許楗(1908~1987)으로 이어지는 삼대의 거장 및 그 일족 5대에 걸쳐 배출된 화가들의 그림과 기타 조선조의 유명 화가 및 현대의 중견 중진 작가들의 작품 300여 점을 관리인의 설명을 곁들여 감상하였고, 관내에 전시되어 있는 남농이 수집한 수석과 골동품들도 둘러보았다. 도중에 목포 어시장에도 들러 홍어회를 비롯한 여러 해산물들을 둘러보았다.

강진에 이르러서는 '모란이 피기까지는'의 시인 김영랑 생가를 방문하였다. 예전에 고등학생 무렵 혼자서 물어물어 이곳을 방문했던 적이 있었는데, 지금은 대로에서 그리로 들어가는 길이 직선으로 정비되었고, 지방문화재로 지정되어져 유적과 유물이 잘 정비되어 전시되고 있었다. 영랑은 당시 500석지기 대지주의 아들이어서, 가끔씩 전국적으로 저명한 소리꾼들을 자택으로 초빙하여 여러 날 동안 그들에게 숙식을 제공하며 창을 감상하기도 하였다고 한다. 그 부근 강진읍 남성리 33의 버스정류장 앞에 있는 소문난 전통음식점 해태식당에 들러 한정식과 소주로 점심을 들었다. 과연 소문대로 메뉴가 풍성하면서도 맛이 있었다.

벌교와 순천을 거쳐 오후 4시가 채 못 되어 진주의 가좌캠퍼스에 도착해 해산하였다. 목포의 남농기념관에서 소치의 자서전 『小癡實錄』(金泳鎬 編譯, 서울, 瑞文堂, 1976 초판, 2000 4판), 남농의 저서 『南宗繪畫史』(서울, 서문당, 1994 초판), 팸플릿 『小癡 許鍊과 雲林山房의 藝脈』을 샀고, 남농기념관 안내 팸플릿도 한 부 구해왔는데, 연구실에서 퇴근 무렵까지 팸플릿 두 종의 내용을 읽어보았다.

23 (금) 맑음 -함양용추자연휴양림

남명로로 접어들어 함양 쪽으로 가는 국도를 따라 차를 달려 오후 1시 무렵에 한국동양철학회 2007년 제52차 동계학술회의가 열리는 함양용추자연휴양림에 도착하였다. 이른바 安義三洞 중 尋眞洞의 골짜기 안쪽 깊숙한 곳에 자리 잡은 것이었다. 그 근처 대추나무집이란 식당에서 혼자 점심을 들고서 오후 2시 남짓부터 시작된 학술회의에 참석하였다.

다시 대추나무집으로 내려가 석식을 든 후, 절반 이상의 참석자가 당일 중으로 돌아갔고, 열 명 정도의 사람들이 남아 그 식당에서 옥외 바비큐 파티와 실내에서의 토종닭 시식을 가졌다. 밤 11시 무렵에 찬바람을 맞고 하늘에 반짝이는 별들을 바라보며 걸어서 회의장을 겸한 숙소 건물로 돌아왔다. 실내는 일반 콘도처럼 시설이 갖춰져 있었고, 온돌 난방도 되어 있었다. 다른 방에서 계속 모임을 가지는 모양이지만, 나는 수술 후라 어차피 술을 삼가야 하므로 독방에서 먼저 취침하였다.

24 (토) 맑음 -용추폭포, 남계서원, 정여창 묘소, 정여창 종택
아침에 혼자서 자연휴양림 일대를 산책하였다. 우리가 머문 2층 건물 위쪽으로 산복도로가 건설 중이었으므로, 그 길을 따라서 위쪽으로 걸어보다가 어디까지 이어지는지를 몰라 도중에 되돌아왔다. 일동이 모두 일어나기를 기다려 가방을 챙겨서 차를 몰아 대추나무집으로 내려가서 조식을 들었다. 거기서 나는 이 시기의 특산인 고로쇠 물 두 통을 7만 원에 구입하였다.

자연휴양림을 떠나 계곡을 내려오는 길에 용추폭포에 들렀고, 이어서 함양의 灆溪書院과 一蠹 鄭汝昌 묘소 그리고 함양 介坪 마을에 있는 일두 종택에도 들렀다. 함양군 수동면 원평리에 있는 水東메기탕이라는 식당에 들러 메기탕으로 점심을 든 후 학회 참석자들 및 초청자인 김윤수 씨와 작별하여 갔던 길을 따라서 귀로에 올랐다.

돌아오는 길에 산청군 후천마을에서 샛길로 빠져나가 간디학교를 거쳐 권오민 교수의 산장을 방문하였다. 권 교수는 주말이면 늘 그렇듯이 자신의 산장에 와서 작업복 차림으로 정원 일을 하고 있었다. 차와 강정을 들며 좀 대화를 나누다가 그곳을 떠나 둔철산을 건너서 산청군 단계 마을을 지나 진주로 돌아올까 했으나, 현재 그 도로의 2차선 확장공사가 진행 중이라 통행이 불편하여 도중에 차를 돌려서 되돌아왔다. 되돌아오는 도중에 태워달라고 부탁하는 한 할머니를 승용차 뒤 좌석에 실었는데, 그 할머니는 둔철 마을에 살다가 3년 전에 진주 시내로 이주하여 영감님과 둘이서 살고 있는 분이었다. 아직도 산꼭대기의 그 마을에 농토가 있어 가끔씩 들르는 모양이었다. 그 할머니를 진주 시내까지 태워드리고서 집으로 돌아왔다.

3월

4 (일) 남원은 흐리고 때때로 성근 빗방울, 진주는 오후에 비
　-만행산(천황봉)

고려산악회를 따라 전북 남원시 山東面과 寶節面 道龍里 사이에 위치한 萬行山 天皇峰(909.6m)에 다녀왔다. 아내는 서울에서 돌아온 이후 감기 기운이 있어 집에서 쉬었다.

오전 8시까지 공설운동장 1문 앞에 집결하여 대절버스 한 대로 출발하였다. 대진·88고속도로를 경유하여 南長水 요금소로 빠져나간 후, 19번 국도를 따라 서쪽으로 향하다가 북쪽으로 꺾어들어 산동면 대상리에서 하차하였다.

벌통이 여기저기에 놓인 시골길을 2km 정도 걸어 들어가 歸政寺에 다다랐다. 올 때까지는 몰랐지만, 이 길은 예전에 하산 차 걸어본 기억이 있다. 안내판의 설명에 의하면, 귀정사는 백제 무령왕 때 창건된 대찰로서 왕이 여기에 사흘간 머물며 정무를 보다가 돌아갔다 하여 이런 이름이 붙여진 것인데, 6.25 때 UN 군에 의해 소각되었다가 재건된 것이라고 한다. 현재는 조그만 규모였다.

귀정사에서부터 한참동안 가파른 오르막길이 이어지다가 능선에 올라 얼마를 더 간 후 정상인 천황봉에 다다랐다. 산의 옛 이름은 만행산이었으나 현재는 천황봉으로 부르고 있으며, 정상 표지석이나 도로교통지도에도 천황봉이라고 적혀 있다. 이른바 금남호남정맥 상의 팔공산 서편 마령재에서 남원시를 향해 남쪽으로 이어지는 지맥에 위치한 것이다.

고려산악회는 창립한 지 2년이 되는데, 오늘 정상에서 3년째를 맞이하는 산신제를 지냈다. 정상에는 바람이 제법 세고 약간의 빗방울도 떨어지므로 능선을 따라 북쪽으로 좀 더 올라가다가 바람을 피할 수 있는 무덤가에서 점심을 들었다. 거기서 더 북쪽에 있는 상서바위까지 갔다가 큰재에서 큰골을 따라 보현사 쪽으로 하산하였다. 보현사 바로 앞에는 용평 댐이 건설 중이었다. 댐 아래의 용평 마을에 우리가 타고 온 대절버

스가 대기하고 있었다. 나는 도착 후 주최 측으로부터 동태국과 소주 한 병을 받아 마을회관(경로당) 계단에 혼자 앉아서 들었다.

하산을 완료한 후 일찍 출발하여 진주로 돌아왔다. 진주에는 오후 들어 제법 많은 비가 내리고 있었다.

11 (일) 꽃샘추위에 산 위는 눈바람 -백악산

희망산악회를 따라서 慶北 尙州市와 忠北 槐山郡 靑川面의 경계에 위치한 白岳山(856m)에 다녀왔다. 아내는 원고를 정리하여 내일 오전에 출판소로 넘겨야 한다면서 집에 남았다.

오전 8시 시청 서문 앞에서 출발하게 되어 있는데, 우리 내외의 오랜 산 친구인 박양일 씨가 회장으로 있는 이 산악회는 준비된 대절버스의 정원이 차면 출발시간에 불구하고 발차하므로 평소보다 반시간이 빠른 오전 7시 무렵에 집을 나섰다. 오늘 산행에는 지난 1월에 히말라야 트레킹을 함께 했었던 실버 그룹의 김중곤·강위생 씨를 비롯하여 평소 산행을 통해 서로 알고 지내는 사람들이 특히 많았다.

3시간 정도 차를 타고서 오전 11시 무렵에 백악산 아래의 상주시 화북면 입석리에 있는 화북초등학교 입석분교 부근에 도착하여 등산을 시작했다. 비교적 경사가 완만한 물안이골을 따라서 산을 오르기 위함이었다. 차가 상주시 화북면의 경내에 접어들었을 무렵부터 이따금 흰 눈발이 조금씩 내리기 시작하더니, 등산을 시작하여 나아갈수록 점차 눈발이 굵어졌고, 주능선의 수안재에 올랐을 무렵에는 강한 바람과 더불어 눈발도 거세졌다. 나는 지난주의 산행을 통해 이미 겨울은 다 가고 봄이 왔다고 여겼기 때문에 방한복을 별로 준비하지 않았고, 바지는 여름용 등산바지에다 팬츠 외에 아래쪽 속옷은 아무것도 입지 않았다. 부작용이 강한 페그인터페론 주사와 복용약을 통해 C형 간염을 치료 중이므로 그렇잖아도 몸 상태가 평소와 다른데, 이처럼 강추위를 만난다는 것은 정말 뜻밖이었다. 대왕봉(819.1)을 거쳐 정상에 이르기까지 능선 길에는 계속 눈보라가 쳤고, 길이 험한데다 쌓인 눈으로 말미암아 더욱 미끄러웠다.

정상에 도착하여 표지석이 서 있는 바위를 바람막이로 하여 강위생 씨와 더불어 눈을 맞으면서 점심을 든 후 혼자서 846봉 삼거리에서 지능선 길을 따라 입석리의 삼송교 쪽으로 내려왔다. 지능선 길의 도중부터 하산을 완료할 때까지 눈은 흔적도 없었다. 石門寺 아래의 계곡물이 다리처럼 생긴 기다란 바위 밑으로 난 천연 구멍을 통해 떨어져 내리는 玉樑폭포를 지나서 차가 대기하고 있는 주차장으로 향했다.

백악산에는 몇 번이나 왔었는지 기억이 확실치 않지만, 박양일 씨의 말에 의하면 예전에 그와 내가 산 위에서 헬기를 동원한 한·미군 합동군사훈련 현장을 목격했던 것은 이 산 정상 부근의 헬기장에서였다고 한다. 정상에서 바라보이는 건너편 능선은 속리산의 문장대·묘봉 등이며, 그 반대 방향으로는 백두대간 능선 상의 청화산·조항산·대야산 등이 바라보였다.

돌아올 때는 경북 선산에서 한 번 주차한 후, 경부·구마·남해고속도로를 경유하여 네 시간쯤 걸려 진주에 도착하였다. 밤 9시 무렵에 집으로 돌아왔다.

18 (일) 맑음 -연화도

아내와 함께 청산산악회의 통영시 욕지면 연화도 여행에 예약을 해둔 지라, 오늘 오전 8시 30분까지 경남문화예술회관 앞에서 합류하여 대절버스 한 대로 출발하였다. 예약을 하지 않고서 참가한 인원이 많아 80여 명의 참가자 중에는 버스 통로에 서서 가는 사람들도 적지 않았다.

대전에서 진주를 거쳐 통영까지 연결되는 고속도로 중 개통된 지 1년 남짓 된 통영까지의 노선을 전 구간 달려보기는 이번이 처음이었다. 통영시 미륵도의 마리나리조트 부근에 있는 유람선 선착장에서 배를 한대 대절하여 남쪽 24km 지점의 욕지도와 매물도 사이에 위치한 蓮花島에 이르렀고, 통영 8경의 하나인 용머리·거북바위를 지나 섬을 한 바퀴돌아서 연화리 본촌에 있는 여객선 터미널에 도착하여 하선하였다. 연화도에는 약 100세대 200명의 주민이 살고 있다 하며, 연화리에 초등학교

분교도 하나 있었다.

연화리 터미널로부터 오른편으로 나 있는 트레킹 코스를 따라 산에 올라서 능선까지 다다른 다음, 그 능선 길을 따라 정상인 연화봉 (212.2m)에 다다랐다. 트레킹 코스는 약 3시간이 소요되는데, 날씨가 화창하여 주위의 한려수도 풍경이 그저 그만이고, 이따금씩 개나리도 보이고 곳곳에 빨간 동백꽃이 만발해 있었다. 우리 내외는 사명대사가 수도하던 토굴 터라는 곳을 지나 근자에 이루어진 普德庵을 둘러보고서 돌아오는 길에서 海水觀音 石像을 내려다보았고, 修禪堂 쪽으로는 가지 않고서 능선 가의 5층 석탑을 지나 우리 일행이 점심을 들고 있는 큰길과의 합류 지점에서 빵과 포도 주스 그리고 한라봉 오렌지와 반찬 없는 주먹밥으로 식사를 하였다.

식후에는 콘크리트 포장도로를 따라 섬의 반대쪽 끝 마을인 용머리 부근의 동두 부근까지 갔다가 도중에 나 혼자서 등산로를 취해 점심을 들었던 지점까지 되돌아왔고, 거기서 다시 포장도로를 따라 내려오다가 연화사에 들러 석가모니 진신사리를 모셨다고 하는 9층 석탑도 둘러보았다. 그 석탑은 오대산 월정사의 것을 본뜬 것이었고, 주변 석등은 지리산 화엄사 각황전 앞의 것을 그대로 본뜬 것이었다. 근년 들어 이 섬전체가 무슨 불교성지처럼 꾸며지고 있었다. 중국 절강성 바다 안의 관음성지 보타락가산을 모방한 모양이다. 나 혼자서 포장도로를 버리고 연화사로 내려가는 도중에 천연기념물 344호로 지정된 생달나무와 후박나무의 숲을 지나치기도 했다.

아내와 여객선터미널에서 다시 만나 횟집에서 멍게와 해삼을 주문하여 함께 맛보기도 하고 이런저런 해산물 반찬거리도 구입하여 통영으로 돌아왔다. 통영의 유람선 터미널에서는 다시 껍질째인 굴을 한 상자 구입하였다.

25 (일) 화창한 봄 날씨 -장군봉
오랜 산 친구인 유홍렬 씨가 회장으로 있는 천왕봉산악회를 따라 全北

完州郡 東上面 新月里와 鎭安郡 朱川面 대불리 사이에 있는 將軍峰(742m)에 다녀왔다. 아내는 서울에 출장 중이므로 함께 가지 못했다.

오전 8시 30분까지 장대동 구 미니주차장 근처의 물푸레사우나 및 경남스토어 앞에서 집결하여 대절버스 두 대로 출발하였다. 대전·통영 간 고속국도를 경유하여 전북 장수군 장계리에서 26번 국도로 접어든 다음, 진안읍의 마이산도립공원 북쪽을 경유하여 완주군 소양면 화심리에서 749번 지방도로 접어들었고, 동상면의 동상저수지를 경유하여 732번 지방도를 만난 다음 신월리 鳩首 마을에서 하차하였다.

오전 11시 무렵부터 등산을 시작하였다. 원래 예정은 산중턱의 차도가 끝나는 구수산장 버스정류소에서 하차하여 훈련장삼거리로부터 장군봉 쪽으로 진행하기로 되어 있었으나, 기사가 도착지를 착각하였는지 구수산장에 못 미친 중간지점의 갈림길에서 차를 세웠다. 우리 일행은 그 갈림길에 장군봉 방향의 등산로를 가리킨 큼직한 바위 표지를 보고서 그 표지를 따라서 신월리가 아닌 밤목리계곡 쪽으로 접어들었으므로, 처음부터 길을 잘못 들었다. 계곡의 오솔길을 따라 올라가다가 산죽이 우거진 산중턱에서 길이 사라져 버렸으므로 오른쪽 능선을 향해 치고 오른 다음, 장군봉에서 아래쪽으로 제법 떨어진 성봉(787m)의 헬기장에 도착하여 점심을 들었다.

식사를 마친 다음, 능선 길을 따라서 북향하여 마침내 오늘의 목적지인 장군봉에 올랐다. 진안군 주천면의 운일암반일암 쪽에서 바라보면 장군봉이 우람하게 허공중에 치솟아 있는 모습이 인상적이었는데, 막상 완주군 쪽 코스에서 보면 별로 이렇다 할 특징이 없었다. 남쪽으로는 운장산(1,125.9)에서 구봉산(919)으로 이어지는 능선이 바라보였다.

장군봉에서부터 북쪽의 715삼거리까지는 가파른 바위 절벽을 밧줄을 잡고서 기어 내려가는 코스가 더러 있어서 위험하기도 했거니와 장갑과 옷이 진흙에 묻어 더러워졌다. 중수봉(682)과 대둔산 방향으로 이어지는 능선 도중의 삼거리에서부터 샛길을 취해 다시 몇 군데 밧줄을 타고서 하산하여 군부대에 속해 있는 모양인 훈련장 삼거리와 구수산장을 거쳐 아침의 등산 기점으로 되돌아왔다.

이번 산행에서도 안나푸르나 트레킹을 함께 했었던 경상화공약품을 경영하는 이영근 씨를 만났다. 여러 사람이 내게 술을 권했지만, C형 간염 치료 중이므로 점심 때 맥주 한 잔과 소주 한 잔을 받아 마신 외에는 모두 사절하였다.

오후 4시 반쯤에 구수 마을을 출발하여 밤 8시 반쯤에 진주로 돌아왔다. 아내는 아직 돌아와 있지 않았다.

28 (수) 맑음 -진주, 산청 지역

오늘부터 2박 3일간에 걸쳐 2007학년도 철학전공 답사를 떠나게 되었다. 작년의 안동 퇴계 권에 이어 금년 주제는 '남명 조식 선생의 일생과 사상'으로서 남명 및 그 대표적인 문도들의 유적을 둘러보게 되었다. 학과장인 배석원 교수가 부산교통의 조옥환 사장과 면담하여 사흘간에 걸쳐 기사를 포함한 관광버스 한 대를 무료로 지원받게 되었다.

인문대학 옆 운동장에서 오전 10시 무렵에 출발하였다. 배석원·류왕표·정병훈·이성환·오이환 교수와 학생 36명을 포함하여 40여 명이 출발하였다. 함께 간 대학원생 유재한 군을 제외한 본교 철학과 출신 시간강사 4명은 저녁 무렵 덕산의 남명기념관에서 합류하였다. 도동의 법원 뒤편 仙鶴山 중턱에 있는 守愚堂 崔永慶의 유적지 道江書堂, 수곡면 사곡의 覺齋 河沆 유적지 및 大覺書院, 그리고 각재의 조카인 松亭 河受一의 유적지 落水庵을 둘러본 후 단성 읍에서 점심을 들었다. 나는 남는 시간에 培養마을의 문익점 면화시배지 부근에 있는 眞庵 李炳憲의 培山書堂 입구에 새로 새워진 康有爲 손자의 친필을 새긴 비석을 둘러보았다.

산청읍 지리에 있는 西溪書院과 德溪 吳健의 묘소 및 胎室을 둘러본 후, 산청군 금서면과 삼장면의 경계를 이루는 백두대간 밤머리재를 넘어서 시천면의 남명기념관으로 갔다. 덕산에 도착한 이후로는 나를 대신하여 사단법인 남명학연구원의 전임 사무국장인 김경수 군이 설명을 맡게 되었다. 기념관 구내와 齋室, 山天齋 및 덕천서원 등을 둘러보고서 천왕봉 아래 마을 중산리로 가는 도중에 있는 시천면 동당리의 지리산관광휴양지 가야정에서 숙박하였다. 예전에 이곳 가야정에서 철학과의 전공 진입생 환영 모임을 가진 바 있었다.

29 (목) 맑으나 밤에 비 -합천 지역

간밤에 본교 대학원 졸업생으로서 시간강사인 박라권·안명진·구자익 군은 오늘 수업이 있다 하여 먼저 진주로 돌아갔고, 아침에 정병훈 교수의 부인이 차를 몰고 와 정병훈·류왕표 교수와 여학생 세 명을 태우고서 돌아갔다. 새벽에 정병훈 교수 등과 더불어 부근의 산길을 산책하며 대화를 나누었다.

조식 후 나머지 인원은 가야정을 출발하여 합천군 삼가면 토동의 雷龍亭과 그 옆에 복원된 龍巖書院 및 남명 생가 터를 둘러보았다. 토동도 몰라보게 달라져 있었다. 2년 전에 복원되어 아직 정식으로 낙성식을 올리지 않은 용암서원은 덕천서원 규모 정도로 크게 지어져 있는데, 기왕의 뇌룡정도 하천 부지에 속해 있어 머지않아 용암서원 옆의 다른 장소로 옮겨질 것이라 하며, 생가 터에 있던 민가는 철거되고 얼마 후 그 자리에다 생가도 복원할 예정인 모양이다.

대의면 소재지에 새로 크게 들어선 한우불고기 집에서 갈비탕으로 점심을 들었다. 오후에는 합천읍과 합천댐 수문을 거쳐 합천임란창의기념관을 방문하였고, 거기서 돌아 나오는 길에 명소인 黃溪瀑布에도 들렀다. 해인사 입구의 가야면 황산리에 있는 孚飮亭과 그 위에 새로 들어선 來庵 鄭仁弘의 사당 및 신도비를 둘러보았다. 김경수 군을 따라서 황산리에 살고 있던 내암 후손 鄭琪哲 씨의 댁에 들러 그 부인과 둘째 아들을 만나 보았다. 올해 78세인 정 씨는 근년에 대장암 수술을 받았는데, 집도한 의사는 이후 5개월 정도 생존할 수 있을 것이라고 했으나 수술 후 경과가 좋아 1년 정도 사회활동도 했었다. 그러나 근자에 다시 상태가 악화되어 병원에 입원해 있다가 위독해진 이후 임종을 위해 집으로 모시고 왔는데, 고통에 신음하는 모습이 보기 안타까워 며칠 전 다시 대구에 있는 병원으로 옮겨졌다고 한다. 그는 종손은 아니지만 사실상 내암의 문중을 대표하는 입장으로 爲先사업에 활발하게 종사해 왔었다. 나와는 작별 인사도 나누지 못하고서 이렇게 영원한 이별을 하게 되었다.

오후 6시 무렵의 늦은 시간에 해인사에 도착하여, 미리 연락해 두어대기하고 있던 문화유산해설사의 안내를 받아 팔만대장경 장판고 등을둘러본 다음, 절 부근 치인리 집단시설지구 안의 관광호텔 아래에 있는산장별장여관에 투숙하였다. 밤 9시 남짓부터 자정에 가까운 시각까지여관 부설 식당에서 학생들과 대화를 나누었다. 간밤에 가야정을 떠났었던 구자익 군이 다시 우중에 차를 운전해 와서 후배들과 어울리다가 밤늦은 시각에 김경수 군을 태워 진주로 돌아갔다. 김 군도 내일 진주보건전문대학에서 강의가 있는 모양이다.

30 (금) 쾌청 -성주, 김해, 의령 지역
느지막하게 조식을 든 후 산장여관을 출발하여, 황산리에서 59번 지방도로로 빠져서 정인홍 묘소 입구를 경유하여 가야산 백운대 앞을 지나성주군 수륜면으로 진입하였고, 수륜면에서 33번 국도를 만나 북상하여寒岡 鄭逑를 모신 檜淵書院에 도착하였다. 간밤에 김경수 군이 진주로돌아갔으므로 그곳에서부터는 다시 내가 설명을 맡았고, 성주군청에 소속된 문화유적해설사가 뒤늦게 나타나 건물 등의 설명을 해 주었다. 해설사가 선도하는 차량을 뒤따라 성주군 대가면 사도실 마을에 도착하여東岡 金宇顒의 13대 종손 心山 金昌淑의 생가와 심산의 며느리를 방문하였고, 종택 부근에 예전부터 있었던 晴川書堂과 대원군 때 훼철 된 이후근년에 재건된 청천서원을 둘러보았다.

대가면에서 성주읍을 거쳐 왜관으로 빠져나온 다음, 경부고속국도를타고서 남하하여 대구, 경주와 언양을 지나 통도사 정문 입구인 경남양산시 하북면 순지리에 있는 오복식당에 들러 점심을 들었다. 양산·구포 간 고속국도로 접어들어 대동 IC에서 기타도로로 빠져나온 다음, 경남 김해시 大東面 酒同里 院洞에 있는 山海亭(新山書院)에 다다랐다. 예전에 내가 여기에 몇 번 들렀을 때는 대원군 때 서원이 훼철된 이후 다시 세워진 산해정 한 채만이 퇴락한 모습으로 남명의 유허를 지키고 있었는데, 근년에 산해정을 보수하여 강당으로 삼고, 그 주변에 祠宇와 兩齋 그리고 담장을 둘러쳐서 서원의 격식을 갖춘 다음, 강당에다 산해정과 신산서원의 편액을 나란히 붙여두었다. 김해시에서 서원의 관리를 맡은 노인이 두 명 와서 문을 열어주고 사우를 참배할 수 있도록 배려해 주었다. 신산서원에서 내려오는 길에는 그 아래쪽 삼거리의 조그만 야산 윗부분에 있는 남명 부인 貞敬夫人 南平曺氏의 무덤에도 들러보았다.

김해시와 남해고속국도를 경유하여 진주로 귀환하는 도중에 마지막 답사지인 의령의 鼎巖津에 들러 누각에 올라서 옛 남강 나루터를 바라보며 忘憂堂 郭再祐의 전적지를 설명하였고, 의령군 유곡면 세간리의 곽재우 고향 동네에 이르러 임진왜란 최초의 의병을 일으킬 당시 북을 매달아 두드리며 군사를 소집하였다는 懸鼓樹와 그 마을에 거주하는 안내인이 도착하여 문을 열어주자 작년에 새로 낙성되어 아직 電氣 설비도 미쳐 갖춰지지 않은 곽재우 생가 안으로 들어가 두루 둘러보았다. 그러나 이곳은 생가 터가 아니고 마을 끄트머리에다 관광용으로 조성한 것이었다.

2박 3일 간의 답사를 모두 마치고서 밤 8시 남짓에 진주로 돌아와 MBCINE 앞에서 부산교통의 허 기사와 작별하였고, 그 부근 가좌동 644-2에 소재한 건물 위층의 해물샤브 전문식당 '영순이'에 들러 쇠고기 샤브샤브로 늦은 저녁식사를 들었다. 대학원생 및 가야정에서 합류했었던 강사들도 모두 다시 모였다. 학생들과 작별한 후 거기서 보쌈을 새로 시켜두고서 강사들과 좀 더 대화의 시간을 가진 후, 배석원·이성환 교수 및 김경수 군과 더불어 안명진 군의 승용차에 동승하여 귀가 길에 올랐다. 집에 도착해 샤워를 마치고서 밤 11시 30분 무렵에 취침하였다.

4월

8 (일) 오전 중 흐리고 낮 한 때 빗방울 -관악산

박양일 씨가 회장으로 있는 희망산악회를 따라 서울 관악구와 경기도 과천시·안양시에 걸쳐 있는 冠岳山(629.1m)에 다녀왔다. 아내는 같이 가 겠다고 했다가 일이 바쁘다며 며칠 전에 예약을 취소했다.

오전 6시 반에 도동의 시청 서문 앞에서 부산교통 관광버스 한 대를 대절하여 출발했다. 대진고속도로를 경유하여 오전 10시 반 무렵에 서울시 관악구의 지하철 사당역 앞에 하차하여 등산을 시작했다. 나는 일행으로부터 뚝 떨어져 수많은 인파 속에서 자기 페이스로 혼자 산을 올랐다. 관음사와 낙성대갈림길·마당바위를 경유하여 관악산 정상인 戀主臺에 올랐다. 연주대의 바위 절벽 위에 우뚝 선 암자는 내가 몇 년 전 서울대 입구의 관악산 정문 쪽으로부터 오르내렸을 때까지만 해도 암자 밑을 쇠기둥으로 받친 독특한 모습을 유지하고 있었는데, 달력 같은 데에도 자주 등장하던 그 기이한 모습은 안전상의 이유 때문인지 이제는 쇠기둥 대신 돌 조각들로써 암자 밑바닥과 바위 절벽 사이의 간극이 메워져 있었다. 그 아래편에 위치한 큰 절인 戀主庵 위쪽 능선의 바위에 앉아 과천 쪽 풍경을 바라보면서 혼자 점심을 든 후 KBS 송신탑을 지나 팔봉능선으로 접어들었다.

팔봉능선이 끝난 지점 맞은편의 정상에 방송 송신탑이 서 있는 三聖山 (455m) 아래 계곡 길을 따라서 남쪽으로 내려오다가, 서울농대수목원의 북문을 만나서 수목원을 우회하는 산길을 따라 다시 여러 개의 능선을 넘어서 안양유원지 쪽으로 내려왔다. 유원지 일대는 지금은 예술공원으로 되어 있었다. 나는 오후 5시 5분 무렵에 우리들의 대절버스가 대기하고 있는 주차장에 제일 꼴찌로 도착하였는데, 일찍 온 사람들은 나보다도 한 시간쯤이나 먼저 도착한 모양이다. 주차장 관리원이 우리의 대절버스에 대해 승용차 네 대 분의 주차료를 요구하므로, 그 문제로 우리 버스가 출입구를 가로막고서 한참동안 시비를 벌이다가 경찰까지 동원된 끝에 결국 주차료를 내지 않고서 그곳을 떠나게 되었다.

돌아오는 길에 이천의 미리 예약해 둔 식당에 들러 부대찌개로 저녁 식사를 든 후 밤 10시 반쯤에 진주에 도착하였고, 집에 도착하여 샤워를 마친 다음 11시 가까운 시각에 취침하였다.

12 (목) 맑음 -하동 행

서울서 내려온 又峰 崔永新 화백으로부터 전화를 받았다. 나보다 두 살 위인 그와는 내가 대학 시절 곤양 多率寺에 출입할 때 그 절에서 서로 알아 呼兄呼弟 하는 사이가 되었다. 대학을 졸업한 이후 내가 해외에 유학하게 되어 서로 오랫동안 소식이 끊어졌었는데, 내가 경상대에 부임하여 진주에 거처하게 되자 남명학연구원장 김충렬 교수의 중개로 서로 다시 연락이 이어져 두 번 정도 진주에서 만났고, 서울에서도 한두 번 만난 기억이 있는데, 웬일인지 그 이후 십 년 정도 전혀 연락이 없었던 것이다. 그가 예전에 내게 그려 준 묵화 몇 장에는 모두 友鳳 崔永國이라고 서명되어 있는데, 1999년에 가족 모두가 이름을 바꾸었다고 한다.

약속 장소인 칠암동 경남문화예술회관 앞으로 가서 그 주차장 가의 전통찻집에서 최 화백을 만났고, 그와 함께 있는 진주시 나동 독산리의 白岩수제차 및 전통 찻집 다향원의 주인 백형민 씨의 안내로 그 근처의 주원山오리 식당으로 자리를 옮겨 셋이서 함께 점심을 들었다. 점심 값은 내가 지불하였다. 식사를 마친 후 독산리의 다향원으로 자리를 옮겨 백 씨가 손수 따라주는 차를 마시며 대화를 나누다가, 최 형의 요청에 따라 함께 하동읍으로 가서 최 형이 대표를 맡게 된 섬진강문화포럼의 추진을 위한 모임에 동석하게 되었다.

최 형은 하동군 진교면 송월리 송내 마을 출신으로서 아직도 모친 방향수 여사가 그곳에 생존해 있다. 고향에서 전문고등학교까지를 마친 후 광주 무등산의 春雪軒에 있는 의재 허백련 화백 문하로 들어가서 동양화를 수업하였고, 친척인 다솔사의 효당 최범술 스님에게서 불교 생활 및 다도를 배웠으며, 노산 이은상 선생에게서 시조문학을 배워 2005년 시조문학 신인상을 수상하기도 하였다. 국전 동양화 및 문인화 부문에서 특선 등을 여러 차례 수상하였고, 약 10년 전부터는 순천향대학교에 출강하여 한국화 및 문인화(사군자)를 지도하고 있다. 과거에 큰누나가 부산 광복동에서 뽀아송 다방 마담으로 있었을 때 누나의 주선으로 광복동의 어느 다방에서 개인전을 가진 바 있어 당시 효당 스님과 나도 행사에 참석했었는데, 금년 4월 25일부터 5월 1일까지 하동군 읍내리에 있는 문화예술회관에서 하동군 '섬진강 문화' 초대라는 주제의 작품전을 가지게 된다면서 내게도 그 초대장을 몇 장 주었다.

진양댐 수문 근처의 수자원공사 물 전시관 입구 주차장에서 강원도 강릉에 있는 대한불교조계종 聖源寺 주지이자 재단법인 無住불교문화재단 이사장, 淸華사상연구회장인 如康 主炅 스님을 만났다. 그 스님은 직접 승용차를 몰아 대진고속도로를 경유하여 막 도착해 거기서 우리와 합류한 것이다. 그 스님의 선도에 따라 대진·남해고속도로를 경유하여 하동읍으로 향하였다. 주경 스님은 하동읍 출신으로서 꽤 저명한 분인 모양인데, 전국으로 강연 등을 다니고 있어 고속도로 상의 운전에는 익숙해진 탓인지 남해고속도로에서 엄청난 속도로 질주하는 바람에 혼자서 운전하여 그 차를 뒤따라가느라고 애먹었다.

하동읍내의 어느 주차장 가에 있는 '브람스를 좋아하세요' 라는 찻집에서 진주에 거주하는 고등학교 교장 출신의 朴浩基 씨와 영어 교사 출신인 분, 그리고 在釜河東鄕友會 회장인 유한회사 송림목재 대표이사 朴正吉 씨를 만났고, 우리가 몰고 온 차들은 그곳 주차장에다 세워둔 채로 박 사장이 운전하는 승용차에 동승하여 쌍계사 입구의 雙磎石門 부근에 있는 단야라는 사찰음식 전문식당에서 조유행 하동군수 및 김영광 하동군의회 의장 등을 만나 함께 회식하며 대화를 나누었다.

최 형은 고향인 하동군에서 폐교를 하나 얻어 전시실을 겸한 섬진강문화포럼의 센터로 삼고자 하는데, 하동군 측으로부터도 행정적인 지원을 얻고자 오늘 군수 및 군의회 의장 등과 합석하는 자리를 마련한 모양이었다.

군수가 다른 모임에 참석하기 위해 자리를 뜬 후에도 군의회 의장 등과 더불어 거기서 좀 더 머물며 대화를 나누었다. 의장과 주경 스님, 박 회장 및 박 교장 등은 모두 하동읍에서 2km 정도 떨어진 위치에 있는 신기초등학교의 동창이어서 마치 동창회 자리에 참석한 것 같은 화기애애한 분위기였다. 하동읍으로 돌아와 김 의장을 제외한 나머지 참석자들은 2차 자리를 갖고서 섬진강 가의 호텔에서 1박할 모양이지만, 나는 밤길에 혼자 차를 몰아 남해고속도로를 경유하여 진주로 돌아왔다.

샤워를 마치고서 밤 11시 무렵에 취침하였다.

20 (금) 흐림 −비음산

철학과 대학원생 야유회에 참여하여 창원시와 김해시 진례면의 사이에 위치한 비음산(510m)에 다녀왔다. 오전 10시 반 무렵 구세군 진주교회 담임목사인 이 씨가 운전하는 12인승 봉고차에 동승하여 박선자 교수와 나, 그리고 철학과 대학원 원우회장인 김경수 군을 비롯한 대학원생 다섯 명이 출발하였다.

남해고속도로를 경유하여 창원시에 접어든 후, 창원대학교 남쪽 길을 따라 용추저수지 주차장을 거쳐서 용추계곡 등산안내소까지 차를 타고서 들어갔다. 안내소에 본교 일반대학원 동양철학전공 박사과정 재학생으로서 사단법인 창원외륜산맥보전회 회장의 직함을 가진 조덕제 씨가 대기하고 있다가 좀 걸어 내려와서 우리를 맞이하였다. 안내소 안에서 커피를 마시며 창원에 거주하는 하상협 양이 도착하기를 한 시간 정도 기다렸다가, 오후에야 비로소 용추계곡을 따라 등산을 시작했다. 총 열 개 정도 놓여 있는 나무다리 중 네 번째 다리 부근에 있는 나무 탁자 주위에 둘러앉아 진주에서 마련해 온 김밥과 떡, 그리고 소주 등으로 점심을 들었다.

거기서 더 올라가 進禮山城 남문이 있는 능선에 이르렀다가, 이 지역의 철쭉 명소인 비음산 정상에 다다랐다. 정상에는 창원시 전체를 조망할 수 있는 나무 정자가 세워져 있었는데, 바람이 꽤 강했다. 이 일대의 산에 진달래는 이미 지고 철쭉은 아직 철이 일러 드문드문 덜 핀 철쭉꽃을 볼 수 있을 따름이었다. 삼거리를 거쳐 낙남정맥 능선을 따라서 정병산(봉림산, 566m) 방향으로 좀 나아가다가 긴 등산을 불편해 하는 박선자 교수를 배려하여 진례산성 동문에서 용추계곡의 抱谷亭을 경유하여 올라왔던 길을 따라 하산하였다.

하산을 완료한 후에는 창원시 사림동 79-8번지 '창원의 집' 주차장 옆에 위치한 조덕제 씨 소유의 전통찻집 茶泉 건물 2층에 있는 아시아茶學연구소라는 간판을 내 건 그의 서재로 올라가서 조 씨가 따라주는 차를 마셨다. 조덕제 씨는 대학원 박사과정 수료를 3학점 남겨두고서 휴학하여, 현재는 서울에 있는 다도전문대학원에 격주로 다니며 1년 과정의 코스를 수강하고 있고, 창원외륜산맥보전회장의 직책을 수행하는 외에 한나라당 이명박 대선 후보의 진영에 가담하여 정치활동도 하고 있다.

그 부근 창원종합사격장 근처에 있는 오리고기 전문 식당에 들러 조 씨로부터 저녁식사를 대접받은 후, 진주로 귀환하여 인문대학에 도착해 해산하였다. 거기에 주차해 둔 승용차를 몰고서 귀가하니 밤 9시 무렵이었다.

29 (일) 맑음 -하동문화예술회관 행

아침에 미화는 집에 홀로 두고 온 딸 수린이를 돌보기 위해 혼자서 자기 승용차를 몰아 부산으로 돌아가고, 우리 내외와 나머지 세 누이들은 내 차에 동승하여 산청군 신안면 외송리에 있는 구입 예정지를 보러 갔다. 그곳을 둘러보고서는 다들 좋다고 감탄하였다. 마침 권오민 교수 내외가 본교 교수불자회 회원들이 놀러온다 하여 아래편 산장으로 들어와 있으므로, 돌아 나오는 길에 권 교수 산장에도 들러보았다.

심거에서 경호강에 걸쳐진 다리를 건너 산청군 단성면 쪽으로 건너간 후 백두대간 종주의 남쪽 출발지점에 해당하는 熊石峰(1,099.3m) 부근의 어천 재를 넘어 산청군 단성면 청계리 쪽으로 건너갔다. 斷俗寺址가 있는 雲里를 지나 농촌전통테마마을인 단성면 남사리에 들러 예담촌 전통

음식점에서 점심을 들고자 했지만, 그곳은 미리 예약된 손님만 받는다고 하므로 그 마을 안의 전통찻집에 들러 녹차수제비와 국수, 그리고 지짐과 도토리묵 등을 포식하였다.

일반국도 20호선을 따라 지리산 중산리 방향으로 나아가다가 거림계곡 쪽으로 접어들었고, 산청군과 하동군을 연결하는 긴 삼신봉 터널을 관통하여 하동군 청암면 묵계리로 내려온 다음, 하동댐을 지나 횡천면 소재지인 횡천리에서 하동읍 방향으로 접어들었다.

하동문화예술회관에서 열리는 우봉 최영신 개인전 전시회장으로 들어가 우봉 형과 큰누님이 반가운 상봉을 하였고, 우봉으로부터 가을 국화를 그린 그림 한 점을 얻었다. 畵題로는 "籬根種菊引秋釀, 酒熟花開有友來, 花笑人歌眞妙絶, 況他樹影倒盈杯. 丙戌淸秋爲吳二煥敎授淸賞. 又峰"이라고 씌어 있는데, 그 중 起句의 '菊'자가 실수로 빠져 있었다. 예전에 그려둔 것을 기회가 없어 전하지 못하다가 이제야 건네주는 것이라고 한다. 나는 예전에도 우봉의 묵화를 몇 점 받은 적이 있었는데, 이번 것은 꽃 부분에 채색이 들어가 있는 점이 다르다. 몇 주 전 쌍계사 아래의 단야식당에서 만난 바 있었던 하동군수도 거기서 우연히 다시 만났다.

전시회장을 떠나 섬진강변을 따라서 고전면 전도리까지 내려온 후, 남해고속도로를 타고서 진주로 돌아왔다. 도중에 사천휴게소에 들러 커피를 마시면서 좀 쉬었다. 부산으로 돌아가는 누이들과 그들을 전송하는 아내를 장대동 시외버스터미널에다 내려준 후 혼자서 차를 몰아 집으로 돌아왔다.

5월

5 (토) 오전에 짙은 안개 ―가덕도

6촌 여동생 인숙이와 그 남편인 강 서방의 초대를 받아 우리 남매 1남 4녀 전원과 미화의 가족인 현 서방과 수린이 그리고 아내가 함께 강 서방이 초등학교 교감으로 부임해 있는 가덕도로 놀러가게 된 날이다. 오전 7시 반에 집을 출발하여 장대동 시외버스터미널에서 8시 발 부산행 버스를 탄 후 10시 20분 무렵에 사상 서부터미널에 도착하였다. 미화네 가족이 승용차를 갖고 나와 마중해 주었다.

미화네 가족과 더불어 남해고속국도 지선을 경유하여 진주 방향으로 나아가다가 가락 IC에서 진해 가는 코스로 접어든 후 부산신항의 설립을 전후하여 이미 모두 공장 지대로 변한 송정 일대를 경유하여 용원 부근의 안골 선착장 성우카페리터미널 앞에 도착하였다. 임진왜란 당시 이순신 장군의 안골포 해전에 있었던 곳이며, 지금도 그 무렵에 쌓은 왜성이 남아 있다. 거기서 인숙이네 차를 타고서 뒤이어 도착한 기자·경자 누나 및 두리와 합류하였다. 11시 가덕도 행 카페리에 차 두 대를 싣고서 그 차 안에 각각 탄 채 지척을 분간하기 어려운 짙은 안개 속으로 바다를 가로질러 섬에 도착하였다.

가덕도 동남쪽의 카페리 선착장에서 하선하여 이 섬을 남북으로 관통하는 고저가 심하고 꼬불꼬불한 산복도로를 경유하여 강 서방네 초등학교의 분교 중 하나에 들렀다가, 다시 차를 타고서 가덕도와 거제도를 잇는 대교 및 해저 터널의 공사 현장을 지나서 그 간선도로가 거의 끝나가는 지점에 위치한 부산광역시 강서구 대항동 389번지의 숭어들이횟집에서 술을 곁들인 점심을 들었다. 주당인 현 서방의 말에 의하면, 부산에서는 가덕도의 회를 최고로 쳐 준다고 한다. 이 섬의 식당에서 제공되는 생선회는 모두 부근의 바다에서 잡힌 자연산이라는 것이다.

점심을 든 후 올 때의 코스를 경유하여 강 서방네 학교의 본교가 있는 가덕도에서 가장 큰 읍에 도착하였다. 그 학교 교무실에서 커피를 마시고 주변의 풍광을 감상하면서 놀다가, 오후 4시에 출발하는 카페리 대신 6시 것을 타고 돌아가기로 작정하고서, 다시 차를 몰아 섬의 반대편 쪽으로 난 차 한 대가 간신히 지나갈 수 있는 꼬불꼬불한 동네 속의 길을 통과하였다. 차에서 내린 후 다시 1km 정도 해안의 비포장 보도를 걸어서 바닷가의 경사가 급한 산비탈에 위치한 대한예수교장로회 가덕기도원에 들러보았다. 대평원 속에 위치한 시카고에서 온 경자 누나와 두리는 산이 있고 바다가 있는 고국의 시골 풍경에 감명이 깊었던 모양이다.

다시 강 서방이 근무하는 본교가 있는 마을을 지나서 카페리 선착장에 도착한 후, 오후 6시 배를 타고서 가덕도를 떠나 안골 선착장에 도착하였다. 이 일대는 이미 모두 부산시에 편입되어 예전의 한적했던 시골 포구 모습은 흔적도 찾아보기 어렵게 되었다. 돌아가는 길에 김해 부근에 있는 부산광역시 강서구 강동동 12-1 득천삼거리의 청풍나루라는 식당에 들러 그 집 명물이라는 아귀탕으로 저녁식사를 들었다. 저녁을 든 후 큰누나는 자기 집으로 돌아가고, 경자 누나와 두리는 인숙이네 집으로, 그리고 우리 내외는 다대포의 미화네 집으로 왔다. 이번에도 우리 내외는 수린이 방에서 하룻밤을 묵게 되었다.

13 (일) 맑음 -선유도

아내와 함께 선진여행사의 고군산열도(선유도) 유람선 관광에 참여했다. 구독하고 있는 ≪조선일보≫에 따라 온 광고전단지를 보고서 여러 날 전에 미리 예약해 둔 바 있었다. 오전 6시 40분에 우리 아파트 부근의 제일병원 앞에서 팔도고속관광의 대절버스 한 대를 탔다. 대진고속도로를 따라 북상하여 전북 장수군 장계에서 일반국도로 접어든 후 마이산 입구와 전주시를 거쳐 유람선 탑승 장소인 군산항에 도착하였다. 안내원 여성은 전주에서 탑승하였다.

진달래 호라는 여객선을 타고서 전북 군산시와 충남 서천군 장항시의 경계를 이루는 금강 하구의 수로를 따라 건너편 장항시의 일제 때 중국인이 설계했다고 하는 금 제련소 굴뚝과 군산시 외곽 일대에 바다를 매립하여 새로 조성된 산업단지 등을 바라보면서 바다로 나갔다. 근년에 오랫동안 매스컴에서 개펄 훼손 문제로 다루어져 온 만경강 어귀의 새만금방조제를 바라보며 서남 방향으로 한 시간 정도 나아가서 고군산군도의 중심인 선유도 선착장에 닿았다.

선착장에 세워져 있는 안내판을 읽어보니, 이곳의 원래 이름은 군산도(선유도)로서 예로부터 중국을 왕래하는 배들의 중간기착지였는데, 조선 태조 6년에 水軍萬戶營을 세웠고, 왜구들이 이 수군기지를 우회하여 육지로 직진하는 경우가 있으므로 세종 대에 금강 하구에 위치한 지금의 군산으로 수군진영을 옮기게 됨에 따라 원래의 군산도 일대는 古군산으로 불리게 된 것이다. 그러나 선착장을 좀 벗어난 바닷가의 도로 옆에 조선 말기까지의 수군 군관이나 절제사 등의 선정비 여섯 기가 늘어서 있는 것으로 보아 선유도는 그 이후로도 군사 요충으로서의 역할을 수행해 왔음을 알 수 있다. 그러고 보면 신라 말 최치원의 『桂苑筆耕集』에서 최치원이 당나라 사절의 신분으로 고국인 신라에 영주 귀국할 때나 고려 중기에 북송의 사신 徐兢이 남긴 『宣化奉使高麗圖經』에서도 중국의 사절단 일행이 모두 이 섬에 기착했던 것을 읽은 듯하다.

선착장에서 처가 쪽 친척 되는 前 진주농전 교수 내외 및 주말 산행을 통해 낯이 익은 역시 진주농대 출신의 전직 교사 한 명과 더불어 다섯 명이 오토바이가 끄는 유람 차의 비닐 커버를 한 손님 칸에 타고서 1인당 5천 원씩 내고서 다리와 도로로써 서로 연결된 고군산군도 일대를 한 바퀴 둘러보았다. 오늘날 이 선유도는 백사장의 모래 질이 좋고 경사도 완만하여 서해안에서 가장 아름다운 해수욕장으로 널리 알려져 있고, 관광용 봉고 차나 대여를 위한 2인승 임대 오토바이와 자전거도 많이 보이며 곳곳에 횟집과 해산물 파는 상점들이 늘어서 있는 것으로 보아 관광객이 많이 방문하는 모양이었다.

오후 12시 30분에 출발하는 진달래 호를 타고서 군산으로 돌아 나와 군산시 장미동의 세관 앞에 있는 유달식당에서 점심을 들었다. 귀로에는 남대전 부근의 어느 시골에 있는 대동고려삼 회사의 흑삼 홍보장으로 안내되었다. 흑삼은 수삼을 아홉 번 쪄서 말려야 하는 제조과정의 특성상 열에 의한 탄화성분에서 발암물질이 검출될 가능성이 있다는 의혹이 제기되어져 왔지만, 2007년 5월 8일자 《충청투데이》 신문에 의하면 금산 지역에서 생산된 흑삼농축액 건강기능식품에서 실제로 발암물질이 검출되었다는 식약청의 발표가 있었다. 흑삼은 구중구포라는 제조방식의 특성상 시커먼 색을 띠기 때문에 흑삼가공업체 이외의 인삼업계는 발암물질 검출 가능성을 제기해 왔고, 흑삼가공업체와 기존 홍삼가공업체는 흑삼의 법제화를 놓고 아직도 밀고 당기는 줄다리기를 하고 있는 중이다.

그곳을 떠난 후에 다시 금산의 어느 녹용 제조업체에 들렀으나, 나와 아내는 홍보관에 들어가지 않고서 밖에서 서성거렸다. 이처럼 점심 무렵까지 관광을 모두 마치고서 쇼핑 코스에서 오후 시간 대부분을 보내고 있는 것은 안내원의 설명에 의하면 유람선 비용만도 1인당 2만 원인데, 그 2만 원의 가격으로 전체 비용을 커버할 수 있는 것은 이들 협력업체의 지원이 있기 때문이라고 한다. 그리고 그녀는 버스 안에서 봉지에 든 인삼사탕도 팔고 녹용 홍보관을 끝으로 떠나가기에 앞서 손님들에게 반강제적으로 기사를 위한 팁을 요구하고 있었다.

20 (일) 맑음 -혼불문학관, 노적봉

아내와 함께 한라백두산악회의 제169차 정기산행에 동참하여 전북 남원군과 순창군의 경계에 있는 웅봉(579m) 풍악산(600m) 노적봉 (567.7m) 코스에 다녀왔다. 오전 8시 30분까지 장대동 어린이놀이터 앞에 집결하여 대절버스 한 대로 출발하였다.

대진·88고속도로를 경유하여 남원 시내로 접어든 후, 일반국도 24번을 따라 남원군 대산면과 순창군 대강면의 경계를 이루는 비홍치에 도착하여 등산을 시작했다. 이 코스는 약 6시간 30분이 소요되는데, 아내는 남원대산국민학교에서 시작하여 중간지점인 풍악산으로 바로 올라가는 4시간 30분이 소요되는 짧은 코스를 선택하게 되었으므로 여기서 아내와 헤어졌다.

비홍치에서부터 가파른 언덕길을 따라 계속 올라가노라니 숨이 많이 차서 도중에 몇 차례 앉아 쉬었는데, 첫 번째 봉우리에 올라서니 건너편에 길이 두 갈래로 나 있었으나, 어느 방향으로 가야할 지 판단할 수가 없었다. 내가 그 바로 아래쪽에서 쉬고 있을 때 봉우리에 먼저 오른 사람 하나가 왼쪽 길로 오라고 소리쳐 일러준 바 있었으나, 그 쪽은 사람이 지나간 흔적이 별로 없고 건너편에도 이렇다 할 능선이 보이지 않았다. 오른쪽으로 접어드는 길로는 등산객이 남겨둔 리본 표시가 있고, 길도 보다 선명할 뿐 아니라 건너편으로 그럴듯한 산 능선이 이어져 있어 하루의 등산 코스로 적합할 듯한데, 그쪽 길 아래편으로는 차량이 지나다니는 소리가 들리는 것으로 보아 어쩌면 아까 통과한 24번 국도로 도로 내려가는 길이 아닌가 싶기도 하였다. 양쪽 길을 몇 차례 오르내리며 산악회의 총무 및 산행대장과도 통화해 본 결과 리본이 달린 쪽을 취하여 계속 내려갔다. 그러나 그쪽은 머지않아 길이 끊어지고 염려했던 바와 같이 아까 내린 비홍치 아래쪽의 24번 국도에 닿는 것이었다.

총무가 운전기사에게 전화 연락하여 차를 그리로 보내준다고 하므로, 비홍치에서 점심 도시락을 들며 기다리다가 한참 후에 도착한 대절버스를 타고서 오늘 산행의 종착지점인 남원시 사매면 서도리로 향했다. 그곳은 5부작 10권의 미완성 대하소설 『혼불』(도서출판 한길사)의 작가인 崔明姬(1949~1998) 부친의 출생지이자 그녀의 선조인 朔寧崔氏가 500년에 걸쳐 세거하던 곳으로서 『혼불』의 주된 무대가 된 곳이다. 서도리 522번지(노봉마을)에 2004년에 혼불문학관이 개관되었고, 지금도 그 북쪽으로 무슨 공사가 한창 진행되고 있었다. 혼불문학관을 천천히 둘러본 다음, 오늘 우리 일행의 하산 코스를 따라서 거꾸로 산을 올랐다. 고찰이었으나 6.25 때 소실되고서 지금은 자연암벽에 새겨진 고려초기의 것으로 추정되는 높이 4.5m의 마애미륵불상만이 남아 있는 虎成庵 터를 지났다. 능선에 올랐을 무렵 우리 팀의 선두 그룹에 섞여 산을 내려오는 아내를 만났지만, 나는 계속 더 나아가 노적봉 정상의 헬기장까지 갔다가 우리 일행과 더불어 하산하였다.

서도리로 도로 내려와 『혼불』의 중심무대가 된 종가와 그 뒤편의 노봉서원 터를 둘러보았다. 종가의 본채는 근자에 화재로 소실되어 그 원인을 수사 중이라 하여 출입이 금지되어져 있었다. 문학관 안내 팸플릿에 의하면, 종가 담장 안의 가묘 자리에 위치한 노봉서원은 인조 17년(1728)에 사액된 것인데, 대원군의 서원철폐령에 따라 없어지고서 현재는 빈 터에 주춧돌만 남아 있다 한다.

오후 5시 30분 무렵까지 다들 하산을 마치고서, 밤 8시 무렵 진주의 집으로 돌아왔다.

6월

3 (일) 맑음 -땅끝, 격자봉

아내, 처제와 함께 고려산악회를 따라 전남 완도군 甫吉島의 격자봉 (430m) 산행에 다녀왔다. 6시 30분까지 공설운동장 1문 앞에 집결하여 대절버스 한 대로 출발하였다. 남해고속도로를 따라 가다가 순천에서 일반국도로 접어들어 해남군 송지면의 땅끝(土末) 마을에 도착하였다. 거기서 페리가 출발할 때까지 반시간 남짓 여유가 있으므로, 나 혼자서 왕복권을 끊어 오전 10시 25분에 출발하는 전망대로 올라가는 모노레일 을 탔다가 종점에 도착한 다음 15분 만에 한 대씩 모노레일이 출발한다 는 말을 듣고서 11시에 출발하는 보길도로 가는 배를 타지 못할까 염려 하여 전망대에는 올라가 보지도 못하고서 서둘러 걸어 내려왔다. 일행과 더불어 '땅끝에서보길까지' 라는 이름의 페리를 타고서 보길도의 면 소 재지인 淸別선착장에 도착하여 정오 무렵부터 등산을 시작하였다.

광대봉(310.5), 큰길재, 406봉을 거쳐 정상인 격자봉에 올랐고, 425봉 과 뽀래기재에 다다랐다. 시간 관계로 원래의 목적지인 보길도 남단의 뾰족산(195)으로는 향하지 않고서 뽀래기재에서 오른쪽으로 난 길을 취 해 보길수원지를 거쳐 孤山 尹善道의 유적지가 집중되어 있는 부용리의 樂書齋 주차장에 도착하여 등산을 마쳤다. 여기서 청별나루터까지는 진 주서 가져간 봉고차로 10분 정도 걸리는데, 뾰족산으로부터는 20분 정 도 걸리므로 여러 차례 왕복하며 일행을 실어 나르다가는 오후 6시의 마지막 페리 시간에 맞추기 어렵다고 판단하여 집행부가 하산 코스를 바꾼 것이다.

나는 보길도에 서너 차례 와 본 듯하지만, 주로 윤고산의 유적지를 둘러보러 왔었던 것이고, 이번처럼 등산을 목적으로 온 것은 처음이다. 산행로에는 주로 동백 숲이 우거져 있어 겨울에 오면 한층 더 운치가 있을 듯하였다.

붉은색 대형 철교를 통해 건너편의 蘆花島와 연결되어져 있는 청별나루터에서 완도로 향하는 마지막 페리를 타고서 한 시간 반 정도 걸려 완도의 선착장에 도착한 다음, 거기에 대기하고 있던 대절버스를 타고서 진주로 돌아왔다. 집에 도착하여 샤워를 마치니 자정이었다.

10 (일) 맑음 -서각봉, 대둔산

아내와 함께 박양일 씨가 회장으로 있는 희망산악회의 大芚山(878.9m) 새 등산로 산행에 참여하였다. 오전 8시까지 진주시청 서문 앞에서 집결하여 대절버스 한 대로 출발하였다. 대진고속도로를 경유하여 충청남도의 금산 IC에서 금산 시내로 빠진 뒤, 68번 지방도를 따라서 대둔산 서북쪽의 논산시 伐谷面 수락리 쪽으로 접근하였다.

버스가 들어갈 수 있는 종점 주차장에서 하차하여 군지골 쪽으로 걸어 올라가다가, 관리초소에서 월성봉(650) 방향으로 나아가는 오른쪽 옆길로 빠져 능선의 수락재에 오른 다음, 충남 논산시와 전북 완주군의 경계를 이루는 능선으로 접근하였다. 깔닥재에서 대둔산 정상인 마천대 쪽으로 직행하는 길을 타려고 했는데, 다들 착오로 두 도의 경계를 이루는 능선 길을 그대로 취해 서각봉(826)이라 불리는 조망대를 지나 정상 쪽으로 나아갔다.

마천대에 세워진 철제 개척탑이 바라보이는 지점에서 점심을 든 다음, 나를 포함한 대부분의 일행은 정상까지 이미 몇 번씩 올라본 적이 있었기 때문에 거기서 왔던 길로 도로 내려와 서각봉에서 지능선 길을 취해 쌍칼바위를 지나서 전북 완주군 雲州面의 괴목동천 쪽으로 하산하였다.

오전 10시 반쯤에 등산을 시작하여 오후 3시 반쯤에 하산하였다. 나는 오르막길에 숨이 가쁘고 매우 피곤하여 곳곳에서 쉬는 바람에 올라갈 때는 시종 꼴찌였다. 등산 경력으로는 남들 못지않지만, 나이가 들어가면서 폐기능이 더욱 떨어지는 탓인 듯하다. 어쩌면 히말라야의 안나푸르나에 무리하여 다녀온 이후부터가 아닌가도 싶다.

일행이 모두 도착할 때까지 천등산(706.9) 북쪽의 괴목동천을 지나는 국도 17번 가에 앉아 맥주와 소주를 마시다가 오후 5시 무렵에 출발하였다. 임진왜란 당시 권율 장군의 대첩지인 대둔산 동쪽 배티재(梨峙)를 지나 대진고속도로에 오른 뒤, 진주의 집에 도착하니 아직 해가 남아 있었다.

17 (일) 맑음 -덕항산, 지각산(환선봉), 환선굴(대이동굴)

아내와 함께 풀잎산악회를 따라 강원도 삼척시 新基面 大耳里에 있는 德項山 智覺山(智隔山, 幻仙峰) 산행을 거쳐, 하산 길에 석회암의 침식으로 이루어진 천연기념물 178호인 幻仙窟(大耳동굴)에 들렀다. 새벽 6시 무렵 태백시 下長面 하사미동에 하차하여 외나무골을 따라서 등산을 시작하였다. 예수원이라는 기도원 같은 돌로 지은 서양식 건물들을 지나 고개에 오른 다음, 백두대간 능선 길을 따라 북향하여 덕항산에 이르렀다. 오늘 산행의 최고봉인 환선봉을 거쳐서 헬기장에 좀 못 미친 능선상의 어느 지점에서 조식을 들었다.

자암재에서 가파른 하산 길을 취해 여러 곳의 전망대에서 계곡의 깎아지른 바위와 숲이 이룬 경관을 바라보며 휴식을 취하다가 쇠로 만든 계단 길을 또 한참 따라 올라가 마침내 환선동굴에 이르렀다. 이 일대의 산들은 전체가 석회암으로 이루어져 이러한 석회동굴이 산재해 있다. 입구의 안내판에 적힌 바에 의하면, 한반도 땅은 원래 적도 부근의 얕은 바다에 위치해 있었다가 지각변동에 의해 서서히 이동하여 아시아대륙에 가 붙은 까닭에 산악지형을 이루게 된 것이며, 또한 이처럼 석회암 퇴적 지형을 이룬 것이라고 한다. 산악회 측의 배려에 의해 어른 1인당 입장료가 3,000원인 환선굴 안을 일주하였다. 석회암 동굴 치고는 내부가 횡 하게 넓어 별로 아기자기한 맛은 없으나, 여기저기를 흐르는 시내와 쏟아 내리는 폭포가 특히 볼만 하였다. 계속 가파른 비탈길을 따라 내려와 삼척시 신기면의 대이리 버스 종점에 이르러 거기에 대기하고 있는 우리 일행의 대절버스를 탔다. 아내는 대이리의 상점에서 더덕을 샀다.

동해안을 따라서 내려오는 도중에 삼척의 어느 바닷가 송림에다 자리를 펴고서 주최 측이 준비해 온 점심을 들었고, 울진군 평해읍의 월송정 입구에 한 동안 주차했다. 관동팔경의 하나인 월송정을 불과 3분 정도의 거리에 두고서도 차가 언제 출발할지를 몰라 가보지는 못했다. 영덕군의 강구리에 들러서는 항구 주변의 시장 통을 산책하여 영덕대게 한 상자와 명란젓, 덜 말린 오징어 한 축 등을 구입하였다.

포항에서 영천, 대구, 화원, 영산을 거쳐 남해고속도로를 따라 진주에 도착하였다. 도동의 시청 앞에서 하차하여 택시로 바꿔 타고 집으로 돌아온 후, 샤워를 마치고서 밤 10시경에 취침하였다.

7월

8 (일) 흐림 ―수리봉, 사자봉, 억산, 석골사

아내와 함께 중안산악회를 따라 경남 밀양시 山內面과 경북 청도군 錦川面의 경계에 위치한 億山(954m)에 다녀왔다. 오전 8시 30분까지 현대자동차 진주영업소 앞에 집결하여 대절버스 한 대로 출발하였다.

남해고속도로를 따라 부산 방향으로 가다가 동창원에서 일반국도로 빠져나와 진영·밀양을 거쳐 산내면으로 진입하였다. 그 일대는 달기로 소문난 얼음골사과의 산지라 곳곳마다 사과 과수원이었다. 원서리 석골 마을의 석골교 못 미친 지점에다 차를 세우고서 석골계곡으로 난 좁은 아스팔트 포장도로를 따라 운문산 등산로 입구인 석골계곡을 올라가다가 石骨寺 못 미친 지점에서 왼쪽 옆으로 난 등산로로 접어들었다.

가파른 등산로를 쉬엄쉬엄 쉬어가며 오늘도 일행 모두로부터 뒤쳐져 끄트머리에서 올랐다. 지능선 길을 따라서 수리봉(765)에 이르니 거기서부터는 경사가 비교적 완만하였고, 사자봉(924)에서부터는 억산 정상까지 평탄한 능선길이 계속 이어졌다. 내가 정상 부근에 도착하니 아내는 이미 정상에서 점심식사를 마치고 도로 내려오고 있는 중이었는데, 나를 보고서 다시 따라 올라갔다. 아내가 점심을 들었다는 장소에서 소주 한 병을 곁들인 식사를 마친 다음, 깨진바위라고도 불리는 지금의 억산 정상 일대를 지나 팔풍재에서 대비골계곡을 따라 내려오다가 도중에 석골사에 잠시 들르기도 했다. 원래는 팔풍재에서 계속 능선 길 오르막을 따라 가다가 900봉을 지나 한 때 억산이라고 불리기도 했던 범봉(962)에 도착한 다음, 오른쪽 지능선을 취해 하산할 예정이었는데, 오후 5시 하산 시간에 맞추기 위해 도중에 지름길인 계곡 방향을 취한 것이다.

하산을 마친 후 주최 측이 준비한 콩국을 마시며 평상에 앉아 좀 쉬다가 오후 5시 반쯤에 귀로에 올라 밤 8시 무렵 진주에 도착하였다.

15 (일) 쾌청 -구만산

아내와 함께 에나산악회를 따라 지난주에 갔었던 억산의 바로 옆에 있는 밀양 九萬山(785m)에 다녀왔다. 이 산은 과거에는 거의 알려지지 않았던 것인데, 근년에 부산의 《국제신문》이 지면에 소개하면서 비로소 세간에 알려졌고, 지금은 밀양 지역의 명소 중 하나로서 많은 등산객이 몰려들고 있다. 이름의 유래는 임진왜란 때 구만 명의 사람이 이곳에서 전화를 피했던 데서 나왔다고 되어 있다.

오전 8시 10분까지 시청 앞에 집결하여 8시 30분 장대동의 물푸레사우나 앞을 경유하여 대절버스 한 대와 봉고 차 한 대로 출발하였다. 지난주와 마찬가지로 남해고속도로를 따라가다가 부산 방향으로 나아가 동창원에서 일반국도로 접어들어 진영을 거쳐서 밀양 방면으로 나아갔다. 밀양시 산내면 송백리의 봉의교 부근에서 하차하여 산행을 시작하였다.

구만산 자연농원과 九萬庵 입구를 지나 시원한 계곡물을 따라 계속 올라가면서 약물탕폭포와 구만폭포를 둘러보았다. 구만폭포는 풍부한 수량의 물이 절벽에서 곧바로 떨어지는데, 그 기세가 자못 웅장하였다. 폭포를 지나 좀 더 올라간 지점에서부터 계곡물이 그치고 능선 길로 접어들었다. 정상에 오른 다음 양촌 쪽으로 내려가는 지능선 길이 갈라지는 삼거리에서 먼저 올라간 아내를 만나 함께 점심을 들었다. 식사를 마친 다음, 거기서 동쪽 억산 방향으로 좀 더 나가간 지점의 봉의(인곡) 저수지 갈림길에서 저수지 방향의 계곡 길로 접어들어 하산하였다. 인골 산장을 지나 가인리의 국도 24번과 만나는 지점인 종점까지 다 내려왔으나, 대부분의 일행은 오후 4시의 하산시간을 지키지 않았다.

결국 앞서 하산한 사람들은 먼저 산행 시작 지점인 송백리의 봉의교 부근에 있는 동암중학교 입구로 돌아와 거기에 마련된 닭백숙으로 저녁 식사를 들었고, 나는 아내와 더불어 맥주도 한 병 나눠 마셨다. 식후의 산책 삼아 동암중학교 안으로 들어가 보았더니, 울창한 숲으로 뒤덮인 교사 뒤쪽에 자그만 동물원이 하나 마련되어져 있어 공작과 칠면조, 금계, 고라니, 토끼 등 각종 동물들을 둘러볼 수 있었고, 교정의 분위기도 고즈넉하였다.

오후 6시 무렵에 그곳을 출발해 밤 8시 남짓에 진주의 우리 집에 도착하였다.

22 (일) 맑음 -주왕산 금은광이

아내는 간호학과 인사문제에 대한 대책 마련으로 여유가 없으므로, 나 혼자서 광제산악회를 따라 경북 청송군에 있는 周王山(721m) 산행을 다녀왔다. 주왕산은 이미 여러 차례 올라본 곳이지만, 이번에는 안 가본 코스로 가기 때문에 참가한 것이다.

오전 7시까지 공설운동장 입구에 집결하여 명신관광의 대절버스로 출발하였다. 오전 11시 무렵에 주왕산국립공원 입구에 위치한 상의동 주차장에 도착하여 등산을 시작하였다. 大典寺에서 왼쪽으로 백련암 들어가는 길로 빠져나가, 나 혼자서 절이라기보다는 암자라 해야 할 규모의 광암사에 들른 다음, 햇볕이 내려쬐는 능선 길을 계속 걸어 장군봉에 다다랐다. 장군봉에서부터는 길이 비교적 평탄하여 월미기 삼거리를 지나서 남들보다 훨씬 늦게 우리 일행의 점심 장소인 금은광이(812.4m)

네거리에 다다랐다.

나는 폐활량이 적어 오름길에 남보다 더 숨이 가쁘고 피로를 느낄 뿐 아니라, 혼자 걷는 것이 좋아 이즈음은 어느 산을 가든지 오름길에서는 도중 여기저기에 앉아 쉬면서 대개 꼴찌에 쳐져 있다. 금은광 네거리에서 일행은 이미 대부분 식사를 마치고서 세밭골을 따라 제3폭포 쪽으로 하산 길에 나섰고, 내가 소주 한 병을 飯酒 삼아 식사를 하는 동안 나머지 일행도 모두 떠나버려, 후미를 지키는 회원 두 사람과 더불어 세밭골로 내려왔다. 그러나 오르막이 아닌 길에서는 나도 꽤 빨리 걸으므로, 도중에 일행을 제법 추월하여 다시 혼자가 되어서 제3, 제1폭포를 지나 상의동 주차장으로 내려왔다.

대전사 부근에서부터 주차장까지에는 길가에 기념품 상점과 식당들이 즐비한데, 나는 거기서 취나물 말린 것 한 꾸러미와 쇠로 만든 달마 風磬, 그리고 주차장 터미널 건물 안에서 향나무로 만든 제법 큰 목탁 하나를 샀다. 명신관광 버스 가에서 영계를 통째로 삶은 것을 안주로 맥주를 들다가 밤 9시 남짓에 진주에 도착하였다. 집에 도착하여서는 아내가 작성해 둔 간호학과 공채 관련 재심결과보고서 및 심사경위서를 검토하여 수정 보완해 주고서, 샤워를 한 다음 자정 무렵에 취침하였다.

8월

25 (토) 맑으나 제주도는 곳에 따라 비와 무지개 -제주도, 마라도

산사모산악회를 따라 마라도·제주도 여행을 떠나는 날이다. 한 달 전에 아내와 함께 예약해 두었었는데, 그때는 태풍의 북상으로 말미암아 연기 되었고, 아내는 그 후 예약을 취소하였던 것이다. 아내는 오늘 나를 대신하여 오후 1시에 포시즌 2층의 라일락 홀에서 열리는 철학과 동료 배석원 교수의 장남 상훈 군 결혼식에 참석하였다.

6시 40분 무렵 대절버스 한 대와 승용차 한 대로 망경한보아파트 정문 앞을 출발하였다. 이 산악회는 한보아파트 주민들이 작년에 결성한 것이

라고 한다. 우리가 탄 차는 순천과 벌교를 거쳐 오전 9시 무렵 고흥반도 서남단의 소록도 맞은편에 있는 녹동 선착장에 도착하였다. 거기서 한 시간 정도 대기한 후 오전 10시에 출발하는 제주행 페리 여객선을 탔다. 배 안의 3등 칸에 들었는데, 방 안이 덥고 소란하므로 나는 밖으로 나가 뒤편 갑판의 계단 꼭대기에 걸터앉아 계속 바다 풍경을 바라보았다.

오후 2시 남짓에 제주시의 선착장에 도착하여, 현지 대절버스를 타고서 남제주군 대정읍 大靜에 있는 모슬포로 이동하였다. 거기서 출발하는 마라도 정기여객선을 타기 위해서였다. 대정은 조선시대에 중죄인들의 귀양지로서 유명하였는데, 秋史 金正喜, 桐溪 鄭蘊 등이 여기서 다년간 유배생활을 하였다. 광해군이 귀양 와 여생을 마친 곳은 어딘지 모르겠다. 모슬포 선착장에서 오후 4시에 출발하는 모슬포 1호라고 하는 정기 여객선을 타고서 25분 후에 마라도에 도착하였다. 마라도는 모슬포 항에서 남쪽으로 11km 해상에 자리한 조그만 섬이다. 원래는 加波里에 속하였으나, 1981년에 마라리로 분리되었다. 가파도와 마라도는 둘 다 바다 속 독립 화산의 분출에 의해 생겨난 평평한 섬인데, 국토의 최남단이라고 하는 마라도에서조차도 제주도는 훤히 바라보이는 것이었다.

우리는 마라도의 자리덕 선착장에서 상륙하였다. 그 일대는 용암으로 형성된 시커먼 바위 절벽들 사이에 선착장이 마련되어져 있었다. 섬에 내리자 유람을 위해 골프 카트를 개조한 미국제 차량들과 자전거 대여점이 늘어서 있었다. 거기서 나는 3,000원의 요금을 지불하고서 골프카트 유람차를 타고서 국토최남단비가 서 있는 장시덕 선착장까지 갔다가 섬을 일주하여 원점으로 돌아왔다. 섬에는 기원정사라는 절과 성당 및 마라교회 등 종교시설도 보였는데, 이러한 것들은 실제로 신도들이 사용한다기보다는 관광객을 위한 전시용이라고 한다.

이 섬에는 1983년에 처음 상주하는 주민이 생긴 이래 현재 90여 명의 주민이 거주하고 있다. 마라분교라는 학교 하나와 마라도 등대도 있는데, 분교에는 학생 한 명과 교사 한 명이 있을 뿐이다. 이 섬에 주민이 생겨나게 된 것은 관광지로 개발되면서부터 관광객을 위한 음식점과 숙박 시설 같은 것들이 들어서게 되면서부터였다. 초콜릿 전시장도 있고, 섬의 북단에는 목장 터도 남아 있었으나, 현재 축산 농가는 철수하고 없었다. 이 섬에 처음 사람이 거주하게 된 것은 19세기 무렵 종교적 박해를 피해 육지에서 건너온 사람들이었다는 기록이 남아 있는 모양이다.

오후 5시 무렵의 마지막 배를 타고서 모슬포로 돌아왔다. 우리가 타고 왔었던 배가 그 새 모슬포로 돌아갔다가 다시 한 번 온 것이었다. 모슬포항에서는 가파도 가는 배와 마라도 가는 배가 따로 운항되고 있었다.

제주도는 그 새 제주특별자치도로 명칭이 바뀌어져 있었다. 우리는 제주시 연동 268-10에 위치한 제주라자관광호텔에 투숙하였다. 호텔이라고는 하지만 莊級 여관 수준이었다. 1층에서 먼저 저녁식사를 든 후 2층의 방으로 올라갔다. 우리 일행은 11개 조로 나뉘어 4~5명이 한 방씩 사용하게 되었는데, 나는 8조의 조장으로 배정되어져 있었다.

26 (일) 맑음 -성판악, 백록담, 관음사

새벽 4시 반 무렵에 기상하여 조식을 들고서 한라산 등반에 나섰다. 아직 날이 완전히 밝아지지 않은 새벽에 성판악휴게소에 도착하여 등산을 시작하였다. 성판악에서 사라대피소, 진달래밭대피소를 거쳐 백록담이 내려다보이는 해발 1,950m의 정상에 도착한 후 용진각대피소에서 호텔 측이 준비해 준 도시락으로 점심을 든 후 관음사로 하산하는 코스였다. 이 코스는 예전에 몇 차례 답파한 적이 있었는데, 총 18.3km로서 약 7시간이 소요되는 한라산에서는 가장 장거리 코스이다. 이것 외에 현재 한라산에는 영실 코스와 어리목 코스가 개방되어져 있으나, 그 두 코스는 비교적 짧을 뿐 아니라 정상으로의 접근로가 폐쇄되어져 있는 모양이다. 나는 올라갈 때에는 숨을 가쁘게 헐떡이며 산행대장 박병기 씨와 함께 후미에 쳐졌으나, 하산 때는 남보다 앞서 비교적 일찍 내려왔다.

오후 2시 무렵까지 하산을 완료하고서, 대절버스로 이동하여 제주시 내의 사우나에 들러 반시간 정도 땀에 젖은 몸을 씻고 옷을 갈아입은 후, 제주시 노형동 940-7에 있는 제주향토한정식당 용꿈돼지꿈이라는 곳에 들러 석식을 들었다. 농수산물직매장에 한 군데 들른 다음, 제주선 착장에 도착하여 오후 5시에 출발하는 마지막 녹동 행 페리여객선을 탔다. 선착장 구내의 면세점에서 스코틀랜드 산 Dewar's 12년산 스카치위스키 한 병을 구입하였다.

네 시간 반 정도를 항해하여 오후 9시 30분 무렵에 녹동 항에 하선하였는데, 나는 갈 때와 마찬가지로 뒤쪽 갑판 계단 꼭대기에 걸터앉아서 시시각각으로 변해 가는 바다의 풍경을 바라보았다. 바다의 일몰과 달밤이 그런대로 일품이었다. 알고 보니 진주에서 우리를 태워 온 대절버스 기사는 그 버스를 녹동 항 주차장에다 세워두고서 우리와 함께 제주까지 갔다가 같이 돌아와, 세워둔 버스를 다시 몰고서 진주로 돌아가는 것이었다. 자정이 좀 넘은 시각에 집에 도착하였다.

9월

9 (일) 맑음 -법흥사

아내와 함께 희망산악회를 따라 강원도 평창군 방림면과 영월군의 사이에 있는 白德山(1,348.9m) 산행을 다녀왔다. 오전 6시 30분까지 시청 서문 앞에 집결하여 대절버스 한 대로 출발하였다. 대진·경부·중부·영동고속도로를 경유하여 치악산 부근에서 백덕산 방향으로 진입하였다.

평창군 방림면과 횡성군 안흥면의 경계 지점인 문재에서 하차하여 등산을 시작하였다. 獅子山(1,160m) 방향과의 갈림길인 1125봉에서 왼쪽 방향을 취해 당재를 지났고, 도중의 안부 부근에서 점심을 들었다. 아내와 나는 백덕산에 좀 못 미친 작은당재 갈림길에서 관음사·법흥사 방향 갈림길 표지를 보고서 지름길을 취하여 계곡 길로 내려왔다. 백련계곡이라 불리는 그 계곡은 바위너덜이 많은데다 도중에 길이 끊어져 산중턱의 잡목과 바위 사이를 헤매며 난감해 하기도 했다. 그러나 결국 계곡 밑바닥 쪽으로 도로 내려가 전진하다보니 다시 등산로 표지 리본이 나타나기도 하고 끊어지기도 하는 것이었다. 한참을 내려오니, 백덕산 코스의 하산로와 마주치는 지점에 위치한 영월군 수주면 법흥리의 관음사(지금은 興寧寺라고 한다)를 만나게 되었다. 거기서는 계곡 물가에서 판소리 창 연습을 하고 있는 처녀 두 명을 보기도 하였다.

흥녕사에서부터는 대형 버스가 다닐 수 있는 넓은 포장도로를 따라서 걸어 내려와 법흥사 코스와의 갈림길인 법흥리 대촌의 사자교 부근에 대기하고 있는 우리 팀의 대절버스를 만났다. 흥녕사에 들르지 않고서 바로 내려간 아내는 제일 먼저 버스에 도착했다는데, 내가 도착했을 때 는 백덕산 코스로 갔던 일행 몇 명도 와 있었다.

이미 하산 예정 시점인 오후 네 시 반 무렵이었지만, 일행이 다 내려오 기 전에 신라 말 九山禪門 중의 하나인 사자산문 법흥사를 보려갔다. 사 자교 부근의 일주문에서부터 1.2km를 더 올라간 지점에 위치해 있었다. 사자산문의 개창조인 도윤스님(798~868)은 신라 헌덕왕 17년(825)에 중국으로 들어가 馬祖의 법제자인 남전의 법을 받아 귀국했다. 먼저 화 순 雙峰寺에서 산문을 열었지만, 번성하지 못했다. 이후 그의 제자 澄曉 가 영월 興寧寺로 옮겨오면서부터 구산선문 중에서도 가장 번성한 문파 가 되었다.

법흥사는 신라 선덕여왕 때인 7세기 중엽에 자장율사가 문수보살을 친견하기 위해 강원도 세 곳을 돌며 석가모니 진신사리를 봉안하고 기도 를 하다가 맨 마지막에 이곳에 들러 절멸보궁을 지었다는 곳이다. 그러 므로 우리나라 5대 적멸보궁의 하나로 손꼽히는 성지이기도 하다. 사자 산문이 몇 차례의 화재로 소실되어 문을 닫은 이후 명맥만 유지해 오다 가 1902년 비구니 대원각 스님이 중건을 하면서 흥녕사에서 법흥사로 절 이름을 바꾸었는데, 현재 관음사를 흥녕사로 고쳐 부르고 있는 것도 그 때문일 터이다.

적멸보궁과 법흥사는 사자산에서 연화봉(924m) 줄기를 따라 내려온 기슭에 위치해 있었다. 그 주변의 산세가 특이하여 과연 대찰이 들어설 만한 곳임을 느낄 수 있었다. 주변의 산들은 온통 쭉쭉 뻗어 올라간 赤松 이 단일 군락을 이루고 있었고, 興寧禪院 중창 불사가 왕성하게 진행되고 있었다. 나는 본사에서 보물 612호로 지정되어져 있는 징효대사 탑비와 그 옆의 징효대사 부도 등을 둘러본 후 거기서 500m 정도 언덕길을 더 올라간 지점에 있는 적멸보궁도 둘러보고서 사자교로 되돌아왔다. 법흥사를 보기 위해 왕복 4km 정도를 더 걸은 셈이다.

중앙·구마·남해고속도로를 경유하여 진주의 집으로 돌아와서 샤워를 마친 다음 자정 무렵에 취침하였다.

30 (일) 흐림 –성제봉(형제봉)

아내와 함께 북두름연합산악회를 따라 경남 하동군 악양면에 있는 聖帝峰(1,115.5m)에 다녀왔다. 8시 30분까지 장대동 어린이놀이터 앞에 집결하여 대절버스 한 대로 출발하였다.

남해고속도로와 섬진강변의 국도를 거쳐 악양면 매계리의 노전정류소 부근에서 하차한 후 포장도로를 경유하여 靑鶴寺까지 올라갔다. 청학사에서부터는 비포장 오솔길을 따라 큰골 쪽으로 올라갔다. 지루할 정도로 가파른 산길을 계속 오른 후 마침내 정상 부근의 능선 안부에 올라섰는데, 형제봉은 건너편이라는 안내판을 보고서 그쪽으로 가보았더니, 거기에는 형제봉 안내판이 있고, 되돌아온 지점의 정상에는 성제봉 표지석이 있었다. 불과 100m 정도 거리의 가까운 곳에 비슷한 높이인 봉우리가 두 개라 하여 형제봉이라 부르기도 한다는 것이었다. 성제봉 표지석 옆에 앉아 아내와 둘이서 준비해 간 도시락과 주최 측으로부터 받은 주먹밥 및 소주 한 병으로 점심을 들었다.

점심을 든 후 능선의 내림길을 따라 출렁다리가 있는 신선대 쪽으로 내려왔다. 몇 년 전에 평사리의 한산사와 고소성을 경유하여 신선대 출렁다리까지 올라온 적이 있었는데, 일기불순 때문이었던지 정상까지는 올라가지 못하고 왔던 길로 도로 내려가 버렸기 때문에 오늘 다시 오게 된 것이다.

통천문을 지나 성터가 시작되기 전 지점에 주최 측이 길 위에 놓아둔 방향 지시 표식을 보고서, 그쪽 길을 취해 박경리 대하소설 『토지』의 무대를 재현해 둔 평사리 최참판댁 뒷담을 경유하여 그 입구의 대형차 주차장까지 내려와 하산을 완료하였다.

10월

14 (일) 맑음 -인왕산, 경복궁, 청계천

사계절산악회를 따라 서울 인왕산(338m)에 다녀왔다. 오전 6시까지 봉곡로터리에 집결하여 대절버스 한 대로 출발하였다. 나는 아내와 더불어 두 사람분의 참가비를 사전에 입금해 두었으나, 아내는 학회 참가 관계로 함께 갈 수 없게 되었기 때문에 1인분 35,000원은 돌려받았다.

대진고속도로와 경부고속도로를 경유하여 서울에 진입한 후, 명동 입구와 광화문, 사직터널을 거쳐서 등산 기점인 서대문의 독립문 옆 구서대문형무소 역사박물관 앞에서 하차하였다. 무악동의 인왕사 입구를 지나 인왕산 능선을 따라 건설된 구 서울성곽의 성벽을 만난 다음, 정상까지는 그 성벽 위를 걸어서 올라갔다. 성곽의 많은 부분이 새로 보수 건축된 것이었다. 내가 젊은 시절 서울에 유학해 있었던 군사정권 무렵에 인왕산은 안보상의 이유로 일반인의 등산이 금지되어져 있었는데, 문민정부가 들어선 다음 김영삼 정권 때 그것을 해지하였다. 곳곳에 군인 초소가 있었으나, 북악산과는 달리 신분증 제시를 요구한다든가 하는 일은 없었다.

정상을 지나서 하산 길 도중에 점심을 들었고, 원래는 인왕산 능선을 완전히 종주하여 부암동의 현대빌라 쪽으로 하산할 예정이었으나, 일행을 따라가다 보니 자하문터널이 끝나는 지점인 부암동사무소 앞으로 내려왔다.

하산을 완료한 다음에도 아직 시간이 많이 남았으므로 경복궁을 관람하고, 근년에 복원한 청계천을 둘러본 다음, 동대문시장에 들러 쇼핑을 하고서 진주로 돌아가게 되었다. 나는 남은 일정을 그렇게만 이해했었지만, 경복궁 경내를 둘러보고서 하차한 지점으로 돌아와 보니, 대절버스는 우리를 내려준 다음 곧바로 그곳을 떠나 동대문 쪽으로 이동한 후였다. 경복궁은 광화문을 해체하고 일제시기에 구내의 뜰에 세워진 문화재들을 옮기는 등 옛 조선왕조의 정궁 모습을 복원하는 공사가 진행되고 있었다. 옛 국립박물관 건물은 아직 그대로 남아 있었지만, 현재는 국립민속박물관으로 사용되고 있는 모양이었다.

혼자 택시를 타고서 동대문운동장 앞 두산빌딩 옆 도로에 주차중인 우리 대절버스가 있는 곳까지 이동하였지만 차 문은 닫혀 있었고, 기사와 통화해 보니 오후 세 시 반까지 자유 시간을 가지기로 했다는 것이었다. 집합 시간까지는 아직도 한 시간 남짓 남아 있으므로, 그 부근 방산시장에서 대신비니루라는 상점을 경영하고 있는 중학 동창 김영수 군을 찾아가 볼까 했으나, 너무 오랜만이라 그곳까지 찾아갈 수 있을 지도 모르겠고 시간도 충분치 못하므로, 물으며 가던 도중에 되돌아와서 새로 단장된 청계천을 산책해 보는 등으로 남은 시간을 보냈다.

일행이 다 모이기를 기다렸다가 오후 다섯 시 남짓에 두산빌딩을 출발하여, 남산 길을 가로질러 귀로에 올랐다. 밤 10시 가까운 시각에 집에 도착하였다. 샤워를 마치고서 자리에 누운 지 얼마 후에 따로 상경했던 아내도 돌아왔다.

21 (일) 흐림 -용문사

아내와 더불어 신화산악회를 따라 京畿道 楊平郡 龍門面에 있는 龍門山(1,157m)에 다녀왔다. 새벽 6시에 장대동 어린이 놀이터 부근에서 집결하여 대절버스 한 대로 출발하였다. 대진·경부·중부고속도로를 경유하여 팔당호 쪽으로 빠진 다음, 남한강을 따라 양평 쪽으로 접근하였다.

오전 10시 40분경에 용문사 입구에 도착하여 등산을 시작하였다. 집행부는 진주에서 왕복에 상당한 시간이 소요되는데다 용문산 정상 일대에는 미사일 기지가 있어 접근이 허용되지 않는다는 정보를 가지고서 용문사 입구 매표소에서 진등 능선으로 올라 용문봉(970m)에 도착한 다음, 문수골과 용각골을 따라 용문사를 지나 매표소 정거장 쪽으로 하산하는 코스를 잡았다. 그러나 정상은 금년부터인가 이미 개방되어져 있어 등산객들이 대부분 그리로 향하고 있었으므로, 우리 내외도 용문사의 명물인 천연기념물 30호 용문사 은행나무와 절 경내를 둘러본 다음, 등산객들의 뒤를 따라 용각골 쪽으로 올라갔다.

도중에 걸음이 느린 나를 두고서 아내는 먼저 갔으므로, 나는 혼자 남아 자기 페이스로 걸어 올랐다. 그러나 도중에 문수골로 빠지는 지점을 알지 못하여 마냥 오르다보니 마당바위를 지났는데, 그것은 용문산 정상을 향해 가는 도중에 있고 문수골 갈림길은 이미 지나쳐 버렸음을 알고서, 계곡을 따라 도로 내려와 갈림길을 찾고자 했다. 그러나 그쪽 코스로 가는 사람은 거의 없었으므로, 결국 찾지 못하고서 용각골계곡에서 혼자 도시락과 소주 한 병으로 점심을 든 다음, 용문사에 도착하여 보물 제531호로 지정된 이 절의 正智國師浮屠塔과 塔碑를 찾아가 보았다. 조선 태조 때 세운 것으로서 비문은 權近이 지었는데, 부도탑으로부터 제법 떨어진 곳에 탑비가 위치해 있었다. 그쪽 길도 진등을 거쳐 용문봉으로 올라가는 등산로 중의 하나이지만, 나 말고서 거기에 다른 등산객의 모습은 보이지 않았다.

용문사 입구 주차장에 대기 중인 우리 일행의 대절버스로 돌아와 보니 귀로 출발 예정시간인 오후 4시보다 한 시간 정도 이른데, 나 외에 다른 일행은 한 명도 도착해 있지 않았다. 휴대폰으로 아내를 불러보았더니, 아내는 용문산 정상을 거쳐 올라갈 때와 마찬가지인 용각골 코스로 하산 중에 마당바위를 지나고 있었고, 집행부를 위시하여 다른 우리 일행도 모두 길을 잘못 들어 정상으로 향했으며, 용각봉 쪽으로 간 사람은 아무도 없다는 것이었다. 그렇다면 나도 계곡 코스를 계속 올라가 정상까지 갔어야 하는데, 이제 와서 후회해 봐도 소용없게 되었다. 무료한 시간을 때우기 위해 절 입구의 상가를 어슬렁거리다가 百八念珠와 약초로 담근 술 한 병을 샀다.

오후 5시 무렵이 되어서야 우리 일행은 제법 하산하였다. 일행 중에 부상하여 다리뼈를 다친 여인이 발생했으므로, 헬기를 동원하여 구출해

양평 시내의 병원으로 수송하여 응급치료를 받게 하느라고 귀로 출발시간은 더 늦어졌다. 밤 11시 무렵 진주에 도착했고, 집에 와서 샤워를 마친 다음 11시 40분 무렵에 취침하였다.

27 (토) 아침까지 비 온 후 개임 -순천만 갈대축제
철학과 대학원생 야유회가 있는 날이라, 가벼운 옷차림으로 출근하였다.
연구실에서『闢衛編』중 順菴 安鼎福의 丁巳日記 부분을 계속하여 읽다가, 오전 10시 무렵 인문대 교직원 주차장으로 나가 일행과 합류하였다. 교수로는 연구년을 맞아 미국에 가 있는 이성환 및 근년 들어 심장질환으로 건강 상태에 이상이 있는 정병훈 교수를 제외한 다섯 명이 참여하였고, 대학원생으로는 33세에 본교 철학과 학부과정에 신입생으로서 입학했다가 졸업 후 부산에 있는 신학대학에서 석사과정으로 마치고, 부산에서 예수교장로회 계통 교회의 담임 목사로 있으면서 금년에 본교 대학원 서양철학전공의 박사과정에 입학한 남학생 한 명과 진주산업대학교를 졸업한 후 배석원 교수가 운영하는 진주철학문화원을 통해 철학 공부에 관심을 갖게 되어 역시 올해 본교 대학원 서양철학전공 석사과정에 입학한 여성 한 명 등이 참가하였다.
목사가 몰고 온 봉고 차 한 대와 하상협 양이 창원서 몰고 온 승용차에 분승하여 인문대를 출발하였다. 남해 및 호남고속도로를 따라 서쪽으로 나아가 순천에서 일반국도로 접어들었다. 순천만으로 흘러드는 동천과 이사천이 합류하는 지점의 상하수도사업소 주차장에다 차를 세운 후 셔틀버스로 갈아타고서 10월 20일부터 28일까지 9일간 순천만자연생태공원에서 개최되는 2007순천만갈대축제 현장으로 나아갔다.
대대동에서 셔틀버스를 내린 후, 무진교를 지나 나무 데크로 연결된 길을 따라서 갈대숲 속을 산책하다가 용산이라는 나지막한 야산에 올라 그 능선 끄트머리 지점의 전망대까지 걸어가 10만 평 정도 규모로서 세계에서 다섯 번째로 큰 습지라고 하는 순천만의 갈대숲 일대를 조망하였다.
다시 무진교를 건너 주행사장의 슈퍼 음식점 마을로 돌아 나온 후 개

펄에서 서식하는 짱뚱어라는 물고기 탕을 주 메뉴로 한 점심을 들었다. 식사를 마친 후 희망자들은 1인당 6천 원씩 하는 探鳥船을 타고서 순천만 안쪽으로 들어가 45분 정도에 걸쳐 개펄과 갈대숲에 서식하는 수많은 새들의 무리를 관찰하였다. 용산 전망대에서 큰고니 여섯 마리를 망원경으로 바라본 외에도 탐조선에서는 순천만의 명물인 흑두루미 떼와 각종 오리 떼 등을 둘러볼 수가 있었다.

돌아 나와서는 무진기행열차라고 하는 트램 카를 타고서 상하수사업소의 주차장으로 돌아왔다. 무진교·무진기행 등의 명칭이 보이는 것은 유명한 단편소설 「霧津紀行」의 작가인 金承鈺이 이곳 순천 출신인데다가 그 무대가 바로 이곳 순천만의 대대동 일대이기 때문이라고 여기 사람들은 설명하고 있었다. 나는 고등학생 때 김승옥의 또 다른 단편소설 「서울 1964년 겨울」에 대한 독후감을 써 전국 콘테스트에서 2등을 한 적이 있었다.

진주의 본교로 돌아온 다음, 승용차를 우리 아파트 지하 주차장에다 세워 두고서 뒤따라온 구자익 군의 승용차에 동승하여 신안성당 부근에 위치한 권오민 교수의 단골집인 솔향이라는 실비집으로 가서 저녁 회식을 겸한 뒤풀이 모임을 가졌다.

11월

4 (일) 맑음 - 선암산

아내와 함께 동부산악회를 따라 경북 의성군 가음면과 군위군 의흥면의 경계에 위치한 선암산(878.7m)에 다녀왔다. 오전 8시 30분까지 장대동 제일은행 앞에 집결하여 대절버스 두 대로 출발하였다. 남해·구마·중앙고속도로를 경유하여, 예전에 국보 제77호 탑리5층석탑을 답사하기 위해 인문학부 학생들과 함께 들른 바 있었던 의성군 금성면 소재지를 지나 가음면의 빙계계곡군립공원 쪽으로 접근하였다. 이미 들판의 추수는 끝나고 도처에 가을 단풍이 절정이었다.

정오 무렵에 가음면 현리리의 척화마을 부근에서 하차하여 등산을 시작했다. 정상 부근에서 아내 및 근자에 당뇨병으로 작고한 본교 정호응 교수의 부인 등과 더불어 준비해 간 도시락으로 점심을 들고서, 뱀산을 지나서 능선 길을 따라 출발 지점 쪽으로 하산하였다. 등산객이 많지 않은 산이라 우리 일행 외에는 다른 사람을 별로 만날 수 없었고, 정상에는 표지석도 없었다. 하산하는데 처음 얼마 동안은 길이 뚜렷하였으나, 갈수록 분명치 않아 낙엽에 덮인 산길을 어림짐작으로 더듬어 불암사 쪽으로 내려왔다.

진주의 집에 도착하여 샤워를 마치고서 평소처럼 밤 9시 무렵에 취침하였다.

11 (일) 맑음 -월출산, 도갑사

아내와 함께 희망산악회를 따라 전남 영암군 영암읍과 강진군 성전면 사이에 위치한 月出山(809.8m)에 다녀왔다. 오전 8시까지 시청 서문 앞에 집결하여 대절버스 한 대로 출발하였다. 남해·호남고속국도를 경유하여 2번 국도로 접어든 후 순천·보성·장흥·강진을 지나 영암읍 개신리의 천황매표소 주차장에 도착하였다.

천황사(獅子寺)지에서 道岬寺에 이르는 주능선은 과거에 이미 몇 차례 답파한 바 있었는데, 이번에는 그 능선 도중의 미왕재에서 노적봉·사리봉을 경유하는 지능선으로 접어들어 회문리의 회문교 쪽으로 하산한다고 하므로 참여한 것이다. 그러나 이즈음은 낮이 많이 짧아졌으므로 오후 3시 이후에 미왕재에 도착한 사람은 도갑사 쪽으로 하산하라는 박양일 회장의 당부가 있었다. 좁은 산행로에 등산객이 밀려 곳곳에 정체가 심한데다 이즈음 내 산행 능력이 많이 떨어져 숨이 가빠서 속도를 내기 어려우므로 내 페이스로 천천히 걸었다. 천황봉을 지나 바람재로 내려가는 도중에 혼자서 늦은 점심을 들었더니, 미왕재에 도착했을 때는 이미 오후 4시 10분 무렵이었다. 별 수 없이 도갑사 쪽으로 하산하였다.

단풍이 아름다운 홍계골을 따라 도갑사에 다다라 보물로 지정된 道詵

守眉碑와 미륵전의 석조여래좌상 그리고 국보인 해탈문 등을 둘러보고서 그 설명문들도 읽어본 다음 절 입구의 대형버스 주차장에 다다랐다. 도갑사는 그 새 중창공사가 많이 진행되어 예전에 못 보던 새 건물이 많았다. 우리 일행 중에는 이미 한 시간 반이나 전에 대절버스에 도착하여 기다리고 있는 사람도 있어 늦도록 도착하지 않는 나에 대해 불평을 말하는 사람도 있었던 모양이다. 때마침 내 휴대폰의 배터리가 다 되어 아내가 내게 연락을 취할 수도 없었던 것이다.

회문교 쪽으로 이동하여 오랜 산 친구인 박 회장이 손수 끓인 고깃국으로 저녁 식사를 때운 다음, 노적봉·사리봉 코스에서 길을 잘못 든 사람들이 다 도착하기를 기다려 어두워진 후에 귀로에 올랐다. 돌아올 때는 송광사 앞쪽을 경유하여 밤 10시 무렵에 집에 도착하였다.

17 (일) 맑음 -거제도 망산

인문대학 친목회 가을 산행에 참여하여 거제군 남부면 저구리에 소재한 望山(397m)에 다녀왔다. 오전 9시 무렵 인문대 동편 계단 아래에서 대절버스 한 대로 출발하였다. 각 학과 조교들과 외국인 교수(미국·프랑스·러시아) 세 명도 참여하였다.

거제도에 들어가서는 新縣邑에서 동부면 남부면을 경유하는 지방도로를 거쳐 몽돌해수욕장이 있는 피서지이며 영화 '은행나무 침대'의 촬영지로서 알려진 여차 마을 부근의 산중턱 비포장도로에서 하차하여 등산을 시작하였다. 내봉산에 도착하여 교수회 측이 준비한 충무김밥으로 간단한 점심을 들었고, 망산을 경유하여 명사해수욕장 쪽으로 하산하였다. 산봉우리들에서는 한려해상국립공원의 여러 섬들이 펼쳐지고 사방으로 바다에 둘러싸인 수려한 경관이 탁 트였다.

명사 마을에 대기하고 있는 대절버스를 타고서 대포마을로 이동하여 민박을 겸한 아침바다횟집에서 자연산 생선회로 다소 이른 저녁 회식을 하였다. 식사를 마치고서 밖의 포구로 나오니 초겨울 날씨처럼 다소 쌀쌀하였다.

진주로 돌아오는 길에 차 안에서 가라오케로 돌아가며 노래를 불렀다. 신안동의 남도레포츠 부근에 있는 실비집에서 일부 교수들이 내려 2차를 하는 모양이었지만, 나는 그냥 학교로 돌아와 주차장에 세워둔 승용차를 몰고서 귀가하였다. 오늘 모임에서 사이다를 절반쯤 탄 맥주 한 잔을 마신 외에는 술을 입에 대지 않았다.

23 (금) 오전 중 비온 후 개임 -건봉사, 금강산

지리산여행사를 통해 예약해 둔 내금강 2박 3일 여행을 출발하는 날이다. 아내와 함께 밤중에 집을 나서 집합장소인 시청 앞에 오전 5시까지 집결하였다. 일행은 모두 16명인데, 우리 내외 및 나와 안나푸르나 여행 등을 함께 했던 경상화공약품의 대표 이 선생을 제외하고서 나머지는 부인네들 모임 회원으로서, 그 남편 되는 사람 한 명도 포함되어 있었다.

대륙관광의 대절버스 한 대로 출발하여 남해·대진·경부·중부·영동고속도로를 경유하여, 일반국도로 접어든 다음 내설악 입구 용대리와 진부령을 지났다. 도중에 남한 땅에 있는 금강산의 乾鳳寺에 들렀다. 고성군 거진읍 냉천리의 민통선 내에 위치해 있는데, 근자에 비로소 일반인의 출입이 허용되고 있는 모양이었다. 이 절은 사명당이 승병을 일으켰던 곳이며, 임란 당시 왜군에 의해 약탈되어 일본으로 반출된 통도사의 석가모니 진신사리를 사명당이 봉환하여 그 일부를 안치한 곳이기도 하다. 그래서 절의 본채와는 좀 떨어진 위치에 적멸보궁이 위치해 있었고, 석가모니의 치아는 본채에 모셔져 있다고 들었다. 예전에는 금강산 초입에 위치한 큰 절이었던 모양인데, 화재로 몇 차례 소실되었다가 6.25 때 이 일대가 격전지로 되어 사찰은 전소되고 다만 1920년 무렵에 세워진 네 돌기둥으로 받친 사각형의 특이한 모습을 한 不二門만이 옛 모습을 유지한 것이었다. 지금은 절이 다시 복원되었고, 사찰 경내 여기저기에서 군인들의 모습을 볼 수가 있었다. 이 절에 속한 유서 깊은 騰空塔이 근처에 위치해 있는데, 2005년부터 제한적이나마 그곳까지도 민간인의 출입이 허용되고 있는 모양이다.

건봉사에서부터는 옛 금강산 유람객들이 이용했을 법한 산속 도로를 따라 화진포로 나아갔다. 몇 년 전에 처음 금강산에 갔을 때는 화진포 바닷가에 위치한 금강산콘도에서 몇 시간을 대기했다가 현대아산 측으로부터 북한으로 들어가는 출입증을 발부받았었는데, 지금은 다른 곳에 새로 세워진 별도의 건물에서 그 수속을 하고 있었고, 우리가 대절버스 안에서 대기하고 있는 동안 담당 직원이 와서 증명사진이 붙은 목에다 거는 출입증을 교부해 주었다.

수속을 마친 다음 조금 더 나아간 지점의 어느 식당에 들러 점심을 들었다. 거기서 다시 통일전망대 부근의 남측출입사무소(CIQ)로 이동하여 북한 입경을 위한 검문 수속을 밟았다. 그 건물도 예전 것보다는 꽤 세련된 모습으로 바뀐 듯하였다. 비무장지대를 통과하여 해금강의 남쪽 끝인 鑑湖를 지나 永郞湖 부근에 위치한 북측출입사무소에서 다시 북측의 입경수속을 밟았다. 예전에는 고성항(장전항)으로 이동하여 밟았던 수속이 비무장지대가 끝난 지점으로 옮겨져 보다 간편해진 것이다.

남측 CIQ에서부터는 진주에서 대절해 온 버스 안에다 휴대폰 등을 보관해 두고서 현대아산 측이 제공한 셔틀버스로 갈아탔고, 우리 4호차에 탑승한 남자 안내원이 돌아올 때까지 가이드의 역할을 맡았다. 도중에 그로부터 비로소 들은 바로는 눈이 내려 내금강으로 들어가는 입구의 고갯길이 미끄러워 차량 출입이 불가하므로 이번의 내금강 관광은 취소할 수밖에 없다는 것이었다. 전혀 예상치 못했던 사태의 전개에 어처구니가 없었지만 개인으로서는 어쩔 수가 없는 일이었다. 나중에 알고 보니 내금강 관광은 금년 6월부터 개시되었는데, 지금은 시즌의 마지막이라 지난주 이후로 이미 내금강으로의 출입은 사실상 허용되지 않고 있다는 것이었다.

溫井里에 도착한 다음, 먼저 문화회관에 들러 북측의 교예공연을 관람하였다. 지리산여행사로부터는 예전처럼 남측 CIQ 건물 안 환전소에서 원화를 지불하고서 개인적 경비를 카드로 교환해 받아 북한에서 사용한 다음 돌아올 때 그 잔액을 돌려받는다고 설명 받았었지만, 막상 현지에

와 보니 그 현금 카드의 사용은 이미 여러 달 전에 폐지되었고, 여기서는 달러나 혹은 1,000 대 1로 환산한 원화를 사용하게 되어 있었다. 교예공연에 아내와 둘이서 각각 $30씩 지불하고 보니 남은 달러가 얼마 되지 않아, 온정각 동관에서 저녁식사를 들 때 그 구내에 있는 농협 환전소에서 $100을 새로 바꿨다.

구룡마을의 2404호실에 남자 셋이 함께 방을 배정받았고, 아내는 바로 옆의 2405호실에 총무와 함께 들었다. 총무란 여성들 모임의 총무를 말하는데, 지리산여행사의 강덕문 대표로부터는 이번 여행에 자기가 동행하지 않는 대신 총무가 모든 일을 알아서 처리할 것이라고 들었지만, 그 총무도 금강산에 처음 와 보는 손님 중 한 사람일 따름이며, 설명회 때도 도중에 먼저 자리를 떠서 전혀 일 처리를 할 줄 몰라 당황해 하고 있었다. 몇 년 전에 우리 가족이 지리산여행사를 통해 처음 금강산에 왔을 때는 2박 3일의 참가비가 40만 원 수준이었음에도 불구하고 당시로서는 제일 좋은 수준의 금강산호텔에 숙소를 배정받았었는데, 그보다 10만 원 정도를 더 지불하고서 온 이번에 든 구룡빌리지란 컨테이너 모양의 수학여행 온 학생 숙소 정도 수준이었고, 샤워장과 화장실도 별개의 동에 따로 위치해 있어 불편하였다. 밤에 혼자서 셔틀 버스를 타고 금강산온천에 가서 온천욕을 하였다. 그곳 시설도 예전에는 보지 못했던 듯한 노천탕과 황토사우나 등이 있어 다소 달라진 듯하였다.

24 (토) 대체로 맑음 -구룡폭포, 상팔담, 금강산온천

내금강 관광이 취소되었으므로, 다른 외금강 관광객과 같은 일정으로 움직일 수밖에 없었다. 내금강은 외금강보다 관광비가 비싸므로 그 차액은 돌아간 후 여행사를 통해 돌려받으라고 가이드가 일러주었다. 온정각 서관 뷔페에서 조식을 든 후, 오늘은 구룡폭포 쪽으로 떠나게 되었다.

이 계곡의 셔틀버스 주차장 부근에 있는 新溪寺는 몇 년 전에 왔을 때만 하더라도 대한불교조계종에 의해 재건공사가 진행되어 아직 단청을 칠하지 않은 대웅전 정도만이 세워져 있었는데, 지금은 완공되어 최

근에 낙성식을 가졌다고 한다. 절에서 조만간 그것과 관련된 무슨 행사가 있다 하여 이번에는 하차하지 않았다. 전체적으로 보면 금강산 관광객의 99%라고 할 정도로 절대다수는 여전히 남한 사람들이지만, 그때보다는 서양인과 일본인·화교 등 외국 관광객의 수도 늘어 있었다. 그들은 대부분 우리와 마찬가지로 남한을 경유하여 온 것이었다. 현대 측이 고용한 식당 등 매점의 종업원과 버스 기사들은 아직도 대부분 중국동포인 조선족이었다. 비무장 지대 등을 통과하면서 본 북한군의 모습은 여전히 딱딱하였지만 무례하다고 느낄 정도는 아니었고, 금강산에서 만난 북한 측 안내원이나 식당 종업원들은 대부분 인사성이 밝고 친절하였다.

지난번에 온가족이 왔을 때는 겨울방학 중이라 구룡폭포는 꽁꽁 얼어붙어 있었고, 거기서 반시간 정도 더 올라간 지점의 上八潭으로는 출입이 통제되어 들어갈 수가 없었는데, 지금은 낙엽이 지고 곳곳에 얼음이 보이는 초겨울이기는 하지만, 觀瀑亭에서 바라본 구룡폭포는 수량이 많지는 않았으나 얼지 않았고, 구룡대 바위에 올라서 그 폭포 바로 위쪽의 상팔담도 내려다 볼 수 있었다. 올라갔던 길을 경유하여 내려와 예전에도 들렀던 북한 측 식당 목란관에서 아내는 비빔밥, 나는 냉면을 시켜서 각각 나눠들었다. 북한에서는 냉면을 들 때 장수를 바라는 뜻에서 보통 가위로 면발을 자르지는 않는다고 한다.

하산 이후는 자유 시간이므로, 아내와 나는 숙소에다 짐을 둔 후 금강산온천으로 가 오후 다섯 시 남짓까지 두 시간 이상을 거기서 보냈다. 실내의 온탕과 냉탕 사이 가름대 위에 드러누워 눈을 감고서 무료한 오후 시간을 보내기도 하였는데, 아마도 내 생애에서 가장 오래 목욕탕에 머문 것이 아닌가 싶다.

목욕을 마치고 걸어서 숙소까지 돌아왔다가, 오후 6시 무렵 셔틀버스를 타고서 예전에 묵었던 금강산호텔 2층의 식당으로 가 한식뷔페로 저녁식사를 하였다. 당시에는 건물 바깥에 페인트칠 한 흔적도 없었던 초라한 모습의 김정숙영빈관이 이제 현대가 리모델링하여 스카이라운지를 갖춘 외금강호텔로 거듭 났고, 그때까지 이 두 곳에서 주로 행해지고 있었던 남북이산가족의 면회를 위해서는 구룡마을과 눈썰매장 사이에 이산가족면회소 빌딩이 따로 세워지고 있었다.

25 (일) 맑음 -해금강, 삼일포, 옥류관

어제와 마찬가지로 온정각 동관에서 한식뷔페로 조식을 든 다음, 해금강·삼일포 코스로 이틀째 관광에 나섰다. 그동안 백만 명을 훨씬 넘는 남한 관광객이 이미 다녀갔지만, 금강산 관광은 점점 더 성황을 이루고 있다는 느낌이었다. 삼일포는 예전에 옵션으로 가본 적이 있었으나, 해금강은 이번이 처음이다. 해금강은 비무장지대에서 장전항 북쪽의 원산으로 가는 길목에 있는 총석정 부근까지 남북으로 약 60km에 걸쳐 있는데, 우리가 가본 곳은 그 중에서도 하이라이트라고 할 수 있는 바다만물상 일대였다. 이곳은 북측으로서도 남측 통일전망대가 바라보이는 최전방에 속하는 곳이므로 북한 사람도 출입하기 어려운 곳이어서 관광객을 위해 현대 측이 특별히 마련한 양측으로 철책이 쳐진 포장도로를 벗어나 민간인들이 사는 동네를 지나가야 했다. 북한의 민간인들은 군인의 통제 하에 우리들이 탄 기나긴 버스 행렬이 다 지나갈 때까지 길 멀찍이 서서 말없이 기다리고 있었다. 도무지 자유라고는 누려본 적이 없는 사람들이었다.

삼일포를 다시 둘러보고서 온정리로 돌아와 평양 옥류관의 분점이라고 하는 북한 측 옥류관 식당에 들러 그 2층에서 아내와 나는 냉면을 들었다. 건너편 좌석의 손님 중에 일본 민단 측에서 왔다는 남자 하나가 일어서서 통일과 관련된 노래를 부르는 해프닝이 벌어지기도 하였다.

점심을 든 다음 온정각 서관 앞으로 걸어와서 수많은 셔틀버스들의 승객 전원이 탑승할 때까지 한참 동안 대기한 다음, 올 때 이용했던 4호차로 다시 북측 출입사무소와 비무장 지대, 군사분계선을 통과하여 남측 출입사무소로 건너왔다. 거기에 대기하고 있던 대륙관광의 대절버스로 바꿔 타서 맡겨두었던 휴대폰을 찾았고, 우리가 돌아올 때까지 그동안 기사가 무료로 숙식을 제공받았다는 해산물판매장에 들러 쇼핑을 하고서 귀로에 올랐다. 진부령·홍천을 거쳐 도중의 어느 주유소 식당에서 돌솥밥으로 석식을 든 다음, 중앙·구마·남해고속도로를 경유하여 밤 11시 무렵에 귀가하였다.

12월

9 (일) 맑음 −종지봉, 성주봉, 운달산

아내와 함께 희망산악회를 따라 경북 문경시에 있는 종지봉(598m) 聖主峰(891) 雲達山(1,097.2)에 다녀왔다. 오전 8시까지 시청 서문 앞에서 집결하여 대절버스 한 대로 출발하였다. 남해·구마고속도로를 경유하여 어디서부터인지 최근에 새로 건설된 고속도로로 진입하여 남성주 휴게소에서 주차한 후 문경시를 거쳐 등산 기점인 문경읍 당포리에 도착하였다. 아내는 산행 거리가 너무 긴데다가 이 산악회에 참여하는 사람들은 대부분 베테랑이라 따라가기 힘들다면서 산행 종점인 김용리에서부터 백 코스로 오르기로 작정하고서 차 안에 남았다. 기점에서부터 성주봉까지는 가파른 바위 절벽의 연속이어서 설치된 밧줄을 타고 오르내려야 하는 곳이 많았고, 그 후로는 운달산에 이르기까지 오르막길이 계속되는지라 역시 폐활량이 부족한 나로서는 속도를 낼 수가 없었다. 게다가 산길에는 눈이 얼어붙어 있었는데, 그럴 줄을 예상치 못하고서 아이젠도 가져오지 않아 두 개의 스틱과 나뭇가지에 의지하여 조심스럽게 진행할 수밖에 없었다.

성주산 정상에서 바위 아래의 양지바른 눈밭에다 자리를 펴고서 점심을 든 후, 일행에 뒤쳐져서 계속 혼자 걸었다. 오전 10시 45분 무렵부터 산행을 시작하여 오후 4시 30분까지 하산하라는 말을 들었으나, 전체 행정의 절반 지점인 운달산에 도착했을 때 이미 4시였다. 그러나 거기서부터는 비교적 걷기 쉬운 내리막 코스이고, 얼마 후 김룡사 쪽으로 향하는 계곡 길로 접어들었으므로, 비교적 속도를 낼 수가 있었다.

그러나 지난번 에베레스트 베이스캠프 산행에 대비하여 구입했던 30

여만 원짜리 방수 등산화가 이번에도 말썽을 일으켜 양쪽 새끼발까락에 심한 통증을 주는 것이었다. 그때 네팔 히말라야의 안나푸르나 트레킹에 다녀온 이후 이 등산화는 거의 사용하지 않고 방치해 두었는데, 다음 달에 있을 킬리만자로 등반에 대비하여 시험 삼아 다시 사용해 보게 된 것이다. 이 물건을 내게 권했던 지리산여행사 부설 쎄라토레 등산장비점의 주인 강덕문 씨는 등산화에 문제가 있는 것이 아니라 끈을 단단히 조이지 않아 발가락이 놀기 때문이라고 설명했었는데, 그렇다기보다는 역시 구두의 볼이 좁은 것이다.

그때 일기 관계로 카트만두 공항에서 경비행기가 뜨지 않아 에베레스트 베이스캠프 대신 안나푸르나 쪽으로 일정을 변경하게 되었지만, 당시 산행 중과 돌아온 이후까지 기침과 가래가 그치지 않아 귀국 후 대학병원에서 황영실 교수로부터 진단과 치료를 받아본 적도 있었다. 황 교수는 폐활량에 별 문제가 없다고 하였으나, 나와 아내가 느끼기로는 그때 이후로 폐활량이 현저히 줄어 모든 오르막길과 계단에서는 호흡이 가빠 도저히 속도를 낼 수가 없는 것이다.

일행은 오후 5시 무렵 거의 등산을 완료했다는데, 나는 저물어 가는 산길을 계속 혼자서 걸어 그들보다 한 시간 늦게 목적지인 김용리에 도착하였다. 그러므로 아내가 맛있게 끓였다는 아귀탕을 곁들인 저녁식사도 들 수가 없었다. 갈 때의 코스를 경유하여 밤 9시가 지난 무렵 진주에 도착하였다.

16 (일) 맑음 -양성산, 대청호, 청남대

아내와 더불어 삼일산악회를 따라 충북 청원군 문의면 미천리에 있는 養成山(297m)와 문의면 신대리에 있는 靑南臺에 다녀왔다. 오전 8시까지 시청 육교 앞에 집결하여 대절버스 한 대로 출발하였다. 대진·경부고속도로를 거쳐서 근자에 개통하여 상주까지 동서로 연결되는 고속도로를 따라 청남대매표소가 있는 미천리의 주차장에 도착하였다.

먼저 양성산에 올라 정상의 2층 정자가 있는 곳까지 한 바퀴 두르면서 발 아래로 내려다보이는 대청호의 수려한 풍광을 감상하였다. 두 시간 정도 등산을 하며, 정상 부근에서 점심을 들고서 오후 1시 무렵 주차장으로 내려왔다. 일행이 하산을 마치기를 기다렸다가 대절버스로 이동하여 신대리에 있는 청남대에 들렀다. 거기서 오후 3시 반까지 자유 시간을 가지게 되었으므로, 청남대가 대통령 별장이었을 당시 이곳을 호위하던 388경비대 250여 명 군인들의 숙소였다는 청남대관리사업소, 본관, 오각정, 양어장, 초가정을 차례로 둘러 초가정에서 골프장 뒤편의 산중턱에 있는 산책로를 경유하여 주차장으로 돌아왔다.

청남대는 대청댐 수문 근처에 위치해 있는데, 1980년 대청댐 준공식에 참석했던 전두환 前대통령의 뜻에 따라 1983년 6월에 착공, 6개월 후인 12월에 완공되었다. 준공 당시의 이름은 迎春齋였었는데, 1986년 7월 18일 남쪽의 청와대란 뜻으로 청남대로 개칭되었다. 2003년 4월 18일 노무현 現대통령에 의해 개방되어 충청북도로 이관될 때까지 역대 대통령들은 여름과 명절휴가 등 매년 4~5회, 많게는 7~8회씩 이용하여 20여 년간 총 88회 400여 일을 이곳에서 지냈다. 노무현 대통령의 선거 공약으로 국민에게 개방된 이후로는 소속은 청와대로 되어 있으면서도 청원군이 관리하는 국민 관광지로 전환되어 어른인 경우 개인 5,000원, 단체 4,000원의 입장료를 징수하여 관리 운영되고 있다.

오후 7시 무렵에 진주의 집으로 돌아왔다.

23 (일) 오전 중 짙은 안개 -불태산

아내와 함께 청솔산악회를 따라 전남 장성군 장성읍과 담양군 대전면의 경계에 위치한 佛台山(730m)에 다녀왔다. 우리 집 옆의 진주역전에서 오전 8시 30분에 대절버스 두 대로 출발하여 남해·호남고속도로를 경유하여 898지방도로로 접어들어 담양군 대전면의 북쪽 끄트머리 한치(한재골)계곡에 있는 대산농장 앞에서 하차하였다.

거기서 장성읍과의 경계를 이루는 서동치(갯막재)에 오른 다음, 능선을 따라서 남쪽 방향으로 진행하여 천봉(694m)을 거쳐서 정상인 불태산에 올랐다. 정상에는 불태봉이라고 적힌 표지석이 서 있는데, 거기에는 높이가 720m라고 새겨져 있었다. 주능선을 따라 서남쪽으로 계속 진행하여 아내 일행이 점심을 들고 있는 헬기장에서 조금 못 미친 655봉에 도착하여 일행 몇 명과 더불어 점심을 들었다. 헬기장을 지나서는 장성군 진원면 쪽 지능선으로 접어들어 계곡 길로 빠진 다음 진원제라는 커다란 저수지를 지나서 진원리에 있는 조선 왕조 말엽의 저명한 성리학자 蘆沙 奇正鎭과 그의 대표적인 제자 여덟 명을 향사하는 高山書院에 이르러 하산을 완료하였다.

이 서원에는 과거에도 몇 번 왔던 적이 있었는데, 그 중 한 번은 이번처럼 등산에서 내려온 길이 아니었던가 싶은 아련한 기억도 있어, 어쩌면 불태산에 과거에도 한 번 오른 적이 있을지도 모르겠다는 생각이 들었다. 오늘 등산에서는 일행으로부터 뒤쳐지지 않도록 유의했기 때문에 그럭저럭 늦지 않게 하산할 수가 있었다.

밤 7시 남짓에 출발지점인 진주역전에 도착하였다.

30 (일) 맑으나 쌀쌀함 -문수산, 망해사, 청송사지
아내와 더불어 상록수산악회를 따라 울산광역시 울주군 靑良面·凡西面·三東面에 걸쳐 있는 文殊山(599.8m)에 다녀왔다. 오전 8시 30분까지 장대동 제일은행 앞에 집결하여 대절버스 한 대로 출발하였다. 남해고속도로와 경부·울산고속도로를 경유하여 청량면 영해마을의 농협 부근 버스정류장에서 하차한 후, 영축산(靈鷲山, 350m) 방향으로 올라갔다. 도중에 혼자 望海寺에 들러 통일신라시대의 것인 보물 173호 望海寺址石造浮屠 두 기를 둘러보았다. 이 절은 『삼국유사』에 나오는 모양이지만, 지금은 새로 지은 조그만 절이 유적 아래에 서 있을 따름이었다.

문수산 정상에는 송신탑이 서 있었다. 이 산은 동쪽으로 울산시에 접해 있어 울산의 鎭山이라고 할 수 있는 곳이다. 정상에서 내려오는 길에 대한불교조계종 제15교구 首寺인 문수사를 지나게 되었다. 절에서 점심식사를 무료로 제공하고 있었으므로, 그것으로 점심을 때운 후 문수사

주차장 쪽으로 내려왔다. 먼저 가던 아내는 거기서 길을 잘못 들어 하차 지점인 청량농협 방향으로 난 도로를 따라가고, 나는 우리 일행이 간 남암산(543m)에는 오르지 않고 철탑 갈림길에서 자동차 도로를 따라 청송 방향으로 하산하다가 靑松寺 터에 이르러 보물 382호인 청송사지삼층석탑을 둘러보았다. 역시 통일신라시대의 것으로서 제법 규모가 컸다. 근처에 청송사지 浮屠가 모여 있는 곳도 있는 모양이지만, 그 정확한 위치를 알지 못해 가보지 못했다.

거기서 더 내려오다가 집결 지점을 잘못 알고서 도로를 벗어나 청송 자연농원까지 올라갔는데, 거기에 대절버스가 서 있지 않으므로 아내와 전화 연락하여 대저택이 있는 마을을 지나서 도로로 내려와 그 길이 7번 국도와 만나는 지점인 문수초등학교 부근의 버스정류장에서 다시 일행과 합류하였다. 오후 3시 반 무렵에 문수초등학교 버스정류장을 출발하여 오후 6시쯤에 진주에 도착하였다.

이번 산행에서 예전 망진산악회 시절의 같은 회원이었던 임 노인을 만났다. 임 노인은 올해 92세로서, 망진산 봉수대 아래의 농막에서 혼자 살고 있는데, 이제 농사는 그만두고서 개 한 마리와 닭 수십 마리를 키울 따름이며, 월 30만 원씩의 국가 보조를 받아 생활한다는 것이었다. 그는 지금도 매주 두세 번 정도씩 산에 다니고 있지만, 무릎이 좋지 못해 하산 지점에서부터 역코스로 좀 걸을 따름이며, 기억력도 예전보다 못한지 여러 해 동안 같이 산에 다녔던 우리 내외를 잘 알아보지 못하는 듯하였다.

2008년

1월

22 (화) 비와 눈 -마이산 탑사, 전주 한옥마을, 경기전, 사고지,
풍남문

오늘 내일 이틀간에 걸친 2007학년도 인문대학 동계세미나에 참여하
여 오전 9시에 대절버스 한 대로 인문대 뒤편을 출발했다. 대진고속도로
를 경유하여 먼저 진안의 마이산에 도착해 塔寺를 탐방하였다. 이곳은
과거에 몇 차례 와 본 적이 있었지만, 모처럼 다시 와 보니 꽤 생소하였다.

전주 교외의 이중역 앞 대로변에 있는 군산어머니꽃게장 식당에 들러
점심을 들었다. 비를 맞으며 전주 시내의 한옥마을을 둘러본 후, 그 근처
의 慶基殿 및 『조선왕조실록』 사고지에 들렀다가 豊南門까지 산책하였다.

전주를 출발하여 숙소인 국립공원 계룡산 동학사 상가 내에 있는 계
룡그린텔(충남 공주시 반포면 학봉리)에 도착하여 방을 배정받았는데,
나는 중문과의 강신웅, 영문과의 박창현 교수와 더불어 307호실을 쓰게
되었다. 오후 5시부터 두 시간 정도에 걸쳐 1층의 노래방을 겸한 홀에서
세미나를 가졌다. 건국대학교 철학과의 동양철학 교수로서 2년간 한국
학술진흥재단의 인문학단장으로 파견 근무하고 있는 성태용 교수가 「한
국 인문학 진흥을 위한 앞으로의 방향」, 철학과의 정병훈 교수가 「인문
대 학생들을 위한 문화콘텐츠 프로그램」 그리고 금년 8월에 정년퇴직을
맞이하게 되는 국문과의 강희근 교수가 「캠퍼스 시편들」이라는 제목으
로 자작시를 낭독하였다.

숙소 근처의 삼학식당에서 저녁 식사를 들었는데, 나는 옛 친구인 성

태용 교수와 나란히 앉았다. 성 교수는 서울대 철학과 71학번으로서 나보다는 2회 빠르나 1952년생으로서 나이는 세 살 아래이므로, 학생 시절부터 서로 말을 놓고 지내는 사이다.

저녁식사를 마친 후 숙소 근처에 위치한 당신의노래방으로 가서 잠시 일행과 어울리다가 일찌감치 방으로 돌아와 취침하였다. 뒤이어 도착한 두 교수가 너무 심하게 코를 골아 어떻게 잠을 이룰지 난감하였는데, 이럭저럭 잠이 들었다.

23 (수) 아침에 눈 온 후 흐림 −동학사, 지질박물관, 금산수삼센터
어제의 삼학식당에서 콩나물해장국 등으로 조식을 들었다. 눈이 내리는 가운데 東鶴寺까지 산책을 하였다. 비구니들이 거처하는 이 절의 강원에서 오늘 수료식을 거행하는 모양으로, 가사 장삼을 단정하게 차려 입은 비구니들이 많이 눈에 띄었다.

계룡산을 출발하여 대전광역시 유성구의 대덕연구단지에 이르러 KAIST 부근인 가정동 30번지에 있는 한국지질자원연구원의 지질박물관을 견학하였다. 별로 규모가 크지는 않지만 일종의 자연사박물관이었다.

대전을 떠나 대진고속도로를 경유하여 돌아오던 도중에 금산에 도착하여 금산읍 중도리 금산수삼센터 앞에 있는 錦山원조삼계탕에 들러 삼계탕으로 점심을 들었고, 수삼센터에서 수삼도 좀 샀다. 금산의 인삼시장을 둘러보다가 오후 4시 남짓에 본교로 귀환하였다.

2월

15 (금) 맑음 −대전대학교
대전대학교 지산도서관 2층 르네상스 홀에서 거행된 한국동양철학회 2008년 제54차 동계학술대회에 참석하였다. 오전 10시에 출발하는 동양고속 우등버스를 타고서 정오 무렵 대전에 도착한 다음, 택시를 타고서 대전대학교로 향했다. 구내의 혜화문화관 2층에 있는 레스토랑에서 점

심을 든 다음 대회장으로 향했다.

총회가 끝난 다음, 대전대 근처인 동구 용운동 251번지에 있는 壽繼靖 식당으로 자리를 옮겨 만찬이 있었다. 나는 서울대 철학과 후배인 조남호 교수와 마주 앉아 대화를 나누다가 오후 8시 진주행 고속버스 막차를 타기 위해 7시 반에 자리를 일어섰다. 식당 근처의 도로에서는 차량 통행이 드물어 택시가 눈에 띄지 않았으므로, 수라정 식당으로 되돌아가서 카운터의 종업원 아가씨에게 콜택시를 불러달라고 부탁하였는데, 송인창 회장이 거기에 나와 있다가 나더러 회장 할 나이가 되었다면서 우선 차기 부회장을 맡도록 추천해 두겠노라고 했다.

밤 8시에 출발하는 우등고속버스 막차를 타고서 진주로 돌아왔다.

3월

2 (일) 흐리고 한 때 눈발 -삼형제봉, 도솔봉

대봉산악회에 동참하여 경북 영주군 풍기읍과 충북 단양군 경계의 백두대간 능선 상에 위치한 兜率峰(1,315.6m)에 다녀왔다. 지난 1월 3일에 치질 수술을 받은 지로부터 2달이 지났으므로, 이 달부터는 평소의 생활 패턴으로 돌아가서 어제 오후 땅 일을 하였고, 오늘은 주말 등산을 다시 시작하게 된 것이다. 아내는 진주여고 동창으로서 서울의 가톨릭대학 간호학과 교수인 김희승 씨가 방문해 오기로 하여 동행하지 않았다.

오전 8시 30분 장대동 구 현대예식장 앞에서 대절버스 한 대로 출발하였다. 남해·구마·중앙고속도로를 경유하여 11시 40분경 등산 시작지점인 해발 약 700m의 죽령휴게소에서 하차하였다. 백두대간 능선 상에는 아직도 눈이 제법 많이 쌓여 있어 처음부터 아이젠을 착용하였다. 1288봉과 삼형제봉(1,261m)을 경유하여 가래골 안부 부근에서 일행과 더불어 점심을 들었다. 오늘 산행 길은 예전 백두대간 종주에 참가했을 때 역코스로 경유한 적이 있었을 것이다.

도솔봉 정상에서 단양군 대강면 사동리 방향으로 하산하기로 되어 있는데, 정상 표지석은 두 군데에 세워져 있었다. 나는 앞서 가는 사람들을 따라 묘적봉 방향으로 조금 더 나아간 지점의 표지석에서 하산하기 시작하였다. 그곳은 길이 그다지 뚜렷하지 않아 의심하는 사람들이 있었지만, 앞서 가던 중년 남자가 자기는 35년간 군대생활을 하여 이런 길에는 익숙하다면서, 코스 도중 여기저기에 매달아 둔 리본들을 근거로 삼아 이 길이 틀림없다고 호언장담하는 것이었다. 7~8명 정도의 일행이 그 코스로 내려갔는데, 계곡이라 눈과 바위가 많은 데다 길이 시종 분명치 않아 꽤 고생을 하였다. 나중에 알고 보니 우리 일행 대부분은 정상의 첫 번째 표지석이 있는 지점에서 지능선 길을 따라 사동리 쪽으로 하산하였던 것이다.

하산 집결시간은 5시 20분이었으나, 우리 몇 명은 맨 꼴찌로 그보다 한 시간쯤 늦게야 사동리 종점에 도착하였다. 올 때와 같은 고속도로들을 경유하여 밤 11시 무렵 진주에 도착하였고, 집에 돌아와서 샤워를 마친 다음 11시 45분에 취침하였다.

16 (일) 맑음 -백암산, 선야봉

아내와 함께 풀잎산악회를 따라 충남 금산군 남이면에 있는 白巖山(654m)과 남이면과 전북 완주군 운주면 사이에 위치한 仙治峰(758.7m)에 다녀왔다.

오전 8시 30분 장대동 제일은행 앞에서 집결하여 대절버스 한 대로 출발하였다. 대진고속도로를 경유하여 금산에 도착한 다음, 기타도와 635번 지방도를 따라 오전 11시 무렵 백암산 등산기점인 남이면 역평리와 건천리 사이의 고갯마루 배티재(잣고개, 栢嶺)에서 하차하였다.

백암산 일대는 한국전쟁 말기에 퇴로를 차단당한 공산 빨치산과 이를 소탕하려는 군경의 합동작전 사이에 처절한 싸움이 벌어졌던 곳으로서 2,000명 이상의 빨치산과 경찰·군인·민간인을 포함한 200명 이상의 인원이 희생되어 모두 2,563명의 희생자를 낸 곳이다. 배티재 언덕에 서 있는 육백고지전승탑과 육백고지참전공적비를 참관하였다. 그 바로 뒤편에 백제시대의 태뫼식 산성이라고 하는 백령성터가 남아 있었다. 배티 재는 서부 평야지대로 넘어가는 교통의 요충지여서 삼국시대 백제와 신라 사이에 쟁탈의 대상이 되었던 모양이며, 600고지전투라는 이름으로 널리 알려진 이 일대의 그다지 높지 않은 야산에 빨치산 본부가 두어졌 던 것도 마찬가지 이유로 군사적 요충지였기 때문이 아니었을까 싶다. 600고지를 지나 정상인 백암산에 올랐는데, 정상 바로 아래의 남이면 백암마을에도 육백고지전적비가 세워져 있는 모양이다.

얼마 후 지능선이 끝나고 충청남도와 전라북도의 경계를 이루는 금남 정맥에 올랐다. 북쪽 대둔산 방향으로 나아가다가 도중에 일행 몇 명과 어울려 도시락으로 점심을 들었다. 1년간의 치료가 끝난 까닭인지 오늘 산행은 별로 숨이 가쁘지도 힘들지도 않아 일행을 제법 앞서 갔다. 선야 봉 정상에서 다시 금산군 남이면 쪽으로 뻗어 나온 지능선을 따라 남이 자연휴양림 주차장에 도착하여 오늘 등산을 모두 마쳤다. 아내는 산에 오르지 않고서 자연휴양림 일대의 계곡을 산책했던 모양이다. 오후 5시 남짓에 남이자연휴양림을 출발하여 밤 8시 무렵 진주에 도착하였다.

30 (일) 진주는 비 오고 서울은 대체로 흐림 −북한산 칼바위능선∼ 의상능선

아내와 함께 희망산악회의 북한산 칼바위능선∼의상능선 등반에 참가 했다. 오전 6시에 일행 52명이 대절버스 한 대로 시청 서문을 출발하여 대진·경부·중부고속도로를 경유하여 오전 10시 무렵 서울 성북구 정릉 동에 도착하였다.

북한산국립공원 동부관리사무소 쪽에서 오르기 시작하여 정릉계곡을 거쳐 칼바위능선을 타고서 산성에 올라섰고, 보국문·대성문·대남문을 거쳐 북한산에서 두 번째로 높다는 오늘의 최고 지점 문수봉(723m)에 이르러 일행과 더불어 점심을 들었다. 그런 다음 의상능선 쪽 코스를 취하여 가파른 바위절벽 구간을 따라 증취봉·용출봉을 거쳐 의상봉을 끝으로 하산 길로 접어들었다.

경기도 고양시 효자동의 舊산성매표소 부근 대형 주차장에 대기하고 있는 우리들의 대절버스에 도착했을 때 우리 내외는 일행 중 두 번째로 하산한 사람이었다. 이제 간염 치료기간이 끝나 꼴찌 신세를 면하고서 보통의 등산 능력을 회복한 모양이다. 이 일대는 말발굽 모양으로 생긴 북한산성 중 유일하게 산줄기로 막히지 않고 트인 곳으로서, 산성의 입구에 해당한다.

북한산은 한반도의 중앙에 위치하는 것으로서, 북의 백두산, 남의 지리산, 동의 금강산, 서의 묘향산과 더불어 예로부터 五嶽 중 하나로 꼽혀온 곳이다. 산성에 올라서부터는 북한산의 정상인 백운대(837)를 비롯하여 그 주변의 만경대(799.5), 인수봉(769) 등 삼각을 이룬 주봉군을 계속 바라보면서 걸었다. 그러나 안개에 가려 시야가 트이지 못할 때도 있었다.

서울의 은평구를 거쳐 시내로 들어와서는 기사가 길을 잘못 들어 시내에서 꽤 긴 시간을 소비한 까닭에 경부·대진고속도로를 경유하여 진주의 우리 집에 도착해 샤워를 마치고서 취침했을 때는 밤 11시 40분경이었다.

4월

13 (일) 맑음 -대금산, 김영삼 생가, 학동

참조은산악회를 따라 거제시 장목면와 연초면의 경계를 이루고 있는 大錦山(437.5m) 진달래축제에 다녀왔다. 아내는 동행하지 않았다. 오전 8시 30분까지 동명극장 앞에 집결하여 대절버스 한 대로 출발하였다.

신현읍의 옥포고등학교 뒤편에서부터 산에 올라 소나무 숲이 울창한 완만한 능선 길을 계속 걸었다. 봄의 신록이 아름다웠다. 진달래군락지는 대금산 정상 부근에만 집중되어져 있었고, 정상에서는 멀리 거가대교의 건설현장이 바라보였다. 연초면 明洞里 명상마을 쪽으로 하산하였다.

돌아오는 길에 관광 삼아 거제도의 동쪽 해변을 드라이브하여 둘렀는데, 먼저 장목면 외포리 대계마을에 있는 김영삼 前대통령 생가에 들렀다. 이곳에는 예전에도 두어 번 와 본 적이 있었다. 그때는 생가 모습 그대로였으나, 지금은 거제시에서 예산을 들여 그럴듯한 기와집으로 새로 지어져 있었다. 생가에서 포구를 건너 오른쪽으로 언덕에 있는 김영삼 씨의 모친 묘소까지도 혼자서 걸어가 보았는데, 이 역시 예산을 들여 새로 단장했기 때문에 멀리서도 금세 식별할 수 있었다. 무덤은 쌍분으로 되어 있고 그 앞에 신도비 모양의 석비가 세워져 있으며, 비문은 부친인 金洪祚 옹의 것이었다. 김 옹은 아직 생존하여 마산에 거주하고 있는데, 수산업으로 재산을 이루었으며, 마을 뒤편의 큼직한 신명교회도 장로인 그가 세운 것이라고 한다.

다음으로는 동부면 학동리에 정거하였다. 나는 유명한 몽돌해변을 끝까지 걸어 해변의 나무로 설치한 산책로까지도 올라가 보았다가 출발 시간에 맞추기 위해 도중에 돌아왔다. 학동 뒤편의 1018지방도를 따라 구천저수지를 경유하여 진주로 돌아왔다.

20 (일) 맑음 -석모도 낙가산, 보문사, 강화도 마니산, 전등사

아내와 더불어 등산 활동을 통해 오래 전부터 알고 지내는 옛 백두대간산악회의 리더 정상규 씨가 주관하는 비경마운틴을 따라 인천광역시 광화군 삼산면 석모도의 洛迦山(235m)과 그 남쪽 기슭의 普門寺, 그리고 강화도 摩尼山(469m)에 다녀왔다. 이 산악회를 따라 백두대간 구간종주를 했을 당시 등반대장이었던 오두환 씨도 오랜만에 다시 만났다.

새벽 5시에 시청을 출발한 25인승 승용차가 5분경에 역전 교보빌딩 앞에서 우리 내외를 태우고, 신안동의 백두대간등산장비점 앞에서 다시 몇 명을 태워 총18명으로 출발하였다. 대진·경부고속도로를 경유하여 올라가다가 인천 방향으로 접어들었는데, 김포 부근에서부터 주말여행을 떠나는 수도권 시민들의 차량으로 심한 교통 정체를 빚는 바람에 엄청나게 시간을 지체하였다. 예정했었던 강화도의 내가면 오산리 고인돌군 견학은 포기하고서 지름길을 취하여 석모도로 가는 페리의 부두에 도착한 다음 차를 실은 채로 건너편 선착장에 도착하였다.

면사무소가 있는 마을의 삼산초등학교에다 차를 세우고서 낙가산 등반을 시작하였다. 이 산은 야산 정도의 높이에 불과하지만, 강원도 양양의 낙산사 홍련암, 경상남도 남해군 보리암과 더불어 우리나라 3대 관음도량의 하나로 꼽히는 보문사의 뒷산이기 때문에 관세음보살이 계신다는 인도 남해의 보타낙가산 이름을 따서 낙가산이라 불리게 되었다. 높이로는 양측에 있는 같은 능선상의 上峰山(316.1)이나 海明山(327)보다도 오히려 낮지만, 보문사를 품고 있어 유명해진 것이다. 낙가산으로부터의 하산 길은 보문사 쪽을 취하여, 모자챙인 듯 눈썹인 듯 비를 가려줄 천혜의 암반 아래에 좌상의 관음보살이 양각되어져 있는 일명 눈썹바위를 둘러본 후 본사로 내려왔다. 경내에 세워져 있는 普門寺事蹟記는 전 본교 철학과 동료 이지수 교수의 부친인 동국대학교 교수 이종익 박사가 지은 것으로서, 이에 의하면 절의 역사는 신라 선덕여왕 4년(635년)으로 거슬러 올라간다.

석모도의 남쪽 해안도로를 둘러 선착장으로 돌아와 다시 페리를 타고서 강화도로 건너간 후, 하곡 정제두의 묘소와 영재 이건창의 생가 부근을 지나 사기리에 있는 고찰 淨水寺 주차장에서부터 마니산 등반을 시작하였다. 원래는 하산 코스의 하나로서 예정하고 있었던 것이지만, 강화도로 오는 도중에 너무 시간을 지체했으므로 산 중턱까지 차가 올라갈 수 있는 이 길을 오르기로 정했던 것이다. 능선에 오른 다음 마니산 정상을 거쳐 塹城壇(465m)까지 갔다가 역시 최단거리인 개미허리의 대한감리교 마리산기도원을 경유하는 코스를 취해 하산하였다.

거의 어두워질 무렵 하산을 완료하여, 참성단까지 함께 올랐던 정상규씨가 백 코스로 하산하여 차를 몰고 오기까지 주차장에서 기다렸다. 정족산 전등사 정문 앞의 식당에서 저녁식사를 든 후, 밤중의 전등사 경내를 한 바퀴 두르고서 귀로에 올랐다. 돌아오는 차 속에서는 의자를 뒤로 젖히고서 잠을 청했는데, 다음날 오전 2시 무렵 진주의 우리 집에 도착했다.

5월

4 (일) 흐리고 저녁 무렵 비 -초암산, 철쭉봉

아내와 함께 청우산악회를 따라 전남 보성군에 있는 草庵山(576m) 및 철쭉봉(605m)에 다녀왔다. 오전 8시 30분에 장대동 어린이놀이터 앞에서 대절버스 한 대로 출발하여 남해·호남고속도로를 거쳐 순천 방향의 2번 국도로 접어든 다음, 보성군 율어면 선암리 모암마을의 포장도로가 끝난 지점에서부터 등산을 시작했다. 산복도로를 따라 벌교읍과의 경계를 이루는 고갯마루에 올라선 다음, 존제산(712m)을 등지고서 기복이 심하지 않은 능선 길을 따라 서쪽으로 나아갔다. 존제산에서부터 능선 일대는 온통 철쭉 밭이었다. 이곳 철쭉은 자생한 것이지만 잡목을 베어내고서 인위적으로 생장을 도운 것이라 다소 때늦은 철쭉이 장관을 이루고 있었다.

원래 우리 일행은 오늘 주월산(557m)을 거쳐 초암산 방향으로 나아가기로 되어 있었지만, 주월산은 도중의 광대코재에서 남쪽 방향으로 2.9km 떨어진 위치에 있어 방향이 달라 갈 수가 없었다. 오늘 코스 중의 최고봉인 철쭉봉에 다다라 아내와 더불어 준비해 간 도시락으로 점심을 들었다. 초암산 정상을 지나자 차량이 통행할 수 있는 비포장도로가 나타나고 거기서부터는 철쭉 밭이 끝나 있었다. 우리는 겸백면사무소가 있는 겸백마을로 하산하였는데, 오후 4시 반 무렵에 우리 내외가 첫 번째로 당도하였다.

우리 내외가 하산한 직후부터 비가 내리기 시작하였다. 다른 쪽으로 하산한 일행을 태워 겸백마을로 되돌아온 후, 비를 피해 마을 정자에서 주최 측이 준비해온 술과 안주를 들었다. 순천 부근에서 심한 교통정체로 말미암아 시간을 허비하다가 밤 9시경에 진주에 도착하였다.

11 (일) 맑음 -남해군 일주

강성문 씨 내외는 오전 6시 반부터 한 시간 정도 망경성당에서의 미사에 다녀왔다.

8시 30분 무렵에 집을 출발하여 내가 운전하는 차에 아내와 강 씨 내외가 타고서 남해군을 향해 떠났다. 사천시 삼천포의 실안 해변을 지나 창선-삼천포 대교를 지나서 남해군 창선도로 들어간 다음, 지족에서 창선교를 지나 남해 본섬으로 건너갔다. 삼동면 동천의 동천보건진료소에 들러 그 소장으로 있는 아내의 제자 김향숙 씨를 만나 그녀의 안내로 섬을 일주하게 되었다.

먼저 내산 자연휴양림 입구에 있는 바람흔적미술관을 둘러보고서, 갔던 길을 되돌아 나와 독일마을 뒤편 야산 꼭대기의 예원과 그 일대의 별장촌을 둘러보았다. 독일마을은 휴일이라 그런지 유원지처럼 관광객들로 붐비고 있었다. 풍광이 수려한 물미해안도로와 송정·상주해수욕장을 거쳐 서포 김만중의 귀양지인 노도가 바로 코앞에 바라보이는 위치의 상주면 양아리 백련마을에 자리 잡은 백련횟집에서 도다리 등의 생선회와 매운탕으로 점심을 들었다.

다음으로는 이동면의 용문사 입구에 있는 아메리칸 빌리지에 들러 아내의 연대 동문 집에서 다과를 들며 대화를 나누었다. 미국마을을 떠난 후 남면 가천의 다랭이마을과 암수바위 등을 둘러본 다음, 서부 해안도로를 따라서 고급 골프장이 있는 힐튼리조트와 스포츠파크에 들렀다. 스포츠파크 부근의 서면 서상리 1640-1에 있는 남해별곡이라는 바다 풍경이 아름다운 황토 통나무집 식당에 들러 산 낙지 전골과 서대 정식으로 김향숙 씨로부터 저녁식사를 대접받았다. 오늘의 가이드인 김 여사의 남편으로서 강성문 씨와 마찬가지로 치과 기공사라는 사람도 스포츠파크에서 각종 운동을 즐기다가 뒤늦게 그 식당으로 와서 인사를 나누었다.

남해별곡에서 김향숙 씨 내외와 작별한 다음, 우리는 여수시와 광양제철소가 바라보이는 서부해안 길을 따라 계속 북상한 다음, 관음포에서 77·19번 국도를 만나 공사 중인 李落祠 앞을 지나 노량해협에 걸쳐진 남해대교를 구경하였다.

하동군 진교면으로 들어와 벚꽃나무 가로수가 이어진 길을 따라가다가 진교읍에서 남해고속도로에 올라 진주로 돌아왔다. 경상대 옆을 거쳐 봉곡동의 서부시장으로 가서 클라라 씨가 유과 등의 기념품을 구입할 동안 기다린 다음 밤 9시 가까운 시각에 우리 집으로 돌아왔다.

12 (월) 맑음 −거제도 일주, 강주연못, 남강둔치
석가탄신일이라 또 하루를 쉬었다.

어제와 마찬가지로 강성문 씨 내외와 더불어 내가 운전하는 차로 넷이서 거제도에 다녀왔다. 국도를 따라 가다가 고성 부근에서 길을 잘못 들었으므로, 고속도로에 진입하여 거제로 들어갔다. 이 섬의 메인스트리트인 14번 국도를 따라 동쪽으로 계속 나아가 신현읍의 삼성중공업 거제조선소, 옥포의 대우조선해양주식회사(DSME) 등을 바라보며 장승포에 다다랐다.

거기서부터는 역시 14번 국도를 따라 남쪽으로 접어들어 한려해상국립공원인 다도해의 풍경을 바라보면서 지세포·와현·구조라·학동을 지나 이 섬의 동남쪽 끄트머리에 위치한 명승 제2호 해금강에 다다랐다. 거기서 배를 타고 외도에 들어갈 예정이었지만, 강한 바람으로 말미암아 어제 이래 이 섬 어디에서도 외도보타니아로 들어가는 유람선은 일체 출항하지 않고 있었다. 해금강유람선터미널 부근인 거제시 남부면 갈곶리 63-2번지의 해금강청정횟집에서 멍게비빔밥과 성게비빔밥으로 점심을 든 다음, 인근의 해금강테마박물관과 신선대, 그리고 신선대 반대쪽의 도장포에 있는 영화촬영지 바람의언덕 등을 둘러보았다.

왔던 길로 도로 학동까지 되돌아가 몽돌해변을 바라본 후, 1018번 지방도로 접어들어 연담삼거리에서 구천댐 쪽으로 접어들어 거제시의 중심부인 신현읍 고현리에 있는 거제도포로수용소유적공원을 둘러보았다. 이곳에는 두 번째로 왔지만, 몇 년 전에 왔을 때와는 판이하게 달라져 LA의 유니버설 스튜디오를 연상케 하는 테마파크로 변모되어 있었다.

14번 국도를 따라 통영으로 나온 다음, 대전−통영간고속국도에 올라 진주로 돌아왔다. 사천IC에서 고속도로를 벗어나 연꽃으로 이름난 진주시 정촌면 예하리의 康州연못을 걸어서 한 바퀴 두른 다음, 남강 가를 따라 드라이브하여 칠암동의 경남문화예술회관 앞 야외공연장 주차장 에다 차를 세우고서 그 일대의 죽림 속 산책로와 남강둔치 산책로를 걸 으며 디지털카메라로 기념사진을 찍었다.

오늘이 강 씨 내외의 결혼기념일이므로 세란병원 건너편에 있는 주약 동 94-10의 한정식 전문 古宮식당에서 만찬을 든 후 집으로 돌아왔다. 강 씨는 진주의 온화한 기후와 그 주변 환경이 인상 깊었던지 5~6년이 지나 은퇴한 후 북한으로 가 기공사로서 봉사활동을 하고자 하던 계획을 접고서, 진주에 집을 마련하여 매년 절반 정도씩 시카고와 진주를 오가 며 여생을 보내고 싶다는 의사를 비치기도 했다.

18 (일) 비 -개성 일대

간밤 8시 5분에 하동을 출발해 진주역을 경유한 무궁화호 열차는 마 산·창원·동대구에서 손님을 더 태워 오늘 오전 3시 25분 서울역에 도착 하였다. 우리 내외는 1호차에 탔는데, 특실이어서 의자를 침대처럼 뒤로 젖힐 수 있었으므로, 나는 비교적 편히 잠을 이룰 수 있었다. 알고 보니 이번 여행은 푸른항공여행사가 철도청과 연계하여 진행하는 것이었다.

밤중에 서울역전에 대기하고 있는 네 대의 버스 중 강화도 관광객이 아닌 개성 관광객에게 배정된 한 대로 갈아타고서 이동하였다. 젊은 시 절 서울에 살았을 때처럼 불광동을 경유해 통일로를 통해 북상할 줄로 짐작했는데, 뜻밖에도 삼각지를 거쳐 한강철교까지 내려온 후 한강변을 따라난 새 도로를 따라서 달리는 것이었다. 도착하고 보니 파주시의 임 진각관광지였다. 놀이터 옆에 있는 임진각로뎀식당이라는 곳에서 조식 을 들고, 임진각과 평화의종, 망배단, 경의선 철로 및 놀이터 일대를 산 책하다가 다시 버스에 올라 1번 국도를 따라서 임진강을 건너 도라산리 로 이동하였다. 임진각정류장에는 각지에서 온 개성관광객의 차량이 여 러 대 대기하고 있었다.

도라산리에 있는 남측 출입사무소에서 관광증을 수령하고 미화 $100

을 환전한 다음, 군사분계선을 통과하여 북측 출입사무소에 도착해 다시 입경 수속을 하고서 버스를 갈아탔다. 갈아탄 현대아산 관광버스에는 검은색 정장 차림의 북한 측 남자 안내원 두 명이 동승하였다. 이 안내원 중 한 사람에게 물어보았더니, 개성 관광은 작년 12월 5일부터 시작되었다고 한다. 안내원들의 복장은 똑같아서 제복이라고 할 수 있는데, 심지어 그들이 들고 있는 우산도 똑같은 것이었다.

도중에 개성공업지구를 통과하였다. 2000년 현대아산이 북측과 합의하여 추진되기 시작한 개성공단 사업은 2002년 12월에 공식 착공되어 현재 1단계 100만 평이 남한을 주로 하는 국내외 기업체들에 분양되어 조업 중이며, 이후 2단계, 3단계의 공사를 거쳐 2010년에 완공되면 총 2000만 평 규모로 될 예정이다. 이 가운데 850만 평이 공장 및 생산시설 용지, 나머지 1150만 평에는 상업·생활·관광 등 배후도시가 들어설 예정이라고 한다.

개성 시내로 접어들어 평양–개성간고속도로를 따라 태조릉과 공민왕릉 등 고려왕조의 고분들이 많은 지역을 왼편에 두고서 북상하였다. 북한의 고속도로는 남한의 일반국도 수준에도 못 미치는 3~4차선 정도의 폭이 좁은 것으로서, 도중에 우리 일행의 버스 행렬 외에는 다른 차량을 한 대도 볼 수 없었을 정도로 한산하므로 중앙분리대도 설치되어 있지 않고 차선 표시나 신호도 없었다. 오전 일정은 박연폭포와 관음사를 둘러보는 것이었다.

松都三絶의 하나이기도 한 박연폭포는 개성시 북쪽 27km 지점의 박연리에 위치해 있는데, 금강산의 구룡폭포, 설악산의 대승폭포와 더불어 우리나라 3대 폭포 가운데 하나로서, 나는 오늘 마침내 3대 폭포 중 마지막 남은 하나를 둘러보게 되었다. 높이 37m라고 하지만 폭이 좁고 수량은 그다지 풍부치 않았다. 폭포수가 떨어져 형성된 姑母潭의 한쪽에 관광객이 접근할 수 있는 작은 섬처럼 생긴 용바위가 솟아 있는데, 그 바위 위에 황진이가 머리채에 묵을 적셔 썼다고 하는 초서 글씨가 새겨져 있었다. 이백의 廬山瀑布 詩 가운데서 '飛流直下三千尺 疑是銀河落九天'의 두 구절이라고 한다. 이 위쪽에 '白詩黃筆兩雄哉'로 시작되는 시가 있어 황진이의 친필이라는 속담이 전해 내려오는 모양이지만, 전국 여기저기의 명승지 바위에다 초서 大字를 남긴 양사언의 글씨라는 설도 있다. 폭포 가의 大興山城으로 올라가는 등산로에 민요 가사의 '박연폭포 흘러 내리는 물은 범사정으로 감돌아든다'고 한 그 泛査亭이 있었다.

범사정 옆길을 따라가 폭포 위쪽의 바가지 모양으로 이루어진 직경 8m 되는 바위 못인 朴淵을 내려다본 다음, 한참 더 올라가니 대흥산성 북문을 통과하게 되었다. 대흥산성은 抱谷式 산성으로서 그 둘레가 10km에 달하는 것인데, 이 북문과 거기에 설치된 문루는 북측에서 사적 52호로 지정해 두고 있다. 북문을 들어서서 남쪽으로 약 1km 정도 더 올라가니 산성 가운데 청량봉 낭떠러지의 산중턱에 자리 잡은 고려시대 사찰 관음사에 다다르게 되었다.

북한의 산들은 대체로 내가 어렸을 때 보던 남한의 산과 마찬가지로 나무가 별로 없는 민둥산인데 비하여, 박연폭포와 대흥산성 일대는 관광 자원이 있는 사적지여서 수목이 울창하였다. 관음사는 고려초기인 970년에 창건되고 1393년에 그 규모를 확장한 뒤 여러 차례의 보수를 거쳤는데, 현재의 건물은 1646년에 고쳐 지은 것으로서 보물급 33호로 지정되어져 있다. 그러나 그 규모는 작았다. 대웅전 안에서는 삭발을 하지 않은 스님 한 명이 가사장삼을 걸치고서 목탁을 두드리고 있었으며, 대웅전 옆 관음굴 안에는 북측의 국보문화재 154호인 대리석 관음보살상이 있었다. 원래는 두 기였는데, 하나는 1975년 평양의 조선중앙역사박물관으로 이전되었으며, 2006년 6월 '북녘의 문화유산-평양에서 온 국보들'에 전시되어 남측에 공개되기도 하였다.

관음사를 끝으로 오전 일정을 모두 마친 남측 관광객들은 개성 시내로 돌아와 개성백화점 부근에 있는 통일관에서 이제는 다른 데서 찾아볼 수 없게 된 1인당 조그마한 유기 그릇 13개 한 세트씩으로 이루어진 13첩반상기로 한정식 점심을 들었다. 식사 후 나는 거기서 남녘 사람들에게 가장 인기가 있다는 백두산들쭉술 한 병을 $11에 구입하였다. 그 외에 박연폭포 관광 중 아내는 잣, 나는 호두 속을 각각 하나 $10씩에 구입하여 맛보기도 하였다.

통일관 부근의 수백 미터 떨어진 널따란 언덕길 위에 커다란 김일성 동상이 서 있고, 통일관 아래쪽에는 개성남대문이 있는데, 모두 멀찍이 서 사진 촬영만 허용되었고 지정된 구역을 벗어날 수 없도록 제한되어 있었다. 개성백화점 건물 바깥은 수령을 칭송하는 내용 등의 구호로 도배질 되어 있고, 우중충한 색깔의 이 건물에는 출입하는 사람을 전혀 찾아볼 수 없었으므로, 안에서 과연 매매 활동이 이루어지고 있는지 의심이 들 정도였다.

우중이라 개성 시내의 사람들은 대부분 장화를 신고서 거리를 지나가고 있었다. 개성은 북한에서도 두세 번째 정도 되는 큰 도시에 속할 터인데 거리에 차량 통행이 매우 적었고, 보도가 포장되어져 있지 않기 때문에 우천에는 장화가 필수적인 것이다. 길 건너편의 인도를 자전거 혹은 도보로 지나가는 시민들은 대부분 우리 쪽으로 시선을 주지 않았는데, 돌아올 무렵 아파트 구역을 지날 때 2층의 열린 문 건너편으로 젊은 아낙네와 그녀의 아이 하나가 우리가 탄 차량 행렬을 향해 손을 흔들어주었다.

식사 후에 우리는 남북 간의 주요 회담이 여러 차례 열렸다는 자남원 부근의 선죽동 중심부에 위치한 북측의 국보 유적 159호 善竹橋와 도로 건너편 비각 안에 조선왕조의 영조와 고종이 각각 정몽주를 찬양하여 세운 두 기의 큰 비석인 국보 유적 138호 表忠碑를 둘러본 다음, 다시 버스로 개성극장 앞으로 이동하여 걸어서 같은 선죽동의 崧陽書院을 참관하였다. 선죽교는 고려 태조 때인 919년에 이곳에 작은 돌다리를 축조했을 당시 善地橋라 불렸는데, 1392년 이성계의 병문안을 다녀오던 정몽주가 이방원이 보낸 자객에 의해 여기서 철퇴를 맞아 암살된 이후 다리 위에 흘린 핏자국이 지워지지 않고 주위에 충절을 상징하는 대나무가 돋아났다 하여 선죽교로 개칭하였다. 원래 없었던 돌난간은 1780년 개성유수로 부임해 온 정몽주의 후손이 피살의 현장을 보호하기 위해 설치한 것으로서, 그 옆에 대략 같은 크기의 통행용 돌다리를 붙여서 따로 설치해 두었다. 다리 옆에는 한석봉의 글씨로 된 비석도 보였다.

숭양서원 터는 고려 말에 문하시중 벼슬을 지낸 정몽주의 사저가 있었던 곳으로서, 그가 암살된 후 폐가로 되었다가 명예회복 된 후 1573년(선조 6) 개성유수 등에 의해 그의 시호를 딴 文忠堂이 창건되어 정몽주·서경덕의 위패를 모셨고, 1575년에는 '崧陽'의 사액을 받았으며, 1668년(현종 9) 이후 金堉·趙翼·禹賢寶를 추가로 배향하였다. 崧山은 개성의 鎭山인 松嶽의 별칭으로서, 그 남쪽에 위치한 서원이라는 뜻이다. 나지막한 야산 기슭을 이용한 전형적인 前學後廟式 배치의 구조였고, 그 입구 일대에는 역대 개성유수들의 선정비가 10여 기 세워져 있는데, 개중에는 徐渚·金堉 등 익숙한 이름도 눈에 띄었다.

숭양서원을 떠난 후 마지막 코스인 고려박물관에 들렀다. 개성시내 북동쪽 부산동에 위치한 고려시대의 성균관 건물과 그 부지를 이용하여 1988년 개관하였으며, 1,000여 점의 유물이 전시되어져 있다. 원래는 992년(고려 성종 11) 개성시 방직동의 고려 별궁인 대명궁 터에 창건된 국자감이었는데, 1089년에 국자감이 이곳으로 옮겨졌고, 1310년(충선왕 2)에 성균관으로 개명되었으며, 임진왜란으로 소실된 후 현재의 건물은 1602년(조선 선조 35)에 복원된 것이다. 그 규모는 대략 서울의 성균관과 같으나 배치는 달라 前學後廟 양식으로 된 18동의 건물과 은행나무 및 느티나무 노송 등으로 이루어져 있다. 그 중 東廡(제1전시관) 大成殿(제2전시관) 啓聖祠(제3전시관) 西廡(제4전시관)의 4채의 공간을 전시관으로 쓰고 있고, 서무 바깥에 야외전시관이 있다. 실내에 전시된 물건들은 대체로 해방 후에 개성 지역에서 발굴된 것인데, 전시 시설이 초라하고 조명도 어두워 안쓰러웠다. 서무에는 개풍군 해선리 정릉동의 봉명산 기슭에 위치한 공민왕릉의 玄室을 실물 크기로 복원한 것도 있었다. 북한에서도 역사적인 유물 유적을 대체로 원형대로 보존하기 위해 노력하고 있다는 사실을 알고서 다행이라는 생각이 들었다.

오후 4시에 개성을 출발하여 다시 북측 출입사무소로 돌아온 후 짐

검사를 할 때, 북측 군복 차림의 검사원이 관광객들 손에 든 디지털 카메라에 찍힌 사진 내용을 일일이 체크하는 바람에 검사대 통과 시간이 지체되었다. 서울역 쪽으로 가는 우리 일행은 대기하고 있던 버스를 타고서 임진강, 한강, 이화여대 뒤편의 금화터널과 서대문 코스를 경유하여 서울역 새 건물 앞에 다다랐다. 오후 7시 2분에 출발하는 하동 행 무궁화호를 탔고, 열차 안에서 배부 받은 도시락과 북한서 사 온 40도짜리 들쭉술 한 잔으로 석식을 마친 다음, 잠을 청하여 다음 날 오전 2시 무렵 진주역에 도착하였다.

25 (일) 맑음 −달등이산, 매봉

아내와 함께 천왕봉산악회를 따라 경북 경주시 산내면에 있는 달등이산과 매봉(585m)에 다녀왔다. 달등이산의 높이는 내가 가진 75,000분의 1 도로교통지도(영진문화사, 2008)에는 404.9m로 나타나 있지만, 산악회로부터 배부 받은 지도에는 그 바로 위에 548m 되는 봉우리가 있는 것으로 보아 신빙성이 없어 보인다.

시청 앞에 8시까지 집합하여 대절버스를 타고 장대동의 물푸레사우나 앞으로 가서 사천서 출발한 대절버스와 합류하여 두 대로 출발하였다. 남해·경부고속도로를 경유하여 국도로 접어들어 산내면 외칠1리 芳洞 마을에서부터 등산을 시작하였다. 이 산은 인터넷이나 각종 등산안내책자에도 나타나지 않는 것인데, 금년 4월 25일자 ≪국제신문≫의 근교산란에 실리고서부터 비로소 알려지게 되었다. 명칭은 '달덩이'의 誤記가 아니라 '달'이라는 우리말과 '登'이라는 한자를 섞어서 만들어진 것이라 한다.

녹음이 우거진 숲길을 계속 걸어도 ≪국제신문≫ 근교산 답사팀이 촘촘하게 붙인 노란 리본들 외의 다른 산악회 리본은 찾아볼 수 없었다. 우거진 숲 때문에 주위의 다른 경치는 별로 볼 수 없고, 도중에 아무런 표지도 없었다. 부드러운 낙엽을 밟으며 계속 나아가다 보니 알지 못하는 사이에 달등이산은 지나쳐 버렸고, 매봉에 이르러 점심을 들었다. 그런 다음 부산목장의 전기가 통하는 쇠줄 울타리를 지나 북쪽으로 계속 나아가 산복도로가 지나가는 서낭재(400m)에서 아내는 도로를 따라 지름길로 내려가고 나는 ≪국제신문≫의 리본을 따라서 좀 더 올라가 개터고개 부근에서 감산리 소목마을 쪽 길로 접어들어 소목마을 부근의 차도에서 다시 아내 일행과 만났다.

아내가 지나가던 차를 세워 부탁한 결과 운전석 뒤에 우리 내외를 포함한 세 명이 타고서 종착지인 감산합동정류소 부근까지 약 3km정도 되는 도로를 쉽게 내려올 수 있었다. 1946년에 창건되어 천 명 남짓 졸업생을 배출한 후 1993년에 폐교가 된 감산초등학교 운동장에서 하산주를 마시며 일행이 다 내려오기를 기다리다가, 같은 코스를 경유하여 밤 8시 남짓에 진주의 우리 집에 도착하였다.

6월

1 (일) 맑음 -갈기산, 월영봉(안자봉)

아내와 함께 양지산악회를 따라 충청북도 永同郡 鶴山面과 충청남도 錦山郡 濟原面 사이에 위치한 갈기산(595m)과 月影峰(528.6m, 안자봉이라고도 하며『大東地志』에는 彦靈山으로 되어 있음)에 다녀왔다. 오전 8시 시청, 8시 30분 장대동 제일은행 앞에 집결하여 대절버스 한 대로 출발하였다. 대진고속도로를 따라 북상하여 금산 IC에서 68번 지방도로 접어들었다. 금강변의 충북 영동군 학산면 호탄리 바깥모리 주차장에서 하차하여 등산을 시작하였다.

헬기장을 지나 갈기산 정상에 오른 후 말갈기처럼 생긴 암릉 지대를 지나 소골재(차갑고개) 다음 충남과 충북의 경계가 시작되는 聖人峰(515m)에 이르러 점심을 들었다. 다시 자사봉(405m)을 지나 갈림길에서 왼쪽 오르막길로 꺾어 들어가서 월영봉에 올랐다가, 왔던 길로 갈림길까지 돌아 나와 소골 내를 건너서 출발지점인 바깥모리 주차장에 닿았다. 오늘 코스를 전체적으로 보면 소골계곡을 끼고서 말발굽 모양으로 생긴 산 능선을 따라 한 바퀴 두르는 것이었다.

예전에 아내와 함께 육윤경 선생 팀의 일원으로서 갈기산에 올랐던 적이 있었는데, 당시는 장마철이었던지 소골 내의 물이 불어 급류를 조심조심 건넜던 기억이 새롭다. 일행이 다 내려오기를 기다리는 동안, 나는 혼자서 금강변의 차도를 따라 갈기산 아래 양산덜게기의 끝부분 근처까지 걸어가 보았다가 주차장으로 되돌아왔다. 덜게기란 방언으로서 바위 낭떠러지란 뜻인데, 좁다란 강변길을 따라 험준한 절벽이 형성되어져 있으므로 예로부터 군사적 요충지로 알려져 왔던 모양이다. 금강 건너편은 충북 영동군 陽山面 호탄리 일대인데, 삼국시대 신라의 태종 무열왕 2년(655)에 양산 전투에 나섰던 김흠운 장군이 백제군의 야간 기습을 받아 전사한 사연이 양산가라는 노래로 남아 전하며, 임진왜란 때는 청주 싸움에서 왜군을 무찌른 의병장 重峰 趙憲이 막료인 영규대사가 여기서 매복하여 기다리다가 왜군이 지나갈 때 낭떠러지 위에서 돌을 굴려 막자고 하는 건의를 양반답지 못한 싸움이라고 거절하고서 금산 벌에서 맞아 싸웠다가 그 휘하의 700여 장병과 더불어 전사하여 지금 금산군 금성면에 칠백의총이 남아 있는 것이라고 한다. 현재는 바위 절벽에 숲이 무성할 뿐 아니라, 거기까지 돌을 날라 올린다는 것도 무리인 듯하다.

돌아올 때는 금산의 黑參 판매장을 경유하여, 밤 여덟 시 반쯤 진주의 집에 도착하였다.

8 (일) 대체로 맑았다가 저녁부터 비 -천령산(우척봉)

사계절산악회의 월례산행에 동참하여 경북 포항시 북구 송라면과 청하면의 경계를 이루는 능선을 따라 天嶺山(牛脊峰, 775m)에 다녀왔다. 아내는 일기예보에 오늘 전국적으로 비가 온다고 했다 하여 동행하지 않았다. 봉곡로터리에 집결하여 오전 8시 30분 대절버스 한 대로 출발하였다.

남해·구마고속도로를 거쳐 대구에서부터는 20번 고속도로를 따라 포항 쪽으로 향하다가 경주시 구역에서 68번 지방도로 접어들어 흥해 신광면의 이명박 현 대통령 고향 마을 부근을 지나 북상하였다. 지금까지 포항에서 7번 국도를 경유하여 동해안을 오고간 적은 여러 번 있었지만, 이 길은 이용한 기억이 없다.

포항시 죽장면의 내연산수목원에서 하차하여 등산을 시작하였다. 여기는 고갯길을 꼬불꼬불 한참 올라온 고갯마루에 해당하는 지점인지라 수목원 구내의 경사 길을 조금 오르니 곧 능선이 시작되었다. 역시 수목원의 일부인 삿갓봉(718m)을 지나 비교적 평탄한 능선 길을 따라 계속 나아가 천령산 정상에 다다라 점심을 들었다. 오늘의 목적지인 이 산은 내연산 청하골을 둘러싸고 있는 다섯 봉우리 중 남쪽 능선의 중간 지점에 위치해 있다. 조선 후기까지 神龜山이라 하였고, 하늘 같이 높다 하여 일명 하늘재라 부르던 것을 일제 때 천령산으로 바꾸어 현재에 이르고 있으며, 마치 소 잔등 같이 생겼다 하여 주봉을 우척봉이라 하는 것이다. 12개의 폭포로 유명한 내연산계곡을 끼고 있지만, 능선길이라 계속 녹음 짙은 숲속으로만 걸어 폭포는 고사하고 주변의 경치도 별로 보지 못했다.

오늘의 일정상으로는 폭포 쪽으로 내려가 寶鏡寺계곡을 따라 하산하는 것으로 되어 있지만, 나는 보경사계곡 일대는 이미 여러 번 와 보았기 때문에 음지밭등(735m) 부근의 갈림길에서 백설샘 쪽 지름길을 취해 보경교를 지나 종착지인 보경사 주차장에 당도하였다.

남들보다 꽤 일찍 하산하였으므로, 대절버스의 출입문이 잠겨 있어, 보경사 매표소까지 어슬렁거리며 걸어보았다. 일행이 하산주를 마시고서 오후 6시에 출발할 즈음부터 빗방울이 듣기 시작하였다. 밤 9시 무렵 진주의 집에 도착하였다.

14 (토) 맑으나 설악산 지역은 비 -백두대간, 황철봉, 마등령

정상규 씨가 운영하는 비경마운틴의 백두대간 구간종주 설악산의 미시령·공룡능선·한계령 구간에 참여하기 위해 새벽 4시 50분쯤에 집을 나섰다. 5시 20분 시청 앞에서 신안동에서 출발한 대절버스 한 대에 올라타고서 떠났는데, 참여한 인원은 모두 30여 명이었다. 남해·구마고속

도로를 따라가다가 도중에 중부내륙고속도로로 접어들어 두어 명의 참여자를 태운 다음, 다시 구마·중앙고속도로를 따라 북상하였다. 홍천·인제를 거쳐 내설악 입구인 용대리를 지나 정오 무렵 미시령에서 하차하여 등산을 시작하였다.

백두대간 전체 능선 중에는 입산이 금지된 구간이 더러 있는데, 미시령에서 마등령에 이르는 구간도 그러하다. 그러므로 감시원의 눈길을 피하여 미시령 등산로 입구에서 조금 벗어난 지점에서부터 산을 오르기 시작하여 머지않아 등산로에 닿았다. 오는 동안 날씨는 계속 맑았고, 일기예보도 주말의 날씨는 전국적으로 맑을 것이라고 하였는데, 설악산에 접근할 무렵부터 안개가 자욱하고 빗방울이 듣기 시작하더니, 산행 중 내내 가랑비가 내렸다. 우중이라 짙은 안개에 가려 주위의 경치는 전혀 보이지 않으므로 등산로 주변에 핀 야생화만 구경할 수 있었다. 오늘의 최고봉인 황철봉(1,381m) 전후로 긴 너덜지대가 이어지더니, 저항령은 지나가는 줄도 모르고 스쳐가, 입산통제구역을 벗어난 지점인 오늘의 목적지 마등령에 다다랐다.

등산로 가의 돌로 깐 보도 위에다 비닐을 깔고 위에도 비닐을 덮고서 끈으로 고정시킨 다음 등산 스틱으로 받침대를 삼아 간이야영장을 마련하였다. 젖은 옷을 벗고서 여벌옷으로 갈아입었는데, 나는 등산 도중 나뭇가지에 걸렸는지 배낭의 방수커버가 찢어져 침수가 되었지만, 그래도 매트리스로 배낭 안을 둘러싸 두었기 때문에 침수가 심하지는 않았다.

버스를 타고 오는 도중 휴게소 매점에서 각자 알아서 아침식사를 해결하였고, 점심은 황철봉 못 미친 지점에서 각 조별로 쭈그리고 앉아서 들고, 저녁은 야영지에서 각자가 배부 받은 주먹밥과 준비해온 밑반찬에다 라면을 끓여 소주와 함께 들었다. 5명 정도씩으로 조를 짰는데, 1·2조를 합친 10명이 한 텐트에 들어 각자 준비해 온 야영 매트리스를 깔고서 여름용 슬리핑백 안으로 들어가 취침하였다. 비닐 천정 위에 자꾸만 물이 고이고 빗물 떨어지는 소리에다 옆과 발 밑쪽에 누운 사람들로 신경이 쓰여 제대로 잠을 이룰 수가 없었다.

나는 예전에 정상규 씨를 따라 백두대간 구간종주를 한 바 있었으나, 이 구간에는 빠졌었기 때문에 빠진 구간을 보충하기 위해 이번에 다시 참가하게 된 것이다.

15 (일) 대체로 흐림 -공룡능선, 대청봉, 남부능선

새벽에 일어나 마등령 야영지에서 십 분 쯤 내려간 지점의 샘물로 가서 세수와 양치질을 하고 수통에 물을 채워서 다시 올라왔다. 라면으로 간단히 조식을 든 후 오전 6시 30분에 이틀째 산행을 시작하였다. 긴 오르막과 내리막이 계속되는 공룡능선을 지나 喜雲閣산장에 도착하여 다시 라면 등으로 점심을 때웠다.

오늘 구간의 최고봉인 大靑峰(1,707.9)에 오르려면 보통은 소청·중청봉을 거쳐야 하지만, 정 대장의 지시에 따라 우리는 정식 백두대간 코스를 따라 한 시간 반쯤 암릉을 거슬러 오르는 직등 코스를 취하였다. 그러나 뒤에 출발한 정 대장 일행은 감시원에 적발되어 통상의 소청·중청 코스를 따라 올랐다. 나는 젊을 때의 폐 수술로 말미암아 남보다 폐활량이 적으므로, 특히 이것처럼 계속 가파른 오르막길이 계속되는 곳에서는 신체적으로 도무지 무리이므로 제일 뒤에 쳐져서 자기 페이스로 계속 쉬어가며 쉬엄쉬엄 올랐다. 그랬더니, 소청·중청을 거쳐 먼저 대청봉에 오른 사람들이 정상에서부터 한참을 내려와 내 배낭을 대신 메고서 내 손목을 잡아끌어 대청봉까지 데려갔다.

대청봉에서 중청산장을 거쳐 남부능선을 따라 오늘의 목적지인 한계령에 이르는 구간도 비록 고저는 그다지 심하지 않지만 지루할 정도로 요철이 반복되는 긴 구간이므로 후미를 맡은 장발의 젊은이가 중청산장에서부터 계속 나를 따라와 주었다. 그러나 나 자신은 극도의 피로를 느끼는 데다 숨이 가쁘고 잠이 오는지라 곳곳에서 쉬면서 자기 페이스로 걸을 수밖에 없었다. 다행히 대청봉에서부터 부분적으로 개였다가 다시 흐려졌다가 하는 날씨가 계속되어, 희운각에 좀 못 미친 지점에서 천불동계곡을 조망한 데 이어 남부능선에서는 공룡능선·용아장성·12선녀탕

등 설악산의 주요 능선들을 조망할 수가 있었다.

오후 6시 반에 좀 못 미친 시각에 맨 꼴찌로 한계령에 도착하였다. 원래 오후 5시에 대절버스가 한계령 주차장을 출발할 예정이었지만, 나보다 바로 앞 사람은 20분쯤 전에 도착했다고 한다. 나로서는 오늘 하루 동안 거의 12시간 험난한 코스의 산을 탄 셈이라 기진맥진하였고, 체력의 한계를 느끼지 않을 수 없었다. 이틀에 걸쳐 어깨가 아플 정도로 짓누르는 배낭을 지고서 실 거리 25km의 산길을 걸은 것이다.

강원도 인제군 북면 한계1리 1485-6호의 모텔을 겸한 한계쉼터에서 두부찌개로 저녁식사를 든 다음, 차속에서 잠을 청해 다음날 오전 1시 6분에 진주의 집에 도착하였다.

22 (일) 오전 중 때때로 부슬비 내린 후 개임 -용문산

아내와 함께 정맥산악회를 따라 경기도 양평의 용문산·백운산 등반에 참여하였다. 51명이 대절버스 한 대로 오전 6시 무렵 신안동의 백두대간 등산장비점 앞을 출발하여, 대진·경부·중부고속도로를 경유하여 동서울톨게이트를 지난 다음, 팔당대교를 건너서 6번 국도를 따라 남한강 북안 길로 접어들었다.

양평읍 덕평리 새수골에서 하차하여 등산을 시작하였다. 용문산에는 몇 달 전에 아내와 함께 왔다가, 아내는 용문사를 거쳐 정상에 오르고 나는 뒤쳐져 걷다가 마당바위 조금 윗부분에서 길을 잃어 더 이상 오르지 못하고 하산해 버렸으므로 이번에 다시 오게 된 것이다. 오늘은 지난번과는 역방향으로 백운봉(941m) 함왕봉(889.2) 장군봉(1,055)으로 이어지는 능선을 거쳐 정상인 용문산(1,157)에 올랐다가, 마당바위를 거쳐 용문사 쪽으로 하산하는 코스이다. 아내는 코스가 너무 길다고 하면서 차에서 내리지 않고 남아서 혼자 용문사 쪽에서 마당바위까지 천천히 올랐다가 하산하고, 나는 일행을 따라 전체 코스를 답파했다.

백운봉에 오르기 전 백년약수에서 한 번 휴식을 취한 후, 일행에서 뒤처지지 않기 위해 될 수 있는 대로 쉬지 않고 걸었다. 코스는 길지만

능선 길이 비교적 완만하여 그다지 힘들지 않았다. 장군봉에서 점심을 든 후, 레이더 시설 주변의 철망 울타리를 따라 정상에 접근하려다가 길이 없어 되돌아 나온 후, 등산로를 따라 한참 걸어 반대편에서 KT 송신탑 바로 옆의 정상표지석까지 올라갈 수가 있었다. 경기도에서 네 번째로 높은 용문산 정상이 일반인에게 개방된 것은 금년부터라고 한다. 위험한 바위 능선 길과 계곡의 긴 너덜지대를 거치고, 마당바위를 지나서 용각골을 따라 용문사 입구의 주차장까지 내려왔다.

돌아올 때는 남한강 남쪽의 88번 지방도를 따라 번천리의 광주 IC에서 중부고속도로에 올랐다. 돌아오는 대절버스 안에서는 서울 상암경기장에서 개최된 월드컵 축구 한국·북한 예선전 중계를 시청하였는데, 결국 무승부로 끝났다. 밤 10시 반 무렵 진주에 도착하였다.

29 (일) 오전 중 진주는 부슬비, 서울은 개임 -도봉산, 사패산

아내와 함께 희망산악회를 따라 서울 道峰山(740m) 賜牌山(552m) 등반에 다녀왔다. 오전 6시 51명의 인원이 대절버스 한 대에 동승하여 시청 서문을 출발했고, 대진·경부·중부고속도로를 경유하여 동서울 요금소를 지난 다음, 서울교외선 순환도로를 경유하여 사패산 아래의 울대터널을 지나 송추계곡 입구에서 하차하였다.

송추남능선을 따라 여성봉(495)에 오른 다음, 오봉(655)능선을 지나 북한산에서부터 이어지는 도봉주능을 만났고, 최고봉인 자운봉 바로 옆의 신선대에 올라 주위 풍경을 조망하였다. 내가 대학 1학년 시절 교양과정부 1년을 보낸 중랑천 건너편의 불암산 아래 공릉동 일대는 이제 아파트 단지로 변해 있는 듯했다.

신선대에서 우회로를 거쳐 다시 주능선에 다다른 다음, 길가의 바위에 앉아 혼자 점심을 들었다. 머지않아 자운봉 옆 주능선의 바위 위에서 식사를 마친 일행이 그리로 오므로 다시 아내와 합류해 걷기 시작하여 砲臺능선과 사패능선을 거쳐 사패산에 올랐다. 아내는 사패산에 오르지 않고 안부에서 먼저 원각사 쪽 계곡 길로 하산하였고, 박양일 회장을 비롯한

우리 일행은 사패산에서 내려온 다음 역시 그 코스로 하산하였다.

오전 10시경에 등산을 시작하여 오후 4시 무렵에 하산을 완료하였다. 울대터널이 있는 서울교외선 부근의 계곡 끄트머리에서 주최 측이 준비한 술과 음식을 들며 일행이 모두 하산하기를 기다렸다. 돌아올 때는 서울교외선을 타고 울대터널과는 반대 방향으로 진행하여 동서울 요금소에 다다랐고, 밤 9시 무렵 진주의 집에 도착하였다. 도착했을 무렵에는 남부 지방에도 비가 개어 있었다.

7월

13 (일) 흐리고 때때로 비 -금오산

아내와 함께 사계절산악회를 따라 경북 칠곡군 북삼읍에 있는 금오동천 쪽으로 하여 金烏山(976.6m)에 올랐다. 이 산에는 구미 방향으로부터 몇 번 오른 적이 있었으나, 칠곡 쪽에서 오르기는 처음이다.

오전 8시까지 봉곡로터리에 집결하여 대절버스 한 대로 출발하였다. 남해·구마·경부고속도로를 경유하여 왜관에서 일반국도로 접어들어, 오전 10시 반 무렵에 금오동천이 있는 북삼읍 숭오리에 도착하였다. 포장도로를 1km 정도를 걸어 올라간 다음, 오른편으로 난 산길을 따라서 가파른 산비탈을 계속 올라 능선에 접어들었는데, 땀이 비 오듯이 쏟아졌다. 능선에 접어든지 얼마 되지 않아 비가 내리기 시작했으므로, 온몸이 젖었으나 오히려 무더위를 좀 식힐 수 있었다. 금오산 남쪽의 정상 부근은 산성으로 이루어져 있었다. 내성과 외성으로 된 테뫼식 산성인데, 고려시대부터 쌓기 시작하여 조선시대에 보강된 것이라고 한다. '성안'이라는 지명이 남아 있는 것은 산성 안이라는 뜻인 듯하다.

내려올 때는 성안 습지를 지나 계곡 길을 따라 금오동천 방향으로 하산하였다. 거의 다 내려온 지점에서 개울물이 떨어지는 바위 위에 걸터앉아서 아내와 더불어 준비해 온 점심을 들고 소주 한 병을 마셨다. 금오동천 제1폭포인 선녀탕을 본 다음 하산하였다.

때때로 소나기가 쏟아지는 가운데 하산을 완료하였고, 일행이 다 내려오기를 기다려 중부내륙고속도로를 경유하여 구마고속도로로 접속하였다. 진주에는 오후 7시 무렵에 도착하였다.

27 (일) 맑음 -가마골, 용추산
아내와 함께 한우리산악회를 따라 전남 담양군 용면 용연리에 있는 가마골과 용추산에 다녀왔다. 오전 8시 30분 시청 앞에서 대절버스 한 대로 출발하여, 대진·88고속도로를 경유하여 순창읍으로 접어들었고, 792번 지방도로를 따라 가마골에 도착하였다. 매표소를 지나 한참 더 올라간 지점에 있는 주차장에서 하차하여 오후 4시 30분까지 각자 자유 행동을 하기로 했는데, 우리 내외는 산악회 총무 등 다른 네 명의 남자들을 따라 용추봉(584m) 등반에 나섰다.

가마골은 담양군의 북쪽 끄트머리 전라북도 순창군의 구림면 및 쌍치면과 접해 있는 곳에 자리하였는데, 용추산에서 흘러내리는 계곡으로서 곳곳에 절경을 품고 있다. 가마골이라는 지명은 예전 이곳에 도자기를 굽던 가마터가 많았기 때문이라 하며, 한국전쟁 당시 용추산을 근거지로 한 빨치산이 무려 5년간이나 이곳에 주둔해 전투가 끊어지지 않았다고 한다.

우리는 등산로를 따라 용연 제1폭포와 제2폭포를 지나서 용추사에 다다랐고, 거기서 조금 내려온 지점의 사륜구동 승용차가 통행할 만한 도로를 따라 올라갔더니, 잘 꾸며진 어느 무덤에 닿았다. 무덤에서부터는 다시 희미한 등산로가 이어져 있으므로 그것을 따라 용추산 정상에 오른 다음, 능선을 따라 내려오는 도중에 신선대 바로 옆 봉우리에서 점심을 들었다. 매표소 아래쪽으로는 개울에다 평상을 쳐 놓고서 음식을 파는 상점들이 많고, 매표소에서부터 위쪽으로는 개울에서 물놀이 하는 사람들이 많았으나, 용연 쪽 골짜기로 접어들고부터는 사람의 모습이 드물어졌고, 용추사에는 스님도 상주해 있지 않았다.

우리는 신선대를 거쳐 영산강의 발원지라고 하는 용소로 내려왔다.

거기에 始原亭이라는 콘크리트로 된 정자가 있고, 용소 건너편까지 걸쳐져 있는 출렁다리도 있었다. 시원정에 앉아 주위의 경관을 감상하다가 출발지점인 관리사무소 쪽으로 내려왔다. 우리 일행 남자들은 용소로 접어드는 계곡의 냇물에서 목욕을 하였고, 나는 목욕을 마친 다음 관리사무소 근처의 계곡에서 아내와 더불어 냇물에 발을 담그고서 쉬었다. 아직 시간이 많이 남았으므로, 혼자서 용소 쪽으로 다시 걸어 올라가 수변공원과 잔디광장, 물놀이장을 거쳐 출입이 통제되고 있는 사방댐 아래까지 가보았다. 사방댐이란 사태 방지를 위해 축조된 댐을 이르는 것인데, 그 아래의 물놀이장에서 순복음교회 신도들의 침례식이 진행되고 있었다.

아내의 휴대폰 연락을 받고서 오전에 하차했던 관리사무소 부근의 주차장까지 걸어 내려왔지만, 매표소에서부터 안쪽은 취사금지구역이라 우리가 타고 온 차는 훨씬 아래쪽의 용소산장 부근에 주차해 있었다. 집행부가 준비해 온 닭찜과 백숙에다 소주를 곁들인 회식을 하고서, 그 근처의 농장에서 파는 찰옥수수와 복숭아 등도 좀 사서 귀로에 올랐다. 밤 8시 무렵 진주에 도착하였다.

8월

3 (일) 새벽과 오전 한 때 비 온 후 대체로 맑음 -가섭암지, 현성산 (거무시), 지재미골

아내와 더불어 우정산악회를 따라 거창 玄城山(965m, 일명 거무시)과 지재미골에 다녀왔다. 오전 8시 30분까지 경남문화예술회관 정문 앞에 집결하여 대절버스 한 대로 출발하였다. 대진고속도로를 따라 함양 남짓까지 간 후, 안의 쪽으로 접어들어 舊도로를 따라 거창군 위천면 소재지까지 갔고, 등산로가 시작되는 매표소 부근의 상천리에서 하차하였다. 아내를 포함한 우리 일행은 유안청폭포를 지나 능선 길로 金猿山(1,352.5m, 원래 이름은 검은산) 정상에 올랐다가 東峯에서 점심을 들고

유안청계곡을 따라 내려오는 코스를 취하는 모양이지만, 나는 홀로 일행으로부터 떨어져 현성산 쪽으로 향했다.

두 코스의 갈림길에서 몇 백 미터 올라간 지점에 유명한 문바위(門巖)가 있었다. 단일 바위로서는 한국에서 가장 큰 것이라고 하는데, 그 부근에 가섭암이라는 암자가 있어 절 입구라는 뜻으로 문바위란 이름이 붙었다고 한다. 가섭암 터 뒤에는 자연암굴이 있고, 거기에 보물 530호로 지정된 고려시대 것으로 추정되는 마애삼존불상이 있으므로 그것도 둘러보았다.

마애삼존불상에서 문바위 뒤편으로 하여 현성산을 오르는 등산로로 이어지는 샛길이 있으므로, 그 길을 따라서 어느 崇政大夫 부부의 무덤을 지나 현성산 정상에 올랐다. 이쪽 코스에는 사람들이 별로 없어 한적하였다. 현성산을 조금 지난 지점의 전망 좋은 소나무 아래 바위에 걸터앉아 금원·箕白山(1,350.8m) 일대의 풍광을 바라보며 도시락과 참외 하나로 점심을 든 후, 능선 길을 따라 금원산 쪽으로 계속 오르다가, 정상을 1.6km 남겨둔 지점의 갈림길에서 지재미골 쪽으로 빠져 내려왔다. 지재미골이란 지장암에서 와전된 명칭이라 한다.

하산 길에 西門씨의 시조 무덤 입구 표지가 있으므로, 그 길을 따라 좀 올라가 무덤까지 가보았다. 비문을 읽어보니, 서문씨는 원래 춘추전국시대에 鄭나라로부터 賜姓 받아 대대로 중국 河南省에 살았는데, 元代에 시조인 理政公 記가 고려 충정왕 때 공민왕에게 시집오는 魯國大長公主를 수행하여 고려 땅으로 건너오게 되었고, 感陰縣을 식읍으로 받아 感陰君으로서 이곳에 정착하게 되었다. 고려가 망한 후에도 이성계로부터 부름을 받았지만 응하지 않고서 지금 현성산 정상 부근에 있는 서문가 바위굴에서 살다 죽었고, 그 후손은 여러 대에 걸쳐 조선 왕조에 벼슬했다고 하며, 시조 내외의 무덤 아래쪽에 그 후손의 부부합장 무덤 네基도 있었다. 현재의 무덤과 비문은 비교적 근년에 만들어진 것이었다.

내가 제일 먼저 주차장에 도착하여 냇물에서 세수하고 상체의 땀을 씻은 다음 옷을 갈아입고서 한참 지난 후 진주의 양지산악회 회원들과 함께 내가 하산한 지재미골 코스로 내려온 아내와 합류하였고, 오후 5시 무렵에 일행이 다 내려온 후 하산주를 약간 들고서 귀가하였다.

19 (화) 맑음 -돈암서원

오늘 오후 1시부터 내일 오후 1시까지에 걸쳐 충남 논산군 連山面 林里의 遯巖書院에서 개최되는 2008년도 한국동양철학회 하계학술발표대회에 참가하기 위해 승용차를 몰아 그리로 향했다. 대진(통영-대전)고속도로를 경유하여 대전광역시의 산내분기점에서 대전남부순환고속도로로 접어든 후, 서대전 나들목에서 4호선 국도로 빠져나와 그 길을 따라 서남쪽으로 나아가 연산면의 돈암서원에 도착하였다. 돈암서원은 1634년(인조 12)에 창건되어 金長生·金集·宋時烈·宋浚吉을 배향한 곳으로서 기호학파 노론의 총본산과 같은 역할을 했던 것이며, 대원군 훼철령에도 보존된 47개 院祠 중 하나이다. 원래는 김집이 거주했던 숲말(林里)에 있었는데, 그곳이 종종 홍수의 피해를 당하므로 고종 때 현재의 장소로 옮겨 새로 지은 것이다.

凝道堂에서의 학술발표회가 끝난 후, 사당 앞의 강당인 養性堂으로 자리를 옮겨 저녁식사를 겸한 술을 들었다. 서원 측에서는 개 한 마리를 잡아 우리를 대접하였다. 밤 2시 무렵까지 술을 마시며 대화를 나누다가 西齋에서 잤다. 응도당은 이 서원에 배향된 인물들이 생존해 있던 당시부터 사용되었던 것을 이리로 옮겨온 것으로서, 근자에 보물로 지정된 유서 깊은 건물이다.

20 (수) 맑음 -김장생 묘소, 윤증 고택, 종학당

어제 먹고 남은 보신탕을 곁들인 조식을 들고서 오전의 답사에 나섰다. 논산군청이 제공해 준 버스 한 대를 타고서 문화유산해설사의 안내와 설명을 따라서 근처의 김장생 묘소를 둘러본 후, 노성면으로 가서 명재 윤증의 고택을 방문하였고, 끝으로 노성면의 파평윤씨 종학당에 들렀다. 宗學堂은 童土 尹舜擧가 문중 자제들의 교육을 위해 건립한 것이다. 답사를 마친 후 돈암서원 부근의 식당으로 돌아와 점심을 든 후 서원에서 해산하였다.

어제 갔던 코스를 따라 진주의 집으로 돌아온 후, 샤워를 하고 옷을 갈아입고서 학교로 갔다.

9월

21 (일) 새벽과 밤에 비 오고 낮에는 개임 —두방산, 병풍산, 비조암, 첨산

풀잎산악회를 따라 전남 고흥군 동강면에 있는 두방산(489m)·병풍산(471)·비조암(456)·첨산(313) 종주 등반에 다녀왔다. 주말등산은 8월 3일의 거창 현성산 이후 실로 오랜만이다. 그 이후로는 중국 여행을 떠나거나 손님들이 찾아오거나 집안 모임이 있거나 하여 일요일마다 다른 일이 있었고, 지난주는 추석이었던 것이다. 아내는 새벽에 비가 오고 날씨가 흐리다 하여 함께 가지 않았다.

오전 8시까지 장대동 제일은행 앞에 집결하여 대절버스 한 대로 출발하였다. 남해·호남고속도로 및 2번 국도를 경유하여 서쪽으로 나아가다가 보성군 벌교읍에서 고흥군 쪽으로 접어들었다. 가는 도중에 고속도로 휴게소의 잡상인에게서 수맥탐지기를 하나 샀다. 들판에는 벼가 누렇게 익었고, 아직 매우 드물지만 수확을 마친 논도 보였다.

동강면 대강리의 당곡에서 하차하여 산을 오르기 시작하였다. 거의 두 달 가까이 사용하지 않았더니, 스위스 알프스의 융프라우 정상 부근에 있는 얼음 터널 안의 상점에서 사 온 독일제 LEKI 등산 스틱 한 쌍이 부식하여 빠지지 않았다. 꽤 오랜 기간 동안 국내외의 산에서 나의 동반자 역할을 했건만 이제 작별할 때가 온 것이다. 추석이 지났음에도 불구하고 날씨가 무더워 얼굴에서 떨어지는 땀이 자꾸 안경을 적셨다. 능선에 오르니 앞뒤로 순천만과 득량만 일대의 다도해가 바라보였다. 정상인 두방산을 거쳐 병풍산에 다다라 순천만이 바라보이는 바위 끝에 혼자

앉아서 도시락과 소주 한 병으로 점심을 들었다.

오후 3시쯤에 하산하여 다시 맥주 한 병으로 갈증을 달랜 다음, 일행이 거의 내려왔을 무렵 주최 측이 마련한 술자리에 다시 어울렸다. 밤 7시 남짓에 진주로 돌아와, 샤워를 마친 다음 한 시간 정도 TV를 시청하다가 취침하였다.

24 (수) 아침에 비 온 후 개임 -옥천, 괴산, 수안보 지역

철학과의 2008년도 추계답사에 인솔교수로서 참여하여 오늘부터 26일까지 사흘간 충청북도 일원을 둘러보게 되었다. 30여 명의 학생들 및 시간강사인 구자익 군과 더불어 대절버스 한 대로 오전 9시 무렵 인문대를 출발하였다. 학과장인 권오민 교수와 정병훈 교수는 내일 뒤늦게 출발하여 동참하기로 했다.

대진고속도로를 따라서 북상하다가 충북 영동 쪽으로 향하는 일반국도로 빠져나와, 오전 11시 무렵에 오늘의 첫 번째 목적지인 옥천군 청산면 한곡리의 문바위 동학 의결지에 도착하였다. 1893년 3월 동학 제2대 교주 최시형의 피신처인 보은군 외속리면 장내리에서 교조신원을 위해 23,000명 정도가 집결한 보은 집회가 있은 이후, 최시형이 이곳으로 옮겨 자리를 잡으면서 청산 문바위골은 동학의 새로운 중심지가 되었는데, 당시 교도들 사이에서는 새서울이라고 불릴 정도였다고 한다. 갑오년 봄 전라도 고부에서 동학교도의 봉기가 시작된 다음, 최시형은 신중한 입장을 취하고 있었으나 마침내 9월 18일 동학의 대접주들을 청산으로 불러 공식적으로 혁명의 깃발을 내건 현장이기도 하다.

문바위란 최시형이 거처하던 집 근처의 둘로 갈라진 커다란 바위로서 그 위에 소나무 고목이 서 있는데, 바위의 아래쪽 갈라진 벽 언저리에는 여덟 명의 성명을 새겨놓았다. 안내판에는 그 이름에 대해 이 마을 사람으로서 당시 거사에 참여한 이들의 것이라고 되어 있으나, 마을 故老의 말에 의하면 그 중 일부는 그렇지 않다고 한다.

우리는 국민대학교를 졸업하고 30여 년간 농촌지도소의 공무원으로

근무하다가 퇴직했다는 그 고로에게 물어 최시형이 살던 집의 문 앞까지 가보고, 마을 위쪽 저수지 가의 수백 년 된 정자나무 고목 아래 널찍한 반석에도 올라서보았으며, 이 마을에서 죽어 저수지 위쪽 오른편에 묻혔다는 최시형의 아들 무덤을 찾아 나서기도 했으나, 무덤은 결국 찾지 못했다. 문바위 마을에서 준비해 온 도시락으로 점심을 들었고, 거기서 시간을 지체한 까닭으로 교조신원운동의 현장인 보은의 장내리 방문은 생략하고서 바로 다음 코스인 송시열의 유적지 화양구곡으로 향했다.

충청북도 괴산군 청천면 화양리에 위치하며, 1975년 속리산국립공원에 포함된 곳이다. 우암 송시열이 주자의 무이구곡을 본떠 9곡을 이름 붙인 곳이다. 나로서는 이미 여러 차례 들렀던 바 있다. 제3곡인 泣弓巖 가의 화양서원 터에서 학생의 발표와 나의 추가 설명이 있은 다음, 그곳에 배치된 문화유산해설사의 안내에 따라 2년 전에 복원 완료된 萬東廟와 송시열의 거처인 巖棲齋, 그리고 명의 마지막 황제 毅宗의 글씨 '非禮不動'과 송시열의 글씨 '大明天地, 崇禎日月'을 새긴 바위를 둘러보았다.

그리고는 어두워진 후 오늘의 숙소인 수안보에 도착하여, 예약해 둔 식당에서 저녁식사를 든 후 숙소인 제일호텔로 이동하였다. 나는 202호실 독방을 배정받았다. 밤에 구자익 군과 더불어 수안보 온천마을 일대를 산책해 보았다. 대부분이 호텔이거나 음식점·술집인데, 불황인지 비수기인지 호텔들 중에는 영업을 하지 않는 곳이 많았다. 산책을 마친 후 1층 홀에서 학생들과 어울려 술과 음식을 들면서 대화를 나누다가 밤 11시 남짓에 취침하였다.

25 (목) 오전 중 비 온 후 흐림 -충주, 제천, 보은 지역

제법 많은 비가 내리는 가운데 숙소를 출발하여 먼저 충주시 단월동에 위치한 사적 189호 林忠愍公 忠烈祠에 들렀다. 충주 達川 일대는 林慶業(1594~1646) 장군의 고향으로서, 그가 인조 때 심기원의 모반에 연루되어 53세의 나이로 杖殺된 후, 숙종 23년(1697)에 고향인 이곳에다 사당을 세웠고, 그 이후 영·정조 대에 걸쳐 조정에서 그를 현창하는 기념

물들을 건립하였는데, 1978년 박정희 대통령이 이곳을 성역화 하여 오늘과 같은 모습을 갖추게 된 것이다. 境內에서 정조의 御製達川忠烈祠碑, 박대통령의 친필로 된 충렬사 현판, 심양에 끌려갔다가 자결한 그의 부인을 현창하는 貞夫人完山李氏貞烈碑, 그리고 유물전시관에서 명나라 畵師가 그렸다는 임경업 영정, 임 장군이 패용하던 秋蓮刀, 그리고 遺筆 등을 둘러보았다. 임경업은 전설적 영웅으로서의 이미지에 비해 실제 전공은 크지 않은데, 崇明排淸에 투철한 그의 행적이 인조반정 이후 서인정권의 尊周大義라는 명분론적 이념과 부합하여 후대에 크게 부각된 것이 아닌가 싶다.

다음으로는 박달재 건너편에 있는 제천시 봉양읍 공전리 장담마을의 제천의병전시관에 들렀다. 이곳은 화서 이항로의 고제인 省齋 柳重敎(1832~1893)가 고종 26년(1889) 8월에 춘천으로부터 이주해 와 紫陽書숨를 세우고서 후학을 양성하던 곳이다. 고종 32년(1895) 일인들에 의해 민비가 경복궁에서 시해당한 을미사변과 같은 해에 단발령이 있자, 성재와 당숙간이며 같은 화서 문인인 毅庵 柳麟錫이 모친 상중임에도 불구하고 이곳에서 유림들과 處變三事(擧義掃淸·去之守舊·自靖致明)를 논의하여 그 중 前者 즉 의병을 일으켜 왜적을 소탕하는 길을 택하기로 방침을 정하여 8도 유림 600명을 모아 전국 최초로 湖左倡義陣을 일으켰던 현장이다. 경내에는 자양서사를 비롯하여 복원된 유중교와 유인석의 초가집, 朱子·尤庵·華西·성재·의암, 그리고 1907년에 화서학파 유림과 함께 이 영당을 건립한 習齋 李昭應의 영정을 모신 紫陽影堂, 유인석의 글씨를 새긴 현판들, '朝鮮末十三道義軍都總裁毅庵柳先生麾下諸賢神位'를 모신 의병들의 사당 崇義祠, 重庵 金平黙과 省齋 柳重敎가 중국 송·원대의 사적과 고려의 사적을 합편한 『宋元華東史合編綱目』 장판각, 제천의병전시관 및 기념탑 등을 둘러보았다.

제천시 도로 가의 신동휴게소라는 식당에서 오늘 아침 8시 30분쯤 진주를 출발하여 조금 먼저 거기에 도착해 있던 학과장 권오민 교수 및 정병훈 교수 내외와 합류했다. 함께 점심을 든 다음, 정 교수 부인은 운

전해 온 사륜구동 승용차로 상경하였다. 나머지 일행은 다시 박달재·수
안보를 지나 경북 상주 쪽으로 내려온 다음, 속리산 고개를 넘어서 보은
에 도착하여 법주사 입구의 연송호텔에 들었다. 나와 구자익 군은 225호
실을 배정받았다. 호텔에다 짐을 두고서 다 함께 법주사로 올라가 두
시간 정도 산책하고서 내려와 호텔 1층 식당에서 석식을 들었다. 밤 8시
30분에 다시 식당으로 내려가 마지막 밤 모임을 가진 다음, 숙소 앞의
시커머스 나이트클럽에서 학생들과 더불어 2차를 하며 노래를 부르고
춤추면서 자정 무렵까지 놀았다. 요즘 젊은 세대는 다들 신나게 잘 노는
모양이다.

26 (금) 맑은 가을 날씨 —청원, 청주 지역
아침 식전에 정병훈·권오민 교수와 더불어 정이품송 근처까지 산책을
다녀왔다. 이 소나무가 풍수해를 입어 한쪽이 크게 파손된 이후로는 처
음인데, 산책 때는 식사 시간이 촉박하여 그 직전에서 돌아왔다가 나중
에 차편으로 다시 들렀다.

법주사 앞 숙소를 출발하여, 먼저 청원군 낭성면 귀래리에 있는 단재
신채호의 사당과 묘소에 들렀다. 신채호(1880~1936)는 충남 대덕에서
출생하여 1887년에 본향인 이곳으로 이사하여 1898년 성균관에 입교할
때까지 여기서 수학하고 성장하였다. 산골짜기의 작은 마을이었다. 원래
는 사당 바로 뒤편에 무덤이 있었는데, 후손의 요구에 의해 지금은 거기
서 조금 떨어진 곳으로 옮겨져 있었다. 무덤 자리는 원래 그의 집터였다
고 한다. 중국 旅順 감옥에서 병사한 후 화장한 유해를 가져와 이곳 고향
마을에다 조그맣게 무덤을 썼던 것이다. 무덤에는 원래 한용운이 짓고
오세창이 글씨를 쓴 묘표가 서 있었다고 하지만, 이장하여 부부가 합장
된 이후로는 비석도 다른 것으로 대체되었다. 마을 안에는 기념관도 마
련되어져 있었다.

다음으로 청주시의 외곽에 자리 잡은 국립청주박물관에 들었다. 원래
는 이곳에서 우암 송시열 특별전이 열리므로 답사 코스에 포함시켰는데,

우리가 들렀을 때 특별전은 이미 끝난 후였다. 박물관 건물은 김수근이 설계한 것이라고 했다. 박물관 아래쪽의 호수 가 언덕 위에 있는 식당에서 점심을 들었다. 식당이 고급스럽고 음식 또한 그러했다. 점심을 든 후 정병훈 교수는 일행과 작별하여 상경했다. 오늘 학생 대표로부터 들은 바로는 이번 답사에 참가한 학생은 26명이고, 교수 3명 및 강사인 구자익 군까지 포함해 모두 30명이었다고 한다.

남은 일행은 답사의 마지막 코스로서 청원군 북이면 금암리에 있는 동학의 3대 교주이자 천도교의 창시자인 의암 손병희 유적지에 들렀다. 손병희(1861~1922)가 태어나 동학에 입교한 22세 때까지 살았던 곳이다. 이곳도 신채호 유적지와 마찬가지로 성역화 되어 꽤 넓은 토지에다 생가와 사당, 정자, 기념관, 유허비 등이 정비되어 있었는데, 관청에서 건설한 것이라 어디나 대개 비슷한 형식이었다.

중부·경부·대진고속도로를 경유하여 어두워진 이후 출발지점인 인문대학 아래 운동장 가에 도착하였다. 배석원·류왕표 교수와 조교가 대기하고 있다가 우리를 맞아주었다. 구자익 군을 포함한 교수들은 철학과 출신의 제자가 경영하는 두향 가좌점으로 가서 저녁식사를 든 후 귀가하였다.

10월

12 (일) 맑음 -책여산

사계절산악회를 따라 전남 순창군 적성면의 남원시 대강면과 인접한 위치에 있는 冊如山(361m)에 다녀왔다. 오전 8시 30분까지 봉곡로터리에 집결하여 대절버스 한 대로 출발하였다. 대진고속도로와 88고속도로를 경유하여 순창에 당도한 후, 24번 국도를 경유하여 섬진강에 걸쳐진 고원리의 적성교 부근에서 하차하여 등산을 시작하였다.

원래 예정에는 무량사를 경유하여 금돼지굴로 오르게 되어 있었으나, 앞서 가는 사람들을 따라가다 보니 華山石翁이라는 수석처럼 묘하게 생긴 巨巖을 거쳐 당재로 바로 오른 다음 오른 쪽으로 향하여 금돼지굴 봉우리에 올랐다. 322m인 정상에 도착한 다음 비로소 다들 방향을 잘못 잡은 것을 알고서 왔던 길을 따라 당재까지 도로 내려온 다음, 왼편의 등산로를 취하여 5만분의 1 도로교통지도에 화산(342m)이라고 표시된 봉우리에 올랐다. 꼭대기에 冊如山이라고 새겨진 표지석이 있었는데, 등산로 입구의 안내판에는 釵笄山이라 하고, 華山·송대봉·책여산 등으로도 불린다고 설명되어져 있었다. 채계산은 비녀산이란 뜻인데, 음이 비슷하여 책여산으로 와전된 것이 아닌가 싶다.

화산을 지나서부터는 책갈피의 끄트머리처럼 날카롭고 납작한 바위들로 이루어진 암릉 지대를 한참동안 지나가야 했다. 그러므로 '책처럼 생긴 암릉이 많다'고 하여 책여산이라고 한다는 설이 일반적이다. 봉우리나 능선에서 아래로 내려다보면 왼편으로 섬진강의 상류가 들판 가운데를 굽이치며 흐르는 모습을 바라볼 수 있다. 능선길이 끝난 후 북쪽 사면으로 내려와 24번 국도를 따라서 섬진강의 지류인 오수천을 가로지른 괴정교를 지난 다음 다시 건너편 산에 올라갔다.

건너편 산길은 비교적 평탄하며, 361m인 정상은 남원책여산이라 불리지만 아무런 표지가 없고 행정구역상으로도 순창군 적성면 괴정리에 속한다. 북쪽 사면의 밤나무 단지를 지나서 그 산을 내려와 순창군 동계면 서호리의 공원에 다다라 오늘 등산을 모두 마쳤다. 공원의 나무그늘에 설치된 의자 딸린 탁자들 근처에는 돌로써 남녀의 성기를 사실적으로 묘사한 조각품 한 쌍을 '탄생'이라는 제목을 붙여 세워두고 있었다. 남자의 성기 꼭대기에는 만지면 물이 흘러나오도록 플라스틱 호스가 장치되어져 있었다.

공원의 탁자에서 추어탕(장어탕)을 곁들여 맥주와 소주를 마시다가 오후 5시 무렵 출발하여 진주로 돌아왔다. 들판의 논에는 추수가 이미 반쯤 이루어져 있었다. 집에 도착한 후 샤워를 마치고서 한 시간쯤 TV를 시청하다가 평소처럼 밤 9시에 취침하였는데, 아내는 내가 잠이 든 후에 귀가하였다.

19 (일) 맑음 -서암산, 순창장류축제

아내와 함께 풀잎산악회를 따라 전라남도 담양군과 전북 순창군 및 전남 곡성군 사이에 걸쳐 있는 호남정맥 능선 상의 설산(552.6m) 괘일산 (440m) 등반에 다녀왔다. 오전 8시 30분까지 제일은행 앞에 집결하여 대절버스 한 대로 출발하였다.

지난주와 마찬가지로 대진·88고속도로를 경유하여 순창읍에 다다른 후, 일반국도를 따라서 전북 순창군 금과면 목동리에 도착하여 오전 11시 무렵부터 등산을 시작하였다. 지난주에는 들판의 논에 추수가 절반쯤 진행되어 있었으나, 오늘은 추수가 끝나지 않은 논이 조금 밖에 남아 있지 않았다. 아내는 전남 곡성군 옥과면 성륜사에서부터 시작되는 짧은 코스를 택했기 때문에 대절버스에 남았다.

우리 일행은 일목고개에서부터 가파른 등산로를 계속 올라 능선에 도착한 다음, 서암산(455m)을 지나 얼마쯤 더 나아간 지점에서부터 길을 잃었다. 산길에 리본 표시는 이어져 있었으나, 그 길이 아래쪽을 향하여 계속 내려가므로 길을 잘못 든 줄로 알고서 도로 돌아 올라와 리본이 없는 능선 길을 헤쳐 나아가기 시작한 것이 화근이었다. 보일 듯 말 듯한 그 길은 얼마 후 끊어졌고, 꼭대기의 산불감시초소를 지나서부터는 완전히 끊어져 버렸다. 20여 명이 잡목림을 헤치고서 길을 만들며 나아가다가 건너편 능선 길에 올라 이럭저럭 간신히 도로까지 내려올 수가 있었다.

우리의 현재 위치를 모르는지라 추수가 끝난 논의 그늘진 곳에 모여 앉아 일단 점심을 들었다. 차도를 지나가는 군내 버스를 잡아타고서 729번 지방도를 따라 담양군 무정면 평지리까지 나온 다음, 거기서 다시 다른 군내버스로 갈아타고서 13·15번 국도를 따라 담양군과 곡성군의 경계 지점인 과치재에 다다라 하차하였다. 거기서 우리 대절버스를 부를 예정이었지만, 때마침 길 건너편에 호남정맥 코스의 등산리본이 눈에 띄었으므로, 거기서부터 역코스로 한 시간 정도 산길을 걸어 올라간 다음, 무이산(304.5m) 아래의 재에서 산복도로를 만나 오늘의 종착지점인 곡성군 오산면 운곡리의 성림청소년수련원에 다다랐다. 그곳은 개신교에서 설립한 시설인데, 내가 오르지 못한 괘일산·설산이 바로 뒤편으로 바라보이고, 주변의 느티나무 단풍이 절정이었다.

수련원에서 돼지고기와 김치를 안주로 하산주를 마시며 시간을 보내다가, 옥과면 소재지를 거쳐 순창읍내에 다다라 하차하였다. 순창전통고 추장마을 일원에서 10월 17일부터 19일까지 3일간 열리고 있는 제3회 순창장류축제를 둘러보면서 한두 점포에 들러 장류를 안주로 무료로 제공하는 막걸리와 단술도 맛본 다음, 밤 8시 무렵 진주에 도착하였다.

23 (목) 흐리고 때때로 부슬비 -티베트박물관, 대원사, 송광사

철학과 대학원생 야유회에 참여하여 전남 보성군 문덕면 죽산리 831번지에 있는 티베트박물관과 大原寺 그리고 순천 송광사에 다녀왔다. 교수는 나 한 사람이었고, 예년에 비해 대학원생의 참여도 적어 김경자 양이 운전하는 김 양 학원의 봉고차 한 대로 출발하였다. 원래는 삼천포 선착장에서 배를 타고 사량도로 들어가 옥녀봉을 등산하고서 다시 삼천포를 경유하여 인문대로 돌아올 예정이었으나, 불순한 날씨 때문에 오늘 아침 김경수 군의 제의에 따라 행선지를 바꿨다고 한다. 박선자 교수는 오늘 박사논문 지도학생인 하상협·조정희 씨 및 올해 본교 사범대학 윤리교육과를 졸업한 조 씨의 딸을 대동하고서 카자흐스탄으로 떠난다고 한다.

남해·호남고속도로를 따라 서쪽으로 나아가다가 주암 나들목에서 18·15번 국도를 취해 주암댐을 따라 남쪽으로 내려간 다음 죽산교를 건너서 대원사 쪽으로 접어들었다. 대원사 입구에 2001년도에 세워진 티베트박물관이 있는데, 서울에 하나 있는 것을 제외하고서 지방에서는 유일한 것이라고 한다. 박물관 마당 앞에 티베트 식의 대형 석조 백탑이 서있고, 역시 티베트 식으로 지어진 지상 2층 지하 1층의 992㎡ 넓이 건물에 전시실이 마련되어 대원사 주지인 현장 스님이 15년에 걸쳐 수집해 온 1,000점 남짓 되는 티베트불교의 불구·경전·조각품 및 만다라·탕카 등이 전시되어져 있었다. 입장료는 1인당 2천 원이었다.

天鳳山(611.5m) 북쪽 골짜기에 자리 잡은 대원사는 백제 무령왕 3년(504)에 창건되었다고 구전되어져 오는 고찰로서, 나말여초의 5교 9산 중 정토종 계열에 속하는 사찰이었다고 한다. 여러 차례에 걸친 화재로 건물은 모두 소실되었다가 비교적 근자에 새로 지어진 것이라 이렇다 할 문화재는 남아 있지 않았다. 주지의 창의적인 발상으로 사찰 경내에 중국 불교의 4대 성지인 九華山의 신라 성덕왕 아들이라고 하는 김교각 스님을 모신 金地藏殿이나 황희 정승의 초상을 모신 건물 같은 것들도 마련되어져 있고, 경내에 각종 연꽃을 상설 전시하는 시설이 있는가 하면 템플스테이를 위해 특별히 마련된 건물에서는 피아노 소리도 들려오며, 거기서 지난 9월 23일부터 10월 6일까지 '새터민과 함께 하는, 길 위에서 평화를 연다'라는 행사도 열렸던 모양이다.

단풍이 아름다운 대원사 경내를 산책하고서 수련 연못가의 팔각정에 마련된 양식 의자에 앉아 대화를 나누다가, 절에서 나오는 길의 도중에 있는 백민미술관 건너편 죽산리 449번지의 도예가인 晴光 김기찬 씨 작업장에 딸린 식당에서 소주를 곁들인 점심을 들었다.

돌아오는 길에 모처럼 송광사에도 들러 가을색이 짙은 진입로를 산책하며 성보박물관 등을 둘러보았다. 진주로 돌아와서는 학교 앞 가좌동의 문화집회시설용지 6번 화평동왕냉면에서 돼지불고기와 냉면을 곁들인 소주로써 내가 학생들에게 답례 조의 저녁식사를 샀다.

11월

2 (일) 맑음 -내장산~백암산

아내와 함께 산벗회를 따라 전북 정읍시와 순창군 사이에 있는 내장산 및 순창군과 전남 장성군 사이에 걸쳐 있는 백암산에 다녀왔다. 오전 7시 제일예식장 옆 도로에서 대절버스 한 대로 출발하여 남해 및 호남고속도로를 따라 북상하다가, 49번 지방도를 따라 전북 순창군 화양리에서 하차하여 등산을 시작하였다. 도중의 논들은 이미 추수를 마쳤고, 아직 벼가 남아 있는 논은 두어 곳 밖에 눈에 띄지 않았다. 아내는 오늘 산행 코스가 너무 길다고 하면서 다른 여자 두 명과 더불어 버스에 남아 하산지점에서 역방향으로 장성 백양사의 부속암자인 영천약사암까지 올랐다.

내장산국립공원의 동남쪽에 있는 유군이재에 오른 후, 호남정맥 능선을 따라 서쪽으로 나아가 장군봉(696m) 연자봉(675) 문필봉(675)을 거쳐 내장산의 최고봉인 신선봉(763.2)에 올랐고, 까치봉(717) 조금 못 미친 삼거리에서 내장산을 한 바퀴 두르는 능선 코스를 벗어나 호남정맥 능선을 따라서 서쪽으로 접어든 후 소죽음재 부근에서 일행과 더불어 점심을 들었다.

점심 후 계속 호남정맥 능선을 따라 걸어서 순창새재를 지나 백암산의 최고봉인 상왕봉(741.2)에 오른 다음, 나는 예전에 백양사에서부터 올라 본 적이 있는 능선 코스를 버리고서 사자봉(722.6) 쪽으로 향하는 코스로 접어들었다가 도중에 백양계곡으로 접어들어 白羊寺 쪽으로 하산하였다. 계곡의 북단에 위치한 운문암에서부터는 계속 콘크리트 포장도로가 이어져 있었다.

백양사에 도착해 절 안의 매점에 들러 알이 굵은 염주를 하나 샀다. 백양사 일원에서는 11월 1일부터 2일까지에 걸쳐 제13회 장성백양 단풍축제가 열리고 있었다. 그러고 보면 지금이 단풍의 절정기인 셈인데, 능선 상의 나무들은 이미 잎이 거의 다 말라 떨어졌고, 계곡 길에 접어들어서부터 물든 나무 잎들을 볼 수 있었지만, 기대했던 정도로 화려하지는 못했다. 백양사 일원의 유명한 애기단풍도 금년에는 가뭄 탓인지 그다지 감동을 줄 정도는 못되었다.

매표소를 지나 주차장 부근의 백운각 호텔 마당에 주차해 둔 우리 대절버스에 도착하여 주최 측이 준비해 온 홍어삼합과 더불어 소주·막걸리·맥주를 각각 한 잔씩 마신 후 귀가 길에 올랐다. 등산을 시작하는 지점에서 나는 산골짜기 매점에서 곶감 한 줄과 쌀막걸리 한 통을 샀는데, 귀가 도중의 고속도로 휴게소에서는 잘 익은 대봉감 연시 한 상자를 믿기지 않을 정도로 싼 가격인 단돈 5천 원에 구입하였다. 산벗회 회원들과는 몇 년 전 미국에 가기 전 낙남정맥 종주를 함께 한 바 있었는데, 종주를 마친 이후 몇 년 만에 오늘 처음 산행을 함께 한 셈이다. 옛 멤버들은 여전하였다.

15 (토) 흐리고 하산 후 부슬비 –한남금북정맥 제6차, 좌구산, 칠보산

혼자서 왕현수 씨가 등반대장인 아름다운사람들 산악회의 한남금북정맥 제6차 구간종주에 참가하여 충북 청원·증평·괴산군 일대의 분젓치에서 모래재까지 산 능선 16.7km를 주파하였다. 오전 7시까지 공설운동장 부근의 신안동 백두대간 등산장비점 앞에 집결하여 스무 명 정도의 인원이 대절버스 한 대로 출발하였다. 대진·경부·중부고속도로를 경유하여 증평 요금소를 빠져나온 후, 증평 읍내를 경유하여 1번 지방도를 따라 증평군 증평읍과 청원군 미원면의 경계지점인 분젓치에 도착해 오전 10시경부터 등산을 시작하였다.

증평군과 청원군의 경계를 이루는 산줄기를 따라서 방고개를 지난 다음 오늘의 최고봉인 坐龜山(657.4m)에 올랐고, 질마재에 도착하여 점심을 들었다. 질마재에서부터는 괴산군 청안면에 들어가 칠보치와 칠보산(542m)을 지난 다음, 596.5봉과 솔티재를 경유하여 오후 4시 무렵에 모래재의 보광산관광농원 구내로 하산하였다. 34번 국도로 접근하는 굴다리 근처의 대절버스가 대기하고 있는 지점에서 오뎅국과 더불어 하산주를 마신 후, 밤 8시 남짓에 귀가하였다.

22 (토) 맑고 포근함 –미륵도, 한산도, 추봉도

2008년도 인문대학 교수추계야유회가 있는 날이다. 간편한 야외 복장으로 평소 시간에 연구실로 나가 어제에 이어 『분서』의 '增補1' 부분을 마저 읽었다.

오전 9시 30분에 인문대 뒤편 주차장에 집결하여 대절버스 한 대로 출발하였다. 외국인 교수인 영문과의 프레데릭 스탁, 독문과의 舊동독 막데부르크 출신 아가씨, 중문과의 魏韶華 씨 및 몇 명의 조교 등을 포함하여 30명 남짓한 인원이었다. 고속도로를 경유하여 통영 시내에 진입한 후, 미륵도에서 미륵산 정상까지 올라가는 한려수도 케이블카를 탔다. 왕복에 대인 1인당 8,000원이나 하는 고가였다. 전망대와 정상을 산책하면서 다도해의 경관을 감상한 후 내려와서 본교 해양대학 캠퍼스 어귀인 당동 405-2 통영대교 아래에 위치한 십오야숯불장어구이에 들러 장어구이를 안주로 술을 마시고 점심으로 전복죽도 들었다. 그리고는 페리를 타고서 바다를 가로질러 한산도에 도착하였다. 오랜만에 制勝堂 일대를 둘러본 다음, 페리에 싣고 온 대절버스를 타고서 한산도 안쪽의 추봉도까지 가서 낚시터에 하차하여 좀 시간을 보내다가 제승당 입구의 파라다이스호 선착장으로 돌아왔다.

다시 페리를 타고서 통영으로 건너와 이순신 장군의 전적지인 당포를 경유하여 미륵도 해안을 일주하여 達牙공원까지 가서 어두워질 무렵의 전망대에서 다도해의 풍경을 바라보았다. 통영에 거주하는 사학과 김상환 교수 승용차의 선도를 따라서 러시아워의 교통정체를 겪으며 반대방향으로 돌아 나와 미수동 8-2번지 마이웨이빌딩 201호의 해원횟집에서 생선회와 술로써 저녁식사를 들었다. 진주로 돌아와 인문대 교직원 주차장에다 세워둔 승용차를 몰아 집으로 돌아오니 밤 9시 무렵이었다.

30 (일) 맑고 포근함 -감악산
혼자서 희망산악회를 따라 경기도 파주시 적성면과 양주시 남면의 경계를 이루며, 연천군 전곡읍과도 인접한 京畿五嶽 중의 하나 紺岳山 (674.9m)에 다녀왔다. 아내와 둘 분의 좌석을 예약해 두었으나 아내는 어제 저녁에야 안가겠다는 의사를 표시하므로 취소했다.

새벽 6시 30분에 시청 서문 앞에서 대절버스 한 대로 출발했는데, 반 시간 전에 이미 좌석이 거의 다 차 버려서 출발 시간 가까이 도착한 나는 뒷좌석 근처의 발 디딤대 위에 걸터앉아서 갔다. 돌아올 때는 회장인 박양일 씨의 배려로 이럭저럭 맨 앞좌석에 앉을 수 있었다. 고속도로를 경유하여 서울로 가는 도중에 차내의 비디오로 茶馬古道와 티베트의 구 게왕국에 관한 비디오테이프를 시청하였다.

예정으로는 파주시 적성면의 범륜사 입구 설마교에서 등산을 시작하 여 개구리바위를 거려 임꺽정봉(670) 및 정상에 오른 다음, 양주시와 연 천군의 경계를 이루는 능선을 따라 간패고개 쪽으로 하산하기로 되어 있었는데, 차가 길을 잘못 들어 간패고개 아래쪽의 368호 지방도에 접한 양주시 남면 원당리의 미산마을 부근에서 하차하는 바람에 역방향으로 오를 수밖에 없었다. 오전 11시 무렵부터 등산을 시작하여 계곡 길로 오르다가 대응암 굿당과 봉암사를 지나서 능선 길로 접어든 다음 정상에 올랐다. 정상에는 군사시설인 높다란 안테나가 설치되어져 있고, 그 옆 에 진흥왕의 또 다른 순수비일지도 모른다고 하는 비문이 마멸된 비석 하나가 서 있었다. 정상 광장에서 점심을 든 후, 임꺽정봉에 올라 그 아 래의 임꺽정굴을 내려다 본 후 梵輪寺를 경유하여 오후 3시 무렵에 파주 쪽으로 하산하였다.

범륜사휴게소와는 반대 방향의 도로 가에 정거해 둔 대절버스에 도착 하여 오뎅 국과 소주를 든 후, 동서울 요금소 및 중부·경부·대진고속도 를 경유하여 밤 9시 무렵 집에 도착하였다.

2009년

1월

4 (일) 흐림 -만대산, 금강산, 미암공원

아내와 함께 靑友산악회를 따라 전남 해남군 해남읍에 있는 금강산(482m) 萬垈山(480)에 다녀왔다. 장대동 어린이놀이터 앞에서 8시 30분에 대절버스 한 대로 출발하여, 남해고속도로와 13·18번 국도를 따라 해남읍에 도착한 다음, 금강저수지 부근에서부터 등산을 시작하였다.

원래는 저수지에서 금강산을 거쳐 능선 길을 따라서 만대산을 둘러 내려오는 코스로 예정되어 있었으나, 일행 중 앞서 가던 일행 7·8명은 역코스를 취했다. 우리 내외도 박양일 전무 등 평소 알고 지내는 사람들을 따라서 역코스로 올라, 三峰을 거쳐서 만대산에 올라 점심을 들었다. 금강산을 중심으로 하여 만대산은 좌우 뒤쪽으로 마산면에 있는 것과 옥천면과의 경계 지점에 있는 것 각각 하나씩이 있는데, 보통은 해남읍과 그 오른편 옥천면의 경계를 이루는 만대산을 경유하게 마련이다.

점심을 든 후 금강재에 이르러 아내는 예전에 멋-거리산악회 회장을 지낸 바 있는 건설회사를 경영하는 김 사장을 따라 샛길로 내려가고, 나는 박양일 씨 등과 함께 금강산 정상에 오른 후 옛 산성을 따라서 眉巖바위와 팔각정을 경유하여 하산하였다. 능선 길과 봉우리들에서는 호남의 명산인 월출산과 두륜산, 그리고 서해바다의 모습을 바라볼 수 있었다.

금강산은 해남읍의 鎭山인데, 그 정상 조금 못 미친 곳에 있는 包谷式 산성은 우리가 산악회로부터 받은 지도에는 죽산성이라 되어 있고, 인터넷상의 등산 지도에는 금강산성이라 되어 있다. 이미 거의 다 허물어져 흔적만 남아 있을 따름이었다. 하산 길에 잠시 올라가 해남읍의 전경을 바라보며 머문 미암바위는 인터넷 상으로는 호남 명유 眉巖 柳希春의 호가 유래한 것이라고 하는데, 사실인지 어떤지는 확인하지 못했다. 그 아래 팔각정 부근은 미암공원으로 되어 있고, 驪興閔氏의 충신들을 모셨다고 하는 眉山書院도 고종 때 훼철되었다가 1980년대에 복원되어 있었다.

등산기점에서 떡국을 들며 좀 쉬다가, 오후 5시 무렵에 출발하여 진주에는 밤 8시 무렵에 도착하였다.

2월

1 (일) 맑음 -응산(시루봉), 천자봉

아내와 함께 푸른산악회를 따라 진해에 있는 응산(일명 시루봉, 703m) 천자봉(502) 코스를 다녀왔다. 오전 8시 30분에 운동장에서 출발하여 40분에 시청을 경유하였는데, 우리 내외는 출발지에서 탔으므로 좌석에 여유가 있었으나, 시청에서 많이들 타는 바람에 대절버스 한 대 외에 봉고 차를 하나 더 불렀지만, 그래도 버스 복도에 서서 가는 사람들이 많았다.

남해고속도로와 창원시를 경유하여 창원시와 진해시의 경계를 이루는 안민고개까지 버스로 오른 다음, 고개에서 하차하여 등산을 시작하였다. 차도 바로 위쪽 능선에서 시산제를 지내는 모양이었지만, 우리 내외는 거기에 잠시 머물러 주위 풍광을 감상하다가 제례에는 참여하지 않고서 먼저 앞으로 나아갔다. 길 왼쪽으로는 창원시와 그 주변 산들의 전경이, 오른쪽으로는 진해시와 釜山新港 및 다도해의 풍경이 펼쳐져 그런대로 볼만 하였다.

창원시와 진해시의 경계인 진달래능선을 따라 불모산(801.7) 갈림길까지 오른 다음, 정상에 송신탑과 레이더 시설이 있는 불모산과는 반대 방향의 능선 코스를 취하여 갈림길에서부터 진해시 구역을 가로질러 나아갔다. 꼭대기에 거대한 단지를 엎어놓은 듯한 시리바위가 있는 시루봉(熊山, 곰뫼) 조금 못 미친 곳에서 일행으로부터 조금 떨어진 위치에 앉아 아내와 둘이서 점심을 들었다. 아내는 자신이 최고로 행복한 사람이라고 했다.

시리바위와 바람재 및 전신철탑을 지나 천자봉에 다다랐고, 곳곳에 나무로 만든 데크가 설치되어져 있는 능선 길에서 하산에 즈음하여서는 선두 그룹에 서서 행암동의 2, 77번 국도가 있는 대발령까지 내려온 다음, 국도를 따라서 만남의 광장을 지나 동쪽으로 좀 나아갔다. 그러나 대절버스 기사와 통화하여 방향이 잘못되었음을 알고 왔던 길을 도로 돌아 서쪽 상리의 6.25 전사자들을 추념하는 기념탑이 서 있는 광장에서 대기하고 있는 대절버스에 다다랐다.

거기서 준비된 술과 음식을 들며 좀 시간을 보내다가, 마창대교를 지나 마산대학이 바라보이는 마산시 내서읍에서 남해고속도로에 올라 진주로 돌아왔다.

8 (일) 대체로 맑음 −주산, 오대사지

아내와 함께 본교 총동문회에 속한 개척산악회를 따라 산청군 시천면과 하동군 청암면의 경계에 있는 主山(831.3m)에 다녀왔다. 개척산악회는 이 산을 母山으로 삼아 매년 始山祭를 지내오는 모양인데, 오늘이 마침 시산제 날이었다.

오전 9시 신안동의 백두대간 등산장비점 앞을 출발한 대절버스 한 대가 10분쯤 진주남중학교 건너편에 닿았을 때 우리 내외 등이 탔고, 이어서 시청 서문 근처와 본교 정문 앞에서도 정거하여 사람들을 태웠다. 본교 정문에서는 동창으로서 진주 지역의 현역 국회의원인 김재경 씨가 나와서 인사를 하였고, 총학생회 및 총대의원회 간부들도 탔다. 대진고속도로를 경유하여 단성 톨게이트에서 빠져나온 후, 20번 국도를 따라 서쪽으로 나아가 덕천서원 근처를 지나 산청군 내공리 삼성연수소에서부터 등산을 시작하였다. 주산은 연수소의 뒷산인 셈이다.

감나무 밭을 지나서 한참동안 더 오르니 갈치재에서 이어지는 산복도로가 있었는데, 거기에 미리 봉고차 한 대와 소형 트럭 한 대가 음식물을 실고 와서 대기하고 있었다. 거기서 잠시 휴식한 후 얼마쯤 더 걸어 능선에 오른 후 능선 길을 따라서 정상에 다다랐다. 평소 정상에서 지리산천왕봉이 잘 보인다는데, 오늘은 다소 안개가 끼어 멀리까지 전망이 트이지는 않았다.

정상에서 시산제를 올린 후 우리 내외는 교수들 자리에 어울려 주최측이 마련한 음식물로 술과 점심을 들었다. 본교 총동창회장 출신인 도의원 강길중 씨도 산신제를 지낼 무렵에 뒤늦게 올라왔다. 하산 길은 하동군 쪽을 취해 사람 키보다도 높은 산죽 밭 속으로 두텁게 쌓인 낙엽을 밟으면서 한참 내려왔더니, 청암면 궁항리 오대마을의 五臺寺 터에 닿았다.

이 절은 고려시대에 水精社라는 최초의 불교결사가 이루어졌던 곳임을 『東文選』에 실린 비문을 통해서 알 수 있고, 조선시대에 들어와서는 오대사라는 명칭으로 金馹孫의 '續頭流錄'과 曺植의 『南冥集』 등에 보이므로, 내가 일찍이 외공·내공 마을과 갈치재를 거쳐서 여기까지 혼자 찾아와 답사해 본 적이 있었다. 몇 년 전에는 본교 음대의 신윤식 교수 소개로 이탈리아대사관에서 근무하며 고려 法相宗 연구로 서울대 국사학과에서 박사학위를 받은 푸치오니 씨 부부를 안내하여 와 본 적도 있었다. 그때는 절터가 國仙道 도장으로 되어 있었는데, 지금도 그 건물은 남아 있으나 국선도는 이미 철수하고서 열쇠가 채워진 빈 집으로 되어 있었다. 입구에 백궁선원이라는 간판이 보이지만 아무도 살고 있지 않은 듯했다. 콘크리트 포장도로를 따라서 그 아래쪽의 이영대라는 사람이 가꿔놓은 자립농원을 지나 궁항저수지 위쪽 시양골로 내려와 하산지점인 1014번 지방도로를 만났다.

거기서 하산주를 들며 좀 시간을 보내다가, 옥종면을 거쳐서 북천삼거리를 지나 오후 5시 남짓 되어 진주의 집으로 돌아왔다.

13 (금) 비 -고창읍성, 판소리박물관, 고인돌박물관
2008학년도 인문대학 동계세미나가 있는 날이다. 오전 9시 30분에 대

절버스 한 대로 인문대 뒤편 주차장을 출발하였다. 교수와 직원 및 조교를 포함하여 48명이 참가할 예정이었으나, 예약했던 교수들 중 17명이 불참하여 교수 21명을 포함한 총 31명이 되었다. 남해 및 호남고속도로를 경유하여 정오 무렵에 고창읍성에 도착한 다음, 일제 때 지은 2층 목조건물이 문화재로 지정되어 있다는 한정식점 조양식당에서 점심을 들었다.

문화유적해설사의 안내를 받으며 읍성을 한 바퀴 둘러보았고, 읍성을 나온 후 나는 신재효 古家 옆에 새로 들어선 판소리박물관에도 들어가 보았다. 지어진 지 1년 정도밖에 되지 않은 고인돌박물관으로 옮겨 가 거기서도 해설사의 설명을 들으며 전시품들을 둘러본 후, 雨中이라 망원경으로 유네스코 세계문화유산으로 지정되어져 있는 고창 고인돌군을 바라보았다. 몇 년 전까지 산악회를 따라 등산 차 이리로 몇 번 왔을 때에는 고인돌군 바로 아래로 버스가 통과하게 되어 있었으나, 세계유산으로 지정된 후 그쪽으로의 차량통행이 금지되고 유적지 일대의 가옥도 철거하여 박물관 옆에 조성된 이주단지로 옮겨두고 있었다.

목적지인 고창군 아산면 삼인리의 선운사 입구에 위치한 선운산관광호텔에 도착하여 홀에서 오후 4시 20분부터 교수 세미나를 가졌다. 호텔 식당에서 장어구이정식으로 석식을 든 후 지하의 노래방에서 동료교수들과 어울려 노래를 부르며 놀다가 5층 방으로 올라가 다시 술을 마시며 잡담을 나누었고, 밤 10시 무렵에 취침하였다.

14 (토) 맑은 봄 날씨 −선운사, 선운산, 서정주 고향마을

오전 6시쯤에 일어나 호텔 지하층의 해수사우나에서 목욕을 한 후 1층 식당에서 해장국으로 조식을 들었다. 일행 몇 명과 더불어 걸어서 선운사까지 들어갔다가, 이어서 해발 390m인 낙조대까지 등산을 하였다. 산책 길 같은 등산로를 따라서 낙조대에 조금 못 미친 지점의 바다가 보이지 않는 봉우리(천마봉?)까지 올라갔다가, 시간이 모자란다 하여 하산하였다. 도솔암 마애불상에는 따로 들르지 않고서 내려오는 도중의 계단에서 바라보았다. 하산은 등산로 곁에 나란히 이어져 있는 차도를

취해 長沙松·眞興窟을 지나서 호텔로 돌아왔다.

부안면 선운리에 있는 未堂詩文學館과 미당 생가에 들렀다. 마을로 들어가는 어귀에 미당 외가라는 표지가 있는 정미소도 눈에 띄고, 미당 서정주의 산소도 시문학관에서 바라보이는 위치에 있었다. 시문학관은 초등학교 건물 자리인 듯한데, 건물도 초등학교 모양과 비슷하나 리모델링을 했다기보다는 전면적으로 새로 지은 듯하고, 6층으로 된 탑 같은 제1 전시동 건물이 주축을 이루고 있어 독특하였다.

줄포만을 바라보면서 서쪽으로 좀 더 나아간 지점의 심원면에 있는 수궁회관에서 돌솥밥인 석화정식으로 점심을 든 후, 갈 때의 코스를 경유하여 오후 3시 반쯤에 진주의 본교로 돌아왔다.

19 (목) 흐림 ―강릉대학교, 선교장

19·20일 이틀에 걸쳐 한국동양철학회 주최로 강릉대학교 인문관 242호실에서 개최되는 '동양철학의 수양론―선험적 자아와 순수의식을 찾아서―'를 대주제로 삼은 2009년 동양철학연합학술대회에 참석하기 위해 오전 8시에 집을 출발하였다. 승용차를 운전하여 대진·경부·중부·영동·동해고속도로를 경유하여 강릉에 인접한 평창휴게소에서 튀김우동으로 점심을 때운 다음, 오후 1시 반쯤에 강릉시 강릉대학로에 위치한 대회장에 도착하였다.

오후 6시 30분에 학술대회를 끝낸 다음, 경포호 부근 바닷가의 강문동에 있는 동해횟집으로 자리를 옮겨 정기총회를 겸한 만찬을 가졌다. 2010년도 회장과 2009년도 감사 선임이 끝난 다음, 준비된 생선회와 술로 포식을 하였고, 숙소인 강릉시 운정동의 船橋莊으로 장소를 옮겨 그 구내의 전통문화체험관에서 2차를 하였다. 나는 과음하여 도중에 벽 쪽에서 좀 누워 자다가 다시 깨어나 술자리에 어울렸다. 임원들은 선교장의 행랑채로 옮겨가 2인 1실 방에서 취침하였다. 나는 이미 한 학생이 자고 있는 방에 뒤늦게 들어가 취침하였다. 오늘 대회의 참가자는 60여 명 정도 되는 모양이다.

20 (금) 강풍과 짙은 황사 -선교장, 초당순두부, 오죽헌

오전 8시쯤 일어나서 세수를 마친 후 선교장 구내를 산책해 보았다. 이곳은 孝寧大君의 11세손인 嘉善大夫 茂卿 李乃蕃이 1703년에 설립한 이조 후기의 전형적 상류가옥으로서, 1965년에 국가지정문화재 중요민속자료 제5호로 지정되었고, 영화 〈여인잔혹사—물레야 물레야〉, 〈식객〉 등과 TV 드라마 〈궁〉, 〈황진이〉 등의 촬영장소가 되기도 했던 곳이었다. 소나무 숲에 둘러싸인 꽤 넓은 공간이었다. 이 일대는 배다리마을이라 불리는 모양인데, 옛날 선교장 앞 벌판이 경포호수였으므로 그 당시 호수를 질러 다니느라 배로 다리를 만들어 건넜기 때문에 배다리집이라고 불렀기 때문에 선교장이라는 명칭이 된 것이라 한다.

오전 9시 무렵 선교장에서 500m 정도 떨어진 운정동 256-2의 원조민속초당순두부에서 나는 순두부전골로 조식을 들었고, 식후에 그 바로 옆의 우암 송시열 글씨로 된 현판이 달린 海雲亭이라는 정자도 둘러보았다. 조식 후의 답사 코스로는 신사임당과 율곡 이이의 출생지인 烏竹軒 및 율곡의 위패를 모신 松潭書院을 둘러보기로 하였으나, 참가자들 중 많은 사람이 이미 상경하였고, 또한 찬바람의 강풍이 불므로, 오죽헌과 그 경내의 文成祠·栗谷紀念館·御製閣·바깥채, 그리고 근자에 설립된 향토민속관과 역사문화관 등의 시립박물관을 둘러보는 것으로 그쳤다. 과거에도 오죽헌에는 몇 번 들러본 적이 있었지만, 이번에 와 보니 경내가 넓게 공원으로 단장되어져 전혀 다른 모습으로 바뀌어져 있었다.

정오 무렵에 오죽헌에서 일행과 작별하여 나는 김윤수 씨의 차에 동승하여 내 승용차를 세워둔 강릉대학교 구내의 인문대학 앞으로 이동하였다. 마지막으로 김 씨 등과도 작별하고서 자신의 승용차를 운전하여 어제 왔던 길로 동해·영동고속도로를 따라 여주까지 간 다음, 중부내륙고속도로로 접어들어 충주휴게소에서 냄비우동으로 늦은 점심을 들었고, 다시 현풍에서 구마고속도로에 접어들어 남해고속도로를 경유하여 오후 5시 반 무렵에 진주의 집에 도착하였다. 운전하는 동안 갈 때는 판소리 '심청가'를, 그리고 돌아올 때는 박녹주·박초월 창의 판소리 '홍

부가'를 계속하여 들었다.

3월

1 (일) 맑음 -태행산, 달기약수

아내와 함께 靑友산악회를 따라 경북 청송군 주왕산국립공원의 서북쪽 끄트머리 청송읍과 진보면의 경계지점에 위치한 태행산(933.1m)에 다녀왔다. 오전 8시 30분까지 장대동 어린이놀이터에 집결하여 대절버스 한 대로 출발하였다.

남해·구마·중앙고속도로를 경유하여 경북 의성 요금소에서 고속도로를 벗어나 국도와 지방도를 따라 의성·안동·청송을 지나서 정오 무렵에 청송읍 월외리의 월외교에 도착하여 등산을 시작하였다. 마을을 가로질러 시멘트 포장도로를 따라서 고방골로 올라가다가 왼쪽으로 이어지는 산길로 접어들었고, 얼마 후 비포장 길을 따라 한참 올라가니 장구목이라는 곳에서 산복도로를 만나게 되었다. 거기서부터 능선을 따라 비탈길을 올라서 조선시대에 벼슬을 추증 받은 파평윤씨의 무덤을 지나 896봉을 거쳐 정상에 도착하였다. 두 봉우리에 다 헬기장이 있었는데, 우리 내외는 정상에서 봄 날씨처럼 포근한 햇볕을 받으며 점심을 들었다. 국립공원 구역에 속함에도 불구하고 이쪽으로는 등산객이 별로 오지 않는지, 우리 일행 외의 다른 등산객을 만나지 못했고, 정상에는 산 이름이 새겨진 표지석도 없었다.

하산은 주왕산의 본줄기인 대둔산으로 이어지는 능선을 따라가다가 갈림길에서 지능선으로 접어들어 노부용추골의 와폭으로 내려왔고, 옛날에 금은광이 쪽으로 가기위해 한 번 통과한 적이 있었던 달기폭포를 지나서 월외리의 원점으로 되돌아왔다. 비탈진 산길에도 낙엽이 수북이 쌓여 꽤 미끄러웠다.

월외리는 조그만 산골마을인데도 민가 모양의 예수교장로교회와 교회당 모습을 갖춘 천주교회가 따로 있었는데, 성당은 이미 폐쇄되었다.

마을에 1950년에 개교하여 천 명 이상의 졸업생을 배출한 월외초등학교가 지금은 허브농장으로 변해 있었고, 운동장 한편에 자리 잡은 농장의 비닐하우스도 황폐해져 있었다.

일행이 하산을 마치기를 기다려 초가집 모양으로 된 월외교 버스 주차장 부근에서 공산군에게 학살당한 마을 사람들을 추념하는 기념비 등을 둘러보다가, 주차장에서 산신제를 지낸 다음 집행부 측이 준비해 온 술과 음식을 들었다. 오후 5시 반쯤에 출발하여 밤 9시 반쯤에 집에 도착하였다. 주왕산국립공원을 빠져나오는 도중 그 끄트머리의 월막리에 있는 달기약수터에서 하차하여, 탄산·철 성분이 함유되어 녹 맛과 사이다 맛이 섞인 약수 물을 수통 하나에 담기도 하였다.

8 (일) 맑음 −한산도 망산, 추봉도
아내와 함께 사계절산악회를 따라 통영 한산도의 望山(294m)에 다녀왔다. 오전 8시 30분까지 봉곡로터리에 집결하여 45인승 버스 한 대와 25인승 버스 한 대에 나눠 타고서 출발했다. 서진주에서 대전−통영고속도로로 접어들어 통영 세관 부근의 여객선터미널에서 오전 10시에 출발하는 한산도 제승당 행 파라다이스호 페리를 탔다. 약 25분 후에 한산도에 닿은 후, 선착장 근처의 등산 안내판이 있는 지점에서부터 산을 오르기 시작하였다. 산길 입구 근처에서 모처럼 붉게 핀 동백꽃들을 볼 수 있었다.

등산로는 한산도를 종단하는 능선을 따라 이어져 있는데, 울창한 숲 사이로 여기저기 주변의 바다가 바라보이며, 대체로 경사가 완만하여 산책하는 느낌이었다. 정상을 약간 지난 지점에 있는 팔각정인 休月亭에 올라 눈앞에 펼쳐진 다도해의 경치를 바라보며 점심을 들었다. 통영시 한산면사무소가 있는 진두 마을 쪽으로 하산하여 2007년 7월에 개설된 긴 다리 추봉교를 건너 秋蜂島로 넘어갔고, 추봉리 봉암마을의 몽돌해수욕장에서 주최 측이 준비한 멍게와 굴을 안주로 하산주를 들었다. 봉암 마을에서 해안선을 따라 조성된 공원의 산책로를 걸어 보고, 건너편으로 용초도·죽도·매물도·거제도 등으로 이루어진 다도해의 풍경을 바라보았다.

거기서 행상 아주머니로부터 미역과 달래를 좀 구입하여 배낭에 담고 는 25인승 대절버스를 타고서 제승당의 선착장으로 돌아온 후 15시 30 분에 출발하는 파라다이스 호를 타고서 통영으로 귀환하였다. 그러나 25인승 버스가 추봉도와 한산도 선착장 사이를 두어 차례 왕복하여 일 행이 마지막 배인 17시 30분 발 페리를 타고서 통영에 모두 도착할 때까 지는 두 시간이나 남았으므로, 아내와 함께 부두가의 시장을 둘러보며 건어물과 멸치젓 등을 좀 구입하였다. 나 혼자서 그 부근의 항남동에 있는 친척 여동생 오점순이 경영하는 邪舍莊모텔로 찾아가 대화를 나누 기도 했다.

밤 8시가 채 못 되어 진주의 집에 도착했다.

15 (일) 맑음 -부용산

아내와 함께 한라백두산악회의 제193차 정기산행에 동참하여 전남 장흥군 용산면의 부용산에 다녀왔다. 오전 8시 시청 앞에 집결하여 대절 버스 한 대로 출발한 후 8시 30분 쯤 이 산악회가 늘 모이는 장소인 장대 동 어린이놀이터에서 회원들을 더 태웠다. 남해·호남고속도로를 경유하 여 순천 나들목에서 2·18번 국도로 접어든 후 2차선인 23번 국도로 빠져 나와 장흥군 용산면 운주리의 차도가 끝나는 지점에서 하차하여 오전 11시 무렵부터 등산을 시작하였다.

능선 길을 따라 오도재에 오른 후 수리봉을 거쳐서 오후 1시쯤 오늘 코스의 최고봉인 부용산(609m)에 도착하여 정상의 헬기장에서 일행과 더불어 점심을 들었다. 점심을 든 후 아내는 먼저 출발하였고, 나는 천왕 봉산악회의 류창열 고문 및 진주 시청 지적과에 근무하는 낯익은 등산객 과 한라백두산악회의 사무장인 최원도 씨 등과 함께 뒤늦게 출발하였다. 다음 목적지인 장흥군 용산면과 강진군 칠량면·군동면의 경계 지점에 위치한 괴바위산(463m)을 향해 가는 도중 최 씨가 회귀 하산지점인 장 구목재에 다다라 골 안쪽으로의 하산을 안내하였으나, 나는 하산 코스가 골짜기가 아닌 건너편에 바라보이는 산 능선이라 생각했으므로 류 씨와 시청 직원의 뒤를 따라 괴바위산 쪽으로 계속 나아갔다.

그러나 오늘의 일정 중에 포함된 괴바위산으로 나아가는 그 길은 도중에 여러 차례 끊어지더니 결국 앞서가던 두 명도 놓치고 잡목 가지에 걸려 몇 달 전에 수십만 원의 비싼 돈을 주고서 맞춘 다초점 안경도 잃어버리고 말았다. 안경을 찾기 위해 몇 차례 근처의 왔던 길을 회귀해 보았지만, 눈에 띄지 않는지라 결국 안경과 괴바위산을 둘 다 포기하고서 혼자서 하산 코스로 생각했던 능선 길 쪽으로 접어들었다. 그러나 희미하게 이어지던 그 길도 머지않아 끊어져 버린 데다 하산 예정 시간인 오후 4시에 이미 가까워져 가는지라 급한 마음에 그 지점에서 종점인 운주리까지의 최단 거리라 생각되는 골짜기를 향하여 내려가기 시작하였다. 그렇지만 그쪽은 아예 등산로가 없고 게다가 산비탈이 가시밭으로 뒤덮여 있는지라 무리하게 가시밭을 헤쳐 나가는 과정에서 반팔 차림의 두 팔과 이마 등에 많은 상처를 입었다.

마침내 골짜기 길을 만나 빠른 걸음으로 내려오는 도중 아내 및 사무장 등으로부터 전화를 받아 통신이 가능해졌고, 운주저수지 가에 이르러 마중 나온 일행을 만나 출발지점인 운주리로 되돌아올 수 있었다. 대절버스에 오르고 보니 몸에 많은 찰과상이 있을 뿐 아니라 쌍으로 된 등산 스틱도 한쪽이 못쓰게 되었고, 등산화도 왼쪽 중간의 끈 매는 부분 하나가 떨어져 나가버렸다.

밤 8시 무렵에 귀가하여 샤워를 하고서 아내가 발라주는 약품으로 간단한 치료를 받은 후 취침하였다. 오늘 산행에서는 신체적 물질적으로 손실이 적지 않은데, 출발할 때에는 물론 이런 일이 벌어지리라고 전혀 생각지 못했던 것이다. 알고 보니 일행 중 괴바위산까지 간 사람은 내 앞에 가던 두 명 뿐이고, 나머지는 모두 장구목재에서 골 안으로 하산했다. 괴바위산까지 갔었던 두 사람도 돌아올 때 길 없는 능선을 헤쳐 지나오느라고 고생깨나 했던 모양이었다.

22 (일) 대체로 흐림 -사성암, 오산, 산수유축제

아내와 함께 일송산악회를 따라 전남 구례군 문척면 죽마리에 있는 鰲山(531m)에 다녀왔다. 오전 8시 30분 남강변의 포시즌 앞에서 대절버스 한 대로 출발하였다. 남해고속도로를 따라가다가 하동 나들목에서 19번 국도로 빠져나와 섬진강을 따라 북상하던 도중 하동읍에서 섬진교를 건너 전남 광양시 다압면의 매화마을에서 아직도 진행되고 있는 매실축제를 바라보면서 섬진강을 따라 북상하였다. 다압면의 강변에 계속 이어지는 매화 숲은 좀 끝물이었다.

목적지인 구례군 문척면에 다다라 죽마리의 죽연마을에서 하차하여 조금 걸어간 후 각금마을에서부터 등산을 시작하였다. 오산의 명물인 四聖庵은 원효를 비롯한 고승 네 명이 수도하던 곳이라는 뜻에서 붙여진 이름인데, 서울 관악산의 戀主庵처럼 깎아지른 바위절벽에다 긴 받침대를 세워 절의 주요건물들을 앉힌 것이 특징이다. 그 중 약사암은 천연의 암벽 중턱에다 음각으로 약사여래를 새겨 놓은 것을 법당의 본존으로 삼고 있었다. 산신각 근처에서 암벽 가의 아슬아슬한 통행로를 지나 정상 쪽으로 연결되는 길로 접어들었다. 아내는 절이란 거의 다 같은 것이라 하여 사성암에 들르지 않은 채 바로 정상으로 향하였다.

사성암에서는 구례 일대의 풍경을 조망할 수 있었으나 그보다 조금 더 위쪽인 오산 정상 부근은 짙은 안개로 말미암아 사방의 조망이 가려져 있었다. 정상에서 아내와 둘이서 준비해 온 도시락과 주최 측으로부터 받은 소주 한 병으로 점심을 든 후, 능선을 따라서 매봉과 선바위를 거쳐 동해능선 삼거리에 다다라, 인적이 없는 비포장 차도를 따라서 오후 2시쯤에 순천시와의 경계에 가까운 문척면 동해마을 쪽으로 하산하였다. 동해마을에는 각종 산나물과 버섯 등 농산물을 파는 아주머니들이 無蚊亭이라는 정자 가에 열 명 정도 앉아 있었는데, 우리 내외는 거기서 신선한 제철 음식물 재료들을 꽤 많이 구입하였다.

무문정에서 하산주를 들다가, 일행이 하산을 완료한 후 구례군의 산수유축제를 보러 갔다. 축제 장소는 읍내에 있는 모양이지만, 우리는 그리로 가는 도중 가로수도 온통 산수유나무이고 언덕 위에 산수유 농장이 넓게 펼쳐진 도로 가에다 차를 세우고서 언덕에 올라가 산수유 숲속을 거닐었다. 여기가 이 축제의 대표적인 명소인 모양이어서 숲 속에 구경꾼이 많고, 도로 가에는 전국 각지에서 온 대절 차량이 줄을 이어 있었다.

산수유축제 구경을 마친 후, 풍수가들이 손꼽는 명당인 운조루가 있는 구례군 토지마을을 거쳐 하동 쌍계사 입구의 화개마을 쪽으로 내려왔는데, 그 구간은 교통정체가 심하였다. 화개마을에서부터는 19번 국도를 따라 남해고속도로까지 온 다음 이 산악회의 본부가 있는 사천시에 들렀다가, 밤 7시 반 무렵 진주의 출발지점에 도착하였다.

29 (일) 맑음 −사자산, 백덕산

청솔산악회를 따라 江原道 平昌郡 芳林面과 寧越郡 水周面의 경계에 위치한 白德山(1,348.9m)에 다녀왔다. 우리 집 바로 앞의 진주역에서 오전 6시에 대절버스 두 대로 출발하였다. 대진·경부·중부·영동고속도로를 경유하여 오전 10시 반쯤에 평창군 방림면과 횡성군 안흥면의 경계 지점인 42번 국도상의 문재에서 하차하여 두 군의 경계를 이루는 능선을 따라서 등산을 시작하였다.

산에 눈이 있을 것이라는 말을 듣고서 여주휴게소에 정거했을 때 간단한 구조의 아이젠을 하나 샀는데, 그것이 없었으면 곤란할 번했다. 눈밭을 걸어 주능선의 삼거리인 1125봉에 닿은 다음 獅子山(1,181m) 정상을 거쳐 예전에 아내와 함께 왔다가 도중에 샛길로 백년계곡을 향해 내려갔었던 당재를 지났다. 지도에 따라서는 1125봉을 사자산이라 표시한 것도 있으며, 法興寺 뒤의 1160봉도 사자산이라 되어 있는데, 한국지명총람에는 1160봉을 사자산이라 하였다. 법흥사는 나말여초의 九山禪門 중 하나인 사자산파의 중심 사찰이므로, 원래의 사자산은 그러했을 터이다.

백년계곡으로 빠지는 또 하나의 샛길이 있는 운교를 지나 백덕산 정상에 도착하여 점심을 들었다. 정상에서 발아래에 펼쳐진 장대한 풍경을 바라보며 혼자 주최 측으로부터 받은 소주 한 병과 주먹밥에다 아내가 마련해 준 반찬 도시락으로 점심을 들고 있는 동안 함께 온 일행과 다른 등산객이 모두 사라져버렸으므로, 앞서 간 사람들의 발자취와 길 위에 놓아둔 청솔산악회의 종이 표지들을 보며 하산 길에 접어들었다. 그러나 그 길은 원래 예정된 신선바위봉을 경유하는 코스가 아니라 1200·1000 봉을 거쳐 백년계곡으로 빠져 내려가는 코스였다.

예전에 들렀던 관음사 경내를 지나 콘크리트 도로포장 공사가 진행되고 있는 차도를 비켜서 하산 장소인 영월군 수주면 법흥리의 신라가든 앞에 도착했을 때는 오후 4시 반 무렵이었다. 약 6시간을 걸은 셈이다. 예전에는 신라가든에 도착했을 때 시간 여유가 있어 혼자서 일주문을 지나 법흥사 적멸보궁까지 갔다 온 바 있었다. 법흥사는 우리나라 5대 적멸보궁(월정사 중대·봉정암·정암사·법흥사·통도사) 중의 하나로서 자장율사가 興寧寺라는 이름으로 창건했으나, 1902년에 법흥사로 개칭되었다고 한다.

일행이 하산을 완료하기를 기다려 오후 5시 반 무렵에 출발하여 중앙고속도로를 경유하여 밤 10시 무렵 집에 도착하였다.

4월

11 (토) 맑음 -흑산도

아내와 함께 황매산악회의 1박 2일간 흑산도 산행에 동참하였다. 오전 7시 30분에 대절버스 한 대로 신안동의 진주공설운동장 1문 앞을 출발하여 남해·호남고속도로를 경유하여 정오 무렵 목포에 도착하였다. 도중에 섬진강 휴게소에 반시간 정도 정거했을 때 호남·남해고속도로 준공기념비가 있는 공원에 올라가 보았는데, 1974년 당시의 건설부장관 김재규가 세운 것으로서 비문 내용은 박정희 대통령과 유신체제를 찬미하는 것 일색이었다. 후일 그 자신이 박 대통령을 시해한 것을 생각한다면 아이러니라 하겠다.

목포 부두의 예약해 둔 식당에서 중식을 든 다음 오후 1시에 출발하는 쾌속선 뉴 골드스타를 타고서 출발하여 비금도를 경유하여 오후 3시 20분 무렵 흑산도의 예리항에 도착하였다. 항구에서 바로 흑산도 일주버스로 갈아타고서 서면 일대의 코스를 따라 심리 근처까지 갔다가 같은 길로 되돌아온 다음, 예약된 모텔로 이동하여 방을 배정받았다. 나는 모텔 입구의 112호실, 아내는 3층의 301호실을 배정받았다.

모텔 안에서 석식을 든 다음 예리항 일대를 산책하고 돌아오다가, 예전부터 등산을 통해 아는 진주시청 지적과 宋永植 토지관리계장의 전화연락을 받고서 송 씨 내외와 그 부인의 친구 2명이 들어가 있는 예리 176-42의 중매인 27호 식당에 들어가 흑산도 명물인 홍어 두 접시와 탁주 및 소주로 밤 모임을 가졌다. 그 대금 118,000원은 내가 지불하였다.

12 (일) 맑음 -대봉산, 칠락산, 지장암, 복성재, 자산문화전시도서관
새벽 6시 무렵에 기상하여 세수를 마친 다음, 혼자서 예리항의 북동쪽 대봉산(126m) 일대를 산책하여 흑산도 기상대 근처를 경유하여 돌아왔다. 모텔에서 조식을 든 후, 일행과 함께 면사무소가 있는 진리 쪽으로 걸어가다가 등산로에 접어들어 이 섬에서 두 번째로 높은 七落山(378m)에 올랐다. 새벽에 대봉산 쪽으로 갔을 때나 이 산에 오를 때 모두 여기 저기서 붉게 핀 동백꽃을 볼 수 있었다. 봄의 절정이라 곳곳에 진달래와 벚꽃·유채 등도 만발해 있었다. 칠락산 정상에는 이렇다 할 표지가 없었는데, 이정표에는 큰재라고 적혀 있었다. 흑산도에서 가장 높은 산은 건너편으로 바라보이는 해발 405m인 문암산인데, 정상에 레이더 시설 같은 것이 건설되어 있었다.

면사무소 쪽으로 하산하여 진리의 바다 신을 모시는 堂山에 들렀다가 돌아오는 길에 흑산천주교회에도 들렀더니, 마침 신부와 신도들이 마당에다 차일을 치고서 정장 차림으로 흑돼지를 구워 바비큐 파티를 하고 있다가 우리에게도 와서 들라고 권유하므로, 고기 몇 점을 들고 소주도 얻어마셨다.

모텔로 돌아와 점심을 든 후 자유 시간을 가졌다. 송영식 계장과 나는

택시를 대절하여 동면의 차도를 따라서 예리에 속한 천촌리 부근의 勉庵 崔益鉉 유허인 指掌巖에 들렀다가 그 도로가 끝나는 지점인 사리의 孫庵 丁若銓 서당 유허인 復性齋에 들렀다. 지장암에는 면암의 친필인 '箕封江山 洪武日月'이라는 문구가 새겨져 있고, 그 아래에 면암 문인들이 세운 謫廬碑가 있었다. 최익현(1833~1906)은 강화도에서 일본과의 병자수호조약이 체결되자 이를 반대하는 丙子持斧疏를 올려 이 섬으로 유배되었던 것이며, 지리에 서당을 세워 강학하기도 했다 한다.

사리의 손암 유허는 근자에 세워진 것인데, 아직 안내판 하나도 없었다. 중앙의 초가 건물 처마에 다산의 친필로 '沙邨書堂 茶山丁鏞書'라고 새긴 현판이 하나 걸려 있을 따름이었다. 산비탈의 이 장소가 과연 원래 복성재가 위치해 있었던 곳인지 여부도 확인할 수 없었다. 다산의 4형제 중 둘째 형인 정약전(1758~1816)은 1790년 증광문과에 급제하여 전적·병조좌랑 등의 벼슬을 지내다 순조 원년의 辛酉邪獄으로 薪智島를 거쳐서 이곳에 귀양 와 1801년부터 1816년까지 16년간 살다가 여기서 죽었는데, 이 기간에 저 유명한 『玆山魚譜』를 저술하였다. 玆山은 黑山을 대신한 말이라고 한다.

지도상으로는 흑산도를 일주하는 포장도로가 있는 것으로 되어 있지만, 20년 넘게 공사가 진행되어 왔으나 아직 미완성이라 동면의 도로는 사리에서 끝나며, 게다가 군데군데 비포장인 부분들이 있었다. 예리항으로 돌아와 선착장 부근의 2층으로 된 자산문화전시도서관에 들렀더니, 거기에는 손암과 『자산어보』에 관한 꽤 자세한 내용이 전시되어져 있었다.

오후 4시에 출발하는 목포행 뉴 골드스타 호를 타고서 논스톱으로 달려 다시 목포항의 어제 그 식당에서 석식을 든 다음, 장흥 등을 경유하는 일반 국도와 남해고속도로를 경유하여 밤 9시 반 무렵 진주에 도착하였다.

19 (일) 맑음 -석화봉
신화산악회를 따라 忠北 丹陽郡 大崗面 兀山里에 있는 石花峰(834m)에 다녀왔다. 오전 8시 20분에 대절버스 한 대로 시청 앞을 출발하여, 서진주 나들목을 빠져나와 대진·남해·구마·중앙고속도로를 경유하여 927번 지방도를 따라서 등산 기점으로 접근하였다. 대흥사로 난 옆길로 진입해야 할 것을 다른 이의 주장에 의해 그냥 지나쳐 버려 백두대간 상의 저수령으로 나아가는 올산리의 단양샘물기도원까지 갔다가 도로 조금 되돌아 나와 올산천을 따라 난 비포장도로를 걸어서 대흥사계곡에서 들어오는 길의 포장이 끝난 지점인 직바위골 입구에 당도하였다.

그런데 오늘 산행에는 진주의 내로라하는 등산객들이 많이 왔는지라, 그 중 희망산악회 박양일 회장의 주장에 따라 원래 예정된 직바위골이 아닌 주차장에서부터 직등 하는 코스로 오후 1시경에 등반을 시작하였다. 그러나 가늘게 이어지던 그 길은 도중에 끊어져 버리므로 천신만고 끝에 능선에 올라서고 보니, 거기는 하산로의 쩨진바위·곰바위·궁둥이바위보다 조금 위쪽 지점이었다. 할 수 없이 역코스를 취해 석화바위(725m)를 거쳐서 석화봉에 오른 다음, 직바위골을 따라 등산 기점으로 내려왔다.

석화봉 주변의 황정산(958.4) 수리봉(1,019) 선미봉(1,079.5) 등은 모두 예전에 두어 번 올라본 적이 있는 산들이었다.

밤 9시 무렵 집에 도착하여 샤워를 마치고서 취침한 직후에 아내가 서울에서 돌아왔다.

5월

10 (일) 맑음 -옥양봉, 석문봉, 일락산, 개심사

칠암산악회를 따라 忠南 禮山郡 德山面과 瑞山市에 걸쳐 있는 玉陽峰(621m)·石門峰(653m)·日樂山(521.4m)에 다녀왔다. 아내는 간밤 10시 반쯤에 귀가하였으므로 오늘 산행에는 동참하지 않았다.

오전 7시 20분쯤에 대절버스 한 대로 문화예술회관 앞을 출발하여, 남해·대진고속도로를 경유하여 익산-장수 간 고속도로로 접어들었다. 익산에서 호남고속도로 지선을 따라 전주 쪽으로 좀 내려온 다음 일반국도로

서쪽으로 나아가 군산 근처에서 서해안고속도로에 진입한 후, 북상하여 홍성에서 다시 40번 국도를 따라 예산 방향으로 나아가 수덕사·충의사·덕산온천 앞을 각각 경유하여 10번 지방도로 접어들어 예산군 덕산면 상가리의 홍선대원군 부친인 南延君의 묘소 입구 주차장에서 하차하였다.

덕산도립공원에 속한 산길을 따라 남연군묘 앞을 지나서 가파른 오르막을 한참 걸어 옥양봉에 도달하였고, 거기서부터는 능선을 따라 석문봉으로 향하다가 석문봉 정상 조금 못 미친 지점에서 박양일 희망산악회장 등 오랜 산우들과 함께 점심을 들었다.

석문봉은 서해안 5대 명산(마니산·가야산·오서산·불갑산·부안의 상봉) 중 두 번째로 높은 加倻山에 속한 봉우리인데, 옛날 중국에서 한국으로 항해할 때 좋은 목표물이었던 가야산의 주봉 袈裟峰(677.6m)에는 지금 TV중계소가 설치되어져 있어 바라보기만 했다. 석문봉에서부터는 금북정맥 능선을 따라 북상하여 내리막길로 일락산을 경유하여 보물 5개가 남아있는 보원사지 방향으로 나아가다가, 그 조금 못 미친 지점에서 왼편의 갈림길로 접어들어 開心寺 쪽으로 하산하였다. 개심사는 백제 의자왕 때 혜감국사가 창건한 사찰로 알려져 있는데, 보물 143호인 대웅전과 보물 1264호인 靈山會掛佛幀이 남아 있다. 후자는 대웅전 안에 걸려 있을 터이지만 그 안내표지가 없어 살펴보지 못했다.

개심사 입구의 주막에서 일행과 더불어 조껍대기 술을 마시며 내가 파전과 도토리묵 안주를 샀고, 근처의 상점에서 버섯 한 근과 고사리 1kg도 샀다.

밤 9시 무렵 귀가하였다.

17 (일) 오전 중 흐리고 부슬비 내리다가 오후 늦게 개임 -안면도 국제꽃박람회

아내는 한양대에서 열리는 대한스트레스학회에 참석하기 위해 지난 주에 이어 오늘도 상경했고, 혼자서 미래로여행사가 주관하는 2009 안면도 국제꽃박람회 여행에 참석하였다. 작년에 참가했었던 군산 선유도

해상 유람선 관광과 마찬가지로 신문에 딸려 온 홍보물을 보고서 예약해 둔 것이었다.

오전 7시에 시청 앞에서 대절버스 한 대로 출발하였는데, 예약해 둔 사람들이 일기 관계로 대거 참가하지 않아 좌석이 반 정도 비어 있었다. 대진고속도로를 따라 북상하다가 대전 조금 못 미친 추부 IC에서 고속도로를 벗어나 금산方林사슴농장이란 곳에 들러 엘크사슴의 녹용을 많이들 샀고, 이어서 거기서 멀지 않은 곳에 위치한 금산인삼사업영농조합에도 들러 紅蔘天麻의 홍보를 받았지만, 이번에는 사는 사람이 별로 없었다. 이러한 여행의 참가자는 일단 2만 원씩의 요금을 내기는 하지만, 주로 이런 곳에서 지원을 받아 운영하고 있는 지라 사지 않고는 배기기 어려울 정도로 강매에 가까운 끈질긴 요구를 하였지만, 나는 끝내 아무것도 사지 않았다. 금산군 추부면 마전리 442-1번지의 원조설악추어탕이라는 식당에서 충청도식 추어탕으로 점심을 들고는, 대전남부순환고속도로를 경유하여 서대전의 유성에서 금강 물길을 따라 공주를 경유하여 칠갑산 고개를 넘어서 청양·홍성을 지난 다음, 서산A·B지구방조제와 간월도를 경유하여 목적지인 충남 태안군 안면도에 들어갔다.

꽃박람회가 열리는 곳은 안면읍 승언리의 꽃지해수욕장 가였고, 거기서 차를 타고 2분쯤 더 간 곳에 위치한 수목원에서는 부 행사장이 마련되어 가드닝 전시를 하는 모양이었지만 시간 관계로 수목원까지는 가보지 못했다. 우리는 오후 4시 무렵부터 6시 무렵까지 각자 자유로 행사장을 둘러보았다. 일반 입장료는 15,000원이었지만, 우리 일행이 주최 측으로부터 배부 받은 것은 8천 원의 할인권이었다.

돌아올 때는 가이드의 강매에 못 이겨 팁 조로 홍삼 캔디 한 봉지를 만 원에 구입하였다. 홍성에서 서해안고속도로에 올라 군산까지 온 다음, 익산·삼례를 경유하여 지난주 일요일 산행 때와 같은 코스를 취하였다. 저녁식사는 각자 해결하고서, 밤 10시 45분쯤에 집에 도착해 보니 아내도 방금 돌아와 샤워를 하고 있었다.

24 (일) 맑음 -옹성산

혼자서 천왕봉산악회를 따라 전남 화순군 동복면·북면·이서면의 경계 지점에 위치한 甕城山(572m)에 다녀왔다. 회옥이는 집에 남아 미국 교회의 목사가 추천했다는 진주교회 일요 예배에 참가한 다음, 아내와 더불어 장모를 만나 함께 점심을 들었다.

오전 8시 시청 앞에서 대절버스 한 대로 출발하였다. 남해·호남고속도로를 경유하여 주암IC에서 일반국도로 빠져나가, 동복면 안성리의 新城 마을에서 하차하였다. 걸어서 군부대 유격훈련장 정문 앞을 지나 안성저수지에서부터 등산을 시작하였다. 지금은 불에 타서 흔적만 남은 할머니 집과 큰 바위 아래에 샘물이 고인 문바위를 지나 옹성암(인터넷에는 백련암으로 표시) 터 부근에서 정상으로 직등하지 않고, 일행 중나를 포함한 세 명은 숲길을 따라 길게 한 바퀴 돌아서 同福湖를 내려다보는 바위 절벽을 거쳐 정상에 도착하였다.

정상에서 점심을 든 다음, 고려 말 왜구의 침입을 방비하기 위해 쌓았다는 鐵甕山城의 일부를 지났는데, 이 산성은 입암산성·금성산성과 함께 전남의 3대 산성으로 불리기도 하는 모양이다. 임진왜란 때 이 고을 현감을 지내고 진주성에서 순국한 황진이 군사를 훈련시킨 곳이며, 동학란 때에는 오계련이 증축하기도 했다는데, 서울에 있는 몽촌토성보다 두 배 가량 큰 것으로 조사되었다고 한다. 쌍바위와 염소목장의 철조망을 거쳐 원점 회귀하여 新城亭 부근의 커다란 느티나무 그늘에서 일행이 하산을 마칠 때까지 맥주 두 병을 마셨다.

오후 7시 무렵 귀가해 보니 우리 집 출입문 앞에는 51평형 KB기준감정가 3억7천2백만 원이라고 적힌 동양생명 대출지원팀의 쪽지가 붙어 있었다.

31 (일) 맑음 -가덕도 종주 산행

혼자서 북두름연합산악회의 부산 가덕도 산행에 동참했다. 회옥이는 오전 10시 반에 시외버스 편으로 상경했는데, 아내는 회옥이를 전송해 주기 위해 집에 남았다.

오전 8시 시청 앞에서 한 대, 그리고 장대동 어린이놀이터에서 한 대를 합하여 모두 두 대의 대절버스로 출발했다. 북두름연합산악회란 저번에 장흥 부용산 산행 때 동참했다가 가시밭에서 고생한 바 있었던 산악회인데, 원래는 사천시 서포면 사람들이 중심이 되어 결성한 것이라 한다. 북두름이란 서포에 있는 산봉우리의 이름이라고 하는데, 현재는 진주를 중심으로 사천등구·봉우리·한라백두·지리산·칠암 등 다섯 개 산악회가 연합하여 1년 중 5주째 일요일에만 개척 산행을 하기 때문에, 결성된 지는 3년 정도 되었지만 총 10회 정도 산행을 했다고 한다.

지난주 산행을 같이 했었던 홍성국 씨도 우연히 또 만났다. 그는 진주중학교를 졸업한 후 오랫동안 깡패들의 세계에 가담해 있었고, 경상대 총학생회 부회장을 거쳐 본교에서 학생운동을 감독하는 역할의 직원으로 근무하다가, 지금은 합천군 쌍백면에 있는 어느 초등학교의 교감으로 근무하고 있는 모양이다. 젊은 시절에 지리산 산신령이라 불리는 전설적 인물인 宇天 許萬壽 선생과 교분이 있어 그가 우천과 함께 찍은 사진이 다음이나 네이버 등의 인터넷에 게시되어 있으며, 본교 동문회의 개척산악회 창립 멤버이기도 하다.

남해고속도로를 경유하여 가락 IC에서 빠져나온 후 부산신항의 임시 도선장에서 배를 타고 가덕도 중부의 두문을 경유하여 남부의 대항 선착장에서 하선하였다. 몇 년 전에 누이들 및 아내와 더불어 6촌 여동생인 인숙이의 남편 강 서방이 교감으로 근무하고 있는 가덕도 천가초등학교를 방문했을 때, 승용차로 58번 지방도를 따라서 섬의 서쪽 해변을 아래 방향으로 이동하여 두문 부근의 천가초등학교 천성분교장을 거쳐 이곳 대항까지 와서 숭어들이횟집에서 점심을 든 바 있었던 것이다. 당시에는 용원 근처의 안골여객터미널에서 페리를 타고 가덕도로 건너왔었는데, 불과 몇 년 사이에 부산신항의 건설이 크게 진척되었기 때문에 이제는 엄청나게 달라져서 어디가 어딘지 분간하기 어려웠다. 다음 달 쯤에 육로가 개통되면, 이제는 배를 탈 필요도 없어질 것이다. 현재 거제도는 부산광역시 강서구에 속해 있으며 부산에서 가장 큰 섬이다. 5개 섬으로 구성되어 있고 5개 동에 1,300명 정도가 거주하고 있는 모양이다.

우리 일행은 오늘 이 섬의 남쪽 끄트머리 부근인 대항에서부터 북쪽 끝의 눌차도까지 종주 산행을 하게 되었다. 예전에 이 섬의 최고봉인 烟台峰(459.4m)에 한 번 오른 적은 있었으나 종주는 아니었다. 58번 도로를 따라 북쪽으로 좀 걸어서 거제도와 연결되는 거가대교의 공사 현장인 천성만 일대를 내려다보는 고개 마루에서 연대산 방향 길로 접어들었고, 봉수대가 설치되어 있는 정상을 지나 산불초소 쪽으로 걸어가다가 길가에서 어린 시절부터의 친구 한 명과 함께 점심을 들고 있는 홍성국 씨를 만나 거기에 어울려 점심을 들었다. 그런 다음 매봉(359)을 거쳐 예전에 누이들과 함께 산책삼아 걸어서 와 본 적이 있는 남부민교회기도원의 뒷산인 응봉산(312) 꼭대기에서 주위의 경관을 둘러보며 쉬다가, 강금봉(198)을 거쳐 동선방조제를 지나서 눌차동으로 건너갔다. 지난번에 왔을 때는 눌차동이 섬이었지만, 지금은 방조제와 다리로 가덕도 본섬과 연결되어져 있었다. 눌차도의 외눌마을에 있는 노인정 현판에는 釜山廣域市 江西區 天加洞 外訥이라고 적혀 있었다.

천가교 오른편의 눌차 선착장에서 오후 4시쯤에 올 때와 같은 정도의 조그만 여객선을 타고서 다리 건너편의 선창선착장을 경유하여 녹산 도선장으로 건너왔다. 녹산 선착장 버스 주차장 부근에서 하산주를 마시다가 어두워지기 전에 진주로 돌아왔다.

6월

4 (목) 맑음 -함양 꽃축제, 하고초축제, 상림

수술을 마친 후 약국에 들러 한 주 분의 처방된 약을 산 후 우리 아파트로 돌아와 승용차를 몰고서 학교로 갔다. 철학과 대학원생 야유회의 출발 시간인 오전 11시 조금 전에 도착하였다. 박선자·이성환·권오민 교수 및 대학원생 6명과 더불어 김경자 양이 운전하는 김 양의 논술학원 봉고차로 일반국도를 따라서 함양으로 향하였다. 함양읍내에 도착한 후 김경수 군이 진주보건대학의 출장 강의로 함양에 와서 직업윤리를 강의할 때의 제자인 두 젊은 가정주부가 승용차 한 대를 몰고 나와 우리와 합류하였다.

먼저 읍내 下林 지역의 논 100만㎡에다 관상용 양귀비를 중심으로 여러 종류의 꽃들을 심어 조성한 2009 함양 꽃축제(플로리아 페스티벌)를 둘러보았다. 금년에 처음으로 외지인이 투자를 하여 시작한 것인데, 처음에는 꽃이 제 때 피지 않아 외지에서 온 단체관광객들로부터 비판도 많이 받았다지만, 지금은 바야흐로 절정이었다. 얼마 전에 가본 안면도 꽃 축제는 너무 인공적인 면이 많아 별로 내 취미에 맞지 않았으나, 이것은 면적 면에서 안면도의 그것에 비해 넓으면 넓었지 결코 작지는 않은 데다가, 꽃은 모두 야외에서 감상하게 되어 있으므로, 내가 지금까지 보아 온 꽃축제 가운데서는 가장 인상 깊었다.

축제장 안의 식당에서 흑돼지 구이와 막걸리, 국수 등으로 점심을 든 후, 차로 이동하여 병곡면 소재지를 지나 전라북도와의 경계에 가까운 함양군 백전면 오천리 양천마을에서 열리고 있는 하고초축제를 보러 갔다. 夏枯草는 순 우리말로는 꿀풀이라고 부르는 것으로서 라벤더 비슷한 보랏빛 꽃이 피는 약용식물인데, 이 골짜기 일대에서는 계단식 밭에다 광범위하게 하고초를 재배하고, 그것을 이용해 양봉을 하여 벌꿀을 채취하고 있었다. 나는 오천리의 하고초꿀영농조합법인이 생산한 하고초꿀 방아라는 이름의 벌꿀 2.4kg 들이 한 통을 6만 원에 구입하였다.

그 마을의 데크를 설치한 표고나무 고목 그늘에서 막걸리와 파전을 들며 놀다가, 왔던 길을 경유하여 함양읍내로 돌아와 上林 숲가에 조성한 대단위 연꽃 밭을 둘러보았다. 새 군수가 부임하여 근년에 조성한 것이라 연잎이 아직 크지는 않았으나, 규모로는 내가 지금까지 보아온 것 가운데서 가장 넓은 듯하였다. 상림 숲은 신라 말 진성여왕 때 최치원이 태수로 부임해 와 지금의 渭川 치수사업으로서 상하 6km 정도의 범위에 걸쳐 조성한 大觀林의 일부분이라고 하는데, 그 중 가운데 부분은 거주지가 확대되어 없어지고, 아랫부분인 하림은 농경지로 변하여 지금은 상림만 남게 된 것이라고 한다.

14 (일) 흐리고 때때로 비온 후 오후에 개임 -연인산, 명지산

비경마운틴클럽을 따라 경기도 가평군에 있는 戀人山(1,068.2m)과 明智山(1,253m)에 다녀왔다. 아내는 성적처리가 아직 끝나지 않은 데다, 너무 멀고 코스도 길다 하여 함께 가지 않았다.

오전 4시 50분쯤에 우리 집 근처의 교보생명 빌딩 앞에서 등반대장 정상규 씨가 몇 달 전에 중형 버스를 처분하고서 새로 구입한 35인승 비경마운틴의 전용버스를 타고서 출발하였다. 정 씨는 나와 20년 전쯤 그가 도동에서 백두대간 등산장비점을 경영할 때부터 알고 지내는 사이이며 함께 백두대간 구간종주도 한 바 있었다. 그 후 그는 히말라야의 초오유 원정을 간다면서 그 훈련 관계로 등산장비점 경영을 소홀히 하더니 결국 폐업하였고, 부인과도 이혼하고서 직업적인 등산가이드로 나서게 되었다. 지금은 이 산악회의 총무 되는 여성과 동거 중인 모양이며, 같은 51세인 덤프트럭 사업을 하는 사람이 그와 교대로 운전을 하고 있었다. 대진·경부·중부고속도로를 경유하여, 중부고속도로 상의 어느 휴게소 원두막에서 주최 측이 마련한 김밥과 시래기 국으로 조식을 들었다. 동서울쯤에서 일반 국도로 빠져나온 후, 마석·청평 등을 경유하여 가평군 가평읍 백둔리에 도착하였다.

오전 10시 30분쯤 백둔리자연학교에서부터 등산을 시작하였다. 연인산은 한북정맥(광주산맥) 상의 강씨봉 남쪽 800봉에서 동남으로 갈라진 지능선 중에서는 명지산에 이어 두 번째로 높은 산이다. 원래는 이렇다할 명칭이 없었던 모양이지만, 1999년 3월 가평군 지명위원회에서 연인산이라 이름을 지었으며, 지금은 도립공원으로서 5월 하순에 철쭉제를 지내고 있다. 오늘 함께 등반할 명지산과 더불어 둘 다 한국 100대 명산에 들어가 있다고 한다.

이리로 오는 도중 경기도 지방은 여기저기에 부슬비가 내리고 있더니 등산을 시작할 무렵부터 제법 소나기가 되었다. 그래서 도중에 우비를 꺼내 입고서 산에 올랐는데, 나는 출발한 지 얼마 안 되어 나무뿌리를 밟다가 미끄러져 오른쪽 무릎 아래 뼈 부분에 가벼운 찰과상을 입었다.

소망능선을 탔는데, 계속 비가 내리고 안개가 끼어 가파른 산길을 헐떡이며 오르기만 할 뿐 주변의 경치를 감상할 여유가 없었다.

연인산 정상 부근부터는 비가 그쳤는데, 정상 아래에서 점심을 든 후 문바위와 아재비고개를 지나 명지산을 향해 계속 나아갔다. 결사돌파대(1,199) 명지3봉(1,260.2) 명지2봉을 지나 마침내 명지산 정상에 올랐다. 정상에 오를 무렵부터 날씨가 개어 주변의 산세를 멀리까지 둘러볼 수 있었다. 명지산은 경기도에서 화악산(1,468.3m)에 이어 두 번째로 높은 산으로서, 현재 군립공원으로 지정되어져 있다. 나는 예전에 강씨봉 능선 상의 청계산을 바라보며 가평군 하면 상판리에서부터 명지산에 오른 적이 있었는데, 오늘은 코스가 달라서인지 전혀 생소한 산과 다름이 없었다. 제일 뒤에 쳐져서 후미를 맡은 덤프트럭 기사와 함께 걸었다. 앞서 간 일행은 능선 코스를 취하여 화채바위를 거쳐 익근리계곡으로 빠졌지만, 제일 뒤쳐진 우리 두 명은 정상에서 바로 익근리계곡으로 내려가는 길을 취했다. 5km가 넘는 이 계곡은 지리산처럼 수량이 풍부했으나, 너무 길어 좀 지루했다.

명지폭포와 은진미륵을 닮은 가분수의 부처상이 있는 昇天寺를 지나 가평군 북면 익근리의 종착지점에 도착하였다. 맨 먼저 하산한 정상규 씨는 택시를 타고서 백둔리로 가서 그곳 주차장에 세워둔 버스를 몰아 돌아왔고, 계곡물로 대충 씻고서 옷을 갈아입은 우리 일행은 그가 돌아오기를 기다려 7시 10분 무렵 출발하여 북한강을 따라 춘천으로 가서 길가의 식당에 들러 순대국밥으로 저녁식사를 든 후, 고속도로에 올라 다음날 오전 2시가 넘어서 진주에 도착하였다. 샤워를 마치고서 2시 45분 무렵에 취침하였다. 석식 때 앞에 앉은 정 씨에게 물었더니, 오늘 산행에서는 15~6km 정도 걸었을 것이라고 했다.

21 (일) 대체로 맑음 -아미산, 배미산
아내는 간밤에 내가 취침한 후 돌아왔다. 그러나 오늘은 집에서 쉬는 모양이므로, 나 혼자서 한라백두산악회의 제196차 산행에 동참하여 전북 순창군 순창읍 서남쪽의 금과면·풍산면과의 경계 지점에 있는 蛾眉山(515.4m)·배미산·가산(421m)에 다녀왔다. 원래는 전북 정읍에 있는 斗升山(515.1m)에 가려고 했었는데, 집결지인 시청 앞에서 박양일 씨 등 오랜 산벗들을 여러 명 만나게 되어 그들의 권유에 따라 동행하게 된 것이다.

비가 올 가망이 있다는 일기예보로 말미암아 45인승 대절버스 한 대에 20여 명만 타고서, 대진·88고속도로를 경유하여 순창읍에 다다른 다음, 전통고추장민속마을을 지나 아미산 부근에서 하차하였다. 그러나 등산로 입구를 지나친 곳에서부터 산을 오르기 시작했으므로, 남의 농장들과 가시밭 덤불 속을 한참동안 헤매다가 이럭저럭 등산로를 만날 수 있었다. 정상을 지나 배미산에서 점심을 들었다. 지도와는 달리 마지막 목표지인 가산은 포장도로까지 다 내려간 후 평지에서부터 다시금 올라가야 했으므로, 남녀 두 명의 회원을 제외한 나머지 일행은 다들 그리로 가지 않고서 포장도로를 따라 가장 근처에 있는 풍산면 죽곡리 상죽마을 쪽으로 갔다. 상죽마을회관 근처에서 대절버스를 기다리는 동안 나는 정자에 드러누워 한숨 자기도 했다.

평소보다 훨씬 이른 시간에 귀가하였다.

28 (일) 대체로 맑으나 오후 한 때 부슬비 -괴산 옥녀봉

일송산악회를 따라 충북 괴산군 칠성면 사은리 갈론(갈은)에 있는 玉女峰(599m)에 다녀왔다. 아내는 장마철 일기예보 때문에 동행하지 않았다. 박양일 씨 등 가보지 못한 산을 선호하는 진주의 산꾼들이 이번 주에도 주로 이 산을 선택하여 몇 주 째 계속 우연히 만나게 되었다. 오전 8시 30분 칠암동 남강 가의 포시즌 앞에서 대절버스 한 대로 출발하여, 남해·구마·중부내륙고속도로를 경유해 충북 괴산군의 연풍 요금소에서 34번 국도로 빠져나왔다. 머지않아 꼬불꼬불한 1차선 지방도로 접어들어 달천 상류의 괴산호에 이르렀고, 거기서 다시 한참을 더 올라가 등산 기점인 사은리 갈론마을에 닿았다. 이른바 갈론(갈은)구곡의 끄트머리

에 해당하는 곳이다. 버스가 들어갈 수 없을 것 같은 좁은 길을 아슬아슬하게 헤집으며 진입하느라고 시간이 많이 지체되어, 오전 11시 20분 무렵에야 비로소 등산을 시작할 수 있었다.

우리는 거기서 능선을 타고서 옥녀봉에 오를 계획이었으나, 도중에 길을 잘못 들어 배티골로 접어들었다. 정상 부근에서 점심을 든 다음, 갈론계곡을 따라 사은리의 원점으로 회귀하였다. 날이 가물어서 그런지 하산이 거의 끝나 평지에 다다를 무렵까지 계곡에 물은 별로 없었다.

사은리에서 그 곳 특산인 감자 한 박스를 사서 버스 짐칸에 싣고, 갈 때의 코스를 따라 밤 9시 무렵에 진주의 집으로 돌아왔다.

7월

5 (일) 맑았다가 오후에 흐림 –무척산

모처럼 아내와 함께 대봉산악회를 따라 김해시의 生林面과 上東面 사이에 위치한 無雙山(702.5m)에 다녀왔다. 회옥이는 등산을 좋아하지 않는지라 집에 남았다가 우리 내외가 귀가한 직후에 시내 진주교회의 저녁 예배에 참석하였다.

오전 8시 30분까지 장대동 구 현대예식장 앞에 집결하여 대절버스 한 대로 출발하였다. 남해고속도로를 경유하여 동창원 요금소에서 일반국도로 빠져나온 다음, 진영읍과 생림면 소재지를 경유하고 생림면 사촌리 상사촌을 지나 60번 지방도로 상의 여덟알(여차)고개에서 하차하여 등산을 시작하였다.

무척산은 김해시에서 제일 높은데, 가락국의 首露王과 許王后 그리고 그녀를 따라 인도에서 왔다는 오빠 長有和尙의 전설과 관련된 곳이 많다. 북쪽으로는 낙동강이 감싸고서 굽이쳐 흐르고 있다. 시루봉(423m)을 경유하여 긴 오르막 끝에 정상에 도착한 다음, 그 근처의 조금 더 지난 지점에서 점심을 들었다. 하산 길에는 수로왕릉의 전설과 관련된 天池라는 산상 호수와 천지폭포를 지나, 역시 수로왕이 어머니의 은혜를 갚기 위해 지었다는 母恩庵 부근을 경유하여 석굴암 부근의 무척산 주차장에 도착하여 산행을 마쳤다. 아마도 우리 내외가 첫 번째로 하산했던 듯하다.

일행이 다 내려오기를 기다려, 차로 이동하여 근자에 자살한 노무현 전 대통령의 고향인 진영읍 본산리 봉하마을에 들를 예정이었다. 그러나 일행 중 그리로 가는 데 대해 강한 반대의사를 표시하는 사람이 있고, 또한 오는 10일의 묘소 안장식을 앞두고서 추모객의 대절 차량이 그 부근 공장지대의 통로에 밀집해 있는데다, 대형버스가 마을까지 진입할 수도 없어 4km 정도 되는 거리를 걸어서 왕복해야 한다고 하므로, 봉하마을 뒤편의 봉화산 사자바위만 바라보고서 차를 돌렸다. 생림면의 공설운동장 앞 공터 가에서 차를 세워 하산주를 마시다가 밤 7시 무렵에 귀가하였다.

18 (토) 흐림 -상림

가족이 함께 외송에 다녀왔다. 나는 계속하여 예취기로 풀을 베고, 아내는 텃밭 가꾸기와 청소·요리, 회옥이는 농막 마당의 풀 뽑기를 했다. 점심을 든 후 아내가 계속 운전하여 함양 上林의 연꽃을 보러 갔다. 백련도 꽤 많았는데, 이제 끝물인 듯했다.

19 (일) 대체로 부슬비 -강천산, 고추장동네, 상림, 한남군 무덤

송림산악회를 따라 전북 淳昌郡 八德面에 있는 剛泉山(583.7m)에 다녀왔다. 아내는 덥다고 동행하지 않았다. 오전 8시 30분 구 동명극장 앞에서 대절버스 한 대로 출발하였다. 대진·88고속도로를 경유하여 강천사 입구 주차장에서 하차하였다. 그친 것 같았던 비가 다시 내리기 시작한 지라 각자 알아서 시간을 보내고 정오까지 원 위치에 모이라는 것이었다. 개인적으로 표를 사서 오전 10시 50분 무렵부터 계곡 길을 따라 걸어서 강천사 뒤편 산 중턱의 현수교까지 올라갔다. 거기서 정상인 왕자봉까지는 1km가 남았는데, 12시까지 귀환하기에는 무리인 것 같아 더 올라가지는 않았다. 강천사계곡은 여름 이맘때쯤이면 개울물에 피서객들이 많이 들

어가 있는데, 장마철이라 물이 불어서 그런 사람이 전혀 없으니 오히려 깨끗해 보였다. 돌아오는 길에 개울 건너편의 원앙 사육장에 들렀고, 주자창 근처에서 솔술과 오디술을 됫병짜리로 각각 한 병씩 샀다.

순창읍 백산리 265-39번지의 민속마을인 고추장동네 안에 있는 강신례 할머니의 순창두꺼비전통고추장에 들러 그 집 뜰의 탁자에 둘러앉아 점심을 들었고, 거기서 찹쌀고추장 한 통도 샀다.

그냥 진주로 돌아가기에는 시간이 너무 일러 도중에 어제 가족과 함께 갔던 함양의 上林에 다시 들렀다. 나는 일행으로부터 떨어져 상림 연꽃 밭에서 500m 정도 떨어진 필봉산 고갯마루 근처에 있는 漢南君 李어의 묘소에 들렀다. 무덤 양쪽에 문인석도 있고, 그 앞에는 근자에 전주이씨 왕족의 후예들이 성금을 내어 건설한 신도비도 세워져 있었는데, 무덤은 함양군의 지방문화재로 지정되어져 있었다.

한남군은 세종의 12번째 아들이자 넷째 서자로서, 이름은 어(王+於)이고 자는 君玉이다. 어머니는 惠嬪 楊氏로서, 그 모친이 단종의 보모로 있다가 1455년에 세조가 왕위를 찬탈하자 단종을 봉양했던 죄로 죽임을 당했는데, 그 이듬해에 아우인 永豊君과 함께 사육신 사건에 연루되어 여러 곳을 귀양 다니던 끝에 함양으로 移配되었다. 1457년(세조 3) 錦城大君과 함께 단종의 복위를 꾀하다가 발각되어 새우섬에 위리안치되었다가 귀양 온지 4년 만인 1459년(세조 5)에 유배지에서 죽어, 이곳에 묻힌 것이다. 영조 때 신원되어 貞悼라는 시호가 내려졌다. 그가 귀양살이 하던 새우섬은 함양군 휴천면 남호리와 문정리 사이의 휴천계곡에 위치하며, 지금은 그의 君號를 따서 한남동이라 불리고 있다.

8월

2 (일) 흐림 -군자산
아내와 함께 남강산악회를 따라 충북 괴산군 七星面 쌍곡리에 있는 君子山(948.2m)에 다녀왔다. 오전 7시 30분까지 시청 앞에 집결하여 동성상가 앞을 경유하여 대절버스 한 대로 출발하였다.

남해·구마·중부내륙고속도로를 경유하여 연풍에서 일반국도로 빠져 나왔다. 쌍곡구곡의 제2곡인 소금강에서 하차하여 걸어서 솔밭 주차장 까지 올라간 후 등산을 시작하였다. 전망대를 경유하여 가파른 바위절벽 을 한참동안 올라 정상에 다다라 아내와 둘이서 나무그늘에 앉아 점심을 들었다. 근처의 같은 능선 상에 이보다 조금 낮은 또 하나의 군자산이 있어 남군자산(836m) 또는 작은군자산이라고 부르므로, 우리가 오른 것 은 큰군자산이라고도 한다. 쌍곡계곡 건너편으로는 예전에 오른 적이 있는 보배산(750) 칠보산(778) 등이 펼쳐져 있고, 뒤로는 얼마 전에 오른 갈론계곡 가의 옥녀봉(596)이 있다. 도마재를 거쳐 도마골로 하산하였 다. 주최 측에서는 3시간 반 정도면 충분하고 보통 걸음으로 3시간이면 일주할 수 있다고 하였으나, 실제로 올라보니 5시간 반은 걸리는 코스였 다. 밤 10시 반쯤에 귀가하였다.

9 (일) 맑음 -대야산

이번 주의 ≪경남일보≫ 등산안내 란에 광고된 산들은 모두 예전에 가본 적이 있는 것들이라, 나는 그 중에서 전남 담양·순창군의 산성산· 광덕산으로 가는 풀잎산악회를 택하여 이미 몇 차례 가본 산성산은 빼고 그 대신 혼자서 광덕산을 경유하여 지난번에 도중까지 가다가 시간이 모자라 중도에 되돌아온 강천산에 올라보고자 하였다. 그러나 광고된 장소인 장대동 제일은행 앞으로 나가 보았지만, 웬일인지 대절버스도 사람도 전혀 없었다. 그래서 부득이 그곳 도로 건너편의 구 동명극장 부근에서 출발하는 두 산악회 중 문경 大耶山(930.7m) 용추계곡으로 가 는 참조은산악회에 동참하였다.

대절버스 두 대로 출발하여 남해·구마·중부내륙고속도로를 경유해 북상하여 문경새재 요금소에서 일반국도로 빠져나온 다음, 경북 문경시 加恩邑 완장리의 돌마당 주차장에서 하차하여 등산을 시작했다. 버스가 가은읍을 지날 때 의병장 이강년의 기념관을 지나쳤다.

정오 무렵부터 등산을 시작하여, 용추계곡을 따라 올라가다가 월영대 삼거리에서 다래골 쪽으로 접어들었고, 백두대간 상의 밀재에서부터 능선을 따라 정상으로 접근하였다. 정상에서 아이스케이크를 하나 사서 먹으며 주위의 경관을 둘러본 후, 혼자 점심을 들고서 피아골 코스로 하여 다시 월영대 삼거리로 내려와, 오후 5시 반 무렵에 원점으로 회귀하였다.

돌마당의 버스 주차장에서 하산주를 마시며 일행이 다 내려오기를 기다리느라고 시간을 너무 지체하였으므로, 귀가하니 이미 자정 무렵이었다.

16 (일) 흐리다가 낮부터 개임 -삿갓봉, 고리봉

혼자서 패밀리마운틴을 따라 전라북도 남원시 金池面과 帶江面 사이에 있는 삿갓봉(629m)과 고리봉(708.9)에 다녀왔다. 우리 아파트에서 500m 정도 떨어진 지점의 강남동 국제주유소 앞에 오전 8시 30분까지 집결하여, 대절버스 한 대로 대진·88고속도로를 경유하여 남원 요금소에서 13번 국도로 빠져나온 다음, 대강면 송대리의 송내마을 어귀에서부터 등산을 시작하였다.

먼저 그럭재 능선에 올랐는데, 거기서부터 북쪽으로 고정봉(555) 문덕봉(598.1)을 지나 조명희의 혼불문학관 쪽으로 하산하는 코스는 예전에 한 번 답파한 적이 있었는데, 오늘은 그럭재 남쪽 능선을 타게 되었다. 삿갓봉을 거쳐 고리봉 정상을 약간 지난 지점에서 우리 팀의 산행대장 일행을 만나 함께 점심을 들었다. 오늘 일행 중에 정상인 고리봉까지 온 사람은 점심을 같이 든 우리 5~6명밖에 없고, 나머지는 대부분 삿갓봉에서 만학골 쪽으로 바로 내려간 모양이다. 우리는 만학재에서 만학골 코스로 접어들어, 금지면 방촌리 쪽으로 하산하였다. 나는 뒤쳐져 걷다가 만학골에서 혼자 바위 소에 들어가 목욕을 하기도 하였다. 방촌리에서는 環峰書院이 건너편으로 바라보이는 장소의 도로 가에서 수박·닭백숙 등과 함께 하산주를 마시다가, 밤 8시 무렵에 귀가하였다.

23 (일) 맑음 -팔미도

신문에 따라온 광고지를 보고서 엊그제 예약해 둔 삼육오여행사의 인천 팔미도 크루즈 유람선 관광에 혼자 참여하였다. 오전 7시 5분에 진주 시청 앞에서 함안에서부터 출발한 관광버스 한 대에 동승하여 떠났다. 참가자 33명에 여행사 측의 여자 가이드 한 명이 포함되어 있었다. 대진·경부고속도로를 따라 북상하여, 용인시에서 지난 번 중국 갈 때 경유했던 영동고속도로로 진입하여 군포·안산을 거쳐 인천에 도착했다. 도중에 대전 조금 못 미친 지점의 충북 금산군 추부면의 金家고려인삼 및 엘크사슴 녹용 파는 곳에 각각 한 군데씩 들렀다. 나로서는 이런 패키지 여행에 세 번째로 참석한 셈인데, 그때마다 들르는 업소가 달랐다. 추부 지역에는 이처럼 관광버스로 고객을 불러들여 산지와 소비자를 직접 연결하는 식의 영업을 하는 업소가 100 군데 정도 된다고 한다. 참가자도 1인당 2만 원의 참가비를 내기는 하지만 그것으로는 차비도 되지 않으므로, 여행 경비의 대부분은 이들 업체가 지원하는 것이다. 나는 한 번도 구입한 적이 없으나 사는 사람이 꽤 많았다.

오후 3시 남짓에 월미도 근처의 인천연안부두에서 현대유람선 소속의 하모니 호를 탔다. 700톤에 승선인원 685명인 길이 60m, 선폭 10.6m의 3층으로 된 관광유람선이었다. 갈 때는 1층에서 구소련에 속했던 벨라루시의 공연단과 중국 기예단이 펼치는 공연을 관람하고, 공연이 끝난 다음 배 안팎을 두루 둘러보았다. 유람선은 금년 10월에 개통할 예정인 인천대교의 주탑 밑을 통과했다. 바다를 매립하여 인공적으로 조성한 송도국제도시와 영종도의 인천국제공항을 연결하는 이 다리는 21.23km로서, 국내 최장은 물론이고 세계에서도 여섯 번째로 긴 것이라고 한다. 주탑의 높이는 238m이며, 해수면에서 상판까지의 높이는 74m이다. 송도국제도시에는 본교와 미국 대학이 제휴하여 공동으로 운영하는 국제캠퍼스도 있다.

50분 정도 항해한 후, 주소가 인천광역시 중구 무의동 산 374로 되어 있는 면적 0.076 ㎢의 조그만 무인도인 八尾島에 도착하였다. 해발 58m

높이에 1903년 6월에 설치된 우리나라 최초의 등대인 구 등대와 100주년을 맞이한 2003년 12월부터 그 바로 옆에 20m 높이로 새로 세워져 옛것을 대체한 새 등대 등을 둘러보았다. 인천항에서 남쪽 15.7km 떨어진 위치로서 현재까지 등대지기와 군인만 거주하고 있는 이 섬은 김정호의 '청구도'에 처음으로 八禾島란 이름으로 나타나며, '대동여지도'에는 八山島로 되어 있는데, '八尾歸船'은 仁川八景의 하나로 꼽힌다. 군사시설로서 외인의 출입이 금지되어져 있다가, 106년 만에 처음으로 금년 1월 1일부터 관광객에게 개방된 것이다.

인천항으로 들어가는 항로의 바다 한가운데에 위치해 있으므로, 1956년 9월 15일의 인천상륙작전 때는 특공대를 투입하여 한밤중에 먼저 이 섬을 점령한 후, 점등된 등대를 신호로 하여 외항에 대기하고 있던 군함들의 일제 진격이 시작된 것이라고 한다. 새 등대 내부의 전시실들을 거쳐 꼭대기에 있는 전망대까지 올랐다가, 섬 전체를 한 바퀴 두르는 숲속 산책로를 따라 오후 5시쯤에 선착장으로 내려왔다. 인천 연안부두로 다시 돌아올 때는 다른 배를 타고서 트인 3층의 의자에 앉아 주변 풍광을 감상하였다.

연안부두 길 건너편인 인천광역시 중구 항동 7가 58-38번지의 전주숯불갈비라는 식당에서 갈비탕과 소주로 저녁식사를 든 후 갈 때의 코스로 진주에 돌아왔다. 집에 도착하여 샤워를 마치니 자정 무렵이었다.

30 (일) 흐리고 때때로 부슬비 -천반산

모처럼 아내와 함께 천왕봉산악회를 따라 전북 진안군 진안읍·동향면과 장수군 천천면의 경계를 이루는 天盤山(647m)에 다녀왔다. 좋은사람들·서포늘푸름·천지산악회도 동참하였다.

오전 8시에 대절버스 한 대와 중형버스 한 대로 시청을 출발하여 대진고속도로를 따라 북상하다가 장수IC에서 장계로 빠진 다음, 진안 쪽으로 향하는 일반국도를 따라서 목적지까지 나아갔다. 천반산은 선조 22년(1589) 己丑獄事의 중심인물인 鄭汝立(1546~1589)과 불가분의 관계를 가진 곳이다. 정여립은 전주 남문 밖에서 태어나 선조 3년 25세 때 문과에 급제하여 수찬 벼슬에 올랐으나, 선조와 서인들의 미움을 사 벼슬을 버리고 낙향, 大同契를 조직하여 모악산 앞 제비산(현재의 김제시 금구면)에 머물면서 이곳 죽도에다 시설을 지어놓고 천반산에서 군사훈련을 시켰다고 한다. 선조 22년에 역모로 몰리자 아들과 함께 죽도로 피신했다가 관군에 쫓기자 이 산에서 자결했다고 전해진다.

『동소만록』에 의하면 정여립은 평소 천반산 아래의 죽도를 자주 찾았으므로 죽도선생이라 불렸다 한다. 덕유산에서 발원한 구량천과 금강 상류를 이루는 연평천(일명 장수천)이 천반산 서쪽에서 만나 巳字 모양으로 휘감아 흐르는 지점의 한가운데에 죽도가 위치해 있다. 김제시 금구면은 전주의 서남쪽, 천반산·죽도는 전주에서 동쪽으로 멀지않은 위치에 있으니, 정여립의 행동 범위가 대체로 이처럼 전주의 주변 지역이었던 것이다. 나는 그 이름으로 미루어 문헌에 나타나는 죽도가 서해쪽 어느 섬인 줄로 짐작하고 있었는데, 이제 비로소 그것이 내륙에 위치한 것임을 알았다.

우리는 진안군 동향면 성산리의 구량천 섬티교 근처에서부터 등산을 시작하여 능선에 오른 다음 산책로 같은 산중턱 숲길을 따라 서쪽으로 나아가 정상에 올랐고, 거기서 더 나아가 정여립이 친지들과 바둑을 두었다는 전설이 있는 말바위를 지나 정여립이 성터와 망루로 사용했다는 한림대에 도착하여 점심을 들었다. 그곳에는 아직 성의 흔적이 남아 있었다.

점심을 든 다음, 단종 때 왕위찬탈에 항거하여 낙향한 인물이 수도하였다는 송판서굴에 들렀는데, 거기서 돌아 나온 이후로는 길을 잃고서 이끼 끼어 미끄러운 너덜지대를 한참 헤매다가 이럭저럭 하산한 이후로는 또 길이 끊어져 구량천을 건너 죽도에 이르렀다가 건너오기도 하였다. 다시 물을 건너 구량천이 세 갈래로 갈라지는 지점의 죽도폭포에 가보기도 했다. 지금은 보를 설치하여 수량을 조절하고 있었으므로, 폭포라고 할 정도는 아니었다. 콘크리트 다리를 건너서 49번 지방도를 만나는 동향면 성산리 진밭의 장전마을에 도착하여 오늘 산행을 마쳤다.

9월

6 (일) 맑음 -희양산

아내와 함께 청일산악회를 따라 경북 聞慶市 加恩邑과 충북 槐山郡 延
豊面 사이에 위치한 曦陽山(999m)에 다녀왔다. 오전 8시까지 구 동명극
장 앞에 집결하기로 되어 있었는데, 참가한 사람이 많아서 대절버스 한
대를 더 부르느라고 반시간 정도가 지체되었다. 남해·구마·중부내륙고
속도로를 경유하여, 연풍 요금소에서 34번 국도로 빠져나와 연풍을 경
유하여 은티마을에서 하차해 등산을 시작하였다. 문경 쪽의 남쪽 코스는
대한불교조계종의 특별선원인 鳳巖寺에서 입산을 금지시키고 있기 때문
에 현재로서는 희양산을 등반하는데 이 코스가 주로 이용되고 있다.

주차장에서 앞서 가는 사람들을 따라가다 보니 우리 팀의 청일산악회
고문을 비롯한 많은 사람들이 다른 산악회 사람들의 뒤를 따라 악휘봉
가는 쪽으로 향했으므로, 우리 내외도 그쪽 길로 한참 가다가 도중에
돌아 나와 은티마을의 다리 있는 곳에서부터 코스를 다시 잡았다. 그러
나 둘이서 콘크리트 포장도로를 따라 계속 올라가다가 어느 무덤과 정자
를 지난 지점에서 아내가 길가의 붉은 리본 하나를 발견하고서 그 표지
를 따라 좁다란 오솔길로 올라갔는데, 도중에 알고 보니 그 길 역시 희양
산 쪽이 아니고 그 옆의 구왕봉 쪽으로 향하는 코스였다. 다시 표지 있는
곳까지 도로 내려와, 아내는 구왕봉에서 내려오는 청주 사람들을 따라
은티마을로 돌아가고, 나 혼자서 꽤 넓은 계곡 길을 따라 계속 나아가
백두대간 상의 지름티재로 올랐다. 은티마을 위의 포장도로 주변 일대에
는 사과밭에 사과가 빨갛게 익어가고 있고, 지름티재로 오르는 길에는
참나무 숲 여기저기에 도토리가 계속 떨어지고 있었다.

지름티재에서부터의 능선길은 예전에 백두대간 구간종주를 하면서
지난 적이 있다. 그때는 봉암사 쪽으로 하산했었는데, 지금은 절에서 그
리로 내려가는 길을 목책으로 단단하게 막아두고 있었다. 975봉 근처에
서는 스틱을 접고서 계속 로프를 타고 바위절벽 길을 올라갔다. 마침내

975봉에 오른 다음, 절에서 다소 엉성하게 쳐 놓은 목책의 사이로 들어가 14분 정도 더 걸어서 희양산 정상에 도착하였다. 정상 바로 옆의 너럭바위에서 탁 트인 경치를 바라보며 혼자서 점심을 들었다.

희양산은 산 전체가 거대한 하나의 바위처럼 생긴 특이한 모습을 갖고 있다. 정상 남쪽 기슭에 신라 헌강왕 5년(879)에 지증대사가 창건하여 9산 선문 중 하나가 된 봉암사가 있고, 그 절 구내에 최치원이 지은 四山碑銘 중 하나인 보물 138호 지증대사적조탑비 등 다섯 개의 보물이 있다. 나는 절을 내려다보면서 975봉으로 돌아 나와 백두대간을 따라 북동쪽으로 계속 나아가다가 성터 갈림길에서 대간을 벗어나 희양폭포 쪽으로 방향을 잡아 정자가 있는 해골바위에서 오를 때의 계곡 코스를 만나 오후 4시 40분 무렵에 은티마을로 돌아왔다. 아내는 마을에서 사과와 옥수수를 사서 버스의 짐칸에 실어두고는, 내가 도착하자 주최 측으로부터 음식과 맥주를 얻어와 하산주를 마련해 주었다.

갈 때의 코스를 경유하여 밤 9시 무렵 진주의 집에 도착하였다.

13 (일) 대체로 맑음 -조(쪼)록바위봉

등구산악회를 따라 경북 봉화군 석포면에 있는 조(쪼)록바위봉 (1,087m)에 다녀왔다. 아내는 함께 간다고 하여 지난 금요일에 예약해 두었으나, 오늘 아침 컨디션이 좋지 않다면서 못 가겠다는 것이었다. 그 대신 박양일 씨 등 나와 가까운 진주의 산꾼들은 대부분 이 산악회에 동참하였다. 오전 7시까지 남강변의 포시즌 앞에 집결하여 사천서부터 오는 대절버스 한 대에 동승하여 출발하였다.

남해·구마·중앙고속도로를 경유하여 북상하다가 태백·동해시 쪽으로 가는 일반국도로 접어들었다. 봉화군 석포면 대현리의 現佛寺 주차장에서 하차하여, 오전 11시 20분 무렵부터 등산을 시작하였다. 이 일대의 백천계곡은 천년기념물인 열목어가 서식하는 청정지대라 냇물에 발을 씻는 것도 금지되어 있다고 한다. 우리 일행은 예정된 등산로를 벗어나 1.4km 떨어진 조록바위봉 쪽으로 직진하여 올라갔다가, 하산할 때도 대현초등학교 쪽으로 하산하려던 것이 코스를 잘못 들어 출발지인 현불사로 내려왔다. 그래서 원래 예정했던 4시간보다 소요시간이 많이 단축되었다. 현불사 입구에서 사천 출신의 아주머니로부터 현지에서 채집한 석이버섯 등 산나물을 구입하였다. 대절버스를 불러서 하산예정지인 대현초등학교로 이동하여 학교 마당가에서 하산주를 들었다. 초등학교 구내에 있는 채소밭의 무가 잘아서 상품가치가 없다면서 주인이 마음대로 뽑아가라고 한다기에 나도 밭에 들어가 남들이 뽑고 남은 무를 열 개 가까이 뽑았다.

돌아올 때는 안동 쪽으로 향하는 일반국도를 취해 청량산 입구의 주차장에서 다시 술을 마시다가 안동 시내를 경유하여 돌아왔다. 집에 도착하여 샤워를 마치고 나니 밤 11시 무렵이었다.

20 (일) 맑음 -축령산자연휴양림
아내와 함께 젊은진주천지산악회에 동참하여 전북 장성군 북일면과 서삼면에 걸쳐 있는 鷲靈山자연휴양림에 다녀왔다. 오전 10시 10분까지 시청 앞에 집결하여 대절버스 한 대로 출발하였다. 신문 광고에는 사전에 예약하라는 말이 없어 그냥 갔더니 전체 좌석이 예약석이라 황당했는데, 예약해 두고서 빠진 사람들이 있어 이럭저럭 앉아서 갈 수 있었다. 진주에 천지산악회가 하나 더 있는데, 그 앞에 '젊은진주'라는 관사를 덧붙인 것은 그것과의 차별성을 꾀한 것인 듯했다. 6년 전쯤에 결성되어 인터넷 카페를 통해 주로 회원제로 운영하는 듯하며, 회원의 연령은 대체로 40대 중반에서 50대 초반 정도인데, 여러 면에서 젊은 감각을 지니고서 새로운 산행문화를 시도하고 있는 듯했다. 차내의 음악이 포크송 스타일인데다 가무행위를 하지 않으며, 등산 때 소주를 배부하지 않는 점 등이 그러했다.

남해·호남·고창담양고속도로를 경유하여 장성군 서삼면까지 간 후, 지방도로를 따라 서삼면 추암리까지 접근하여 산행을 시작하였다. 추암 녹색농촌체험마을에 조금 못 미친 황룡에서 오른쪽 등산로로 접어들어

차량이 다닐 수 있을 정도로 넓은 길을 따라 올라갔다. 임도와 만나는 지점의 이곳에다 전국 최대 규모의 90만평에 달하는 편백 및 삼나무 인공림을 조성한 春園 林種國(1915~1987) 씨를 기념하는 비석까지 갔다가, 거기서 다시 등산로를 따라 올라 축령산 정상(621m)에 다다랐다. 정상 근처 나무 그늘에서 일행과 더불어 점심을 든 후, 우리 내외는 먼저 출발하여 축령산조림성공지 부근에서 임도 쪽으로 내려가는 길을 취했다. 등산로인 능선 일대는 잡목이 우거져 있어 한국 어느 곳에나 있는 다른 산들과 다를 바가 별로 없었기 때문에 편백림 숲길을 걷기 위한 것이었다.

임도 근처의 임종국 씨 수목장 장소를 둘러본 후 우물 있는 곳까지 다다라, 아내는 임도를 따라서 금곡영화마을 쪽으로 먼저 나아가고, 나는 혼자서 모암삼림욕장과 모암통나무집까지를 둘러서 임도로 다시 돌아와 그 길을 따라서 금곡영화마을로 향해 갔다. 영화마을은 임권택 감독의 〈태백산맥〉을 비롯한 네 편의 영화와 세 편의 TV 드라마를 촬영한 장소인데, 마을 안에 촬영 때 지은 초가집들이 여러 채 남아 있고, 지금은 보기 드문 연자방아도 있었다. 그런 것들을 보러오는 관광객들로 말미암아 좀 부유해졌는지, 마을 안의 보도가 대부분 색깔 있는 콘크리트로 포장되어져 있었다.

오후 3시 45분 무렵에 영화마을 어귀의 대절버스가 대기하고 있는 장소에 도착하여 하산주와 국수 한 그릇을 든 후, 예정보다 이른 오후 4시 반 무렵에 출발하여 진주로 돌아왔다. 축령산의 편백과 삼나무 숲은 매우 촘촘하게 밀식되어져 있고, 아직 거목이라고 할 수 없는 그다지 연륜이 쌓이지 않은 것들이 대부분이었다. 게다가 황룡에서 금곡영화마을을 잇는 주도로인 임도를 벗어나면 잡목림이 많아, 가보기 전에 기대했던 정도의 수준은 아니었다.

10월

15 (목) 맑음 -세브란스병원

아내와 함께 오전 8시 20분발 중앙고속버스를 타고서 서울로 향해, 정오에 강남고속터미널에 도착하였다. 터미널 구내식당에서 점심을 들고는 택시를 타고서 신촌의 세브란스병원으로 향했다. 먼저 본관 3층 영상복사실에 들러 경상대학병원에서 가져 온 CT와 MRI의 CD 두 장을 맡기고서 같은 건물 5층에 있는 신경과에 접수하고, 예약된 시간인 오후 3시 10분에 뇌졸중 명의라고 하는 허지회 씨를 면담하였다. 허 씨는 경상대병원의 주치의인 강규식 씨를 자기가 잘 알며 그는 서울대 출신의 실력 있는 의사이니, 그 사람의 처방에 자기가 덧붙일 것은 없고 그 사람으로부터 계속 진료를 받으라고 했다. 자기도 강 씨와 마찬가지로 아내의 발병 원인이 부정맥은 아닐 것으로 본다고 했다.

다음으로는 이웃한 재활병원으로 이동해 가 재활의학과의 심혈관 전문의사인 김덕용 씨를 면담하였다. 아내는 한 달간 재활병원에 입원하여 집중적인 언어재활치료를 받을 예정으로 그 준비를 해 가지고서 상경하였으나, 김 씨는 아내의 병세가 입원을 필요로 하는 정도는 아니기 때문에 매주 두세 번 정도씩 통원치료를 받으라고 했다. 그리고 MRI 소견상 언어중추가 별로 손상을 입지 않았으므로 일상적인 생활을 하는데 지장이 없을 정도로는 회복될 것으로 보나, 대학 강단에서 강의를 할 정도까지 회복되는지의 여부는 지금으로서는 알 수 없다고 했다. 그리고 언어 능력의 회복은 서서히 이루어지는 것이기 때문에, 2년 정도의 기간을 잡고서 지속적으로 치료해야 한다는 것이었다.

김 씨의 처방에 따라, 내일 오전 8시 40분에 새 병원 5층에서 뇌파검사, 11시 30분에 이영미 선생으로부터 언어평가, 그리고 오후 4시 20분에 심장내과로 가되, 오후 3시 40분에서 50분 사이에 X-ray와 EKG를 받으라는 것이었다. 재활병동에서 아내의 연대 간호대학 동기동창인 재활병원 간호팀장 문경희 박사도 만나보았다. 그녀는 졸업한 후 아내를 처음 만나본다고 했다.

예정했던 1달간의 입원을 통한 집중적인 언어재활 치료가 이루어지지 않고, 세브란스에서 발병의 원인을 확실하게 규명하겠다던 목적도 뜻대로 되지 않은 채, 다음 주 목요일에 다시 와서 내일 실시될 검사의 결과를 설명 받으라는 것이었으므로, 일단 내일 중에 진주로 돌아가기로 작정하고서 다시 택시를 타고 신림동 고시촌의 작은처남 황광이네 집으로 이동하여 하룻밤을 지내게 되었다. 처남은 산비탈에 지어진 아파트의 5층에 거주하는데, 방이 세 개이고 화장실이 두 개이나 방 하나는 고시용 비디오테이프를 복사 제작하는 용도로 사용한다고 했다. 나는 처남의 막내아들인 초등학교 1년생 현주를 앞세우고서 아파트에서 1km 정도 떨어진 신림동 큰길가의 처남 내외가 경영하는 고시전문의 한국서점에도 들러보았다. 서점에서 돌아와 처남댁이 차려주는 저녁상을 받은 후, 우리 내외는 평소에 처남 가족 세 명이 함께 자는 큰방에서 밤 8시 30분 무렵에 일찌감치 취침하였다.

16 (금) 맑음 -세브란스병원

처남 집에서 오전 7시 남짓에 출발하여 신촌의 연세대학교 세브란스병원으로 향했다. 종일 어제 처방된 세 가지 검사를 받았다. 틈틈이 새 병원 5층 휴게실로 가서 노트북 컴퓨터를 전원에다 연결하여 참고문헌의 작성을 마쳤다. 아내가 발병한 이후 체중이 5kg이나 줄어 힘이 없고 어지러워하므로 병원 구내와 연세대 일대를 산책하고 싶었으나 그럴 수 없었던 것이다.

이미영 씨의 언어평가에서는 이후 매주 목요일에 상경하여 목·금 이틀간에 걸쳐 언어재활 치료를 받기로 했고, 뇌파검사 및 X-ray와 EKG의 촬영결과는 심장내과의 정보영 씨로부터 진료를 받았는데, 그의 설명으로는 아내의 맥박이 보통 사람보다 매우 느리므로 이번 뇌졸중의 원인은 아마도 심방세동에 의해 생성된 혈전으로 말미암은 것일 터이며, 금년 2월에 있었던 졸도는 다른 원인일 것이라고 했다. 아내의 말로도 2월의 경우에는 졸도 전에 식은땀이 나고 메스꺼웠는데, 이번 경우는 그런 증세가 없이 갑자기 오른팔이 제멋대로 진동하면서 마비되었으므로 의식은 있으면서도 넘어지게 되었다는 것이었다. 그러므로 전자는 그 직전의 무리한 실내운동으로 말미암은 것이고, 이번 것은 뇌경색을 동반한 뇌졸중인 것을 미루어 알 수 있다. 다음 주에 상경할 때는 경상대병원에서 아내가 겁을 먹어 받지 못한 식도를 통한 심장초음파 검사를 받기로 하고서 그 비용을 미리 지불해 두었고, 그 다음 주 금요일, 즉 10월 30일 오후 1시 50분에 정보영 씨를 다시 만나 그 소견을 듣기로 예약했다. 연대 간호대학장 김소선 교수와 간호국의 정정인 간호팀장의 배려로 한 시간 이상 일찍 모든 검사를 마칠 수 있었다.

처남이 우리 큰 짐을 자기 차 트렁크에 실어두었다가 오후 4시 남짓에 다시 세브란스의 심장혈관병원으로 와서 우리 내외를 태우고는 강남고속터미널로 이동시켜 주었다. 세브란스 병원을 나올 무렵 그 입구에서 아내의 오랜 친우인 가톨릭대 간호대학장 김희승 씨도 잠시 만나보았다.

오후 6시에 출발하는 동양고속 우등버스를 타고서 밤 10시 무렵에 진주에 도착하였다.

22 (목) 맑음 -세브란스병원

아내와 함께 아침 7시 40분 발 중앙고속 우등버스를 타고서 서울로 향했다. 고속 터미널에서 전철로 갈아타고서 수서 방향의 다음 역인 교대까지 간 다음, 거기서 2호선으로 갈아타 신촌에서 내렸다. 신촌로터리 일대의 모습은 예전과 별로 다르지 않았다.

로터리에서 세브란스병원의 셔틀버스를 타고서 병원까지 이동한 다음, 김소선 학장을 통해 미리 예약해 둔 알렌관 306호실에 들었다. 김 학장을 통해 앞으로 반 년 간 이곳에다 숙소를 예약해 두었다. 2인 1실에 하루 8만 원이며, 혼자서 쓸 경우에는 7만 원이라고 한다. 알렌관 1층의 한식당에서 점심을 든 다음, 재활병원으로 가서 오후 1시 40분부터 2105호 언어치료실의 이영미 씨로부터 치료를 받았다. 이 씨는 언어치료실의 책임자이자 제일 고참이라고 한다.

언어치료가 끝날 무렵 창환이로부터 전화를 받았다. 창환이는 오늘 아침 전화를 걸어와 현재 서울의 친구 집에 머물고 있다고 했는데, 오늘 밤 비행기 편으로 홍콩으로 가기 전에 서울에서 우리 내외를 만나게 된 것이다. 그는 택시를 타고서 알렌관의 우리 내외가 머무는 곳으로 와, 방 안에서 한 시간 남짓 대화를 나누었다.

알렌관 앞에서 창환이와 작별하여, 심장혈관병원 2층의 접수처로 가서 지난주에 예약해 둔 내일 아침의 심장초음파 검사 시간을 확인한 다음, 오후 4시 30분 무렵부터는 재활병원 1층의 김덕룡 교수로부터 검진을 받았다. 초음파나 재활치료는 의료보험이 적용되지 않아 모두 가격이 비쌌다.

오늘의 예약된 일정이 끝난 다음, 새 병원 건물 2층의 의무기록사본 발급처로 가서 지난주에 이영미 씨가 실시한 아내의 언어평가서 두 통을 발급 받았다. 이에 의하면 아내의 언어장애는 실어증이라기보다는 마비성구음장애(Dysarthria 〈mild〉)로서, "종합해 보면 현재 mild한 혀 운동 기능 저하로 구강 기능의 협응력 저하 & 문장 수준에서 종성 생략과 마찰음, 파찰음 계통의 왜곡으로 인한 발음명료도 저하를 보이고 있"다는 것이었다.

그 근처의 식당에서 녹두죽과 스파게티로 간단한 저녁식사를 들었고, 알렌관의 방으로 돌아와 金小仙 학장과 통화하여 이웃한 간호대학 건물 2층의 학장겸대학원장실로 가서 대화를 나누었다. 알고 보니 김 학장은 아내의 대학 선배가 아니라 같은 진주 출신으로서 진주여고 2년 선배라는 것이며, 가톨릭대의 김희승 학장은 진주여고 동기였다.

23 (금) 맑음 -연세대학교, 세브란스병원, 서울역사박물관

새벽에 알렌관 부근의 연세대와 세브란스 병원 일대를 반시간쯤 산책하였다. 새벽부터 콧물감기 기운이 있었는데, 흔히 있는 알레르기인가 하고 놓아두었더니 결국 종일 낫지 않고서 감기로 확정된 듯하다. 지금 세계적으로 신종 인플루엔자가 대유행인데, 혹시 그것이 아닐지 다소

걱정스럽다. 오늘도 큰누나가 전화를 걸어와 신종플루 예방접종을 받았는지 물었다.

어제 사 둔 빵과 요구르트·청포도로 방안에서 나 혼자 조식을 들었고, 아내는 經口心超音波 검사를 위해 간밤의 자정 이후 아무것도 먹거나 마시지 않았다. 오전 8시에 세브란스의 심장혈관병원 2층으로 가서 반 시간쯤 대기하다가 아내는 검사를 받았는데, 검사기를 삼키기가 힘들어서 시간을 지체하여 결국 9시 10분 남짓에야 마칠 수 있었다. 9시 15분 무렵에 재활병원 2층의 언어치료실로 가서 이영미 씨로부터 치료를 받았다. 치료를 마친 후 이 씨와 상의하여, 11월 이후로는 매주 목요일에 한 번만 상경하여 언어재활치료를 받고서 당일 중에 진주로 돌아가고, 진주의 예손재활병원에서도 치료 받는 횟수를 주 1회 정도로 줄여 상경 치료와 병행하기로 했다.

치료를 마친 후 병원 본관 2층 식당에서 아내는 녹두죽으로 조식을, 나는 커피를 사서 들고, 엘렌관을 체크아웃 하여 셔틀버스로 신촌로터리까지 나온 후, 지하철로 서울 강북의 중심가 쪽으로 나와 나는 충정로에서 먼저 내려 다른 전철로 갈아타고서 광화문으로 향하고, 아내는 을지로 3가에서 갈아타 고속터미널로 향했다.

광화문 주변의 최근에 새 단장을 마쳐 공원화된 거리의 모습을 둘러보았고, 걸어서 세종문화회관 뒤편 서울지방검찰청 맞은편의 본교가 마련해 둔 오피스텔 형 숙소가 그 817호실에 있는 '경희궁의 아침' 빌딩까지 걸어가 보았다. 오늘 오후에 '『고대일록』과 임진왜란'을 대주제로 한 남명학연구원 주최 2009년 학술대회가 열리는 서울역사박물관까지 걸어가 그 위치를 확인한 후, 부근의 종로구 신문로 1가 58-18 구세군회관 뒤에 있는 황우촌별채라는 식당에 들어가 갈비탕으로 점심을 들었다.

서울역사박물관은 구 경희궁 자리에 위치한 서울의 역사 전문박물관인데, 나로서는 처음 가본 것이다. 동양대 강구율 교수의 사회로 1층 강당에서 오후 1시부터 학술회의가 시작되었다. 4시 30분부터 시작된 종합토론에서는 내가 좌장이 되어 김문택 서울역사박물관 연구위원, 권오영 한국학중앙연구원 교수, 이경구 한림대 교수, 김학수 한국학중앙연구원 자료조사실장, 노영구 국방대학원 교수가 각각 토론에 참가하였다. 오후 5시 55분쯤에 학술회의의 모든 일정을 마쳤다. 학술회의장 부근의 1층 접수처에는 갓 출간된 『고대일록』 번역본 3권 1질이 판매되고 있었는데, 이성무 원장과 내가 공동 교열을 한 것으로 인쇄되어져 있었다. 조구호 사무국장에게 물어보았더니, 이성무 원장이 따로 교열을 본 것은 아니라고 했다.

나는 부산교통에서 제공한 대절차량을 타고서 진주로 돌아오고자 했는데, 사재명 군이 학술회의의 발표자와 토론자들이 지금 회식장소에 모여 있으니, 나도 함께 참여했다가 자기랑 같이 진주로 돌아가자고 권유하므로, 근처의 신문로 2가 1-152의 광화문 구세군회관 뒤에 위치한 한우전문점 남촌으로 갔다. 나는 이성무 원장 옆자리에 앉았는데, 거기에는 발표 및 토론에 참가하지는 않았지만 남명학연구원의 상임연구위원인 이종묵 서울대 국문과 교수와 정우락 경북대 국문과 교수, 권인호 대진대 철학과 교수 등도 와 있었다.

회식을 마친 후 조구호·사재명 군 및 또 한 사람과 함께 택시를 타고서 서초동의 남부시외버스터미널까지 이동하여, 밤 8시 40분에 출발하는 영화여객 시외버스를 타고서 산청의 원지에서 한 번 정거한 후, 자정이 조금 넘은 시각에 진주에 도착했다.

29 (목) 맑음 -최병욱정형외과, 세브란스병원, 연세대학교

아내와 함께 오전 7시 40분발 중앙고속버스를 타고서 상경하였다. 11시 20분쯤에 강남고속터미널에 도착하여 지하철로 갈아타고서 대림역에 도착하여 아내는 갈아타고서 신촌으로 향하고, 나는 종점인 온수까지 가서 인천까지 가는 1호선으로 갈아탄 다음 송내역에서 내렸다. 거기서 도보로 5분쯤 걸리는 지점에 있는 경기도 부천시 원미구 상동 401-1 부건프라자 3층의 최병욱정형외과로 찾아갔다.

최 씨는 진주 출신으로서, 그 부인은 가톨릭의대 간호대학장인 김희승

씨의 여동생이며, 그 장모인 김정희 여사는 아내와 같은 경남수필문학회 회원인데, 부인은 몇 년 전에 교통사고로 사망했다. 최 씨의 모친도 내 장모와 서로 아는 사이라고 한다. 아내가 얼마 전 뇌졸중으로 본교 대학병원에 입원해 있을 때 김정희 여사가 문병을 와 대화하던 중에 자기 사위가 부천에서 손가락 전문병원을 하고 있다는 말을 한 바 있었으므로, 인터넷을 통해 그 병원 홈페이지에 접속해 보았었는데, 그 동안 몇 차례 상경할 기회가 있었지만 방문할 시간이 없어 그냥 진주로 내려가곤 했었다가 오늘은 일부러 시간을 낸 것이다.

최 씨의 말로는 내가 두 차례에 걸쳐 진주의 바른병원에서 오른쪽 새끼손가락을 수술했던 것은 모두 재발하였으며, 이미 수술한 바가 있어 완치를 장담할 수는 없지만, 성공할 확률은 반반이라는 것이었다. 병원 근처 상동 아크로텔 107~108호에 있는 병천토속순대 송내점에서 점심을 든 후 오후 2시 남짓에 오른팔 전체를 마취하고서 수술에 들어갔는데, 그런대로 수술은 잘 되었다고 한다. 나로서는 금년 5월 31일에 오른손 새끼손가락의 망치수지 현상을 처음 발견한 이후, 6월 1일에 바른병원에 들러 기브스를 하고, 6월 4일에는 기브스를 풀고서 바늘을 꽂아 지지하는 수술을 받았으며, 7월 30일에 다시 봉합수술을 받았지만, 결과적으로 아직도 처음 상태와 별로 다름이 없이 40도 정도 손가락 끝마디가 구부러져 있는 것이다.

수술을 마친 후, 송내역에서 전철을 타고 신도림까지 와서 2호선으로 갈아탄 다음, 신촌에서 내려 세브란스병원의 셔틀버스를 타고서 치과대학 앞에 내려 알렌관 305호실에 투숙해 있는 아내와 다시 만났다. 아내는 오후 1시 40분에 재활병원의 이영미 씨로부터 언어재활치료를 받았고, 내일 오전에 다시 치료를 받게 된다.

목 뒤로 두른 걸대로써 기브스 한 오른팔을 지지한 채로 걸어서 세브란스병원과 연세대학교 구내를 산책하고, 구내서점에 들러 철학·역사 분야의 서적들도 살펴본 다음, 알렌관으로 돌아와 아내와 함께 병원본관 2층에 있는 식당에서 햄버거와 녹두죽으로 저녁을 들었다.

30 (금) 맑음 -종교친우회, 봉원사, 세브란스병원, 최병욱정형외과

아내가 아침에 이영미 씨에게 언어치료를 받으러 가는 동안, 나는 근처의 산책에 나섰다. 연세대 동문으로 빠져나와, 먼저 서대문구 신촌동 2-87의 금화터널 근처에 위치한 종교친우회(퀘이커) 서울모임의 모임 집을 찾아 나섰다. 지금은 금란길이라고 불리는 그 근처에서 주민에게 몇 차례 물어보았지만 아는 사람이 없었는데, 이럭저럭 옛 기억을 더듬어 언덕을 이룬 골목의 끝에 위치한 그 집을 찾아낼 수가 있었다. 나는 대학 2학년이었던 1974년 여름방학이 끝날 무렵부터 함석헌 선생이 지도하는『바가바드기타』모임에 참석하기 시작하여 이 집을 드나들게 된 이후, 1977년 여름 서울대 대학원 철학과 석사과정을 한 학기 마친 후 臺灣대학으로 유학을 떠날 때까지 매주 일요일이면 이곳으로 와 함 선생을 중심으로 하는 퀘이커 예배모임에 참석했던 것이다. 건물은 예전과 거의 다름없어 보였는데, 우편함에 당시의 서기였던 진영상 씨 앞으로 온 우편물도 하나 눈에 띄었다.

거기서 돌아 나온 후 근처에 있는 奉元寺에 들러보았다. 태고종의 사찰이었다. 신라 진성여왕 대에 창건될 당시에는 지금의 연세대 자리에 위치해 있었는데, 조선 영조 때 이곳으로 이건한 것이라고 하며, 조선 말 개화파 인사들의 정신적 지도자였던 李同仁 禪師가 주석하던 곳이기도 하다. 봉원사를 나온 후 지금은 고가도로가 설치된 큰길을 따라서 이화여대 후문 앞을 거쳐 연세대 동문회관을 경유하여 세브란스의 심장혈관병원으로 향하다가 재활병원에서 언어치료를 마치고 나오는 아내를 만났다.

심장혈관병원 1층에서 10시 반쯤에 정보영 교수를 만나 홀터 및 심초음파 검사 결과에 대한 설명을 들었는데, 심장 검사에서 별다른 이상을 발견할 수 없었으므로, 이제는 심방세동의 문제가 아니라 뇌혈관 쪽에서 문제가 생긴 것이 아니겠는가고 말하고 있었다.

아내는 11월 한 달쯤 더 상경하여 언어재활치료를 받을 생각도 있는 모양이었지만, 진주에서 매주 서울로 다닌다는 것이 실로 부담스러운 일이므로, 진주의 예손재활병원에서 매주 월·수·금 사흘을 언어치료 받

는 것으로 작정하고서, 11월의 예약을 모두 취소하고 미리 납부해 두었던 비용도 돌려받았다.

그렇게 하여 세브란스에서의 진료를 청산한 다음, 알렌관을 체크아웃하여 병원 셔틀버스를 타고서 신촌역까지 나온 다음, 2호선 및 1호선 전철로 갈아타고서 아내와 함께 송내역에 내려 다시 최병욱정형외과로 찾아갔다. 근처의 상동아크로텔 1층에 있는 봉채국수 음식점에서 국수와 만두로 점심을 든 후, 오후 1시 반쯤에 병원으로 가서 어제의 기브스를 풀고 오른쪽 새끼손가락에 대한 간단한 처치를 받은 다음, 주사 두 대를 맞고서 그곳을 떠났다.

1호선 전철로 온수역까지 와서 7호선으로 갈아탄 다음, 고속터미널에 내려 15시 40분발 중앙고속을 타고서 밤 7시 30분 무렵에 진주에 도착했다.

11월

6 (금) 맑음 -상림, 뱀사골

권오민 교수를 포함한 대학원생들이 김경자 양의 학원 봉고차를 타고서 오전 10시 10분 무렵에 우리 집 앞으로 와서 나를 태워 함께 판문동 현대아파트 부근으로 가서 김경수·안명진 군 및 조구호 남명학연구원 사무국장과 합류하여, 안 군이 모는 승용차 한 대와 더불어 함양으로 향하였다.

함양읍의 上林공원 주차장에서 김경수 군이 매주 한 번씩 와서 야간에 강의하는 보건대학의 직업윤리 과목 제자들인 주부 세 명을 만났는데, 그들 중에는 본교 철학과 졸업생인 이미나 양도 포함되어 있었다. 이미 열 살 된 자식을 둔 그녀는 진주간호대학의 분교에 해당하는 함양보건대학에서 사회복지사 및 보육사 자격 과정에 재학하고 있다 한다. 그들과 함께 좀 늦은 시즌의 상림 단풍 길을 산책하고 돌아오니, 금년 봄 양귀비 축제 때 우리를 안내했던 여성 두 명이 나와서 앞의 주부 세 명과 교대하여 우리를 지리산 뱀사골 쪽으로 안내하였다. 인월과 마천을 경유하여 뱀사골 입구인 반선의 주차장에서 준비해 온 술과 음식에다 함양의 주부들로부터 선물 받은 술들을 보태어 돼지고기를 구워서 점심을 포식하였다. 나는 별 수 없이 오늘 하루 편식을 포기하고서 그들과 어울려 준비된 술과 고기 등의 음식을 들었다.

역시 김 군의 제자인 이들 주부 두 명의 안내에 따라 뱀사골계곡을 따라서 수년 전에 설치되었다는 데크 길을 걸으며 계곡의 단풍든 숲을 감상하였다. 상부의 구 도로와 인접한 곳까지 올라가 넓은 물웅덩이가 내려다보이는 커다란 바위 위에서 앉아 놀다가 구 도로를 따라 하산하였다.

안명진 군과 조구호 국장은 주부 두 명을 함양읍까지 승용차로 태워다 주었고, 김경수 군 을 포함한 우리가 탄 봉고차는 마천에서 휴천계곡을 경유하여 함양군 유림면에서 산청군 생초 쪽으로 빠져 국도를 따라서 진주로 돌아왔다. 도중에 마천의 상점에 들러 마을 아주머니로부터 아내가 좋아하는 대봉감 홍시를 한 상자 샀고, 김경수 군이 주부 제자를 통해 마천의 토종꿀을 구입해 주겠다고 하므로 벌꿀을 좋아하는 아내를 위해 그 대금도 미리 지불해 두었다.

진주에 도착한 다음 남명학연구원 사무실 부근인 인사동 5-1 박형수 한의원 옆의 수동어탕에 들러 메기 찜과 소주, 그리고 어탕국수로 조 국장이 저녁을 샀다. 그 자리에는 마산여고 일어 교사인 사재명 군도 퇴근 후에 와서 함께 어울렸는데, 3차를 가자는 권유를 사양하고서 밤 7시 남짓에 귀가하였다.

15 (일) 첫눈에 초겨울 추위 -인천 청량산, 인천상륙작전기념관,
　　　인천대교

혼자서 한라백두산악회를 따라 인천 송도에 있는 淸凉山(173m)과 인천대교에 다녀왔다. 아내가 발병한 이후 산악회를 따라 나선 것은 처음이니 약 한 달 반만의 일이다. 아내는 집에 있다가 배행자 교수 및 장모와 더불어 평거동의 산수갑에서 점심을 들었다고 한다.

오전 6시까지 장대동 어린이놀이터 앞에 집결하여 대절버스 한 대로 출발하였다. 대진·경부고속도로를 경유하여 안성에서 40번 고속도로로 접어들어 서평택까지 갔다가 서해안고속도로를 따라 북상하여 오전 10시 남짓에 목적지인 인천시 연수구 옥련동 525의 인천상륙작전기념관 앞에서 하차하였다. 흐리던 날씨가 대전을 좀 지난 지점부터 함박눈이 내리기 시작하여 온 땅을 하얗게 뒤덮었는데, 좀 더 북상하니 눈 내린 흔적은 전혀 없었다. 돌아올 때 역시 아무 데서도 눈을 바라볼 수가 없었지만 한겨울 정도 수준의 추위였다.

하차 지점에서 인접한 인천시립박물관을 거쳐 목조 데크와 돌계단으로 이어진 산길을 따라 전망대와 팔각정을 거쳐서 정상에 올랐다. 안내판에 의하면 청량산은 송도 유원지를 껴안은 나지막한 산으로서 청룡산으로도 불리는데, 『東國輿地勝覽』에 청량산이라 되어 있고, 고려 공민왕의 왕사였던 懶翁이 청량산이란 이름을 붙였다는 설도 있다고 한다. 여러 가지 등산로가 있지만, 우리는 홍륜사 구내로 하산하여 원점으로 되돌아왔다. 산은 시민공원 정도의 수준이라 산책 기분으로 배낭도 차에 둔 채 홀가분한 몸으로 걸었지만, 바로 앞에 송도국제도시가 건설 중이고, 인천시가지와 해로 일대를 넓게 조망할 수 있었다.

인천상륙작전기념관의 안팎을 둘러보았는데, 내가 학창시절에 몇 번 가본 적이 있는 맥아더 기념동상은 이곳이 아니라 월미도 부근에 있는 자유공원에 서 있다고 한다. 이곳은 1984년에 건립된 것이었다. 기념관 입구의 왼쪽 벽 안쪽에서 산악회와 개인이 준비해 간 음식물로 점심을 든 후, 대절버스를 타고서 인천대교에 올랐다. 영종도까지는 가지 않고 도중의 어디쯤인가에서 다시 송도국제도시 쪽으로 되돌아왔다. 이 다리가 세계에서 다섯 번째로 길다는 것은 20여km 정도 되는 다리의 전체 길이를 가리킨 것이 아니라 다리 중앙 부분의 현수대가 설치된 두 지점 사이의 800m 길이를 두고 말하는 것이라고 한다. 도로 폭은 편도 2차 왕복 4차선이었다.

갈 때의 코스를 경유하여 예정보다 꽤 이른 밤 7시 남짓에 귀가하였다.

22 (일) 맑음 -동석산

천왕봉산악회를 따라 전남 진도군 지산면 가학리에 있는 童石山 (219m)에 다녀왔다. 아내는 함께 가지 않고 종일 집에 있었다.

오전 7시 10분까지 시청 앞에 집결하여 대절버스 한 대로 출발하였다. 남해·호남고속도로를 따라 가다가 순천 부근에서 일반국도로 진입하였다. 정오 좀 못 미친 시각에 송호리의 중성교회 부근에서부터 등산을 시작하여 발아래 천종사의 독경 소리를 들으며 암벽으로 된 산을 기어올랐다. 이 산은 주위의 다른 야산들과는 달리 전체가 울퉁불퉁한 바위 봉우리로 되어 있는 점이 특이하였다. 따라서 위험한 곳도 많지만, 눈이나 비가 내리지 않는 이상 바위에 자잘한 결이 많아 미끄럽지는 않았다. 곳곳에 잡고 올라갈 수 있는 밧줄이나 쇠고리가 설치되어져 있었다. 진도의 서남쪽 끝에 위치한지라 시종 다도해해상국립공원을 조망하며 산행할 수 있었다.

동석산은 멀리서 바라보면 어머니가 아기를 안고 있는 모양의 돌산이라는 뜻이라고 하는데, 1/15,000 지도에는 석적막산이라고 나타나 있고 그 높이도 200m로 되어 있으며, 인터넷 상에는 높이가 240, 석적막산은 동석산의 별칭이라고 되어 있으나, 현지의 안내판에는 동석산은 219, 석적막산은 164m로서 서로 이웃한 별개의 산으로 표시되어져 있다. 나는 동석산·가학재를 지나 큰애기봉의 나무 데크로 된 전망대에 올랐다가, 일행 몇 명과 더불어 거기서 600m 정도 북쪽으로 더 나아간 지점의 갈림 길에서 세방마을 쪽으로 하산하였다. 마을에서 803번 지방도로를 따라 해안 길을 남쪽 방향으로 걸어서 종점인 세방낙조휴게소까지 이동하였다. 휴게소에서 바라보는 일몰의 풍경이 압권이라고 하지만, 하산 완료 시간이 오후 4시쯤이라 낙조를 보기에는 너무 일렀다.

집으로 돌아와 샤워를 마치고서 밤 10시 무렵에 취침하였다.

12월

6 (일) 맑음 -월성봉(다리성봉), 바랑산

혼자서 남강산악회를 따라 충남 논산시 陽村面과 伐谷面 사이에 있는 月城峰(650m, 達里城峰·다리성봉·달이성봉)·바랑산(555.4m)에 다녀왔다. 택시를 타고서 첫 집합장소인 시청 앞으로 가보았으나 모이는 시각인 8시 정각에서 조금 늦었는지 대절버스는 벌써 떠나고 없었으므로, 다시 택시를 타고 그 다음 집합장소인 동성가든 앞으로 가서 비로소 합류할 수가 있었다.

오전 8시 30분 정각에 출발하여 대진고속도로를 경유하여 대전 조금 못 미친 지점인 추부에 이른 다음, 일반국도와 지방도로를 따라서 대둔산도립공원의 북쪽 종점인 수락리 주차장에서 하차하였다. 월성봉과 바랑산은 도립공원의 서북쪽 끄트머리에 위치해 있는 봉우리들이다.

오전 11시 무렵부터 등산을 시작하여 수락골을 따라서 수락고개에 오른 다음, 흔들바위 근처의 월성봉 정상에 다다랐고, 548봉을 거쳐 바랑산에 도착하여 양지바른 산비탈의 낙엽 위에 홀로 걸터앉아 주최 측으로부터 받은 소주 한 병과 주먹밥, 그리고 집에서 마련해 온 도시락 반찬으로 점심을 들었다. 하산 길은 바랑산 아래 안부의 세 갈래 길에서부터 좀 헤매기 시작하여 몇 명의 일행과 더불어 가까스로 하산 지점인 양촌면 中里의 6.25 때 인민군에 의한 被虐殺기념비가 있는 지점에 도착하였다.

호텔 같은 모양의 法界寺 아래에 위치한 그 마을 일대에는 곶감을 말리는 모습이 여기저기에 보였으므로, 그 중 한곳에 들러 아내가 좋아하는 덜 말린 곶감을 한 상자 샀다. 라면 떡국으로 석식을 든 다음, 오후 4시에 출발하여 완주군과 익산·장수 간 고속국도를 경유하여 밤 7시 무렵에 귀가하였다.

17 (목) 제주는 곳곳에 싸락눈 -제주대학교, 올레 7코스

집에서 미역국과 큰 흑돔 찜으로 회갑을 기념하는 조식을 든 다음,

오전 8시 인문대 뒤편 주차장에 집결하여 이성환 교수를 제외한 철학과 교수 6명이 1박 2일의 제주 올레 트레킹을 떠났다. 권오민 교수와 나의 승용차에 각각 3명씩 분승하여 남해안고속도로를 경유해 김해공항에 도착한 다음, 10시 5분에 출발하는 에어부산 비행기를 타고서 10시 55분 제주시에 도착하였다. 제주대학교 철학과의 과학철학을 전공하는 윤용택 교수가 공항에 마중을 나와 주었다.

1층 4번 게이트에서 7명이 함께 제주렌트카의 순환버스를 타고서 얼마쯤 이동하여 렌트카 회사에 도착한 후, 배석원·류왕표 교수가 운전하는 두 대의 승용차에 분승하여 제주시 오등동 1712-1의 다음 본사 근처에 있는 耽羅無門이라는 식당에 도착하여 제주대 철학과 전임교수 5명 전원 및 조교 2명과 상견례를 나누고 그들로부터 전골 요리로 점심을 대접 받았다. 식후에 아라동에 있는 제주대학교 구내를 차를 타고서 둘러본 후 제주대학교 교수 및 조교들과 거기서 작별하였고, 그들 중 윤용택 교수와 미학을 전공하는 김현돈 교수만 우리 일행과 동반하여 올레 7코스의 출발지인 외돌개에 도착하였다.

제주의 날씨는 지역과 시간에 따라 수시로 바뀌는데, 우리가 도착한 후 대체로 흐리거나 눈이 내리는 기후였으나 외돌개에 도착했을 때는 맑게 개어 있었다. 범섬 등의 섬들을 바라보며 제주도 남부의 해안 길을 걸었다. 법환포구에 이르렀을 때 박선자 교수가 그 조금 전의 상점에 들러 오뎅을 안주로 막걸리를 들었을 때 깜박 잊고서 그 상점에다 배낭을 놓아두고 온 지라 배석원·윤용택 교수와 더불어 그것을 찾으러 되돌아갔다. 나머지 일행은 부산대학교 출신인 김현돈 교수를 따라서 조금 더 걸어 7코스의 중간쯤 되는 위치인 월드컵사거리 부근에 다다랐을 때 박선자 교수 일행으로부터 배낭을 찾았으니 법환포구에서 합류하자는 전화연락을 받고서 거기로 되돌아왔다.

법환포구에서 택시 두 대를 불러 외돌개까지 되돌아온 다음, 그곳 주차장에 세워둔 렌터카를 몰고서 올 때 경유했던 제주도에서 가장 중요한 간선도로인 1135호 국도를 따라서 제주시 건입동 1435-2 서부두에 있는 부산횟집으로 이동해 갔다. 제주시 구역에 도착한 후 김현돈 교수는 도중에 내렸다. 36만 원을 지불하고서 최고급 횟감인 다금바리와 방어 그리고 참돔 각 한 마리씩을 구입해 회를 뜬 다음, 부산횟집 2층에서 내 회갑 축하를 겸한 석식을 들었다. 박선자 교수는 도중에 먼저 숙소로 가고, 윤용택 교수를 포함한 나머지 6명은 내년 1학기를 마치고서 정년 퇴직하는 박선자 교수의 후임 문제 등을 화제로 술을 들다가 예약해 둔 숙소인 라마다 호텔까지 1km 정도 되는 거리를 걸어서 갔다, 여성인 박선자 교수는 2인실 방을 혼자서 쓰고, 남자 5명은 바다 쪽을 향한 3층 의 온돌방 두 개를 썼다.

18 (금) 눈보라 친 후 대체로 개임 -올레 1코스

호텔 뷔페로 조식을 든 후, 여섯 명이 체크아웃 하여 방파제 아랫길을 따라 걸어서 간밤의 부산횟집 주차장까지 이동한 후, 거기에 세워둔 렌 터카를 타고서 1132번 해안도로를 경유하여 동쪽으로 이동해 올레길 1 코스의 출발지점인 성산읍 시흥리의 시흥초등학교에 닿았다. 오늘도 이 동하는 도중에 꽤 심한 눈보라가 치더니 트레킹 출발지점에 막 도착하니 묘하게도 개였다. 학교 부근의 화장실이 딸린 매점에서 물과 기념품을 산 다음, 걸어서 말미오름과 알오름에 이르는 도중에 다시 곳곳에서 눈 보라가 치기도 하였다. 박선자 교수는 오늘도 자기는 걸을 수 없다면서 불평을 늘어놓다가 도중에 적당한 탈출로도 없으므로, 결국 알오름에는 오르지 않고 바로 가는 길로 먼저 가고, 나와 류왕표·권오민 교수만 예 정된 코스대로 걸었다.

종달-시흥 해안도로 가까운 곳의 휴게소에서 그들과 합류하여 오늘 도 오뎅을 안주로 막걸리를 들다가 배석원·류왕표 교수는 그 매점의 차 로 시흥초등학교로 이동하여 그곳에 세워둔 렌터카를 몰고 왔다. 류 교 수가 모는 차의 일행은 도중에 만난 여성 한 명이 시흥초등학교로 가고 자 하므로 그곳까지 태워다 주었고, 배석원 교수 차에 동승한 나를 포함 한 세 명은 올레길 코스를 따라서 차로 먼저 이동하여 시흥리 12-64의

성산포수협 시흥리 어촌계장인 현복자 여사가 경영하는 시흥해녀의 집에서 합류하여 전복죽과 조개 죽, 그리고 해삼을 안주로 소주 한 병을 든 다음, 다시 1132번 국도를 경유하여 제주시로 돌아왔다.

오후 4시쯤에 제주렌터카 사무소에 도착하여 차를 반환한 후 순환버스를 타고서 제주국제공항으로 이동하였다. 탑승수속을 마치고서 체크인 하여 공항 안의 기념품점에서 공동경비로 제주산 농산물로 기념품을 구입한 후, 탑승구에서 한 시간 정도 대기한 후 5명은 오후 6시발 에어부산 항공기에 탑승하여 부산으로 돌아왔고, 류왕표 교수는 6시 15분에 출발하는 비행기로 서울로 향했다.

6시 50분에 부산에 도착한 후, 공항 주차장에 세워둔 승용차에 분승하여 밤길을 달려 진주로 돌아왔다. 인문대 주차장에서 다시 합류하여 철학과 졸업생인 김진용 군이 경영하는 두부전문식당 두향에 들러 늦은 석식을 함께 든 다음 밤 10시가 넘어서 귀가하였다.

27 (일) 맑음 -지리산둘레길 제1코스

혼자서 웰빙산악회를 따라 지리산둘레길 제1코스를 다녀왔다. 오전 8시 시청에서 대절버스 한 대로 출발하여 남해·대진·88고속도로를 경유하여 남원요금소에서 일반국도로 빠져나온 후, 남원시 주천면 소재지에서부터 트레킹을 시작했다.

『亂中雜錄』의 저자인 趙慶南의 고향인 내촌마을을 지났는데, 주민에게 물어보니 조경남의 무덤은 다른 곳에 있고 이 마을에는 이렇다 할 유적이 남아 있지 않은 모양이었다. 구룡치를 지나 회덕마을에 이르기까지 계속하여 울창한 소나무 숲을 지났고, 그 다음의 노치마을은 백두대간이 지나는 곳으로서 예전에 통과한 적이 있는 곳이다. 운봉면 소재지에 좀 못 미친 지점인 서어나무 숲이 있는 행정마을에서 오늘의 일정을 마쳤다.

마을회관에 들어가 좀 앉아 있다가 그 근처의 유리문이 둘러져 있는 정자에서 떡국과 더불어 하산주를 들었다. 오후 6시쯤에 집으로 돌아왔다.

1월

9 (토) 맑음 -제주도

뇌향산오름산악회를 따라 1박 2일 동안의 한라산 산행 길에 나섰다. 오전 6시까지 신안동 주공1차 아파트 부근의 분수대 앞에서 집결하여, 33명이 대절버스 한 대로 출발하였다. 두 시간 남짓 걸려 고흥반도의 남쪽 끝 소록도 앞 鹿洞 선착장에 도착하였고, 3층으로 된 페리는 오전 9시 10분에 녹동 선착장을 출발하여 오후 1시 반쯤에 제주 선착장에 도착하였다.

제주시 오라1동 2449-35의 정가네식당에서 고등어조림으로 점심을 든 후, 현지의 비너스고속관광 버스를 타고서 이동하여 南濟州郡 安德面 曙光里 1235-3에 있는 오설록 차박물관(O'SULLOC TEA MUSEUM)에 들렀다. 雪綠茶를 생산하는 (주)아모레퍼시픽이 1979년 이래 제주도 내의 서광·도순·한남 3곳에 100만 평이 넘는 직영다원을 운영하고 있는데, 이곳 서광에는 16만 평 정도 되는 다원과 차 박물관이 있으며, 2008년부터 유기재배를 하고 있는 모양이다.

다음으로는 거기서 별로 멀지 않은 곳인 제주시 한경면 저지리 산 39-3에 위치한 유리조형예술체험 테마파크인 유리의성으로 갔다. 세계의 유리 장인들이 제작한 350여점의 유리작품이 전시된 각기 다른 6개의 테마조형파크였다.

마지막으로 서귀포시의 동쪽 변두리에 위치한 석부작테마공원에 들렀다. 제주도에는 여러 가지 테마파크들이 있는데, 이곳은 예전에 감귤을 재배하던 농가들이 한미 FTA 체결 등으로 말미암아 감귤산업이 경쟁력을 잃게 되자 제주특별자치도 당국의 권유에 따라 힘을 합해 업종 전환을 하여 지금은 펜션과 각종 귤나무의 시범 재배, 그리고 石附作이라고 하는 현무암 돌에다 각종 현지 식물들을 붙여서 관상용으로 기른 것들을 전시하고 있으며, 유리 용기 속에서 재배한 인공산삼 제품도 판매하고 있었다. 관광버스가 입구에 닿자 제주방언을 사용하는 여성 가이드가 우리 일행을 안내하여 공원 내를 한 바퀴 두르며 설명하고는 우리를 산삼제품판매장으로 데리고 가는 시스템으로 되어 있었다.

관광 일정을 모두 마치고서 제주시 연동 268-13번지에 있는 스카이리더스 호텔로 돌아와 투숙하였다. 우리 일행은 7층에서 5인 1실로 숙박하였는데, 나는 진주에서 녹동까지 우리를 태워 온 관광버스 기사를 포함한 6인과 함께 707호 온돌방에 들었다. 이 방에는 뫼향산오름의 집행부 임원들이 주로 든 모양인데, 개중에는 몇 년 전에 나와 함께 네팔 히말라야의 안나푸르나 트레킹에 참가했었던 송계고등학교 교사 이우성 씨도 포함되어 있었다. 뫼향이란 '산의 향기'라는 뜻이라고 한다. 나 바로 옆에 누운 기사는 밤새 자면서 이를 갈고 있었다. 제주 산업의 80%는 제주시에 모여 있다고 하는데, 그래서 그런지 우리가 제주도 여행을 할 때 관광을 제외한 숙박과 식사, 쇼핑 등은 대부분 제주시로 돌아와서 하게 된다.

10 (일) 대체로 맑음 -돈내코~어리목

새벽에 일어나 샤워를 한 후, 6시부터 어제 석식을 들었던 호텔 1층의 식당에서 약식 한식뷔페로 조식을 든 후, 6시 30분 무렵 어제의 전용버스를 타고서 한라산을 향해 출발하였다. 15년 만에 개방된 서귀포시의 돈내코 코스로 올랐다. 숲이 우거진 완만한 경사면을 계속 올랐는데, 평지궤대피소에 이를 무렵부터 고산인 때문인지 시야를 가리던 숲들이 사라지면서 한라산 정상과 서귀포 일대의 조망이 넓게 펼쳐졌다. 샘물이 있는 방아오름에 좀 못 미친 지점에서 남벽을 거쳐 정상으로 오르는 길이 있었던 모양이지만, 지금은 그곳에 감시초소만 하나 있을 뿐 길이 눈 속에 파묻혀 흔적도 없이 사라졌고, 윗새오름 부근에서 접근하는 서· 북벽에서 정상에 이르는 산행로도 폐쇄되어져 있다. 유일하게 개방된 성판악-백록담-관음사 코스에는 정상 부근에 사람들이 개미 줄처럼 이어져 움직이고 있는 모습이 올려다 보였다.

돈내코 코스의 오름길이 끝나고 어리목 코스의 하산로가 시작되는 정상 남쪽 사면에서부터는 짙은 안개가 끼어 있었다. 이 구역은 겨우내 대체로 안개가 끼는 모양인지 내린 눈이 녹지 않고서 주목 숲을 두텁게 뒤덮고 있어서 우리는 환상적인 눈의 터널 속을 지나 계속 나아갔다. 그러한 풍경은 우리가 점심을 든 윗새오름대피소에 이를 때까지가 절정이었다. 윗새오름대피소에서 우리 일행 몇 명을 만나 그들과 더불어 호텔을 떠날 때 배부 받은 도시락으로 점심을 들고 있을 때 진주에서 온 비경산악회의 정상규 대장을 만났다. 이번 토요일에 진주에서는 다섯 개 산악회가 우리처럼 1박 2일 일정으로 제주도에 왔는데, 그는 78명의 인원을 인솔해 와서 두 팀으로 나누어, 한 팀은 성판악에서 정상을 지나 관음사로 가고, 또 한 팀은 우리처럼 돈내코를 거쳐 영실로 내려간다고 한다.

윗새오름대피소에서 영실 쪽 길과 갈라져 우리는 보다 긴 어리목 코스로 하산하였다. 어리목 쪽도 영실과 마찬가지로 예전에 몇 번 와 보았을 것으로 짐작하고 있었지만, 눈 속이라 그런지 주변의 풍경은 낯설었다. 주목 숲이 끝나자 적송과 잡목림이 이어졌다. 키가 높은 잡목림에 쌓인 눈이 녹아서 가는 눈발처럼 쏟아지는 풍경도 멋이 있었다. 사제비약수를 지나 세계자연유산관리본부 한라산국립공원관리사무소가 있는 어리목 입구의 주차장에 이르러 오늘 산행을 마쳤다.

우리는 다시 대절버스를 타고서 제주시로 돌아와 오후 2시 반쯤에 珍羞盛饌이라는 식당에서 가정식백반으로 점심을 들었고, 용두암이 있는 곳에서 멀지 않은 제주시 동쪽의 용담3동 1039에 있는 제주자연농수산에 들러 나는 아내에게 줄 한라봉 한 상자를 샀다. 그런 다음 용두암해수랜드에서 각자 해수사우나를 하고서 부두로 이동하여 다시 녹동 행 페리를 탔다. 그러나 사우나를 하느라고 부두 도착이 늦었던 까닭에 2·3층의 3등 선실은 이미 만원이라, 별 수 없이 갑판 가의 의자 근처 벽에다 짐을 내려놓고서 뿔뿔이 흩어져 각자 행동을 취할 수밖에 없었다.

카페리는 오후 5시 10분에 제주항을 출발하여 4시간 남짓 항해한 끝에 밤 9시 반쯤에 녹동 항에 내렸다. 항해하는 동안 나는 갈 때와 마찬가지로 갑판 가의 3층 계단에 걸터앉아 바다 풍경을 한 시간 정도 바라보고 있다가, 3층 선실의 TV가 설치되어져 있는 의자 중 빈 것 하나에 걸터앉아 눈을 붙이고 있었다. 녹동에서 다시 진주 팔도관광의 대절버스를 타고서 자정 무렵에 집으로 돌아왔다.

17 (일) 맑음 −선암사~송광사, 천자암

혼자서 동산산악회를 따라 전남 순천 조계산의 선암사에서 송광사에 이르는 트레킹 코스를 다녀왔다. 오전 8시에 시청 앞에서 집결하여 대절버스 한 대로 출발하였다. 남해고속도로를 따라 순천으로 가서 昇州邑 죽학리의 선암사 입구 주차장에서 내렸다.

나는 소장군봉을 거쳐 조계산 정상인 장군봉과 연산봉 쪽으로 나아가는 우리 일행으로부터 떨어져 혼자서 오랜만에 선암사 경내를 둘러보았다. 그러는 동안 우봉 최영신 화백으로부터 전화를 받아 절 구내에서 한참동안 대화를 나누었다. 그는 하동군 진교의 고향 마을에 세울 작품 전시관의 이름을 春雪院으로 하려다가 최근에 峰春院으로 고쳤으며, 그 관계로 조만간에 다시 진주로 내려올 것이라고 한다.

통화를 마친 후 트레킹 코스로 접어들어, 울창한 편백나무 숲을 지나서 눈이 녹아 얼음이 된 오름길을 따라 한참 걸어서 큰굴목재라고도 불리는 선암굴목재를 지나 내리막길로 장밭골까지 내려온 후, 그 부근에 세 군데 정도 있는 보리밥식당 중 원조라고 불리는 집에서 보리밥과 전 그리고 막걸리 한 사발로 점심을 들었다. 날 상추와 함께 먹는 젓갈에 멸치로 보이는 생선이 좀 들어 있는 외에는 모두 채식이었다. 기억이 확실치는 않지만 예전에 송광사 쪽으로부터 이곳 보리밥집까지는 올라와 본 적이 있는 듯하다.

점심을 든 후 다시 오름길을 따라 운구재라고도 불리는 송광굴목재로 올라가다가 재에 거의 다다른 지점에서 남쪽의 천자암으로 난 길의 안내판을 보고서 그쪽 길로 접어들었다. 거기서 1.7km 정도 떨어진 위치의 송광사 말사인 天子庵에 이르러 그곳 명물인 雙香樹를 구경하였다. 보조국사가 중국에서 가져온 지팡이를 꽂아 자라난 것이라는 전설이 전해오는 중국 원산의 오래된 향나무 두 그루가 법당 뒤편 우물가에 서로 붙어서 있는데, 둥치는 거의 다 삭아 대부분 시멘트로 붙여두었다.

천자암에서부터 송광사로 빠지는 길도 있지만, 오늘 산행의 주목적은 송광사까지 가는 트레킹 코스를 주파하는 것이므로, 왔던 길을 도로 올라가 천자암봉(755m)을 거쳐서 송광굴목재에 다다른 다음, 홍골을 거쳐 송광사로 내려왔다.

오후 3시 반쯤에 등산을 모두 마치고서 주차장에서 일행과 어울려 하산주를 마시다가 밤 6시 반 무렵에 귀가하였다.

24 (일) 맑음 -까치봉, 말봉산, 천봉산

혼자서 청솔산악회를 따라 전남 보성군 문덕면에 위치한 까치봉(572m) 말봉산(589) 天鳳山(611.5)에 다녀왔다. 오전 8시 30분까지 역전에 집결하여 대절버스 두 대로 출발하였다. 남해·호남고속도로를 경유하여 주암에서 국도 18번으로 빠진 후, 주암호반의 국도 15번을 따라가다가 죽산교를 지나서 1~2년 전에 본교 철학과 대학원생 및 강사들과 함께 와 본 大原寺와 티베트박물관이 있는 문덕면 죽산리 쪽으로 진입하였다.

대원사 주차장에서 하차한 후, 오전 10시 40분 무렵부터 등산을 시작하였다. 오는 도중의 섬진강 휴게소에서 산 고무체인으로 된 새 아이젠을 착용하였더니 보통 아이젠보다는 발이 편하였다. 愛蓮亭을 지나서 대원사 오른편의 오르막길을 따라 까치봉에 다다른 후 비교적 평탄한 능선 길로 마당재를 지나서 말봉산에 이르러 점심을 들었다. 몸살 기운이 좀 있어 식욕이 없었다. 대원사를 끼고서 한 바퀴 빙 두르는 코스였는데, 오늘의 최고봉인 천봉산에 오른 다음 300m 정도 지났던 길을 되돌아 나와서 가파른 비탈로 된 능선 길을 따라 내려와 개울가의 山仰亭을 거쳐서 출발지점의 주차장에 닿았다. 오늘 코스의 세 정상에는 어느 산악인이 개인적으로 나무판에 표시하여 정상 표지에 매달아둔 것이 있었는데, 거기에 적힌 봉우리들의 높이는 모두 지도 상에 나타나 있는 것보다 크게 적었다.

오후 2시 반 무렵에 하산을 완료하고서 6시 남짓 되어 진주에 도착하였다. 오늘 산행에서는 하산한 후 몇 년 전 네팔 히말라야의 안나푸르나 트레킹 때 나와 룸메이트가 되었던 정 교장을 만났다. 그는 작년 무렵 본교 대학병원에서도 만난 적이 있었는데, 당뇨가 있어 석 달에 한 번씩 대학병원에 다닌다고 한다. 나보다 세 살 위인 65세였다.

31 (일) 대체로 흐림 -도고산, 안락산

혼자서 희망산악회를 따라 충남 牙山市 道高面과 禮山郡 사이에 걸쳐 있는 道高山(482m)과 安樂山(424)에 다녀왔다.

오전 7시 30분까지 시청 서문 앞에 집결하여 대절버스 한 대로 출발하였다. 대진고속도로를 따라 대전까지 갔다가 대전에서 당진까지 작년에 새로 개통된 고속도로를 따라 올라가 예산 읍내로 빠졌고, 오전 10시 40분 무렵 아산시 도고면 시전리의 도고중학교 앞에서부터 등산을 시작하였다.

계속 오르막길을 올라 팔각정 전망대를 거쳐 도고산 정상에 도착한 다음, 종주 능선 길을 따라 남쪽으로 나아갔다. 도중에 회장인 박양일 씨 등과 어울려 점심을 든 후 안락산과 토성봉(406)을 거쳐서 관모산 (390.5) 조금 못 미친 지점의 02-03 지점에서부터 나무 계단이 설치된 계곡 길을 따라 오후 4시 반 쯤 되어 예산군 大迷面 향천리의 香泉寺를 거쳐서 하산하였다.

절 입구의 일주문 근처 공터에서 떡국으로 저녁식사를 겸한 하산주를 들고서 밤 8시 반 무렵에 귀가하였다.

2월

5 (금) 맑음 -한국가사문학관, 소쇄원, 화순금호리조트

점심 때 김병택 교수와 더불어 풀코스를 산책한 후, 1박 2일 일정으로 전남 화순군 북면 옥리 금호화순리조트에서 개최되는 2009학년도 인문대학 교직원 동계세미나에 참가하여, 오후 2시에 인문대 뒤편에서 대절버스 한 대로 출발하였다. 직원 3명, 조교 6명에다 기사를 포함하여 모두 24명이었는데, 교수 6명은 아침에 승용차 두 대로 먼저 출발하여 골프 라운딩과 사우나를 한 후 화순리조트에서 우리와 합류하였으므로, 그들을 포함하면 30명이다.

남해·호남고속도로를 경유하여 먼저 담양군 남면 지곡리에 있는 한국가사문학관에 들렀고, 거기서부터 800m 정도 떨어진 거리의 소쇄원에도 들른 다음, 887번 도로를 따라 담양군 남면에서 화순군 북면으로 들어갔다.

화순금호리조트는 예전에도 인문대학에서 행사를 가진 적이 있는 종합온천레저타운인데, 호텔 형 콘도와 온천시설인 아쿠아나가 각각 별도의 건물이면서도 2층의 회랑을 통해 서로 연결되어져 있다. 이번에 가보니 바깥 곳곳에 각종 공룡의 조형물들도 세워져 있었다. 나는 철학과의 권오민 교수와 더불어 603호실에 들었다.

2층 서석홀에서 금년 2월로 정년퇴직을 하는 중문과의 강신웅 교수가 주제발표를 하였고, 오후 7시 무렵부터 1층 한식당에서 버섯전골정식으로 석식을 들었다. 공용 간담회실인 611호실에서 시버스리걸과 러시아산 보드카를 들며 2차를 하다가 도중에 방으로 돌아왔다. 노래방 모임에는 참석하지 않고서, 권 교수와 더불어 MBC의 대담 프로인 〈아름다운 초대〉 박노해 시인 제2부 '노동의 새벽을 열다—시대의 상황 박노해'를 시청하다가 밤 11시 무렵에 취침하였다.

6 (토) 맑음 -담양 대나무골테마공원

아침에 권 교수와 더불어 〈숲 이야기〉'소나무와 향나무의 전쟁'을 시청하였다. 아쿠아나 건물 지하 1층에서 온천사우나를 하고 콘도로 돌아와, 한식당에서 사골우거지로 조식을 들었다. 콘도 매점에서 한 말 들이 고로쇠액 한 통을 6만 원에 구입하여 대절버스 짐칸에다 싣고서, 오전 9시 30분에 출발하였다.

다시 화순군에서 담양읍으로 올라와 메타세쿼이아 가로수 길에서 내려 기념사진을 촬영하고, 담양군 무정면에 있는 대나무골테마공원에 들러 그 구내의 사진전시실을 둘러보고, 대나무와 소나무 숲속 길을 한 바퀴 두르며 산책하였다. 전북 순창의 옥천골한정식에 들러 점심을 든 다음, 88고속도로와 대진고속도로를 경유하여 오후 3시 무렵에 출발지인 학교로 돌아왔다.

18 (목) 맑으나 쌀쌀함 -계명대학교

대구 계명대학교에서 '동양고전(경전)의 현대적 재해석'이라는 大주제 하에 개최되는 한국동양철학회 주최 제3차 동양철학연합학술대회에 참석하기 위해 오전 8시 40분 발 천일고속버스로 대구를 향해 출발하였다. 서대구 정거장에서 하차하여 택시를 타고 대회가 개최되어 있는 계명대학교 성서캠퍼스의 경영대학인 義洋館 앞에서 하차하여, 207호실로 올라갔다.

점심 식사를 마친 다음, 그 건물 옆의 啓明漢學村 일대를 둘러보았다. 2004년 개교 50주년을 기념하여 우리의 문화를 널리 소개하고 교육하기 위해 옛날 집을 그대로 재현하여 조성한 곳이었다. 한학촌은 서원 양식의 啓明書堂과 양반 민가 양식의 한옥인 溪亭軒, 그리고 정원으로 구성되어져 있는데, 연면적 259평 규모였다. 의양관으로 돌아와 다시 지하의 커피숍에서 커피를 마시며 대화를 나누다가, 오후 1시부터 시작되는 오후의 주제발표 일정에 참석하였다.

오후 4시부터 5시 38분까지 영남대 철학과 정병석 교수의 사회로 종합토론이 있었고, 이어서 총회가 있었다. 이동희 회장의 경과보고에 이어 금년도 회장인 연세대 철학과 李光虎 교수의 주재로 차기회장과 감사를 선임하였는데, 이미 2년 전에 예정되어 있었던 바와 같이 제17대인 2011년도 회장에는 내가 결정되어 인사말을 하였다.

이동희 회장과 동승하여 대구시 달서구 호산동 168-1에 있는 숯불가든 하늘정원으로 이동하여 돼지불고기를 안주로 만찬을 가졌고, 계명대 철학과 동양철학 교수들과 총무간사 추제협 씨 및 새 회장인 이광호 교수와 그가 이사진으로 위촉한 연세대 출신의 세 명, 그리고 오늘 토론한 성신여대 김용재 씨 및 함석헌 선생 모임에 오래 전부터 관계해 왔다는 서울에 사는 70대의 朴性極 노인과 나, 그리고 인산죽염촌 회장인 김윤수 씨는 대구시 달서구 두류1동 1196-1에 위치한 호텔 크리스탈로 이동하였다.

19 (금) 맑으나 쌀쌀함 -동산의료원 박물관, 대구제일교회,
　　　계산성당, 금요고서방
아침에 이동희 회장이 호텔로 와서 우리를 대동하여 호텔 근처의 반고개에 위치한 達西區 頭流1洞 1192-15의 金泰根 韓方料理로 가서 갈비탕으로 조식을 대접해 주었다. 반고개에서 택시와 승용차 각 1대씩에 나눠 타고서 8명이 계명대학교 동산의료원의 박물관으로 이동하였다. 그곳은 1899년 미국 북장로교에서 파송한 존슨 선교사가 약전골목 구제일교회 자리에 있던 한옥 몇 채 가운데서 문간 초가에 설립한 濟衆院이란 이름의 조그만 서구식 진료소를 모태로 하여 영남지역에서 최초로 서양의학을 도입 시술한 의료기관으로 출발한 곳이다. 존슨은 1900년에 미국에서 사과나무 묘목을 들여와 재배하였는데, 이것이 대구 사과의 시작이었다고 한다. 현재 동산의료원 선교박물관 앞 정원에 대구 최초의 사과나무 자손목이 시보호수 1호로 지정되어 남아 있었다.

1903년에 병원을 현재의 동산동으로 이전하였는데, 나지막한 언덕인 이 일대에 여러 채 있었던 선교사들의 주거 중 3동을 남겨서 1999년에

개원 100주년을 기념하여 대구시 유형문화재로 지정된 선교사 사택 2동을 선교박물관, 의료박물관으로 설립하였고, 이와 더불어 2001년에는 교육·역사박물관, 2002년에는 대구 3.1운동 역사관 및 한·일월드컵축구대회 기념관을 마련하였다. 바깥 경내에는 역대 선교사들의 유골이나 유품을 묻어둔 묘지와 "봄의 교향악이 울려 퍼지는 청라언덕 위에 백합 필 적에"로 시작되는 박태준 작곡, 이은상 작시의 '思友' 노래비도 있었다. '靑蘿'란 담쟁이의 한자어로서, 대구 출신인 박태준이 이곳 선교사 사택의 담쟁이 넝쿨을 보고서 자기가 사모한 여성을 백합꽃에 비유하여 작곡한 것이라고 한다.

미리 예약해 둔 바에 따라 젊은 여성 관리인의 안내를 받으며 박물관을 두루 둘러본 다음, 이들 선교사가 설립한 대구 최초의 개신교회인 대구제일교회 건물을 따라서 1919년 1,000여 명의 학생들이 이 길을 통해 서문시장으로 나가 독립만세를 불렀다는 3·1운동길, 일명 '90계단길'을 걸어 내려가 언덕 아래쪽의 桂山성당으로 이동하였다. 프랑스 선교사가 설계한 계산성당은 서울, 평양에 이은 세 번째 고딕 양식의 성당으로서, 서울 명동성당을 지었던 중국인들이 내려와 1902년에 지었다고 한다. 박정희 전 대통령과 육영수 여사가 결혼식을 올린 곳도 이 성당이었다. 그 입구 근처에 '나의 침실로'를 지은 시인 이상화의 고택이 100m 정도 떨어진 곳에 있음을 가리키는 표지도 있었다.

거기서 이동희 교수 및 새 총무이사인 천안의 국제뇌교육종합대학원대학교 국학과 林采佑 교수와 작별하고서, 나머지 다섯 명은 새 편집이사인 연세대학교 강진다산실학연구원 황병기 연구교수의 승용차를 타고서 중구 봉산동에 있는 錦窯古書房으로 이동하였다. 우리 일행 중 박성극 씨와 그곳 주인인 박민철 씨는 서로 오랜 교분이 있고, 황병기·이광호 씨도 고서에 취미가 있기 때문이었다. 거기서 미수 허목의 篆書帖을 구경하고, 이광호 교수가 필사본 『心經』한 권을 구입한 다음, 주인의 배려로 이웃한 봉산동 135−14의 이천쌀밥집으로 이동하여 점심을 대접받았다.

그런 다음 일행과 작별하여 나는 진주를 경유하여 전남 강진으로 가는 황병기 씨의 차에 동승하여 진주역의 자택 앞까지 대화를 나누면서 함께 왔다.

3월

　7 (일) 아침까지 부슬비 내린 후 개임 –대부산

　혼자서 망진산악회를 따라 여수시 남면 金鰲島에 있는 大付山(382m)에 다녀왔다.

　오전 7시까지 구 MBC 자리인 롯데인벤스 아파트 옆에 집결하여 대절 버스 한 대로 출발하였다. 나는 10여 년 전의 여러 해 동안 진주에서 가장 오래된 이 산악회의 회원이었는데, 실로 오랜만에 다시금 산행에 동참해 보는 셈이다. 당시의 회원으로는 초등학교 교감이었던 차희열 씨와 본교 대학병원에 근무하고 있었던 양진규 현 회장이 아직도 남아 있을 따름이다. 양 회장은 지난 금요일에 예약 전화를 걸었을 때 내 이름을 듣고서 금방 나인 줄을 알았다.

　남해고속도로를 따라 광양시까지 갔다가, 거기서 여수까지는 해안을 따라 난 새 국도를 경유했다. 이순신 장군의 옛 전라좌수영이 있던 자리인 洗兵館 앞의 여객선 터미널에서 남면 금오도까지 왕복하는 한려페리호는 하루 세 차례 있는데, 우리는 그 중에서 두 번째로 출항하는 9시 40분 여수 발 페리에다 대절버스를 싣고서 개도의 화산 선착장을 경유하여 11시 10분에 금오도 서북쪽의 종점인 함구미에 닿았다.

　함구미 마을에서는 여기저기서 동백꽃을 볼 수 있었는데, 동백도 이제 한철이 지났는지 마을에서 좀 벗어나 산으로 접어들자 동백나무는 있어도 꽃은 이미 볼 수 없었다. 능선 길의 팔각전망대를 경유하여 대부산 정상에 올랐다. 다도해해상국립공원의 수려한 경관을 바라볼 수 있는 대부산 종주 길은 11km 약 5시간 거리인데, 우리는 그 길을 다 걷지 못하고서 정상을 한참 지난 지점에서 점심을 든 후 오후 4시에 함구미를 출발하는 마지막 배 시간에 맞추기 위해 칼이봉을 지난 지점의 느진목에서 대유마을 쪽으로 하산하였다. 산길에서 만나는 나무들은 대부분 서어나무인데, 마을 근처에서는 노란 열매가 달린 유자나무와 붉은 꽃이 달려 있거나 땅에 떨어져 있는 동백나무들을 볼 수 있었다.

대유에서 소유를 지나 산행 종점인 우학리의 검바위마을까지 포장된 지방도를 따라서 남쪽으로 걸어가는 도중에 우리를 태우러 온 대절버스를 만나 종점까지 가서 하산주를 들었다. 다시 함구미로 이동하여 배를 타고서 여수로 돌아온 후, 두 시간쯤 항구의 상점가를 산책하며 건어물과 김, 전어 젓갈, 갓김치 등 집에서 먹을 밑반찬들을 구입하였다.

21 (일) 맑음 -갈미산, 쫓비산

혼자서 진봉산악회를 따라 전남 광양시 다압면과 진상면 사이에 있는 갈미산(519.8m)과 쫓비산(536.5)에 다녀왔다. 오전 8시 30분까지 구 MBC 앞에 집결하여 대절버스 한 대로 출발하였다. 남해고속도로와 19번 국도를 경유하여 하동읍에 이른 다음, 섬진교를 건너 전남 땅으로 들어갔다. 매화축제가 벌어지고 있는 다압면 도사리의 매화마을 앞을 지나 온통 매화가 만발한 섬진강변 길을 따라 북상하여 등산 기점인 도사리 官洞마을에서 하차하였다.

관동에서 마을과 매실농장을 가로질러 개밭골재에 오른 다음, 능선 길을 따라 올라 갈미산에 다다랐고, 다시 한참을 더 걸어 오늘의 최고봉인 쫓비산에 다다랐다. 쫓비산을 좀 지난 지점의 널찍한 장소에서 혼자 점심을 든 다음, 청매실농장을 거쳐 축제 행사장인 매화마을로 내려왔다. 큼직한 천막 안에서 판소리 대회가 열려 한복을 차려 입은 젊은 아가씨가 창을 하는 모습도 보였다.

오후 3시 반쯤에 셔틀버스를 타고서 제4주차장까지 올라와 오늘 산행을 마쳤다. 오늘 걸은 거리는 11km쯤 된다고 한다. 대형버스들이 서 있는 제4주차장에서 산악회 측이 마련한 파전과 하동재첩 버무림을 안주로 조껍대기 술로 하산주를 든 다음, 그 일대 산기슭의 매실 농장을 산책하며 만발한 매화를 즐겼고, 고들빼기·달래·냉이·머위 등의 봄나물과 매실 엑기스 한 통도 샀다.

돌아올 때는 축제 행사장 일대의 교통 혼잡을 피해 더욱 북상하여 화개장터 근처의 남도대교를 건넌 다음, 경남 하동군 쪽의 섬진강변 길을 따라 19번 국도로 하동읍까지 내려와서, 2번 국도인 구 도로를 따라 진주로 돌아왔다.

28 (일) 맑음 -봉황산, 금오산, 향일암

혼자서 청솔산악회를 따라 전남 여수시 돌산읍 남부에 위치한 鳳凰山 (460m) 金鰲山(360)에 다녀왔다. 오전 8시 30분까지 역전에 집결하여 대절버스 두 대로 출발하였다.

남해고속도로와 광양에서 여수를 잇는 바닷가 국도를 따라 여수시내로 진입한 다음, 돌산대교를 건너 돌산도로 들어갔다. 오전 10시 45분쯤 죽포리 죽포교회 부근의 보호수로 지정된 느티나무 근처에서 하차하여 비닐하우스가 설치된 들판을 가로질러 건너편 등산로에 접어들었다. 도중의 율림치 휴게소까지 차가 올라와 거기서 다 같이 점심을 든다고 하므로, 배낭은 차 안에 두고서 스틱 두 개만 짚었다. 능선에 올라선 후에도 한참을 더 올라가니 오늘의 최고봉인 봉황산 정상에 이르렀고, 거기서 반대방향으로 내려오니 능선 길에 비포장 차도가 이어지다가 다시 일반 등산로로 연결되었다. 율림치에 닿아 일행 중 안면이 있는 사람 몇 명과 어울려 점심을 들었고, 식후에는 다시 혼자서 걸어 금오산 정상에 다다라 탁 트인 다도해해상국립공원의 모습을 바라보다가 관음기도처로 유명한 向日庵 쪽으로 내려왔다.

향일암은 구례 화엄사의 말사라고 하는데, 최근에 화재로 소실되었다는 신문보도가 있었지만, 이미 복구공사가 상당히 진행되고 있었다. 全燒된 것은 관음보살의 本殿인 圓通寶殿과 그 마당 옆의 매점으로 사용되고 있는 靈龜庵 정도였는데, 이미 기본구조는 재건되었고, 기와는 황금색을 사용하고 있었다. 금오산에서 절로 내려오는 하산로에는 거북 등껍

질처럼 네모난 무늬가 있는 바위들로 이어져 있었고, 절 일대는 동백꽃이 한창이었다.

하산 길에서부터 주차장으로 향하는 도중에 미역·김·갓김치·어리굴젓·머위 등을 구입하였다. 오후 3시 30분 무렵에 마을에서 꽤 떨어진 위치에 있는 버스 주차장에 도착하였다.

4월

4 (일) 맑음 ─금산, 노도, 선진왜성

남강산악회를 따라 남해군에 다녀왔다. ≪경남일보≫에서 남해군 설천면에 있는 구두산(371m)에 간다는 광고를 보고서 참가했던 것이다. 오전 8시까지 시청 앞에 집결하여 대절버스 두 대로 출발하였다. 그런데 알고 보니 오늘이 이 산악회의 창립 19주년 기념일이라 하여 주로 그 행사를 하고, 구두산 정상에 조금 못 미친 지점의 철탑 있는 곳에다 차를 대고서 잠시 정상에 다녀온 후 2부의 보물찾기·윷놀이·노래자랑 등 행사를 한다는 것이었다.

그러더니 한참 후에는 다시 철탑 아래의 장소가 사유지라 그 주인이 문을 폐쇄해 놓았다는 정보를 입수했다고 하면서, 구두산 등반은 포기하고서 금산 근처의 다른 장소에서 행사를 하며, 희망자에 한하여 잠시 금산을 등반할 수도 있다는 것이었다. 행사 장소란 알고 보니 예전에 아내의 대학원 제자인 남해군의 보건소장이 초청하여 자연산 생선회를 대접받은 바 있는 상주면 양아리 벽련마을 바로 위쪽의 7번 지방도로가 공터였다. 그리고 상주리 법문사 쪽에서 보리암까지 약 2시간 정도 등산도 가능하다고 했다.

돌계단 길을 계속 올라 두 개의 바위굴로 이루어진 雙虹門까지 올라갔다가, 거기서 보리암과 단군성전으로 가는 길이 갈라지며 각각 전방 300m 정도 떨어진 위치에 있다는 안내판을 보고서 단군성전 쪽으로 방향을 정했다. 그러나 그 길로 한참 더 가보았더니, 금산산장이라는 술집을 겸한 매점이 나왔다. 예전에 인문대 교수회에서 보리암에 야유회를 왔을 때 거기서 막걸리를 마신 적이 있는 곳이었다. 단군성전 가는 길은 오는 도중에 다른 길로 접어들어야 하며 금산산장에서 거기까지는 거리가 제법 된다는 말을 듣고서, 오후 12시 30분까지 하산하라는 주최 측의 말을 염두에 두고서 포기하고 하산하였다.

등산로 입구의 주차장에서 주최 측이 행사용 짐을 실어온 소형 트럭의 뒤에 올라타고서 벽련마을 위쪽의 행사장에 도착하였다. 점심을 든 다음, 나는 행사에 관심이 없어 벽련마을로 내려가서 건너편의 櫓島로 건너가는 배를 2만 원 주고서 대절하였다. 남해 섬은 유배지로 유명한 곳이지만, 그중에서도 이곳 노도에 귀양 와 있던 3년 동안에『九雲夢』『謝氏南征記』등의 국문소설과『西浦漫筆』등의 명작을 남겼던 서포 김만중은 대표적인 인물이라 할 수 있으므로, 예전부터 한 번 와 보고 싶었던 것이다. 벽련마을에 거주하는 이준송 씨가 소유한 낚시전문의 소형 기관선 명성호를 타고서 노도로 건너가 바닷가 마을 입구의 金萬重先生遺墟碑를 둘러보고, 콘크리트 포장도로를 한참 걸어 西浦가 살던 초가집과 그 근처의 우물터, 그리고 거기서 좀 떨어진 위치에 있는 虛墓 등을 둘러보았다. 서포는 귀양살이 하던 중 이곳에서 죽어 근처의 산에 몇 달간 묻혔다가 시신이 고향으로 이장되어 갔던 것이다. 복원된 草屋에서는 동네 아낙들과 남정네들이 문짝에다 새 종이를 바르는 등 수리 작업을 하고 있었다. 그보다 조금 더 위쪽의 원래 초옥이 있었던 장소에도 올라가 보았다.

서포의 유적지 둘러보기를 마친 다음, 좁다란 농로를 따라 노도의 정상까지도 올라가 보았고, 가시덤불을 헤치며 거의 사라진 반대편의 길을 따라 마을로 내려온 다음, 건너편으로 가천다랑이마을이 바라보이는 산복도로의 끝까지 걸어가 보고서 오후 4시 남짓에 벽련마을로 돌아왔다.

돌아올 때는 창선도를 거쳐 삼천포대교를 건너고 실안을 지나서 사천시 선진리의 선진공원에 들러 한 시간 정도 머물렀다. 그곳을 중심으로 사천의 봄 축제인 臥龍文化祭가 열리고 있는 중이었다. 벚꽃 명소인 이곳에도 벚꽃은 이제 피기 시작한 정도에 불과했다. 모처럼 이곳 왜성에 올라보았는데, 그 새 일본의 姬路城을 본떴다는 일본식 성문과 성벽들이 복원되어져 있었다. 이곳을 중심으로 전개된 이순신장군의 사천해전을 기념하는 안내판도 둘러본 다음 밤 7시 반 무렵에 귀가하였다.

11 (일) 흐림 -홍천 팔봉산

울타리산악회를 따라 강원도 洪川郡 西面 八峯里에 있는 八峯山(302m)에 다녀왔다.

새벽 6시에 계동 전화국 앞에서 집결하여 대절버스 한 대로 출발했다. 대진·경부·중부고속도로를 경유하여 동서울터미널을 지난 후, 서울·춘천 간의 작년인가에 새로 개통된 고속도로를 경유하여 남춘천 요금소에서 고속도로를 빠져나와 홍천 방향으로 접근하였다.

오전 11시 무렵부터 등산을 시작하여 오후 3시 무렵에 하산을 완료하였다. 망진산 정도 규모의 조그만 산이지만, 8개의 암봉이 뚜렷하고 3면을 홍천강이 굽이치며 안고 흘러 그런대로 경관이 빼어나고 스릴을 느낄 수 있었다. 2봉 꼭대기에 三婦人堂이란 이름의 당집 건물 두 채가 있는데, 현판 같은 것은 없고 문이 모두 잠겨 있었다. 마을제사를 지내는 곳인 모양이었다. 우리는 2·3봉 사이의 쇠로 된 벤치 몇 개가 놓여 있는 쉼터에서 점심을 들었다. 4봉에 解産窟이란 이름의 10m 정도 되는 비좁은 수직 바위굴이 있어 이곳 등산로 중에서 가장 묘미 있는 구간이라고 하는데, 나는 줄을 서서 대기하기가 싫어 그곳을 둘러 지났다.

돌아올 때는 원주를 경유하여 영동·중부내륙·구마·남해고속도로를 거쳐서 밤 10시 무렵에 귀가하였다. 서울 갔던 아내도 내가 돌아와 샤워를 하고 있을 때 귀가하였다.

25 (일) 맑음 -보성 오봉산, 봇재다원

의암산악회를 따라 전남 보성군 득량면 비봉리에 있는 오봉산(345m)

에 다녀왔다. 오전 8시 30분까지 제일예식장 주차장 앞에 집결하여 대절 버스 한 대로 출발하였다.

남해고속도로와 순천을 거쳐 오전 10시 40분경에 득량면 해평리의 득량남초등학교 앞에 도착하였고, 거기서부터 등산을 시작하여 산줄기를 따라 칼바위를 지나서 정상에 다다라 혼자서 점심을 들었다. 계속 득량만을 바라보면서 능선 길을 걸었는데, 得糧이란 지명은 이순신 장군이 임진왜란 때 이 지역에서 군량을 많이 얻었다는 데서 유래했다고 한다. 산 위에 板巖 모양의 얇게 벗겨진 바위조각들이 많아, 곳곳에 그것들로 정교하게 쌓아올린 돌탑들을 볼 수 있었다. 용추폭포를 지난 지점에서 비포장도로를 만나 오후 4시 무렵 주차장에 도착하였다.

돌아올 때는 보성군내에 있는 봇재다원에 들렀고, 섬진강 휴게소에서 백합 구근을 8개 구입하였다. 흰색뿐만 아니라 노란색과 붉은색 꽃이 피는 백합도 있었다. 이번 주말에 외송에다 심고자 한다.

5월

1 (토) 맑음 -외송, 쌍계사

가족과 함께 외송에 들어갔다. 먼저 서부시장에 들러 옥수수 묘종과 채소 지지대 한 묶음을 사고, 농장에 도착해 보니 자두와 벚꽃은 이미 지고 복사꽃 등이 피어 있었다. 아내는 텃밭 일, 회옥이는 내가 지난 주말 산행에서 사 온 백합 구근 등을 꽃밭에 심는 일을 하고, 나는 농장을 한 바퀴 두르면서 찔레 등 가시 있는 나무들을 제거하고, 입구 부근의 골짜기에 밀집해 있는 산딸기 비슷한 가시 있는 나무의 새 순 및 그 뿌리를 제거하는 작업을 하였다.

정오 무렵까지 일한 다음, 차를 몰아 희망교를 건너서 본교 쪽으로 들어와 철학과 제자인 황미란 내외가 경영하는 두향 가좌점에 들러 점심을 들었다. 식사 후 가족과 헤어져 나는 연구실로 들어가 오후 2시부터 교육대학원 수업을 하였다.

오후 4시 반에 수업을 마치기 조금 전 무렵 우봉으로부터 전화가 걸려 왔다. 지금 서울에서 내려와 진주에 도착하여 저명한 서예가인 故 隱樵 鄭命壽 옹의 며느리와 飛鳳樓 근처에서 함께 차를 마시고 있다면서, 함께 쌍계사로 들어가 주지를 만나고서 하룻밤 자고 오자는 것이었다. 그는 몇 주 전부터 그런 말을 하고 있었다. 우봉은 이번에 승용차를 몰지 않고 서 고속버스를 타고 진주로 왔다고 하므로, 내가 차를 몰아 이현동의 웰가아파트 안으로 들어가서 그 입구의 택시정류장에서 우봉을 만났다.

대진·남해고속도로를 경유하여 하동으로 갔는데, 대화하다보니 깜박 하여 古田 톨게이트 진입로를 지나쳐 버렸으므로, 전남 땅인 섬진강휴게 소에 들렀다가 안내소에서 길을 물어 진월IC에서 고속도로를 빠져나간 다음, 861번 지방도로로 접어들어 전남 광양시 진월면과 다압면을 섬진 강을 따라 올라가 구례군 간전면 운천리에서 남도대교를 건너 경남 하동 군의 화개장터로 들어갔다. 장터에서는 야생차축제가 열리고 있었다. 개 울 오른편에 10년 전쯤 새로 난 차도를 따라 쌍계사로 진입하였다.

가는 도중에 주지인 休峰 尙勳 스님에게 전화 연락해 두었었는데, 도 착해 보니 오라고 하던 주지스님은 출타하고 없었다. 신도회관 비슷한 콘크리트 건물의 2층 끝 방인 객실 210호실을 배정받고, 그 건물 1층 식당에서 저녁 공양을 든 후, 넉살 좋은 우봉이 공양실에서 얻은 누룽지 와 중에게 청해 얻은 과일들을 들면서 대화를 나누다가, 샤워를 하고서 밤 9시 남짓에 취침하였다.

2 (일) 맑음 -진교

아침 공양을 들고 난 후 식당에서 우연히 주지를 만났다. 주지실로 가서 기다리다가 한참 후에 들어온 그를 만나 얼마동안 대화를 나누었 다. 우봉은 섬진강문화포럼에 대해 쌍계사와 구례 화엄사 측이 여러모로 동참하고 지원해 주기를 기대하는 모양이었다. 내년에는 구례에서 행사 를 가질 계획이었다.

휴봉스님을 면담한 다음, 쌍계사를 떠나 십리벚꽃 舊도로인 1023호선을 따라 화개까지 왔고, 하동 쪽 섬진강변의 국도 19호선을 따라 하동군 금남면의 남해대교가 있는 노량까지 내려온 다음, 1002호 지방도로를 따라 동북 방향의 진교 쪽으로 다시 올라갔다. 진교에서 남해고속도로로 진입하기 직전에 오른쪽으로 난 도로를 따라 진입하여 진교면 송원리 송내마을의 우봉 고향집으로 들어갔다. 흔히 볼 수 있는 조그만 농촌 집이었다. 모친을 찾아뵈었는데, 몇 달 전 졸도하여 진주 한일병원에 입원해 계실 때와는 달리 건강한 모습이었고, 80대의 노인임에도 불구하고 농사일은 물론 산에서 나무하는 일까지도 계속하고 계시다 한다.

우봉을 따라서 그가 수년 내에 鳳春院이라는 이름의 집을 지어 귀향하려 하는 모친 소유의 500평 정도 되는 밭을 둘러보았다. 조금 지대가 높은 곳이어서 정면의 드넓은 송내저수지와 왼편으로 사천시 곤양면 다솔사 뒤의 鳳鳴山, 오른편으로 멀리 다도해가 바라보이는 비교적 전망 좋은 곳이었다. 봉춘원의 鳳은 우봉의 종조인 曉堂 崔凡述 스님이 주석하던 봉명산에서, 春은 우봉의 스승인 毅齋 許百錬 화백의 春雪軒에서 그리고 원은 고향 동네 이름인 松院里에서 땄다고 한다. 그 밭 주위로 지난번에 내가 사 준 매화 묘목 다섯 주와 흩동백 한 주, 그리고 광주 무등산의 春雪軒에서 옮겨왔다는 차나무 세 그루를 심었는데, 모두 싹이 나서 잘 자라고 있었다. 그는 이 땅이 시가 2억 원으로서 섬진강문화포럼 재단 구성을 위해 국가에 헌납했다고 설명하고 있었는데, 그 말대로라면 시골 벽지의 밭이 평당 40만 원인 셈이라 꽤 허풍이 섞인 것임을 짐작할 수 있다. 밭 뒤쪽으로는 숭마산이라는 이름의 해발 94m 되는 야산이 위치해 있어 진교 읍내로부터 이 마을을 격리시키고 있었다.

지난번에 모친이 진주에서 입원 중일 때 문병 와 내가 점심을 대접한 바 있었던 우봉의 이모들과 외삼촌을 만나보고 우봉 모친으로부터 커피도 대접받았다. 우봉의 모친은 이 마을에서 태어나 10리쯤 떨어진 사천시 서포면으로 시집갔는데, 남편이 거기서 죽은 후 시집을 떠나 고향으로 돌아와 지금까지 혼자 살고 있다고 했다. 슬하에 자식이라고는 우봉 하나뿐이다.

우봉과 함께 남해고속도로를 따라 진주로 돌아온 다음, 부산에 가려는 우봉을 진주산업대학교 앞 주차장에다 내려준 후 나는 집으로 돌아왔다.

21 (금) 맑음, 석가탄신일 -양산 배내골

경남 양산시 원동면 선리 209에 있는 배내골 미루펜션에서 우리 남매 5명과 그 가족 및 친척·친우가 모여 1박 2일 친목모임을 가지기로 한 날이므로, 우리 가족 3명은 오전 7시 30분에 출발하여 장대동 시외버스터미널에서 버스를 타고 부산으로 갔다. 사상의 서부산터미널에 도착한 후 다시 택시로 갈아타고서 오전 9시 45분 무렵에 다대포의 대우아파트 105동 앞에 도착했더니, 미화가 벌써 내려와 이웃에게서 빌린 차에다 짐 정리를 하고 있었다. 얼마 후 미화 딸 수린이도 내려왔다. 3일간의 황금연휴로 말미암아 교통정체가 심한 부산 강서구 일대의 도로를 경유하여, 김해의 대동톨게이트에서 친척 누이동생인 인숙이와 그 남편 강희종, 그리고 1년 남짓 전에 명지에 있는 롯데캐슬 아파트로 이사한 인숙이네 집에서 간밤에 잔 경자누나 및 두리와 합류하였다.

나는 운전석에 앉은 강 서방 옆으로 옮겨가 타고서, 양산시 원동면의 에덴밸리리조트를 경유하여 배내골로 진입한 후 수많은 펜션들이 늘어서 있는 골짜기를 한참 나아가서 정오 무렵에 선리의 장선마을을 지난 지점 도로 가에 위치한 美樓펜션에 도착하였다. 큰누나는 두리 친구인 우영자 씨의 승용차에 동승하여 이미 도착해 있었다. 그래서 우리 일행은 모두 11명이 되었다.

1층의 큰방 하나에다 짐을 푼 후 강서방과 나는 승용차를 타고 근처의 양조장으로 가서 막걸리 두 종류와 몇 가지 음식 재료를 구입하여 돌아왔다. 점심 식사 때 그 막걸리를 들고서 남자 둘은 취기가 올라 안방으로 들어가 낮잠을 잤고, 두리는 부산 복음병원의 간호부장을 지낸 바 있고 지금도 어느 병원에서 간호부장으로 근무하고 있다는 우영자 씨와 더불어 산책을 나서 상북면의 파래소폭포까지 다녀왔다고 한다. 미화가 일찍부터 차근차근 준비하여 음식물 등이 풍부하게 마련되어 있었다. 강 서방이 자기 텃밭에서 재배한 각종 채소도 많이 가져왔다.

밤에는 아내와 회옥이를 제외한 9명이 배내모텔 지하에 있는 노래방으로 가서 놀다가 돌아왔다. 남자 두 명은 안방에서, 그리고 여자들은 모두 거실에서 잤는데, 강 서방은 코를 골까봐 방바닥에 내려가서 자고 나 혼자 2인용 침대에서 잤다.

22 (토) 흐리다가 오전부터 비 -간월산

기상한 후 나와 경자누나 그리고 우영자 씨는 강 서방의 차에 동승하여 간월재까지 올라가 보기로 했다. 간월재로 올라가는 산복도로의 북쪽 진입로 부근에서 두리가 좋아한다는 도토리묵도 샀다. 상북면 이천리의 남쪽 진입로로 들어가서 숲 속으로 난 비포장 일방통행로를 따라서 억새밭으로 유명한 간월재까지 오른 후, 거기다 차를 세워두고 네 명이 걸어서 肝月山(1,037m)에 올랐다. 정상 부근의 능선에는 아직도 철쭉이 피어 있었다. 내려온 후 북쪽 진입로로 하산하여 미루펜션으로 돌아온 다음 다함께 아침식사를 하였다.

부슬비가 내리는 가운데 오전 10시 남짓에 각자 귀로에 올랐다. 우리 가족 세 명은 미화 및 수린이와 한 차를 타고서 올 때의 코스로 배내골을 빠져나왔다. 낙동강 강변로를 따라서 사상터미널에 도착하여 미화 가족과 작별한 다음, 다시 시외버스를 타고서 진주로 돌아왔다.

30 (일) 맑음 -해협산, 정암산

광제산악회를 따라 경기도 광주시 남종면의 海峽山(531.3m) 正嚴山(403.3)에 다녀왔다. 새벽 5시까지 공설운동장 1문 앞에 집결하여 대절버스 한 대로 출발하였다. 대진·경부·중부고속도로를 따라 북상하던 도중 죽암휴게소에서 주최 측이 준비한 시래기 국 등으로 조식을 들었다.

오전 10시 30분 무렵 광주시 퇴촌면 오리에 도착하여 등산을 시작하였다. 퇴촌면과 남종면의 경계를 이루는 능선을 따라서 정자가 있는 國思峰(207)을 거쳐 해협산에 도착하였고, 정상 부근의 바위 위에 혼자 앉아서 주먹밥과 아내가 마련해 준 반찬, 그리고 소주 한 병으로 점심을 들었다. 오후에는 남종면 쪽으로 북상하였는데, 도중에 수통의 물이 떨어져 입안과 입술이 바짝 말랐다. 정암산 정상을 거쳐 기진맥진하여 남종면 귀여1리로 하산하였다. 그곳은 남한강과 북한강이 모여 팔당댐을 이루는 곳으로서 귀여리에서 팔당호 건너편으로 마주 보이는 지점이 바로 다산 정약용의 고향 마을인 마현이니, 오늘 우리가 오른 산들은 다산이 어려서부터 늘 바라보던 앞산에 해당하는 것일 터이다.

돌아오는 길에 경남 산청군 생초면 어서리 251-3에 있는 파도식당에 들러 메기탕으로 석식을 들었고, 밤 9시 무렵 집에 도착했다.

대절버스를 타고서 북상하던 도중에 〈영상앨범 산〉 '하늘로 가는 계단, 반다이산'을 시청하였다.

6월

13 (일) 간밤에 비 온 후 대체로 맑으나 오전 한 때 빗방울 -신시도 월영봉, 대각산

본성산악회를 따라 전북 군산시 옥도면에 있는 고군산군도의 24개 섬 중 제일 큰 신시도의 月影峰(198m)와 대각산(187.2)에 다녀왔다.

대진고속도로를 따라 북상하다가 익산-장수간 고속국도로 접어들어 변산반도에서 새만금방조제를 경유하여 신시도에 다다랐다. 근년에 아내와 더불어 군산에서 유람선을 타고 고군산군도의 선유도에 다녀간 적이 있었는데, 새만금방조제가 고군산군도의 바로 이웃한 섬에까지 연결되어 있을 줄은 정말 몰랐다. 이는 세계 최장의 방조제로서 19년의 대역사를 거쳐 이루어진 것이라고 한다.

우리 일행은 제3방조제의 갑문을 지났다가 신시도의 버스 주차장으로 돌아 나와 등산을 시작하였다. 바닷가 절벽에 설치된 가파른 쇠사다리를 타고 올라 141.5, 168, 199봉을 지나서 월영재를 거쳐 월영봉에 올랐고, 거기서 섬을 가로지르는 산줄기를 따라 미니해수욕장까지 내려왔다가

다시 능선을 타고 올라서 대각산 정상의 3층으로 된 전망대에 올랐다.

나는 전망대에서 반대편 방향의 비탈길에 혼자 앉아 점심을 들었고, 섬 서북쪽 끄트머리의 122봉에 오른 다음, 삼거리에서 웅골저수지로 내려와 시멘트 포장이 된 논길을 따라 걸어서 다시 월영재를 지나 주차장 쪽으로 내려왔다.

갑문 지난 쪽의 버스 주차장에서 오후 4시쯤에 출발하여 제1방조제 끄트머리에 있는 새만금전시장에 들렀다가, 돌아오는 길에는 서해안, 고창-담양, 호남, 남해고속도로를 경유하여 밤 9시 무렵에 귀가하였다.

18 (금) 흐리고 때때로 부슬비 -한국국학진흥원, 한서암, 고계정

오전 9시 무렵 김경수 박사가 승용차를 몰고서 우리 아파트 입구로 왔으므로 그 차에 동승하여 한국국학진흥원·한국동양철학회 공동 주최로 안동의 한국국학진흥원 대강당에서 '신세대 퇴계학 연구의 진로와 전망'이란 주제로 개최되는 2010 한국학 학술대회에 참석하기 위해 출발했다. 남해·구마·중앙고속도로를 경유하여 안동시에 이르렀고, 안동시내를 벗어난 지점의 어느 식당에서 점심을 든 후, 오후 2시 무렵 대회장에 도착하였다.

학술대회를 마친 후, 오늘밤 숙박할 회원은 퇴계종택 부근의 土溪里에 있는 숙소로 이동하였다. 나는 퇴계의 고택을 이건해 둔 寒棲庵에서 이남영, 이장우 영남대 명예교수, 이광호 회장과 더불어 넷이서 한 방을 쓰게 되었다. 일반 회원들이 묵는 바로 옆의 古溪亭 뜰에서 바비큐 파티가 있은 후, 한서암으로 돌아와 자정 남짓까지 대화를 나누다가 취침하였다.

19 (토) 흐리고 때때로 부슬비 -선비문화체험연수원, 이황 종택, 녀던길, 고산정(일동정사), 이현보 종택

새벽에 일어나 토계리 일대와 퇴계종택 뒤편에 신축 중인 선비문화체험연수원을 둘러본 후, 그 길을 따라서 부분적으로 시멘트 포장이 된 산길을 계속 걸어 도산서원까지 이어지는 길의 고개 마루 너머까지 산책

하고서 숙소로 돌아왔다. 한서암 마루에 걸터앉아서 서울대 철학과 은사인 이남영 교수와 둘이서 대화를 나누다가, 퇴계종택 옆의 토계리 481-2에 있는 민박집 겸 활인공부수련장 悅和齋에서 조식을 들었다.

우리 일행은 토계리 468번지의 퇴계종택에 들러 먼저 작년에 백세가 넘는 나이로 타계한 前 종손의 빈소에 들렀다가, 이웃한 별채 건물 대청에서 현 종손인 李根必 씨와 대화를 나누었다. 현 종손은 온계초등학교 교장을 지낸 분인데, 나이 든 탓인지 귀가 먹어 필담을 해야 할 정도였다. 그 부인인 종부는 당뇨로 눈이 멀었다가 여러 해 전에 타계하였는데, 예전에 겨울방학 때 아내와 함께 종택에 들러 대화를 나눈 적이 있었다.

종택을 나온 후 안동에서 낙동강 본류를 따라 봉화의 청량산에까지 이르는 陶山九曲의 풍경이 펼쳐진 녀던(예던)길로 이동하여 시멘트 포장이 된 1차선 차도가 끝나는 지점까지 가보았고, 다시 그 길 중간 지점의 惺齋 琴蘭秀가 지은 孤山亭(日東精舍) 및 聾巖 李賢輔의 종택에도 들러보았다. 예전에 한두 번 들러보았을 때는 농암종택 일대만 완공되어져 있었는데, 지금은 그 건너편의 汾山書院 및 다른 곳에서 이건해 온 愛日堂과 江亭 등도 완공되어져 상당히 넓은 면적을 차지하고 있었다. 원래 이곳은 타인 소유의 토지로서 아무 것도 없었던 것인데, 농암 종손이 낙동강 가에 3만 평 정도 되는 토지를 매입하여 국비와 도비 등의 지원을 받아 10여 년 사이에 이처럼 거대한 시설물을 이룩한 것이었다.

청량산 가의 어느 식당으로 가서 토종닭 찜과 백숙으로 점심을 들었고, 거기서 상경하는 일부 회원들과 작별한 후, 김경수 박사와 나는 아침에 차를 세워두었던 열화재 앞으로 돌아와 나머지 일행과도 작별하였다. 어제 마지막 발표를 맡았던 한국고전번역원 고전번역연구소의 南智萬 박사와 더불어 셋이서 안동 시내까지 나온 후 남 박사를 시외버스터미널에 내려주었고, 김 박사와 나는 중앙고속국도를 경유하여 대구의 화원 톨게이트까지 온 후, 고령과 합천을 경유하는 일반국도를 따라서 진주로 돌아왔다.

27 (일) 흐리고 대체로 부슬비 –마대산, 김삿갓주거터, 김삿갓묘,
　　난고김삿갓문학관, 석문, 도담삼봉

혼자서 정맥산악회를 따라 江原道 寧越郡 下東面 臥石里에 있는 馬垈山
(1,052.2m)에 다녀왔다. 오전 7시까지 신안로터리 백두대간 등산장비점
앞에 집결하여 대절버스 한 대로 출발하였다. 말티고개를 넘어 합천·고
령을 경유하는 새 국도를 따라 대구 근처에서 구마고속도로에 진입하여,
중앙고속도로를 따라 북상하다가 단양에서 다시 일반국도로 빠져나왔
다. 바보온달의 전설이 깃든 경북 단양군 영춘면의 배틀재를 넘어 강원
도 땅에 들어서면 바로 거기가 김삿갓이 살았다는 와석리였다. 蘭皐김삿
갓문학관 앞의 주차장에서 차를 내려 등산을 시작하였는데, 그 일대에서
는 하동면을 김삿갓면이라고 적고 있었다.

김삿갓은 본명이 炳淵이며 안동김씨인데, 경기도 양주에서 출생하였
다. 5세 때 홍경래난으로 조부가 반란군에 투항하여 역적으로 몰리자
종이 그 가족을 구출하여 황해도 곡산으로 이주하였고, 그 후 죄가 조부
본인에게 한정되는 조치가 내려지자 여러 곳을 이주하다가 결국 이곳
마대산 자락의 어둔이계곡으로 와 정착하게 된 것이라 한다. 20세 무렵
의 젊은 시절 영월군의 백일장에 참가하여 조부를 비판하는 시를 써 장
원하였으나, 후에 그 사실을 알게 되자 죄책감에 22세부터 방랑생활을
시작하여 40년 정도 떠돌이 생활을 하다가 1863년 3월 29일 전라도 화순
군 동복면 구암리에서 57세를 일기로 생을 마감하였고, 3년 후에 차남인
익균이 이곳 와석리의 노루목으로 묘를 이장하였다고 한다.

차에서 내릴 무렵부터 부슬비가 내리기 시작하였다. 안내판이 있는
갈림길에서 선낙골 쪽으로 접어들어 길가에 지천으로 열려 있는 산딸기
열매를 따 먹으며 너와지붕의 외딴집을 지나서 처녀봉(935)에 올라 점심
을 들었다. 전망봉(1,025)을 지나 정상에 오른 다음, 조금 되돌아 나온
지점의 삼거리에서 가파른 비탈길을 계속 내려와 어둔이골 쪽으로 하산
하였다. 김삿갓 주거터라는 곳에 초가집과 사당이 복원되어져 있었고,
더 내려와 김삿갓소공원이 있는 노루목의 김삿갓 묘에도 들러보았다.

하산을 완료한 다음, 난고김삿갓문학관에도 들렀다.

우리는 귀로에 단양팔경 중 제1경과 제2경인 石門과 島潭三峰에도 들렀는데, 오늘 본 석문을 끝으로 마침내 단양팔경을 모두 둘러본 셈이 되었다. 중앙·구마·남해고속도로를 경유하여 밤 10시경에 집에 도착하였다.

7월

18 (일) 대체로 맑음 -사랑산

한라백두산악회가 전남 완도의 생일섬에 있는 백운산과 금곡해수욕장에 간다고 하기에 새벽 6시 출발시간 이전에 집합장소인 장대동 어린이놀이터로 나가 보았으나, 모인 사람이 나 외에 2명밖에 없었고 출발시간 무렵까지 버스도 오지 않았다. 포기하고 집으로 돌아왔다가 오전 7시 50분에 시청 앞에서 모이는 송림산악회를 따라 충북 괴산군 청천면에 있는 사랑산(647m)에 다녀왔다.

말티고개와 합천 쪽 국도를 거쳐 중부내륙 및 청원·상주 간 고속국도를 거쳐 화서에서 49번 지방도로 빠져나왔고, 997번 지방도를 따라 속리산국립공원 구역 안의 백두대간이 지나가는 지점인 밤티재를 넘어 11시 22분에 목적지인 청천면 사기막리에 도착하였다. 지난번에 오른 적이 있는 괴산군 칠성면의 옥녀봉(596m)과 마주보는 산인데, 원래는 제당산이었던 것을 괴산군청이 사랑산으로 이름을 바꾼 것이다.

우리는 코바위능선을 따라 사랑바위와 제4전망대를 지나서 정상에 올랐고, 나는 정상에서 더 지난 지점의 조망 좋고 바람이 시원한 장소에서 혼자 점심을 들었다. 삼거리에서 하산 코스로 접어들어, 용세골로 내려와 출발지점인 용추슈퍼로 돌아왔다. 주차장 부근의 냇물에서 목욕하여 땀을 씻은 다음 옷을 갈아입고 슈퍼에서 하산주를 마셨다. 갈 때와 같은 코스를 경유하여 밤 8시 무렵에 귀가하였다.

25 (일) 대체로 맑으나 때때로 부슬비 -둔덕산

정맥산악회를 따라 경북 문경시 加恩邑에 있는 屯德山(969.6m)에 다녀왔다. 오전 8시까지 신안로터리 실내체육관 앞에 집결하여 대절버스 한 대로 출발했다. 서진주로 빠져 대진·남해·구마·중부내륙고속도로를 달려 점촌함창 요금소에서 빠져나온 다음, 지방도로를 따라서 문경 선유동계곡 근처에 있는 대야산 주차장 부근의 둔덕산 등산로 입구에서 하차하였다.

아스팔트 포장도로를 따라 가리막골로 한참 올라가다가 오솔길로 접어들었다. 가파른 등산로에서 땀을 많이 흘렸는데, 능선에 오른 다음, 좌측으로 한참 더 간 지점에 정상이 있었다. 도로 우측으로 돌아 나와 일행과 함께 점심을 들었고, 거기서 우측 방향의 능선 길을 따라 큰 바위들이 밀집한 구역의 손녀마귀통시바위를 지나 백두대간 능선을 만나기 직전의 마귀할미통시바위 재에서 월령대 방향의 하산 길로 접어들었다. 그쪽 계곡은 물이 풍부했으므로, 이웃한 대야산 등산로와 만나는 지점 부근의 소에서 땀에 젖은 옷을 벗고서 목욕을 한 다음 새 옷으로 갈아입었다.

용추골로 하여 종착지인 대야산 주차장에 도착하였고, 거기서 하산주를 마시며 얼마동안 시간을 보낸 다음, 오후 5시 45분에 출발하여 올 때의 코스를 경유하여 밤 9시 반쯤에 귀가하였다.

8월

1 (일) 맑음 -구룡계곡, 용호서원, 춘향묘, 상림

망진산악회를 따라 전라북도 남원시 주천면의 지리산 九龍계곡에 다녀왔다. 엊그제 산 친구인 교사 출신의 강대열 씨로부터 학교 연구실로 전화가 걸려와 월악산 시루봉이 좋다고 하므로 그쪽으로 따라가기로 마음먹었는데, 오전 7시 30분까지 집합장소인 시청 앞으로 나가보니 거기는 입산금지구역이어서 예정을 변경했다는 것이었다. 그래서 집으로 돌아와 좀 시간을 보내다가, 원래 가기로 마음먹고 있었던 망진산악회의 구룡계곡·德雲峰 코스에 참가했던 것이다.

오전 8시 30분까지 롯데인벤스 앞 진주중학교 입구로 나가 대절버스 한 대로 출발했다. 대진·88고속도로를 따라가다가 지리산요금소에서 남원 쪽으로 빠져나와, 운봉읍을 거쳐서 60번 지방도로를 따라 지리산을 꼬불꼬불 감돌아 내려가다가 주천면의 六茅亭 입구에서 하차하였다. 바로 春香墓 앞이었다.

오전 10시 반 무렵부터 등산을 시작했다. 龍湖書院 부근에서 나무계단을 타고 구룡계곡으로 내려갔다. 이 계곡도 九曲의 이름이 붙어 있는데, 그 중 구시소·챙이소·遊仙臺·支柱臺·飛瀑嶝을 지나 구곡의 하이라이트인 구룡폭포로 올라갔다. 오늘의 예정 코스는 九龍寺를 지나 노치마을 입구에서 백두대간을 따라 덕운봉(745m)까지 갔다가 백 코스로 원점회귀 산행을 하는 것으로 되어 있으나, 회장인 양진기 씨 등도 구룡사까지만 갔다가 덥다고 되돌아간다는 것이었다.

나는 좀 더 나아가 땡볕 아래서 널찍한 농로를 따라가다가 포장도로를 만나 지리산둘레길 1코스의 첫 번째 이정표가 보이는 해발 600m의 高基마루길에서 멈추었다. 이 길을 따라 회덕마을과 노치마을로 이어지는 둘레길 1코스는 저번에 걸어본 적이 있었고, 노치마을에서 덕운봉·수정봉을 지나 여원치로 이어지는 백두대간 코스도 예전에 지난 적이 있었기 때문에, 지난 7월 29일로 中伏을 갓 지난 무더운 여름날 그늘도 없는 땡볕 속을 계속 걷고 싶지 않았던 것이다. 냇가의 수백 년 된 느티나무가 있는 당산나무 쉼터(회덕쉼터)에서 점심을 들었는데, 나무로 된 탁자와 평상이 설치되어져 있는 이 쉼터는 이미 피서객들이 차지하고 있었다. 나는 그들 중에서 이 마을 출신의 가족으로부터 보신탕 한 그릇을 대접받았다.

올라왔던 구룡계곡으로 되돌아가서, 유선대와 영모교 사이의 그늘진 계곡물에 들어가 팬츠 바람으로 몸을 담그고서 한가롭게 쉬었다. 산행 들머리로 돌아와 용호서원의 기념비를 읽어보았더니, 淵齋 宋秉璿과 그

제자 두 명을 合祀하는 곳이었다. 시간이 있어 춘향묘에도 올라가 보았는데, 그 많은 피서객 중에서 이곳에 들른 사람은 나뿐이었다. 비문을 읽어보니, 1966년 봄에 玉女峰 맞은편에다 남원지역의 民官 다수가 참여하여 招魂葬으로 묘역을 조성하였으나 초라하여, 제60회 춘향제를 맞아 묘역정화사업을 추진해 1991년 12월에 춘향문화선양회가 현재의 묘역을 조성한 것이었다.

육모정 아래쪽 내평 마을쯤에서 하산주를 든 다음, 운봉읍을 거쳐 경남 함양으로 들어와 40분 정도 上林을 산책하였다. 근년에 새로 조성한 방대한 면적의 연꽃 밭에 紅蓮을 심은 곳은 적고 대부분 白蓮인데, 시즌이 지난 탓인지 피어 있는 꽃은 얼마 되지 않았다. 蓮池를 따라서 상림 끝 물레방아 있는 곳까지 걸어 올라갔다가 숲속을 걸어 주차장으로 돌아왔다.

밤 8시 남짓 되어 귀가하였다.

8 (일) 맑으나 오후 한 때 비 −삼랑진 천태산

칠암산악회를 따라 경남 밀양시 삼랑진읍과 양산시 院洞面의 경계에 위치한 天台山(630.9m)에 다녀왔다. 오전 8시까지 칠암동 경남문화예술회관 앞에 집결하여 대절버스 한 대로 출발하였다. 남해고속도로를 경유하였는데, 오랫동안 확장 공사를 해 왔던 이 도로는 부분적으로 새 도로가 개통되어, 도중에 새로 지어진 함안휴게소에서 한 번 정거하였다. 東창원에서 25번 국도를 타고서 진영을 거쳐 북상하다가 밀양 근처에서 지방도로로 빠져 삼랑진을 경유하여 천태산 진입로인 天台寺 입구에 도착하였다. 천태산은 낙동강 본류 가의 7대 명산 중 하나로 손꼽히는 곳이다.

웅연폭포를 지나 天台湖 아래쪽에 다다른 다음, 왼쪽의 희미한 오솔길로 접어들어 'Dream Rock'이라는 이름의 전망대에 오른 다음, 발전 시설이 있는 천태호의 왼편 길을 따라 가다가 아스팔트 포장도로를 만나 천태공원이라는 공지에까지 다다랐다. 거기서 다시 호수 북쪽의 숲길로 한참을 걸어 정상에 다다라, 그 근처의 나무그늘에서 강대열 씨 등 일행 몇 명과 더불어 점심을 들었다. 하산 길은 호수 오른편의 숲길을 따라 내려왔으니, 천태호를 끼고서 한 바퀴 빙 돌아 원점회귀를 한 셈이다. 천태사까지 거의 다 내려온 지점에서 커다란 바위 뒤편의 계곡물에 들어가 혼자 목욕을 하였다. 목욕을 마칠 무렵에 어제처럼 비가 내리기 시작하더니 반시간쯤 지난 후 그치고서 다시 햇살이 비쳤다.

갈 때의 코스로 오후 6시쯤에 집에 도착해 보니 아무도 없었다.

15 (일) 흐리고 때때로 비 —함양 영취산, 덕운봉, 부전계곡

지구산악회와 함께 경남 함양군 서상면과 전북 장수군 장계면의 사이에 있는 영취산과 서상면의 덕운봉·부전계곡에 다녀왔다. 오전 8시 30분까지 시청 앞에 집결하여 대절버스 한 대로 출발하였다. 대진고속도로를 따라 북상하다가 장수에서 장계면 쪽으로 접어들어 743번 지방도를 따라서 장수군 장계면과 번암면의 경계지점인 무령고개에 다다랐다.

거기서 하차하여 오전 10시 반 무렵부터 비가 내리는 가운데 방수복을 입고서 등산을 시작하여 반시간쯤 후에 백두대간에서 금남호남정맥이 갈라지는 지점인 영취산(1,076m)에 올랐고, 거기서 백두대간을 따라 북상하다가 민령 갈림길에서 덕운봉(983m) 쪽 능선으로 접어들었다. 덕운봉을 지난 지점의 안부에서 일행과 함께 점심을 든 후, 다시 능선을 따라 헬기장과 제산봉(853m)을 지난 다음 부전계곡 입구의 상부전 마을 쪽으로 하산할 예정이었는데, 앞서가던 일행이 능선 길을 벗어나 도중에 부전계곡으로 내려가는 산길로 잘못 접어들었으므로, 그 뒤를 따라서 계곡으로 내려왔다. 부전계곡은 함양 이외 지역의 사람들에게는 잘 알려지지 않은 곳이었는데, 근자에 《국제신문》 근교 산 취재팀이 이곳을 소개한 이후로 금년 무렵부터 등산객들이 찾아들게 되었다.

우리는 원래 부전계곡을 따라 올라가 절터골로 하여 백두대간 능선에 올랐다가 오늘 우리가 걸은 코스로 하산할 예정이었는데, 비가 와서 계곡물이 불어 위험하므로 능선 코스로 바꾼 것이다. 그러나 나는 일행을

앞서 걷다가 길이 계곡물을 건너는 지점에서 일단 조심하여 개울을 건넜는데, 그 길이 곧 이쪽으로 되돌아오게 되어 있는지라 지팡이를 짚고서 조심조심 건너다가 그만 세찬 물살에 떠밀려 내려가고 말았다. 그 아래는 비스듬한 경사가 져서 물살이 더욱 거셌다. 50m 남짓 떠내려가다가 간신히 바위를 붙잡고서 건너편 언덕에 닿을 수가 있었다. 그러나 값비싼 안경과 방수등산모, 지팡이와 손수건은 물살에 떠내려가 잃어버리고 말았다.

뒤따라 내려온 일행의 안내에 따라 좀 더 위쪽의 내가 처음 건너왔던 지점 근처까지 올라가서 회장이 나무를 매달아 던져준 밧줄을 잡고서 원 위치로 건너갈 수가 있었다. 알고 보니 그쪽에서 개울을 건너지 않고도 바로 내려갈 수 있는 소로가 있었다. 방수커버를 한 배낭 속에 넣어둔 스마트폰과 수첩이 크게 젖지 않아 그런대로 쓸 수 있는 것이 그나마 다행이었다.

곧 소로를 벗어나니 차가 다닐 수 있을 정도의 제법 넓은 길이 나타났고, 그 길을 따라 내려와 부전계곡 들머리의 상부전 주차장에 닿았다. 주차장 근처에 夫溪精舍가 있는데, 梅山 洪直弼 문하의 五賢 중 한 사람이라는 夫溪 田秉淳이 강학하던 곳으로서, 그 대문 앞에 夫溪田先生神道碑가 서 있었다. 비문은 안호상 박사가 지은 것이었다. 아마도 부전계곡이라 함은 그의 호와 성을 따 이름 지은 것이 아닌가 싶다. 신도비문을 읽고 있다가 거기서 예전 망진산악회의 같은 회원이었던 하영문 씨 등 아는 사람 세 명을 만났다. 그들은 하동 옥종중학교 동문산악회를 따라 오늘 이리로 온 것이었다.

귀로에는 대진고속도로를 따라 내려오다가 생초에서 3번 국도로 접어들었고, 우리 농장 근처의 경호강휴게소에 한 시간쯤 정거했다가 진주로 돌아왔다. 경호강휴게소에서 오늘도 우연히 산 친구인 퇴직 교사 강대열 씨를 만났다.

9월

5 (일) 맑음 -곤방산, 심청마을

대봉산악회를 따라 전남 곡성군 오곡면에 있는 곤방산(715m)에 다녀왔다. 오전 8시 반까지 장대동 구 현대예식장 앞에 집결하여 대절버스 한 대로 출발하였다. 남해·호남고속도로를 경유하여 곡성 요금소에서 60번 지방도로 빠져나온 뒤 고려 개국공신 신숭겸의 탄생지를 중심으로 이루어진 德陽書院 근처에 있는 오지리 당산 마을에서부터 등산을 시작하였다.

콘크리트 포장도로를 따라 재까지 오른 뒤, 깃대봉·천덕산·헬기장이 있는 대봉에 이른 다음 정상인 곤방산에 다다랐다. 곤방산에서 심청마을이 있는 송정리 쪽으로 내려가다가 바람이 시원한 능선 길에서 혼자 점심을 들었다.

오후 4시 무렵 심청이야기마을에 이르러 하산을 완료하였는데, 이곳은 2003년 9월부터 조성하기 시작한 것으로서, 아직도 공사가 완료된 것은 아니었다. 기와집과 초가집들로써 인공적으로 조성한 것인데, 초가집 뜰에 바비큐 시설도 보였다. 차를 타고 오는 도중 곡성군 일대에는 심청의 이름이 붙은 공원이나 시설 등이 여기저기서 눈에 띄었다. 곡성군 오산면 선세리에 있는 관음사는 백제시대에 성덕보살이 전남 벌교에서 금동관세음보살을 모셔와 봉안하고서 창건한 것이라고 하는데, 이 절에 전해 내려오는 원홍장 설화가 고대소설 『심청전』의 원류로 추정된다 하여 이처럼 관광 상품화 하고 있는 것이다. 전라도 일대에는 이와 유사한 사례가 적지 않다. 남원에 춘향의 무덤이 있고, 장수에 논개 마을, 운봉에 홍부 마을이 있는가 하면 장성에는 홍길동 마을도 있다. 기발한 발상이라 할 수 있겠다.

지난 번 급류에 휩쓸려 내려간 이후 아내가 내 등산화를 세탁소로 보내 기계 세탁을 한 까닭인지 오른쪽의 구두끈 매는 곳이 하나 떨어졌으므로, 진주에 도착한 다음 노드페이스 등산장비점에 들러 수리를 맡겼다. 서울로 보냈다가 돌아오므로 열흘 정도 걸린다고 한다.

12 (일) 때때로 부슬비 내리다가 오후 늦게 개임 -올산

울타리산악회를 따라 충북 丹陽郡 大崗面 兀山里에 있는 兀山(858.2m)에 다녀왔다. 오전 8시까지 시청 앞에 집결하여 대절버스 한 대로 출발하였다. 계동 전신전화국 앞에서 주차하여 참가자를 좀 더 태운 후 가마못의 봉곡아파트 뒤편 도로로 집현면 쪽으로 빠져나왔고, 합천 가는 새국도로 고령까지 간 후 구마·중앙고속도로를 거쳐 단양에서 일반국도로빠져나왔다.

오후 12시 반쯤부터 등산을 시작하였다. 부슬비가 내리다 그치다 하기를 반복하던 날씨가 등산을 시작한 후 다시 내리기 시작하더니 한참후에 비와 더불어 안개가 걷히면서 주변의 풍경을 바라볼 수 있었다. 이 일대에는 명산이 많아 여러 번 산행을 왔었는데, 오늘 그 중에서 마지막 남은 올산에 오르게 되었다. 오늘의 일행 중에는 강대열·박양일 씨등 오랜 등산 친구들이 많았다. 해발 580m의 올산마을에서부터 등산을시작하여 40분 정도 걸려 정상에 올랐고, 그 후부터는 대체로 내리막길이었다. 정상을 지나서부터는 히프바위·산부인과바위 등 이상한 이름이붙은 바위들을 지나게 되어 있는데, 이러한 능선 길에는 밧줄을 타고오르내려야 하는 암벽 구간이 많았다. 하산을 거의 완료한 지점에서 냇물에 목욕을 하고 오후 4시 무렵에 미노리에 도착하여 등산을 마쳤다.

밤 10시 무렵에 귀가하였다. 종점인 진주시청 앞에서 택시를 타고 우리 집이 있는 진주역 앞에 도착한 후에야 비로소 목욕 후 갈아입은 반바지의 호주머니 속에 넣어둔 돈을 어디선가 흘려버린 것을 알게 되었다. 할 수 없이 트리팰리스 아파트 B동 14층의 우리 집에 있는 아내에게 전화를 걸어서 내려와 택시비를 지불하게 했다.

16 (목) 맑음 -남망산공원, 통영 중앙시장

철학과 대학원 원우회의 야유회에 동참하여 통영에 다녀왔다. 교수인나를 제외한 참가 학생은 모두 9명이었는데, 승용차 세 대에 나눠 타고서 오전 10시 남짓에 인문대를 출발하여 대전-통영 간 고속도로를 경유

하여 한 시간쯤 후에 통영에 도착하였다. 모처럼 남망산공원에 올라가 통영시민회관 앞에 차를 세운 후, 걸어서 꼭대기까지 올랐다. 도중에 시조시인 김상옥을 기념하는 艸丁詩碑를 둘러보았고, 팔각정 전망대에 올라 통영의 전경을 바라보다가 정상의 이순신장군 동상 있는 곳까지 올랐다. 이 공원에는 학생시절에 몇 차례 와 본 후 처음인 듯한데, 이순신장군 동상 외에는 모두 달라져 있어 어리둥절하였다.

하산하여서는 중앙동의 중앙시장 샛길에 있는 노랑머리아줌마라는 상호의 횟집에 들러 회장인 김현우 군이 고른 생선들로 만든 모둠회를 안주로 술과 음료수를 들었고, 매운탕으로 점심도 들었다. 중앙시장과 그 주변 부둣가를 어슬렁거리며 통영 명물이라는 꿀빵집에 들러 집에 가져갈 꿀빵도 사고, 민어조기와 태국 수입품을 가공한 가오리 지느러미 등의 건어물도 좀 샀다. 빈민가의 담벼락에 그린 벽화들로 유명하다는 중앙시장 뒤편 언덕의 동피랑 마을에 들를 예정이었지만, 그곳은 부둣가에서 바라보기만 했다.

20 (월) 맑음 -심원정, 김은심 교수 땅
간호학과 김은심 교수가 함양군 안의면의 용추폭포 근처에 평당 2만 원 하는 임야 매물이 나왔고, 또한 함양군 휴천면에 있는 자기 땅도 보러 가자고 하므로, 오전 수업을 마친 후 학교 식당에서 점심을 들고서 간호학과로 가 합류하였다.

내 차는 간호학과 교수 주차장에 세워두고서 나와 아내는 김은심 교수의 차에 동승하고, 안의 땅 주인인 창원의 신흥글로벌주식회사 상임고문 具滋連 장로가 운전하는 다른 차에는 김은심 교수의 남편 이성민 목사와 이 목사 교회의 전도사를 하다가 이제는 사천 선진 부근에서 자신의 교회를 담당하고 있는 박 목사가 탔다. 오후 12시 반 남짓에 간호대학을 출발하여 대진고속도로를 따라 올라가다가, 산청읍에 들러 산청리 177-3의 군 농협지부 옆에 있는 동양당한약방에 들러 그 대표이자 산청문화원장인 김태훈 씨를 만난 다음, 산청리 330번지 산청경찰서의 金光

龍 서장을 서장실로 방문하였다.

먼저 구자연 장로의 땅으로 가보았다. 尋源亭 부근의 기백산군립공원 매표소에서 진주의 김은심 교수 교회의 집사라고 하는 전임 함양군청 직원을 만나, 그의 안내로 용추계곡 좀 못 미친 지점에서 黃石山 쪽으로 올라간 곳의 안의면 상원리에 있는 구자연 장로 소유 13만 평 정도 되는 땅으로 올라가 보았다. 작은 산봉우리를 끼고 있는 숲이었다. 그 아래 절까지 올라갔다가 근처의 땅을 좀 둘러보고서 다시 승용차를 타고 내려 와 반대쪽 기슭으로도 올라가 보았다. 공기는 좋지만 지대가 높은데다 경사도 꽤 있어 한의대를 설립할 수 있는 장소 같지는 않았고, 게다가 그보다 아래쪽의 군에서 휴양지로 개발한 지역 땅의 현재 시세가 평당 7~8천 원 정도라는데, 그보다 훨씬 더 높은 곳에 있는 땅값이 평당 2만 원이라는 것은 합당치 않은 듯하였다.

구자연 장로 및 사천의 목사와는 심원정에서 작별한 후, 이 목사를 포함한 네 명이 승용차를 타고 함양군청에서 근무한 집사의 차를 뒤따라 남하하여 함양군 함양읍 학사루길 6에 있는 함양경찰서에 들러 서장인 姜信洪 總警을 만났다. 서장실에서 대화를 나눈 다음, 서장의 관용차에 서장과 이 목사가 함께 타고, 우리는 함께 탄 집사의 길 안내에 따라 함양읍 下林과 내가 『孤臺日錄』을 발견했던 함양군 휴천면 목현리를 지 나 유림면 유평리 근처를 거쳐서 휴천면 대천리의 구 대천저수지 바로 뒤편에 있는 김은심 교수의 땅으로 가보았다. 15,000평 정도의 땅을 평 당 5,000원씩 주고서 5천만 원에 구입했다고 한다. 근자에 인터넷을 통 해 검색하여 구입한 것이라 남편인 이 목사도 처음 와 보는 모양이었다. 저수지를 끼고 있는 조그만 산인데, 한 귀퉁이에는 밤나무 밭이 형성되 어져 있었다. 김은심 교수는 나의 외송 땅보다 몇 배나 낫다고 자랑한다 지만, 이 목사나 내 생각으로는 경사가 가파르고 건물을 지을 수 있는 터가 별로 없어 암센터를 짓기에는 적합하지 못한 듯했다.

거기서 함양경찰서장 및 집사와는 작별하고서 나는 김은심 교수 및 아내와 더불어 저수지 부근에서 밤을 좀 줍다가, 이 목사와 합류하여 저수지 위쪽의 오도재로 접근해 올라가는 콘크리트 포장도로를 따라서 진관동 마을보다 한참 더 위쪽까지 올라갔다가 차를 돌려 하산하였다.

진주에 도착하여서는 신안동 717-9번지의 생선구이전문식당 산수甲에 들러 넷이서 저녁식사를 한 후, 내 차를 세워둔 간호대학까지 와서 김 교수 내외와 작별하였다.

25 (토) 맑은 가을날 –영성의 집

내일이 아버지의 양력 기일이라, 큰누나·미화와 더불어 금년 6월 25일에 미화가 아버지 및 두 분 어머니의 추모미사를 종전의 큰누나가 다니는 광안성당으로부터 다함께 옮겨서 새로 신청해 둔 양산시 어곡동 1596-1의 가톨릭 피정 센터 '영성의 집(Veni Sanctus Spiritus)'으로 가서 1박 하고, 내일 오전 9시의 추모미사에 참석하기로 했다. 미화가 주말이라 고속도로의 정체가 심할 터이니 일찍 출발하라고 연락해 왔으므로, 오전 8시 반 무렵에 아내와 함께 집을 나섰다. 택시를 타고 장대동 시외버스터미널로 가서 부산 사상으로 가는 버스를 탔다. 그러나 남해고속도로는 부분적으로 확장 공사가 완료된 데다가 전혀 정체도 없어 미화가 도착하라고 한 오전 11시보다 한 시간쯤이나 먼저 사상에 있는 서부경남시외버스터미널에 도착하였다.

도중의 장유쯤에서 미리 미화와 전화로 연락하여 터미널 부근의 사상구 괘법동 559-11의 갈비와 냉면 전문식당 大闕安集에서 뒤이어 차례로 도착한 미화 및 큰누나와 만났다. 오전 11시 30분의 개업시간까지 그 식당 바깥의 파라솔 아래 탁자에 둘러앉아 대화를 나누었다.

비빔냉면과 갈비탕, 그리고 일본산 아사히 생맥주로 점심을 들고서 출발하였다. 덕천IC 부근에서 35번 국도를 타고 양산 쪽으로 북상하려 한 것이 깜박 실수로 갈림길을 놓쳐버려 남해고속도로에 진입하였다가 대저분기점에서 중앙고속도로에 오른 다음, 남명의 산해정와 생모의 언니인 큰이모의 시댁 괴정리가 있는 김해시 대동면을 거쳐 대동분기점에서 중앙지선고속도로를 탔다.

영성의 집에 도착한 다음, 사무실에 들러 우리 내외는 개인피정숙소인 대건관 201호실을, 큰누나와 미화는 그 옆방을 배정받았다. 이곳은 양산시 상북면 어곡동에서 원동면의 배내골 쪽으로 넘어가는 1051번 지방도의 산 능선 가까운 위치에 자리 잡았는데, 도로 건너편에 하늘공원이라고 불리는 천주교의 신불산공원묘원이 있다.

나는 방에다 짐을 둔 후 큰누나 및 아내와 함께 산책을 나왔다가, 십자가의 길이 끝나는 지점에서 계곡 속을 혼자 산책해 보았고, 오솔길이 끝나는 지점에서 돌아 내려와 다시 주교관을 지나서 등산로를 계속 걸어 올라가 보았다. 그 길 끄트머리의 능선 부근에서는 대형 포클레인이 길 내는 작업을 하고 있는 중이었다. 널밭고개에 올랐더니 능선을 따라서 콘크리트 포장도로가 나 있었으므로, 그 길을 따라서 1051번 지방도를 만나는 지점까지 올라갔다가 백 코스로 돌아왔다.

영성의 집은 1984년에 신도 몇 명이 공동으로 이곳에다 145,000평 정도의 땅을 구입한 데서부터 비롯하였는데, 건물들은 대체로 오래되지 않았다. 원래는 밤 농원이었던 모양인지, 도처에 밤나무가 많았고, 산책로 여기저기에 밤알과 도토리가 떨어져 있었다. 우리 같은 특별회원인 경우 2인 1실 1박 3식에 1인당 3만 원이다.

오후 6시에 식당에서 석식을 들고 돌아와, 우리 방에서 네 명이 모여 오는 도중의 슈퍼에 들러 산 캔 맥주를 들며 대화를 나누다가 밤 9시도 못되어 일찌감치 취침하였다. 우리는 처음이라 몰랐지만 바깥에서 음식물을 가져오는 것은 금지되어 있다고 하며, 실내에는 TV나 전화도 없고 두툼한 성경전서 한 권이 탁자 위에 놓여 있을 따름이었다.

26 (일) 맑음 -추모미사

새벽에 기상하여, 혼자서 숙소 앞 개울 건너편의 40계단을 올라 母心후 전망대와 안산성모상이 있는 곳을 거쳐 주교관 쪽으로 내려온 다음, 영성의 집 구내를 두루 산책하였다. 조식을 마친 다음, 오전 9시에 식당 건물 1층의 마리아기념경당에서 원장인 김명선(사도 요한) 신부의 집전으로 열린 추모미사에 참석하였다. 원래 나를 제외한 우리 가족들은 사무실이 있는 본관 건물 3층의 대성전에서 미사가 있는 줄로 알고서 그리로 가서 대기하고 있었던 것인데, 거의 시작 시간이 되어도 아무런 기척이 없으므로, 내가 마지막으로 그리로 향하던 도중에 발견한 마리아기념경당 쪽으로 인도하였던 것이다. 하마터면 헛걸음 할 번했다.

미사를 마친 다음, 숙소를 떠나 귀로에 올랐다. 떠나기 전에 큰누나는 사무실에 들러 음력 기일이 9월 26일로서 아버지의 양력 기일과 같은 생모 河玉順의 추모미사를 아버지와 같은 날에 올리기로 수속해 두었다. 이곳까지 오는 데는 대중교통수단을 이용하기가 불편하여 그렇게 한 것이다. 이복동생인 미화 생모의 기일은 5월 30일이다. 수린이가 오후 3시에 출발한다 하므로, 구 양산읍내를 통과하여 35번 국도를 따라서 곧바로 사상터미널로 가 누이들과 작별하였다.

29 (수) 맑음 -창녕, 밀양 지역

금년도 철학과 학부생들의 추계답사에 인솔교수로서 참가하여 사흘간 경남·경북 일대를 여행하게 되었다. 오전 9시 10분경에 대절버스 한 대로 인문대학을 출발하였다. 참가 학생은 총 16명인데, 대부분 1학년생이고 개중에 2학년 2명, 4학년 4명이 포함되어 있다. 교수는 나 한 명이고, 학생들의 선배이자 강사인 具滋翼 박사가 진주보건대학교에서의 4시간 수업을 마치고서 승용차를 몰고 뒤따라와 밀양군 무안면에서 합류하였다.

남해고속도로를 따라가 먼저 창녕군의 우포늪에 들렀다. 들판의 논에서는 서서히 수확이 진행되고 있었다. 우포늪은 국내최대의 자연 늪으로서 대합면·이방면·유어면에 걸쳐 있는 2,313㎢의 광활한 면적인데, 1997년 7월 환경부에 의해 '자연생태계 보전지역'으로 지정되었고, 1998년 3월에는 람사르협약에 등록되어 보호되고 있다. 생태·경관 보전지역으로 지정된 면적은 그 중 약 8.54㎢이다. 牛浦(소벌)늪은 인접한 목포(나무벌)늪·사지포(모래벌)·쪽지벌까지를 포함하여 총칭한 것인데, 약

1억4천만 년 전에 생성되었다는 설과 약 6천 년 전에 생성되었다는 설의 두 가지가 있다. 우리는 우포늪의 입구인 세진 주차장에서부터 출발하여 대대제방 중간까지 걸어갔다가 돌아 나와 전망대 아래까지 간 다음, 주차장으로 되돌아왔다. 늪에서 수많은 새들을 바라볼 수 있었고, 우리 외에도 단체로 답사 나온 어린이나 젊은이들이 제법 있었다.

창녕읍과 계성·영산·부곡을 거쳐 다음 순서인 밀양시 무안면 고라리 중촌의 사명대사 유적지를 찾았다. 먼저 사명대사기념관에 들른 다음, 그 입구의 사명대사 생가지에 들렀다. 1999년부터 2006년까지에 걸쳐 부지면적 49,146㎡(기념관 40,670㎡, 유적지 8,476㎡) 규모로 복원된 것이라 꽤 광대한 규모이기는 하지만, 최근에 관광객 유치를 목적으로 조성된 것이므로 이렇다 할 감흥은 없었다. 生家址는 제법 큰 사대부가의 기와집 형태로 되어 있었다. 고택 근처의 뒷산에 사명당 부모와 조부모의 묘소가 남아 있는 모양이다. 이웃한 무안면 가례리에 부산 대각사의 경오스님이 자기 고향 마을에다 건설한 영산정사가 있지만, 시간 관계로 들르지 못했다.

무안면 무안리 825-7에 있는 구자익 군의 친누나 구미자 씨가 경영하는 가야삼계탕에 들러 닭찜으로 점심을 들었고, 그 근처의 '땀 흘리는 비석'으로 널리 알려진 표충비각에도 들렀다. 비는 현재의 表忠寺로 옮겨가기 전 옛 表忠祠 터의 동쪽인 이곳에 1742년(영조 18)에 까만 대리석으로 건립한 것인데, 정면에 사명대사, 뒷면에는 그 스승인 休靜의 사적, 그리고 측면에는 표충사에 대한 내력과 임란 시에 같은 승병장이었던 驥虛의 사적이 새겨져 있다. 관람을 마친 후 표충비각 입구에서 구자익 박사와 합류하였다.

다음으로는 밀양 시내로 가서 진주의 촉석루, 평양의 부벽루와 더불어 우리나라 3대 名樓의 하나로 꼽히는 영남루에 올라 문화관광해설사인 金凜伊 씨로부터 설명을 들은 다음, 영남루 경내의 天眞宮과 娥娘祠도 둘러보았다.

구자익 군의 추천에 따라 부북면 退老里 부근의 위양못(位良池)에도 들렀다. 신라·고려 시대에 농업용으로 사용하던 못이라고 하는데, 임진 왜란 때 일본에 끌려갔다가 송환되어져 온 안동권씨의 사대부가 이곳에서 노닌 이후로 지금은 권 씨 문중의 소유로 되어 있다. 사전에 연락해 둔 까닭에 특별히 문이 열려져 있어서 들어가 볼 수 있었다. 못의 규모는 그다지 크다고 할 수 없으나 그 안에 다섯 개의 섬이 조성되어 정자와 건물이 세워져 있으며, 철따라 이팝나무 등 여러 가지 꽃들이 아름답게 핀다고 한다. 이웃한 퇴로리에 소문으로 들어온 밀양연극촌도 있으나, 바라보기만 하고 가보지는 못했다.

마지막으로 밀양시 단장면 구천리의 재약산 표충사에 들렀다가, 창녕시 부곡면 거문리 222-10 부곡온천랜드 구역 내에 있는 오늘의 숙소 오리온호텔에 도착하여 석식을 든 후 투숙하였다. 나는 408호 독실을 배정받았고, 구자익 군은 옆방에 들었다. 학생들은 2층 방에 들었는데, 밤중의 학생들 상대는 구 박사에게 맡기고서 나는 방안에서 목욕을 한 후 TV를 좀 시청하다가 밤 10시 무렵에 취침하였다.

30 (목) 맑음 -달성, 군위 지역

오전 9시 무렵에 부곡의 숙소를 출발하여 경북 달성군 구지면 도동리의 道東書院으로 향했다. 앞에는 낙동강이 흐르고 뒤로는 나지막한 산을 배경으로 자리해 있는 곳인데, 寒暄堂 金宏弼을 주벽으로 하고 그 외증손인 寒岡 鄭逑를 배향한 것으로서, 대원군의 서원철폐령에도 훼철되지 않고 존속한 전국 47개 院祠 중 하나이다. 예전에 혼자서 두어 번 방문한 적이 있었다. 1568년 유림이 현풍현 비슬산 기슭에 祠宇를 지어 향사해 오다가 1573년 雙溪書院으로 사액되었으나, 1597년 왜란으로 전소되었다. 그 후 1605년 지금의 자리에다 사우를 재건하고 동네 이름을 따서 甫老洞書院이라 불리다가 1607년에 도동서원으로 사액되어 오늘에 이르고 있는 것이다. 강당과 사당, 그리고 담장이 1963년에 보물 350호로 지정되었다. 서원 전면에 있는 은행나무 고목은 사액된 기념으로 한강 정구가 심은 것이라고 전해지고 있다. 문화유산해설사가 없어 내가 강당인 中正堂의 뜰에서 설명하고 있는 도중에 해설사가 도착하였다.

다음으로는 달성군 옥포면 반송리의 비슬산 기슭에 있는 龍淵寺를 찾았다. 신라 신덕왕 1년(812) 寶讓國師가 창건했다고 하는데, 임진왜란에 전소되었다가 선조 36년(1603) 사명대사가 제자들에게 명하여 재건했다고 하며, 그 뒤 다시 화재로 소실되었다가 현재의 본당인 극락전은 1728년에 세운 것이다. 우리는 먼저 석가의 진신사리를 모셨다는 적멸보궁과 石造戒壇(보물 제539호)에 들렀다. 戒壇에 모셔진 진신사리는 통도사에 있던 것을 임진왜란 때 사명당이 왜군의 약탈로부터 피하기 위해 제자를 시켜 금강산으로 옮기던 도중 이곳에다 그 중 한 알을 보관한 것이라 한다. 현재의 주지실도 四溟堂이라고 하는데, 원래는 관음전이라고 불렸던 것을 이 절을 중창하게 한 공덕주이자 보궁을 있게 한 인물을 기리기 위해 개명한 것이다.

중앙고속도로를 따라 군위로 향하는 도중에 칠곡군 가산면 천평리 175-2번지의 도로 가에 있는 경북식당에 들러 점심을 들었다. 군위에서는 먼저 고로면 화북리에 있는 麟角寺에 들렀다. 이 절은 신라 선덕왕 11년(642)에 의상대사에 의해 창건되었다고 한다. 그 뒤 고려 충렬왕 10년(1284) 일연이 중창하여, 여기서 『삼국유사』를 완성하고 1289년 여생을 마친 곳으로 알려져 있다. 그러나 임진왜란으로 전소되어 폐사에 가깝게 되었는데, 현재는 일연 당시의 절 규모를 밝혀내어 복원하기 위해 10차에 걸친 발굴조사가 진행 중이다. 그러므로 몇 채 안 되는 건물 중에서 조선시대의 것으로는 명부전이 하나 남아 있을 따름이다.

절 경내에는 발굴된 목재나 석재 등이 여기저기에 쌓여져 있고, 인각사 동쪽 2km 지점에서 옮겨온 일연의 부도와 왕희지의 글씨를 집자한 일연의 보각국사비 일부도 남아 있었다. 보각국사비는 서예를 위한 교본으로서 오랜 세월을 통해 무질서한 탁본이 계속되면서 서서히 마멸되었고, 俗信에 따라 비석을 가루 내어 마시기도 하여, 현재 남아 있는 글자는 전체의 1/10 정도에 불과하다고 한다. 다행히 오대산 월정사에 이 비석의 등본이 보존되어져 있어, 현재는 재현된 비가 절에서 5분 정도 떨어진 위치에 세워져 있다.『삼국유사』는 일연이 雲門寺에 머물고 있던 시절부터 집필이 시작되어 이곳에서 완성된 것으로 보고 있다.

다음으로는 군위의 長谷휴양림으로 가서 콘크리트 포장이 된 산길을 따라 능선 부근까지 산책해 올라가다가 되돌아 왔고, 어두워진 후 수안보온천에 도착하여 코레스코호텔에 투숙하였다. 나는 213호실을 배정받았다. 호텔 1층 식당에서 석식을 든 후 방으로 올라와 목욕을 하였고, 학생들 모임에도 한 시간 남짓 동참하였다가 밤 10시 좀 지나서 취침하였다.

10월

1 (금) 맑음 -문경, 김천 지역

오전 9시 남짓에 수안보를 떠나 문경새재로 향했다. 입구에 새로 생긴 옛길박물관에 들렀다가 1관문과 영화 세트장을 지나 2관문 못 미친 지점의 院터까지 걸어갔다가 되돌아왔다.

다음으로는 김천 直指寺를 찾았다. 절 입구의 주차장 옆에 있는 식당에서 산채비빔밥으로 점심을 들었다. 오랜만에 직지사에 들러보니, 그 일대의 식당들에서는 공공연히 불고기를 굽고 있고, 진입로 가에 대형 유원지도 형성되어져 있었다. 직지사는 고구려 승 阿道(墨胡子)가 신라 땅에 불법을 전하고자 一善州(선산)에 와서 숨어 살다가, 신라 왕녀의 병을 고쳐준 인연으로 전도가 허용되어 선산의 桃李寺와 함께 서기 418년에 김천 황악산 아래에다 지은 것이라고 전해져 오므로, 신라 불교의 발상지에 해당한다. 또한 부모가 일찍 죽은 후 김천에 와 유학을 공부하던 사명대사가 1559년 信黙의 제자로 되어 출가한 사찰로서도 알려져 있다. 이번 답사는 뜻하지 않게 사명당과 유관한 곳들을 중심으로 한 테마여행처럼 되었다. 내가 직지사 일주문 앞에서 사명대사와 加藤淸正의 관계 및 그가 일본과의 협상에 나서게 된 배경에 대해 설명했다.

직지사를 떠난 다음 舊도로를 따라 거창으로 향하다가 거창읍 가를 둘러서 새로 난 국도를 경유하여 88고속도로와 대진고속도로를 따라서 오후 5시 남짓에 인문대학 뒤편의 출발지에 도착하였다. 사학과도 거의 같은 시각에 답사에서 돌아왔는데, 철학과에서는 출발할 때 조교 외에 교수는 아무도 나오지 않았고, 돌아왔을 때는 내가 학생들과 작별하여 연구실로 가고 있을 때 배석원 교수가 나오다가 나와 마주쳐 인사한 정도였으나, 사학과는 평소처럼 여러 교수들이 나와서 환영하고 있어 대조적이었다.

10 (일) 맑음 −용산봉

둥구산악회를 따라 충북 단양군 가곡면 대대리에 있는 용산봉(943.7m)에 다녀왔다. 오전 8시까지 시청 앞에 집결하여, 사천에서 출발한 대절버스를 타고서 떠났다. 남해·구마·중앙고속도로를 경유하여 전국에서 가장 긴 죽령터널을 지나 단양읍내로 들어간 다음, 남한강변의 59번국도 및 6번 지방도를 따라 오후 12시 반 무렵에 가곡면 사평리 용산골 입구의 용산동에 도착하였다.

능선의 무덤들과 은광삼을 지나, 몇 군데 밧줄을 잡고서 가파른 오르막길을 한참 올라 910봉에 도착한 다음, 또 한참을 걸어서 정상에 도착하였다. 정상에서 강대열·박수재 씨 등 오랜 산 벗들과 더불어 점심을 들었다. 하산 길에는 용산골을 끼고서 건너편 능선의 770봉, 567.7봉을 경유하여 원점으로 회귀하였다. 바로 가까이에 소백산 능선이 바라보였다.

오후 5시 무렵에 하산을 완료하여, 개울물에 들어가 목욕을 하였다. 밤 11시가 넘어서 귀가하였다.

17 (일) 흐림 −방태산

청림산악회를 따라 강원도 인제군 상남면과 기린면 사이에 있는 芳台山(1,443.7m)에 다녀왔다. 강원도에서 9번째로 높은 산이라고 한다.

새벽 4시 30분까지 운동장 제1문 앞에 집결하여 대절버스 한 대로 출발하였다. 도중에 중앙고속도로의 안동휴게소에서 주최 측이 준비한 조식을 들고, 작가 이효석의 고향인 평창군 봉평읍을 지나 내린천을 따라 올라가, 오전 10시 30분 무렵에 상남면 미산리의 양어장 부근에 하차하여 등산을 시작하였다. 이곳도 설악산국립공원 구역에 속한다고 하는데, 설악산 외산의 서남쪽 끄트머리에 해당한다.

그쪽 계곡은 이미 단풍이 한창이었다. 하니동계곡을 따라 올라가다가 합수곡에서 용늪골 쪽으로 접어들었고, 깃대봉(1,435.6)이라 불리는 방태산 정상 조금 못 미친 지점에서 대골재로 올라 능선길을 따라서 배달은산(1,417)에 오른 다음, 한참을 더 걸어 방태산의 주봉인 主臆峰에 도착하였다. 점심은 정상 못 미친 지점에서 낯익은 사람과 둘이서 들었다. 그는 구룡덕봉(1,388.4) 쪽으로 더 나아가고, 나는 주억봉에서 북쪽의 지당골 쪽으로 하산하여 오후 5시 무렵 마당바위골(적가리골)의 방태산자연휴양림 산림문화휴양관 주차장에서 하산을 완료하였다. 그쪽은 2km 남짓 단풍 숲이 이어져 있어 더욱 볼만 하였다.

돼지족발 등을 안주로 하산주를 들다가 출발하여 철정휴게소에서 뷔페식 석식을 든 다음, 치악산휴게소를 거쳐 밤 1시 무렵에 귀가하였다.

24 (일) 부슬비 -아미산, 방가산

청솔산악회를 따라 경북 군위군 古老面에 있는 峨嵋山(737.3m) 方可山 (755.8)에 다녀왔다. 오전 8시 30분까지 역전에 집결하여 대절버스 한 대로 출발하였다. 남해·구마·중앙고속도로를 경유하여 군위에서 일반국도로 접어든 다음, 지난번에 철학과 학생들과 답사 차 들렀던 인각사 및 근자에 만들어진 군위댐을 지나 고로면 가암리의 등산로 입구에 있는 주차장에서 하차하였다. 오는 도중 경남 지방의 들판에는 논의 수확이 거의 끝나가고 있었는데, 경북 지방에는 아직도 누렇게 익은 벼가 절반 이상 남아 있었다.

나무다리를 건너 처음 한동안 가파른 암릉이 계속되더니, 그 구간을 지나서부터는 육산의 능선코스였다. 처음 산에 오를 때는 가느다란 부슬비가 내리다가, 한참 후에는 제법 굵은 빗발로 변하는가 싶더니, 아미산 정상에 이르러 점심을 든 이후로는 비가 그쳤다. 오늘 진주에서는 천왕봉산악회가 아미산만 오르는 코스로 이쪽으로 등산을 와 아미산 정상에서와 하산 후에 그 팀 사람들을 만날 수 있었다. 산속에도 단풍이 절정이라 골짜기에 피어오르는 안개와 더불어 가을의 정취를 한껏 누릴 수 있었다. 정상인 방가산을 지나 장곡휴양림의 임도가 나타나기 얼마 전에 옆길로 빠져서 휴양림의 수영장이 있는 쪽으로 하산하였다.

오랜 산 친구인 강대열 옹 등과 더불어 수영장 옆의 주차장에서 하산주를 마신 후, 밤 8시 무렵에 귀가하였다.

31 (일) 맑음 -건계정, 거열산성, 건흥산, 아홉산(취우령)

상록수산악회를 따라 거창군 거창읍과 마리면 사이에 있는 建興山(563m)과 아홉산(일명 취우령, 792m)에 다녀왔다. 오랜 산 친구인 이형식 씨가 회장이고, 명예회장 김형립 씨도 낮이 익은 사람이었다. 오전 8시 30분까지 장대동 제일은행 앞에서 집결하여 대절버스 한 대로 출발하였다. 대진고속도로를 따라 북상하여 함양군 지곡에서 빠져나온 뒤, 3번 국도를 따라 안의를 거쳐 오전 10시경에 거창군 위천 가의 건계정 주차장에서 하차해 등산을 시작하였다.

나는 물레방아를 지난 지점에서 일행으로부터 떨어져 혼자 建溪亭에 들러보았다. 거창章씨 문중이 1905년에 세운 것으로서, 1970년대에 부분적으로 중수한 것이라고 한다. 그들의 시조 章宗行이 고려 충렬왕 때 (1240년) 중국으로부터 귀화해 온 것을 기념하기 위한 것이었다. 정자 가에는 종행의 아들 斗民이 공민왕 때 홍건적이 침입해 와 수도인 개경까지 점령당하고 나라가 위기에 처했을 때 군사를 지휘해 개경에서 홍건적을 몰아낸 공으로 娥林君에 봉해진 사적을 적은 비석이 서 있었는데, 비문은 면우 곽종석이 지은 것이었다. 정가 옆에 같은 건계정이라는 이름의 후손이 경영하는 닭찜 전문 식당이 있었다.

가파른 돌길을 한참 올라가니 하부약수터와 함께 체육공원이 나타나고, 거기서 좀 더 오른 곳에 居烈城(일명 建興山城)이 있었다. 성벽 둘레가 2.1km 정도 된다고 하나 지금은 1997년에 지표조사를 한 후 약 300m 정도 복원한 부분을 둘러볼 수 있었다. 이 산성은 삼국시대 말기에 신라나 백제가 쌓은 것으로 추정하는데,『삼국사기』문무왕 3년(663) 조에 신라의 장수 金欽純과 天存이 백제의 거열성을 함락하고서 700여 명의 목을 베었다는 기록이 있는 것으로 미루어, 백제 멸망 후 그 유민들이 이곳에서도 백제 부흥운동을 전개한 것으로 추정하고 있다. 원래 이곳은 신라 지역이었다가 백제 義慈王 2년(642)에 백제로 복속되었다. 673년에는 신라의 阿珍舍이 唐軍과의 싸움에서 전사한 곳이기도 한 모양이다.

거열산성을 지나 얼마 못가서 건흥산 정상에 올랐고, 거기서 소나무 숲이 우거진 능선 길을 따라 한참 더 간 곳에 이 능선의 최고봉인 아홉산이 있었다. 아홉산 정상에서 일행과 더불어 점심을 든 후 백 코스로 체육공원까지 되돌아왔고, 거기서 계속 능선 길을 따라 팔각정 전망대 쪽 코스로 하산하였으나, 도중에 샛길로 빠진 까닭인지 전망대에 올라보지는 못했다.

평소보다 꽤 이른 오후 6시 무렵에 귀가하였다.

11월

14 (일) 맑음 -달바위봉(월암봉)

둥구산악회를 따라 경북 봉화군 석포면 대현리에 있는 달바위봉(月巖峰, 1,073m)에 다녀왔다. 예전에 같은 둥구산악회를 따라 오른 적이 있는 조록바위봉(1,082m)과는 열목어가 서식하는 청정하천인 백천계곡을 사이에 두고서 비스듬히 마주보고 있는 산이다.

오전 7시 30분까지 시청 앞에 집결하여 대절버스 한 대로 출발하였다. 삼가·고령을 경유하는 일반국도와 구마·중앙고속도로를 경유하여 영주 요금소에서 다시 일반국도로 빠져나온 뒤, 동쪽으로 진행하여 봉화군에 접어들었다. 오전 11시 50분쯤에 등산로 입구에 당도하여 '달바위길'이라는 주소 표지가 보이는 완만한 콘크리트 포장도로를 따라서 걸어 나아갔다. 칠성암(옛 월암사)에서부터 본격적인 등산로가 시작되는데, 그 절에서는 굿을 하고 있었다. 칠성암에서 정상까지 거리는 그다지 멀지 않으나 가파른 경사의 화강암 암벽으로 되어 있는 곳이 많아 꽤 위험하고 오르기 힘들었다.

정상 옆에서 오랜 산 친구인 박양일·박수재·강대열 씨와 더불어 점심을 들었다. 정상 일대에서는 건너편으로 강원도 태백시의 태백산과 함백산이 바로 앞에 바라보였다. 이 일대는 강원도와 경상북도가 갈라지는 경계 지점인 것이다. 위험구간으로서 출입금지 표시가 있는 암벽 등을 거쳐서 대현교 쪽으로 하산하였다. 거의 하산지점에 접근한 속세골에 한 채의 민가가 있는데, 거기서 자연농법으로 재배했다고 하는 무 잎 시래기와 무말랭이 무침 1kg 한 통을 구입하고서 막걸리 한 잔을 대접받았다.

오후 3시 20분 무렵에 하산을 완료하여 도토리묵을 안주로 하산주를 마시다가, 오후 4시 반쯤에 출발하였다. 대구까지 가는 중앙고속도로의 정체가 심하여 밤 10시 무렵에야 진주에 도착하였다.

20 (토) 맑음 -박선자 교수 토굴

정년퇴직한 박선자 교수가 하동군 적량면 우계리 2109-2에 새로 지은 토굴(절?)이 완성되어 그 開院式에 초대를 받았으므로 승용차를 운전하여 아내와 함께 가보았다. 우선 서부시장에 들러 축하 선물용 및 우리 집 용 경북 사과 두 박스를 사서 트렁크에 싣고는 정오에 점심식사가 있는 장소인 사천시 곤명면 초량리 248-4의 달맞이가든까지 네비게이터를 사용하여 이동하였다. 거기서 교수불자회 및 명상회의 회원들 및 박 교수를 거드는 여성 두 명을 만나 함께 두부·버섯전골로 점심을 들었다. 교수불자회 회장인 공대 건축학과의 이상정 교수와 대화하여 내년 1월 17일부터 27일까지 이 회에서 추진하는 네팔 및 인도의 불교성지순례 여행에 동참하기로 마음을 정했다.

점심 후에 우리 내외는 박 교수 차를 뒤따라 토굴이 있는 장소까지 갔다. 거기에는 본교 구내여행사를 경영하다가 지금은 가좌동에 따로 개설한 (주)하나로월드투어의 이사로 있는 이완기 씨 등 박 교수가 추종 하던 故 淸華스님의 염불선을 수행하는 신도단체 회원 몇 명이 먼저 와 있었다.

박 교수는 이곳에다 약 1,500평 정도의 땅을 구입하여 절 모양의 팔작 지붕 한옥 한 채를 세웠다. 하동군 악양면으로 넘어가는 삼화실재를 배 경으로 하고서 멀리 하동군 진교면의 금오산이 바라보이는 산골짜기로 서, 모든 면에서 전형적인 절터이고 실제로 예전에 절이 있었던 흔적도 있는 자리라고 한다. 청화스님의 제자인 스님 한 분이 와서 염불로 개원 식 법회를 해 주었다.

본교 간호학과 명예교수인 우선혜 교수와 더불어 셋이서 돌아오는 길 에 적량면 동리의 하곡소류지 위쪽에 있는 鄭麟趾墓碑에 들러보고자 했 으나, 네비게이터로 그 지점이 잡히지 않아 적량면 동리 3으로 번지수를 임의로 집어넣고서 운전해 보았더니, 뜻밖에도 횡천면의 산중에 있는 어느 암자에 닿았다. 그래서 오늘은 포기하고서 바로 학교로 돌아와 무 료주차장 앞에다 우 교수를 내려주고서 우리 내외는 주약동 탑마트에 들러 잔뜩 장을 보아 귀가하였다.

28 (일) 맑음 -청산도, 보적산

강덕문 씨의 알파인가이드를 따라 전남 완도에서 남쪽으로 19.2km 떨어진 거리의 다도해해상국립공원 구역에 있는 완도군 청산면의 본섬 靑山島에 다녀왔다. 오전 4시에 도동의 지리산여행사 앞에서 대절버스 한 대로 출발하여, 구 운동장 1문 앞에서 또 한 대의 대절버스와 합류하 였고, 버스 두 대가 4시 10분에 그곳을 출발했다. 오전 7시 30분 무렵에 완도여객선 터미널에 도착한 다음, 터미널 안에서 김밥과 자판기의 커피 로 간단히 조식을 들고서 8시에 출발하는 청산도행 페리를 탔다.

뱃길로 45분쯤 지난 후에 청산면 사무소가 있는 道淸港에 도착하였는 데, 배를 타고 가는 동안 나는 시종 꼭대기 층 갑판에서 바다 풍경과

떼 지어 뒤따라오는 갈매기들을 바라보았다.

섬에 도착한 다음, 등산 코스를 따라 고성산을 지나서 오늘의 목적지인 보적산(321m)에 다다랐고, 보적산 아래 등산로의 널찍한 바위에서 본교 대학병원 상임감사인 우주호 박사 등과 어울려 점심을 들었다. 그런 다음 섬 남쪽 끄트머리의 범바위 옆에 있는 전망대에 올랐다가, 슬로길 4코스인 범길을 따라서 권덕리까지 내려왔다. 청산도는 꽤 낙후된 곳이었는데, 그 때문인지 아시아 최초의 치따슬로(cittaslow, 슬로 시티)로 지정되어 이제 관광객이 제법 찾아오는 섬이 되었다.

범길을 내려오는 도중에 조그만 개를 한 마리 만났다. 머리를 쓰다듬고 입을 맞추어 주었더니, 권덕리에 주인집이 있을 그 개가 나의 가는 곳을 한없이 따라왔다. 해안의 낭떠러지를 따라서 이어진 3코스인 낭길을 따라가다가 구장리를 지나 콘크리트 및 아스팔트 포장도로를 만나서 읍리 부근까지 온 다음, 영화 '서편제' 및 '봄의 왈츠' 촬영지가 있는 당리 고개를 지나서 오후 3시 20분 무렵에 출발지인 도청리에 도착하였다. 개는 거기까지 따라왔다가 내가 기념품으로 미역 및 돌김을 사는 동안 어디론가 사라졌더니, 여객선 터미널로 가니 그 부근에서 또 나와 만났다. 그러나 내 곁에만 있지 않고 이러 저리 쏘다니다가 마침내 헤어지고 말았다.

오후 4시에 청산도를 출발하는 페리를 타고서 이번에는 선실 안에서 우주호 박사와 나란히 앉아 대화를 나누면서 완도의 부두로 돌아왔다. 대절버스 근처에서 막걸리와 두부 및 김치로 하산주를 조금 마신 다음 출발했다.

내 첫사랑인 배정선이 신혼 무렵 청산도에서 내게 편지를 보내와 그곳의 석양과 낭만적인 풍경을 예찬하던 기억이 나므로, 여러 차례 통화를 시도해 보았으나, 휴대폰은 번호가 바뀌고 집에서도 전화를 받지 않더니, 완도를 떠날 무렵 집으로 건 전화를 받았다. 그녀가 사는 마산 근처의 진동에 있는 시댁 시사에 참가했다가 돌아온 모양이다. 그녀에게 당시 청산도에 왜 와 있었던지 물었더니 남편이 항만청에 근무하기 전에 수리국에 있었는데, 측량 관계인지 무엇인지의 업무로 청산도에서 근무했으므로 당시 자기도 한 동안 와 있으면서 섬을 두루 돌아다녀 보았던 것이라고 한다.

밤 9시 무렵에 집에 도착하였다.

12월

5 (일) 맑음 -곡성 형제봉, 동악산

오부산악회를 따라 전남 곡성군 谷城邑에 있는 兄弟峰(750m)과 動樂山(736.8m)에 다녀왔다. 오전 8시 시청 건너편 육교 아래에서 운동장으로부터 출발한 대절버스를 탔다. 산청군 오부면 출신의 사람들이 조직한 산악회라고 한다.

남해·호남고속도로를 경유하여 곡성 요금소에서 60번 지방도로 빠져나와 9시 35분 무렵에 道林寺 입구의 주차장에 도착하여 등산을 시작하였다. 암반으로 이루어진 청류동계곡을 따라 올라가 길상골 갈림길에서 길상골 쪽으로 접어들었다. 길상암 터를 지나 정상인 형제봉(동봉)에 올랐는데, 이렇다 할 정상표지석이 없었다. 그 바로 옆에 성출봉인가 하는 이름의 조금 더 높은 755m 봉우리가 하나 더 있어서 그런 모양이었다. 형제봉이라 함은 그래서 이름 지어진 것인 모양이다. 형제봉을 지나 헬기장이 있는 안부에서 일행과 더불어 점심을 들었다.

예전에 망진산악회 회원들과 더불어 겨울에 와서 형제봉인지 동악산인지를 오른 적이 있었는데, 그때는 눈이 많이 쌓여 있어 종주를 하지 못하고 그냥 하산했었다. 오늘은 능선 길을 따라서 서봉이라 불리는 대장봉(744.5m)과 전체 코스의 중간지점에 있는 배넘어재(532m)을 경유하여 동봉인 동악산까지 올랐는데, 그 정상에는 방송 송신탑 같은 것이 서 있었다. 이색적인 기우제를 지낸다는 신선바위 조금 못 미친 지점의 안부에서 마른계곡 쪽으로 접어들었고, 배넘어재로 가는 길이 갈라지는 이정표가 있는 지점에서부터는 청류동계곡을 만났고, 도중에 다시 길상골 갈림길을 만나서 도림사 쪽으로 원점회귀를 하였다. 하산 길에 도림사 경내를 둘러보았다. 백제가 멸망하던 해인 660년(신라 무열왕 7년)에 원효대사가 화엄사로부터 옮겨와 지었다고 전해지는 것인데, 별로 규모가 크지 않음에도 불구하고 Temple Stay를 하는 모양이었다.

절 구경을 마치고서 오후 3시 45분 무렵 주차장에 도착했더니 집행부 측에서 빨리 오라고 나를 부르고 있었다. 오후 4시까지 하산하라고 했으나, 하산주가 준비되지 않아 빨리 돌아가기 위해 가장 뒤에 쳐진 내가 돌아오기를 기다리고 있었던 모양이었다. 어두워질 무렵에 집에 도착하였다.

12 (일) 맑음 -금북정맥 제1차, 걸미고개~옥정현
동산산악회의 제1차 錦北正脈 탐사종주에 동참하였다. 오전 7시 시청 앞에서 대절버스 한 대로 출발하였다. 참가자는 대절버스 좌석의 절반 정도를 채운 데 지나지 않으므로 참가비는 일반 주말산행의 배인 4만 원이며, 점심은 주먹밥 제공 없이 각자 준비해야 한다. 나는 이번 주 ≪경남일보≫에 소개된 다른 당일 코스의 산행들은 모두 가본 곳이라 적당한 갈 곳이 없어 부득이 구간 산행에 참가한 것이다. 예전에 백두대간 구간 산행을 마친 다음, 보통 이런 산행은 일정이 내 체력에 비해 부담스러운 데다가 격주로 연속되는 코스에 얽매이기도 싫어 별로 선호하지는 않지만, 이제 남한 땅의 웬만한 산은 대부분 오른 셈이므로 다시 이런 구간 산행도 검토해 봐야 할 때가 된 듯하다. 오늘의 일행 중에는 나보다 한두 살 위인데도 불구하고 9정맥을 답파했다는 사람도 있었다.

대진·경부·중부고속도로를 경유하여 음성 IC에서 82번 지방도로 빠져나온 다음, 17번 국도를 따라 조금 올라가 경기도 죽산면 걸미고개에서 하차하였다. 오전 10시 남짓 된 무렵 안성컨트리클럽의 클럽하우스 앞쪽에서부터 등산을 시작하여 칠장산(491.2m)에 오른 다음, 계속 오르내리는 야산의 능선 길을 따라 오늘의 최고봉인 칠현산(515.7m) 정상을 지난 지점의 헬기장에서 일행과 더불어 점심을 들었다. 산길은 온통 낙엽더미에 덮여 있었고, 금년 들어 처음으로 눈과 얼음을 보았다. 능선 길에는 바람이 꽤 차가왔다.

513봉을 지나 그 다음 봉우리인 덕성산은『사람과 山』이 제공한 6만 분의 1 금북정맥 등산지도상으로는 506m인데, 현장에는 519m로 표시되어 있어 칠현산보다도 오히려 더 높았다. 470.8봉과 무이산(462.2m)을 지나 오후 4시에 경기도 안성시 금광면 옥정리와 충북 진천군 이월면의 경계에 위치한 玉井峴에 다다라 오늘 등산을 마쳤다. 총 14km의 거리였다. 오늘 코스 중 지도상에 이름이 표시된 네 봉우리는 모두 능선 길에서 조금 벗어난 지점에 위치해 있었다.

이런 정맥 등산을 시도하는 사람들은 대부분 경험이 많은 베테랑들이기 때문에, 나로서는 쉬지 않고 부지런히 걸어도 겨우 꼴찌로 목적지에 도착하였다. 오늘 우리는 경기도 안성시 죽산면·삼죽면·금광면 구간을 지나 중간지점인 덕성산에서부터는 안성시 금광면과 충청북도 진천군 광혜원면·이월면의 경계지점을 따라서 걸었다.

밤 8시 무렵 집에 도착하였다.

19 (일) 맑음 -하조도

알파인가이드를 따라 전남 진도군 조도면의 下鳥島 산행을 다녀왔다. 강덕문 씨는 인도로 떠나 있으므로, 오늘은 지리산여행사 사무실에 근무하는 권경숙 씨가 진행을 맡았다. 오전 4시 30분에 대절버스 한 대로 도동의 지리산여행사 사무실 앞을 출발하여 운동장 앞을 거쳐서, 날이 희부옇게 밝아올 무렵 진도에 접어들어 18번 국도를 따라서 진도 섬을 종단하여 8시 30분 무렵 섬의 서남쪽 끄트머리에 위치한 임회면 연동리의 彭木港 페리 터미널에 닿았다. 그러나 鳥島群島로 가는 한림페리3호의 1항차는 오전 7시 30분에 이미 떠났고, 2항차는 9시 30분에 출항하므로, 우리는 거기서 한 시간 정도 대기해야 했다.

조도군도는 154개(유인도 35개, 무인도 119개)의 섬으로 이루어져 있어 다도해해상국립공원으로 지정되어져 있는데, 마치 큰 호수 위에 새떼가 앉아있는 듯 크고 작은 섬들이 옹기종기 모여 있어 이런 이름이 붙었다고 한다. 페리에서 나는 오늘도 꼭대기의 기관실 옆 갑판에서 주변 섬들의 풍광을 바라보았다. 40분 쯤 후인 오전 10시 10분에 조도군도 중 가장 큰 섬인 하조도의 창유리 魚游浦港에 닿았다.

거기서 도보로 섬 안쪽의 꽤 떨어진 곳에 있는 산행 마을까지 걸어간 후 등산을 시작하였다. 먼저 산행 마을 뒷산 능선에 위치한 거대한 엄지손가락처럼 생긴 손가락바위(230.8m)에 닿았고, 거기서 능선 길을 따라 그다지 멀지 않은 곳에 위치한 오늘의 정상인 돈대봉에 닿았다. 돈대봉의 높이는 손가락바위 곁의 등산로 안내표지에는 400m, 정상의 표지에는 330.5m, 다도해해상국립공원 조도 안내도에는 230.8m, 알파인가이드의 인쇄물에는 267m, 우리 집에 있는 5만분의 1 지도에는 271m 등으로 제각기 달랐다. 능선 길을 걷는 동안 다도해의 풍광을 사방으로 조망할 수 있었다.

우리는 돈대봉 능선을 타고서 내려와 도로 근처의 바람이 없는 등산로에서 점심을 든 다음, 1번 지방도로를 따라 읍구 마을을 지나서 한참을 더 걸어 올라가 창리 마을과의 경계 지점인 언덕 위의 신금산 입구 안내판이 있는 곳에서부터 다시 산길로 접어들었다. 신금산은 어유포항을 내려다보는 지점에 위치한 바위 봉우리인데, 조도에서는 높이를 표시한 것을 찾을 수 없었지만 5만분의 1 지도에 238m라고 되어 있다. 거기서 긴 능선 길을 계속 걸어 하조도 등대에 도착하였다. 일행 중 대부분은 도중에 샛길로 하산하고, 오늘 산행의 끝 지점인 등대까지 간 사람은 몇 명 되지 않았다. 등대에 이르기 전 1.6km 정도의 구간은 동백나무 군락지인데, 산 위에서는 아직 철이 이른 탓인지 꽃이 핀 모습이 별로 눈에 띄지 않았다.

3항차의 마지막 페리 출항시간에 맞추느라고 빠른 걸음으로 약 5km 정도 되는 비포장 해안도로를 따라 걸어서 오후 4시 반 무렵에 창유리의 어유포 항구로 돌아왔다. 거기서 4시 45분에 출항하는 페리를 타고서 5시 20분에 팽목 터미널에 도착한 다음, 대절버스를 타고서 돌아오는 도중 섬진강휴게소에서 20분간 정거하였고, 밤 9시 무렵 진주에 도착하였다.

26 (일) 맑으나 곳에 따라 흐리고 때때로 가는 눈발 —지리산둘레길
  제3코스

웰빙산악회를 따라 지리산둘레길 제3코스를 다녀왔다. 오전 8시까지 시청 앞에 집결하여 대절버스 한 대로 출발하였다. 대진고속도로와 88고속도로를 경유하여 전라북도 인월면소재지에 진입하였다. 제3코스는 舊인월교에서부터 경남 함양군 마천면 창원리 금계마을까지인데, 12월 5일에 웰빙산악회 임원들이 사전답사 한 바에 의하면 총거리 19.8km에 소요시간 7시간 30분이고, 종착점인 舊금계초등학교 운동장에 있는 지리산둘레길 함양안내센터에서 받은 팸플릿에 의하면 19.3km에 예상시간 8시간으로 되어 있다. 현재까지 개방되어져 있는 5개의 코스 중에서는 가장 긴 거리이다. 우리는 다소 거리를 단축하여 인월면 중군리에서부터 출발하여 17km를 6시간 이내에 주파하기로 하였다.

중군마을에서 오전 9시 40분에 출발하여 60번 지방도로와 평행하여 함양 쪽을 향해 지리산 기슭의 소나무 숲길을 걸었다. 황매암-수성대-배너미재를 지나 멋진 소나무 보호수가 있는 남원시 산내면의 장항리를 지난 다음, 찬바람이 쌩쌩 부는 장항교를 건너 산내면 대정리의 현대주유소 부근에서 60번 지방도로를 횡단하였다. 그런 다음 삼봉산 기슭의 콘크리트 포장도로를 계속 걸어 올라가 산내면 중황리의 상황마을 부근 숲길에서 점심을 들었다. 나는 거기서부터 버스에서 옆자리에 앉았던 중년 남자와 어울려 둘이서 식사를 마친 다음 계속 같이 걸었다. 그는 진주 사람으로서 70년대에 지리산을 열심히 오르다가 그 후 10년 정도는 스쿠버다이빙을 하였는데, 근자에 다시 가끔씩 혼자 산에 오른다고 했다. 그와 함께 전라북도와 경상남도의 경계를 이루는 등구재를 건너기 전에 길가의 찻집에 들러 오미자차를 한 잔씩 사 마시며 주인아주머니와 대화를 나누기도 한 다음, 다시 산길을 걸었다.

근처의 1023번 지방도로가 지나는 悟道재에 근년에 관문이 설치된 것과는 달리, 전라도와 경상도를 잇는 오랜 고갯길인 등구재에는 이정표 외에 아무런 시설물이 없었다. 안개가 끼어 선명하지는 않았지만 지리산 주능선이 바라보이는 산길을 따라서 함양군 마천면 창원마을까지 내려 왔다가 다시 한참동안 오르막길에 올라서 오후 3시 55분 무렵에 마침내 종점인 마천면 의탄리의 의탄교 앞에 있는 금계초등학교에 닿았다. 알고 보니 우리 둘이 가장 늦게 도착한 모양이었다. 둘이 등구재 아래의 주막에서 차를 마시고 있는 동안 우리 일행은 모두 스쳐 지나간 것이었다.

컨테이너가 설치된 주막 건너편 마당에서 하산주와 더불어 닭고기가 든 떡국을 든 다음, 60번 지방도로를 따라 휴천계곡을 내려와, 함양군 유림면 소재지를 거쳐 대진고속도로에 진입하였다. 오후 6시 무렵 집에 도착했다.

1월

2 (일) 맑고 포근함 -소매물도

아내와 함께 금년 들어 처음으로 푸른산악회에 동참하여 統營市 閑山面 梅竹里에 있는 小每勿島에 다녀왔다. 오전 8시 10분까지 시청 건너편 육교 아래에 집결하여 대절버스 한 대와 봉고 한 대로 60여 명이 출발하였다. 대전-통영 간 고속도로와 거제도 내의 14번 국도를 경유하여 거제시의 중심지인 신현읍까지 들어간 다음, 지방도로를 경유하여 거제시 남부면의 저구리에 도착하였다. 거기서 한 시간쯤 대기한 다음, 오전 11시에 출항하는 매물도행 여객선을 탔다. 저구항에서는 하루에 네 번 매물도행 여객선이 출발하는 모양인데, 우리가 탄 배는 그 중 두 번째 것이었다.

매물도의 당금·대항을 거쳐 소매물도의 선착장에 도착한 다음, 우리 내외는 일행과 떨어져 펜션 동네를 지나 바로 올라가 폐교가 된 한산초등학교 소매물도 분교를 거쳐서 등대섬까지 왕복 4km의 트래킹 코스를 걷기 시작했다. 소매물도의 정상인 망태봉과의 갈림길에서 아내는 바로 등대섬 쪽으로 나아가고, 나는 망태봉에 올라보았다. 정상에는 과거 밀수선을 감시하던 제법 큰 규모의 콘크리트 건물로 된 초소가 있지만, 지금은 사용하지 않고 폐허로 되어 있었다. 등대섬과 연결되는 돌길은 썰물 때만 통과할 수 있고, 밀물 때는 바닷물로 막히는 모양이다. 그런 까닭에 같은 한려해상국립공원 구역의 남쪽 끝에 위치해 있지만, 매물도는 주민들의 거주구역인 데 비해 소매물도는 관광지화 되어 있다.

나는 과거 결혼 전에 아내와 함께 통영에서 배를 타고 비진도와 소매물도를 거쳐 대매물도까지 가본 적이 있었고, 그 밖에도 한 번쯤 더 와본 듯한데, 소매물도에 내리지는 않았던 듯하다. 등대섬을 둘러보고서 돌아 나와 가파른 나무 계단 길을 다 올라온 지점에 설치된 휴게소의 나무 탁자에서 도시락으로 점심을 들었고, 아내가 먼저 선착장으로 출발한 후 나는 뒤이어 올라오다가 2주 전의 금북정맥 첫 구간종주 때 만났던 정보환 씨 등 진주고등학교 동문 팀에 끼어서 또 점심과 함께 술을 들었다.

정 씨는 나보다 한 해 연상인데, 진주의 천전초등학교와 진주중·고등학교를 졸업한 후, 1970년에 부산대학교 공과대학 전기공학과를 졸업하였고, 1973년에 군 복무를 마친 다음 1997년까지 한보그룹에서 근무하다, 1998년 이후 현재까지는 에이스전기안전기술단의 대표로 근무 중이며, 여유 시간을 이용하여 장재실에서 닭 농장을 경영하고 있다. 1980년도 후반부터 시간적 여유가 있어 주말등산을 다녔는데, 2002년에 사천 와룡산 등반 후 하산하다가 왼쪽 발목의 복숭뼈를 다쳤다고 한다. 수술을 받은 강남병원 의사로부터 살을 빼던지 그렇지 못하면 걷지 말라는 말을 듣고서, 이후 음식물 양을 조절하고 매일 4~5시간 이상의 걷기 운동으로 2005년 연말까지 체중 85kg을 70kg으로, 허리둘레 38인치에서 34인치로 줄이는 데 성공했고, 다음해인 2006년 4월 16일 백두대간 구간 산행에 나선 이후 4년 7개월 만에 남한의 1대간 9정맥과 호남의 땅끝기맥, 영남의 진양기맥(진주기맥)까지를 완주할 수 있었던 것이다. 그리하여 오늘 아침 그 산행일지를 정리한 책 『나의 산행기』(진주, 메모리랜드, 2010.12.15) 한 권을 내게 주었다. 그 점심식사 자리에는 정 씨의 진고 2년 선배로서 함께 9정맥을 주파하여 한두 달 전 《경남일보》에 소개된 바 있는 본교 대학병원에 고용된 임상의 김창환 씨도 어울려 있었다.

점심 후 지름길이 아닌 폐교 근처로부터 숲속 오솔길로 둘러가는 코스를 따라 선착장으로 돌아온 후, 오후 4시 20분에 출항하는 마지막 여객선을 타고서 저구항으로 돌아왔다. 저구항에서 하산주를 마시고는 어

두워진 후 출발하여, 도중에 통영시 용남면 81에 있는 휴게소의 신대교
건어물에 들러 말린오징어 등 해산물들을 구입하여 밤 8시 무렵에 귀가
하였다.

<h1 style="text-align:center">2월</h1>

6 (일) 맑음 -암남공원, 해안볼레길

아내와 함께 푸른산악회를 따라 부산 송도의 암남공원과 해안볼레길
을 다녀왔다.

오전 8시 30분까지 운동장 앞에 집결하여 대절버스 한 대로 출발하였
다. 도중에 시청 육교 아래에 정거하여 또 한 차례 참가자들을 태우고서,
문산을 경유하여 구 1009호 지방도를 개조한 새 도로를 따라 내려가다
가 금곡에서 대전통영고속도로에 진입하였다. 거제시의 장목면에서 거
가대교로 진입하여 대통령 별장이 있는 진해시의 저도를 지나 가덕도에
이른 다음, 가덕대교와 부산 강서구의 신호대교·명지대교를 건너서 사
하구 감천동에서 장기려 박사와 두리가 거처하던 고신대학병원 앞을 지
나 종착점인 암남공원 주차장에 닿았다.

아내와 둘이서 일제시기의 혈청소를 시민공원으로 개조한 암남공원
내의 풍광이 수려한 해안산책로를 따라서 걷다가 도중의 수도 가 긴 나
무의자에 걸터앉아서 점심을 들었다. 해안 산책로를 한 바퀴 돌아 국제
수산물도매시장 부근의 숲길과 제3 망루대를 지나서 후문으로 빠져나온
다음, 혈청소의 후신인 국립수의과학검역원 부산지원 입구를 지나 일단
주차장으로 돌아왔다.

다시 해안선을 따라 바위 위에 설치한 암남공원에서 송도까지 이어지
는 계단 길을 걸었는데, 아내는 도중에 주차장으로 되돌아갔다. 나 혼자
서 송도해수욕장 아래쪽 끄트머리의 백사장에까지 다다른 다음, 도로를
가로질러 송도 뒷산으로 올라갔다. 현재는 꼭대기에 군부대가 들어서
있는 진정산(155.9m) 허리의 산책로를 따라 감돌아서 암남공원 입구까

지 돌아온 다음, 다시 능선 길을 따라 다목적광장과 제1 망루대, 중앙산 책로를 거쳐서 제2 망루대로 향하는 도중 아까 지나왔던 삼거리 지점에서 되돌아와 정상에 설치된 희망정을 거치고 레이더기지를 지나서 오후 3시경에 주차장으로 돌아왔다.

하산주와 떡국을 든 다음, 4시 반 남짓에 암남공원을 출발하여 오전에 지나왔던 길을 거치고 진해와 마창대교를 경유하여 근자에 완공된 새 도로를 따라서 진주까지 돌아왔다. 밤 8시 무렵 집에 도착했다.

13 (일) 맑음 -성주봉

울타리산악회를 따라 경북 尙州郡 銀尺面 南谷里에 있는 聖主峰(607m)에 다녀왔다. 오전 8시까지 시청 육교 앞에서 집결하여 대절버스 한 대로 출발하였다. 계동 전신전화국 앞에서 일행을 더 태워 8시 30분 남짓에 출발한 다음, 봉곡동에서 집현면 쪽으로 빠져 고령을 거쳐 대구 쪽으로 가는 새 국도를 따라가다가 도중에 중부내륙고속도로에 올라 계속 북상한 다음, 청원-상주 간 고속국도를 만나 왼쪽으로 접어들어 남상주에서 고속도로를 벗어나 지방도로를 따라 좀 더 북상하였다.

우리는 오전 11시 남짓에 성주봉자연휴양림의 산막 촌 입구에서 하차하여, 좌측의 최단거리인 암벽 코스를 따라 성주봉 정상에 올랐다. 그런 다음 하산 1코스를 지나 한참 더 나아간 다음 능선 상의 조망이 트인 곳에서 일행 몇 명과 더불어 점심을 들었다. 오후 3시까지 하산하라고 했으므로, 백두대간 상의 속리산 형제봉에서 葛嶺을 넘고 正東 방향으로 뻗어 나온 지맥의 주봉에 해당하는 南山(821.6)까지는 가지 않고, 산악회 측에서 권한 2코스를 따라서 하산하였다. 산에는 눈이 좀 남아 있었으나 아이젠을 착용할 정도는 아니었다.

하산주를 좀 들고서 돌아올 때는 구마·남해고속도로를 경유하여 밤 8시 남짓에 집에 도착하였다. 부회장이라고 하는 50세의 주부가 시종 친절하게 나를 배려해주었다. 그녀에게서 들은 바에 의하면 이 울타리산악회는 그 전신인 다모아산악회가 해체되면서 3년 전 쯤에 새로 결성된 것이고, 그녀는 자기보다 한 살 위인 여총무의 권유에 따라 이 산악회에 참여하게 되었다고 한다.

17 (목) 오전에 부슬비 내린 후 차츰 개임 -전통불교문화원

충남 공주시 마곡사 부근의 전통불교문화원에서 열리는 한국동양철학회 정기총회 및 145차 정례발표회에 참석하였다. 오전 9시 55분에 장대동 시외버스터미널에서 구자익 군을 만나 10시에 출발하는 버스를 함께 타고서 대전으로 향하였다. 대전에 도착해서는 예전과 장소가 바뀌어 임시로 고속터미널과 합해져 있는 동부시외버스터미널에서 직행버스로 갈아타고서 공주에 도착한 다음, 공주종합터미널 앞의 신정갈비에서 어제부터 1박 2일간 충북 제천의 세명대에서 열린 한국철학사상연구회 발표회 겸 정기총회에서 논문을 발표하고 온 김경수 박사 및 연세대 강사 한 명과 합류하여 함께 갈비탕으로 점심을 들었다. 김 박사의 차에 네 명이 동승하여 공주시 사곡면 운암리 604번지 마곡사 인근의 상원골에 자리 잡은 대한불교조계종 최초의 교육연수시설 전통불교문화원으로 이동하였다.

이곳은 조계종 총무원이 2004년 1월부터 2008년 12월까지 5년에 걸쳐 부지 약 1만 평에다 지상 3층의 교육행정동 850평과 숙박후생동 890평을 건설한 것인데, 이로재·승효상 씨가 설계·감리를 맡아 현대식 최첨단 시설로 지었다. 그 중 교육행정동에서 오후 2시부터 정례발표회가 열렸다. 서울에서는 대절버스 한 대가 회원들을 태우고서 연세대학교 독수리상 앞을 출발하여 왔는데 참석자가 그다지 많지는 않았다.

숙박동으로 이동하여, 현 회장인 이광호, 차기 회장인 나와 차차기 회장인 최영진 교수는 함께 바101호실을 쓰게 되었다. 방에다 짐을 둔 다음, 그 옆의 후생동 식당으로 가서 석식을 들었고, 식당 옆에 위치한 노래방 중에서 가장 큰 방을 빌려 한산소곡주와 막걸리로 술을 들며 담소를 나누었는데, 나중에는 가라오케로 돌아가며 노래를 부르기도 하였다. 여흥이 끝난 후, 나는 제법 취하여 방으로 돌아와 이즈음 실내복을 겸한 잠옷으로 쓰고 있는 실크로 된 푸른색 중국옷으로 갈아입고서 취침하였다.

18 (금) 맑고 포근함 —마곡사, 봉곡사, 김정희 고택

아침식사를 든 다음, 마곡사-무령왕릉-윤증고택-돈암서원 코스로 답사가 예정되어 있으나, 그것들은 예전에 모두 가본 곳이기 때문에 나는 김경수 군의 차에 구자익·조남호 군과 더불어 동승하여 넷이서 따로 충청도 지방의 지리와 고사에 밝은 서울대 후배 조남호 뇌과학대학원대학 교수의 안내에 따라 답사를 떠났다. 먼저 마곡사에 들러 경내를 둘러보고서, 백범명상길이라는 이름의 트래킹 코스를 차에 탄 채로 올라서 백범 김구가 은거했던 백련암, 그리고 그 위쪽의 마애불을 둘러보았다.

그런 다음 아산의 鳳谷寺에 들렀다. 봉곡사는 다산 정약용이 쓴 '西庵講學記'의 무대가 된 곳인데, 정조 말년에 천주교 사건에 연루되어 金井察訪으로 좌천되어 홍성에 부임해 있던 다산이 이 일대에 거주하는 여주 이씨 사람들과 더불어 이 절에서 강학하며 성호 이익의 예서를 교정하기도 했었던 현장이다. 아울러 근세 한국불교의 거장인 滿空선사가 깨달음을 얻은 장소이기도 하여, 절 입구 부근에 만공의 친필로 된 '世界一花'라는 글씨가 새겨진 탑이 세워져 있기도 하였다.

다음으로는 나의 제의에 따라 충남 예산군 신암면 용궁리 324-17에 있는 秋史故宅을 찾아갔다. 그곳을 두루 둘러본 다음, 2008년에 건립된 예산추사기념관에 들러 대추나무에다 컴퓨터를 사용해 내 이름을 한자 전서체로 새긴 새 도장을 구입하기도 하였다. 예산읍내로 이동하여 시외버스 터미널 옆 산성리 639의 예산국수에 들러 잔치국수로 점심을 든 다음 조남호 군과 작별하였다. 나와 두 제자는 서해안고속도로를 경유하여 장수에서 대진고속도로로 진입한 다음, 오후 늦게 진주에 도착하였다.

평거동의 구자익 군 서재 앞에서 김경수 군과 작별하고, 구 군의 차에 갈아타고서 평거동 195-1의 건물 1층에다 근자에 개업했다는 삼성디지털광선플라자(주)에 들러 작년 12월부터 2개월 남짓 매장에 전시되었던 3D 디지털 TV 한 대를 할인된 현금가 254만 원으로 구입하였고, 그 근처 안경점으로 가서 3D 안경을 내 시력의 도수에 맞춘 다음 귀가하였다.

3월

5 (토) 맑고 포근함 −지리산둘레길 제2코스

아내와 함께 알파인가이드의 강덕문 씨를 따라 지리산둘레길 인월−
운봉 구간을 다녀왔다. 오전 8시 무렵 강 씨가 운영하는 상대동 303−71
의 지리산여행사 부근에서 강 씨의 12인승 봉고차에 동승하여 셋이서
출발한 후, 운동장 1문 앞에서 7명을 더 태워 모두 10명이 되었다. 알파
인가이드는 지리산여행사 부설 산악회인 셈이다. 대진−88고속도로를
경유하여 인월의 지리산둘레길 안내센터 앞 주차장에서 하차하였다.

오늘의 구간은 9.4km, 예상시간 약 4시간으로서, 현재 개통되어져 있
는 5코스는 물론, 장차 완성될 총 13코스 가운데서도 가장 짧은 것이다.
인솔자인 강덕문 씨는 히말라야 8,000m급 봉우리 14좌 가운데서 6개를
오른 경력이 있는 전문산악인이다.

인월 안내센터에 들러 몇 가지 인쇄물들을 얻고서 둘레길을 걷기 시
작하였다. 나는 5개 코스 중 이번까지 포함하면 남원의 주천에서부터
함양의 금계에 이르는 세 개 코스를 답파하게 되는 셈이다.

둘레길 안내소를 출발한 지 오래지 않아 흥부골자연휴양림에 도착하여
준비해 간 도시락반찬과 거기서 주문한 파전 등을 안주로 막걸리를 마시
고, 새로 채취한 고로쇠 물도 좀 얻어 마셨다. 대덕리조트에 못 미친 지점
의 산길에서 산청군청 민원과의 천상운 주사로부터 전화를 받았는데, 그
는 토요일임에도 불구하고 오늘 외송의 내 땅을 둘러보았던 모양이다.

이번 코스에서 가장 특색 있는 부분은 도중에 국악의 성지와 송흥록
생가, 그리고 생가 바로 옆의 황산대첩비지를 지나간 점이다. 宋興錄은
1780년 경 전북 남원시 운봉읍 비전마을에서 태어났는데, 동편제의 창
법을 완성하고 판소리 중시조로 추앙 받아 歌王이라 불리었던 인물이다.
같은 장소가 國唱 박초월의 생가이기도 하였다. 국악의 성지 뒤편 운봉
읍 화수리 황산 기슭에 신라시대 거문고의 명인 옥보고를 비롯하여 판소
리의 대가인 송흥록·송만갑·송광록·송우룡·박초월의 무덤이 있는 국악

선인묘역이 조성되어져 있고, 그 아래에 악성 옥보고 이하 송흥록 등 46인의 명인들 위패를 모신 樂聖祠가 세워져 있는 것이 둘레길에서 멀리 바라보였다.

오늘의 종착지인 운봉읍에 도착한 다음, 이곳 별미라고 하는 흑돼지고기 식당에 들러 도시락과 더불어 흑돼지구이를 안주로 술을 들었다. 그 식당에서의 비용은 아내가 지불했다. 강덕문 씨가 버스를 타고 인월로 가서 그곳 주차장에 세워둔 봉고차를 몰고 오기를 기다려 다시 그 차를 타고서 바래봉 철쭉 능선 아래편에 마련된 허브밸리에 들러 그곳 직원의 안내를 받아 건물 안의 허브 재배 및 전시 단지를 둘러보았다.

진주로 돌아오는 길에는 생초에 들러 강덕문 씨가 안내한 순대식당에 들러 세 번째로 술을 들었다. 제법 취해서 귀가해 보니, 코리아퍼시픽 06호 선박투자회사로부터 용선사의 사정으로 말미암아 이번 배당금을 지불하지 못하게 되었다는 내용의 우편물이 도착해 있었다.

13 (일) 맑고 포근함 -대전 구봉산, 뿌리공원

아내와 함께 본성산악회를 따라 대전광역시 서구에 있는 九峰山 (264.1m)에 다녀왔다. 이 산악회는 오늘 원래 대전시 서구에 있는 장태산자연휴양림으로 가기로 예정되어 있었으나, 그곳이 공사 중이라 들어갈 수 없다면서 갑자기 목적지를 이리로 바꾼 것이었다.

오전 8시 30분까지 진주성 拱北門 앞 주차장에 집결하여 대절버스 한 대로 출발하였다. 대진고속도로를 따라 북상하여 대전남부순환고속도로에 접어들었다가, 관저동의 恩兒아파트 부근에서부터 등산을 시작하였다. 산이 그다지 높지는 않으나 능선에 봉우리가 많아 아기자기한 맛이 있었다. 북쪽으로 서대전 IC가 내려다보이고, 남쪽으로는 갑천이 굽이쳐 흐르고 있었다. 등산이라기보다는 산책로 같은 느낌이었다. 꼭대기에는 구봉정 등의 정자가 두 개 있고, 다리도 두어 곳 설치되어져 있었다. 봉우리를 거의 다 지난 다음, 아내가 먼저 일행 몇 명과 어울려 자리를 잡은 곳에서 점심을 들었는데, 거기에 펼쳐진 반찬들 중에서 다른 사람들이 가져온 것은 한두 가지인데 비하여 아내가 준비해 온 우리 것이 여섯 종류인데, 질적으로나 양적으로 압도적이었다. 우리 내외는 호남고속국도 부근의 대고재 조금 못 미친 지점에서 구봉농장 쪽으로 하산하였다.

돌아오는 길에 대전시 중구의 유등천 가에 있는 뿌리공원에 들렀다. 효를 주제로 한 테마공원인데, 공원 안에 한국족보박물관이 있고, 萬姓山(166m) 기슭의 동산에는 우리나라 130여 개 성씨별로 따로따로 세워진 비석들이 밀집해 있었다. 한 시간 정도 산책을 마친 다음 주차장으로 돌아와서 하산주를 들었다.

가고 오는 도중의 고속도로 휴게소에서 백합·튤립·히아신스의 球根들을 구입하였고, 봄철 별미인 고로쇠 물도 한 통 샀다.

27 (일) 맑음 ―마성산, 이슬봉, 육영수 생가

천왕봉산악회를 따라 충북 옥천군 옥천읍에 있는 마성산(409m)과 안내면 장계리와 군북면 소정리 사이에 있는 이슬봉(454.3m)에 다녀왔다. 옥천군내에는 마성산이 세 군데 있다는데, 오늘 오른 곳은 그 중 가장 북쪽에 위치한 것이다.

오전 8시까지 시청 앞에서 집결하여 대절버스 한 대로 출발했다가, 8시 반쯤에 다음 정거장인 장대동의 경남슈퍼 앞에서 한 대를 더 추가하여 두 대로 갔다. 대진고속도로를 경유하여 추부에서 일반국도로 빠진 다음, 옥천향교가 있는 옥천읍 교동리의 육영수생가 앞에서 하차하였다. 육영수생가에서 불과 2~300m 떨어진 도로 가에 '고향'의 시인 정지용의 생가가 있어 지나치는 길에 차창 밖으로 바라보았는데, 최근에 복원한 초가집 두 채였다.

육영수생가는 조선시대에 영의정 3명을 배출하였다는 고가를 1918년에 육 여사의 부친이 매입하여 개축한 것으로서, 넓은 부지에 기와집 건물이 여러 채 있는 궁궐 같은 분위기였다. 이후 다른 사람의 손에 넘어가 양옥으로 개축했던 것을 이 역시 군에서 매입하여 전통 班家 양식으로 새로 복원한 것이다. 그래서 나로서는 한 번 둘러보았지만 별로 흥미가 나지 않았다.

　서울대학교에 재학하고 있었던 시절에 2학년부터 학부를 졸업할 때까지 3년 동안 나는 종로구 연건동의 의대 구내에 있는 正英舍라는 우등생 기숙사에 거주하였다. 그 기숙사는 청와대가 세운 것으로, 朴正熙의 '正'과 陸英修의 '英'자를 땄다는 소문이 있었다. 육 여사는 당시 둘째 딸 槿英이와 문교부차관 등을 대동하여 매년 한 차례씩 방문해 우리들과 석식을 함께 들었다. 사생이 20~30명 정도에 불과했던 그 기숙사에서는 정운찬·한덕수 등 정·학계의 저명인사들이 여러 명 배출되었고, 나와 가까이 지냈던 장경렬·유근배 등은 현재 각각 서울대 영문과와 지리학과의 교수로 되어 있다.

　등산은 오전 11시 무렵부터 시작해 육영수생가의 담장을 따라 산에 오른 다음, 능선 길로 마성산(1.6km), 며느리재(1.9km), 이슬봉(2.7km)을 거쳐 하산지점인 장계리(3.5km)까지 총 9.7km를 4시간 30분 정도 걸었다. 고도가 높지 않아 산책로 같은 코스로서, 대청호로 말미암아 폭이 한껏 넓어진 채 굽이쳐 흐르는 금강의 풍경이 좌우로 바라보였다.

　장계리에서 하산주를 들고는 밤 8시 무렵에 귀가하였다.

4월

　24 (일) 맑으나 오후에 약간의 빗방울 ─구례 천왕봉

　천왕봉산악회를 따라 전남 구례군 구례읍 논곡리 근처에 있는 천왕봉에 다녀왔다. 오전 8시에 시청 앞을 출발하여 경남슈퍼 앞에서 정거했다가 대형 버스와 중형 버스 각 한 대로 떠났다. 서진주 톨게이트를 빠져나간 다음 대진·남해·호남고속도로를 경유하여 광양─전주 간의 새 고속도로로 접어들었다가 황전IC에서 17번 국도로 빠져나와 전라선 철로의 求禮口驛을 지나서 10번 지방도로를 경유하여 섬진강변을 따라가 구례군 두가리 柯亭마을에서 하차하였다.

　팔각정이 있는 가정마을에서부터 산행을 시작하여 본황을 지난 다음,

오르막 산길을 계속 걸어 정상인 천왕봉(695m)에 다다랐다. 무인 산불감시탑이 서 있었다. 정상을 좀 더 지난 지점의 헬기장에서 점심을 들었고, 거기서 주최 측이 시산제를 거행하였다. 그곳은 지리산 천왕봉을 비롯한 지리산의 연봉들이 정면으로 바라보이는 곳인데, 이 산악회는 매년 자기네 산악회와 같은 이름의 이곳에서 시산제를 올린다고 한다.

일행 중 가장 연장자인 강대열 옹과 더불어 점심을 든 다음, 둘이서 먼저 출발하여 능선 길을 따라 형제봉(497.9m) 쪽으로 나아갔다. 원래는 형제봉 못 미친 지점의 안부에서 계곡 길을 따라 왼쪽으로 빠져 보물 509호인 논곡리삼층석탑이 있는 근처인 탑선마을 방향으로 내려가게 되어 있었는데, 일행 중 뒤이어 와서 우리를 추월한 사람도 몇 명 있었으므로, 나는 계곡 갈림길에서 강대열 옹과 헤어져 형제봉을 지나 더 나아갔다. 두계치 못 미친 지점의 안부에서 앞서간 일행이 남긴 하산 지점 표지를 보고서 뒤따라 온 일행 두 명과 함께 그 골짜기로 하산하였다.

그러나 그 길은 도중에 희미해졌다가 결국 끊어지므로, 잡목 속을 헤치며 악전고투하여 여러 개의 능선과 골짜기를 건넌 다음 간신히 섬진강 가의 9번 지방도로로 내려올 수가 있었다. 그 지방도로를 따라서 곡성학생의 집이 있는 가정마을로 원점회귀를 하였다. 계곡을 내려오는 도중 잡목에 걸려 다초점 안경을 떨어뜨렸다가 간신히 주웠는데, 어찌된 셈인지 왼쪽 렌즈의 여기저기에 흠집이 생겼고, 상의도 가시에 걸려 못쓰게 되었으므로 집으로 돌아와서 셔츠는 버렸다.

5월

22 (일) 아침까지 비 오다가 개임 −밝얼산, 오두산

청솔산악회를 따라서 울산광역시 울주군에 있는 밝얼산(738m)과 오두산(823.8m)에 다녀왔다. 오전 8시 30분에 역전에서 대절버스 두 대로 출발하였다.

남해·경부고속도로를 경유하여 울주군 언양에서 일반국도와 지방도

로 접어들어 상북면의 거리마을 주차장에서 하차하였다. 대덕사 옆길로 산에 올라 밝얼산에 오른 다음, 오늘 산행의 최고봉인 배내봉(966m)에서 점심을 들었다. 신불산·간월산으로부터 배내고개로 이어지는 지점의 능선이었다. 점심을 든 후 다시 건너편 능선 길을 타서 오두산을 거쳐 원점회귀 산행을 하였다. 밤 8시 남짓에 귀가하였다.

27 (금) 대체로 부슬비 −동의보감마을, 서암정사, 벽송사, 지리산
    자연휴양림

대학원의 세미나 수업을 마친 후, 칠암동 의대 구내의 간호대학 앞으로 가서 아내와 합류하였다. 잠시 집에 들러 옷을 바꿔 입고서, 함양군 마천면 삼정리에 있는 지리산자연휴양림을 향해 출발했다. 국도 3호선을 따라 가다가, 도중에 산청읍을 지나서부터는 60번 지방도로로 접어들어 특리의 전통한방휴양관광지 동의보감마을에도 들렀고, 휴천계곡으로 접어들어서는 의탄리에서 지리산 칠선계곡 방향으로 꺾어들어 그 끝 마을인 추성리에서 염소불고기로 점심을 든 후, 이웃한 瑞庵精舍와 碧松寺에 들러보기도 했다. 오후 4시 반쯤에 지리산자연휴양림에 도착하여 가장 안쪽의 가족동인 삼신봉1에 짐을 풀었다.

아내와 둘이서 자연휴양림 구내를 산책하다가, 나는 먼저 떠나 왔던 길로 집에까지 되돌아왔다. 원래는 휴양림에서 하루를 묵을까 했으나, 내일 거기서 외상 후 스트레스 관리에 관한 주제로 강연회를 하는데, 나는 그 강연회와 상관이 없는지라 근처의 上無住庵 등지로 혼자 등산을 다닐까 해도 그것도 적절하지 않을 듯해서이다. 아내도 내일 강연을 하는 연사 중 한 명으로서 참여하게 된다.

29 (일) 맑음 −삼성산

희망산악회를 따라 서울 삼성산에 다녀왔다. 오전 7시까지 시청 서문 앞에 집결하여 대절버스 한 대로 출발하였다. 대진·경부고속도로를 따라 상경하여 오전 11시 무렵 경기도 안양시 만안구의 지하철 관악역 부

근 삼성초등학교 옆에서 하차하여 등산을 시작하였다.

학우봉능선을 따라 올라가다가 도중에 三幕寺의 염불 소리가 들려오는 지점에서 강대열 옹과 더불어 점심을 들었다. 이어서 방송송신탑이 있는 삼성산 정상(455)을 거쳐 내려오다가 장군능선과 돌산능선을 따라가야 하는 것을 길을 잘못 들어 국기봉에서부터 서울대학교 바로 옆의 직선코스로 내려온 모양이다.

서울대학교 정문 부근의 컨테이너에서 국수로 식사를 한 후 하산주를 들었다. 집에는 밤 10시 무렵에 도착하였다.

6월

5 (일) 맑음 ─꼬깔산, 기룡산

대봉산악회를 따라 경북 영천시 자양면에 있는 꼬깔산(735m) 騎龍山(931m)에 다녀왔다. 오전 8시 30분까지 장대동의 구 현대예식장 앞에 집결하여 대절버스 한 대로 출발하였다. 나는 빈 좌석이 없어 복도에 놓인 임시의자에 앉아서 갔다.

남해·구마·경부고속도로를 거쳐 69번 지방도를 따라 영천 출신의 정몽주를 모신 臨皐書院이 있는 임고면을 거쳐 자양면사무소가 있는 마을에서 하차하였다. 출발지점에는 강호정·사의당·삼휴정·오회당 등 迎日鄭氏의 유적으로서 영천댐 공사 때 이곳으로 옮겨진 유적들이 여러 채 늘어서 있었다. 조양호(영천댐)를 남쪽 발아래에 두고서 등산을 시작하였다. 먼저 꼬깔산에 오른 후 한참을 더 가서 전망대를 지나 오늘의 최고봉인 기룡산 정상에 올랐다. 정상에서는 건너편의 보현산천문대가 바라보였다. 거기서부터 능선 길을 따라 좀 더 나아가서 왼쪽의 야트막한 능선으로 접어들어 하산 길에 접어들었는데, 그쪽 능선은 온통 무덤 투성이였다. 용화리 주차장으로 하산하였다. 오늘 등산에는 모두 5~6시간이 소요되었다.

밤 9시 무렵에 귀가하였다.

19 (일) 맑음 -박세당 종택, 노강서원, 수락산, 불암산

동산산악회를 따라 서울시, 의정부시, 남양주시의 경계에 위치한 수락산(641m) 불암산(510)에 다녀왔다. 새벽 5시 30분까지 시청 앞에 집결하여 대절버스 한 대로 출발하였다. 대진·경부·중부고속도로를 경유하여 동서울 요금소로 진입한 후, 의정부시 장암동의 장암역 부근에서 하차하여 등산을 시작하였다.

시작 지점이 西溪 朴世堂(1629~1703)이 만년에 은거했던 곳이라 그 종택 입구에 들렀다가 다음으로는 서계의 둘째아들로서 인현왕후의 폐위를 반대하는 상소를 올렸다가 심한 고문을 받고 진도로 유배 가는 도중 노량진에서 순절한 定齋 朴泰輔(1654~1689)를 추모하기 위해 세운 鷺江書院에 들렀다. 이 서원은 흥선대원군의 서원 철폐령에도 훼철되지 않은 47개 院祠 중 하나로서 원래는 노량진에 세웠으나 한국전쟁으로 소실되었고, 1968년에 지금 있는 장소로 옮겨 복원한 것이다. 石林寺를 지나 정상을 향해 오르는 도중 진주 출신의 정보환 씨를 만났다. 그는 1대간 9정맥을 답파한 산악인이다.

수락산 정상을 지나 620봉에서 혼자 점심을 든 후, 불암산을 향해 나아가다가 도중에 길을 잘못 들어 동막골로 빠져 내려왔다. 그래서 찻길을 따라 덕능고개까지 도로 올라가서 우리 일행이 지나간 길에 접어들었다.

불암산을 지나 깔딱고개를 거쳐서 서울시 노원구의 상계역으로 하산하였다. 오전 10시경에 등산을 시작하여 오후 4시 반쯤에 하산한 셈이다. 돌아오는 도중에 음성휴게소에서 하산주를 마셨다. 밤 10시 반쯤에 귀가하였다.

7월

17 (일) 맑음 -비룡산, 회룡포

신화산악회를 따라 경북 예천군 용궁면 향석리와 지보면 마산리의 경계에 위치한 飛龍山(240m)에 다녀왔다. 8시 10분까지 시청 앞에 집결하

여 대절버스 한 대와 소형버스 한 대로 출발하였다. 집현면을 경유하는 국도로 고령까지 갔다가 구마고속도로에 합류하여 중앙고속도로를 경유해 서안동까지 올라간 다음, 다시 일반국도로 예천군에 접근했다.

향석리의 장안사 입구 주차장에 도착한 다음, 걸어서 사찰을 경유해 능선 길에 올라 머지않아 비룡산 정상에 도착하였다. 도중에 봉수대도 있고, 정상에서 좀 더 가니 원산성(일명 따뷔성, 또아리성)이라는 이름의 토성도 있었다. 의자봉을 지나 적석봉에서 낙동강의 지류인 내성천 방향으로 내려가 용포마을에 도착한 다음, 강가의 오솔길을 따라서 종착점인 회룡마을까지 왔다. 내성천 건너편으로 육지 속의 섬마을로서 강이 산을 350도로 부둥켜안은 특이한 지형에다 맑은 물과 넓은 백사장이 어우러진 회룡포의 풍경이 펼쳐졌다.

종점에 도착한 다음, 나는 홀로 내성천까지 걸어가 벌거벗은 몸을 강물에 담갔다. 밤 9시 무렵에 귀가하였다.

24 (일) 흐림 -용추산, 용소, 사령관계곡

의암산악회를 따라 전남 담양군 용면 용현리에 있는 용추산(583m)으로 향했다. 8시 30분까지 제일예식장 옆 도로에 집결하여 출발했다. 대진·88고속도로를 경유하여 순창까지 간 다음, 792번 지방도로 빠져나와 강천산, 회문산 입구를 경유하여 오정자재를 넘어서 담양군 북쪽 끝의 가마골에 진입하였다.

우리는 용연 1·2폭포를 경유하여 부도군을 지나 용추사까지 올라가 보았지만, 용추사 뒤의 용추봉으로는 올라가는 길 표시도 없고 하여 도로 돌아 나와서 제1 등산로를 따라 산복도로를 한참 걸어간 후 신선봉(490)에 올랐다. 신선봉을 좀 지난 지점에서 혼자 점심을 들었고, 내려오는 길에 오랜 산 친구인 강대열 옹을 만나 함께 시원정을 거쳐 영산강의 발원지라는 용소 위에 걸쳐진 출렁다리까지 내려왔다. 출렁다리와 용소를 보니 예전에 온 적이 있음을 알 수 있었다.

우리 둘은 하산 때까지 시간이 너무 많이 남았으므로, 제2 등산로를 따라 건너편 산 능선까지 올랐다가, 6.25 때 빨치산 사령부가 주둔했다는 사령관계곡을 따라서 내려왔다. 주차장까지 내려와 개울물에 잠시 목욕한 후 하산주를 마셨다.

31 (일) 남양주는 비 -남양주 축령산, 서리산

희망산악회를 따라 경기도 남양주시 수동면과 가평군 상면의 경계에 위치한 축령산(886m)과 서리산(832)에 다녀왔다. 오전 6시 30분까지 시청 서문 앞에 집결하여 대절버스 한 대로 대진·경부·중부고속도로를 경유하여 동서울 터미널을 통과한 다음, 하남시에서부터는 경춘고속도로를 따라 남양주시의 화도읍에 도착하였고, 387번 지방도를 따라 북상하여 목적지인 수동면에 접근하였다. 수동면 지둔리에 지곡서당이 있지만, 그 부근을 통과하기만 했을 뿐 들러볼 수는 없었다.

축령산자연휴양림에 도착하니 비가 내리고 있었다. 배낭만을 방수 커버로 덮어씌우고서 그대로 등산을 감행했다. 남이 장군의 전설이 깃든 남이바위를 거쳐, 축령산 정상을 150m 쯤 남겨둔 지점의 헬기장에서 점심을 들었다. 점심을 들 때는 비가 좀 그친 듯하더니, 식사를 마칠 무렵부터 다시 비가 내리기 시작하여 갈수록 빗발이 굵어졌다. 서리산과 그 부근의 철쭉동산을 거쳐 원점회귀 코스로 하산하니 산림휴양관 관리사무소에서 계속 호우주의보를 방송하고 있었다. 제1주차장 부근의 어느 건물 안에서 닭백숙으로 하산주를 들었다.

오전 10시 반 무렵부터 등산을 시작하여 오후 3시 반 무렵에 하산하였고, 밤 9시 무렵에 귀가하였다.

8월

7 (일) 흐리고 때때로 비 -선각산

아내는 처남 가족 및 장모님과 함께 여수 행, 나는 대곡귀신산악회를 따라 전북 진안의 仙角山(1,105m)에 다녀왔다. 공단로터리의 구 경남예식장 앞에서 대곡으로부터 오는 버스를 타고서 오전 8시 30분에 출발하였다. 일행은 모두 28명이었다. 대진고속도로를 따라 북상하다가 장수군의 장계에서 빠져나와 마이산을 바라보며 서쪽으로 한참을 더 나아간 다음, 고속도로를 벗어나 진안군 백운면의 백운계곡에 도착하였다.

선각산에는 이전에 와 본 적이 있었겠지만, 모처럼 다시 와 보니 전혀 새로 온 산과 다름없었다. 먼저 감투봉(955)에 오른 다음, 능선을 따라서 정상에 도착하였다. 태풍이 온다고 하더니 산 위는 바람이 세차, 도로 조금 돌아내려온 지점에 몇 사람이 모여서 식사를 하였다. 보통 아무 산악회를 가더라도 얼굴 익은 사람들이 몇 명쯤은 있기 마련이지만, 貴身산악회는 大谷面 사람들이 중심이 된 것인지라 전혀 아는 사람이 없었다. 일행 중 호남정맥 능선을 따라서 건너편 능선의 덕태산(1,135)까지 가는 사람이 더러 있으므로 나도 거기까지 가 볼 생각이었지만, 점심 때 마신 술이 좀 과했고, 태풍도 온다고 하여 능선의 바람이 세차므로 포기하고서 첫 번째 갈림길에서 하산 루트를 취했다. 하산을 완료하고 보니 내가 제일 먼저 내려왔다고 한다. 닭백숙을 곁들인 하산주를 들고서 일행으로부터 좀 비켜나 앉아 있노라니 과음 탓인지 졸음이 왔다.

14 (일) 맑으나 오후에 부슬비 –딱바실골, 백운계곡, 겁외사
온누리산악회를 따라 산청의 딱바실골·백운계곡을 다녀왔다. 오전 8시까지 시청 앞에 집결하여 대절버스 한 대로 이동하여 8시 30분에 국제로터리의 중국집 천일향 앞을 출발한 다음, 덕산의 남명기념관 앞에서 15분 정도 정거하고서, 출발지인 삼장면 대원사 입구를 좀 더 지난 지점의 동촌마을에 도착하였다.

오전 9시 반 무렵부터 산행을 시작하여 사방댐 근처까지는 시멘트 포장도로를 따라 계속 걸어갔다. 곳곳에서 계곡물이 길을 차단하고 있어서 조심조심 건너야 했다. 딱바실골은 한지 만드는 재료인 닥나무가 많이 난다 하여 붙여진 이름이라고 한다. 물이 풍부한 계곡을 따라 계속 올라가다가 처음이자 마지막으로 쉰 지점에서부터는 계곡을 벗어나 본격적

인 등산로가 시작되었다. 능선의 926봉 부근에서 예전에 낙남정맥을 함께 종주했었던 산벗회 팀과 더불어 점심을 든 후, 혼자서 뒤에 쳐져 웅석봉 쪽으로 향하는 달뜨기능선과 고령토 채취장을 거쳐 백운계곡 쪽으로 가는 갈림길에 접어든 후, 길 위에 아무런 인적이 없어 방향이나 길이 맞는지 틀리는지 한동안 방황하였다. 남명이 좋아했던 백운계곡 길로 접어드니 골짜기가 생각보다 길고 물이 매우 풍부했다. 거의 다 내려온 지점에서 바위 사이의 계곡물에 들어가 알탕을 하였다.

백운계곡 하부 지점은 숲길이 이미 포장도 되고 피서객들이 꽤 많았다. 30년 가까이 전 아내와 결혼하기 직전에 함께 와 본 적이 있었는데, 그때와는 딴판이었다. 길가에 늘어선 승용차들 때문에 영산산장을 거쳐 용문사를 지나고서도 한참을 더 걸어 내려와서야 버스 주차장에 도착할 수가 있었다. 하산주를 든 다음, 단성 묵곡리의 성철스님 출생지에 세워진 劫外寺에 모처럼 들렀다가 오후 6시 조금 못되어 집에 도착했다.

21 (일) 대체로 흐림 ―최악산(초악산), 대장봉, 성출봉(형제봉)
지구산악회를 따라 전남 곡성군 곡성읍과 三岐面의 경계에 위치한 最岳山(735m)에 다녀왔다. 이 산은 대부분의 지도에는 최악산으로 되어 있으나, 발음이 좋지 않아서인지 산악회나 현지에서는 초악산이라고 부른다. 오전 8시 30분까지 시청 육교 아래에 집결하여 대절버스 한 대로 출발하였다. 남해·호남고속도로를 경유하여 곡성 IC를 빠져나온 직후, 삼기면의 괴소리에서부터 등산을 시작하였다.

능선 길을 따라 한참 올라서 최악산 정상에 도착하였다. 별 뚜렷한 특징은 없고, 주위에 늘어선 여러 봉우리 중의 하나였다. 거기서 능선을 따라 한참을 더 걸은 후 형제봉 중의 서봉에 해당하는 대장봉(744.5)에 도착하여 점심을 들었다. 동봉에 해당하는 성출봉(형제봉, 750)에 도착한 다음, 길상암 터를 거쳐 도림사 쪽으로 하산하였다. 대장봉 이후의 코스는 몇 달 전 動樂山 일주를 와서 답파했던 길이다.

주차장에 도착하여 하산주를 든 다음, 청류동계곡물에 들어가 알탕을 하였다.

28 (일) 맑음 -꽃봉산, 공개바위

천왕봉산악회를 따라 함양군 휴천면 동강리의 지리산 꽃봉산(731m)
과 산청군 금서면 방곡리의 공개바위에 다녀왔다.

오전 8시까지 시청 앞에 집결하여 대진고속도로를 따라서 북상한 뒤
산청군 생초 요금소에서 빠져나와 지방도로를 따라 엄천강 가의 동강리
에 닿았다. 그곳은 지리산둘레길 창원-동강 코스와 동강-수철리 코스의
접점이었다. 마을에서 조금 올라간 지점에 팽나무 쉼터가 있는데, 그곳
의 안내판에 의하면 여기가 바로 김종직의 '遊頭流錄'에 나오는 花巖이라
는 것이었다.

거기서 임도를 따라서 계속 올라가 능선 바로 아래의 이정표 있는 곳
에서 비로소 임도를 벗어나 등산로에 접어들었다. 능선 갈림길에 오른
다음 능선 길을 따라서 계속 나아갔는데, 그 높은 산속에도 산약초 재배
농가가 한 채 있어 개가 우리를 향해 짖어대고 있었다.

꽃봉산 정상은 알지도 못하는 사이에 통과해 버렸고, 우리는 거기서 좀
더 나아간 지점에 있는 공개바위를 구경하였다. 큰 바위가 다섯 겹으로
비스듬히 쌓여 있는 곳이었다. 771m 봉우리가 있는 곳으로 되돌아와 점심
을 든 다음, 그곳 갈림길에서 운서리 방향으로 하산하였다. 많이 내려온
지점에서 다시 콘크리트 포장이 된 임도를 만나 그 길을 따라서 계속 내려
와 지리산둘레길 창원-동강 코스의 한남교 위쪽에 있는 운서쉼터에 닿았
고, 거기서부터는 둘레길을 따라서 출발 지점인 동강 마을까지 왔다.

동강리에서 엄천교 다리 아래로 들어가 팬츠를 입은 채 목욕을 한 다
음, 엄천교를 건너 남호리의 원기마을로 넘어와서 하산주를 들었다. 오
늘의 안주는 전어였는데, 아는 사람과 더불어 따로 떨어진 장소에 앉아
서 실컷 먹을 수 있었다. 오늘 등산은 오전 9시 반 무렵에 시작하여 오후
2시 무렵에 하산을 마쳤다. 그러므로 평소보다 이른 오후 6시 남짓에
귀가하였다.

9월

4 (일) 맑으나 산에는 부슬비 —상운산

개척산악회를 따라 경북 청도군 운문면과 울산광역시 울주군 상북면의 경계에 있는 上雲山(1,117m)에 다녀왔다. 오전 7시 50분까지 시청 앞에 집결하여 대절버스 한 대로 출발하였다.

남해고속도로를 경유하여 진영에서 일반국도로 빠져나온 뒤, 다시 새로 생긴 고속도로 및 24번 국도에 올라 밀양 얼음골 사과밭과 가지산터널을 지난 다음, 69번 지방도를 따라서 운문령을 넘어 청도군 운문면 신원리의 天門寺 입구에서 하차하였다. 부슬비가 조금 내리는 가운데 등산을 시작하여 가파른 산길을 계속 오른 후 1,042m 고지의 헬기장에서 점심을 들었다. 헬기장을 지나서부터는 대체로 평탄하였다. 상운산에 오른 다음 가지산 방향의 능선 길로 좀 나아가다가 운문사 방향의 학심이골로 접어들었다. 도중에 雲門川을 만나 큰골 골짜기를 따라서 계속 내려왔는데, 가도 가도 끝이 없는 산길이 이어졌다.

오후 6시 반쯤에 완전히 지쳐서 간신히 운문사에 도착하였다. 절 경내를 잠시 둘러보았지만, 이미 여러 번 와 보았음에도 불구하고 막걸리를 먹이며 키운다는 커다란 盤松 외에는 마치 처음 보는 절 같은 느낌이 들었다. 운문사에서 또 한참을 더 내려와 종점인 대형버스 주차장에 당도하였다. 닭백숙으로 저녁식사를 겸한 하산주를 들었다.

18 (일) 대체로 맑으나 오후 한 때 빗방울 —남해도 드라이브

아침은 전복죽으로 해서 당근 즙 등과 더불어 들었다. 조식 후 미화 내외는 먼저 부산으로 돌아가고, 우리 내외는 두 분 두님과 더불어 남해도 관광 여행을 떠났다. 내가 차를 운전하여 삼천포 실안의 바닷가 도로와 삼천포 대교를 경유하여 창선도를 거쳐 남해 본섬으로 들어갔다.

먼저 남해군 삼동면 봉화리에 있는 독일마을로 갔는데, 몇 해 동안 와 보지 못했던 사이에 독일마을은 건물들이 더 많아지고 한층 더 넓어

졌으며, 그 뒤편의 전망대 주변은 원예예술촌으로 가꿔져 있었다. 다리가 불편한 큰누나는 주차장에 남고 나머지 세 명이 입장권을 사서 원예예술촌 안으로 들어갔다. 프렌치가든이라는 이름의 스낵에도 들러 팥빙수와 아메리카노 커피를 들었다.

물미해안도로를 따라서 남해 섬의 남쪽 끝인 미조 항까지 내려갔다가 다시 섬의 서쪽 해안도로를 따라서 위로 올라가 삼동면 양아리 1915-4의 노도 행 선착장에 있는 서포횟집에 들러 자연산 생선회로 점심을 들었다.

거기서 더 올라가 이동면 용소리의 미국마을에 들렀는데, 그 마을 33번에 있는 시카고 출신 박마리아 박사의 남해 한미문화건강교육센터도 방문하였다. 박 여사는 미국 시카고에서 45년간 거주하면서 35년 동안 정신간호학 교수로 근무하다 퇴직한 사람인데, 본교 윤리교육과의 박진환 교수와 인연이 닿아 이곳에 정착하게 되었다고 한다. 혼자 살면서 집 주변에다 민박 시설을 갖추고 이 마을로 휴가/관광을 오는 사람들에게 추가로 영어 및 미국 에티켓, 그리고 건강교육과 관련한 프로그램 등을 운영하고 있었다.

골프장과 스포츠센터를 지나서 남해읍으로 들어왔다. 두 분 누나들이 남해읍에서 시외버스를 타고 부산으로 돌아가고자 했기 때문이다. 그런데 읍내에서 내비게이터로 시외버스터미널의 위치를 조회해 보니 우리가 이미 그곳을 지나쳐 왔으므로, 도로 바닥에 전환점 표시가 있는 곳에서 차의 방향을 돌려 이미 지나왔던 쪽으로 되돌아가려는 즈음에 갑자기 뒤에서 달려온 승용차가 우리차를 들이받아 가벼운 접촉사고가 났다. 상대방 차의 앞 범퍼 모서리가 깨어지고 우리 차 뒷문의 하단이 좀 상했으나 다행히 인명 피해는 없었다. 상대방에게 내 명함을 한 장 건네주고서 수리를 한 후에 다시 연락하기로 했다.

누나들을 시외버스 터미널까지 태워다 준 후에 우리 내외는 남해대교와 남해고속도로를 경유하여 진주로 돌아왔다.

10월

15 (토) 흐림 -복내전인치유센터

아내 및 장모님, 처제와 함께 전남 보성군 복내면 일봉리 492에 있는 복내전인치유선교센터로 가기 위해 아침 7시 남짓에 집을 나섰다. 승용차를 몰고서 먼저 봉곡동 처가로 가서 장모님을 태운 다음, 칠암동의 본교 의대 간호학과 교수 주차장에다 차를 세우고서 내가 의대 및 대학병원 구내를 한 바퀴 산책하고서 돌아오니 처제가 도착해 있었다. 오늘 가는 곳은 간호학과의 김은심 교수가 장차 퇴직 후에 자신이 암재활센터를 세워볼 생각을 가지고 있으므로 알아둔 모양인데, 아내도 김 교수를 따라 두 번 가본 적이 있었다고 한다. 오늘 김 교수는 자신이 회장으로 있는 부산대 간호학과의 동창들과 본교 간호학과의 암 치료를 전공으로 하는 대학원생들을 대동하여 가는 모양이다.

우리 가족은 먼저 출발하여 네비게이터에 의지하여 남해·호남고속도로를 따라 서쪽으로 나아가다가 주암에서 일반국도로 접어들어 주암댐을 따라간 후 복내면에 접어들었다. 우리보다 뒤에 출발했을 김 교수가 먼저 도착하여 복내면 부근의 도로에서 뒤에 오는 일행을 기다리느라고 도중에 정거해 있었다.

오전 10시 남짓에 도착하여 보니 지방도로로부터도 꽤 떨어진 위치의 산 중턱에 3층으로 된 평화의 집과 2층으로 되어 1층에 사무실이 있는 봉순관이라는 숙소가 두 동 있고, 그 사이에 천봉산희년교회라는 2층 건물과 단층으로 된 식당이 한 채씩 있으며, 냉동 창고로 쓰이는 건물도 식당 근처에 별채로 하나 서 있었다. 우리 가족은 평화의 집 3층 첫째 방으로서 출입문에 '휴게실'이라고 쓰인 방을 배정받았다.

11시부터 모임 장소를 겸한 교회당 안에서 열린 풍욕교실에 참가하였다. 암을 비롯한 만병의 근원인 체내의 일산화탄소를 몸 밖으로 배출시키는 요법이라고 한다. 원래는 옷을 모두 벗고서 하는 것이지만, 우리는 옷을 입은 채 안내자의 시범에 따라 행동하였다. 그런 다음, 그곳 일을 돕는 김경수 목사를 따라서 한 시간 정도 그 시설 뒤편의 산속 임도를 산책하였다. 숲 치유라고 한다. 원래 이 시설은 독지가로부터 이 일대 38만 평의 임야를 기증받기로 되어 있었는데, 그 독지가가 사업에 실패하여 지금은 임야가 대부분 다른 사람의 수중으로 넘어가고 시설은 도합 3천 평 정도의 토지만을 소유하고 있는 실정인 모양이었다.

산책에서 돌아와 식당에서 유기농 자연식으로 점심을 든 다음, 교회에서 CTS 기독교 TV가 제작한 이 센터에 대한 소개 다큐멘터리를 시청하였고, 원장인 이박행 목사의 부인인 부원장으로부터 '독소와 해독'이란 주제의 파워포인트를 이용한 강의를 받았다.

그런 다음 사무실로 옮겨가 카이로프라틱이라는 물리치료 요법을 출장 나온 의사로부터 체험하고, 다시 교회로 돌아와서 원장으로부터 암 재활을 위한 특수체조 연수를 받았다. 도교에서 하는 導引法과 비슷한 것이었다. 다시 유기농 자연식으로 저녁식사를 하고서, 이 시설에 3, 4개월 전부터 입소해 있는 한의학 박사 및 한방내과전문의 손동혁 씨로부터 '전인치유와 한의학'이라는 주제의 파워포인트 강의를 받았다.

16 (일) 맑음 -복내전인치유센터

새벽에 일어나 어제 걸었던 산길 산책로를 혼자 걸어서 봉계마을까지 내려가 보았고, 조식 후에도 다시 산책에 나서 표고버섯 재배단지 사이로 난 산속 오솔길을 걸어 대나무 숲이 잡목 속에 우거져 있는 곳을 거쳐 능선 길을 한참 걸어보았다.

9시 20분부터 이박행 원장의 지도로 암 환자들과 더불어 교회에서 발목펌프운동을 체험하였고, 이어서 일요예배에 참석하였다. 예배가 끝난 다음 원장과 더불어 장모님을 뺀 우리 가족 세 명이 산책로를 역 코스로 돌아왔다. 이 시설에서는 산 및 시내라는 이름의 진돗개 암수 한 마리씩을 키우고 있는데, 그 개들도 대동하였다.

이박행 원장은 현재의 시설 위쪽에다 40억 원 정도의 은행 대부를 받아서 내년쯤에 70베드 정도 규모의 병동을 지으려는 꿈을 가지고 있었다. 그 자신도 일찍이 간경화를 앓았는데, 자연치유 방식으로 현재 거의 완쾌에 가까운 단계에까지 이르러 있으므로, 16년 전쯤인 1995년에 이 곳에다 암을 비롯한 난치병 환자들을 위한 시설을 지은 것이다. 전인치유란 인간은 육체만이 아니라 영과 혼을 가진 존재이므로, 질병 치유를 위해서는 신앙을 축으로 한 영적 치유도 꼭 필요한 것이라는 취지였다.

오후 1시에 점심을 든 후 집으로 돌아왔다.

20 (목) 맑음 -무주리조트, 덕유산 트레킹

2011년 인문대학 교수친목회 야유회에 참석하여 덕유산의 무주리조트와 동엽령에 다녀왔다. 오전 8시 30분까지 인문대 뒤편 주차장에 집결하여 대절버스 한 대로 출발하였다.

평소보다 반시간이 이른 오전 7시 30분에 집을 출발하여 연구실에 도착하였다. 대진고속도로를 경유하여 오전 10시경에 무주리조트에 도착한 후, 10시 30분쯤에 곤돌라를 타고서 덕유산 설천봉으로 올라갔다. 거기서부터는 걸어서 덕유산의 최고봉인 향적봉에 닿은 후, A 코스와 B 코스 팀으로 분리하여 일부는 동엽령까지 걸어갔는데, 나도 그 팀에 합류하였다. 동엽령에 도착하여 충무김밥으로 점심을 든 후, 다시 역방향으로 설천봉까지 되돌아와 곤돌라를 타고서 하산하였다. 산의 아래 부분에는 단풍이 고왔으나, 능선 일대에는 이미 나뭇잎이 모두 지고 없었다.

오후 4시 반 무렵에 무주리조트를 출발하여 진주에 도착한 후, 호탄동 619-9의 한우전문점 한우데이에 들러 석식을 든 후 학교로 돌아가 승용차를 몰고서 귀가하였다.

30 (일) 부슬비 내리고 짙은 안개 -함백산

광제산악회를 따라 강원도 태백시에 있는 咸白山(1,572.3m)에 다녀왔다. 새벽 4시 30분까지 운동장 1문 앞에 모여 대절버스 한 대로 출발했는데, 12명의 좌석이 비었다. 중앙고속도로 안동휴게소와 봉화에서 각각 한 번씩 쉬고, 태백시를 경유하여 북상해 35번 국도가 백두대간을 넘는 지점인 三水嶺(피재)에서 하차하였다. 예전에 백두대간을 주파했을 때 지난 적이 있었을 코스를 오늘은 북에서 남쪽으로 반대 방향을 경유하여 걷는 것이다.

오전 10시 무렵부터 등산을 시작했다. 부슬비가 내리고 산길에는 안개가 자욱하여 가까운 곳 밖에는 시계에 들어오지 않았다. 머지않아 비는 그쳤다. 매봉산(천의봉, 1,303.1)에 오르니 그 일대는 고랭지채소재배단지가 널려 있고, '바람의 언덕'이라는 입간판과 함께 짙은 안개 속에 풍력발전기가 여덟 대쯤 돌아가고 있었다. 비단봉(1,233.1)을 지나 金臺峰(1,418.1)에 이르러 점심을 들었다.

국도 38번이 지나는 두문동재에 이르러 나와 더불어 꼴찌에서 앞서거니 뒤서거니 하던 부부는 택시를 불러 먼저 하산하였고, 나는 계속 꼴찌에서 걸었다. 싸리재를 지나 상함백이라고도 불리는 은대봉(1,442.3)에 올랐고, 중함백(1,505)은 자신도 모르는 새에 지나쳐, 마침내 오늘 산행의 최고봉인 함백산 정상에 올랐다. 정상 바로 옆에는 제법 큰 규모의 송신소가 위치해 있었다. 정상에 오르니 비로소 석양 무렵의 해와 더불어 안개에 반쯤 가린 주변의 산세를 조망할 수 있었다. 함백산을 내려와서부터는 종점인 만항재까지 아스팔트 포장된 길을 걸었다. 만항재 근처에는 태백선수촌이 들어서 있었다.

만항재에서 간단히 하산주를 들고서, 어둠이 깔린 오후 6시 무렵에 출발하여 돌아오는 도중에 태백시 소도동 도립공원 상가 내에 있는 선비촌이라는 식당에 들러 된장찌개로 저녁식사를 들었다. 이럭저럭 집에 도착했을 때는 자정 무렵이었다. 오늘 산행에서는 7시간을 걷고, 왕복 10시간 동안 차를 탄 셈이다.

7 (월) 흐리다가 오후에 갬 –산청·함양사건추모공원, 지리산둘레길
  제5코스

2011년 인문대학 체육의날 행사에 참여하여 지리산둘레길 5코스의
일부를 다녀왔다. 인문대학 행정실 직원 5명 전원과 각 학과의 조교 전
원, 그리고 학장·부학장과 다른 교수 3명이 동참하였다.

12시 15분쯤에 승용차 네 대에 나눠 타고서 인문대학을 출발하여 산
청군 금서면 방곡리에 있는 산청·함양사건추모공원으로 이동했다. 이곳
은 한국전쟁 중이었던 1951년 2월 7일 국군 11사단 9연대 3대대가 지리
산 공비토벌작전을 수행하면서 산청군 금서면 가현·방곡마을과 함양군
휴천면 점촌마을, 유림면 서주마을에서 무고한 민간인 705명을 학살하
였는데, 이 때 억울하게 희생된 영혼들을 위로하기 위해 2001년 12월
13일 합동묘역조성사업에 착공한 이후 4년에 걸쳐 공사가 진행되어 준
공에 이른 것이다. 전체 74,890㎡로서 생각 밖으로 규모가 컸다.

일행이 모두 도착하기를 기다려 둘레길 탐방에 들어갔다. 둘레길 5코
스는 함양 동강마을과 산청 수철마을을 잇는 코스이지만, 우리는 동강마
을에서부터 2.5km 떨어진 도중의 방곡마을 추모공원에서부터 출발하여
산골짜기 길을 1.8km 걸어 올라가 상사폭포에 도착한 다음, 다시 거기서
2.2km 떨어진 쌍재로 가는 도중에 임도를 만나서 왕산(928m) 방향으로
내려온 것이다. 원래는 구형왕릉 쪽으로 내려갈 예정이었으나, 앞서 간
행정실장이 갈림길에서 방향을 잘못 잡아 금서면 소재지 쪽으로 내려갔
다. 차를 몰고 온 사람들은 거기서 식당 봉고차를 타고서 추모공원으로
다시 가 주차장에 세워둔 승용차를 몰고 왔고, 일행은 다시 승용차에
나눠 타고서 저녁 회식 장소인 산청읍의 산음정 식당으로 이동하였다.

산음정 식당은 원래 래프팅을 시작하는 장소로서 4층 건물인데, 경호
강에 면해 있어서 경치가 좋았다. 우리는 건물 바깥마당의 강변에서 돼
지고기 바비큐 등을 해 먹으며 시간을 보냈다.

진주로 돌아온 다음에는 교수 전원과 행정실 직원 중 남자 세 명이 주약동 금호아파트 부근의 대사관이라는 이름의 맥주 집에 모여 2차를 하였다.

13 (일) 맑음 -위도 망월봉

알파인가이드를 따라 전북 부안군 위도의 망월봉(254.9m)에 다녀왔다. 새벽 6시까지 상대동 303-71의 지리산여행사 사무실 앞에 집결하여 대절버스 한 대로 출발하였다. 대진고속도로를 따라 북상하다가 장수군 장계에서 전라도 쪽으로 향하는 고속도로에 접어들어 오전 9시 무렵에 부안 격포항에 도착하였다.

9시 40분에 출발하는 페리에 탑승하여 약 50분 후에 위도의 북쪽 끝에 위치한 파장금 항에 도착하였고, 거기서 버스를 타고서 남쪽의 깊은금 마을까지 이동한 후 등산을 시작하였다. 내원암 근처를 지나 망금봉(241.8m)에 오른 다음, 작은 산줄기들을 오르내리며 바다 풍경을 바라보면서 계속 나아갔다. 이 외딴 섬에도 등산객이 더러 오는지 산길은 잘 닦여져 있었다. 도중에 포장도로 위로 걸쳐진 파란 색의 철제 다리를 세 개 지났다. 도제봉(152m)과 최고봉인 망월봉을 지나 너덧 시간 후에 위도 최북단의 방파제를 경유하여 파장금 항으로 돌아왔다. 위도는 몇 개의 섬들로 이루어져 있는데, 그 섬들이 고슴도치 모양으로 생겼다 하여 蝟島라고 부른다 한다.

항구의 어느 정자에 올라 평소에 서로 아는 산벗들과 더불어 술을 마시다가 오후 4시 20분에 출발하는 페리를 타고서 격포항에 도착하였다. 호남·남해고속도로를 경유하여 밤 9시 남짓 되어 진주에 도착하였다. 정보환 씨와 내가 각각 5만 원씩 내어 인솔자인 강덕문 씨에게 주어 돌아오는 버스 안에서 일행에게 술과 안주를 선사하였다.

20 (일) 맑음 -육화산, 장연사지삼층석탑

개척산악회를 따라 경북 청도군 매전면 장연리에 있는 六花山(674.9m)에 다녀왔다. 오전 8시에 남중학교 앞에서 대절버스를 탔는데, 오늘 일행은 총 38명이라고 한다. 박양일·강대열·정보환 씨 등 낯익은 산 친구들의 모습이 보였다. 남해고속도로를 따라 가다가 진영에서 빠져나와 나도 잘 모르는 길로 나아갔다. 도중에 함안휴게소에서 새 헤드랜턴을 하나 샀다.

오전 10시 반 무렵에 장연리에 도착하여 학생야영장인가 하는 곳을 지나 그 건물 뒤편 길로 하여 산에 올랐다. 전망대를 지나 흰덤봉(516.8m?) 근처에서 점심을 들었다. 정상을 거쳐서 장연마을로 내려오니 그 일대는 온통 대추밭이었다. 이웃한 밀양보다도 대추농사를 더 많이 짓는다고 한다.

오후 3시 반 무렵에 산행 출발지에 도착해 보니 長淵橋 옆에 대절버스가 정거해 있었는데, 그 바로 옆의 감나무 밭 속에 삼층석탑이 두 기서 있었다. 가까이 가서 살펴보니 보물 제677호 淸道長淵寺址三層石塔이었다. 통일신라시대인 9세기 무렵의 것으로 추정되는 것으로서, 동탑은 높이 4.6m, 서탑은 4.84m인데, 서탑은 일찍이 무너져서 개천가에 버려져 있었으나 1980년 2월에 동탑 옆에 복원한 것이라고 한다. 그래서 서탑에는 부분적으로 보수한 곳들이 있었다. 동탑에서는 1984년 해체·보수공사 때 몸돌 1단 내부에서 특이한 목제 사리함과 그 안에 장치했던 푸른색 사리병이 발견되어 현재 국립중앙박물관에 보관되어 있다고 한다. 그러나 탑이 서 있는 감나무 밭의 폭이 좁아서 그다지 큰 절이 들어설 수 있는 공간으로는 보이지 않았다.

동태국을 안주로 하산주를 마신 다음, 석양에 비친 강가의 갈대숲을 구경하느라고 풀숲을 헤치고 나아가다 보니, 도둑놈풀의 열매들이 옷에 잔뜩 들러붙었다.

밤 7시 남짓에 귀가하였다.

27 (일) 맑음 -무장봉, 무장사지

일송산악회를 따라 경주국립공원 토함산지구 북쪽 끝의 동대봉산 鍪藏峰(624m)에 다녀왔다. 8시 30분까지 운동장에 집결하여 대절버스 한 대로 출발하였다. 남해고속도로와 경부고속도로를 경유하여 경주에 진입한 후, 보문관광단지를 지나 암곡동의 왕산마을 주차장에서 하차하였다.

오전 11시 10분 무렵부터 걷기 시작하여 MBC 드라마 〈선덕여왕〉 촬영지 표지와 공원 지킴터를 지나, 산속 갈림길에서 무장봉 방향의 급경사로 올라갔다. 459봉을 지나서부터는 트래킹 코스처럼 비교적 평탄한 지형이었다. 무장봉 일대는 1996년까지 옛 오리온목장 터였는데, 억새 풀군락지로 근자에 각광을 받는 곳이다. 그러나 억새꽃은 이미 다 지고 거의 남아 있지 않았다.

무장봉 아래의 억새밭에서 일행과 함께 점심을 들었다. 하산로는 완만하고 차가 다닐 수 있을 만큼 넓었다. 도중에 하산로에서 80m 정도 들어간 곳에 있는 鍪藏寺址에 들렀다. 무장사라는 이름은 태종무열왕이 병기와 투구를 감추었기 때문에 붙여진 것이라고 『삼국유사』에 전한다고 한다. 절터에는 보물 제125호인 鍪藏寺阿彌陀佛造像事蹟碑 螭首 및 龜趺와 보물 제126호인 鍪藏寺址三層石塔이 남아 있었다. 이수와 귀부는 현재 분리되어 따로 떨어져 있고 그 사이의 땅을 파서 무슨 발굴공사를 진행하고 있는 모양인데, 귀부는 덮개로 감싸여져 있었다. 1915년에 비석의 조각이 발견되었는데, 신라 제39대 昭聖王(재위 798~800년)의 妃 桂花夫人이 왕의 명복을 빌고자 하여 아미타불을 만들어 봉안했다는 내용이 적혀 있었다고 한다. 이 비석에 의해 이곳이 무장사지임이 밝혀졌고, 비조각은 현재 국립중앙박물관에 보관되어 있는 모양이다. 삼층석탑은 무너진 채 깨어져 있던 것을 1963년에 일부 부재를 보충하여 다시 세웠는데, 현재의 높이는 4.95m이다. 露盤과 覆鉢이 새로 만들어 붙인 것이고, 9세기 이후의 것으로 추정된다고 한다.

오후 4시경에 암곡마을에 도착하여 그곳 주차장까지 올라와 대기하고 있는 대절버스를 타고서 아침에 내렸던 왕산마을 주차장까지 내려와, 오징어국과 오징어 데친 것을 안주로 하여 하산주를 들었다.

12월

4 (일) 흐림 -고덕산

청일산악회를 따라 전라북도 임실군 관촌면 운수리와 진안군 성수면 삼봉리의 경계에 있는 高德山(625.1m)에 다녀왔다. 8시 30분까지 구 동 명극장 앞에 모여서 대절버스 한 대로 출발했다. 대진고속도로를 따라 북상한 후, 장계에서 전주 쪽으로 가는 고속도로로 방향을 바꾸었다가, 마이산 가에서 일반 도로로 접어들어 오전 10시 20분 무렵에 운수리의 고덕마을에 도착하였다.

고덕산은 바위 봉우리 여덟 개가 연달아 있는 것이 특징인데, 제1봉 (538) 2봉(573.7) 3봉(592.3) 4봉(595.5) 5봉(601.5) 6봉(619.9) 7봉(619) 8봉(625.1)의 순서로 차례로 올랐다. 8봉을 지난 다음, 혼자서 내리막 능선 길을 계속 걸어 삼거리 안부에 도착하였고, 거기서 낙엽을 깔고 앉아 혼자 도시락을 들었다. 계곡 쪽으로 내려서니 머지않아 덕봉사까지 이어지는 콘크리트 포장도로가 나타나 고덕마을로 원점 회귀하였다.

1시 20분 무렵 마을에 도착한 다음, 마을 안의 소 울음소리 나는 곳을 따라가 외양간의 소들을 구경하기도 하며 시간을 보내다가, 닭고기 죽으로 하산주를 들었다.

오후 3시 무렵 그곳을 떠나, 어두워져 갈 무렵에 귀가하였다.

11 (일) 흐림 -한남정맥 제7·8구간, 광교산

동산산악회를 따라 경기도 수원시와 용인시 수지구 사이에 있는 光敎山(582m)에 다녀왔다. 오전 7시까지 시청 앞에 모여 대절버스 한 대로 출발했다. 대진·경부고속도로를 경유하여 오전 10시 20분 무렵 용인시의 신갈분기점에 도착하여 등산을 시작했다.

동산산악회는 1대간 9정맥을 답파하고 있는데, 시작한 지로부터 9년 정도에 이른 지금 대전 식장산에서부터 한남정맥 코스를 시작하여 인천 근처에서 마칠 예정이며, 그 다음은 한북정맥을 끝으로 대단원의 막을 내릴 예정이라고 한다. 오늘은 한남정맥 제7, 8구간을 답파하는 코스였다. 도상거리 19km, 실제 거리로는 24km 정도 된다. 한남정맥의 전체 구간 가운데서 오늘의 광교산이 가장 높다고 한다. 이처럼 한남정맥의 산들은 모두 낮은데다가 더구나 수도권 지역을 가로지르는 것이니 대부분 동네 뒷산 같은 야산들이며, 도중에 건설 행위로 인해 코스가 끊어진 구간도 있는 것이다.

시작한 후 150봉과 186m인 소실봉을 거쳐 용인시의 상현초등학교에 다다르니 산줄기가 사라져 버렸다. 내려서 도시 속을 걸어 상현초등학교 입구 쪽으로 내려와 수지방주교회 앞에 다다르니 우리가 타고 온 대절버스가 거기에 대기하고 있었다. 그 차를 타고서 HILLSTATE 아파트 입구까지 이동하여 다시 등산을 시작하였다.

응봉(235m)과 버들치고개, 천년약수를 지나 형제봉(448)에 이르렀고, 그 근처에서 중식을 들었다. 다시 출발하여 팔각정이 있는 비로봉(488)을 거쳐 오늘의 최고봉인 광교산(시루봉)에 올랐고, 노루목, 억새밭 같지 않은 억새밭을 지나 군부대 시설이 들어서 있는 장소의 백운산(563)에도 들렀다.

백운산에서 산악회장과 둘이서 막걸리를 한 잔씩 사서 마시고, 한남정맥에서 조금 벗어나 있는 백운산으로부터 도로 돌아 나와 원래의 코스로 접어들 것으로 생각했었지만, 회장이 백운산에서 계속 이어지는 코스로 내려가야 한다고 하므로 회장 말을 믿고서 그 하산로를 따라 계속 걸었다. 알고 보니 그것은 한남정맥을 벗어나 의왕시의 백운동계곡으로 이어지는 코스였다. 도중에 길을 잘못 들었음을 알았지만, 되돌아 오르기도 무엇하여 내친 김에 계속 걸어 백운사를 지나서 의왕시 안의 평지를 나아가다가 도중에 회장의 전화 연락을 받고서 우리를 태우러 온 대절버스를 타고 일행이 하산하는 장소인 수원시 장안구의 지지대고개에 다다랐다.

돌아오는 길에 충북 청원군 부용면 외천리 489-2번지의 청주본가 청원 직영점에 들러 갈비탕으로 저녁식사를 하였고, 밤 9시 무렵에 귀가하였다.

18 (일) 흐림 -거제 옥녀봉, 북병산

동산산악회를 따라 거제시 一運面에 있는 옥녀봉(554.7m)과 북병산(465.4m)에 다녀왔다. 오전 8시까지 시청 앞에 집결하여 대절버스 한 대로 출발하였다. 지난주에 한남정맥 코스를 함께 걸었던 회장 최진용 씨와도 다시 만났다.

14번 국도 부근의 아양동 관송마을에서 하차하여 등산을 시작하였다. 옥포만의 대우조선공업을 뒤로 하고서 왼쪽으로는 지세포를 바라보며 봉수대 아래를 지나 한참을 걸은 뒤 옥녀봉에 닿았다. 정상에는 송신탑 들이 들어서 있었다. 다시 499봉을 지나 옥녀봉삼거리 부근에서 중식을 든 후, 거제지맥을 따라 계속 걸어 488봉과 전망대, 반송재, 다리골재를 지나서 북병산에 올랐고, 거기서 능선을 따라 구조라 해수욕장에 인접한 5번 지방도로 상의 망치재에 다다라 산행을 마쳤다. 북병산에 다다르기 전에는 대대적으로 벌목한 산길을 한참동안 걸었다. 오늘은 사천의 비행기공단(KAI)에 근무하는 앙드레라는 이름의 프랑스인 중년 남자 한 명과 부하직원인 듯한 한국인 두 명도 참가하여 영어로 대화하고 있었다. 이 산악회의 1대간 9정맥 종주에도 가끔씩 참가하는 사람이라고 한다.

오후 3시 반쯤에 산행을 마친 후, 거제면 서정리 734-19의 제일고등학교 앞에 있는 거제도굴구이에 들러 굴구이와 함께 하산주를 들었다.

25 (일) 맑으나 강추위 -부귀산

금산산악회 제215차 정기산행을 따라 전북 진안군 진안읍과 부귀면 사이에 있는 부귀산(806.4m)에 다녀왔다. 8시까지 장대동의 구 현대예식장 앞에 모여 8시 30분에 대절버스 한 대로 출발했다. 그러나 좌석의 절반 남짓 밖에 타지 않았다. 대진고속도로를 경유하여 장수분기점에서 익산포항고속국도로 접어든 후 진안에서 전주 방향의 26번 국도로 빠져 나와 오전 10시 13분에 부귀면의 대곡리에서 하차하였다.

눈이 하얗게 내려 있어 농로를 따라 좀 걸어가다가 농로가 끝나고 등산이 시작되는 지점에서 아이젠과 스패츠를 착용하였다. 대곡골로 하여 부귀산 정상에 오른 다음 손지골로 내려올 예정이었는데, 눈 때문에 등산로를 찾기가 어려워 대충 가파른 지능선 길을 따라서 올라갔다. 큰 능선에 올라서니 건너편으로 마이산이 빤히 바라보였다.

정상 부근에서 점심을 든 후 또 하산 길을 찾기 어려워 한동안 우왕좌왕 했는데, 아마도 손실재에서부터 손싯골 방향으로 내려온 듯하다. 오후 2시 40분 무렵에 하산하여 하산주를 간단히 마신 후 4시경에 출발하여 6시 무렵에 귀가하였다.

1월

1 (일) 흐리고 전라도 지역은 눈 -성수산

새해 첫날, 나는 보통나이로 64세, 아내는 59세가 되었다고 한다.

남강산악회를 따라 전북 임실군 성수면과 진안군 백운면 사이에 있는 聖壽山(875.9m)에 다녀왔다. 오전 8시에 시청 앞을 출발하여 8시 30분 무렵까지 강남동의 제일예식장 앞에서 다시 한 번 정거하였다. 남해고속도로와 개통한 지 얼마 되지 않은 광양-전주 간 고속도로를 경유하여 오전 11시 무렵에 성수산자연휴양림 입구 좀 못 미친 곳에서 차가 눈 때문에 더 진입하기가 어려워 하차했다.

오랜 산 친구인 강대열 씨와 더불어 아이젠 스패츠를 착용한 채 눈 덮인 찻길을 한참동안 걸어 들어가 등산을 시작하였다. 상이암과 갈라지는 지점에서 직진하여 가파른 능선 길을 한동안 올라 정상에 도착하였다. 정상 아래의 헬기장에서 눈발이 휘날리는 가운데 점심을 들었다. 거기서 좀 내려온 지점의 암봉에서 다른 능선 길을 따라 자연휴양림 쪽으로 내려올까 했으나 눈이 내려 길 찾기가 어려울 지도 모르므로 그냥 백 코스로 하산하였다.

차가 대기하고 있는 지점까지 돌아와 동네 노인정에서 하산주를 마셨다.

15 (일) 흐림 -옹성산

풀잎산악회를 따라 전남 화순군 동복면과 북면, 이서면의 경계에 위치한 甕城山(574m)에 다녀왔다. 동복호에 인접해 있고, 호수 건너편으로 광주의 무등산이 바라보였다. 동복면 안성리에서 등산을 시작하여 긴 나무계단을 타고 올라서 쌍두봉을 지나 鐵甕山城이라는 包谷式 산성을 건너서 정상으로 접근했고, 정상에서 동복호를 내려다보며 혼자서 점심을 든 후, 할머니 집터를 지나 오후 1시 반 무렵에 원점으로 회귀했다. 철옹산성은 『新增東國輿地勝覽』 『輿地圖書』 『大東地志』에는 옹성산성, 옹성이라고 실려 있는데, 고려 말 왜구에 대비하여 쌓은 것으로서 4m 높이에 5,400m의 길이이며, 長城의 立岩산성, 潭陽의 金城산성과 더불어 전남의 3대 산성이라고 한다.

떡국을 든 후 오후 3시 50분 무렵에 출발하여, 갈 때 경유했던 호남·남해고속도로를 따라 어두워진 후에 진주에 닿았다. 아내의 부탁에 따라 콩국수를 사가기 위해 시청 뒤의 아내가 즐겨 가는 칼국수집에 도착했더니, 아내가 거기에 나와 있었다. 둘이서 새알이 든 콩국을 한 그릇씩 들고서 택시를 타고 귀가했다. 아침에 진주를 출발할 때 보니, 경남문화예술회관 건너편의 남강에 백조가 두 마리 있고, 상평교 부근에는 네 마리가 있었다.

2월

9 (목) 맑음 -수덕사

오전 9시까지 평거동 서부농협지점 부근(평거주공2차아파트입구)에 있는 구자익 군의 사무실에서 김경수·구자익 군 및 철학과 학부 3학년 진입예정자인 김민주 양과 만나 함께 한국동양철학회의 148차 정례발표회 및 정기총회에 참석하기 위해 김경수 군의 차에 동승하여 출발하였다. 대진고속도로를 따라서 북상하다가, 장수-익산-논산 방향의 고속도로로 각각 진입하여 수덕사 입구까지 접근한 다음, 충남 예산군 덕산면 둔리 118번지에 있는 입질네어죽에서 어죽으로 점심을 들었다.

148차 정례발표회는 수덕사의 心蓮堂에서 오후 2시 무렵부터 개최되었다. 오후 5시부터 심연당에서 2012년도 정기총회가 개최되었다.

오후 6시에 사찰 공양 간에서 석식이 있은 다음, 숙소인 白雲堂에서 일행이 둘러앉아 총무가 마련한 술과 안주를 들며 대화를 나누다가, 사하촌인 덕산면 사천리 25-64의 더덕나라로 내려가 2차를 하였는데, 그 비용은 회장인 내가 부담하였다. 대취하여 회원들의 부축을 받으면서 숙소로 돌아왔다.

10 (금) 맑음 -윤봉길 생가, 천장암, 대흥동헌

아홉 시경에 눈을 뜨고 보니 회원들은 이미 대다수가 돌아가고 없었다. 부회장인 이승환·신규탁 교수와 이사인 주광호·조남호 씨 등을 포함한 남은 사람들은 네 대의 승용차에 분승하여 답사에 나섰다.

먼저 예산군 덕산면의 식당에서 조식을 든 후, 나는 세종대의 이경룡 씨와 더불어 건설업을 하는 손세채 씨의 승용차에 동승하여 덕산면에 있는 윤봉길 의사 생가를 경유하여, 충남 서산시 고북면 장요리 1에 있는 燕嚴山 天藏庵을 방문하였다. 이곳은 구한말의 유명한 선승 鏡虛가 깨침을 얻었다는 장소이며, 그 제자인 滿空과도 깊은 인연이 있는 곳이다. 법당 뜰에 있는 문화재자료 202호 天藏寺址七層石塔 등을 둘러본 후, 다음 답사지인 백제부흥운동의 현장 임존성을 찾아 예산군 대흥면 동서리의 大興面 사무소 옆으로 갔다. 예당저수지 부근에 있는 그곳에는 조선시대의 大興東軒이 남아 있었고, 그 앞에 이성만 형제의 孝悌碑閣과 그것을 기념하는 동상, 그 사적에 관해 초등학교『국어』2-2 교과서에 실린 '의 좋은 형제'의 石刻 등이 세워져 있었다. 동헌 뒷산이 바로 임존성이 있는 현장이었지만, 우리는 산을 오르지는 않고서 바라보기만 했다. 광시의 골드한우로 찾아가 점심을 들었는데, 그리로 가는 도중에 광시에 있는 최익현 묘를 지나갔다. 점심은 이 지방 사람인 손세채 씨가 샀다.

점심을 든 후 일행과 작별하여 우리 네 명은 올라갔던 코스를 따라 남하하여 저녁 5시 반 무렵에 진주로 돌아왔다.

19 (일) 맑음 -환산(고리산)

울림산악회를 따라 충북 옥천군 군북면에 있는 環山(고리산, 581.4m)에 다녀왔다. 8시까지 시청 앞에 집결하여 대절버스를 타고 공설운동장 제4문 앞으로 이동한 뒤 30분에 출발하였다. 대진·경부고속도로를 경유하여 대전 근처까지 올라간 후, 10시 55분 무렵 군북면 이백리의 경부고속도로 옆 황골에 도착하여 등산을 시작하였다. 해발 523m의 환산성 제3보루에 도착하여 점심을 들었는데, 그곳은 조선시대에 환산 봉수가 설치되었던 장소였다.

2009년 10월에 사단법인 옥천향토사연구회가 설치한 안내 비석에 의하면 이곳은 삼국시대의 백제 계성으로서, 둘레 100m에 달하는 蒜峯形의 석축산성인데, 관산성 전투에서 신라 백제가 치열한 전투를 벌였던 곳으로 알려져 있다고 한다. 정상에 도착하여 옥천군의회 의장이 세운 비석을 보니, 거기에는 "본명 古山, 신라 지증왕 5년(505)에 고리산군古尸山郡(沃川郡) 시발지로 백제국이 5m 높이 성을 쌓고 百羅間의 격전지로서 삼국유사 43열은 신라 문무왕(668) 말씀이 백제 聖王이 失明하고 주진벼루에서 전사하였다 하시다" 운운의 문구가 보였다. 이러한 내용들로 보면, 이곳은 백제 성왕이 전사한 管山城 전투와 관계가 깊은 곳임을 알 수 있다.

정상 곁의 東峯(578m)을 지나니 거기서부터는 급경사로 내리 떨어지는데, 오후 3시 무렵에 서낭당이 있는 추소리로 내려왔다. 황골에서 정상까지는 4.85km, 정상에서 서낭당까지는 2.2km이었다. 도중에 얼음이 덜 녹은 곳이 많아서 여러 번 자빠져 엉덩방아를 찧었다. 오는 도중에 능선에서 대전시가 서쪽으로 멀리 바라다 보이고, 정상에서는 대청호의 전모를 조망할 수가 있었다. 하산 지점에서 오뎅 국을 안주로 하산주를 들었다. 그곳은 세계불교洗心宗총본산 古利山黃龍寺라는 절의 입구 부근이었다. 3시 40분에 그곳을 출발하여 7시 무렵 집에 도착하였다.

인터넷을 통해 조회해 보니, "관산성의 위치는 百濟聖王死節地로 전해지고 있는 옥천군 군서면 월전리 9-3번지 부근과 이곳에서 맞은편 서북

방으로 약 800m 떨어져 있는 環山城(일명 고리산성) 부근으로 추정하고 있다"라고 되어 있었다.

3월

11 (일) 꽃샘추위에 강한 바람 −솔향기길

실로 모처럼 아내와 함께 선우산악회를 따라 충남 태안군 이원면에 있는 솔향기길 트레킹에 다녀왔다. 오전 8시 10분쯤 시청 앞 육교 아래에서 대절버스 한 대로 떠난 후 8시 30분에 운동장 앞을 출발하였다. 35번 대진고속도로를 따라 북상한 후 대전남부순환고속도로를 지나 25번 호남고속도로에 들어섰고, 곧 이어 3년쯤 전에 개통한 30번 당진−유성 간 고속도로를 따라 더욱 북상하여 15번 서해안고속도로에 들어선 후, 서산 요금소에서 빠져나가 32번 국도를 따라 서산시와 태안읍을 거쳤고, 603번 지방도로를 따라 이원면의 기다란 곳 북쪽 끄트머리인 만대항에서 하차하였다.

솔향기길은 4코스가 있는데, 길이 이리저리 갈라진 것이 아니라 다음다음으로 이어가는 코스였다. 우리는 그 중 1코스를 택한 것이다. 예전에 유조선 충돌로 기름에 뒤덮였던 해안의 오솔길을 따라 시종 소나무 숲속을 걷는 코스였다. 오후 1시에 만대항을 출발하여 도중에 팔각정 전망대가 있는 당봉에서 점심을 든 후 계속 걷다가, 펜션단지가 있는 지점에서는 나 혼자 용난굴 바위동굴을 구경하느라고 아내와 헤어졌다. 4시 40분쯤에 1코스의 종점인 꾸지나무해수욕장에 도착하였다. 경기대학교의 수련원과 200m 정도 되는 모래사장이 있는 곳이었다.

트레킹 도중 시종 강한 파도소리와 더불어 칼바람이 불어 귀가 얼얼하므로 방수복 컬러 속의 두건을 펼쳐 머리를 덮었다. 찬바람을 피해 장사꾼이 쳐 놓은 듯한 비닐 텐트 속으로 들어가 하산주를 든 다음, 5시 30분 무렵에 출발하여 귀가 길에 올랐다. 돌아오는 길에는 30번을 거쳐서 25번 고속도로를 따라 계속 내려오다가 도중에 20번 익산−장수 간

고속도로로 접어든 다음, 다시 장계에서 35번 대진고속도로로 접어들어 밤 10시 13분에 출발지인 시청 앞에 도착하였다. 집에 돌아와 샤워를 한 후 밤 11시가 넘어서 취침하였다.

18 (일) 짙은 안개에 더러는 빗방울 -임실 오봉산

지구산악회를 따라 전북 완주군 九耳面과 임실군 雲岩面의 경계에 있는 五峰山(513.4m)에 다녀왔다. 오전 8시 30분에 시청 앞을 출발하여 대진고속도로를 따라 북상한 뒤 장계에서 익산-장수 간 고속도로로 접어들었고, 진안에서 일반국도로 빠져나온 후 49번 지방도로를 따라 임실군 新德面과 완주군 구이면의 경계지점인 염암재에서 하차하여 10시 40분 무렵부터 등산을 시작하였다.

호남정맥 코스를 따라서 5봉 중의 2봉에 먼저 오른 뒤, 구이면 소모부락 쪽에서 올라오는 도중에 있는 1봉에 들르기 위해 일행과는 반대방향으로 나아갔다. 1.1km 정도 되는 거리 중에서 절반 정도 나아간 지점의 갈림길에서 취할 방향이 불분명하여 더 이상 가기를 포기하고서 발걸음을 돌렸다. 3봉과 4봉의 사이 지점에서 점심을 들고 있는 일행을 다시 만나 오랜 산벗인 강대열 옹과 함께 식사를 했다. 4봉에서 500m 정도 떨어진 위치에 있는 정상인 5봉에 올랐다가 다시 돌아 나와 국사봉(475m)을 거쳐 오후 3시 반쯤에 2층으로 된 팔각정 전망대가 있는 주차장으로 하산하였다. 출발지점인 염암재에서부터 5봉까지는 호남정맥 코스였다.

돌아올 때는 749번 지방도를 따라 옥정호반을 달리다가 전주에서 오는 27번 국도를 만나 순창까지 내려와서 88고속도로에 올랐다. 오늘 코스는 날씨가 맑았다면 산행 도중에 옥정호의 풍경을 바라볼 수 있었을 터인데, 짙은 안개로 말미암아 전망대에 내려와서야 호수의 경치를 좀 감상할 수가 있었다. 밤 7시 무렵에 귀가하였다.

25 (일) 맑으나 강한 바람, 낮 한 때 눈발 –선석산, 영암산, 북봉

금산산악회를 따라 경북 성주군 초전면과 칠곡군 북삼읍, 김천시 남면의 경계지점에 위치한 鈴岩山(782m)에 다녀왔다. 오전 8시 30분에 장대동의 구 현대예식장 앞을 출발하여 합천·고령을 거쳐 대구로 가는 국도와 중부내륙고속도로를 경유하여, 오전 10시 30분에 성주군 월항면 인촌리에 있는 世宗大王子胎室 입구에 도착하여 등산을 시작하였다. 수양대군을 위시하여 세종의 적서 18왕자와 왕손인 단종의 태를 안장한 곳인데, 예전에 한 번 와 본 적이 있었다.

태실에는 들르지 않고서 바로 등산을 시작하였다. 태실이 바로 내려다보이는 태봉바위와 용바위를 지나 禪石山(742m)에 도착하였고, 거기서 능선 길을 따라 한참 걸어서 영암산 정상에 닿았다. 정상을 조금 지난 곳에서 본교 대학병원의 가정의학과 의사 김창환 씨와 그 후배인 정보환 씨, 그리고 오늘 처음 인사를 나눈 고려병원장과 함께 넷이서 점심을 들었다. 북봉(784m)을 거쳐 오후 3시 반쯤에 김천시 남면 월명리의 성모의 집이라는 아파트 쪽으로 내려왔다. 약 11.9km의 거리를 5시간에 주파한 것이다.

4시 5분에 거기를 출발하여 6시 15분에 진주의 출발지점에 닿았다.

4월

1 (일) 맑음 –지심도(동백섬), 거가대교, 군항제

푸른산악회를 따라 거제시 一運面 玉林里에 있는 只心島(동백섬)에 다녀왔다. 오전 8시 반쯤에 시청 앞 육교 아래에서 예약된 대절버스를 타고서 통영까지 고속도로로 간 다음, 9시 50분에 거제도 장승포에 도착하였다. 10시경에 배가 출발하여 지심도로 들어갔다.

이 섬은 전체 숲의 약 40~50%를 동백나무가 차지하고 있어 동백섬이라고 불린다. 그러나 동백은 한물갔는지, 흐드러지게 피어 있지는 않고 드문드문 보일 따름이었다. 현재 15가구 27명의 주민이 살고 있다는데,

대부분 민박·상점 등 관광업에 종사하는 듯했다. 면적 0.36㎢(약 10만 평)의 작은 섬으로 최고점은 97m이다.

일본이 중국 침략 2년 전인 1935년부터 1938년까지 사이에 이 섬을 요새화하여 포대 4곳을 비롯하여 탄약고(방공호)·탐조등·方向指示石 등 각종 군사시설물을 설치하였는데, 지금도 그 흔적이 잘 남아 있었다. 1941년 태평양전쟁 당시에는 옥포의 洋支巖 기지·가덕도 등과 더불어 鎭海海面防備部隊에 소속되어 있었다고 한다. 선착장에 도착한 후 약 세 시간에 걸쳐 섬을 두루 둘러보았다. 돌아오는 길에 몽돌해수욕장에서 오랜 산 친구인 김창환·정보환·이원삼 씨 등과 어울려 점심을 들었다.

오후 2시쯤에 지심도를 떠나 장승포로 돌아온 후, 항구에서 민어조기 와 아내가 좋아하는 덜 말린 오징어를 샀다. 돌아오는 길에는 거가대교 를 거쳐 진해에 들렀다. 오늘부터 10일까지 군항제 기간이기 때문인데, 아직 벚꽃은 피어 있지 않았으나 아주 드물게는 꽃망울을 벌린 것도 있 었다. 버스에 탄 채로 통제부 안을 한 바퀴 둘렀고, 해군사관학교에 도착 하여 박물관을 둘러보았다. 5시쯤에 사관학교를 출발하여 돌아오던 도 중 장복산공원에서 하산주를 마셨고, 마창대교를 건너왔다.

7 (토) 맑음 -진도 신비의 바닷길 축제

아내와 함께 '제34회 진도 신비의 바닷길 축제'에 다녀왔다. 청록산악 회 등의 간사를 지낸 여성 개인이 주최한 행사였다. 오전 8시 30분까지 제일예식장 앞 진주냉면 옆에서 집결하여 대절버스 한 대로 출발하였다.

남해고속도로를 따라 가다가 광양에서 일반국도를 통해 순천까지 갔 고, 거기서부터 벌교·보성·강진·해남 등을 거쳐 계속 나아갔다. 3시간 반 쯤 후에 진도에 도착한 다음 큰고니 도래지인 바닷가 호수에서 점심 을 들고, 진도의 동남쪽 끝인 고군면 회동리의 주차장에 도착했다. 오늘 부터 9일까지 3일간 고군면 회동리에서 의신면 모도리의 모도 섬까지 조수간만의 차로 바다 밑 2.8km의 구간이 40여m의 폭으로 바닥을 드러 내는 광경을 구경하고자 하는 것이다.

바다가 갈라지는 시각은 오후 5시 무렵이므로, 우리는 한낮에 현지에 도착하여 각자 자유 시간을 가졌다. 아내와 나는 바닷가를 따라 회동 마을의 끝 쪽으로 걸어갔는데, 아내는 도중에 돌아가고 나는 마을 끝까지 걸어갔다가 도로 돌아와 야외공연장에서 아내와 다시 합류하였다. 생각했던 것보다 외국인이 무척 많아, 세계적으로 널리 알려진 관광지라는 느낌이 들었다. 영어를 쓰는 사람은 물론이고 일본어·중국어 등도 주위에서 자주 들려 왔다. 전체 관광객의 1/3이나 1/4 정도는 외국인이 아닐까 하는 느낌이었다.

장화가 없이는 바닷길을 건널 수 없다는 말을 듣고서 입구 밖 시장판으로 다시 걸어 나가 하나에 만 원 하는 장화를 사 왔다. 오후 5시가 좀 못된 시각부터 바다를 건너기 시작하였는데, 나는 장화 덕분에 선두 그룹에 서서 모도까지 건너갔다가 돌아왔고, 아내나 함께 간 김창환·정보환 씨 등은 중도에서 돌아갈 수밖에 없었다. 바다 길의 양쪽에서 깃발을 앞세운 농악대 비슷한 무리가 북과 장구를 치며 앞으로 나아가다가 도중에서 합류하였다. 그러나 돌아올 때는 바닷물이 한층 더 빠져나가 더 이상 장화가 필요 없을 정도였다.

주차장으로 돌아온 이후 차 옆에서 주최 측이 마련한 저녁을 들고, 밤 7시쯤에 귀로에 올랐다. 도중에 술에 만취한 승객이 쌍소리를 하며 주정을 부리는 바람에 차 안에서 손님끼리 서로 멱살을 잡고 싸우는 불상사도 있었다. 자정이 넘어서 귀가했다.

22 (일) 대체로 흐림 −서산 팔봉산

한보산악회를 따라 충남 서산시 팔봉면에 있는 八峯山(361.5m)에 다녀왔다. 8시 30분까지 시청 육교 밑에 집결하여 대절버스 한 대로 출발하였다. 대진고속도로와 당진−대전 간 고속도로를 거쳐 낮 12시 7분에 팔봉면 양길리의 주차장에 도착하였다.

팔봉산 주위에는 아직도 매화와 벚꽃, 진달래가 만발해 있었다. 산은 낮으나 암봉으로 이루어져 있으며, 그나마 이 일대에서는 가장 높은 명산이라고 한다. 우리는 능선에서 진행 코스의 반대편에 외따로 떨어져 있는 1봉에 오른 다음 2봉과의 사이에 있는 능선으로 도로 돌아와, 제3봉인 정상을 지나서 8봉까지 차례로 완주하였고, 절 같지도 않게 어설프게 지어진 서태사를 지나서부터는 그 진입로인 콘크리트 포장도로를 따라서 오후 2시 50분에 어송리의 팔봉산 주차장으로 하산하였다. 맑은 날이면 주위의 황해 바다가 내려다 보여 경치가 좋을 터인데, 흐린 날씨라 먼 곳을 조망할 수는 없었다. 하산한 후 주차장 부근에서 길가에다 전을 벌린 동네 아주머니들로부터 취나물·씀바귀·오가피주·고사리·은행 등을 구입하였다. 오늘도 정보환 씨와 동행하였다.

밤 아홉 시 가까운 무렵에 귀가하였다.

5월

6 (일) 맑음 –가야산 만물상

등불산악회를 따라 가야산 만물상에 갔다 왔다. 오전 8시까지 시청 앞에서 집결한 후 나불천 복개천으로 이동하여 8시 30분 남짓에 대절버스 한 대와 7인승 승용차 한 대로 출발했다. 봉곡동의 가마못을 지나 집현면을 거쳐서 33번 국도로 고령까지 간 후 대가야왕릉전시관 앞을 지나 2번 지방도를 따라서 경북 성주군 수륜면 백운리에 있는 백운동 주차장에 도착하였다.

주차장에서 龍起골을 따라 2.6km 정도를 올라 백운사지를 지나서 서성재에 닿았다. 서성재에서 만물상 코스로 조금 내려온 지점에 있는 공터에서 회장과 함께 점심을 들었다. 거기서 조금 더 내려온 곳이 상아덤이라고도 하는 서장대인데, 금관가야와 대가야의 시조가 출생한 전설이 있는 곳이다. 상아덤에서부터 본격적인 만물상의 풍경이 펼쳐졌다. 바위 봉우리들로 이루어져 금강산의 만물상과 비슷한 풍경이나 금강산의 것보다 규모는 더 큰 듯 했다. 예전에 지나온 적이 있었으나, 자연휴식년제에 묶여 있다가 개방된 이후로는 처음이다. 곳곳에 계단을 설치하는 작업이 진행되고 있었다. 같이 간 강대열 씨는 입구에서부터 나와 반대 방향으로 올라 만물상을 거쳐서 용기골로 하산하였다. 약 3km에 걸친 하산 코스를 지나 오후 3시 30분쯤에 출발지인 백운동 주차장에 도착하였다.

표고버섯을 사고 하산주를 든 후, 돌아올 때는 합천군의 가야와 야로를 지나 다시 고령을 경유하여 33번 국도를 탔다.

13 (일) 흐리고 때때로 빗방울 -수리봉, 석대산

아내와 함께 외송의 우리 농장에서 맞은편으로 바라보이는 산청군 단성면의 石臺山(539m)에 다녀왔다. 경상대학교총동문회의 2012년 개척 가족등반대회에 동참해서이다. 오전 9시까지 가좌캠퍼스의 정문 앞에 집결하여 대형버스 네 대와 중형버스 한 대로 출발했다. 매 해 한 번씩 하는데, 이번이 일곱 번째라고 한다. 출발장소에는 진주시 을구의 3선 국회의원인 김재경 씨도 인사차 나왔다. 아내는 김 의원을 만나 간호대 건물 신축에 대한 국비지원을 부탁할 수 있게 되어 매우 다행으로 여긴다고 했다. 이번 산행에는 권순기 총장도 참가했는데, 학교 측으로부터 많은 지원이 있었는지 참가비도 받지 않았다.

국도 3번을 따라서 산청군 신안면 외송리의 끄트머리에 위치한 심거까지 가서 경호강을 건너 어천 마을을 지나 1001번 지방도를 따라 올라서 웅석봉 아래의 능선인 한재고개에 다다른 다음, 하차하여 오전 10시 반이 채 못 된 시각부터 등산을 시작했다. 웅석봉과는 반대 방향인 남쪽으로 계속 산길을 올라 마침내 오늘 구간 중의 최고봉인 수리봉(남가람봉, 568.4m)에 올랐다. 그 근처에서는 우리 농장이 있는 둔철산과 반대편의 청계저수지 일대도 바라보였다. 능선을 타고서 계속 남쪽으로 내려가 마침내 정상인 석대산에 올랐고, 거기서 조금 더 간 지점의 헬기장에서 (주)진로포도농장 쪽으로 꺾어 내려 마침내 종점인 석대마을에 닿았다. 우리는 거기에 대기하고 있던 대절버스 중 두 번째 차를 타고서 35번 고속도로의 산청휴게소 근처에 위치한 구 방목초등학교, 지금은 경성대학교 청수년수련원으로 되어 있는 장소로 이동하여 점심을 들었다.

오후 2시 반부터 5시 반까지 세 시간 동안 2부 행사로서 거기서 가족 한마당대잔치를 벌인다고 하는데, 우리 내외는 거기에 참여할 생각이 없어 점심을 든 후 밖으로 나와 신안면 소재지인 원지로부터 택시를 불러 지난번 총장선거에 출마했던 하영래 교수와 함께 셋이서 원지까지 나온 다음, 시외버스를 타고서 진주로 돌아왔다.

20 (일) 맑음 -철마산, 구절산

아내와 함께 울림산악회의 정기산행에 참가하여 경남 고성군 동해면에 있는 철마산(394m) 구절산(559m)에 다녀왔다. 오전 8시까지 시청에서 대절버스를 타고, 운동장 제4문으로 이동하여 8시 30분에 출발하였다.

9시 35분쯤에 고성군 동해면의 동남쪽 끄트머리 바닷가에 있는 우두포의 부성횟집 앞에 도착하여 등산을 시작하였다. 아내와 나는 선두 그룹에서 걷다가 나는 뒤로 쳐지고 아내는 계속 선두를 달려 나보다 한 시간쯤이나 먼저 목적지인 봉암리의 동광초등학교에 도착하였다. 나는 시루봉(408m) 웅암산(432) 철마산을 지나 차도가 지나가는 철마령(상장고개)의 정자에서 몇 사람이 모여 점심을 든 다음, 계속 오르막길을 올라 정상인 구절산에 도착하였다. 철마산 근처에서부터는 충무공의 전적지인 당항포가 있는 당항만을 내려다보며 걸었다. 철마산에는 테뫼식 산성도 있었다.

瀑布庵까지 내려오니 거기서부터 종점까지는 포장도로가 이어져 있었다. 오후 3시 반쯤에 종점에 도착하였다.

25 (금) 맑음 -설악산 행

오늘 밤 9시 10분에 시청 앞에서 비경산악회 팀과 합류하여 설악산 등반에 나서게 되므로 그 전에 오늘 일기를 적어둔다.

26 (토) 맑음 -백담사, 영시암, 오세암, 용아장성, 봉정암

중앙고속도로를 경유하여 새벽 4시쯤에 내설악 입구 용대리의 백담휴게소에 닿았다. 어두운 가운데 백담사를 향해 1시간 반쯤 걸어가노라니 점차로 날이 새었다. 백담사를 둘러보고서 다시 수렴동계곡 길을 걸어 永矢庵에 닿아 잠시 휴식을 취한 후, 구곡담계곡과 가야동계곡의 갈림길에서 가야동 방향을 취해 五歲庵에까지 올라갔다.

원래 예정으로는 오늘 외설악의 비룡폭포와 토왕성폭포를 경유하여 칠성봉 부근에서 점심을 든 다음, 화채능선과 대청·중청·소청봉을 경유하여 봉정암에 도착해 1박할 예정이었는데, 토왕성폭포 리지 일대는 원체 위험하여 입산금지구역인데다, 오늘은 특히 경비가 심하다는 정보가 있어 부득이 방향을 바꾸어 내일의 하산 코스를 역방향으로 올라가게 된 것이다.

오세암에서 오세폭포 방향으로 길 없는 길을 뚫어 폭포까지 나아간 다음, 폭포 바로 위에서 조식을 들었다. 그런 다음 이럭저럭 가야동계곡의 물길이 갈라지는 지점까지 닿았는데, 인솔자가 잘못 인도하여 가야동계곡의 본류를 따라 계속 올라가는 바람에 거의 봉정암에서 내려오는 길과 만나는 지점 가까이까지 갔다가 도로 내려왔다. 다시 물길이 갈라지는 지점을 지나 한참을 더 내려간 위치의 옥녀봉 아래 계곡에서 점심을 지어 먹은 뒤 옥녀봉을 향해 龍牙長城稜을 기어올랐다.

옥녀봉은 용아장성의 아래쪽 끄트머리 부분에 위치한 것인데, 원래 우리는 거기서 조식을 든 다음 능을 거슬러 올라 오후 3시쯤 鳳頂庵에 도착할 예정이었으나, 오세암까지 오르고 가야동계곡을 헤매는 통에 시간과 체력을 많이 소모한 것이다. 나는 예전에 정상규 씨를 따라 봉정암에서 용아장성릉을 거쳐 내려온 바 있었지만, 이번에는 그 코스를 역방향으로 거슬러 오르게 된 것이다. 이곳도 매년 몇 사람의 사망자가 발생할 정도로 극히 위험한 코스라 입산금지구역인데, 우리 일행 외에 다른 등산객은 아무도 없었다.

실로 아슬아슬하고 위험한 구간이 많았지만, 개구멍바위, 대슬랩, 직

벽을 통과하여 날이 어두워질 무렵 비로소 봉정암에 닿았고, 일행 중 후미 그룹은 깜깜해진 다음 봉정암에 도착하였다. 우리 일행은 진주 팀이 23명에다 대구에서 합류한 사람 5명을 보탠 규모인데, 대구 팀이 제일 나중에 도착했다. 나는 일행 중에서 아마도 나이가 가장 많고 젊은 시절 폐 수술을 받아 폐활량이 부족하므로 가쁜 숨을 몰아쉬며 천신만고 끝에 기진맥진하여 도착했다. 봉정암에서 제공하는 미역국에 밥을 말아 저녁공양을 든 후 나를 포함한 남자 3명과 여자 4명은 봉정암에 남고, 나머지 일행은 어두운 가운데 먼저 간 일행이 도착해 있는 가야동계곡까지 내려갔다. 저녁식사 후 남자 세 명은 근처의 숲속으로 들어가 랜턴을 켜고서 안동소주와 돼지족발로 술을 좀 들었다. 봉정암의 숙박비는 1인당 만 원이었는데, 우리 일행 중 두 명은 방이 너무 좁다면서 다른 곳으로 가서 자는 바람에 좀 널찍하게 공간을 확보할 수가 있었다.

27 (일) 맑으나 오후 한 때 비와 천둥 -가야동계곡, 공룡능선, 천화대,
　　범봉, 설악골

봉정암에서 잔 사람들은 대부분 등산객인 모양이었다. 석가탄신일 전날이지만, 예전에 여기서 두 번 잤을 때보다는 사람이 적은 듯하였다. 내 여름침낭을 빌려간 사람은 아침공양 무렵에 돌아왔는데, 세 명이 따로 좁은 방 하나를 차지하고서 잤다고 한다. 여자들을 포함한 일행 7명은 오전 7시 반 가까운 시작에 가야동계곡에 도착하여 다른 일행과 합류하였다.

토왕성폭포 쪽은 아무래도 경비가 삼엄해 갈 수가 없다하여 그 대신 천화대와 범봉, 왕관봉 일대를 둘러보기로 하였다. 가야동계곡을 거슬러 올라 공룡능선의 시작점인 희운각대피소 부근에서 공룡능선 길로 기어 올랐다. 그리하여 가파른 고갯길을 두 차례 올라 그 정점인 신선대까지 와서 잠시 휴식을 취했다. 나는 이틀간의 고생 끝에 왼쪽 발바닥의 피부가 찢어지고 양손으로 자주 바위를 잡아 손가락의 여기저기에도 상처가 났다. 등산스틱 중 하나도 고장이 나서 써 보지도 못하고 시종 애물단지가 되었다.

천화대도 역시 입산금지 구역이어서 공룡능선의 도중에서 찢고 들어갔다. 안내자가 없이는 도저히 진로를 잡을 수 없을 정도로 이 역시 길 없는 길이었다. 범봉까지 가서 주변의 수려한 경관을 둘러본 후, 설악골 쪽으로 하산하였다. 골짜기 여기저기에 아직도 눈이 남아 얼음을 이루고 있고, 계곡에는 너덜지대가 많아 낙석으로 매우 위험하였다. 설악골의 물 있는 곳에 다다라 마지막 점심을 지어먹은 후 남은 음식물은 버렸다. 점심을 들고서 혼자 내려오는 도중에 길을 잃고서 계곡을 헤매고 있다가 간밤에 봉정암에서 함께 잔 일행 등 몇 명이 후미를 오다가 나를 발견하여 비로소 그들과 합류할 수가 있었다. 비선대에 도달하여 막걸리와 동동주를 든 후, 대형 철제 좌불이 새로 들어선 신흥사를 지나서 외설악 바깥의 주차장에 당도하였다.

돌아올 때는 낙산해수욕장에 다다라 진주에서 준비해 온 술과 수박 및 참외를 들고, 양양읍의 사우나에 들러 목욕을 하였으며, 양양읍 남문 1리 182-1의 한국담배인삼공사 맞은편에 있는 꺽지랑뚜거리랑이란 어탕집에 들러 석식과 술을 들었다. 안동휴게소를 경유하여 28일 오전 3시 경에 진주에 도착하였다.

6월

3 (일) 흐림 -물한계곡, 민주지산

남강산악회를 따라 충북 영동군과 전북 무주군의 사이에 있는 岷周之山(1,241.7m)에 다녀왔다. 실은 우정산악회를 따라 밀양에 있는 만어산에 다녀오려고 했던 것인데, 집합 장소인 시청 앞에 나가보니 그 산악회는 신문에 예약하라는 광고를 내지 않았음에도 불구하고 예약하지 않은 사람은 함께 갈 수 없다고 하므로, 할 수 없이 예약 없이 갈 수 있는 다른 산악회로 바꾼 것이다.

오전 8시 남짓에 시청 앞을 출발하여 제일예식장 앞에서 8시 반에 떠났다. 대진고속도로를 따라 올라가다가 대전 조금 못 미친 곳의 추부에서 일반 국도로 빠져나온 다음, 보은군과 옥천군 등, 그리고 예전에 경부고속도로를 따라 내려올 때 반드시 정거했던 금강휴게소를 지나서, 오전 11시 33분에 永同郡 上村面 勿閑계곡의 한천 주차장에 닿았다.

鳳龍寺를 지나 쪽새골능선으로 하여 민주지산에 올랐다. 예전에 여러 번 올랐던 산이기는 하나 오랜만에 와 보니 또 새로운 모습이었다. 정상에서 주변의 풍광을 바라보며 도시락과 소주 한 병을 들고서는, 정상 바로 근처의 하산 길을 따라 오후 4시 무렵에 주차장으로 돌아왔다. 하산을 마칠 무렵에 길가의 행상으로부터 더덕 술과 취나물 등을 3만 원어치 샀다. 귀가할 때는 김천과 웅양·거창을 지나서 옛길로 오다가 생초에서 대진고속도로에 올랐다.

9 (토) 맑음 -제주도, 우도, 사려니숲길

비경마운틴의 이틀간에 걸친 제주 여행에 동참하여 진주를 떠났다. 오전 5시 40분 무렵 시청 앞에서 정상규 등반대장이 운전하는 전용버스를 타고서 공설운동장 부근의 백두대간 등산장비점 앞으로 이동하여 6시에 출발하였다. 일행은 모두 23명이었다. 남해고속도로를 따라가다가 광양에서 목포까지 새로 개통된 도로를 타고서 벌교쯤에서 일반국도로 빠져나온 뒤, 고흥반도로 진입하여 오전 9시에 출발하는 녹동 발 제주행 페리를 탔다. 소록도와 거금도를 잇는 새 다리 아래를 지나 배가 바다 외에는 아무것도 보이지 않는 지점에 이를 때까지 갑판 쪽의 계단에 앉아서 바깥바람을 맞으며 주변의 풍광을 구경하였다.

배의 갑판에서 조식을 들고, 오후 1시경에 제주항에 도착하였으며, 현지의 제주여행마법사라는 여행사가 갖고 온 중형버스로 갈아탄 다음, 12번 국도를 따라 동쪽 끝의 성산포 쪽으로 가는 도중 조천읍 대흘리 1214-8에 있는 산내들내라는 식당에서 제주 특산의 보말국이 나오는 점심을 들었다.

성산 일출봉 부근의 우도 나루에서 우도로 들어가는 오후 3시의 페리로 바꿔 타고서 십여 분 후에 제주 본섬에 딸린 여러 섬들 중 가장 큰 섬인 牛島에 도착하였다. 천진리의 우도항에 도착한 다음, 현지의 버스 하나를 세 내어 섬의 남쪽 끝에 있는 소머리오름(182.6m, 우도봉) 근처까지 간 다음 우도 올레길을 걸어서 우도등대가 있는 봉우리까지 올라가 보았다. 러일 전쟁 직후인 1906년에 일본에 의해 건설된 등대인데, 현재는 그 부근에 새 등대를 세워 사용하고 옛 등대는 그대로 보존해 두고 있었다. 올레길을 따라 등대 아래쪽의 해식동굴이 있는 해안으로 내려온 다음, 일행과 어울려 멍개·해삼 등을 안주로 소주를 한 잔 들었고, 나는 먼저 출발하여 섬의 북동쪽에 위치한 하고수동해수욕장까지 걸어갔다. 그러나 그곳에 대기해 기다리기로 한 버스가 보이지 않으므로, 정 대장에게 전화로 연락해 보았더니, 얼마 후 나머지 일행을 태운 대절버스가 뒤따라와서 나를 태웠다. 다시 일행과 함께 우도의 서쪽 해변에 있는 紅藻團塊해수욕장으로 이동하여 예전에는 珊瑚砂해수욕장으로 불렸던 그곳 해안의 특이한 모래들을 구경한 후, 천진리의 우도항으로 돌아와 오후 5시 30분에 출항하는 소형 페리를 탔다.

1112호 지방도로를 따라서 제주에서 백록담 및 성산일출봉과 더불어 3대 분화구로 꼽히는 산굼부리분화구 입구와 교래리를 지나서, 물찻오름 정류소에서 내려 근자에 개통된 모양인 사려니숲길을 걸어보았다. 시간이 충분치 못하여 오후 7시 10분까지 왕복 40분 정도만을 걸은 뒤 다시 버스로 돌아와 1131번 지방도로를 따라서 제주대학교 입구와 DAUM 본사 앞을 지나서 제주시로 돌아왔다. 연동 251-41에 있는 海淵 호텔에 도착하여 502호실을 배정받았고, 1층 식당에서 석식을 든 후 방으로 올라가 일행 3명과 더불어 취침하였다.

10 (일) 맑음 -영실, 윗세오름, 돈내코, 17번 올레길

오전 4시 반 무렵에 기상하여 5시 반쯤에 호텔 1층에서 조식을 든 후, 출발하여 어승생을 지나서 한라산의 靈室 매표소에 도착하였다. 간밤에 함께 잔 일행이 택시 한 대에 타고서 오름길을 올라가 7시 무렵에 영실 등산로 입구에 도착하였다.

오랜만에 영실 코스로 윗세오름 대피소까지 올라갔다. 그 새 등산로의 대부분은 나무 데크나 나무 계단으로 뒤덮여 있어 예전에 여러 번 올랐던 코스임에도 불구하고 전혀 새로운 느낌이 들었다. 오백나한 등이 있는 영실奇巖 지대를 지나, 남한 최대의 철쭉 군락지인 6백만 평에 달하는 한라산 남벽 아래 일대의 철쭉군락지에 도착했다. 그러나 지금이 한라산 철쭉이 절정일 6월 중순 무렵임에도 불구하고 올해는 꽃들이 대부분 피다가 시들어버려 예년의 10%도 안 된다고 하므로 별로 볼 것이 없었다. 택시 기사의 말로는 해풍이 이곳까지 올라와 그렇다고 했으나 어쨌든 이상기온 탓인 모양이었다.

윗세오름에서부터는 평탄한 지형의 코스를 지나 돈내코 방향으로 걸어 남벽 분기점의 데크까지 와서 호텔에서 받아온 도시락으로 이른 점심을 들고 커피도 마셨다. 거기서부터는 계속 하산 코스를 걸어, 고산지대를 지나서 이윽고 시작된 울창한 숲길을 두어 시간 동안 계속 걸어 12시 35분쯤에 하산하였다. 돈내코 입구에서 1115번 지방도를 따라 제주도의 서남쪽에 위치한 안덕면에 다다른 다음, 서부관광도로인 1135번 지방도를 따라서 제주시로 돌아왔다.

제주시에서는 용두암 근처의 17번 올레길을 좀 산책하였다. 현재 제주도의 올레길은 20번까지 개발되어 있다고 한다. 그 근처의 예전에도 들어가 본 적이 있는 용두암해수랜드에 들러 사우나를 한 다음, 반바지 차림으로 갈아입고 그 부근에서 이른 석식을 들었다. 용담3동 1042-1에 있는 한라마을 쇼핑센터에 들렀다가, 부두로 와서 오후 5시에 출항하는 페리를 타고서 9시 10분에 녹동항에 도착하였다. 제주항을 떠날 때 면세점에서 발렌타인 위스키 21년산을 한 병 샀다.

올 때도 역시 갑판 부근의 계단에 걸터앉아 제주도가 거의 시야에서 사라질 무렵까지 바다 풍경을 바라보다가, 실내로 돌아와 우리 일행의 술판에 끼었다. 내가 막걸리 세 통과 여자들을 위한 아이스 바 10개를 샀다. 진주의 집에 도착하여 짐 정리를 마치고 나니 자정 무렵이었다.

17 (일) 맑음 -어래산

자유산악회를 따라 충북 제천시 덕산면에 있는 하설산(1,035m) 등반을 떠났다. 오전 8시까지 시청 앞에 집결하기로 되어 있는데, 여러 번 둘러보았지만 대기하기로 되어 있는 차를 찾을 수가 없어 산악회에 전화를 걸어 문의해 보고 있는 도중에 아내가 내 점심 도시락을 챙겨 와서 나를 그 버스로 안내해 주어 비로소 탈 수 있었다. 아내는 도시락 반찬을 냉장고에 넣어 두었다가 내가 떠날 때 깜박 잊고서 챙겨주지 못했던 것이다.

오늘 산행에는 잘 아는 사람들이 여러 명 참가했다. 나는 강대열 씨와 나란히 앉아서 갔는데, 사람이 너무 많이 와서 대절버스를 한 대 더 불렀다. 제일은행 앞으로 이동해 8시 반 남짓에 출발하여 합천·고령까지는 일반 국도로 가고, 중부내륙고속도로를 경유하여 12시 9분에 등산 들머리인 덕산면 도전리의 달농실에 도착했으나, 마을 사람을 아무도 만날 수가 없어 운전기사가 차를 타고 지나가는 사람에게 물어 거기서 한참을 더 나아갔다가 도로 돌아오는 바람에 실제로는 12시 36분쯤에 등산을 시작할 수 있었다.

비포장도로를 따라 한참 올라가다가 도중에 등산로로 접어들었는데, 길 가에 산딸기가 지천으로 널려 있었다. 이럭저럭 중간 도착지점인 어래산(817m)까지는 나아갔지만, 우리가 타고 온 대절버스로부터 전화 연락이 있어 하설산은 입산통제구역이라 감시가 심하다는 것이었다. 앞서 간 몇 명은 그대로 나아갔고, 뒤따라가던 우리 일행은 점심을 들었던 어래산 아래의 안부에서부터 계곡을 타고서 거의 길도 없는 곳을 통과해 오후 4시쯤에 광천(넓은내) 쪽으로 하산하였다.

거기서 좀 더 올라간 억수라는 곳까지 나아가 하산주를 들었는데, 한참 후에 먼저 갔던 일행 몇 명이 거기로 돌아와 합류했다. 억수리에서 좀 더 올라간 지점의 광천 상류 계곡 일대는 이른바 용하구곡으로서 16km에 걸쳐 원시림과 폭포, 절벽 등으로 이루어진 절경이 자연의 신비를 느끼게 하는 곳인데, 아쉽게도 그리로는 들어가지 못했다.

집에 돌아오니 밤 10시 무렵이었다. 아내가 어제 내가 따온 매실로 동네 슈퍼에서 배달해 온 플라스틱 통에다 30도의 주정으로 매실주를 담가두었다. 매실은 모두 7kg이었는데, 앞으로 100일 후면 마실 수 있다고 한다.

24 (일) 비 -월출산 양자봉, 장군봉

비경마운틴을 따라 전라남도 영암군의 월출산 양자봉 능선에 다녀왔다. 오전 7시 10분 무렵 시청 앞에서 전용버스를 타고 신안동의 백두대간 등산장비점 앞으로 이동하여 출발했다. 남해고속도로를 따라가다가 광양에서부터 최근에 새로 개통된 목포-광양고속도로를 타고서 호남지역을 달렸다. 영암군에서 13번 국도로 빠져나와 신풍에서 11번 지방도로로 접어들어 무위사 앞을 지나 월남리의 보물 298호 모전석탑이 바라보이는 지점 근처에서 하차하였다.

넓은 차밭 안의 비탈길을 지나 양자봉 능선으로 올랐다. 이 코스에는 길이 없어 나뭇가지를 꺾으며 새 길을 내 가면서 전진하였다. 암봉으로 이어진 월출산 주능선을 조망하면서 올라갈 것을 기대했었는데, 비와 짙은 안개로 시계가 넓지 못해 별로 보이는 것이 없었다. 암봉으로 이루어진 양자봉을 지난 지점의 다른 암봉 위에서 점심을 들고, 부슬비를 맞으며 계속 전진하여 마침내 월출산 주능선의 등산로에 닿았다.

정상인 천황봉(809m) 아래의 통천문 부근 갈림길에서 장군봉(510) 쪽 코스로 접어들어 내려왔다. 입산통제구역인 장군봉에 오르니 비로소 안개가 걷히기 시작하여 건너편 주능선의 사자봉(408)과 구름다리 등이 바라보였으나, 천황봉은 아직 안개에 가려 보이지 않았다. 장군봉에서 다시 길도 없는 계곡을 한참 타고 내려와 하산을 완료하여, 개신2교와 송계교를 지나 13번 국도의 갓길을 따라 걸어서 월출산모텔 앞 주차장에 서 있는 우리들의 전용차량에 도착하니 오후 5시 무렵이었다. 오전 10시 무렵부터 등산을 시작하여 오후 4시 반 무렵에 하산하였고, 버스에 당도할 때까지 총 7시간 정도를 걸은 셈이다. 하산을 완료한 즈음에 하늘은 활짝 개어 월출산의 전모를 바라볼 수 있었다.

영암읍으로 이동하여 사우나에 들러 목욕을 한 후, 그 진입로 어귀의 영암청소년수련관 주차장에 세워져 있는 전용차량으로 돌아와 소고기와 돼지고기를 구워 하산주를 들었다. 집에 도착하니 밤 10시 15분 전이었다.

7월

1 (일) 맑음 -작성산

날씨가 맑아졌으므로, 동부산악회의 제245차 산행에 동참하여 충북 단양군 赤城面과 제천군 錦城面의 경계에 위치한 鵲城山(845.5m)에 다녀왔다. 오전 8시 30분까지 장대동의 제일은행 앞에 집결하여 합천·고령을 경유하는 일반국도와 88·구마·중앙고속도로, 단양읍에서는 82호 지방도로를 경유하여 단양군 금성면 성내리의 서원마을에서 하차하여 등산을 시작하였다. 거리가 먼 데다 82호 지방도로를 따라가는 도중에 커브 길에서 승용차와의 접촉사고로 지체되었고, 충주호 가에서 길을 잘못 들기도 하여 오후 1시 무렵에야 비로소 하차할 수가 있었다.

시간이 부족하므로 최단 코스를 취해 무암골로 난 아스팔트 및 콘크리트 포장도로를 따라 SBS 촬영장을 지나 霧巖寺 앞까지 몇 km를 걸어 들어간 후, 비로소 산길로 접어들어 등산을 시작하였다. 무암사 뒤편의 오래된 부도가 두 기 서 있는 소부도 유적지를 지나서 가파른 등산로를 따라 직진하였다. 정상에 오르니 작성산 정상석이 있고, 거기서 조금 더 간 곳에 까치성산 정상석도 있었다. 정상에 오르면 주변의 충주호 풍광을 감상할 수 있을 줄로 기대했었는데, 우거진 수풀 때문인지 별로 조망이 없었다.

정상 부근에서 점심을 들고서 인근의 東山(896.2m) 방향으로 나아가는 도중에 있는 새목재에서 다시 최단거리를 취해 골짜기를 따라서 무암사 방향으로 하산하였다. 무암저수지 옆의 비포장 길을 따라서 성내정류소 부근 충주호 가에 있는 널찍한 주차장에 서 있는 우리의 대절버스에 도착하여 수제비를 곁들인 하산주를 들고나니 오후 5시 50분 무렵이었다. 오늘의 일행 55명 중 정상에 오른 사람은 18명뿐이라고 한다.

갈 때의 코스를 경유하여 집으로 돌아와 샤워를 마치고 나니 밤 10시 40분이었다. 돌아오는 도중의 휴게소에서 외송에서 일 할 때 쓸 밀짚모자와 안동간고등어를 샀다.

7 (토) 오전에 비 온 후 흐림 -성씨고가

한국도교학회 2012년 춘계학술발표회에 참가하기 위해 오후 1시경에 김경수·구자익 군과 함께 우리 아파트 앞을 출발하였다. 남해·구마고속도로를 경유하여 한 시간쯤 후에 모임 장소인 창녕군 대지면 석리에 소재하는 成氏古家에 도착하였다. 서울에서 발표자와 토론자들을 싣고서 출발한 대형 관광버스 한 대는 이미 도착해 있었다.

이곳 성씨고가는 노드페이스 등 스포츠웨어를 생산하는 기업들을 거느린 영원무역 성기학 회장의 사저로서 5,600평 정도의 터에 200칸 남짓 되는 한옥 고택이다. 원래 이 자리에는 약 150년 전부터 창녕성씨 네 집안의 大小家 고택들이 모여 있었는데, 6.25 때 대부분 불타버리고 말았던 것을 성기학 회장이 옛 모습에 바탕을 두고서 12~13년 전부터 재건해 낸 것이라고 한다. 개중에는 북한 김정일의 첫 번째 부인으로서 장남인 김정남을 낳은 성혜림의 부친이 살던 我石軒도 있는데, 그 건물은 훼손되지 않은 채 남아 있었던 것인 모양이다. 성혜림의 부친은 성기학 회장에게 5촌 당숙 되는 사람이며, 성혜림은 그의 둘째부인인 소실의 소생으로서 주로 서울에서 태어나고 자랐다고 한다.

영원무역의 계열사로서 대구에 있는 (주)와이엠에스에이의 이사인 노중석 씨가 나와서 시종 모임에 동참하여 우리를 접대해 주었다. 노 씨는 이 마을에서 태어났고, 그 조부 대로부터 성기학 회장 댁과 교분이 두터웠으며, 화학 교사 출신으로서 직장 관계로 약 30년 전부터 김천으로 이주해 살고 있는 모양이다.

성기학 회장의 인문학 우대책에 따라 해마다 숙식과 경비를 제공하는 '학회 초청 세미나'를 여기서 개최하기도 하는데, 작년에는 한국철학회 충청분과가 선정되어 대전 충청 지역의 동양철학을 고찰하는 시간을 가졌고, 올해는 한국도교학회가 선정된 것이라고 한다.

오후 2시 반 남짓부터 도가철학회의 회장이며 한국도교학회의 부회장인 충북대 사범대학의 이재권 교수가 사회를 맡아 학술발표회가 시작되었다.

대절버스를 타고서 창녕읍 말흘리 45-9에 있는 화왕산식품 장마을 직영점으로 가서 오리 구이 등으로 석식을 들고 술을 마셨으며, 성씨고가로 돌아와 마당에 쳐 놓은 흰 차일 아래서 밤늦게까지 노중석 씨가 제공하는 포도주 등 각종 술을 들었다. 나는 밤 11시쯤에 배정된 방으로 돌아가 먼저 취침하였다.

8 (일) 맑음 -물계서원,
오전 7시 반쯤에 창녕읍 송현리 277의 석빙고 옆에 있는 진국명국이란 식당으로 가서 설렁탕으로 조식을 들었다. 성씨고가로 돌아와서 충북대 철학과 정세근 교수의 사회로 오늘 오전의 발표 및 논평 모임을 가졌다.

성씨고가에서 1,800m 정도 떨어진 勿溪書院을 답사하였다. 이곳은 창녕성씨 문중의 명사 19위를 봉향한 곳으로서 고종 때 훼철되었다가 1995년에 원래의 장소에서 800m쯤 떨어진 현재의 장소에다 복원한 것이다. 복원한 이후로 두 분을 추가하여 현재는 21위를 봉향한다고 한다. 경내에 있는 『牛溪集』 등의 문집 목판을 보관한 건물 내부도 둘러보았다.

창녕읍 술정리 147-1에 있는 자매식당에 들러 대구탕으로 점심을 든 다음 일행과 작별하였다. 나는 김경수 군의 승용차에 동승하여 진주로 돌아왔다.

21 (일) 흐림 -왕피천
아내와 함께 정맥산악회의 133차 정기산행에 동참하여 경북 울진군 근남면과 서면의 왕피천 트래킹을 다녀왔다. 오전 6시까지 운동장 옆의 경남학생실내체육관 앞에 집결하여 대절버스 한 대로 출발하였다.

남해·구마고속도로를 경유하여 영천·포항 등을 거쳐서 오전 10시 30분에 울진군 근남면에 하차하였다. 거기서 1톤 트럭 두 대에 분승하여 트래킹 출발지점인 근남면 구산3리 구고동 일명 굴구지 마을까지 이동하였다. 마을 입구에서 하차하여 엄나무가 많은 굴구지 마을을 지나 상류 쪽의 서면 속사마을에서 500m 쯤 못 미친 지점까지 이동하였다. 처음에는 콘크리트 포장도로가 이어지다가 생태탐방로 경비초소가 있는 곳에서부터는 일반 산길이었다. 왕피천은 경북 영양군 수비면에서부터 울진군을 거쳐 동해로 흘러드는 67.75km의 강인데, 우리는 그 중 왕복 10km 정도의 구간을 트래킹 하는 것이다. 왕피천 일대는 2006년에 생태경관보전지역으로 지정되고, 2009년에 생태탐방로가 조성되었다고 한다.

우리는 산길 도중의 강가에서 점심을 든 후 속사마을 쪽으로 좀 더 올라간 다음 강을 따라서 내려왔다. 아내는 자신이 없다 하여 트레킹 코스를 따라서 원점 회귀하였다. 강은 처음에는 입수하다가 육지로 걷다가 하였는데, 하이라이트라고 하는 용소 부근에서는 모두가 강물 속으로 들어가 헤엄을 치지 않고서는 더 나아갈 수가 없었다. 갈아 신은 고무 샌들 속으로 자갈이 마구 끼어들어 걷기에 불편하므로, 용소를 지난 지점에서부터는 왔던 길을 따라 걸어서 굴구지마을로 돌아왔다.

산악회로부터 김장용 비닐봉지를 지급받아 그것으로 가방 안의 물건들을 감쌌기 때문에 물속에 들어가도 괜찮을 줄로 알았는데, 굴구지 마을로 돌아와서 배낭을 펼쳐 보니 비닐봉지 안에도 물이 흥건하여 휴대폰이 작동하지 않았다.

밤 11시경에 귀가하여 젖은 물건들을 꺼내어 말리기 위해 거실 여기저기에다 걸쳐 놓고, 샤워를 마친 다음 11시 반쯤에 취침하였다.

29 (일) 맑음 -방태산
광제산악회를 따라 강원도 麟蹄郡 上南面과 麒麟面의 사이에 있는 芳台山(주억봉, 1,449m)에 다녀왔다. 새벽 4시까지 운동장 1문 앞에 집결하여 대절버스 한 대를 타고서 출발했다. 고령까지는 국도로 가고, 구마·중앙고속도로를 경유하여 북상하다가 단양휴게소에서 주최 측이 준비한 아침을 들었고, 홍천에서 설악산로를 따라가 인제군으로 들어갔다.

오전 10시 35분 무렵에 방태산자연휴양림의 주차장에 도착하여 하차한 다음, 시원한 계곡을 따라서 계속 올라갔다. 방태산 최고봉인 주억봉을 불과 400m쯤 남겨둔 지점에서 마침내 능선에 올라 점심을 먹었다. 나는 본교 농대 축산과를 7~8년 전에 정년퇴직한 家禽學(닭) 전공의 명예교수와 더불어 점심을 들었고, 등산도 대체로 함께 하였다. 후미에 쳐진 우리 여덟 명은 다음 목적지인 깃대봉(1,435.6)을 조금 남겨둔 지점의 안부에서 계곡 길로 접어들었는데, 얼마 못가 깃대봉에서 내려오는 길과 마주쳐서 용늪골을 따라 계속 내려와 오후 6시 반쯤에 종점인 美山里에 도착하였다. 오늘 걸은 코스는 18km쯤 된다고 한다.

하산주를 좀 들고난 다음, 미산리계곡에서 알탕을 하였다. 돌아오는 도중의 휴게소 식당에서 뷔페식 석식을 들었고, 갈 때와 마찬가지로 오늘부터 시작된 런던 올림픽 게임을 시청하면서 내려왔다. 집에 도착하니 다음날 밤 1시 35분경이었다.

8월

5 (일) 폭염 –신선봉, 학봉, 저승봉(미인봉)

자연산악회를 따라 충북 제천시 청풍면과 수산면의 사이에 있는 신선봉(845.3m) 학봉(714) 저승봉(미인봉, 596)에 다녀왔다.

오전 7시 30분까지 시청 앞 육교 밑에 집결하여 대절버스 한 대로 남해·구마·중앙고속도로를 경유하여 북상하였다. 북단양 톨게이트를 빠져나온 후, 8번 지방도로를 따라 11시 반쯤에 학현의 갑오고개에 내려 등산을 시작했다.

제천시와 단양군 적성면의 경계를 이루는 능선을 따라 남쪽으로 나아가다가 용바위봉(용암봉, 775)을 지나 금수산(1,015.8)에 조금 못 미친 지점의 단백봉(900)에서 신선봉 방향으로 접어들었다. 학봉을 지나서부터는 암벽지대가 한 동안 이어졌고, 저승봉을 지나 20분쯤 더 나아간 지점에서 능선 길을 버리고 淨芳寺 방향으로 접어들었다. 정방사는 충주호를 내려다보는 바위 절벽에 위치해 있어 조망이 뛰어나고, 절 뒤편의 암벽에 고인 샘물이 일품이었다. 정방사 입구에서부터 포장도로를 따라 걸어 내려오다가, 스님이 봉고차에 우리 일행을 태워 내려오는 것을 만나 그 차를 타고서 능강리 주차장까지 내려왔다.

집에 도착하니 밤 10시 40분경이었다.

9월

2 (일) 맑음 -천성산 제2봉, 공룡능선

동부산악회를 따라 경남 양산시에 있는 千聖山 제2봉(855m)과 공룡능선에 다녀왔다. 오전 8시 30분에 제일은행 앞에서 대절버스 한 대로 출발하였다. 남해고속도로를 따라가다가 김해를 거쳐서 부산-대구·중앙지선 고속도로를 지나 남양산요금소에서 일반국도로 빠져나왔다. 7번 국도를 따라서 경주·포항 방향으로 북상하다가 웅상읍에서 佛光寺 방향으로 난 포장도로로 빠져나왔다.

불광사 부근에서 하차하여 포장된 산길을 한참 올라 彌陀庵에 이르렀고, 원효암이 있는 천성산(920.7m)으로 가는 갈림길인 은수고개에 조금 못 미친 지점에서 반대쪽 방향의 비포장도로 옆으로 난 능선 길을 한참 걸어서 천성산 제2봉에 이르렀다.

정상 근처의 태극기가 새겨진 암봉에서 혼자 점심을 들었다. 하산 길은 內院寺 뒤편의 산 능선 길로 짚북재에 이른 다음 암릉으로 된 공룡능선을 지나서 오후 5시 15분쯤에 매표소 부근에 있는 주차장에 다다랐다. 내 나름으로는 부지런히 걸었음에도 불구하고 꼴찌로 도착했는지라 다들 나를 기다리고 있었던 모양이었다. 일정표에 따르면 하산시간은 오후 4시 30분이고 하산주를 든 다음 오후 5시에 출발하는 것으로 되어 있으므로, 5시 출발시간을 몰랐느냐고 항의하는 사람도 있었다.

옆 자리에 앉은 이영근 씨(70세)는 예전에 네팔의 안나푸르나 트래킹을 함께 한 적이 있는 분인데, 근자에 심장병이 있어 몸에 무리한 등산은 삼가고 있다. 그래서 오늘도 하산지점에서 역 코스로 조금 걸어 올라갔다가 짚북재에서 샛길로 빠져 내려온 모양이다. 그의 말에 의하면 일행 중에 오늘 전체 코스를 주파한 사람은 열댓 명 정도에 불과하고 대부분은 자기와 마찬가지로 하산지점까지 차를 타고 왔으며, 전체를 등산한 사람들도 두어 명을 빼고는 원래 예정된 공룡능선을 경유하지 않고 짚북재에서 샛길로 빠져 내려왔다는 것이었다.

9 (일) 진주는 비 오고 충북은 흐림 -북바위산

개척산악회의 9월 정기산행에 동참하여 충북 제천시 한수면과 충주시 수안보면의 경계에 위치한 북바위산(772.1m)에 다녀왔다. 아침 8시 남중 앞에서 시청을 출발해 오는 대절버스를 타고서 신안동의 백두대간등산장비점 앞으로 이동하여 사람들을 더 태우고는 출발했다. 일행은 33명이었다. 합천·고령을 경유하여 중부내륙고속도로에 올라 북상하다가 연풍에서 빠져 수안보로와 석문동을 지나 11시 26분에 송계계곡의 물레방아휴게소에 도착하여 등산을 시작했다.

도중의 신선대(652m)를 지나서부터는 여기저기에 목조계단이 많이 설치되어 있었다. 정상까지 3km 거리를 올라 혼자서 도시락으로 점심을 들었다. 정상에는 이렇다 할 표지석이 없었다. 정상을 지나 좀 더 걸어서 사시리고개(520)에 도달한 다음, 비포장 산복도로를 따라서 사시리계곡을 내려오다가 도중부터는 계곡물 옆으로 난 산길을 타고 내려 출발지점인 물레방아휴게소로 되돌아왔다.

돌아오는 도중 문경 휴게소에서 창란젓을 한 통 샀고, 경남 의령군 대의면 추산리 360번지에 있는 오부자한우촌에 들러 갈비탕으로 저녁을 들었다.

집에 도착하니 아내가 서울로부터 돌아와 있었다.

23 (일) 맑음 -가은산

천왕봉산악회의 제193차 정기산행에 동참하여 충북 제천의 可隱山
(562m, 575?)에 다녀왔다. 오전 7시 반까지 시청 앞에 집결하여 버스
두 대로 출발하였다. 신안동의 운동장 4문 앞에 정거하여 다시 사람들을
태운 다음, 합천·고령을 경유하여 중앙도속도로에 올랐고, 단양에서 고
속도로를 벗어난 후 장회나루를 지나 청풍호(충주호)에 걸쳐진 옥순대
교를 건넌 지점의 성리에서 등산을 시작하였다. 200~300m 정도 높이의
야트막한 산들을 지나가는데, 단양팔경의 하나인 옥순봉은 바로 마주볼
수 있었고, 구담봉은 뒷면 혹은 측면만을 바라볼 수 있었다.

도중에 둥지봉(430, 406?)을 경유할 예정이었으나, 송이버섯 채취 때
문인지 그리로 접근하는 길을 막아두고 있어 가지 못했다. 노송봉(570)
을 거쳐 오늘의 목적지인 가은산에 올라 혼자서 도시락으로 점심을 들었
다. 노송봉까지 되돌아 나와 상천리 쪽으로 가는 포장도로로 빠져나온
다음, 그 길을 따라서 상천휴게소 주차장에 당도하여 오늘의 산행을 마
쳤다. 정오 무렵부터 등산을 시작하여 3시간 남짓 밖에 걸리지 않았다.

상천휴게소에서 노점상들로부터 복숭아·사과와 된장을 샀다. 꼬막조
개 안주로 하산주를 마시다가, 오후 5시 남짓 되어 그곳을 출발하여 밤
10시 무렵에 귀가하였다.

10월

1 (월) 맑음 -독일마을

오후 1시 무렵에 작은처남 내외가 장모님과 초등학교 4학년인 막내아
들 현주를 봉고차에 태우고서 우리 집 앞으로 와 우리 내외를 태워 사천
시 실안동 1246번지에 있는 유자집 장어구이로 가서 함께 점심을 들었다.

식사를 마친 다음, 남해군의 창선도로 들어가 1024번 지방도로를 따
라서 창선도의 서쪽 바닷가를 경유하여 창선교에 다다랐고, 남해 본섬의
지족리를 거쳐 삼동면 봉화리에 있는 독일마을에 들렀다. 때마침 내일인

10월 2일부터 3일까지가 제3회 독일마을 맥주축제 즉 옥토버페스트인지라 오늘이 그 전야제에 해당된다고 한다. 그래서인지 사람들이 꽤 많았고, 영어를 하는 서양인들도 많이 눈에 띄었다. 축제행사장에서 흑맥주 한 잔에다 소시지와 프라이드치킨으로 축제 분위기를 좀 즐긴 다음, 원예예술촌으로 들어가 걸어서 경내를 한 바퀴 돌았다. TV 탤런트 박원숙의 린궁이라는 카페에도 들렀다.

돌아올 무렵 내가 장모님이 뒷좌석에 타려고 하는 줄도 모르고서 앞문을 닫는 바람에 장모님의 한쪽 손이 문에 치여 좀 다쳤다. 돌아오는 도중에 지족리의 약국에 들러 붕대 등을 사서 응급처치를 하였다.

6 (토) 맑음 ―코스모스 축제, 박선자 교수 토굴, 평사리 모래사장
가족이 함께 가을 나들이를 떠났다. 먼저 하동군 옥종면 문암리 산37-2번지 대정마을발전회 공원묘지 4열 동편에서부터 2기(6m)인 우리 내외의 무덤 터에 들렀다. 돌아 나오는 길에 하동군 북천면의 국도 가에서 열리고 있는 코스모스축제장에 들렀고, 사천시 곤명면 초량리 248-4에 있는 달맞이가든에 들러 버섯정식으로 점심을 들었다. 그 식당으로 가는 길의 도로 가에서 싱싱한 무화과를 한 박스 사기도 했다.

점심을 든 후, 하동군 적량면 우계리 2109-2번지에 있는 박선자 교수의 토굴에 모처럼 들렀다. 박 교수는 이즈음 1년 중 3분의 2를 이곳에서 지내고 있다고 한다. 뜰에는 잔디도 깔고 집 뒤에 부처님의 석상도 한 기 모셔다 놓았다. 집 바로 앞으로 지리산둘레길이 지나고 있었다.

박 교수와 함께 평사리의 섬진강 가에 있는 드넓은 모래사장으로 가서 산책하다가, 돌아오는 길에 섬진강 국도 가의 청국장집에 들러 저녁식사를 들었다. 박 교수를 적량면 마을 입구까지 데려다 준 후, 우리 가족은 횡천리에서 소고기와 돼지고기를 좀 사서 밤에 귀가하였다. 집에 도착하니 문 앞에 회옥이가 스웨덴에서 부친 이삿짐 두 박스가 배달되어져 있었다.

7 (일) 맑음 -금수산, 망덕봉

푸른산악회를 따라 충북 제천시 水山面과 단양군 赤城面의 경계 지점에 위치한 錦繡山(1,015.8m)과 망덕봉(926m)에 다녀왔다. 금수산은 예전에 오른 적이 있었지만, 망덕봉 코스는 처음인 듯하다. 운동장을 출발해 오는 대절버스를 오전 8시 10분에 시청 건너편 육교 밑에서 타고, 합천·고령을 경유하는 국도를 따라 가다가 구마·중앙고속도로를 거쳐 단양에서 일반도로로 빠져나온 다음, 11시 반쯤에 적성면의 삼학 주차장에 도착하였다. 서피(서팽이)고개를 경유하여 이 근처에서는 최고봉인 금수산 정상에 오른 후, 망덕봉으로 향하는 도중의 충주호가 바라보이는 비탈길 능선의 바위 위에서 점심을 들었다. 금수산은 월악산국립공원의 북쪽에 위치하여 주변에 여러 지능선과 봉우리들을 거느리고 있는 명산이다. 원래 이름은 白巖山이었는데, 퇴계가 이렇게 고쳤다는 전설이 있다.

용추계곡 쪽으로 하산하여 내려오는 도중에 3단의 선녀탕과 龍潭폭포를 구경하였다. 오후 4시 반쯤에 수산면의 상천휴게소로 하산하였다. 이곳은 지난달 23일에 가은산으로부터 하산한 지점 바로 그곳이었다. 오늘도 거기서 노점상으로부터 능이술과 복숭아·더덕을 5만 원어치 구입하였다.

북단양을 거쳐 중앙·구마·남해고속도로를 경유하여 밤 9시 반쯤에 진주의 집에 도착하였다.

14 (일) 흐림 -비룡상천봉, 성인봉, 쇠뿔바위봉(우각봉)

온누리산악회의 제15차 정기산행에 동참하여 전북 부안군 上西面과 邊山面에 걸쳐 있는 쇠뿔바위봉(牛角峰, 465m)에 다녀왔다. 오전 8시까지 시청 앞에 집결하여 대절버스 한 대로 출발하였다. 남해·호남·고창-담양·서해안고속도로를 경유하여 11시 무렵 상서면 남성동에 있는 어수대 주차장에 도착하였다.

우슬재(215)에 올라서부터 능선 길을 따라 나아갔다. 도중에 비룡상천봉(445)을 지났지만, 아무런 표지가 없어 알 수 없었다. 성인봉(474)과 정상을 지나서 그 남쪽에 바위로 되어 우뚝한 동쇠뿔바위봉(420)과 서쇠뿔바위봉(430)이 바라보이는 지점에서 일행과 함께 점심을 들었다. 변산반도국립공원에는 변산팔경과 36景(내변 12경, 외변 12경, 해변 12경)이 있는데, 그 중 내변 12경의 제1경이 쇠뿔바위라고 한다. 동·서쇠뿔바위는 현재 모두 출입이 금지되어 있는데, 나는 그 중에서 서쇠뿔바위에 올라 건너편의 동쇠뿔바위를 바라보았다. 지장봉(274)과 새재를 지나, 오후 2시 반 무렵에 상서면 청림리의 청림모정으로 하산하였다. 밤 7시 무렵에 귀가하였다.

28 (일) 맑음 -불갑산

有情산악회를 따라 전남 영광군 佛甲面과 함평군 海保面의 사이에 있는 佛甲山(516m)에 다녀왔다. 오전 8시 반까지 제일예식장 앞에 집결하여 대절버스 한 대로 출발하였다. 남해·호남고속도로와 고창군을 경유하여 오전 11시 20분 무렵에 불갑사 입구의 주차장에 도착하였다.

혼자서 불갑사 경내를 둘러본 다음, 불갑사堤를 지나 동백골을 경유하여 구수재로 나아갔다. 불갑사 주변은 천연기념물인 참식나무 군락지이고, 동백골 일대는 相思花의 전국최대서식지이다. 오늘 불갑사로 가는 진주의 산악회가 몇 개 있었지만, 유독 유정산악회만이 상사화축제를 광고하고 있었으므로 이 산악회를 택한 것인데, 현지에 와서 알고 보니 상사화축제는 9월 중순 무렵으로서 지금은 이미 꽃은 흔적도 없이 지고 잎들이 무성하게 자라나 있었다. 이 나무는 꽃이 지고나면 잎이 돋아 눈 속에서 봄까지 그 자태를 지닌다. 이처럼 꽃과 잎이 함께 필 수 없다 하여 花葉不相見 相思草라는 설도 있다. 지금은 인공식재를 하는 모양으로서 구수재에 오를 때까지 상사초가 계속 이어져 있고, 정상에서 덫고개 쪽으로 이어지는 능선 일대에도 식재한 곳들이 있었다.

정상인 蓮實峰에 오른 다음 거기서 아래쪽으로 들판이 넓게 펼쳐진 조망이 좋은 장소에서 혼자 점심을 든 다음, 노루목, 장군봉(403), 투구봉(423), 법성봉(423), 노적봉(335), 덫고개, 보현봉(199)을 거쳐 오후 3

시 30분 무렵에 주차장으로 하산하였다. 덫고개란 이곳에서 1908년에 호랑이를 덫으로 잡아 일본인이 그것을 사서 박제한 것이 지금 목포에 전시되어 있는 모양인데, 그래서 붙여진 이름이었다.

돌아오는 길에 영광읍의 해송굴비 영광점(356-8040)에 들러 영광굴비 5만 원짜리 한 꾸러미를 단체 할인하여 4만 원에 구입하였고, 도중의 휴게소에서는 또한 그물망에 든 감 한 뭉치를 단돈 만 원에 구입하기도 하였다.

11월

3 (토) 맑음 -강천산

인문대학교수회의 가을 야유회에 동참하여 전라북도 순창군의 剛泉山(584m)에 다녀왔다. 오전 9시까지 인문대 뒤편 주차장에 집결하여 대절버스 한 대로 출발하였다. 남해고속도로를 따라 서쪽으로 나아가다가 순천시에 조금 못 미친 지점에서 전주-광양 간 고속도로를 따라 북상하다 남원에서 벗어나 일반도로로 접어들어 순창으로 향하였다. 들판에 추수는 이미 거의 다 끝나 있었다.

목적지인 강천산군립공원 부근은 단풍 구경 나온 사람들로 크게 교통혼잡을 이루고 있었다. 오랜 시간을 도로에서 지체하다가 간신히 진입하여 입구의 강천각 식당에서 비빔밥으로 점심을 들었다. 이곳의 단풍은 아직 그런대로 볼만하였다. 병풍폭포를 거쳐 강천사로 들어간 후, 산성산 가는 코스를 벗어나 강천산 쪽으로 진입하여 인파로 병목상태를 이룬 현수교를 거쳐 구장군폭포까지 나아갔다. 강천산 일대의 바위절벽에 실타래처럼 걸려 있는 폭포들은 모두 인공적으로 조성된 것이라고 한다. 강천사로 돌아와서 다시 집결하여 기념사진을 찍은 후 귀로에 올랐다. 영문과에 호주 멜버른으로부터 새로 온 젊은 부부와 러시아학과에 새로 온 동양계 여자 강사, 중문과에 새로 온 山東대학 威海분교의 젊은 강사 등 외국인도 네 명이 동행하였다.

돌아오는 버스 속에서 노래자랑을 하고 경품 추첨도 하였다. 나는 쟈니 리의 '뜨거운 안녕'을 불렀고, 3만 원짜리 상품권에 당첨되었다. 순창장류축제에도 들를 예정이었으나, 강천산에 진입하고 빠져나오는 과정에서 교통 정체로 이미 많은 시간을 소비하였으므로 생략하였다.

진주에 도착한 후 호탄동 삼성아파트 옆에 있는 한우데이에서 소불고기와 국밥으로 늦은 저녁을 든 후 귀가하였다.

18 (일) 맑음 -월각산

대원산악회를 따라 전남 강진군 성전면과 영암군 학산면의 사이에 있는 月角山(456m)에 다녀왔다. 오전 8시 반까지 천전시장 입구에 집결하여 40명이 대절버스 한 대로 출발하였다. 남해고속도로와 광양-목포 간 고속도로를 따라가다가 강진군 성전면의 대월리 사무소 부근에서 하차하여 등산을 시작하였다.

마을 바로 뒤편의 바위로 된 봉우리들을 향해 산을 올라 로프 등을 타고서 가까스로 그 봉우리에 이르렀다. 420m의 바위봉우리 정상을 지나고 나서부터는 길이 비교적 순탄하였다. 도중에 411봉 부근에서 땅끝기맥을 만나 그 능선을 따라서 한참 걸어 월각산 정상에 이르렀다. 정상은 비교적 평범하였는데, 거기서 건너편의 월출산과 도갑산 봉우리들을 바라보며 점심을 들었다.

삼거리까지 돌아 나와 다시 땅끝기맥을 따라서 묵동치에 이르렀다가, 거기서 계곡 길로 접어들어 내려오는 도중에 농로를 만나 영암군 학산면의 묵동리로 내려와 마을회관 앞에 이르러 등산을 마쳤다. 묵동리에는 수령 170년 정도 된 팽나무가 있어 볼만하였다. 오전 10시 48분에 등산을 시작하여 오후 3시 반쯤에 하산을 완료하였다.

12월

2 (일) 아침에 눈발이 조금 날린 후 개임 —성주산

고려산악회를 따라 충북 영동군 학산면과 충남 금산군 부리면의 경계에 위치한 聖主山(624m)에 다녀왔다. 오전 7시 10분까지 운동장 1문 앞에 집결하여 대절버스 한 대로 출발하였다. 대진고속도로를 경유하여 무주 톨게이트에서 일반국도로 빠진 다음 오전 9시 15분에 충남 부리면 수통리의 금강에 걸쳐 있는 수통대교를 건넌 지점에서부터 등산을 시작하였다.

양각산장을 거쳐 兩角山(560)에 오른 다음 전라북도 무주군과 충북·충남의 경계에 위치한 三道峰(567)에 올라 일행과 함께 점심을 들었다. 충북·충남의 경계를 이루는 능선을 따라 북상하여 오늘의 주봉인 성주산에 올랐다. 성주산에서 많은 사람들이 충북의 쇄재 쪽으로 빠져 하산하고 나는 같은 능선을 따라 계속 나아가 오늘의 마지막 코스인 영동군 양산면의 갈기산(595)으로 향하였는데, 일행을 선도하는 산행대장이 길을 잘못 들어 학산면 지내리의 지내저수지 부근으로 접어들고 말았다.

수북이 쌓인 낙엽을 밟으며 길도 없는 산속을 헤쳐 가며 계속 나아가 이럭저럭 지내저수지에서 지내리로 이어지는 포장도로까지 내려왔다. 그 도로를 따라서 광평 마을을 거쳐 지내 마을에 정거해 있는 우리 일행의 대절버스에 도착하였다. 지내리의 포도밭에서 웬일인지 전혀 수확하지 않고 버려둔 포도를 좀 따 먹기도 하였고, 지내 마을에 도착하여서는 감을 따먹기도 하였다.

501번 지방도를 따라서 오늘 산행의 종점인 68번 지방도와 만나는 지점인 양산팔경으로 이동하여 청솔모텔 옆 알뜰주유소 부근에다 차를 세우고서 일행이 다 하산하기를 기다렸다. 함께 길을 잃었다가 뒤이어 오는 일행을 바른 길로 안내하기 위해 되돌아갔던 산행대장을 비롯한 나머지 일행이 하산하기를 기다렸는데, 결국 깜깜해진지 한참 후인 오후 6시 30분 무렵에야 모두 하산하였다. 차가 출발하려다가 사방이 깜깜한지라 미처 닫지 못한 대절버스의 앞문이 그곳에 서 있는 콘크리트 전봇대를 들이받아 출입문의 유리가 대파되는 사태가 빚어졌다. 파손된 유리를 비닐로 막아 이럭저럭 땜질을 한 후 출발하여, 밤 9시 가까운 무렵에 진주에 도착하였다.

9 (일) 맑음 -허굴산, 금성산

개척산악회를 따라 합천군 가회면과 대병면의 사이에 있는 墟窟山(681.8m)과 대병면에 있는 錦城山(592.1m)에 다녀왔다. 오전 8시에 남중 앞에서 대절버스를 타고서 합천 가는 국도와 합천읍에서 黃江 가로 이어져 있는 12번 지방도를 따라 합천댐까지 온 다음, 1026번 지방도를 따라 허굴산 아래 양리의 송정마을 부근까지 와서 하차하여 아이젠을 착용하고서 등산을 시작했다. 허굴산은 작지만 정상 부근은 바위가 많고 아기자기하였다. 청강사를 거쳐 대병면 장단리의 폐교가 된 삼산초등학교까지 와서 점심을 들었다. 이 장단리는 예전에 내가 자료수집 차 들렀던 기억이 있는 곳이었다.

점심 후 다시 산행 길에 나서 1026번 지방도 건너편의 금성산에 올랐다. 정상에서는 황매산(1,113m)과 합천호가 한 눈에 바라보였다. 대원사를 거쳐 합천임란창의기념관 주차장까지 내려와서 오늘 등산을 모두 마쳤다.

오후 3시 43분에 출발하여 다시 황강을 따라서 합천읍까지 돌아온 다음, 국도를 이용하여 진주로 돌아왔다. 초전사우나에 들러 목욕을 하였고, 6시쯤에 신안동 24-6의 갑을가든으로 자리를 옮겨 2층에서 경상대학교 총동문회 산하 개척산악회의 정기총회를 하였다. 회장 교체 등의 행사가 있은 다음, 뷔페로 석식을 들었다. 본교 출신인 김재경 국회의원 등이 참석하였고, 고문인 본교 농대의 명예교수 박중춘 씨로부터 금년 11월 30일부터 12월 3일까지 칠암동 진주미르치과병원 8층에 있는 미르 아트홀에서 개최된 이성자·박중춘 부부의 두 번째 개인전 圖錄인 『삶의 여유』를 한 부 기증받기도 했다. 부인인 春田 이성자 씨는 문인화와 서예를, 남편인 園丁 박중춘 씨는 사진과 전각을 실었다.

밤 8시쯤에 귀가하였다.

16 (일) 맑고 포근함 —구담봉, 옥순봉

사천시 축동면의 축동초등학교 동창 모임인 산사랑축동사랑을 따라
충북 단양군 단성면 장회리에 있는 단양팔경 중 2경인 龜潭峰(330m)과
玉筍峰(286m)에 다녀왔다. 사천에서 출발한 대절버스를 오전 7시 20분
에 진주시청 서문 앞에서 타고 30분경에 출발하였다. 남해·구마·중앙고
속도로를 경유하여 단양요금소로 빠져나온 후, 장회나루를 거쳐 11시에
산행 출발지인 계란재에 도착하였다.

처음 한동안은 콘크리트 포장도로가 이어졌는데, 얼어붙은 눈이 녹고
있는 중이라 좀 미끄러웠지만, 아이젠을 착용할 정도는 아니었다. 포장
도로가 끝나자 진흙탕 길이 나타났다. 구담·옥순 삼거리에 도착한 다음
먼저 구담봉 쪽으로 향하였다. 그 쪽은 주로 바위절벽으로 이루어져 꽤
가파르고 험난하였다. 정상에 다다르니 주변의 풍경은 좋으나 정작 단양
팔경에 속하는 구담봉은 발아래 절벽이라 별로 구경할 것이 없었다.

도로 삼거리로 돌아 나와서 이번에는 옥순봉 쪽으로 향했다. 그쪽 길은
소나무 노송들이 우거지고 비교적 평탄하였다. 봉우리에 올라보니 충주
호와 건너편 적성면 일대의 암산들 풍경이 어우러져 그림에 그린 듯한
절경이 펼쳐져 있었다. 정상 건너편 능선의 바위 위에서 일행이 점심을
들고 있는 모습이 보였으므로 나도 거기로 옮겨가 점심을 들었다.

계란재로 돌아온 다음, 대절버스에 타고서 장회나루로 이동하여 그곳의
옥외 테이블에서 하산주를 들었다. 나는 충주호 가의 전망대로 걸어 나가
구담봉을 비롯한 부근의 풍경을 휴대폰 카메라에 담아보기도 하였다.

오후 3시 48분에 장회나루를 출발하여 7시 20분에 시청 서문의 출발
지점에 도착하였고, 택시를 타고서 30분에 귀가하였다.

23 (일) 맑음 -함박산, 종암산

한우리산악회를 따라 경남 창녕군 영산면과 도천면에 걸쳐 있는 함박산(501m)과 창녕군 부곡면과 밀양시 무안면에 걸쳐 있는 宗巖山(547m)에 다녀왔다. 오전 8시 30분까지 시청 앞에 집결하여 28명이 대절버스 한 대로 출발했다. 남해·중부내륙고속도로를 거쳐 영산의 석빙고를 지난 지점의 언덕길 도중에서 9시 45분에 하차했다.

약수암의 함박약수터를 거쳐서 계속 오르막길을 올라 10시 30분에 함박산에 도착하였다. 이 산은 영산읍의 진산인 듯하였다. 함박산에서부터 종암산까지는 능선 길을 따라 계속 오르내리며 걸었다. 함박산에는 정상 표지석이 있었으나 그보다 더 높은 종암산 정상에는 전망대만 있을 뿐 표지석은 없었다. 정상 아래쪽의 바람을 피할 수 있는 장소에서 일행과 함께 점심을 들었다.

덕암산(545m) 못 미친 지점의 큰재에서 부곡온천단지 쪽으로 하산하였다. 오후 2시 30분 무렵에 하산하여, 나는 부곡하와이 앞에 정거해 있는 대절버스에다 배낭을 둔 채 온천단지 구역을 산보하다가 중앙로 47번지에 있는 한성호텔로 들어가 사우나를 하였다. 시설은 다른 곳의 일반 사우나보다도 꽤 간단하고 낡아 있었다.

하산주를 마치고서 움직여 오고 있는 대절버스를 도중에 타고서 돌아와 오후 5시 무렵에 귀가하였다.

2013년

1월

6 (일) 맑음 -해운대 동백섬, 이기대자연공원, 오륙도

푸른산악회를 따라 부산 해운대의 동백섬과 남구 용호동의 二妓臺자연공원에 다녀왔다. 오전 8시 40분 무렵 시청 건너편 육교 아래에서 운동장에서 출발해 오는 대절버스를 타고 출발했다. 부산 사상에서부터는 도시고가도로를 따라 황령산 터널을 지난 후 광안대교를 건너서 해운대로 갔다.

아쿠아리움 앞에서 하차한 후 해수욕장의 바닷가 산책로를 따라 웨스틴조선호텔까지 걸어간 후, 거기서부터는 해변의 바위 위로 설치해 둔 데크 길을 따라서 동백섬의 남쪽 끝인 등대까지 갔다. 나는 동백섬에 최치원이 낙향하여 절로 들어가던 길에 우연히 이곳에 들러 바위에다 친필로 자신의 자를 적었다고 전해지는 '海雲臺' 각석이 있다는 말은 예전부터 듣고 있었으나 직접 본 적은 없었는데, 오늘 보니 등대 바로 아래편에 철책으로 둘러싸인 바위가 있고, 거기에 새겨져 있었다. '雲' 자 부분은 특히 파손이 심했다. 노무현 대통령 때 APEC정상회의가 열렸던 누리마루 건물을 지나 동백섬 주차장에 도착하여 대기하고 있는 대절버스에 올랐다. 다시 광안대교를 탔는데, 올 때는 1층 노선을 따라 왔지만, 갈 때는 2층 노선을 따라 하늘을 바라보면서 갔다.

용호만 매립부두 부근의 어느 한적한 빈 장소를 택해 점심을 드는 모양이었지만, 나는 일행 중 아는 사람인 정보환 씨와 김창환 씨를 따라 먼저 이기대 쪽으로 걸어가다가 용호동 5-12의 건물 1층 101호(메트로

랜드 골프연습장 옆, View전망대 부근)의 갈매길한우라는 식당에 들러 정 씨가 사주는 국밥으로 점심을 들었다. 거기서부터는 해변을 따라 펼쳐지는 전망 좋은 바위 위에다 설치한 데크 길을 걸어서 앞으로 나아갔다. 이곳은 부산 일대의 바닷길을 연결한 갈매길의 2코스이기도 하고, 부산에서 강원도 고성의 통일전망대까지 동해바다를 따라서 펼쳐지는 770km 해파랑길의 1코스이기도 한 곳이다. 해파랑길이란 "동해안의 '떠오르는 해'와 푸르른 '동해바다'를 벗 삼아 함께 걷는 길"이라는 의미라고 한다.

이기대란 부산 출신인 나로서도 처음 듣는 이름인데, 알고 보니 우리가 어렸을 때 赤崎라고 하던 곳으로서 나도 어릴 때 아버지의 직장 동료 친목회를 따라서 와 본 적이 있고, 그때 찍은 사진이 지금도 앨범에 보관되어 있는 곳이었다. 赤崎가 일본식 지명이므로 근자에 이렇게 바뀐 모양이다. 이 명칭은 1850년에 재임한 경상좌수사 李亨夏가 편간한 『東萊營誌』의 山川 조에 "左營南十五里上有二妓臺"라고 보일 뿐인데, 후일 수영 출신의 향토사학자 崔漢福(1895~1968)의 말에 의하면 임진왜란 때 왜군이 수영성을 함락시키고는 경치 좋은 이곳에서 축하 잔치를 열었는데, 수영의 기생 두 사람이 잔치에 참여했다가 왜장에게 술을 권하고 술 취한 왜장과 함께 물에 빠져 죽었다는 데서 유래한 이름이라고 한다. 왠지 촉석루의 논개 전설을 쏙 빼닮은 스토리라 현실성이 없다고 하겠다.

이기대는 꽤 길었는데, 오륙도 유람선의 선착장이 있는 오륙도해맞이공원에 다다라서 마침내 끝났다. 그곳은 오륙도를 바로 앞에 마주보는 장소이다. 현장의 안내판 설명서에 의하면, 명승 제24호인 오륙도는 용호동 앞바다의 물결 속에 솟아 있는 6개의 바위섬인데, 오륙도라는 이름은 그 중 육지에서 가장 가까운 방패섬과 솔섬의 아랫부분이 거의 붙어 있어 썰물일 때는 우석도라는 하나의 섬으로 보이나, 밀물일 때는 두 개의 섬으로 보이는 데서 유래한 것이라 한다.

새해 떡국과 김치를 안주로 하산주를 마시고는 그곳을 출발하여 귀로에 올라, 어두워질 무렵 진주에 도착했다.

27 (일) 영남은 맑고 호남은 눈발 -접도

유정산악회를 따라 전남 진도군의 남쪽 끝에 있는 접도에 다녀왔다. 아침 8시 반에 50명 정도의 인원이 대절버스 한 대에 비좁게 타고서 제일 예식장 앞을 출발하였다. 남해고속도로와 근년에 새로 건설된 목포-광양 간 고속도로를 따라가다가 영암에서 고속도로를 벗어나 해남 방향으로 접어들었다. 도중에 도로공사 중인 곳도 있고 방향 표시가 없는 곳도 많아 여러 차례 망설이면서 아주 서서히 운행하였다. 그러나 접도에 접어들 무렵의 금갑 마을에서는 길을 잘못 들어 후진해서 빠져나오기도 하여, 정오가 넘어서야 목표지점인 접도의 여미 주차장 부근에 도착하였다.

참가할 때는 접도의 최고봉인 남망산(164m)에 오르는 줄로 알고 있었으나, 알고 보니 남망산은 바라보기만 하고 말았고 접도에 두 개 있는 웰빙 등산로 중 2코스를 따라서 걷는 산행이었다. 먼저 남망산 근처에 있는 쥐바위(159m)에 올랐다가 거기서부터 서쪽으로 나아가 병풍계곡을 둘러서 병풍바위(154m)에 올랐고, 선달봉삼거리를 지나 접도의 서쪽 끝인 솔섬바위에 닿았다가 영화 〈대도전〉의 촬영지라고 하는 작은여미 해안으로 내려와 다시 언덕길로 올라서 이번에는 접도의 남쪽 끝인 말똥바위에 도착했으며, 여미사거리를 지나 맨발체험로라는 해안을 따라서 오후 2시 40분경에 도착점인 第一水産 근처의 여미 주차장에 닿았다.

오후 3시까지 하산하라는 말이었으므로 점심도 들지 못하고서 계속 걸었다. 등산 도중에 눈이 오다가 그쳤다가 하기를 반복하였으나 종점에 도착할 무렵부터는 흰 눈이 펑펑 쏟아졌다. 하산주와 떡국·두부로 점심을 때웠다. 일행 중 예정된 코스를 완주한 사람은 아마도 나와 오랜 산벗인 백 선생 두 사람뿐인 듯했다. 밤 8시 무렵에 귀가하였다.

2월

2 (토) 맑은 봄 날씨 -미숭산

정상규 씨의 비경토요산행에 동참하여 고령군 고령읍과 쌍림면 그리고 합천군 야로면의 경계에 위치한 美崇山(733.5m)에 다녀왔다. 오전 8시 남짓에 남중 앞에서 정 대장이 운전해 오는 전용버스를 탔다. 참가자는 정 대장을 빼고는 6명뿐이었다.

오전 10시 무렵에 고령의 대가야박물관 주차장에 정차하여 등산을 시작했다. 대가야박물관과 사적 79호인 池山里古墳群을 지나 주산(311.3)을 통과하여 聽琴亭이라는 정자에 다다라 점심을 들었다. 여기까지의 등산로는 산책로 같은 감을 주는 평탄한 길이었고 잘 정비되어 있었다. 거기서부터 3km 정도를 더 나아가 정상인 미숭산에 올랐다. 정상 좀 못 미친 지점의 순사암에 서 있는 안내문에 의하면, 安東將軍 李美崇은 본관이 여주이고 호는 盤谷인데, 고려 충목왕 2년(1346)에 태어났다. 정몽주의 문인으로서 학문을 익혀 안동장군에 이르렀고, 고려의 재건을 위해 진서장군 崔信과 함께 이 산을 근거로 이성계에게 최후 항전하다가 뜻을 이루지 못하고 절벽에서 몸을 던져 순절하였는데, 그 후에 그 곳을 殉死巖이라 하고 上元山이었던 이름을 미숭산으로 바꾸었다고 한다.

우리는 능선을 따라 좀 더 북쪽의 문수봉(676) 방향으로 나아가다가 나상치 또는 나상현이라고 하는 고개 마루에서 차도를 만나 그 길을 따라서 고령읍 지전리 쪽으로 내려왔다. 도중에 정 대장이 택시를 대절하여 주차해 둔 곳으로 가 전용버스를 몰고 왔으므로, 그 차를 타고서 오후 6시 무렵에 귀가하였다. 정상규 씨는 이즈음 수요일과 토요일, 일요일마다 정기적으로 안내산행을 하고 있는 모양이다.

24 (일) 맑음 -갈매길 1코스, 해동용궁사

한우리산악회를 따라 부산기장 갈매길 1코스에 다녀왔다. 오전 8시 반까지 시청 앞에 집결하여 출발하였다.

부산시를 한 바퀴 두르는 산책로인 갈매길의 1코스는 기장군 장안읍의 林浪里에 있는 임랑해수욕장에서부터 시작한다. 고리원자력발전소가 바라보이는 장소였다. 출발점인 임랑해수욕장에서 기장군 및 갈매길 안내판을 읽고 있다가 일행을 놓치고 말았다. 어디로 갔는지 흔적도 찾을 수 없으므로, 바닷가에 면한 국도 31번을 따라 아래쪽으로 혼자 걸어 내려왔는데 아무리 걸어도 일행은 보이지 않았다. 마침 지나가는 버스를 타고서 일행을 뒤쫓으려 했는데, 버스가 일광해수욕장에 닿을 때까지도 일행은 끝내 보이지 않았다.

일광해수욕장 정거장에 내려, 모래톱 가로 걸어가서 벤치에 앉아 소주 한 병을 반주 삼아 혼자 도시락을 들었다. 바로 앞의 모래톱 안에는 두 군데에 부처의 탱화를 내걸고서 굿판 같은 염불 모임을 벌이고 있었다. 하나는 콘크리트 단 위에서, 또 하나는 그냥 모래톱에서 하는데, 모래톱의 굿판에서는 무당 비슷한 복장을 한 여자 하나가 춤을 덩실덩실 추며 공연 같은 것을 벌이고 있었다. 그러나 두 곳 모두 승복 차림의 남자가 염불을 외우며 모임을 이끌고 있었다.

일광해수욕장을 떠나 기장군청까지는 바닷가를 떠나 14번 국도를 따라서 걸었다. 기장군청에 오후 2시 반까지 닿도록 되어 있었으나, 나는 1시에 이미 닿아 그 근처를 어슬렁거리며 시간을 보냈다. 기장군청은 진주시청 정도로 크고 주변의 부속 토지도 넓어 온갖 체육시설뿐만 아니라 보건소도 따로 있고, 건물 1층에는 공연장도 있었다. 나중에 도착한 일행에게 물어보았더니, 그들은 도로를 떠나 바닷가로 이어진 길을 따라서 걸었기 때문에 만날 수 없었던 것이었다. 기장군청 뒤편은 죽성리인데, 이 바닷가 동네에는 고산 윤선도가 귀양 와서 지낸 모양이었다. 또한 안내판에 의하면, 임랑해수욕장은 오영수의 단편소설 「갯마을」의 무대가 된 곳이라고도 한다.

기장군청에서 횟집 동네로 유명한 대변리까지는 버스를 타고서 이동하였고, 대변리에서 시랑리에 있는 海東龍宮寺까지는 다시 바닷가를 따라서 걸었다. 이번에는 일행과 함께 걸을 수 있었는데, 이쪽은 주로 도로가를 걷는 길이었기 때문에 별로 풍치는 없었다. 도중의 도로에서는 보이지 않는 바닷가에 위치한 오랑대는 연오랑·세오녀 전설의 현장이라고 한다.

해동용궁사는 양양의 낙산사, 남해의 보리암과 함께 한국의 3대 觀音聖

地라고 씌어 있었다. 예전에 한 번 와 본 적이 있었는데, 지금 보니 그때의 느낌과는 많이 달랐다. 방문객이 엄청 많아 입구에서부터 줄을 서서 천천히 들어가야 했다. 절의 한쪽 모퉁이 바닷가의 바위에서는 오늘이 대보름이라 커다란 달집을 만들어 두고서 사람들이 소원을 적은 종이를 잔뜩 매달아 중이 그 곁에 앉아서 마이크를 앞에 두고 염불을 외우고 있었다. 사람들이 발 디딜 틈도 없을 정도로 가득 모여 둘러싸고 있었다.

5시 30분에 대절버스를 타고 용궁사를 떠나 정체된 도로를 따라서 송정해수욕장까지 내려온 다음, 국도에 접어들어 해운대를 거쳐서 귀가 길에 올랐다. 밤 8시 무렵 집에 닿았다.

3월

3 (일) 맑음 -블루로드 C코스

아내와 함께 망진산악회의 538회 정기산행에 동참하여 경북 영덕군 축산면에서 병곡면에 이르는 블루로드 C코스 산행에 다녀왔다. 이 산악회는 예전에 우리 부부가 회원으로 가입해 있었던 진주에서 가장 오래된 것이지만, 이제는 회원이나 임원이 모두 바뀌어 그 중에 아는 사람은 하나도 없었다. 진주시청 앞을 거쳐 8시 30분에 롯데인벤스 앞에서 출발하여, 남해·구마·대구-포항 간 고속도로를 경유하여 이명박 대통령의 고향마을 부근을 거쳐서 북상하다가 화진포에서부터 동해바다를 끼고 달렸다.

나는 지난주 일요일에 갔었던 부산 기장의 갈매길 1코스와 마찬가지로 해안선을 따라서 바닷가의 길을 걷는 것이 아닐까 라고 생각하여 스틱도 가져가지 않았지만, 막상 가보니 대부분의 길은 야산 능선으로 이어져 동해바다는 바라볼 수 있을 따름이었다. 바다에는 파도가 거칠어 거의 해일 수준이었다. 서핑하기에 안성맞춤일 듯하였다.

오전 11시 30분쯤 영덕군 축산면의 축산항에서부터 트레킹을 시작하였다. 일행은 먼저 죽도산(28.1m)에 올라가 바다풍경을 바라보는 모양이었지만, 아내와 나는 청솔산악회 팀을 따라서 곧바로 트레킹 코스로 접어들었다. 영양남씨의 시조 무덤과 그 기념비 등이 있는 언덕을 지나서 조선 시대의 봉수대를 복원해 둔 대소산(일명 봉화산, 286m)에 올라 사방을 조망하였다. 대소산 기슭의 도곡리에 신돌석 장군 유적지가 있고, 목은 이색 산책로를 거쳐 가면 괴시리 전통마을에 목은이색기념관이 있는 모양이었지만, 그것도 둘러가는 길이라 그냥 지나쳤다. 나는 충북 한산 부근에서 이색의 무덤에 들른 적이 있었기 때문에 그가 충청도 사람인 줄로 알고 있었지만, 알고 보니 그 역시 이곳 영덕에서 태어났고, 외가 또한 이곳인 모양이었다.

상대산(183.7)을 끝으로 산행을 마치고서 대진해수욕장 부근의 바닷가로 내려왔다. 거기서부터는 드넓은 모래사장과 송림이 펼쳐지고 여러 해수욕장이 잇달아 있었다. 고래불대교를 지나 해안제방 길을 따라서 북상하여 수자원개발연구소 쯤에 다다라 다시 뒤따라 온 대절버스를 탈 수 있었다. 오늘의 종착점인 병곡리에 도착하여 고래불해수욕장 부근의 주차장에서 하산주를 마셨다.

밤 10시쯤에 귀가하였다.

9 (토) 맑고 포근한 날씨 -둔철산

혼자서 외송에 들어갔다. 먼저 둔철 마을로 올라가 산속으로 난 차도들을 끝 간 데까지 모두 가보았고, 내려온 후에는 오골계 식당 입구의 컨테이너에 설치된 (주)월력개발의 분양사무소에 들러서 대표이사 장병렬 씨를 만나 개발현황에 대한 설명을 듣고, 그의 안내로 이미 지어 둔 모델하우스에도 들어가 보았다. 월력개발은 김해에 본부를 두고 있으며, 그 회사뿐만 아니라 몇 개의 회사들이 이 부근의 땅을 매입했다고 한다. 군청에서도 개인에게 매각된 땅들 외에 보다 높은 산지 부분을 이용하여 이 일대에 생태숲 공원과 약초공원 단지, 승마공원을 예정하고서 현재 공사가 진행 중이라고 한다. 수년 내로 이 지역의 풍경이 크게 바뀔 전망이다. 장 씨의 말로는 현재 자기네는 평당 30만 원에 분양하고 있는데,

아래쪽의 외송 마을 땅값은 평당 40~50만 원을 한다는 것이었다. 돌아오는 길에 산중턱으로 난 도로를 따라 올라가 도중의 등산로 입구에 차를 세워두고 걸어서 한 바퀴 둘러보았다.

산장으로 돌아오는 길에 위쪽 진입로 어귀에서 부산 사람 부부를 만나 그들의 별장 아래편에 새로 집 지을 터를 닦고 있는 사람과의 사이에 벌어진 분쟁에 관한 설명을 좀 들었다. 양자가 비용을 분담하여 같이 분할측량을 했을 때에 비해 새 집 짓는 사람 측이 혼자서 경계측량을 했을 때의 경계가 조금 더 밖으로 나와 그 선을 따라서 돌 축대를 쌓았는데, 그것이 분쟁의 소지가 된 모양이었다. 부산 사람 등의 말에 의하면 조만간 위쪽 진입로 부근에 다섯 집 정도가 더 들어설 것이라고 한다.

산장으로 돌아와, 이제 날도 충분히 따뜻해졌으니 잠가 두었던 바깥 수도의 밸브를 모두 틀어 동파 여부를 점검해 보았다. 별채인 컨테이너 하우스는 별일이 없는데, 본채의 벽 밖으로 데크에다 달아낸 바깥수도는 동파되어 있음을 알았다.

『해외견문록』 중 '러시아 횡단 철도' 부분을 조금 더 검토해 보다가, 점심을 든 후 다시 차를 운전하여 오전 중에 걸어본 산 중턱 길로 다시 올라가 등산로를 따라서 屯鐵山 등반을 해보았다. 내 산장이 있는 쪽의 능선을 두어 시간 동안 걸었다. 산장에서 바라다 보이는 바위 봉우리는 정상에서 멀지 않은 곳에 위치한 것이며, 大聖山은 그것이 아니고 정상과는 반대편 방향의 정취암 근처에 있는 해발 634m 봉우리를 가리키는 것임을 알았다.

오후 다섯 시 반쯤에 산장을 떠나서 집으로 돌아와 샤워를 하고 옷을 갈아입은 후, 아내와 함께 의대 게스트하우스로 가서 이번 학기 본교 간호학과에 출강하는 최미애 교수 부부를 만나 함께 진주시 문산읍 이곡리 301-1에 있는 생선구이 전문식당 藝사랑으로 가서 저녁식사를 들었다. 최미애 교수는 20년쯤 전까지 본교 간호학과에서 전임으로 근무하다가 서울 쪽으로 떠났는데, 지금은 천안에 살고 있으며 최근에 집 근처에 있는 단국대 천안캠퍼스에 출강한 적도 있는 모양이었다. 남편은 치과의사라고 했다. 부군은 나와 동갑인데도 불구하고 머리카락이 전혀 새지 않았고 훨씬 젊어 보였다.

10 (일) 맑음 -대성산

오전 11시 20분쯤에 의대 게스트하우스로 가서 최미애 선생을 만났고, 그들의 차가 세워져 있는 의대 정문 앞 부근으로 가서 최 선생의 부군 및 그들과 함께 온 30대의 단국대 천안캠퍼스의 기공전공 치과 교수 내외와도 합류하였다. 함께 산청군 신안면의 산촌식당으로 가서 1인당 3만 원씩 하는 점심을 대접하고, 함께 우리 산장으로 간 다음, 어제 갔던 둔철산 등산 코스로 올라갔다.

포장도로의 끝에다 차를 세워두고서 남자 세 명은 대성산 쪽으로 등산을 가고, 임신한 사람이 끼어 있는 여자 세 명은 그 근처의 능선 부근을 산책하였다. 오후 네 시경에 차가 세워져 있는 곳으로 돌아온 다음, 천안으로 돌아가는 최 선생 일행과 거기서 작별하고서, 우리 내외는 집으로 돌아왔다.

17 (일) 흐리다가 오후부터 비 -여귀산

신화산악회를 따라 전남 진도군 臨淮面에 있는 女貴山(458.7m)에 다녀왔다. 이 산은 옛날 한 번 간 적이 있었으나, 그때는 등산로 입구를 찾지 못해 부근을 헤매다가 그냥 돌아왔던 것이다. 오전 8시에 시청 앞을 출발하여 시내의 몇 곳에 들러서 사람들을 더 태운 후, 오전 11시 30분 무렵에 등산로 입구인 임회면 上萬里에 도착하여 등산을 시작했다. 가는 도중에 고속도로의 보성 휴게소에서 『체 게바라 자서전』을 한 권 샀고, 진도대교를 건넌 지점의 주차장에서는 진도 명물인 紅酒를 한 병 샀다.

상만리에서는 천연기념물 111호로 지정된 길 가의 수백 년 된 비자나무 고목을 본 후, 5층 석탑이 있는 구암사 경내를 가로질러 동백꽃이 만발한 산길을 걸어서 계속 올라갔다. 능선에 올라서니 발 아래로 국립 남도국악원이 계속 바라보이고 그 건너편은 남해바다였다. 여귀산은 대체로 바위로 이루어져 있어 그런대로 볼만했는데, 그 정상 부근에 방송탑인지 무언지 모를 쇠로 만든 탑이 하나 솟아 있었다. 작은여귀산(408m)에 조금 못 미친 지점의 안부에서 점심을 든 후, 죽림리의 석교초등학교 죽림분교장 쪽으로 내려올 예정이었는데, 갈림길에서 길을 잘못취했는지 오후 2시 25분 무렵에 18번 국도 상의 여귀산휴게소가 있는 곳 부근의 사슴목장 쪽으로 하산하게 되었다.

점심을 든 후부터 비가 내리기 시작하였다. 대절버스가 몇 곳으로 하산한 사람들을 모두 태워서 여귀산휴게소로 가서 비를 피하기 위해 그곳에 설치된 정자 부근에서 하산주를 들었다. 밤 7시 반쯤에 귀가하였다.

24 (일) 맑음 -영도 봉래산, 태종대

중앙산악회를 따라 부산 영도에 있는 蓬萊山(395m)에 다녀왔다. 오전 8시 반까지 장대동 어린이놀이터에 집결하여 대형버스 한 대와 25인승 중형버스 한 대로 출발했다. 부산 사상구에 도착한 다음 구덕터널과 영도대교를 지나 신선동 3가에서 하차하여 등산을 시작했다. 남해고속도로 연변과 부산 시내에는 벌써 벚꽃이 피어 있었다.

원래는 해안둘레길을 경유하기로 되어 있었지만, 나는 30여 년간을 경찰에 근무하다가 퇴직한 오랜 산 친구와 둘이서 福泉寺를 지나 봉래산 정상인 祖峰에 바로 오르는 코스를 취했다. 내가 부산에 살 때는 이 산에 나무가 거의 없었던 듯하지만, 40여 년의 세월이 지나는 동안 숲이 무성한 도심의 공원으로 잘 다듬어져 있었다. 정상에 올라 사방을 둘러보니, 영도는 예전에는 개폐식 영도대교 밖에 없었는데, 그 옆에 새로운 부산대교가 서고, 송도해수욕장 부근까지 연결하는 남항대교가 건설되어져 있으며, 감만동 지구까지 연결할 북항대교도 건설 중이었다. 발아래로는 고신대학교와 해양대학교가 내려다보였다.

능선을 따라서 팔각정 정자가 서 있는 子峰(387m)와 孫峰(361m)을 지나 우뚝하고 조망이 좋은 경사면의 어느 바위 봉우리 위에 올라 점심을 들었다. 우리 일행 중 서울 사람으로서 일시적으로 진주에 와 평거동의 아파트 공사 일을 하고 있다는 사람도 나중에 함께 어울려 점심을 들었다.

한마음선원 옆을 지나 도개공아파트 구내를 경유하여 부산체육고등학교 부근 중리해녀촌의 해변도로에 정거해 있는 대절버스까지 내려왔다. 오전 10시 40분에 등산을 시작하여 하산을 마치니 오후 두 시 무렵이었다. 돌아오라고 한 오후 4시까지는 시간이 너무 많이 남았으므로, 나 혼자 택시를 대절하여 영도 섬 남쪽 끝의 太宗臺로 가보았다.

부산의 대표적 명소 중 하나인 태종대는 신라의 태종 무열왕이 삼국을 통일한 후 이곳에 노닐며 활을 쏘았다는 전설이 있는 곳인데, 역시 크게 새로 정비되어 긴 원형의 도로가 포장되어져 있고, 그 길을 관광 트램이 운행하고 있었다. 나는 동백꽃과 백목련이 만발한 그 길을 걸어서 한 바퀴 산책해 보았다. 모처럼 태종대등대에도 들렀다.

돌아오는 길에는 남항대교와 명지대교를 거쳐 을숙도 건너편의 조류를 관찰할 수 있는 망원경이 설치된 누각이 있는 명지 쪽 해변에서 하산주를 들었다. 휴게소에서 가수 주현미의 CD 두 종류와 김연자의 CD 하나를 구입하였다.

30 (토) 맑음 -독실산

새벽 4시에 우리 아파트 옆에서 출발하는 청솔산악회를 따라 전남 신안군 흑산면의 可居島(소흑산도)로 출발하였다. 남해고속도로와 2번 국도를 경유하여 6시 40분에 목포항에 도착한 이후, 주차장에서 준비해 간 음식물로 조식을 들고서, 8시 10분에 쾌속선인 남해엔젤호의 1층 의자에 앉아 목포항을 출발하였다. 우리가 낸 참가비 23만 원 중 목포에서 가거도까지의 왕복 배 값이 11만 원이라고 한다. 都草島·다물도·흑산도·상태도에 정거한 후 4시간 후인 12시 10분에 가거도에 도착하였다. 도초도를 지나서부터는 파도가 꽤 거칠어서 멀미를 느낄 정도였다.

가거도에 머무는 동안 우리의 숙소이자 식당인 1구 대리마을의 동해장 모텔에서 김창환·정보환 씨 등 一目會 팀 4명에 끼어 301호실에다 짐을 둔 후, 점심을 들고서 독실산(639m) 산행 길에 나섰다. 숙박비와 음식 값은 모두 합해도 4만 원에 미치지 못한다고 한다. 가거도에는 1구에서 3구까지 세 개의 마을이 있는데, 그 중 가장 큰 대리마을이라 해도 가구 수는 수십 개에 불과할 정도였다. 독실산은 신안면 전체에서 가장 높다고 한다.

몽돌해변의 동개해수욕장을 경유하여 김부연하늘공원의 지그재그로 설치된 계단 길을 따라서 능선까지 오른 다음, 능선 길로 계속 나아갔다. 능선 길에는 등산로의 로프를 설치하기 위한 시멘트 받침대 틀의 매설 공사가 진행 중이었다. 이곳은 난대수림이어서 육지와는 전혀 식생이 달랐다. 육지에서 흔한 소나무 등은 거의 찾아볼 수 없고, 후박나무·동백 등이 주종을 이루었다. 그러나 동백은 일부 나무에만 흐드러지게 피어 있고, 대부분의 나무에는 별로 꽃이 피어 있지 않았다. 곰취와 달래 등 산나물도 지천이었다. 독실산 정상에는 레이더 기지가 있어서 그 입구에서 경찰이 출입을 통제하고 있었다. 그래서 정상은 포기하고서 그 아래의 삼거리로 돌아내려와 3구인 대풍리 마을 쪽으로 내려가 보았다.

우리의 일정표 상으로는 정상에서 능선을 따라 섬의 북쪽 끝인 백년등대 쪽으로 내려갔다가 왼쪽으로 돌아서 2구인 항리 마을까지 걸어온 후, 거기서 시간이 부족하면 숙소에다 전화로 연락하여 트럭을 불러서 두 번에 걸쳐 섬의 남쪽 끝인 대리마을로 이동할 계획이었다. 그러나 밭에서 일하는 대풍리의 주민으로부터 들은 바에 의하면, 백년등대를 거쳐 항리까지 가는 도중에 날이 어두워질 것이므로, 왔던 길로 그냥 돌아가는 편이 가장 낫다는 것이었다. 그래서 대풍리까지 내려갔던 일행 몇 명은 능선의 삼거리까지 되돌아 올라와 최단거리인 시멘트 포장도로를 따라서 대리로 돌아왔다.

31 (일) 맑음 −가거도(소흑산도) 일주
새벽에 기상하여 우리 방의 일행과 김계세 회장을 비롯한 몇 명은 일출을 보러 어제 저녁에 걸어 내려온 시멘트 포장도로를 따라서 샛개재까지 올라가, 대리마을 인근의 회룡산(신선봉)에 올랐다. 그 바위 정상에서 바라본 주변의 바다 풍경은 장관이었으나, 건너편의 산 능선에 가려 일출은 구경하지 못했다.

아침식사를 마친 후 오전 8시 40분 무렵에 유람선에 올라 두 시간 정도에 걸쳐 섬 일주 관광을 하였다. 가거도의 해변은 대부분이 깎아지른 바위 절벽으로 이루어져 있는데, 해변의 바위 군데군데에 벌써 낚시꾼들이 진을 치고 있었고, 가마우지와 갈매기 등도 자주 볼 수 있었다. 섬의 북쪽으로 나아갈수록 풍랑이 거칠었다. 나는 시종 배의 바깥 뒤쪽 끝의 의자에 앉아 있다가 파도를 뒤집어쓰기도 했다.

자유 시간에 동개해수욕장 쪽으로 산책을 나가보았다. 재작년의 태풍에 방파제가 크게 무너지고 수십 톤의 방파제 용 시멘트 구조물들이 파도에 실려와 섬의 여기저기에 멈춰 있었다. 마을회관 앞으로 가서 한국의 최서남단임을 표시하는 비석을 넣어서 기념사진을 찍기도 하였다.

점심을 든 후, 오후 1시에 파라다이스호를 타고서 가거도를 출발하여 하태도·흑산도·도초도를 거쳐 오후 5시 45분에 목포로 돌아왔다. 여객선터미널 앞의 목포제주식당이라는 곳에서 저녁식사를 든 후 6시 30분에 목포를 출발하여 밤 9시 무렵에 귀가하였다. 가거도의 식당에서 곰취나물을, 목포의 주차장에서 김을, 그리고 돌아오는 도중의 휴게소에서는 스웨덴의 그룹가수 아바 등의 CD를 구입하였다.

4월

3 (수) 맑음 -서포 벚꽃 길

오전에 두 시간 수업을 마친 후 가족과 함께 사천 150리 서포 벚꽃 길을 드라이브하였다. 곤양IC에서 서포면 비토리(지방도 58호선)와 서포면 삼거리~금진(지방도 1003호선)을 잇는 총연장 150리(60km) 구간이다. 순수 민간단체인 벚꽃연합회가 지난 1991년부터 2005년까지 서포면 관광지 개발을 위해 이곳에 총 2만6,050주의 벚나무를 식재해 매년 4월이 되면 이곳은 벚꽃터널로 장관을 이루는 것이다.

비토 섬에 들러서는 해안도로가 끝나는 지점에 위치한 새남쪽나라횟집에 들러 우리 부부는 도다리회로 점심을 들기도 했다. 회옥이는 사흘 간의 단식을 마치고서 보식 중이라 집에서 점심을 들고 갔다.

7 (일) 대체로 맑으나 호남은 한 때 부슬비 내리고 강한 바람 -증도
푸른산악회를 따라 전남 신안군에 있는 曾島에 다녀왔다. 오전 7시 30분에 시청 앞을 출발하여 남해·호남고속도로를 경유하여 오전 11시 30분에 증도의 서쪽 끝에 위치한 송·원대해저유물발굴기념비가 있는 방축리에 닿았다. 광주 시내를 경유하여 무안에서 지도와 서옥도를 육로로 경유하여 증도에 닿았다. 2010년에 증도대교가 개통되어 배를 타지 않고 갈 수 있게 된 것이다.

도중의 증도면소재지에서 문준경전도사순교지를 지나갔다. 그녀의 순교 덕분인지 현재 증도 인구의 90%는 기독교인이라고 한다. 증도는 생각했던 것보다 관광지로서 개발이 많이 되어 있었다. 한국인이 가봐야 할 곳 100곳 중에서 홍도에 이어 2위로 선정되었다고 한다. 섬 전체가 금연구역이고, 홍도 입구에서는 입장료로서 성인 1,000원, 단체 800원을 징수하고 있었다. 거기서 쓰레기봉투를 나누어주며 거기에다 쓰레기를 담아 오면 입장료의 50%를 되돌려준다는 것이었으나, 나올 때 쓰레기를 담아갔더니 원래 입장료는 2,000원인데 이미 50%를 할인해 주었다고 하는 것이었다. 슬로시티나 천사섬이라는 글귀도 섬의 도처에서 눈에 띄었다. 천사섬이란 신안군내의 섬들이 모두 합해 1,004개라는 데서 유래한 이름이었다. 앞으로는 조만간에 외부 차량의 진입은 금지하고 섬 입구에서 셔틀버스를 운행할 것이라고 했다.

파도가 거센 해저유물발굴해역 근처의 언덕에는 기념비와 당시의 발굴된 배 모양을 본뜬 건조물이 하나 서 있었다. 나는 이른바 신안해저유물인 그 배의 실물과 유물들을 목포의 해양박물관에서 본 적이 있었다. 발굴지는 여기서 서북방으로 2,750m 떨어진 바다로서, 수심이 20~40m 이며 조류가 세찬 곳이므로 당시 이곳을 항해하던 중국 선박이 풍랑을

맞아 침몰했던 것으로 보인다고 한다. 1975년에 어부에 의해 처음 발견되어 1976~84년에 걸쳐 발굴 작업이 진행되었는데, 도자기 등 23,024점을 비롯하여 총 28,000점의 유물이 발굴되었고, 발굴해역은 국가사적 제274호로 지정되었다. 대부분은 元代 청자로서 지금으로부터 700년 전인 14세기 초의 것이라고 한다.

다음으로는 단일염전으로서 세계 최대 규모라고 하는 태평염전에 들렀다. 여의도 면적의 두 배에 해당하는 140만 평으로서 갯벌염전이다. 바람이 강하므로 그곳 솔트레스토랑에 들어가서 점심을 들었다. 점심을 든 다음 레스토랑 건물 안에 있는 입장료가 만 원이라고 하는 소금동굴 힐링센터에서 45분간 침대에 누워 있었다. 소금동굴이라고 하기에 무슨 기다란 동굴인 줄로 알았는데, 들어가 보니 바닥부터 천장까지 온통 소금으로 둘러싸인 방 한 칸이었다. 그 건물 안의 직영매장에서 토판천일염 1kg을 구입하기도 했다.

그 다음으로는 갯벌로 된 우전해수욕장에 들렀다. 긴 방풍림을 따라서 신안갯벌센터·슬로시티센터라는 명칭의 갯벌생태전시관까지 걸어왔다가 3층으로 된 전시관 구내를 둘러보았다. 우리 다음으로 소금동굴에 들어갔던 일행이 나올 무렵에 다시 버지에 있는 태평염전으로 돌아가 2천 원씩의 입장료를 받는 소금박물관을 관람한 다음, 나와서는 그 옆 야산 위의 소금밭낙조전망대에 올라 태평염전의 전모와 유네스코생물권보전지역·람사르 습지로 지정된 연안의 갯벌도립공원 일대를 둘러보았다.

그런 다음 마지막으로 다시 면소재지 부근에 위치한 이 섬 명소인 짱뚱어다리로 가보았다. 갯벌 위에 설치된 470m 길이의 목교인데, 갯벌에 서식하는 생물들 중의 대표 격인 짱뚱어의 이름을 취한 것이었다. 나는 다리를 건너서 모래밭을 걸어 우전해수욕장 북쪽 끝의 바닷가로 나가 긴 해수욕장 일대의 해변 풍경을 바라보기도 하였다. 짱뚱어다리 입구로 돌아와 그곳에 있는 농·수·특산물판매장인 순비기전시관 안에서 하산주를 들었고, 거기서 미역·다시마·미역귀를 구입하기도 하였다.

돌아올 때는 서해안고속도로를 따라 목포 쪽으로 내려온 다음, 목포·장흥간의 10번 남해고속도로에 접어들어 영산강하구언을 지나서 오다가 도중에 문득 2번국도로 바뀌어 광양까지 왔고, 밤 8시 반 남짓에 귀가하였다. 무안에서 증도까지의 도로 변에 심어진 벚나무에는 아직 꽃이 피어 있지 않은 것이 많았다.

8 (월) 맑음 -진양호반길, 서포 벚꽃터널
오전 11시 40분 무렵에 우봉이 고속버스 편으로 진주에 왔다.

터미널에서 마중하여 함께 외송으로 들어갔다. 우봉이 가져온 글라디오라스 꽃을 거실에다 꽂아두고서 꽃이 한창인 농장을 한 번 둘러본 다음, 함께 둔철농장으로 올라가 오골계로 점심을 들었다. 지난 토요일 웰빙하우징의 박점규 씨 승용차가 진흙 고랑에 빠졌던 위쪽 진입로에 가보았더니, 오늘 아침에 공사 현장의 포클레인이 끌어올려 이미 몰고 가고 없었다.

점심을 든 후, 둔철산을 건너 단계와 문태·진태마을을 거쳐서 국도 3호선으로 돌아온 후 진양호반의 드라이브 코스를 지났다. 그곳도 벚꽃은 이미 거의 져가고 있었다. 인사동의 대성표구사에 들러 우봉이 서울에서 가져온 그림의 표구를 맡긴 다음, 함께 곤양의 다솔사 입구로 가보았다. 그곳 효당 최범술 스님의 부도탑이 있는 곳 부근의 상점 2층에서 최범술 스님의 본처 소생 둘째딸인 妙仁 최채경 스님이 효당기념관을 운영하고 있었는데, 작년에 이미 기념관을 접고서 사천의 어느 산골짜기로 옮겨갔다고 한다. 나는 대학생 시절 다솔사에서 우봉을 처음 만났던 것인데, 우봉의 말에 의하면 그녀는 얼굴이 좀 얽었으며 담배를 피웠다고 한다. 다솔사의 신임 주지인 동초스님은 근자에 효당을 비롯하여 다솔사와 관련되는 명사들을 기념하는 사업을 벌인다면서 우봉에게도 그 홍보 포스터를 보내왔으므로 얼마 전에 우봉이 그와 통화한 바 있었다고 한다. 그러나 그곳 상점에서 전화를 걸어보니 오늘은 출타 중이라 하므로 사찰 방문은 취소하고 말았다.

곤양 읍내를 거쳐 지난주에 가족과 함께 벚꽃구경을 왔었던 사천시 서포면의 150리 벚꽃터널을 지나서 진교까지 간 다음, 금오산 북쪽 기슭을 지나는 구 남해고속국도인 12번 지방도와 17번 지방도 및 19번 국도를 경유하여 하동군 고전면 전도리로 가서 목공예 조각가인 톱의 達人 成旭 金在煥 씨를 만났다. 그는 그곳에서 김철진 씨와 함께 청남공인중개사사무소를 열고 있었다. 그의 벤츠 승용차를 뒤따라 하동군 금남면 덕현리 11-3에 있는 그의 목공예작업장을 방문하였다. 그곳 토지를 임대하여 工房인 컨테이너를 설치해 두고 있었는데, 우봉은 이곳을 자신이 회장으로 되어 있는 섬진강문화포럼의 임시사무실로 삼아 사단법인 등록 수속을 진행하고 있는 모양이었다. 그것에 필요한 서류작성을 마친 다음, 우봉을 그 모친이 계신 고향 동네인 하동군 진교면 송원리 송내마을의 집 앞까지 바래다주고서 남해고속도로를 따라 진주로 돌아왔다.

14 (일) 대체로 맑으나 산에서는 한 때 천둥치고 약간의 우박과
　　 눈 -비금도 그림산, 선왕산

새벽 3시 20분 무렵 시청 앞으로 가서 E마운틴의 전남 신안군 비금도에 있는 그림산(226m) 선왕산(255m) 산행에 동참하였다. 일행은 인솔자를 포함하여 총 24명이었다. 신안동의 백두대간 등산장비점 앞으로 이동해 가서 대부분의 일행을 태운 다음, 6시 8분쯤에 목포연안여객선터미널에 도착하였다. 일행 중 내가 아는 사람은 없었지만, 나를 교수님이라고 부르며 알아보는 부인이 있었다. 이는 일반 산악회와는 좀 달라서 등산 가이드 전문인 모양이어서 점심을 위한 주먹밥과 소주도 나눠주지 않았다.

오전 7시에 출발하는 대형 여객선 대흥페리7호를 타고서 목포를 출발하여 2시간 반쯤 후인 9시 30분 무렵에 비금도 남쪽의 수대 선착장에 내렸다. 도중에 화가 김환기의 생가가 있는 安佐島의 읍동선착장과 바둑천재 이세돌의 생가 부근인 飛禽島의 가산선착장에서 잠시 머물렀다. 읍동선착장에서는 커다란 건물 벽에 김환기의 그림을 그려놓은 것도 보았

다. 20년쯤 전에 만든 서남문대교가 있어 아래쪽의 도초도와 연결되는 수대선착장에서부터 북쪽으로 반시간 정도를 걸어 죽림리 상암마을에 도착하여 등산을 시작하였다. 섬의 동쪽 편 해변은 대부분 염전이었고, 가로수로 심은 벚꽃이 이제 피기 시작하고 있었다. 진주에서는 벚꽃이 이미 져버렸지만 목포에서는 지금이 한창이었다.

그림산과 선왕산은 둘 다 암산이어서 그런대로 경치가 좋았다. 그래서인지 등산객도 꽤 많았다. 그림산을 지나 선왕산으로 나아가고 있을 무렵 갑자기 날씨가 변해 구름이 끼더니 머지않아 천둥이 사납게 치고 우박과 비도 조금 내렸다. 바람이 매우 사나워 몸이 날려갈 듯하였다. 나는 선왕산 아래 안부의 언덕바지에서 바람을 피해 앉아 혼자서 밥도 없이 반찬을 안주 삼아 수대리에서 사 온 소주를 한 병 마셨다. 건너편의 섬 서쪽에 위치한 하누넘해수욕장에 도착하여 오늘의 등산을 마쳤다.

대절한 마을버스를 타고서 수대리로 돌아와 한 시간 정도 기다리다가, 오후 3시 30분에 도착한 올 때의 배를 타고서 6시쯤에 목포로 돌아왔다. 수대리 선착장의 대합실에서 말린 고사리를 한 봉투 샀다. 갈 때는 3층 뒤쪽 갑판에 나가 앉아 다도해의 풍경을 바라보았으나, 돌아올 때는 3층 선실로 들어가 창가의 짐 놓는 선반에 올라가 드러누워서 창밖을 바라보았다. 그 방에는 남자 3명 여자 2명의 미국인 젊은이들도 타고 있었다.

오후 6시 남짓에 목포에 닿아 해안동의 여객터미널 건너편 주차장 바로 옆에 있는 세화정 일반음식점에서 석식을 들었다. 6시 55분쯤에 출발하여 도중에 보성휴게소에서 잠시 정거한 다음, 밤 9시 45분쯤 집에 도착하였다.

오늘의 인솔자 정권영 씨는 장발에다 한 주 정도 면도를 하지 않은 듯 짧은 수염을 기른 사람으로서 1년 7개월 정도의 가이드 경력을 가진 사람인데, 내가 잘 아는 정상규 씨를 일러 한국에서 제일가는 등산 가이드라고 말하고 있었다. 정 씨와 마찬가지로 지리산의 비법정등산로 산행을 전문으로 하는 모양이었다.

20 (토) 흐리고 대체로 부슬비 -임자도 튤립축제, 불갑산

정상규 씨의 비경마운틴을 따라 전남 신안군의 최상부에 있는 섬 荏子島에 다녀왔다. 2주 전에 갔던 증도의 바로 위에 있는 섬이다. 지난번 증도에 갔을 때와 마찬가지로 갈 때는 남해·호남고속도로를 따라서 광주를 거쳐 갔고, 올 때는 서해안 고속도로를 따라서 목포 근처를 거쳐 돌아왔다. 무안에서 지도를 거쳐 들어가는 도중의 가로수로 심은 벚나무들은 이제 꽃이 거의 져가고 있었다. 지도에서 수도를 거쳐 임자도로 이어지는 다리는 아직 착공도 되지 않았고, 우리는 지도의 정암 선착장에서 대흥고속카페리를 타고서 임자도의 진리 선착장에 도착하였다. 지도·임자도 간에는 카페리 3대가 운항하고 있다고 한다.

임자도에는 지금 튤립축제가 열리고 있으므로, 셔틀버스를 타고서 먼저 그 장소인 국민관광지 대광해수욕장으로 이동하였다. 12km에 달하는 해수욕장 가에 2만 평의 부지를 조성하여 튤립축제가 열리고 있었다. 정오 무렵 해수욕장에 도착하여, 바닷가의 지붕 있는 콘크리트 건조물 안으로 들어가 비를 피해 점심을 들었다. 식사를 마치고 나니 비가 대충 멎었는지라, 일행 중 상당수는 개인 4천 원, 단체 3천 원씩 하는 입장료를 내고서 튤립축제를 보러가고, 나를 포함한 몇 명은 정 대장을 따라서 축제장 뒤쪽의 숲속을 경유하여 무료로 입장하였다. 축제장 안은 튤립뿐만이 아니라 각종 난초와 히아신스 등 다른 꽃들도 전시되어져 있고, 난타의 공연도 있었다.

나는 혼자서 축제장 내부를 두루 둘러보며 돌아다니다가, 오후 2시 가까운 무렵에 점심을 든 장소로 돌아와서 등산에 참여하였다. 팔각정이 있는 병산(138.9m)을 거쳐 불갑산(224.3)을 넘었고, 원래는 삼각산을 지나 이 섬의 최고봉인 대둔산(319.5)까지 갈 예정이었으나, 돌아가는 시간을 고려하여 불갑산 건너편의 안부에서 인도를 만나 농업용 트럭 뒤의 짐칸을 얻어 타고서 진리 선착장으로 돌아왔다. 선착장에는 이곳에서 3년간 귀양생활을 보낸 화가 우봉 조희룡의 유적 기념비가 서 있었다. 나는 임자도라고 하면 이 섬으로 귀양 온 端磎 金麟燮의 부친 海東寄生

金欌을 연상하게 된다.

오후 4시 15분 무렵에 카페리를 타고서 지도로 건너와 뒤이어 오는 일행이 다 모이기를 기다려 그곳 점암선착장의 매점 빈방을 하나 빌려서 하산주를 들었다. 밤 9시 무렵 집에 도착하였다.

28 (일) 맑음 -블루로드 B코스

경상산악회의 제120차 4월 정기산행에 동참하여 경북 영덕의 블루로드 B코스를 다녀왔다. 오전 7시까지 가좌동 MBC 앞에서 집결하여 대절 버스 한 대로 출발하였다. 남해·구마·대구-포항 간 고속도로를 경유하여 포항 톨게이트를 막 통과했을 때 차에 이상이 생겨서 갓길에 주차했다. 영천을 지난 시점부터 엔진 고장이 생긴 모양이었다. 강남투어의 3년 된 차인데, 작년 12월에도 이상이 있어 한 번 수리한 적이 있었다고 한다. 포항으로부터 기계를 거쳐 뉴천마고속관광의 버스 한 대가 와서 그 차에 옮겨 타고서 다시 출발했다. 흥해·청하를 거쳐 화진포에서 동해 바다를 만났고, 더 북상하여 영덕군에 접어들었다. C코스와의 접점인 축산항에 11시 50분에 도착하여, 죽도산(78.1m)전망대에 올라 사방을 한 번 둘러본 다음, 아래쪽 방향을 향해 걷기 시작하였다.

지난번에 걸은 적이 있었던 C코스는 대부분이 산길이었던 데 반해 B코스는 해변에 접한 산책로 같은 길이 계속 이어졌으므로, 등산 스틱을 가져가기는 했으나 한 번도 사용하지 않았다. 데크로 연결된 부분이 많았고, 그야말로 블루로드였다. 블루로드 다리를 지나 죽도산전망대에서 그다지 멀지 않은 지점인 말미산(113.5m) 기슭의 바닷가 바위 위에서 혼자 점심을 든 다음, 대게원조마을 등을 지나서 오후 4시 무렵에 종착지인 해맞이공원에 도착하였다.

영덕군 구계가 고향인 일행 아주머니가 가져온 횟감 등을 안주로 하산주를 마신 다음, 오후 5시 무렵에 출발하여 밤 9시 무렵 귀가하였다. 영덕블루로드는 부산 오륙도에서 강원도 고성군 통일전망대까지 이어지는 해파랑길의 일부라고 한다.

5월

12 (일) 맑음 -봉화산

선우산악회를 따라 전북 남원시 아영면과 장수군 번암면의 경계인 백두대간 상에 위치한 봉화산에 다녀왔다. 예전에 백두대간을 주파할 때 지나간 적이 있었던 것이지만, 철쭉으로 유명한 산이라 제철에 다시 한 번 찾아본 것이다. 오전 8시 10분에 시청 앞을 출발하여, 운동장 부근의 실내체육관 앞에서 주차하여 다시 참가자들을 실었고, 대진·88고속도로를 경유하여 지리산 인터체인지에서 인풍휴게소 쪽으로 빠져 잠시 휴식을 취한 다음, 지방도를 따라서 아영면 소재지와 성리의 흥부마을을 거쳐 10시에 봉화산 주차장에 닿았다.

원래는 복성이재에서 바로 백두대간을 탈 예정이었지만, 진입로를 잘 모르므로 남들을 따라 흥부마을 방향으로 언덕길을 좀 내려가서 마을을 관통하는 콘크리트 포장도로를 따라 올라가 매봉 아래의 안부에 노점상들이 전을 벌이고 있는 장소로 접근하였다. 철쭉군락지는 이곳 매봉 일대에 한정되어 있었다. 거기서부터 백두대간을 따라 북상하여 봉화산(919.9m) 정상에 올랐다. 오늘따라 등산객이 매우 많아 도중에 교통정체가 있을 정도였다. 무명봉(870m)을 향해 나아가다가, 능선 길에 남원시와 번암면을 연결하는 비포장도로가 있는 지점에서 커다란 소나무 몇 그루가 만든 그늘 아래로 들어가 혼자 점심을 들었다. 그러고는 좀 더 나아가 양지재에서 골짜기를 따라 함양군 백전면 대안리 쪽으로 하산하였다. 오후 2시 50분에 하산을 완료하였는데, 대안리 일대에는 등산객을 실어가기 위한 관광버스가 수십 대나 정거하여 북새통을 이루고 있었다.

일행이 하산을 완료하기를 기다려, 그 장소를 피해 길가에 백전면복지회관 건물이 한 채 외로이 서 있는 지점으로 이동하여 하산주를 들었다. 이 산악회는 별스럽게도 칠면조 고기와 오이 피클을 안주로 내놓고 있었다. 백전면을 떠나 함양읍내로 들어와서 上林 숲가를 지나 다시 대진고속도로에 올라서 어두워지기 전에 귀가하였다.

18 (토) 맑음 -백야도, 백호산

뫼사랑토요산악회를 따라 전남 여수시에 있는 白也島의 백호산 (286m) 등산 및 섬 일주 둘레길을 다녀왔다. 오전 8시에 시청 앞을 출발하여 공설운동장 1문 앞에서 참가자를 더 태운 후 30분 남짓에 그곳을 떠났다. 남해고속도로를 따라가다가 광양과 여수를 연결하는 이순신대교를 처음으로 건넜다. 대교의 왼쪽 편에는 광양제철소가 오른쪽 편에는 광양의 컨테이너 부두가 펼쳐져 있었다. 다리를 건너 여수시에 다다른 후, 여천공단 구역을 한참 동안 통과한 후 10시 45분쯤에 백야대교를 건너서 여수시의 남쪽 끄트머리쯤에 위치한 백야도의 산행 들머리에 하차하였다.

나는 아침부터 설사 기운이 있어 도중에 섬진강휴게소에서 정차했을 때 화장실을 급히 다녀왔는데도 불구하고, 내리자마자 또다시 수풀을 찾아 변을 보았는데, 두 번 다 팬츠를 더럽혔다. 그러고도 산행 중에 또 갑자기 변이 급해 수풀 속을 찾아들기도 하였는데, 그러다 보니 가지고 있던 화장지를 거의 다 써버렸으므로, 도중에 백야대교 부근으로 되돌아왔을 때 상점에 들러 두루마리 휴지를 하나 구입하였다.

대교 부근의 탐방로 진입로에서부터 산을 오르기 시작하여 1호봉과 최고봉인 2호봉을 거쳤다. 3호봉으로 가는 길은 사유지인지 철망으로 출입이 차단되어져 있었지만, 일행을 따라서 철망이 눕혀진 틈을 따라 그 꼭대기까지 올라가 보았다. 사방으로 다도해의 풍경이 펼쳐지고, 멀리 고흥반도의 팔영산도 바라보였다. 백야등대 근처의 몽돌밭에서 일행 중 정보환 씨 등 아는 사람들과 어울려 점심을 든 후, 섬 주위의 해변길을 일주하는 트래킹 코스를 한 바퀴 완전히 돌아서 오후 3시 무렵에 백야등대로 다시 돌아왔다. 그러고 보면 오늘은 등산하여 섬을 한 차례 가로지른 후, 다시 섬 전체를 한 바퀴 빙 두른 셈이 된다.

등대 입구 근처 길 가의 휴게 시설이 있는 곳에서 약식으로 하산주를 든 후, 여자만의 갯벌과 순천의 倭城 입구, 그리고 진교의 금오산 북쪽 기슭을 지나는 구 남해고속도로(현 지방도 12호선)를 거쳐서 진주로 돌아온 다음, 출발지인 진주 시청 서문 옆의 솔밭로 136(상대동)에 있는 수정식당에서 저녁식사를 든 후 일행과 헤어져 귀가하였다. 아침에 진주 시청 서문 옆에 대절버스가 주차해 있었을 때 이창희 진주시장이 우리 차에 올라와 인사를 하기도 했었다.

26 (일) 맑음 -빈계산(암닭산), 금수봉, 도덕봉(흑룡산)

웰빙산악회를 따라 대전광역시 儒城區에 있는 牝鷄山(415m) 錦繡峰(532)과 공주시 反浦面과의 경계에 위치한 道德峰(535.2, 일명 黑龍山)에 다녀왔다. 8시에 시청 앞을 출발하여 대진고속도로를 따라 북상한 뒤, 대전월드컵경기장 옆을 지나서 오전 10시 45분쯤에 덕명동의 시내버스 주차장에 도착하였다. 조금 걸어서 수통골안내소까지 이동한 후 등산을 시작하였다. 평소 교분이 있는 일목회의 회원 7명도 참석하여 그들과 함께 어울렸다.

오늘 산행로에는 수통골둘레길이라는 표지가 곳곳마다 눈에 뜨였는데, 이곳은 계룡산국립공원의 동남쪽 끄트머리에 해당하는 셈이다. 먼저 빈계산(암닭산)으로 올랐고, 정상에 팔각정이 있는 금수봉을 거쳐, 금수봉삼거리 근처에서 일목회원들 및 강 여사라는 평소에 산행을 통해 여러 번 만났던 부인과 어울려 함께 점심을 들었다. 도덕봉을 거쳐 한 바퀴 둘러서 수통골안내소로 다시 하산한 후, 그곳의 금수봉가든에 들러 저녁식사를 겸한 하산주를 들었다. 오늘의 주행거리는 총 9.1km이다.

집으로 돌아와 샤워를 마치고 나니 밤 9시였다.

6월

2 (일) 맑음 -하동문화예술회관, 칠불사

새벽에 일어나 다시 예취기로 과수 주변의 잡초들을 좀 베다가 아침 식사를 들었다. 두리와 인숙이 내외는 섬진강 일대를 둘러보러 먼저 출발하고, 나도 큰누나와 함께 머지않아 출발하였다. 어천마을을 지나 지리산 웅석봉 근처의 능선을 통과한 다음, 청계리와 단속사가 있는 운리를 지나 덕산 쪽으로 빠져나왔다. 지리산 내대 골짜기로 들어가 삼신봉 터널을 지나서 청학동 쪽으로 건너왔고, 묵계리와 하동호를 거쳐 횡천면으로 내려와 하동 쪽으로 향하는 2번 국도를 만났다.

횡천 읍내의 하동솔잎 정육점에 들러 누나에게 소고기와 돼지고기를 원하는 만큼 사준 후, 다시 출발하여 하동문화예술회관에서 5월 28일부터 6월 5일까지 개최되는 사단법인 섬진강문화포럼 미술특별기획전에 참석하였다. 최영신 화백이 섬진강문화포럼의 사단법인 등록을 기념하여 개최한 것이다. 그는 지금까지는 회장이라는 직함을 내걸고 있었으나, 사단법인으로 되고 난 후부터는 이사장으로 직함을 바꾸었다. 이번 전시회에는 그의 작품을 주로 하되, 그가 아는 다른 화가들의 작품 및 사진도 함께 전시되어 있었다.

그가 칠불사 주지스님과 만날 약속이 되어 있다고 하므로, 내 차로 함께 칠불사까지 올라가 보았다. 하동군 화개면 칠불사 입구 범왕리의 신흥교 부근 후미진 곳에는 최치원의 글씨라고 전해오던 '三神洞'이라는 커다란 각자가 바위에 새겨져 있었는데, 절로 올라가는 길이 2차선으로 확·포장되어 넓혀진 까닭에 그 바위가 흔적도 없이 사라지고 말았다. 칠불사도 오랜만에 가보니 꽤 넓혀졌고, 예전에 없었던 건물도 많이 들어선 듯한 느낌이었다. 그와 약속이 되어 있다고 하던 주지스님은 출타 중이고, 우리는 그곳 공양간에서 점심 한 끼를 들 수 있었을 따름이었다.

우봉이 草衣기념관이 있다고 하는 곳으로 가보았는데, 그 새로 선 건물에는 현판이 걸려 있지 않고, 그 옆에 템플스테이 건물이 한 채 더 건축되고 있었다. 초의기념관이라고 하는 건물의 방문을 열어보았더니, 거기 한쪽 벽면에 초의선사의 영정이 걸려 있었다. 우봉의 말로는 거기서 조만간에 '초의대사와 효당 최범술'이라는 주제의 다도전시회가 열린다는 것이었으나, 그 말 역시 신뢰하기 어려웠다. 亞字房 입구에 내걸린 글에 의하면, 그동안 초의의 글이라고 알려져 온 '茶神傳'은 중국인의 글을 초의가 발췌한 것이고, 초의는 그 글을 참고하여 '東茶頌'을 지었을 따름이다.

그 절에서 물리사라는 한글 호를 가진 박범곤이라는 사람을 만났다. 그는 수십 년간 차를 제조하고 매실농사도 짓고 있는 사람인데, 부인이 시인이라고 했다. 그를 우리 차에 태워 섬진강 건너편의 그의 농장이 있다는 전라남도 광양군 다압면까지 태워다 주었다. 오후 2시 남짓에 하동군문화예술회관에서 두리 일행을 다시 만나 전시회장을 둘러보고, 거기서 부산으로 돌아가는 큰누나와 두리 및 인숙이 내외와 작별하였다. 나는 남해고속도로를 경유하여 오후 네 시쯤에 집으로 돌아왔다.

8 (토) 맑음 -헬렌의 정원, 상족암, 남일대해수욕장
미화가 친구들과 함께 우리 산장으로 와서 2박 3일을 보낸다고 하므로, 그들이 편하게 지내도록 오늘 우리 가족은 외송에 들어가지 않았다.
오전 중 집에서 TV를 보며 지내다가, 점심을 들러 셋이 함께 지난번에 간 적이 있는 문산읍 상문리 1001-2의 장금이수랏간으로 가서 콩국수를 들었다. 아내와 회옥이는 며칠 전에 황차 제조하러 쌍계사 입구에 갔다 돌아오다가 다른 사람의 인도를 따라 고성군에 있는 '헬렌의 정원'이라는 곳에 들렀는데 아주 좋더라고 하므로, 나의 제의로 다함께 그리로 가보기로 했다. 고성군 상리면 滁煩亭里 72에 있는 것인데, 한옥의 넓은 뜰에다 각종 꽃을 심어 '타샤의 정원'처럼 꾸며 놓은 곳이었다.
그 집 앞의 도로 건너편에 넓은 연못과 정자들이 있는데, 그 연못에도 수련과 이름 모를 꽃들을 심어 멋지게 꾸며 놓았다. 알고 보니 이 집 선대의 논을 군에다 기증하여 군에서 주민 위락시설로 조성해두고 있는 것이었다. 정원 옆에 그 집 주인 내외가 경영하는 휴게소 겸 기념품점이 있어 들러보았다. 그 내외는 미국 뉴저지 주에서 20여 년간을 생활하다가 남편의 고향마을로 돌아와 있는 것인데, 부인은 유화 그림솜씨가 보통이 아니고, 남편은 시를 쓰는 모양이었다. 헬렌이란 손녀의 미국식 이름인데, 그 아이도 이제 13세가 되어 부모와 함께 귀국하여 서울에 살고 있다고 한다.
내친 김에 회옥이의 제의에 따라 고성군 하이면 자란만로 618의 床足

巖 군립공원 내에 있는 공룡발자국을 보러 갔다. 주차장에 차를 세우고서 먼저 고성공룡박물관에 들러 관람한 다음, 그 경내를 산책하여 상족암으로 내려갔다. 나로서는 상족암은 예전에도 몇 차례 와 본 적이 있는 곳인데, 그 새 많이 개발을 하여 주변 모습이 사뭇 달라졌다. 상족암에서 데크 길로 하여 해안선 건너편에 있는 다른 공룡발자국화석지로도 가볼 수 있게 되어 있는데, 그 데크가 태풍으로 파손되어 현재는 통행이 불가능하였다.

돌아오는 길에 삼천포의 남일대해수욕장에도 들러보았다. 수십 년 전에 미국의 명아가 진주에 왔을 때 아버지와 함께 해수욕을 온 적이 있었던 곳이다. 지금은 그 부근에 새 빌딩들이 들어서고, 해수욕장 위의 하늘로는 양쪽 해변으로 쇠줄타기를 할 수 있는 시설도 연결되어 있었다.

9 (일) 맑음 −작약산

상대산악회를 따라 경북 상주시 이안면과 은척면, 문경시 가은읍의 경계에 위치한 芍藥山(774m)에 다녀왔다. 시청 앞에서 오전 8시에 33명이 출발하였다. 합천과 고령 쪽으로 향하는 국도를 따라가다가, 중부내륙고속도로에 올라 북상하였다. 가는 도중에 미화에게 전화를 걸어보았더니, 4명이 함께 와서 외송의 산장에서 1박하였으며, 오늘 오전 중에 부산으로 돌아간다는 것이었다. 별채 옆과 그 뒤편에 있는 오디와 보리수 열매가 지금 제철이니, 따 가라고 말해두었다.

오전 10시 50분쯤에 상주시 이안면 구미리의 구미마을회관 앞에 도착하여 등산을 시작하였다. 도중의 콘크리트 포장도로가 끝나는 지점에 있는 느티나무 고목 옆 약수터 입구에 있는 안내판의 설명에 의하면, 구미리는 원래 龜尾마을로서 그것과 관련한 전설이 있는데, 일제시기에 九味로 한자 표기를 바꾸었다고 한다. 가파른 산길을 계속 올라 마침내 정상인 상봉에 닿았고, 거기서 작은작약산인 시루봉(728m) 쪽으로 100m쯤 더 나아간 지점의 조그만 언덕에서 일목회 회원들과 어울려 점심을 들었다.

상주시 이안면과 문경시 가은읍의 경계를 이루는 산 능선을 따라 동쪽으로 계속 나아가 시루봉에 닿았다. 시루봉에서 시루봉지능선을 따라 내려오는 도중에 계곡 길로의 갈림길을 만났는데, 나를 포함한 일행 두 명은 지도상에 표시된 코스가 거기서 계곡 길로 내려가야 하는 듯하여 그 길을 고집하여 하산하였다. 머지않아 임도를 만났으나, 계곡 길은 거기서 끊어지고 말았으므로, 나 혼자 붉은 리본이 매달려 있는 계곡 길로 내려갔는데, 아무래도 그것은 길이 아닌 듯하여 도로 임도로 올라와 보니, 함께 내려왔던 사람은 어디로 갔는지 자취가 없었다. 별 수 없이 임도를 따라서 서쪽 방향으로 계속 나아갔더니, 그 길은 한도 끝도 없이 이어지다가 마침내 오전 중에 지났던 약수터와 만나므로, 그쪽 포장도로를 따라서 오후 4시 10분경에 출발지점인 구미마을회관으로 돌아왔다.

거기서 하산주를 마신 다음, 집으로 돌아와 양치질과 샤워를 마치고 나니 밤 8시 15분이었다.

15 (토) 대체로 맑으나 오전 한 때 빗방울 -도장산

정상규 씨의 비경마운틴을 따라 경북 상주시 化北面과 문경시 籠岩面의 경계에 위치한 道藏山(827.9m)에 다녀왔다. 오전 7시 10분에 시청 앞에서 차를 타고서 남해·구마·중부내륙고속도로를 따라 북상 한 후, 상주의 화서 톨게이트에서 빠져나왔다. 49번 지방도로를 따라 북상하여 상주시 화북면 소재지에서 32번 지방도로 접어들었고, 우리나라 十勝地 중 하나라고 하는 상주시 牛腹洞을 지나, 오전 10시 25분에 쌍용터널을 지난 지점의 용추교 앞에서 하차하였다. 그곳이 바로 경승지로서 이름난 쌍용계곡 가였다. 일행은 모두 15명이었다. 나는 이곳 우복동이 상주 출신의 유학자 愚伏 鄭經世(1563~1633)와 어떤 관련이 있는 것이 아닐까 라고 생각했지만, 알고 보니 정경세는 상주시 외서면 우산리가 고향이었다.

정상규 씨는 한 달쯤 전에 1억5천만 원을 들여 새 차를 구입해 있었는데, 이것은 예전에 몰던 35인승과는 다른 일반 관광버스였다. 미국에서 화약사업을 하는 어떤 사람이 1억 원을 대주고, 나머지 5천만 원은 정

씨가 월부로 나누어서 지불하는 조건으로 아는 사람으로부터 거의 새 차를 구입한 것이라고 한다. 그러므로 이제 정 씨는 버스를 두 대 소유한 셈이다.

다리를 건너서 深源寺로 이어지는 심원골을 따라 올랐다. 심원사는 암자 수준의 조그만 절이었다. 심원사 뒤쪽의 출입금지로 되어 있는 작은 등산로를 따라 계속 올라서 마침내 정상에 다다랐다. 거기서 점심을 들고는 다음 목적지인 淸溪山(873) 대궐터산(749.1)으로 이어지는 능선을 따라 나아갔다. 도중에 26번 군도를 만나고, 또 한참을 더 가니 지도에도 나타나 있지 않은 콘크리트로 포장된 임도를 만났다. 더운 여름날 그 긴 코스를 모두 주파하고자 하는 사람은 하나도 없어, 일행 중 네 사람은 26번 군도에서 만난 봉고 버스를 타고서 B코스의 목적지인 葛嶺으로 하산하고, 나머지 11명 중 나까지 포함한 9명은 콘크리트 포장도로를 따라 하산하였으며, 2명은 능선 길을 따라 더 나아가 갈령으로 하산했다. 지금 청계산이라고 하는 것은 예전에 내가 육윤경 선생 등과 함께 갈령에서부터 올랐던 대궐터산을 가리키는 것이며, 지금의 대궐터산은 견훤성 터 가운데에 있는 봉우리를 지칭하는 것이다.

우리 일행은 오후 4시 20분에 임도가 구 도로와 만나는 지점에 이르러 대기하고 있다가, 전화 연락을 받고서 그 지점으로 몰고 온 버스를 타고서 바로 옆에 이웃한 갈령으로 가서 일행 모두와 합류하였다. 그 근처에서 개울물에 들어가 목욕을 한 다음, 오후 5시 20분에 갈령을 출발하여 중부내륙고속도로를 따라 내려오던 중, 해인사 방향의 길을 취하여 고령으로 와서 국도를 따라 진주에 도착하였다. 집에 도착하니 8시 15분경이었다.

오늘 보니 이 산악회는 다른 산악회의 1일 회비가 보통 2만5천 원씩임에도 불구하고 3만 원의 회비를 받았는데, 그럼에도 불구하고 가는 도중의 간식은 물론이고 도착한 이후의 점심밥이나 소주, 혹은 하산 후의 하산주나 석식 등 아무것도 제공해 주는 것이 없이 다만 돌아오는 차 안에서 맥주 한 잔에다 안주로 새우깡을 몇 개 준 것이 전부였다. 정

씨가 직업적인 등산 가이드인 줄은 알고 있지만, 과거에는 이 정도는 아니었던 것으로 생각되므로, 새로 산 버스 값을 갚아나가기 위한 것인가 하는 생각도 들었다. 그렇지만 이렇게 해서는 과연 참가자의 수가 유지될 수 있을지 의문이었다. 보통 등산하고 난 이후에는 귀가하여 식사를 들지 않지만, 오늘은 허기가 져서 아내가 마련해 준 냉면을 석식으로 들었다.

23 (일) 대체로 부슬비 -장산

중앙산악회를 따라 부산 해운대의 鎭山인 萇山(634m)에 다녀왔다. 오전 8시 30분까지 장대동의 어린이놀이터 앞에서 집결하여 대절버스 한 대로 출발하였다. 나는 비가 오는지라 별로 사람이 없을 것으로 생각했는데, 버스 한 대로 모자랄 정도로 많이 왔다.

남해고속도로와 부산의 사상에서 황령산 터널까지를 가로지르는 고가도로를 경유하여 해운대구의 대천공원 입구에서 하차하여 등산을 시작할 무렵에는 비가 그쳤다. 산악회 측으로부터는 별로 등산 코스에 관한 안내가 없었으므로, 남들을 따라 넓은 길을 취해 장산계곡을 걸어 올라가 瀑布寺 입구에 다다른 무렵에야 이 길이 하산 코스임을 확인하고서, 그 길을 버리고 폭포사에서 개울물을 가로질러 상행 코스로 접어들었다. 옥녀봉(370)을 지나 중봉(381)에 다다랐고, 거기서 나무 계단을 따라 한참 올라간 지점의 통신 시설이 있고 조망이 탁 트여 해운대 지구를 중심으로 한 부산의 전경이 넓게 펼쳐지는 지점에서 부슬비를 맞으며 혼자 점심을 들었다.

장산은 정상 부근에 군사시설이 있는지라 일반인의 출입이 금지되었다가 불과 4~5년 전에 개방되었다고 하는데, 산이 꽤 넓고 높았다. 조선시대에는 封山으로서 나무의 벌채가 금지되어 있었다고 한다. 점심을 든 지점에서 다시 숲속 길을 걸어올라 정상 일대에 다다른 다음, 철책이 쳐진 정상을 한 바퀴 빙 둘러 군부대 입구를 지나 억새밭 쪽으로 내려왔다. 주막과 애국지사의 집을 거치고 체육공원과 양운폭포를 지나 다시 폭포사에 다다른 다음, 올라올 때 놓쳤던 등산로를 취해 내려와 대천공원 입구의 연못을 한 바퀴 빙 둘러서 출발장소 부근의 등나무 휴게소에 도착하였다. 산악회로부터 받은 유인물에는 3시간 소요라고 적혀 있으나, 실제로는 네 시간 정도 걸려 오후 3시 반 무렵에야 하산을 완료하였다.

등나무휴게소에 드러누워서 반시간 정도 우리의 대절버스가 도착하기를 기다리다가, 하산주를 들기 위해 해운대 동백섬 쪽으로의 접근을 시도해 보았다. 그러나 버스가 들어갈 수는 없는 모양인지라 진주로 돌아오는 길에 진영휴게소에 들러 준비된 술과 안주를 들었다. 이 산악회는 중앙시장 부근의 주민들 모임인지, 결성된 지 10여 년이 되었다고 하는데도 나로서는 모두 낯선 사람들이었고, 자기네들끼리는 서로 잘 아는 사이인 모양이었다.

7월

21 (일) 대체로 맑으나 낮 한 때 부슬비 -거창 장군봉

청심산악회를 따라 경남 거창군 가조면과 가북면의 경계에 있는 장군봉(956m)에 다녀왔다. 대절버스 한 대에 절반도 안 찬 인원이 타고서 오전 8시에 시청 앞, 8시 반에 제일예식장 앞을 출발하여 대진·88고속도로를 경유해 가조로 접근하여, 가조면 사병리 병산마을에서 하차하여 등산을 시작했다.

나는 이즈음 늘 그렇듯이 산에 오를 때는 숨이 가빠 일행의 뒤에 쳐져서 내 페이스대로 천천히 올랐다. 도중의 724봉에서 먼저 간 여자 산악인에 대한 추모비를 보았고, 872봉을 거쳐 정상인 장군봉에 올랐다. 정상 바로 아래의 바위봉우리에 오르니 조망이 시원하게 트이고 우리 일행이 그 아래 안부에서 점심을 들고 있는지라, 나도 바위봉우리 위에 앉아서 드넓게 펼쳐진 가조 들을 바라보며 혼자서 점심을 들기 시작했다. 그랬더니 머지않아 안개가 몰려들면서 빗방울이 듣기 시작하더니, 조망은 다 사라지고 점차 빗방울이 굵어졌다. 식사를 마친 후 안부로 내려가

서 우리 일행이 나무 기둥에다 연결하여 펼쳐 놓은 플라이 천막 아래서 비를 좀 피하고 있다가, 정상을 거쳐 장군재에서 하산 길에 나섰다.

계곡 길을 경유하여 종점인 고견사 주차장에 닿았으나, 거기까지는 버스가 올라올 수 없어 또 한참을 걸어 내려갈 수밖에 없었다. 3시 50분 무렵에 하산을 완료하여, 하산주를 들고서 귀가했다.

28 (일) 오전 중 비 오다가 그침 -희아산, 삼산

청솔산악회를 따라 전남 谷城郡 木寺洞面, 竹谷面과 順天市 月燈面의 경계에 있는 희아산(763.8m)과 三山(765)에 다녀왔다. 오전 8시 반에 우리 아파트 앞의 구 역전에서 대절버스 두 대로 출발하여 남해·호남고속도로를 경유하여 나아간 후, 승주 톨게이트에서 빠져나와 857번 지방도 상의 승주읍과 월등면의 경계에 있는 노고치에서부터 등산을 시작했다. 노고치에서 헬기장이 있는 닭봉까지는 호남정맥을 따라가는 코스였다.

아침 내내 비가 내리고 전북 등지에는 호우주의보가 발동되기도 했으나, 오전 10시 7분 무렵 등산을 시작할 때는 그쳤고, 오후에는 햇빛도 났다. 그 대신 시종 습도가 높아 힘들었다. 비틀재와 닭봉(744)을 지나 12시 3분에 희아산에 도착하였고, 거기서 더 나아가 삼산에 가까운 곳에서 일목회 팀과 어울려 점심을 들었다. 희아산을 지나서부터는 대체로 평탄한 능선 길이었다. 삼산을 거쳐서는 원래 飛來峰(690.8)을 경유하여 곡성군 목사동면의 용사리 쪽으로 빠질 예정이었지만, 도중에 변경하여 삼산에서 바로 수곡리 쪽으로 내려갔다. 그 일대의 구룡리는 고려 개국공신인 申崇謙 장군이 태어난 곳이라고 한다. 그곳에 그를 기념하는 龍山齋와 동상도 세워져 있는 모양이다.

하산을 마친 후 개울에서 몸을 씻고 마을회관 앞의 三仙亭이라는 정자에 올라 하산주를 들었다. 진주에 도착하여서는 일목회의 정보환 씨 등과 함께 주약동 168-4번지의 낙지전문점 해오름낙지마을에 들러 다시 한 차례 술을 마셨다. 정 씨는 나보다 한 살 위인데, 평소에도 가끔씩 내게 반말을 하는 경우가 있더니, 오늘은 작심하고서 반말로 일관하고 있었다.

8월

4 (일) 대체로 맑으나 저녁 무렵 비 ─방음산, 해들개봉, 호거대
   (장군봉)

대봉산악회를 따라 경북 청도군 운문면에 있는 방음산(581m) 해들개봉(614) 호거대(507)에 다녀왔다. 오전 8시 30분에 장대동의 구 현대예식장 앞에서 출발하게 되어 있는데, 8시 15분쯤에 도착하여보니 이미 좌석이 다 차고 복도에 서 있는 사람도 너무 많으므로 더 이상 받을 수 없다는 총무의 말이었다. 그럼에도 불구하고 안으로 들어가 보니 역시 상황이 그러했다. 그냥 복도에 서 있었더니 내리라는 말은 없었고, 아직 출발시간이 되지 않았음에도 불구하고 20분쯤에 그냥 떠났다. 복도에 놓은 임시의자에 걸터앉아서 갔다.

남해고속도로와 진영·밀양을 경유하여 11시 15분쯤에 운문사터미널 주차장에 도착하여 등산을 시작했다. 절 입구의 운문천 일대는 몰려든 피서객들로 말미암아 해수욕장처럼 북적대고 있었다. 피서객들이 쳐 놓은 텐트 사이를 누비면서 등산로 입구에 접근하였다.

방음산을 거쳐 오늘의 최고봉인 해들개봉에 다다라 일행 중 최고령자인 강대열 씨와 더불어 점심을 들었다. 장군봉이라고도 부르는 산봉우리 하나가 커다란 독립바위로 이루어진 호거대를 지나 명태재에서 주차장 쪽으로 하산하였다. 운문사의 일주문에는 '虎踞山 雲門寺'라고 쓰여 있는데, 이 호거산이 어디인지에 대해서는 설이 구구한 모양이지만, 절 왼편의 가까운 봉우리인 호거대를 가리키는 것이라는 말도 있다.

하산 한 후에는 다리 밑의 운문천에서 몸을 씻고 옷을 갈아입은 후, 배낭을 대절버스에 갖다 두고서 운문사에 다녀오려 했지만, 버스 곁에는 이미 하산주의 판이 벌어져 있고 강대열 씨가 왜 이제 오느냐고 하면서 나를 부르므로, 절의 코앞까지 와서도 들르지는 않고서 그냥 주저앉았다.

돌아오는 길은 교통정체를 피해 부곡온천을 경유하여 영산에서 구마고속도로로 접어들었다. 오는 길에 미화에게 전화를 걸어보았더니, 간밤

에 친구들과 함께 외송 별채의 창고에 보관해 둔 맥주 한 박스를 꺼내어다 들었고, 부엌의 차 주전자를 떨어트려 깼으며, 파리를 잡으려고 하다가 거실의 내 서가를 손상케 했다는 것이었다. 맥주나 그릇은 새로 사면 그만이지만 아직 책을 한 번 꽂아보지도 않은 서가를 파손시켰다는 말은 충격적이었다. 아직 현장을 보지 못했으므로 정확한 상황은 파악이 되지 않지만, 아마도 술에 취해 벌어진 일이 아닐까 싶다. 더 이상 산장을 빌려주어서는 안 되겠다는 생각이 들었다.

11 (일) 맑으나 무더워 -우미산

상대산악회를 따라 전남 고흥군 영남면에 있는 우미산(449.7m)에 다녀왔다. 오전 8시 30분까지 시청 앞 육교 밑에 집결하여 대절버스 한 대에 빈자리를 꽤 남겨두고서 출발하였다. 남해고속도로와 광양에서부터 이어지는 목포행 새 도로를 따라 고흥군에 접근한 뒤, 같은 영남면에 있는 팔영산(606.7) 아래를 지나서 13번 지방도를 따라 10시 40분에 바닷가인 우천리의 우암마을에 도착하여 등산을 시작하였다.

제1, 제2전망대를 지나 중앙삼거리에서 우미산 방향으로 접어들어 2km 정도 더 나아간 다음 오후 1시에 정상에 도착하였다. 정상은 무너진 봉화대의 돌더미가 널려 있는 곳이었다. 바람 한 점 불지 않는 산속을 다만 나무그늘에 의지하여 앞으로 계속 나아갔다. 기운이 빠져서 강대열 씨랑 경상화공약품을 경영하는 이영근 씨 등과 함께 제일 뒤에 처져 남열전망대의 정자에서 쉬고 있다가, 여자 총무가 전화를 걸어 불러온 대절버스를 타고서 3시 5분에 남열리의 남열해수욕장으로 하산하였다. 이영근 씨는 과거에 함께 네팔의 안나푸르나 트레킹에 참가하기도 했었는데, 지금은 당뇨와 고혈압에다 심근경색 증세까지 있어 일행 중 제일 끄트머리에 처져서 산을 내려왔다.

하산 지점 직전의 바닷가 언덕 위에 우주발사전망대가 있어서 해수욕장과는 데크 계단으로 연결되어 있었다. 길쭉한 로켓 모양을 하고서 세로로 세워져 있고 바깥 면은 모두 유리창으로 둘러싸인 곳인데, 고흥반도의 남쪽 끄트머리 봉래산 일대에 있는 발사대에서 우주선을 쏘는 광경을 바라볼 수 있게 만들어진 곳이었다. 이곳에 우리나라에서는 유일한 우주 발사대가 있는 까닭에 고흥 군내에는 '우주' 자가 들어간 휴게소도 있고, 우천리로 나아가는 도중의 돌다리 난간도 길쭉한 우주 로켓 모양을 한 것이 눈에 띄었다.

옷을 입은 채로 남열해수욕장에 들어가 보았다. 해수욕을 해본 것이 얼마만인지 알 수 없을 정도이지만, 헤엄을 치지는 않고 다만 바닷물에 목까지 담그고서 주변에서 노는 사람들의 모습을 지켜보았다. 바다에서 나와 옷을 갈아입고는 해수욕 하러간 일행이 모두 돌아오기를 기다려, 우주발사전망대 입구의 광장으로 이동하여 두부와 김치를 안주로 하산주를 들었다.

18 (일) 맑음 −박달산

신화산악회를 따라 충북 槐山郡 甘勿面과 長延面의 사이에 있는 朴達山(825.4m)에 다녀왔다. 예약해 둔 차량의 고장으로 말미암아 시청 앞에서 한참을 대기하다가 오전 8시 반쯤에 다른 버스를 타고서 출발하였다. 대진·남해·구마·중부내륙고속도로를 경유하여 괴산 요금소로 빠져나온 후, 19번 국도를 따라서 11시 55분에 이 두 면의 사이에 위치한 누(느)릅재에 도착하여 등산을 시작하였다.

740봉과 헬기장이 있는 800봉을 경유하여 오후 1시 40분쯤 정상에 도착하니 꼭대기에는 산불감시탑인지 송신탑인지 모를 철탑이 서 있었다. 거기서 한참을 더 내려가 동골재에 다다라 일행과 함께 점심을 들었다. 일찍 식사를 마친 사람들 일부는 원래 예정된 코스대로 능선 길을 따라서 780봉과 장연면 추점리의 추점저수지를 거쳐 종점인 석산교 주차장 쪽으로 나아갔으나, 이럭저럭 식사를 마치고 나니 제일 꼴찌가 되고만 나는 우리 일행의 대부분이 나아갔다고 하는 골짜기 길을 따라서 하산하여 그 계곡이 거의 끝나가는 지점에서 목욕을 하고 옷을 갈아입은 후 종점으로 나아갔다.

돼지족발을 안주로 하산주를 들고서 밤 9시 가까운 시각에 귀가하였다.

25 (일) 맑음 -학대산, 문복산, 개 (계) 살피계곡

어제까지 이틀간 비 온 이후로 기온이 쑥 내려가 제법 시원하다. 불과 며칠 사이에 날씨가 天壤之差로 달라졌다.

청솔산악회를 따라 경북 청도군 운문면과 경주시 산내면의 경계에 위치한 文福山(1,013.5m)과 학대산(964m)에 다녀왔다. 우리 아파트 옆의 구 역전에서 대절버스 두 대로 오전 8시 30분에 출발하였다. 버스 두 대 중 1호차는 조용히 가기를 원하는 사람이, 2호차는 춤추고 놀기를 좋아하는 사람이 탄다고 한다. 남해고속도로를 거쳐 동창원에서 25번 국도로 빠져나온 다음, 남밀양 IC에서 중앙고속도로를 탔고, 24번 국도와 69번 지방도를 경유하여 오전 10시 38분에 해발 640m의 운문령에서 하차하였다. 영남알프스의 최고봉인 가지산(1,241m)에서 뻗어 내린 산 능선을 지나가는 운문령은 예전에는 비포장이었던 듯한데, 언제부터인지 아스팔트로 포장이 되어 있다.

운문령에서부터 청도군 운문면과 울산광역시 울주군 상북면의 경계를 이루는 낙동정맥 능선을 따라서 얼마간 북상하다가, 경주시와의 경계인 894.8봉에서 낙동정맥을 벗어나 문복산 방향으로 곧바로 북상하였다. 도중에 학대산 표지석을 지나고서 한참을 더 간 후에 회장인 김계세 씨 등 우리 일행이 막 식사를 시작한 장소에 어울려 함께 점심을 들었다. 식사 후에는 오르막길을 한참 동안 올라 마침내 문복산 정상에 다다랐고, 거기서 조금 되돌아 나온 후 가파른 비탈길을 따라 계속 내려와 수량이 풍부한 개(계)살피계곡을 만났다.

개살피계곡의 등산로 가에서 '嘉瑟岬寺遺蹟地(聖域保存地)'라고 새겨 우뚝 세워진 네모난 비석을 만났다. 아무런 설명이 없었지만, 여기는 圓光法師가 隋나라에서 돌아온 후 신라 진평왕 22년(서기 600년)에 자기를 찾아온 貴山과 箒項 두 화랑에게 이른바 世俗五戒를 전수했다고 하는 장소이다. (『삼국사기』열전) 그러나 그 장소가 협소하여 절이 들어설 수

있는 터는 아닌 듯하였다.

시원한 계곡물을 따라서 한참을 더 내려온 후, 커다란 바위들로 가려진 어느 폭포 아래의 늪에서 혼자 알탕을 하고 있으니 다른 남자 등산객들 몇 명도 내가 갓 목욕을 마친 장소로 내려와 팬츠를 입은 채 목욕하기 시작했다. 오후 3시 40분 무렵에 69번 지방도를 만나는 삼계리에 다다라 오늘 산행을 마쳤다. 회장의 말에 의하면, 오늘 코스는 약 10km 정도 된다고 한다.

콩국 등으로 하산주를 든 후, 운문천과 운문호를 거쳐 밀양의 송림휴게소에서 잠시 쉰 후, 갈 때의 코스를 따라 돌아왔다. 도중의 남해고속도로 가 함안휴게소에서 갈 때는 이마에 둘러쓰고서 땀이 안경으로 흘러내리는 것을 방지할 수 있는 헝겊 띠를 사고, 돌아올 때는 외송에서 일할 때 쓸 챙이 넓은 여름 모자를 하나 샀다.

9월

8 (일) 맑음 -용소, 칠선계곡, 광점동

개척산악회를 따라 지리산 칠선계곡에 다녀왔다. 오전 8시에 남중학교 앞에서 대절버스를 타서 26명이 함께 떠났다. 대진(대전-통영)고속도로를 경유하여 북상하다가 생초 요금소에서 빠져나와 지방도로를 따라 함양군 유림까지 간 후, 50번 지방도로를 만나 휴천계곡으로 나아가다가 마천면에서 의탄교를 건너 지리산 골짜기로 접어들어 추성리에서 하차하였다.

먼저 추성리 부근의 다른 골짜기에 있는 龍沼를 둘러본 후 칠선계곡으로 접어들었다. 칠선계곡에 와 보는 것은 실로 오랜만인데, 추성마을도 그렇지만 그 새 너무 개발이 많이 되어 거의 옛 모습을 찾아볼 수 없었다. 등산로도 많이 넓어지고 처음의 일부 구간은 돌로 포장까지 되어 있었다. 예전에 두 번 정도 철학과 학생들과 함께 천왕봉에서 추성리 쪽으로 내려온 적은 있었으나, 추성리에서부터 올라가기는 처음이다. 七

仙계곡은 설악산의 千佛洞계곡, 한라산의 耽羅계곡과 더불어 한국의 3대 계곡에 들므로, 지리산에서는 으뜸가는 계곡이라 하겠다.

2008년 1월 17일부터 2027년 12월 31일까지 국립공원특별보호구로 지정되었는데, 2011년부터 2013년까지 비선담에서 천왕봉까지 5.4km 구간은 탐방예약·가이드제가 실시되어 미리 예약한 사람에 한하여 국립공원관리공단 직원의 인솔 하에 5~6월과 9~10월에 한해 추성 주차장에서 천왕봉까지의 올라가기 구간은 월·목요일, 그 반대의 내려가기는 화·금요일에 한해 입산이 허용된다고 한다. 우리는 추성동에서 비선담까지 4.3km 구간만을 왕복하였다. 도중의 선녀탕에서 일행과 함께 점심을 들었다. 선녀탕과 그 위쪽의 옥녀탕, 비선담이 모두 도가와 관련되는 이름인데, 그래서 칠선계곡이라는 이름이 붙었는지도 모르겠다. 올라가는 도중의 계곡에는 유난히 호두나무가 많았다.

오후 2시 남짓에 하산을 완료하여 하산주를 두어 잔 마시다가, 혼자서 광점동·어름터를 구경하러 떠났다. 서암·벽송사 가는 길을 따라가다가 절 쪽으로 빠지지 않고 곧장 나아가면 되는데, 나는 광점동에서 길을 잘못 들어 삼거리에서 어름터 방향으로 가는 직선코스가 아니라 좀 더 넓어 보이는 오른쪽 포장도로를 따라 한참 올라가다가 나중에야 길을 잘못 든 것을 알고서 그냥 되돌아왔다. 오후 4시 30분에 추성동을 출발하여 진주로 돌아왔다.

오늘의 일행 중에 17년 전 백두대간 구간종주를 함께 했었던 당시의 등반대장 오두환 씨를 만났다. 그는 지금도 당시의 백두대간산악회를 그대로 운영하고 있다고 한다.

15 (일) 맑음 -만수봉

정상규 씨의 비경마운틴을 따라 월악산의 만수봉(983.2m)에 다녀왔다. 진주시청 앞에서 오전 6시 10분에 비경마운틴의 전용버스를 타고 봉곡동에서 집현면 쪽으로 빠져 고령 가는 국도와 중부내륙고속도로를 경유하여 북상했다. 합천에서 여자 6명이 합류하여 모두 20명이 되었다.

문경새재 요금소에서 3번 국도로 빠져나와 이화령과 수안보를 거쳐 597번 지방도로 빠져서 송계계곡으로 들어갔다. 들판에는 벼가 누렇게 익어가고 있었다. 도중에 차 안에서 장윤정의 뮤직비디오를 시청하였는데, 마음에 들어 귀가할 때 장윤정의 CD를 하나 샀다.

갈 때까지는 몰랐지만, 알고 보니 오늘 우리가 오르기로 한 松界계곡 팔랑소에서 용암봉 릿지와 용암봉(892)을 거쳐 만수봉에 이르는 코스나 만수봉에서 덕주봉(890)-덕주릿지-왕관봉을 거쳐 물레방아휴게소에 이르는 코스가 모두 비법정 등산로였다. 그러므로 어차피 불법적으로 등산로에 진입하지 않을 수 없게 되었는데, 오전 10시 무렵에 우리가 송계계곡의 길 가에 차를 세우고서 등산을 시작하려는 무렵에 국립공원관리공단의 사람들이 그 근처로 와 차를 세우므로, 그들의 감시의 눈을 피해 다시 차를 타서 좀 더 내려간 지점의 와룡대 주차장에다 차를 세웠다. 버섯재배단지 속을 뚫고 들어가, 원래의 계획을 바꾸어 하산로인 덕주릿지에 먼저 올라 왕관봉-덕주봉을 거쳐 만수봉으로 향했다.

덕주봉 못 미친 지점에서 점심을 들고, 제일 뒤에 쳐져 가다가 만수봉 부근에서 일행을 만나 그들이 향하는 코스로 접어들었다. 그들이 앞서 간 합천 여성들이 계곡 코스로 갔다기에 덕주릿지와 용암봉릿지의 사이에 있는 고무서리계곡으로 간 줄로 알고 나도 그 길을 따라 계속 내려왔는데, 다 내려오고 보니 엉뚱하게도 용암봉릿지에서 한참 바깥쪽인 미륵리 부근의 萬壽橋에 닿았다. 만수교 부근에서 계곡물 속에 들어가 팬츠를 입은 채 목욕을 했는데, 아마도 올해로서는 마지막 야외 목욕이 되지 않을까 싶다.

만수교에서 지방도를 따라 한참을 걸어 내려와 오후 5시 30분에 臥龍橋에서 먼저 내려온 일행과 합류하였다. 밤 9시 50분쯤에 귀가하였다. 오늘 하산로에서는 일행이 간 용암봉릿지 쪽으로 빠지지 못하고 만수계곡을 따라 내려왔지만, 예전에 무박산행으로 그 코스를 따라서 정상규씨 팀과 함께 만수봉으로 올라간 적이 있었다.

22 (일) 흐리고 한 때 부슬비 -청화산, 주륵사 폐탑지

일송산악회를 따라 경북 구미시 도개면과 의성군 구천면의 경계에 위치한 靑華山(700.7m)에 다녀왔다. 8시 30분까지 운동장 1문 건너편에서 집결하게 되어 있었는데, 기사가 명절 뒤라 휴일인 줄로 알고서 착각하여 20분 정도 늦게 도착하였다. 봉곡동 뒷길과 고령까지 이르는 국도, 그리고 중부내륙고속도로를 경유해 북상하여 구미시 선산읍의 선산요금소에서 빠져나왔고, 선산의 洛南樓 앞을 경유하여 68번 지방도로 오전 11시에 구미시 도개면 땅재에 도착하여 등산을 시작하였다.

등산로는 대체로 차 한 대가 지나갈 수 있을 정도로 넓었고, 잔디가 심겨져 있었다. 박곡봉 또는 용솟음봉으로도 불리는 정상에 다다라 보니 거기에 정자가 서 있고, 정자 안에는 우리 일행이 빼곡하게 들어앉아서 식사를 하고 있었는데, 그 틈에 끼어들기가 무엇하여 나는 바깥에서 넓은 들판의 경치를 바라보며 혼자 점심을 들었다. 들판 한가운데로 낙동강이 유유히 흘러가고 있었다. 청화산에서 별로 멀지 않은 거리에 있는 구미시 해평면 송곡리의 냉산(691.6m) 기슭에 있는 신라 불교의 전래지 도리사에는 두어 번 가본 적이 있었다. 정상에서 땅재까지는 4.2km, 종착지인 다곡리 다항마을까지는 4.3km, 목적지로 가는 도중의 주륵폭포까지는 3.0km라고 이정표에 적혀 있었다.

주륵폭포는 커다란 암반에서 떨어지는 물줄기인데, 수량이 적어 여남은 줄의 물줄기가 흘러내리는 정도라 폭포라는 이름을 무색케 할 정도였다. 그 아래쪽에 朱勒寺 廢塔址가 있기 때문에 이런 이름이 붙은 것인데, 오후 3시 35분 종점에 다 닿을 때까지 폐탑지의 안내판은 보이지 않았다. 다항마을의 정자 아래에서 하산주를 몇 잔 마시다가 거기서부터 450m 위에 있다고 하는 폐탑지를 찾아나서 보았다. 왔던 길을 역방향으로 도로 올라서 삼거리에 다다르니 이쪽 편에서 올라가는 방향에만 보이는 폐탑지 길 안내 표지가 눈에 띄었다. 그 표지를 보고서도 진입로를 찾아 한참을 헤매다가 간신히 100m 쯤 떨어진 거리에 있는 폐탑지에 닿았다. 8세기 후반에서 9세기 전반에 제작된 것으로 추정되는 것이라

고 하는데, 무너진 탑의 잔해만이 쌓여 있었으나 꽤 큰 규모의 것임을 알 수 있었다. 구미시 도개면 다곡리 123번지에 소재하며, 지금은 경상북도 문화재자료 제295호로 지정되어져 있었다.

29 (일) 흐리고 때때로 부슬비 내리다가 저녁부터 비 -대우조선공업, 칠천도 옥녀봉, 거제맹종죽테마파크

한보산악회를 따라 거제시 河淸面 七川島에 있는 옥녀봉(232.2m)에 다녀왔다. 시청 앞에서 오전 8시 30분에 대절버스 한 대로 출발하여 남해 및 대전·통영간고속도로를 경유하여 거제도로 들어갔다. 오늘 보니 남부지방은 추수를 마친 논이 훨씬 더 많았다.

먼저 옥포만에 있는 대우조선공업에 들러, 10시 30분부터 여자 안내원의 설명을 들으면서 그 구내의 商船구역을 견학하였다. 북한군의 기습을 받아 격침된 천안함을 끌어올린 해상크레인도 구내에서 바라볼 수 있었다. 이곳에는 4만5천 명의 종업원이 근무하며, 100% 주문제작을 하는데, 작년 한 해 동안 70척을 건조하였고, 12조5천억 원에 달하는 매출을 올렸다고 한다.

그 다음, 거제도의 북쪽 끝으로 이동하여 철천도로 들어가는 연륙교를 건넜다. 연륙교를 건너기 전 하청면 實田里에 금년 7월 2일에 개관한 칠천량해전공원전시관이 있고, 연륙교의 동단에 칠천량 해전 해설비도 있다고 하나, 우리는 들르지 않았다. 이곳 거제 본도와 칠천도 사이의 漆川梁에서 1597년(정유) 7월 16일 새벽에 일본 수군 600여 척의 기습공격을 받아 삼도수군통제사 원균이 이끄는 조선 수군은 160여 척을 잃었고, 전라우수사 이억기, 충청수사 등이 전사하였으며, 원균은 고성 쪽으로 상륙하여 피난하다가 역시 왜군에 의해 살해당하여 조선 수군은 궤멸상태에 빠졌던 것이다. 이에 앞서 7월 14일에 조선 수군은 가덕도와 영등포 등에서 일본군의 습격을 받아 큰 손실을 입고서 후퇴하여, 7월 15일 밤을 이곳 칠천량에서 보냈던 것이다.

우리는 칠천도 蓮龜里의 장안마을 입구에서부터 등산을 시작하여, 얼

마 후 최고봉인 옥녀봉에 올랐다. 정상에는 팔각정이 있었는데, 거기서 다른 산악회 사람들이 점심을 들고 있었으므로, 우리는 좀 더 내려간 지점에서 점심을 들었다. 원래 예정으로는 그 능선 길을 따라 계속 북상하여 굿등산(159.4m)까지 오른 다음, 만덕치에서 칠천량 쪽에 접한 옆개 해수욕장을 거쳐 勿安마을로 도로 내려올 예정이었지만, 도중에 비포장 산복도로를 만난 지점에서 길을 잃고 헤매다가 비포장도로를 따라 14번 지방도로 내려와, 북상하여 물안마을에 도착하였다. 물안마을의 뒷산이 굿등산인데, 그 산에서 굿을 많이 한 까닭에 이런 이름이 붙었다고 한다.

콘크리트 포장이 된 물안마을 앞의 바닷가에서 하산주를 들고는 돌아오는 길에 하청면 실전리 880(거제북로 700)에 있는 거제 맹종죽 테마파크에 들렀다. 그러나 둘러보고 있는 도중에 소나기가 내리기 시작하여 중단하고서 버스 있는 곳으로 내려올 수밖에 없었다. 귀가 길의 어느 정류장 매점에서 내가 좋아하는 꽁치젓을 한 통 구입하였다.

10월

6 (일) 흐리다가 등산 때는 비 -천황사, 얼음골, 천황산(사자봉)
망경산악회를 따라 밀양시 丹場面과 울산광역시 蔚州郡 上北面의 경계에 위치한 천황산(사자봉, 1,189m)에 다녀왔다. 오전 8시 30분까지 우리 아파트 옆의 구 역전에 집결하여 대절버스 한 대로 출발하였다. 시내에는 구 망경산악회였던 망진산악회가 있으나, 이것은 그것과 다른 것으로서 1999년 8월에 창립하여 오늘로서 166차 산행이 된다고 하는데, 망경동 주민이 주가 된 산악회인 모양이었다. 얼굴이 익은 사람은 한 명도 없었다.

남해고속도로를 따라가다가 진영 부근에서 밀양 쪽으로 접어들어 목적지로 나아갔다. 오전 10시 45분쯤에 밀양시 산내면 남명리의 구연 주차장에 내려, 얼음골 코스를 따라서 올라갔다. 버스를 타고 갈 때는 날씨가 매우 흐렸으나, 등산을 시작할 무렵부터 비가 내리기 시작하였다. 먼저 천황사에 들렀는데, 이 절 법당에는 보물로 지정된 석조 불상을 모셔 두고 있었다. 몸체는 후세에 만들어 붙인 것인 모양인데, 그다지 크지는 않으나 내가 본 적이 있는 석조불상 가운데서는 가장 단아하고도 균형 잡힌 모습이었다.

얼음골에 도착해 보았더니, 내가 상상하기로는 굴속의 바위에 얼음이 맺혀 있는 것이 아닐까 싶었지만, 그렇지 않고 철망으로 접근이 차단되어져 있는 노천의 너덜지대였다. 천연기념물 224호로 지정되어져 있는데, 삼복 한더위에 얼음이 얼고 처서가 지나면 얼음이 녹으며, 겨울에는 반대로 물에 더운 김이 올라온다고 한다. 지금은 얼음이 보이지 않았다. 거기서 데크 길을 따라 옆으로 제법 한참 걸어가서 가마불폭포를 구경하였다. 수량이 적어 폭포라는 이름이 무색할 정도였다.

이쪽 코스는 바위 너덜지대가 매우 많았다. 올라가는 길의 대부분이 너덜지대라고 할 수 있었다. 비가 계속 내리는 지라 얼음골에서 2~300m 더 올라간 지점의 東醫窟이라는 바위굴에 들어가 혼자 점심을 들었다. 그곳은 소설 『東醫寶鑑』에 허준이 스승 유의태를 수술한 장소라고 하는 곳과 비슷한 점이 있어 그런 이름을 붙여둔 것이라고 한다. 산청에도 이 소설에서 힌트를 얻어 각종 유적지를 만들고 바로 지금 국제한방약초축제까지 개최하고 있는데, 실소를 금하지 못할 상업주의라고 하겠다.

정상에 올랐으나 안개로 말미암아 주위의 경관이 아무것도 보이지 않고 오후 4시의 하산시간도 마음에 걸려 載藥山(수미봉, 1,119m) 쪽으로는 가지 않고서 정상에서 바로 표충사로 향하는 최단 코스를 취해 내려왔다. 그래도 오후 4시 반이 넘은 시각에 종점인 표충사 주차장에 도착하였다. 천황산·재약산은 과거에 몇 번 오른 적이 있었으나, 오늘과 같은 코스로 오르고 내린 적은 없었던 듯하다. 오늘은 얼음골을 구경하기 위해 이 산악회를 택한 것이다.

12 (토) 맑음 -추자도, 돈대산
상대산악회를 따라 1박 2일로 제주특별자치도에 속한 楸子島로 떠났다. 밤 4시 20분까지 시청 육교 밑에 집결하여 43명이 대절버스 한 대를 타고서 출발하였다. 해남의 두륜산 아래 휴게소에서 조식을 들고, 완도에서 오전 8시에 출발하는 한일고속의 한일카훼리 3호를 타고서 10시 55분에 추자도에 도착하였다. 이 배는 하루에 한 번씩 제주도까지 왕복하는 모양이다. 추자도는 한반도와 제주 본섬의 중간 지점에 위치해 있으며, 상·하추자, 楸浦, 橫干島 등 네 개의 유인도와 38개의 무인도 등 42개의 군도로 형성되어 있는데, 우리가 도착한 곳은 하추자도의 新陽港이었다.

추자도는 1271년(고려 원종 12)까지 候風島로 불렸으며, 전남 영암군에 소속될 무렵부터 추자도로 불리게 되었다는 설과 조선 태조 5년 섬에 추자(호두)나무 숲이 무성하여 추자도로 불리게 되었다는 설도 있는데, 지금은 호두나무를 한 그루도 볼 수 없었다. 1896년 완도군에 편입되었고, 1910년 제주도에 편입된 후, 1946년 북제주군에 소속되었다가, 2006년 7월 1일 제주특별자치도제 실시로 제주시와 북제주군이 통합되어 제주시 추자면으로 소속되어, 현재 6개리(大西, 永興, 黙, 新陽1, 新陽2, 禮草)에 1,193가구, 2천3백여 명이 살고 있다. 하추자도가 좀 더 크지만, 면사무소는 상추자도의 추자항에 소재하고 있으며, 목포에서 오는 배는 추자항에 기항하는 모양이다. 신양항에는 식당도 없는 모양이었다.

우리는 신양항을 출발하여 추자도 올레 18-1 코스를 걷게 되었다. 오늘은 상추자도의 추자항까지 총 10.1km를 걸으며, 내일은 추자항에서 신양항까지 7.7km를 걷게 된다. 해안 길을 따라서 오른쪽으로 걸어 신양1리의 모진이 몽돌해안에 도착하여 그곳 바닷가에 설치된 평상에 앉아 진주에서 준비해 간 음식으로 점심을 들었다. 거기서는 제주도와 한라산이 어슴푸레하게 바라보였다. 얼마쯤 더 나아간 곳에서 黃景漢의 묘를 만났는데, 그는 帛書事件을 일으킨 황사영의 아들로서 그 아버지가 辛酉邪獄으로 처형된 후 정약용의 맏형 정약현의 딸인 모친 정난주(마리아)는 제주도 대정현의 관노로 유배되고 당시 2살이던 아들 황경한은 이곳 추자도로 유배되어 일생을 마친 모양이었다.

神臺와 예초리를 지나 섬의 최고봉인 돈대산(164m) 정상에 올랐다. 정상에는 팔각정이 서 있었다. 묵리 교차로를 지나 담수장에 이르렀다. 추자도의 식수는 빗물 의존도가 높아 가뭄에는 큰 불편을 겪어 왔으나, 2003년에 담수 정수화 시설이 건설됨으로 하여 그러한 문제가 해소되었다고 한다. 상도와 하도를 연결하는 추자교를 지났는데, 이 다리는 섬과 섬을 잇는 교량으로서는 전국 최초로 1966년에 착공하여 1993년에 파손된 이후 1995년에 새 교량이 완성되었다고 한다. 오늘 걸은 길은 대체로 1차선 콘크리트 포장도로가 많았다. 추자면사무소 앞의 계단 양쪽에는 돌하르방이 두 개 세워져 있어 제주도에 속해 있는 섬임을 느끼게 해주었다.

대서리의 추자항에 도착하여 여정여관 202호실에 남자 4명이 투숙하였고, 근처에 있는 중앙식당에서 푸짐한 석식을 들었다. 나는 예전에 부산 영도의 봉래산에 같이 올랐던 경찰 출신의 강위생 노인과 한 방을 쓰게 되었다.

13 (일) 맑음 -추자도

새벽에 일어나 혼자서 산책하여 항구 뒤편의 燈臺山공원에 올라보았다. 거기서는 바다로 전망이 탁 트여 멀리 보길도와 완도도 바라보였다. 燈臺亭이라는 콘크리트로 지은 팔각정이 있었고, 그 앞에 反共塔이 서 있었다. 1974년 5월 20일 밤 9시경에 이 마을 출신으로서 6.25 때 월북된 원완희라는 사람이 다른 2명과 함께 간첩선을 타고서 침투한 사건으로서, 당시 그들을 체포하기 위해 싸우던 도중에 희생된 4명의 군경을 기념하는 탑이었다.

오전 8시경에 조식을 든 후 9시에 출발하였다. 오늘은 먼저 추자항 뒤편의 崔瑩장군사당에 들렀다. 이 섬은 한반도와 제주도를 잇는 교통 및 군사요충지로서 고려 원종 14년(1273) 4월에 고려의 金方慶 장군이 몽고군의 炘都와 더불어 160척의 전함과 군병 1만 명을 거느리고서 상륙하여 바람을 기다리다가 제주도로 가 三別抄를 무찔렀던 적이 있었고,

그로부터 100년이 지난 공민왕 23년(1374)에는 탐라에서 元의 牧胡 石迭 里 등이 난을 일으키자 최영장군이 이를 진압하기 위해 전함 314척에 25,605명의 군병을 거느리고서 원정하던 도중 심한 풍랑으로 이곳에 정 박했다가 출발하여 3천여 기병으로 저항하는 적을 전멸시킨 바 있다고 한다.

상추자도에서 봉글레산(86m)에 올랐다가, 효자를 기념하기 위한 純孝 閣, 이곳에 유배와 入島先祖가 된 泰仁朴氏 朴仁宅을 추모하기 위한 사당 인 處士閣, 깎아지른 바위 위의 나바론 절벽, 추자등대를 지나, 다시 연륙 교에 이르러 식당에서 차로 운반해 온 도시락으로 점심을 들었다. 다리 를 지나서 다시 산길에 올라 신양항까지 돌아왔는데, 오늘 걸은 길은 대체로 산 속의 오솔길이었다. 묵리를 지나 신양 가까운 곳의 억새밭 속을 지나다가 어떤 아주머니가 따준 머루를 먹어보았다. 나는 머루가 제법 포도처럼 큰 줄로 알았으나, 실제로는 팥알처럼 작았다.

오후 4시에 어제 타고 왔었던 바로 그 배가 제주에서 돌아오는 것을 타고서 7시경에 완도에 도착하여 완도의 광주식당에서 석식을 든 후, 밤 11시경에 집에 도착하였다. 나는 일행 중 일목회의 정보환 씨 등과 어울려 아침부터 계속 술을 마셨기 때문에 집에 도착했을 때는 좀 비틀 거릴 정도로 대취하였다.

14 (월) 맑음 -창원컨벤션센터, 해인사관광호텔

오전 중 학교에서 경남발전연구원의 배유리 양이 보내온 일본여자대 학 인간사회학부 문화학과 中西裕二 교수의 논문 「문화적 가치의 상대성 과 문화관광—세계유산관광과 종교로부터 생각한다—」를 읽은 후, 교직 원식당에서 점심을 들고서 승용차를 몰아 2013대장경세계문화축전 국제 학술심포지엄이 열리는 창원컨벤션센터(CECO: Changwon Exhibition Convention Center)로 출발하였다. 국도2호선을 따라 마산시가지를 경 유하여 갔다. 알고 보니 CECO는 예전에 내가 난생 처음으로 조덕제 씨 아들의 결혼식 주례를 섰던 Pullman Hotel 바로 옆에 위치해 있었다.

심포지엄은 3층의 Convention Hall(Ⅲ)에서 오후 2시부터 개최되었다. 경남발전연구원 사회정책연구실 부연구위원인 김태영 박사의 사회로 金正權 경남발전연구원장이 개회사를 하고, 金伍榮 경상남도 도의회 의장, 해인사 주지인 善海스님, 河敞喚 합천군수가 축사를 한 후, 전 문화체육부장관, 문화재청장을 지낸 崔光植 현 고려대학교 교수가 「고려대장경의 대중화, 정보화, 세계화」라는 주제로 기조연설을 하였다. 개회식 및 주제발표가 진행되는 동안 나는 시종 맨 앞줄의 최광식 교수 옆 자리에 앉아 있었다.

주제발표로는 崔然柱 동의대학교 사학과 교수이자 이 대학 박물관장이 「〈고려대장경〉의 대중성과 문화 콘텐츠 기반」, 나카니시 유지 씨, 金振晩 帝京대학 교수가 「일본에서의 종교관광 상품화—四國遍路 사례를 중심으로—」를 발표하였다.

오후 4시 45분 무렵부터 6시 남짓까지 내가 좌장이 되어 토론 및 질의응답 시간을 가졌다. 金孝貞 한국문화관광연구원 책임연구원, 閔末順 경남발전연구원 초빙연구위원, 篠崎宏 JTB總合연구소 수석연구원, 李官燮 해인사팔만대장경 전문연구위원, 李勳 한양대학교 관광학부 교수 겸 관광연구소 소장, 韓敬九 서울대학교 자유전공학부 교수 겸 학부장의 토론이 있고 난 다음, 주제발표자들의 발언을 듣고, 플로어에서도 한 사람의 질의를 들은 다음, 6시 8분쯤에 종합토론을 모두 마쳤다. 이어서 이웃한 연회장으로 장소를 옮겨 젊은 아가씨 세 명의 음악 공연을 들으며 만찬을 가졌다.

나는 오늘의 숙소가 창원인 줄로 알았는데, 알고 보니 해인사 앞 치인리 집단시설지구에 있는 해인사관광호텔이었다. 참석을 망설이다가 가는 사람이 꽤 많다고 하므로 대절버스 두 대에 나눠 타고서 함께 떠났다. 나는 더블베드 하나에 싱글 베드 하나가 놓인 4층 1402호의 트윈 룸에 혼자 들었다. 밤늦게까지 침대에 누워서 가지고 간 『남명학의 현장』 제3권을 읽다가 취침하였다.

미국 시카고에서 온 작은누나의 친구 엔지 씨 및 케리 씨와는 계속 통화가 되지 않다가, 창원을 떠나 해인사로 향하는 대절버스 안에서 비로소 연결이 되었다. 이번 주 목요일은 부산에서 보낸 후, 금요일 아침 식사 후 출발하여 오전 중 진주에서 만나기로 약속하였다.

15 (화) 맑으나 저녁 무렵 약간의 부슬비 -해인사, 대장경테마파크
기상한 이후 계속『남명학의 현장』제3권을 읽어 2001년 4월 7일분까지 나아갔다.

1층 식당에서 조식을 든 후, 9시 50분에 집결하여 어제처럼 1호차 앞 좌석에 서울대학교의 한경구 교수와 나란히 앉아 해인사로 이동하였고, 대체로 한 교수와 행동을 같이 하였다. 이 시기에 특별히 개방되는 장판각을 포함하여 해인사 경내를 문화관광해설사의 안내에 따라 두루 구경하였다. 내가 젊은 시절에 겨울 중 들러 한 주 정도 체재한 적이 있는 金仙庵 일대는 완전히 달라져서 알아볼 수조차 없었다. 해인사 관광을 마친 후, 치인리의 해인사관광호텔 바로 아래편에 위치한 白雲(莊)식당에서 대장경밥상이라는 음식으로 점심을 들었다. 대장경밥상이란 일종의 사찰음식으로서 채식비빔밥이 위주였다.

점심을 든 후 그 일대 홍류동계곡에 조성된 소리길을 15분 정도 산책한 후 대장경세계문화축전 행사장인 대장경테마파크로 이동하였다. 알고 보니 그곳은 바로 내암 정인홍의 고향인 가야면의 각사마을이었다. 테마파크는 예전의 논에다 콘크리트로 지은 건물 세 채와 천막으로 된 가설건물 세 채가 원을 그리며 중앙의 광장을 빙 둘러싸고서 배치되어 있었는데, 우리는 그 중에서 콘크리트로 지은 건물들 내부만 둘러보았다. 중심이 되는 대장경천년관을 현지 가이드의 안내를 따라서 죽 두루 둘러본 후, 대장경빛·소리관에서 5D영상물을 10분간 시청하였고, 기록문화관에도 들러보았다. 대장경천년관에는 팔만대장경판의 진품 네 개가 전시되어 있었다.

오후 3시 반 무렵에 테마파크를 출발하여 중부내륙고속도로를 경유하여 CECO로 돌아온 후, 일행과 작별하여 승용차를 운전해 남해고속도로

를 경유하여 밤 6시 반 무렵에 귀가하였다. CECO에서 서울대 철학과의 정원재 교수로부터 내가 보내준 책과 관련한 인사전화를 받았다.

19 (토) 맑음 -진주성공원, 진양호공원, 정취암

오전 중 미국 시카고의 작은누나 친구인 엔지 씨와 케리 씨가 진주를 방문하였다. 엔지 씨는 독일계 미국인과 결혼하였고, 케리 씨는 이탈리아계 미국인과 결혼하였는데, 케리 씨의 남편은 근자에 작고하였고, 엔지 씨의 남편 짐은 작년에 정년퇴직하였다.

科技大 앞의 육교 밑으로 차를 몰고 나가 부산의 동래에서 시외버스를 타고 도착한 그녀들을 픽업한 다음, 남강변 도로를 드라이브하여 진주성 공원에 들러 공원 내를 한 바퀴 산보하였고, 정오 무렵에 평거동 754-8 번지에 있는 정식 전문의 인창원에 들러 점심을 들었다. 식사 후엔 다시 진양호공원에 들러 전망대에 올라서 진양호의 드넓은 풍광을 조망하였다. 이현동 734-1의 천마주유소에서 차에 기름을 넣고 예취기용 휘발유 도 사서 빈 워셔액 통 다섯 개에 채우고 세차도 한 다음, 외송의 내 농장 으로 들어와 아내를 포함한 여자 세 명은 함께 계곡으로 나가 밤을 줍고, 나는 근처 심거의 한결주유소로 연락하여 1년 만에 보일러의 기름을 다시 가득 채웠다.

그런 다음, 넷이서 함께 둔철로 올라가 공원의 조망대에서 장차 전원 주택이 들어설 지역들을 바라보고, 淨趣庵에 들어가 바위 절벽 위에 세워진 그 절에서 바라보는 주변의 풍경을 조망하였다. 다시 척지 마을을 거쳐서 그 주변 일대의 포장도로를 한 바퀴 둘러 드라이브한 다음, 권점 현 씨의 쉼터민박에 들러 저녁 6시로 예약해 둔 석식을 들었다. 쉼터민 박의 뒤편 계곡을 건너는 커다란 콘크리트 다리가 건설되어져 있었는데, 주인 권 씨에게 물어보니 이번 여름 중에 만든 것이라고 한다.

석식 후엔 다시 산장으로 돌아와 거실에서 삶은 밤을 들면서 잡담하 며 놀다가 취침하였다. 미국에서 온 두 부인은 1층의 큰방을 쓰고, 아내 는 2층으로 올라와 나와 함께 잤다.

20 (일) 맑음 -남해도 일주

아침을 든 후 아내가 설거지를 하는 동안 케리·엔지 씨와 함께 산책을 나섰다. 예전에 몇 번 다녔던 길로 관음사 앞을 지나 숲속으로 들어가서 에덴농원 앞을 지나 포장도로를 통과하여 돌아오는 코스를 취했는데, 숲속에 들어가 보았더니 밤은 사방에 지천으로 떨어져 있었으나, 잡초에 덮여 길을 찾을 수가 없었다. 도중에 한참을 헤매다가 결국 갔던 길로 도로 돌아 나올 수밖에 없었다.

산책에 꽤 많은 시간을 소모하여 오전 시간이 거의 다 지나가 버렸다. 진양호반 길을 경유하여 진주로 돌아오다가 내동면 삼계리 16-1에 있는 관광농원 成智園에 들러 삼계탕과 갈비탕으로 점심을 들었다. 그런 다음 집에 들러 아내를 내려준 후, 세 명이 내가 운전하는 차로 함께 남해도로 들어갔다. 도중에 삼천포의 실안 해변길을 거쳐 삼천포 대교를 지나 창선도를 거쳐서 남해 본섬으로 들어갔다. 삼동면의 방조어부림과 독일마을을 둘러본 후, 물미해안도로를 따라 미조항의 입구까지 내려간 다음, 다시 상주해수욕장, 남해읍과 관음포를 지나 남해대교를 건너서 하동군으로 들어온 후, 진교에서 남해고속도로에 올라 진주로 돌아왔다.

동방호텔에다 두 사람의 숙소를 정한 후, 함께 하연옥으로 이동해 가서 냉면과 육전으로 석식을 들었다. 그녀들을 동방호텔로 다시 데려다 준 후 나는 집으로 돌아왔다.

27 (일) 맑음 -주산지, 가메봉

정맥산악회의 148차 산행에 참가하여 경북 靑松郡 府東面에 있는 周王山 가메봉(883m)에 다녀왔다. 오전 7시까지 신안동 실내체육관 앞에 집결하여 대절버스 한 대로 출발하였다. 남해·구마고속도로를 거쳐 대구에 다다른 후, 경부고속도로와 익산·포항고속도로를 경유하여 와촌휴게소에서 잠시 정차하였고, 북영천에서 35번 국도로 빠져나와 북상하여 지방도로들을 거쳐서 청송얼음골 부근을 지나 주왕산 절골계곡으로 진입하였다. 고속도로를 벗어나 청송으로 향하는 도중의 도로변은 온통 사과나무 단지였고, 아직 추수를 하지 않은 논도 더러 보였다.

주산천계곡의 상이전 갈림길에서 하차하여 반시간 정도 옆길로 걸어 들어가서 유명한 注山池를 구경하였다. 이곳은 1720년 8월 조선조 경종 원년에 착공하여 그 이듬해 10월에 준공한 인공저수지로서, 길이 200m, 너비 100m, 수심 8m에 달한다고 한다. 호수 속에 약 150년이나 묵은 왕버들 23그루가 저수지가 생기기 전부터 자생하므로, 그 풍치가 아름다워 많은 탐방객이 찾고 있다.

돌아 나와 다시 걸어서 절골계곡으로 진입하였다. 단풍이 절정이라 수많은 탐방객이 찾고 있었다. 그래서 예전에는 절골 입구까지 차로 진입한 적이 있었지만, 오늘은 교통 혼잡으로 말미암아 상이전에서부터 계속 걸어 들어갔다. 절골계곡이 끝나고 대문다리를 좀 지난 지점의 수량이 적은 개울 가 큰 바위 위에 걸터앉아서 혼자 점심을 들었다. 거기서부터는 계속 가파른 경사 길을 타고 올라가 마침내 정상인 가메봉과의 갈림길에 닿았는데, 거기서 건너편 아래로 내려가는 길이 나 있었으므로, 나는 정상까지 갔다가 도로 내려와야 하는 줄로 생각하고서 배낭은 갈림길에다 두고 몸만 올랐으나, 알고 보니 정상에서 우리 일행은 계속 나아가 제2폭포와 제3폭포 사이의 사창골로 내려간 모양이었다. 나는 그것이 주왕산(720.6m)으로 나아가는 능선길인 줄로만 알고서 갈림길까지 도로 돌아와 큰골 쪽으로 내려갔는데, 알고 보니 그 코스는 꽤 먼 거리를 둘러가는 것이었다.

주왕계곡에 닿아서 3폭(용연폭포) 2폭(절구폭포) 1폭(용추폭포)을 두루 경유하여 대전사 쪽으로 내려왔다. 그 쪽도 역시 교통이 혼잡하여 우리 차는 주차장에 세우지 못하고서 한참 더 걸어 내려온 지점의 도로가 공터에 세워져 있었다. 닭백숙으로 하산주를 들었다. 거기서 비로소 일행 중의 潘五錫 씨를 만났다. 그는 내 지도하에 본교 대학원 박사과정에 재학하다가 도중에 부산의 동의대학교로 옮겨가 학위를 취득한 사람인데, 재학 중에 그가 하던 부동산중개업은 경기가 좋지 못하여 휴업한 상태이고, 현재는 진주에 있는 경남과기대의 평생교육원과 하동군에서 주 아홉 시간 정도 풍수와 사주에 대한 강의를 하는 모양이다.

어두워진 후에 출발하여 밤 10시경에 집에 도착하였다. 오늘은 우리 일행이 17km 정도를 걸었다고 하니, 큰골계곡을 둘러온 나는 이럭저럭 20km 정도를 걸은 듯하다.

11월

3 (일) 흐림 -태청산, 장암산

망진산악회를 따라 전라남도 영광군 대마면·묘량면과 장성군 삼계면·삼서면의 경계에 위치한 太淸山(593.5m)과 場岩山(481.5m)에 다녀왔다. 오전 8시까지 시청 앞에 집결해 대절버스 한 대로 출발한 후, 망진산악회의 원래 출발장소인 시내의 롯데인벤스 앞에서 사람을 더 태웠다. 남해고속도로와 호남고속도로를 경유하여 장성요금소를 빠져나온 후, 24번 국도와 734번 지방도로를 경유하여 오전 11시 15분에 장성군 森溪面 화산리의 대화레저관광농원 입구에서 하차하였다. 이 산악회는 과거에 우리 부부가 약 3년간 회원으로 있었던 것인데, 이제는 옛 회원들이 아무도 없어 아는 사람이 전혀 없고, 예전에는 노인들이 참가하는 진주에서 가장 오랜 역사를 가진 산악회였는데, 이제는 비교적 젊은 사람들이 임원으로 되어 있었다.

하차 지점인 몰치에서 몰치재에 오르기까지는 편백나무 숲이 계속 이어져 있었다. 지금이 전국적으로 단풍의 절정기인데, 영광군에서 가장 높다는 태청산은 주로 굴밤나무 등이 많아 단풍은 별로 볼만하지 못하였고, 그래서인지 등산하는 사람들이 많지도 않았다. 태청산 정상을 경유하여 마치와 작은마치를 지나서 장암산으로 올라가는 도중의 길가에서 혼자 점심을 들고 있으니, 뒤에 오던 우리 일행 몇 명이 더 끼어들었다. 샘터 삼거리 부근에 사각으로 된 정자가 하나 서 있고, 거기서 200m 정도 더 나아간 지점의 장암산 정상에는 팔각정이 있었다. 거기서 바라보는 주위 들판의 조망이 시원하였다. 샘터 삼거리로 되돌아온 후 계속 하산하여 종점인 사동고개에 다다랐다. 오늘은 몰치재에서부터 사동고개까지 계속 영광군과 장성군의 경계지점을 걸은 셈이다. 사동고개 부근의 장성군 森西面 학성리에는 상무대컨트리클럽이 위치해 있었다.

밤 9시 15분에 귀가하였다.

9 (토) 맑았다가 오후에 비 -금산, 독일마을, 원예예술촌

인문대 교수친목회의 야유회가 있는 날이다. 오전 9시에 인문대 뒤편 주차장에서 대절버스 한 대로 출발하였다. 참석인원은 교수 13명에 한문학과 조교 한 명이며, 돌아올 때 삼천포 실안에서의 저녁 회식에 영문과의 김길수 교수가 참여하여 교수는 모두 14명이 되었다.

삼천포와 창선도를 경유하여 남해군 삼동면으로 들어간 후 난음리를 경유하여 이동면의 앵강만 가를 거쳐서 상주면으로 이동하여, 금산 등산로 입구의 주차장에다 일행 중 절반 정도를 하차시켜 주었다. 나를 포함한 나머지 일행은 그대로 차에 타고 있다가 다시 앵강만을 따라 북상하여 보리암 진입로로 이동하였고, 그 주차장에서 마을버스로 갈아타고서 보리암 아래편으로 이동하였다.

먼저 錦山(705m)의 정상인 문장암에 올랐다가, 그 부근에 있는 단군성전에 들렀으며, 화엄봉·일월봉·제석봉을 거쳐서 점심식사 장소인 부산산장에 닿았다. 금산 입구에서부터 등산해 온 사람들은 벌써 산장에 닿아 있었다.

점심을 든 후, 철학과의 신임교수 김준걸 씨와 함께 예전부터 소문을 들어 온 금산의 '徐市過此' 刻石을 찾아보기 위해 좌선대·상사바위와 부소암을 거쳐 두모 방향으로 난 등산로를 따라서 내려가기 시작했다. 그러나 등산로 주변 여기저기에 세워진 안내도에는 각석바위의 위치가 보이지만, 정작 그 글씨가 새겨져 있다는 거북바위의 존재를 알리는 표지는 아무것도 눈에 띄지 않았기 때문에, 우리는 결국 계속 걷다가 그쪽 코스의 국도와 만나는 등산로 입구인 두모 주차장까지 내려오고 말았다. 아마도 유적의 훼손을 막기 위해 남해군에서 일반인의 접근을 차단하려

고 일부러 그 입구의 안내 표지를 없애 버린 것이 아닌가 한다.

오후 2시 무렵부터 비가 내리기 시작했는데, 두모 주차장에서 벽화 청소를 하는 인부들의 비닐 지붕 아래로 들어가 비를 피하고 있다가 우리들이 타고 갔던 대절버스가 태우러 오기를 기다려 물미해안도로를 따라 물건리로 올라와 독일마을에 들렀다. 그 일대의 원예예술촌 안에 있는 석부하우스에 들러 그 2층에서 아메리칸 커피를 마셨고, 삼천포대교를 거쳐 돌아오는 길에 실안의 유자식당에 들러 장어구이를 안주로 술을 마시고 장어탕으로 저녁식사를 하였다.

학교로 돌아왔다가 해산하여, 나는 김준걸 교수를 태우고서 내 차를 운전하여 밤 8시 무렵에 귀가하였다.

16 (토) 맑음 -금북정맥(안흥~쉰고개)

비경마운틴을 따라 충남 태안군 근흥면으로 떠나 금북정맥 1차 산행에 참가했다. 오전 5시 10분에 남중학교 정문 앞에서 정상규 대장이 운전하는 비경마운틴의 전용차를 타고서 출발하여 통영·대전, 익산·장수, 호남, 당진·대전 간 고속도로를 경유하여 32번 국도로 접어든 다음, 서산시·태안군을 경유하여 603번 지방도로를 타고서 태안해안국립공원의 서쪽 끝인 근흥면 정죽리의 안흥 마을에 도착하였다. 9시 54분에 安興城址에 닿았다가, 신진도로 건너가는 긴 다리 아래에서 해안선을 따라 걸어서 태안비치컨트리클럽을 지나 바닷가 모래사장 끝의 바위 아래로 이동하여 10시 30분에 산신제를 지냈다.

오늘 코스는 바닷가 언덕의 팔각정에서부터 등산을 시작하여 머지않아 정상에 군인부대의 레이더가 설치되어져 있는 최고봉인 지령산(218.2m)에 다다른 것을 제외하고서는 그저 100m 안팎의 고만고만한 야산들이었다. 따라서 도로나 마을을 자주 지나게 되며, 그 때문에 길이 끊어진 곳도 많아서 여러 번 길을 잃고서 헤매었다. 죽림고개에 이르러 이미 차를 몰아 거기까지 이동해 대기하고 있는 정 대장을 만나 함께 점심을 들었다. 거기까지는 남들과 같이 이동하였는데, 점심 때 내가 술을 좀 든 까닭인지 오후 일정에는 일행으로부터 뒤쳐져 후미를 맡은 제일여고 체육교사 유두호 씨와 함께 시종 제일 뒤에 처져서 남보다 반시간쯤 늦게 오늘의 종착점인 매봉산(101.6m) 건너편 시목리의 32번 국도와 만나는 지점인 쉰고개에 도착하였다. 예전에 안나푸르나 트래킹을 함께 한 바 있는 유 씨의 도움이 없었더라면 도중에 길을 잃고서 종점까지 다다르지도 못했을 것이다.

오늘의 첫 산행에는 9명이 참가했고, 기사 역할을 한 정상규 씨까지 포함하면 10명이다. 나는 예전에 동산산악회를 따라 겨울에 금북정맥 1차 산행에 참가한 바 있었는데, 오늘은 그 코스를 역방향으로 거슬러 오른 것이다. 오후 5시 30분에 등산을 완료했는데, 도착한 후 곧 어두워졌다. 오늘 코스는 유두호 씨가 GPS로 측정해 보니 총 24.6km였다고 한다.

저녁식사 할 적당한 식당을 찾아 당진·예산에 들렀다가, 결국 예산군 덕산면 신평리 364-5에 있는 옛골이란 식당에 들러 간장게장정식과 된장찌개 등으로 식사를 했다. 집에 도착하니 자정 무렵이었다.

24 (일) 맑으나 밤부터 비 -비진도 선유봉

망경한보산사모의 제13차 창립 1주년 산행에 동참하여 통영시의 비진도에 다녀왔다. 7시 30분까지 망경한보아파트의 입구에 집결하여 대절버스 한 대로 출발하였다. 이 산악회는 망경한보아파트의 주민들 모임인데, 지난번에 이어 두 번째로 신문에 광고를 내어 일반 1일 회원들도 모집했다고 한다. 이즈음 등교할 때면 연암공업대학 입구에서 통합진보당의 남자 시의원 한 사람이 매일 아침 진보당의 해산과 자신의 시의원 해직을 막아달라면서 차를 타고서 지나가는 시민들에게 큰절을 하고 있는데, 그 사람도 동참하여 진주시의 도시계획 사항들에 관해 통영으로 가는 버스 속에서 설명하였다.

비진도는 통영에서 매물도로 가는 도중에 위치해 있기 때문에 과거에 몇 차례 그 외항을 경유한 적은 있었지만, 직접 내려 보기는 이번이 처음이다. 섬은 아령 혹은 여성의 브래지어처럼 생겨, 가운데에 가느다란 해수욕장의 모래사장을 사이에 두고서 두 섬이 아래위로 연결되어 있다. 우리는 통영시 서호동에 있는 통영항여객선터미널에서 2층으로 된 작은 배를 타고서 40~50분 정도 걸려 그 중 위쪽에 있는 내항의 선착장에 상륙하였다. 한산초등학교 비진분교를 경유하여 소나무숲길 산책로를 따라 비진도해수욕장에 다다른 다음, 외항으로 들어가 가파른 산길을 계속 올라 혼들바위를 지나서 정상인 선유봉(외산, 312.5m)에 다다랐다. 정상에는 2층으로 된 나무 전망대가 있었는데, 그 부근에서 동행한 본교 대학병원의 김창환 의사와 그의 진주중고등학교 후배인 정보환 씨 등과 어울려 점심을 들었다. 하산 길은 비진암과 동백나무군락지를 경유하여 외항선착장으로 내려왔다. 오르막과 내리막의 갈림길에서 동네 아주머니로부터 시금치 두 단을 샀고, 외항에서 한 시간 남짓 배를 기다리는 동안 정보환 씨와 어울려 주막에서 막걸리를 마시다가, 오후 3시에 출발하는 배를 타고서 통영으로 돌아왔다.

통영에서는 여객선터미널로부터 걸어서 얼마 되지 않는 거리인 서호동 163-95의 새터에 있는 굴 요리 전문점 통영명가에 들러 매생이굴정식으로 석식을 들었고, 1주년 기념품으로 타월도 한 장씩 얻었다. 밤 7시 가까운 시각에 귀가하였다.

12월

1 (일) 맑음 −자구지맥 옥녀봉(달밭산, 자구산, 부춘산)

대봉산악회를 따라 경북 예천군 상리면과 영주시 봉현면의 경계에 위치한 옥녀봉(890m)·달밭산(974)·자구산(784)·부춘산(732.4) 등 자구지맥 능선 종주 산행을 다녀왔다. 8시 반까지 장대동 구 현대예식장 앞에서 집결하여 대절버스 한 대로 남해·구마·중앙고속도로를 경유하여 북상한 다음 풍기요금소에서 빠져나왔고, 5번 국도를 따라 북쪽으로 조금 올라가다가 2번 지방도로 접어들어 예천곤충생태체험관 방향으로 나아가 오전 11시 48분에 고항치에서 하차하였다.

금년 들어 처음으로 스패츠와 아이젠을 착용하고서 눈밭 속을 걸었다. 오른편으로 백두대간 능선을 바라보면서 북에서 남쪽 방향으로 계속 나아갔다. 달밭산을 좀 지난 지점에서 일행과 함께 점심을 들고, 송전탑을 지나 마지막 봉우리인 부춘산 정상에서 예천군 상리면의 석묘리 보건소 방향으로 하산하였다. 날이 저물어 가는 오후 5시 10분에 대절버스가 주차해 있는 지점에 도착하였다. 오늘 코스는 GPS로 측정하여 14.8km의 거리였다고 한다. 일행 중 가장 고령자로서 곧 81세가 되는 강대열 씨가 제일 뒤에 쳐져서 사방이 깜깜해진 다음 밤 6시 20분에 헤드랜턴을 착용한 총무의 인도를 받아서 하산하였다.

오늘 예전에 나와 같이 망진산악회 회원이었던 일행으로부터 들은 바에 의하면, 그 산악회의 고문을 지낸 유춘식 씨는 재작년에, 그리고 고참 회원이었던 차희열 씨는 작년에 별세하셨다고 한다. 차 씨의 부인인 이금희 씨로부터 들은 바라고 했다.

8 (일) 맑음 -명도봉

선우산악회를 따라 전북 진안군 朱川面 朱陽里에 있는 明道峰(863m)에 다녀왔다. 오전 8시 10분까지 시청 앞에서 집결하여 대절버스 한 대로 떠난 다음, 운동장 앞을 8시 30분에 출발하였다. 대진고속도로를 따라 올라가 오전 10시 25분에 운일암반일암계곡의 명천여관 앞에서 하차하였다. 나는 이 계곡에도 두어 번 와 본 적이 있었고, 이 근처의 이름난 산들은 거의 다 안 가본 곳이 없을 정도이므로, 명도봉에도 과거에 올라본 적이 있을 줄로 생각했었지만, 그렇지 않았던 모양이라 새로 오게 된 것이다.

전주산장 뒤편에 가설된 현수교로 주자천을 건너서 명천여관 쪽으로 다시 내려온 다음, 터골을 따라서 가파른 험로를 계속 기어올랐다. 산길에는 눈과 얼음이 좀 남아 있었고, 비를 가려줄 만한 바위굴도 두세 군데 눈에 띄었다.

정상에 도착하여 일행과 함께 점심을 든 다음, 너덜길을 따라서 하산하여 샬롬기도원으로 내려온 다음, 칠은교를 다시 건너고 알프스산장·에로스산장을 지나 운일암반일암계곡을 따라서 오후 3시쯤 명천여관 부근의 주차장에 도착하여 하산주를 들었다.

하산주를 마친 후 화장실에 다녀오니 대절버스가 이미 떠나버려, 부회장에게 전화를 걸어 차를 되돌리는 해프닝도 있었다. 돌아오는 길에 진안군 진안읍 군상리 234번지에 있는 진안군 한방약초센터 8호점에 들러 아내가 좋아하는 수삼 45,000원어치를 구입하기도 했다.

22 (일) 맑음 -해파랑길 14코스(구룡포~호미곶)

새벽에 아내를 승용차에 태워 고속버스터미널까지 태워다 준 후, 망경한보아파트의 진주산사모산악회 제14차 산행에 동참하여 경북 포항시 남구의 구룡포에서 호미곶에 이르는 해파랑길 14코스 트레킹을 다녀왔다.

오전 7시 반까지 망경한보아파트 입구에 집결하여 대절버스 한 대로 출발하였다. 남해·경부고속도로를 따라 북상한 뒤, 오전 11시 10분에 九龍浦에 도착하였다. 오늘 코스는 14.98km로서 약 5시간이 소요된다고 한다. 구룡포에서 짐은 차 속에다 둔 채 물병 하나씩을 받아 상의 호주머니에 넣고는 뒷짐 진 채 걸어서 일제시기의 마을 모습을 재현해 둔 근대문화역사거리를 거쳐 북상하였다. 구룡포해수욕장·삼정해수욕장을 거쳐 점심 장소인 두밀포에 다다르기까지 길가에는 어촌의 집집마다 과메기 말린 것을 널어놓고 있었다. 이곳의 과메기가 특히 유명한 모양이다. 트레킹 코스는 자동차 도로를 비켜 시종 파도치는 바닷가로 이어져 있었다.

두밀포의 석병1리마을회관 마당에서 일행과 함께 점심을 들었다. 그곳에는 팔각정 두 개를 서로 이어놓은 정자도 있었다. 식사 후에는 남보다 다소 일찍 출발하여 시종 혼자 걸어서 다무포고래해안생태마을과 송림촌을 지나 종착지인 虎尾串에 다다랐다. 도중의 강사2리에서는 오징어를 말려 걸어놓은 곳도 보았다.

호미곶 해맞이광장의 바다 속과 광장 안에 설치되어져 있는 두 개의 상생의 손 조각을 보고, 국립등대박물관과 새천년기념관 등을 둘러보고 나니 오후 4시 무렵이었다. 해맞이광장이라 함은 이곳이 한반도에서 가장 동편에 위치해 있어 동쪽 땅끝마을인지라 새천년 한민족 해맞이 축전이 개최된 장소이기 때문이며, 虎尾串이라 함은 한반도 땅을 아시아 대륙을 지향하여 선 자세를 취한 호랑이 모양에 비유할 때 그 꼬리에 해당하는 부분이라는 뜻이다. 호미곶등대는 隆熙 원년(1907)에 기공하여 다음해 12월에 준공한 것으로서 벽돌로만 쌓았는데, 외부에 長鬐岬虎尾燈이라고 새겨진 표지가 있었다. 등대박물관은 전국에서 유일한 것인데, 1985년에 개관한 이래 2001년에 재개관한 곳이었다. 국내외 등대 발전사를 볼 수 있도록 자료 320종 3,000여 점을 전시하고 있다.

오후 4시 40분쯤에 버스 주차장 근처에 있는 새천년회타운으로 가서 대게와 과메기 등을 안주로 석식을 겸한 술을 들었다. 돌아올 때는 경부·구마·남해고속도로를 경유하여 밤 9시 반쯤에 집에 도착하였다. 오늘도 온종일 휴대폰이 제대로 작동하지 않았는데, 회옥이가 돌아와 한 번 전원을 껐다가 다시 켜니 문제가 해결되었다.

29 (일) 맑고 포근함 −한탄강(직탕폭포~승일교)

이마운틴을 따라 철원 漢灘江 트레킹을 다녀왔다. 오전 3시 50분에 시청 앞에서 25인승 전용버스를 타고서 대진·경부·중부고속도로를 따라 동서울 톨게이트에 닿았다. 도중에 이천(하남)휴게소에 들러 산악회로부터 받은 김밥과 냄비우동 한 그릇, 커피 한 잔으로 조식을 들었다.

고속도로를 벗어나 남양주시의 진접과 포천시를 경유하여 철원군으로 들어가, 오전 10시 10분에 한탄강의 직탕폭포 앞에 도착하였다. 거기서부터 오늘의 트레킹을 시작하였다. 직탕폭포는 한탄강 상류에 위치한 폭 80m, 높이 3m의 일자형으로 이루어진 폭포로서, 우리나라에는 이런 모양으로 넓게 펼쳐진 폭포가 드물기 때문인지 한국의 '나이아가라'라고 불린다. 거기서부터 한탄강 위의 얼음을 밟고서 걸어 내려가려 했던 모양이지만, 얼음이 약하고 날씨가 너무 포근하여 위험한지라 얼마쯤 내려가다가 태봉대교로 올라왔다. 다리를 건너서 건너편 대안의 논둑길을 따라 걸어 내려갔다.

　길에는 안내판도 잘 정비되어져 있고, 곳곳에 데크도 설치되어 있었지만, 우리는 안내판에 별로 유의하지 않고서 그냥 논둑길을 따라 시종 강을 바라보면서 걸었다. 눈이 제법 쌓인 곳이 많은지라, 아이젠을 착용하고 양손에 지팡이도 짚었다. 송대소에 이르러 강가의 모래톱에서 점심을 들었다. 우리 일행은 모두 14명인데, 대장인 정병호 씨는 장발에다 제법 나이가 들어 보이는 데도 아직 총각인 모양이다. 오늘 우리가 걸은 코스는 총 5.8km라고 한다. 점심을 든 곳 주위의 절벽에서도 주상절리 모양의 바위들을 바라볼 수 있었다. 한탄강은 용암이 흘러 지나간 자리라 돌들은 대체로 현무암이다. 근처에 운악산·명성산의 모습도 바라보였다.

　이 트레킹 코스는 철원군이 2010년에 완공한 것으로서 태봉대교에서 승일교까지 5.4km인데, 안내판에 한여울길이란 이름이 보였다. 승일교에는 오후 2시 20분에 도착하였다. 콘크리트로 된 아치형 구조물인 승일교 바로 옆에는 쇠로 만든 한탄대교가 있어, 지금 차량은 모두 한탄대교로 다니고 승일교는 보행자용으로 되어 있다. 1948년에 북한 정권이 짓다만 다리를 6.25 이후인 1958년에 우리 정권이 완성한 것이기 때문에 이승만의 '承'과 김일성의 '日'을 넣어 승일교라 한다는 설이 일반적이지만, 안내판에 적힌 미군의 일기 형식 기록에 의하면 일제시기에 짓다만 다리를 1952년에 미군이 완성했다고 하는 모양이다. 2002년에 등록문화재 제26호로 지정되었다.

　돌아오는 도중에 충북 청원군 남이면 청남로 889(부용외천리 489-2)에 있는 청주본가 청원직영점에 들러 왕갈비탕으로 석식을 들고, 집에는 밤 10시 무렵 도착하였다.

1월

5 (일) 맑음 -금오도 비렁길(함구미~직포)

망진산악회를 따라 전남 여수시 남면 金鰲島의 비렁길 트레킹을 다녀
왔다. '비렁'이라 함은 벼랑의 여수 사투리라고 한다.

오전 7시 반에 시청 건너편 육교 부근의 농협은행 앞에서 대절버스를
타고 출발하여, 남해고속도로와 이순신대교, 여천공단을 거쳐 9시 40분
에 돌산도 남단 금성리의 신기부락에 도착하였다. 거기서 금오도행 페리
가 출발하는데, 그 바로 옆에는 바다를 가로질러 섬들을 연결하는 대규
모의 흰색 현수교가 건설 중이었다. 10시 30분에 출발하는 금오페리3호
에 대절버스와 함께 타서 20~25분 만에 금오도 북단 유송리의 여천 여
객선터미널에 도착하였다. 배 안에서 현 회장으로부터 이 산악회의 고문
인 차희열 씨가 작년에 암으로 별세하셨음을 확인하였다.

여천에서 다시 대절버스를 타고서 서쪽으로 좀 이동하여 함구미 마을
에 도착하여 등산할 사람들과 트레킹 코스를 걸을 사람들로 나뉘었다.
나는 트레킹 쪽에 가담하여 마을 쪽으로 내려가 앞서 걷기 시작하였다.
금오도의 비렁길은 섬의 서부 해안지대를 잇는 코스로서 원래는 주민들
이 땔감과 낚시를 위해 다니던 길을 이렇게 관광용으로 개발한 것이었
다. 대부분이 바다를 바라보는 벼랑길로 이루어져 있다. 섬의 아래쪽 끝
까지 모두 5개의 코스가 개발되어져 있는데, 우리는 시간 관계로 그 중
1·2코스만을 걷게 되었다.

금오도의 아래쪽에는 안도라는 작은 섬이 있는데, 원래는 雁島라 적었

던 것을 지금은 安島로 적는다고 한다. 원래는 섬과 섬 사이에 있는 섬이라 하여 안섬이라 불렀던 것이라고 한다. 신기 선착장의 매표소 앞에 세워져 있는 안내판에 의하면, 이 섬은 일본 승려 圓仁의 『入唐求法巡禮行記』에 圓仁이 赤山院으로부터 장보고의 휘하 장수 김진의 배를 타고서 귀국할 때 구초도와 안도에 기착했다는 기록이 있으며, 당시 안도는 신라국 왕실의 방마산이었다고 한다. 그러나 지명이란 자꾸 바뀌는 법이니, 지금의 안도가 그 기록에 나타나는 안도라고는 보장할 방법이 없을 듯하다.

함구미 마을에서 미역널방, 송광사 절터를 지났다. 이 절터도 안내판에 의하면 보조국사 지눌이 1195년에 금오도에 절을 세운 기록이 있으므로 이것이 보조가 세운 이른바 三松廣(순천 송광사, 여수 금오도, 고흥군 금산면 송광암)의 하나라고 추정할 수 있다고 되어 있으나, 이 역시 어느 정도 신빙성이 있을지 믿기 어려운 말이다. 다음으로는 草墳을 지났다. 원래의 초분 자리에다 복원한 것이라는데, 돌로 사방을 둘러 야트막한 담을 쌓아 두고 있었다. 신선대에 도착하기 직전의 바위 위에서 우리 일행 두 명이 식사를 하고 있는 것을 보고서 그 아래쪽 바위 위에 자리를 잡아 나도 바다 풍경을 바라보면서 식사를 하였다.

1코스가 끝나는 지점인 두포(초포)에 이르렀을 때 우리 일행으로 보이는 일군의 사람들이 비렁길을 버리고서 산길 쪽으로 걸어가는 것을 보았으나, 나는 오후 3시 30분까지 집합하기로 되어 있는 우학리 선착장에 도착하기까지는 아직 시간적 여유가 있을 것으로 예상되었으므로, 혼자서 2코스를 계속 걸어 굴등전망대와 촛대바위를 지나 3시 15분 무렵에 2코스가 끝나는 지점인 직포에 도착하였다. 그러나 직포에서 우학리까지는 산길로 40분이 걸린다고 되어 있으므로, 도저히 그 시간까지 도착할 수 없겠다고 판단하여 직포의 상점에 들러 주인으로부터 택시 기사의 명함을 받아서 택시를 불렀다. 그 상점에는 여수·광양으로부터 온 아주머니 다섯 명이 5코스에서부터 4·3코스를 거쳐 먼저 도착하여 머물고 있었는데, 내가 부른 택시에 동승하여 3시 35분에 돌아가는 배의 승선

지점인 여천에 도착하였다. 택시비 15,000원 중 5천 원은 내가, 나머지 만 원은 아주머니들이 부담하였다. 이 섬에는 택시기사가 두 명뿐인데, 우리가 탄 코란도 형 승용차의 기사인 남면택시 대표 강기천 씨와 그 부인이라고 한다. 그는 주소가 우학리로 되어 있다. 배 값은 1인당 편도에 5천 원이라고 한다.

그러나 우리 일행은 우학리 여객선터미널 근처에서 하산주를 드느라고 지체하여 배의 출발시간인 4시 20분에서 10분 전쯤에야 비로소 대절버스가 여천에 도착하였다. 버스에 앉은 채로 금오페리5호를 타고서 돌산도로 건너와 바깥의 석양 풍경을 바라보면서 귀도에 올랐다. 나는 하산주에 참여하지 못했으므로, 버스 안에서 다른 일행이 마시는 소주를 몇 잔 얻어 마셨고, 집에 돌아와 아내가 끓여준 라면으로 석식을 들었다. 회옥이는 2박 3일 동안의 강릉·영월 여행을 마치고서 귀가해 있었다.

12 (일) 맑음 -도리사, 냉산(태조산)
황매산악회를 따라 경북 구미시 해평면과 도개면 사이에 있는 냉산(太祖山, 691.6m)에 다녀왔다. 오전 8시 10분 시청 앞에서 대절버스를 타고 운동장 앞을 경유하여 출발하였다. 고령까지는 근년에 개통된 새 국도를 따라서 갔고, 고령 부근에서 중부내륙고속도를 따라 북상한 뒤, 선산요금소에서 일반국도로 빠져나와 낙동강을 건너서, 오전 11시 5분에 해평면 일선리에 있는 일선리문화재마을에서 하차하여 등산을 시작하였다.

일선리문화재마을의 주민은 대부분 全州柳氏로서 안동시 임동면 水谷(무실)에 정착하여 400여 년간 세거해 오다가 1987년 임하댐 건설로 인하여 마을이 수몰됨에 따라 그 중 70여 호가 이곳으로 집단 이주하여 일선리를 새로 만들게 된 것이었다. 이곳에는 경상북도 지정문화재 건물 10점이 자리 잡고 있다.

그런데 우리는 입구에서부터 길을 잘못 들었던 모양인지, 산길을 따라 계속 나아가니, 엉뚱하게도 냉산 방향이 아니고 도개면 신림리의 68번 지방도로 내려오게 되었다. 거기서 차도를 따라 다곡리 방향으로 나아가다가 다곡1리(무실)마을 부근에서 찬바람을 맞으며 한참을 대기하였고, 마침내 다시 우리 대절버스를 타고서 오후 2시 무렵에 원래 산행의 종착 예정 지점인 桃李寺 입구의 도리사가든 앞에 있는 1주차장에 도착하였다.

대부분의 일행은 거기서 점심을 들며 산행을 포기하였고, 나와 강대열 씨 등 몇 명은 포장도로를 따라서 도리사 방향으로 계속 올라, 절 위쪽 새로 생긴 적멸보궁 옆에서 나는 강 노인과 더불어 점심을 들었다. 식사가 끝난 후 강 노인은 하산하고, 나만 혼자 계속 산을 올라 능선의 도리사갈림길에 도착한 후 거기서 오른쪽으로 좀 더 나아가 마침내 냉산 정상에 닿았다. 우리 일행 대여섯 명도 거기까지 왔다. 냉산은 고려 태조 왕건이 견훤과의 싸움에 대비하여 이곳에다 숭신산성을 쌓았다 하여 태조산이라고 불리기도 한다.

도리사는 墨胡子로도 알려진 고구려의 阿道和尙이 신라 訥祗王(417~458) 때 一善郡(선산)의 毛禮長者 집에 머물면서 포교한 데서 유래하며, 이곳에다 신라 최초의 사찰을 건립했다고 전해오는 곳이다. 그래서 나는 예전에 두어 번 이곳을 답사한 적이 있었다. 그리고 예전에 근처의 청화산(700.7m)에 올랐다가 하산 후 한 번 들른 바가 있었던 68번 지방도 부근의 주륵사 폐탑지 부근에 신라불교 초전법륜지라고 하는 모례장자의 집터가 지금도 전해오고 있다.

오후 4시가 못되어 하산을 마친 후 잠시 하산주를 들다가, 중앙·구마·남해고속도로를 경유하여 귀가하였다.

15 (수) 맑음 -국립마산병원

오후 2시 40분부터 창원지방법원 220호 법정에서 변론이 있으므로, 점심을 든 후 승용차를 운전하여 국도 2호선을 따라 창원으로 갔다. 내가 작년 12월 6일에 준비서면을 제출한 이후 피고인 이은정(개명전 이점이)도 금년 1월 7일에 또 준비서면을 제출한 모양인데, 법관은 더 제출할 문서가 없는지 물어본 후 2월 12일 오후 2시에 선고를 하며 그 날 출석하지 않아도 된다고 말하고는 마쳤다.

　돌아오는 길에 마산 가포에 있는 결핵요양소에 들러보았다. 현재 이름은 국립마산병원이라고 되어 있었는데, 건물은 내가 고등학교 3학년 때 휴학하고서 입원해 있었을 그 당시와 거의 달라진 것이 없이 2층 벽돌건물 그대로였다. 입원 환자의 말로는 올해 안에 새 건물을 지을 예정이라고 했다. 가포 바닷가 마을로도 가보았는데, 바다는 많이 매립되어 옛 모습을 찾아보기 어렵고, 거기에 시내버스 터미널이 들어서 있었다. 가포 바닷가를 한 바퀴 둘러서 다시 국도 2호선에 올라 학교로 돌아왔다.

　19 (일) 맑음 -등잔봉(등장봉), 천장봉, 삼성봉
　대원산악회를 따라 충북 괴산군 칠성면 사은리와 문광면 흑석리의 사이에 있는 등잔봉(등장봉, 447m), 천장봉(440), 삼성봉(556)에 다녀왔다. 오전 8시 10분까지 시청 육교 밑에서 40인승 대절버스를 타고서 8시 30분에 천전시장 앞을 경유하여 25명이 출발하였다. 고령까지는 일반국도로 가고, 고령에서부터 중부내륙고속도로에 올라 북상하였다. 괴산호를 끼고서 사은리 강 건너편에 마주 한 속리산국립공원 북서쪽 갈론계곡을 경유한 옥녀봉(599)에는 예전에 올라본 적이 있었는데, 댐 건너편에 이런 곳이 있는 줄은 일찍이 몰랐다.

　오전 11시 30분에 괴산댐 부근 외사리의 주차장에 도착하여 등산을 시작하였다. 등산이라고는 하지만 산이 낮아 트레킹 비슷한 것이었다. 이 일대는 산막이옛길이라고 하여 산길과 강 가 길이 모두 잘 개발되어져 있어서 전체가 하나의 공원 같았다. 주차장에서 간이매점들을 지나고 끈으로 공중에 매단 출렁다리를 건너서 한참을 나아간 다음, 등잔봉으로 오르는 갈림길에 접어들었다. 등잔봉 정상까지가 좀 가파른 오름길이고, 그곳을 지나서부터는 평탄한 능선 길이었다. 한반도지형전망대라는 곳을 지나서 몇 백 미터를 더 가니 천장봉에 닿았는데, 우리 일행은 천장봉 정상을 지난 지점에서 점심을 들었다.

　점심을 끝낸 후 나는 제일 나중에 출발하여 좀 더 나아가다가 일행

대부분이 가지 않은 삼성봉까지도 올라갔으나, 정상에는 산악회들이 매단 각종 리본 외에는 아무런 표지도 없었다. 삼성봉에서 도로 돌아 나와 중간의 갈림길에 이른 다음, 다시 우리 일행이 나아간 내리막 능선 길을 따라서 괴산호 가의 산막이(산맥이)마을에 이르렀다. 거기서부터는 달천강을 따라서 길에 대부분 데크가 설치되어져 있었다. 강은 전체가 얼음으로 덮여 있었다. 오후 4시쯤에 주차장으로 돌아왔는데, 나는 삼성봉까지 다녀오느라고 오늘도 제일 꼴찌로 도착하였다.

간이매점에서 아내가 좋아하는 은행 알을 한 봉지 샀고, 주차장에서 버스에 올라온 장사꾼 아주머니로부터 젤리 과자도 다섯 봉지 사서 두 봉지는 낯익은 강 여사에게 선물하였다. 하산주를 든 다음, 밤 7시쯤 집에 도착하였다.

26 (일) 맑음 –칠탄산, 자시산성, 산성산

청솔산악회를 따라 밀양시 활성동에 있는 칠탄산(495m)과 山城山(387m)에 다녀왔다. 계곡에 위치한 리더스 컨트리클럽을 사이에 두고서 말발굽 모양으로 긴 U자를 이룬 산 능선인데, 북부의 칠탄산은 밀양시 단장면과, 남쪽 일부는 삼랑진읍과 경계를 이루고 있었다.

오전 8시 반에 구역전의 우리 아파트 앞에서 대절버스 두 대로 출발하여 남해고속도로를 경유하여 동창원에서 밀양 쪽으로 향하는 일반국도에 진입하여 오전 10시 16분에 리더스 CC 입구에서 하차하였다. 진주의 산꾼들은 오늘 이곳으로 다 모였는지 평소보다 아는 사람이 꽤 많았다.

단장천 가에 위치한 말발굽의 북쪽 끄트머리에서부터 산에 오르기 시작하여, 능선 길을 한참 걸어서 오늘 코스의 최고봉인 칠탄산에 다다랐다. 오늘의 총 거리는 12.7km라고 한다. 말발굽이 굽어지는 곳 부근의 좀 넓고 양지바른 솔밭에서 회장인 김계세 씨 등과 어울려 점심을 들었다. 남은 거리가 얼마 되지 않을 줄로 생각했지만, 예상보다는 코스가 꽤 길어 한 시간 이상 더 많이 걸렸다. 도중에 자시산성이라는 곳을 지났는데, 산 속의 제법 평평한 골짜기에 식수로 쓸 수 있는 물이 고여 있는 곳도 바라보였다. 산성산은 거기서 또 한참을 더 간 곳에 위치해 있지만, 이 산성 때문에 그런 이름이 붙은 듯했다. 산성산과 이웃한 일자봉에 산불감시초소와 더불어 팔각정이 서 있었으므로, 거기에 올라 주변 풍경을 조망하였다. 왼쪽 가까운 곳에 밀양강과 더불어 밀양 시내가 한 눈에 바라보이고, 오른쪽으로는 삼랑진읍과 단장면의 경계 지점에 위치한 만어산(670.4m) 꼭대기의 방송송신탑인 듯한 철탑이 바라보였다. 오후 4시 무렵에 말발굽의 아래쪽 끝 부근인 실내마을에 이르러 오늘의 산행을 마치고서 떡국과 더불어 하산주를 들었다. 집에 도착하니 6시 50분 무렵이었다.

2월

7 (금) 맑음 -나주

미화가 연구실에 도착해 있는 나에게 전화로 알려온 바에 의하면, 큰집의 장녀 귀순누나가 간밤 11시 30분 무렵에 별세하셨다고 한다. 자형이 오랫동안 병석에 있어 누나가 그 간호를 맡아 왔었는데, 이제 자형보다 먼저 암으로 세상을 떠나게 되었다. 영안실은 동아대학병원에 차려져 있다는 것이지만, 오늘부터 이틀간 전라남도 나주로 인문대학 교직원 세미나를 떠나게 되어 그 출발 한 시간쯤 전인지라, 부의금 30만 원을 미화 명의로 개설된 큰누나의 부산은행 구좌로 부쳤다.

9시 30분에 대절버스 한 대로 인문대학 뒤편을 출발하여 세미나를 떠났다. 39명이 신청하였다가 28명이 참석하였는데, 3명의 교수는 나주 현지에서 합류하게 되었다. 행정실장을 제외한 인문대학 직원 전원과 조교 두 명이 동행하였다. 남해고속도로와 호남고속도로를 따라 가다가 주암IC에서 22번 국도로 빠져 화순군으로 접어들었고, 화순군 도곡면 쌍옥리 458-3번지 화순CC 앞에 있는 구백가든에서 키조개 해물전골로 점심을 들었다.

세미나 장소는 거기서 얼마 떨어지지 않은 나주시 남평읍 나주호로

442-129에 위치한 중흥골드스파&리조트였다. 나주호를 끼고서 골드동과 스파동이라는 두 동의 꽤 큰 건물이 있고, 호수 쪽 옥외에는 각종 대형 물놀이 시설이 있으며, 바로 옆에 골드레이크 CC라는 골프장도 접해 있었다.

우리는 먼저 스파동 1층의 무등홀에서 세미나를 가졌다. 세미나라기보다는 한문학과의 허권수 교수가 「경남지역의 유교문화의 형성과 전개」, 민속무용학과 강인숙 교수가 「문화융복합매체인 宮中呈才」라는 특강을 하였다. 강 교수는 파워포인트를 사용하였고, 독문과의 이영석 교수가 자기 스마트폰을 파워포인트에 연결하여 궁중정재 행사의 실연을 보여주기도 했다.

세미나를 마친 후 배정된 방에 들었는데, 나는 독문과의 이재술, 러시아학과의 조원호 교수와 함께 스파동 311호실에 들었다. 복도 및 거실을 가운데 두고서 양쪽으로 각각 큰 방 하나와 화장실·욕실 등이 딸려 있는 방이었는데, 이재술 교수는 여기서 자지 않고서 답사를 마친 후 먼저 돌아갔고, 차기 학장인 조원호 교수는 뒤늦게 따로 와서 합류하였다.

특강을 마친 후 거기서 차로 30분 이상 이동하여 나주시로 들어갔다. 새로 복원되고 있는 나주읍성의 동문인 東漸門을 경유하여 東軒 자리에 세워진 나주목문화관으로 가서 문화관광해설사 이재권 씨로부터 설명을 들었다. 그는 모교인 나주공업고등학교에서 기계 교사로 재직 중인 사람이었다. 그 부근에는 목사의 內衙인 琴鶴軒, 동헌 정문인 正綏樓, 그리고 전국에서 제일 큰 규모라는 객사인 錦城館 등이 있었다. 민가 등이 들어서 있던 곳을 철거하여 예전 호남을 대표하는 목사 고을이었던 나주의 모습을 복원하는 작업이 진행되고 있는 모양이고, 금성관도 그렇게 하여 근자에 복원된 것이었다. 나주읍성은 성곽둘레 3.7km, 면적 약 30만평인데, 고려 성종 2년(983)에 전국 12목 중의 하나로 되었고, 고려 현종 9년(1018)에 8목으로 개편되면서 전남지방에서 유일한 목이 되었던 나주는 현재 인구가 7만 정도에 불과하며, 혁신도시가 들어서면 5만 명 정도 더 늘어날 것이라고 한다. 나주목전시관은 옛 금남동사무소를 개조하여 2006년 10월에 개관한 것이었다.

이재권 씨와 작별하여, 영산포 홍어의거리로 가서 영산동 113번지에 있는 영산포홍어라는 식당에서 홍어정식으로 석식을 들었다. 식당에 도착할 무렵 글로벌콘텐츠출판그룹으로부터 내 전화번호를 듣고서 조기현이라는 사람이 전화를 걸어왔다. 창녕조씨이며, 陶村 曺應仁과 梧溪 曺挺立의 직계후손이라고 했다. 부산 서면의 영광도서에서 내 근저 『남명학의 현장』 5책을 구입하여 읽어보고 있는 중인데, 자기 선조에 대해 좀 더 자세히 물어보기 위해서였다. 언젠가 기회를 보아 내 연구실로 방문해 오겠다고 했다.

숙소로 이동하여 자유 시간을 가졌는데, 나는 밤 아홉 시 무렵에 옷을 벗고서 취침하여 있던 중에 전화로 불림을 받고서 2층으로 가서 일행과 더불어 좀 어울려 있다가 한 시간쯤 후에 먼저 일어나서 방으로 돌아왔다.

8 (토) 대체로 부슬비 -영산강 황포돛배, 한국천연염색박물관,
　　　운주사

간밤에 눈이 좀 내린 모양이고, 아침에는 비로 변해 있었다. 새벽에 잠자리에서 鄭敬謨 씨의 자서전 『역사의 불침번』을 좀 읽고 있다가, 두 동 사이에 있는 대욕장으로 가서 간단하게 사우나를 하였다.

오늘은 오전 8시 20분에 숙소를 출발하여 한 시간쯤 걸려 나주시로 이동한 후, 금성관 바로 앞 곰탕의거리에 있는 중앙동 48-17 나주곰탕 (하얀집)에서 조식을 들었다. 다시 어제 석식을 들었던 영산포로 이동하여 황포돛배라는 것을 체험하였는데, 비가 오는 탓인지 돛배가 아니고 그냥 대형 목선이었다. 그것을 타고서 50분 정도 영산강을 왕복한 후 출발지로 돌아와 하선하였고, 다시 대절버스를 타고서 돛배가 나아갔던 끝 지점에 해당하는 나주시 다시면 백호로 379의 한국천연염색박물관에 들러 어제의 이재권 씨를 다시 만나 그 건물 1·2층을 두르면서 설명을 들었다. 나는 그곳 기념품점에서 자수와 뜨개쟁이로 된 흰색 쿠션 하나를 65,000원에 구입하였다. 거실의 내가 늘 앉는 소파에 두고서 쓰기

위한 것이다. 다시 동헌 근처의 읍내로 돌아와 사랑채식당이라는 붉은
색 양철지붕을 한 2층의 식당에 들러 조기한정식으로 점심을 들었다.

오후 2시쯤에 나주시를 출발하여 귀로에 올랐다. 도중에 나주시와 화
순군의 경계 지점쯤에 있는 화순군 도암면 대초리·용강리 일원의 사적
제312호 靈龜山 雲住寺에 들렀다. 1481년에 편찬된 『東國輿地勝覽』에는
석불·석탑 각 1천구씩이 있다고 기록 되어 있지만, 현재는 석불 93구와
석탑 21기만이 남아 있는데, 개중에는 보물로 지정된 것들도 있었다. 나
는 이 절에 이미 여러 차례 들른 적이 있었는데, 이번에는 법당 뒤편의
불사바위에까지 올라가보았다. 산길에는 대부분 데크가 설치되어 있는
점이 전과 달랐다.

오후 4시에 운주사를 출발하여 광양 시내의 삼대불고기식당에 들러
광양불고기로 석식을 든 후 학교에 도착하여 해산하였는데, 집에 도착하
니 7시 40분이었다. 회옥이는 금요일 밤부터 이틀간 교회 친구들과 함께
외송의 산장에 들어갔었으나, 이미 돌아와 있었다.

12 (수) 맑음 -봉선사

오전 10시에 우리 아파트 앞에서 구자익 군이 몰고 온 승용차를 타고
판문동의 현대아파트 앞으로 가서 김경수 군을 태운 후, 셋이서 함께
북상하여 경기도 남양주시 진접읍에 있는 奉先寺에서 개최되는 한국동
양철학회 주관 동양철학연합학술대회에 참석하러 갔다. 대진고속도로
의 도중에 인삼랜드 하남휴게소에 정거하여 점심을 든 후, 경부 및 중부
고속도로를 경유하여 동서울 부근에서 일반국도로 접어들었고, 제2부의
제4발표가 진행되고 있을 무렵 雲岳山 봉선사에 도착하였다. 발표장은
템플스테이를 위해 지어진 별채 건물이었다. 나는 학창시절 무렵 이 절
에 몇 번 들른 적이 있었는데, 그때는 춘원 이광수의 8촌 동생 되는 耘虛
스님이 주지로 계셨고 절 건물도 몇 채 되지 않았으나, 이제는 꽤 규모가
커져 있었다.

건물 밖에서 민족문화문고의 문용길 씨로부터 새로 나온 책들을 좀

구입한 후, 제4 발표의 끄트머리 무렵부터 입장하여 제3부의 제5발표로부터 제7발표까지를 방청하였다.

박홍식 유교학회장이 좌장이 되어 종합토론이 있은 다음, 한국동양철학회의 정기총회가 있었다. 고려대 철학과의 이승환 현 회장은 플라톤아카데미와 한국연구재단으로부터 각각 500만 원씩 및 자기 제자가 경영하는 한국싸나토로지협회로부터 2천만 원의 지원을 얻어 전 회장인 최영진 성균관대 교수가 나로부터 넘겨받은 기금을 거의 다 써버리고 난 이후의 재정 결핍을 다소 보충해 두었다.

절 앞의 부평리 258-49에 있는 큰대문집이라는 식당에 들러 뽕나무 동충하초 삼계탕 석식과 술을 든 후 절로 돌아와 나는 두 제자와 더불어 방 한 칸을 얻어서 취침하였다. 이번 모임은 한국공자학회·한국도교학회·한국도교문화학회·한국유교학회·한국양명학회·한국주역학회와 더불어 하는 연합학술회의라 그런지 제법 사람들이 모였다.

13 (목) 맑고 포근함 -광릉, 국립수목원, 전쟁기념관, 국립중앙박물관

아침에 일어나 절 구내를 산책해 보았다. 입구의 춘원 이광수 기념비와 운허당 기념비 및 부도탑에도 가서 그 비문을 읽어보았다. 이광수는 해방 이후 친일파로 몰려 있을 때 이 절과 그 부근에 머물며『돌베개』라는 일기 비슷한 글을 쓰고 있는데, 나는 고등학생 무렵 그것을 읽고서 감명 받은 바 있었다. 이들이 평안북도 정주 출신이라는 것은 오늘 비문을 통해 알았다. 보물로 지정된 봉선사 대종도 구경하였는데, 종루는 2층으로 되어 있고, 그 1층에다 보물인 범종을 걸고 2층에는 그것과 거의 같은 모양의 새 종을 달아두고 있었다. 운허 스님과 현재의 주지도 나와 마찬가지로 수십 년간 일기를 써 온 모양인데, 이번 모임을 주선한 연세대학교의 신규탁 교수는 일찍부터 이 절과 각별한 인연이 있었으며, 내가 그에게 보낸『남명학의 현장』은 자기가 읽고 난 후 이 절 주지에게 기증하였다고 한다.

어제 밤처럼 부평리 258-1의 母心이라는 순두부·청국장 전문점으로 걸어 내려와 조식을 들었다. 늦은 조식 후 일주문 앞의 주차장으로 돌아와 다른 회원들과 작별하였고, 우리 세 명은 시간을 보내기 위해 근처의 光陵과 국립수목원 구내를 산책하였고, 서울시내로 돌아와서는 태릉입구 전철역에서 구자익 군과 작별하였다. 김경수 군과 함께 전철을 타고 가다가 나는 삼각지에서 내려 전쟁기념관을 둘러보고, 이어서 이촌 역에서 내려 국립중앙박물관을 둘러보았다. 용산의 미군기지 옆으로 이전한 이후로는 국립중앙박물관에 처음으로 들러보았는데, 예전에 경복궁 안에 있었을 당시와는 콘셉트가 많이 달라지고, 표기도 한글 위주로 바뀌었으며, 외국의 물건들 및 기증품들을 전시하는 공간도 마련해 두고 있었다.

오후 5시 반쯤에 박물관을 나와 전철을 갈아타서 교대역 10번 출구로 나와 30m 거리에 위치한 서초구의 이남장이라는 식당 3층에서 서울대 철학과 77년도 졸업 동기들을 만났다. 박득송·김형구·하우봉·구자윤·최규식 및 서울대 윤리교육과에 근무하는 박찬구 교수 등 옛 친구들을 만났고, 참석하지 못한 친구들 몇 명과는 전화로 통화하기도 했다. 전주 출신의 최규식 군은 서울의 강북에서 국회의원으로 출마하여 2회 연임한 후 현재는 쉬고 있는 모양인데, 교회의 장로이며 남미의 부에노스아이레스에서 막 도착한 것이라고 했다. 그들은 대부분 서울에 살고 있어 더러 만나는 모양이지만, 나는 졸업 후 처음 참석한 셈이다.

밤 9시 무렵에 모임을 파하고서, 바로 이웃한 고속터미널로 가 10시 10분발 동양고속의 야간우등버스를 탔다. 다음날 오전 1시 40분 무렵에 귀가하였다.

19 (수) 맑음 -김수지 박사

아내의 연세대 석사학위논문 지도교수였던 김수지 박사가 진주에 내려와 오늘부터 사흘간 본교 간호대학과 진주보건대학교에서의 특강을 위해 머무는 모양이다. 아내는 내일 간호대 학생들과 함께 남해를 다녀와야 하므로, 나더러 낮 동안 김 박사를 모시고 외송의 별장을 비롯한 인근의 명소로 다니며 바람 쐬면서 관광을 시켜달라는 것이었다. 김 박사를 만나는 것은 예전에 김은심 교수 남편이 목사로 있었던 대학마을교회에서의 특강 때와 시카고의 아들 댁에 와 머물면서 호스피스에 대해 특강했을 때에 이어 이번이 세 번째인 듯하다. 그 사이 김 교수는 4년간의 서울사이버대학교 총장을 거치고, 현재는 일흔이 넘은 나이로 아프리카의 말라위에 있는 대양간호대학에서 교장(Principal)으로 일하고 있는 모양이다.

1942년 전남 여수에서 태어났다고 하니, 나보다 7세 연상이다. 숙명여고와 이화여대 간호학과(63년)를 졸업한 후, 1978년 미국 보스턴대학교에서 한국인 최초로 간호학박사 학위를 받아 연세대와 모교인 이화여대에서 재직했다. 1990년대 후반에 국제연합개발프로그램(UNDP)의 지원을 받아 국내 만성정신장애인들을 대상으로 한 대규모 지역사회정신재활 연구사업(수지킴 프로젝트)을 수행하였고, 그 업적으로 2001년도에 국제나이팅게일재단이 매 2년마다 수여하는 간호계의 노벨상으로 불리는 국제간호대상(International Achievement Award)을 두 번째로 수상했다.

20 (목) 맑음 -밤머리재, 동의보감촌, 생초중학교

손봉호 교수가 대표주간으로 있는 『월드뷰Worldview』 2014년 2월호(서울, 〈사〉기독교세계관학술동역회)에 커버스토리로 실린 김수지 박사의 글 「주께서 나를 돌보시듯, 그렇게-영원한 간호사, 김수지」를 두 번째로 읽어보았다. 학교에 나가 『해외견문록』 하권의 퇴고를 268쪽, 2006년 6월 7일자까지 본 후, 오전 9시 30분에 연구실을 나서 인화카오디오에 다시 들러 내비게이션을 업그레이드하여 받고, 간호대학으로 가서 김수지 박사를 만났다. 아내는 간호대학 교수 및 학생들과 함께 남해한려유스호스텔로 가서 신입생 예비대학에 참석하고, 우리는 김은심 교수와 더불어 셋이서 출발하여 천수교 넘어 현대아파트 입구 부근에서 배행자 간호대학 명예교수를 태운 다음, 네 명이 함께 외송의 산장으로 들어갔다.

산장을 둘러보고서, 2층의 내 서재 컴퓨터를 통해『해외견문록』하권에 실릴 김수지 박사 관계 기록도 보여드린 후, 햇볕이 따뜻한 데크로 나와 차와 과자를 들며 대화를 나누었다. 11시 반쯤에 산장을 출발하여 산청군 시천면 원리 380-4에 있는 2년 전에 새로 선 草皙亭이라는 식당에 들러 점심을 든 후, 그 근처에 있는 김은심 교수가 퇴직 후 암치유센터를 세우기 위해 구입을 고려하고 있는 산지로 가서 둘러보았다. 그러나 내가 보기에 그 땅은 대부분이 경사가 급한 산지라 건물을 세울만한 터가 별로 없고, 그나마 남쪽에 조금 붙어있는 비교적 평평한 터에는 昌寧曺氏의 무덤 두 기가 들어서 있어 그것을 철거하기 전에는 전혀 가능할 것 같지 않았다.

덕산을 떠난 다음, 백두대간이 지나가는 밤머리재를 넘어 산청군 금서면 쪽으로 넘어왔는데, 밤머리재 능선에 있는 컨테이너 상점에서 고로쇠물을 두 통 샀다. 길을 잘못 들어 지리산둘레길 가의 수철리에 들르기도 하다가 다시 빠져나와 금서면의 동의보감로 555에 있는 2013 산청 세계전통의학엑스포 행사장인 동의보감촌에 들렀다. 주제관과 동의보감박물관 등을 둘러보고서 그곳을 떠나, 김수지 박사가 고등학교 시절부터 미국 유학을 떠날 때까지 영어로 펜팔을 했다는 사람이 다니고 있었던 생초중학교를 찾아갔다. 그러나 교무실 등에 들러 그곳 교사들의 도움을 받아 컴퓨터로 졸업생 명부를 검색해 봐도 김 박사가 기억하는 그 사람의 이름은 찾을 수가 없어 내 명함을 한 장 남기고서 귀로에 올랐다.

도중에 오미에서 진양호반의 드라이브 코스로 접어들어, 남강변을 경유하여 오후 5시 20분쯤에 간호대학으로 일단 돌아와 조금 휴식을 취한 후, 오후 6시에 망경동 106-4번지에 있는 경성식육식당으로 가서 이미 거기에 도착해 있는 아내 및 구미옥 교수와 합류하여 소불고기와 깨죽정식으로 석식을 들었다. 김은심 교수와 더불어 찜질방으로 떠나는 김수지 박사와는 거기서 헤어지고, 나는 배행자·구미옥 교수를 각각 그들이 원하는 장소로 태워다 준 후 아내와 함께 귀가하였다.

김수지 박사로부터 그 남편의 전기인 김온양 목사 저『말씀을 따라 사는 삶—김인수의 삶과 신앙—』(서울, Serving the People, 2014)을 한 권 얻었다. 故 김인수 장로의 신앙적 인생과 학문적 업적을 기리는 인수 장학회와 김인수 교수 홈페이지가 개설되어 있음을 비로소 알았다. 또한 이 책을 통하여 그는 1938년생으로서 김천 사람이며, 1970년 12월에 동서문화센터 장학생으로 합격하여 1971년에 미국으로 건너갔고, 1971년부터 73년까지 하와이대학교(M.B.A), 73년부터 75년까지 인디애나대학교(D.B.A) 존 에드워드 펠로우, 75년부터 78년까지 MIT 정책연구소 선임연구원을 지낸 뒤, 78년에 귀국하여 한국개발연구원(KDI) 연구위원과 한국과학기술원(KAIST) 경영과학과 교수를 거쳐 1985년에 고려대학교 경영대학 교수로 부임했음을 알았다.

23 (일) 맑고 포근함 -안수산, 서래봉, 되실봉, 위봉산성, 위봉사
청솔산악회를 따라 전북 완주군에 있는 안수산(556)·서래봉(705)·되실봉(609)에 다녀왔다. 오전 8시 30분까지 우리 아파트 옆의 구 역전에서 집결하여 대절버스 두 대로 출발하였다. 통영-대전, 익산-장수간 고속국도를 경유하여, 완주군 고산면 성재리에 도착하여 등산을 시작하였다. 11시 45분 무렵 능선에 거의 다가간 지점의 거대한 바위 봉우리 아래에 위치한 안수사에 도착했는데, 그 옆에 安岫茶軒이라는 현판을 건 조그만 암자가 하나 있었다. 올라가는 도중에 시멘트 포장도로가 끝난 지점의 산 중턱으로부터 이 절까지는 공중에 엔진索道가 걸려 있었다.

이윽고 안수산에 닿았고, 거기서 한참을 더 나아간 지점에서 점심을 들었다. 완주군 소양면과 동상면의 경계를 이루는 능선을 따라 오르내리기를 반복하면서 계속 나아가다가 오늘 코스의 최고봉인 서래봉을 거쳐 되실봉에 도착하니 위봉산성이 시작되었다. 무너진 성터를 따라 나아가 위봉산 직전의 안부에서 소양면의 威鳳寺 쪽으로 하산하였다. 추줄산(崷崒山) 위봉사는 백제 무왕 5년(604)에 창건된 사찰이라고 하는데, 조선 말기에 60여 칸으로 중수하여 1912년에 전국 31본산 중 하나로 되기도 하였으나, 6.25 동란을 거치면서 급속히 퇴락하여 거의 폐사의 위기에까

지 처하였다가, 1988년 법중스님이 주지로 부임하고서부터 수많은 불사를 거쳐 현재는 10여 동의 건물을 지닌 제법 당당한 가람으로 회복된 비구니 사찰이었다. 그러므로 보물 제603호인 보광명전을 제외하고는 모두 새로 된 건물이었다. 우리가 타고 온 버스는 위봉사 앞 광장에 주차해 있었다. 도착 시간은 오후 4시 30분 무렵이었고, 오늘 코스는 약 12km의 거리였다.

3월

2 (일) 맑음 ─금정산성, 상학봉, 파리봉(파류봉)

푸른산악회를 따라 부산시 금정구와 북구에 걸쳐있는 金井山 남부에 다녀왔다. 오전 8시 30분 무렵 시청 앞 육교 부근에서 운동장으로부터 오는 대절버스를 타고서 출발하여, 남해고속도로를 경유하여 부산 구포 부근에서 華明洞 방향으로 접어들었고, 화명동의 아파트단지와 山城路를 경유하여 산성마을을 지나 10시 반쯤에 동래구 장전동 쪽에서 산성마을로 접어드는 입구인 산성고개에 있는 東門에서 하차하였다.

동문이라 함은 사적 제215호인 금정산성의 동문을 의미하는 것이다. 일행은 거기서 시산제를 지내는 모양이지만, 나는 성벽을 따라서 먼저 등산로에 올랐다. 평평바위라고도 불리는 대륙봉(520m)을 지나 2망루를 거쳐서 남문에 이르렀고, 오늘 산행의 최고봉인 上鶴山 上鷄峰(640.2)에 다다라 점심을 들었다. 점심을 든 후 玻璃峰(일명 파류봉, 615)을 거쳐서 가나안수양관이 있는 곳쯤에서 산성마을로 접어들어 公廨村에 다다라 오늘 등산을 마쳤다.

오늘은 금정산성을 따라 계속 걸은 셈인데, 가나안수양관에서 그대로 계속 나아가면 서문에 다다르고 거기서 또 더 나아가면 범어사 뒤편의 북문을 거쳐 금정산의 최고봉인 姑堂峰(801.5)에 이르게 된다. 북문 쪽은 내가 중학 시절 범어사 극락암에 머물고 있었던 무렵부터 종종 걸었던 코스다. 결국 오늘은 동문에서부터 시작하여 성벽을 따라 산성마을을 감싸고서 거의 한 바퀴 두른 셈이다.

금정산성은 길이가 18,845m, 성내 면적이 8.2㎢, 높이가 1.5~3m에 달하는 것으로서 국내의 산성 가운데서 가장 규모가 큰 것이다. 이곳에 산성을 언제부터 쌓았는지는 문헌의 기록이 분명치 않으나, 현종 8년(1687)에 통제사 이차현이 왕에게 금정산성을 고칠 것을 건의한 기록이 있으며, 현존하는 산성은 경상감사 조태동의 건의에 의해 숙종 29년(1703)에 동래부사 박태항이 쌓았고, 숙종 33년(1707)에 동래부사 한배하가 중성을 새로 쌓았으며, 순조 8년(1808) 동래부사 오한원이 무너지고 없어진 성을 고쳐 쌓았다고 한다. 사적으로 지정된 이후인 1972년부터 복원을 하여 연차적, 지속적으로 보수 정비 작업이 진행되고 있다.

유명한 산성막걸리 두 통을 샀고, 진주로 돌아온 이후 다 함께 시청 옆 상대동 299-11(돗골로 141)에 있는 옛서울설렁탕에 들러 저녁식사를 들고서 귀가하였다.

9 (일) 곳에 따라 부슬비와 눈 내린 후 개임 -서방산, 종남산

친구산악회를 따라 전북 완주군 龍進面·所陽面·高山面의 경계에 위치한 西方山(612.3m)과 용진면과 소양면의 사이에 위치한 從南山(608m)에 다녀왔다. 오전 8시 10분까지 시청 앞에 집결하여 대절버스를 타고, 장대동 어린이놀이터로 이동해 가서 다른 회원들을 더 태운 후, 30분 남짓에 출발하였다. 대전-통영 간 고속도로를 따라 장계까지 북상했다가 익산-장수 간 고속도로로 접어들었는데, 함양군에서부터 장수군·진안군까지는 들에 눈에 하얗게 덮여 있고, 방금도 눈이 펄펄 내리고 있었다. 오늘 아침 TV의 일기예보에서 서울을 비롯한 중부지방에 눈이 내린다는 소식은 접했으나 이미 봄철에 접어들었으니 대수롭지 않을 것이라고 생각하여 전혀 준비를 해오지 않았으므로, 차가 진안마이산휴게소에 정거했을 때 매점에 들러 아이젠과 스패츠를 새로 구입하였다. 그러나 완주군에 접어들자 다시 눈의 흔적은 사라졌다.

11시 무렵에 완주군 용진면 간중리에 위치한 용진저수지 위쪽의 주차

장에 닿아 부슬비가 내리는 가운데 먼저 시산제를 올린 다음 등산을 시작하였다. 주차장 모서리에 密陽朴氏世阡이라는 비석이 서 있고, 거기서 좀 더 위쪽에 밀양박씨의 커다란 재실 鳳棲齋와 그 입구 옆에 이 문중 즉 糾正派 역대의 걸출한 인물을 기념하는 비석들이 나란히 서 있었다. 봉서재에서 서쪽으로 난 비포장 산복도로를 따라 올라가다가 머지않아 등산길로 접어들었다. 이곳도 산 위에는 눈이 제법 내린 모양이어서 도중에 나무에서 떨어지는 눈과 비가 섞여서 내리므로 배낭에다 커버를 하고 방수복을 입었으며, 스패츠도 착용하고서 올랐다.

오후 1시경에 마침내 서방산 정상에 도착하였고, 거기서 종남산 방향으로 좀 더 나아간 지점의 삼거리 능선에서 우리 일행 몇 명을 만나 함께 점심을 들었다. 오늘 산악회에서는 삼거리나 혹은 거기서 좀 더 나아간 지점의 남은재에서 골짜기 속의 鳳棲寺를 거쳐 원점으로 회귀하라고 하였지만, 나를 비롯하여 점심을 함께 든 일행은 종남산까지 더 나아갔다가 거기서 지능선을 따라 봉서사와 봉서재를 내려다보면서 돌아와 405봉에서 주차장 쪽으로 하산하는 코스를 취하였다. 종남산에서 주능선을 따라 계속 더 내려가면 소양면 대흥리의 보물 네 점이 있는 고찰 松廣寺에 닿지만 아쉽게도 그 쪽 코스를 취하지는 못했다.

오후 3시경에 주차장에 닿아 여러 가지 안주로 풍성하게 차려진 하산주를 들었다. 이 산악회는 창립 5주년을 맞은 모양인데, 매번 산행 때마다 이처럼 음식물을 풍부하게 마련해 오는 모양이다. 오늘 코스는 얼마 전에 갔었던 되실봉·위봉사 코스와도 바로 옆에 인접해 있다. 돌아오는 길에 다시 마이산휴게소에 들러서 고로쇠 수액 한 통을 샀다.

16 (일) 맑음 -(대)매물도

풀잎산악회를 따라 (대)매물도에 다녀왔다. 오전 8시 30분까지 장대동의 구 동명극장 건너편 농협은행 앞에 집결하여 대절버스 한 대에다 승용차를 포함하여 66명이 출발하였다. 남해 및 대전-통영 간 고속도로를 경유하여 거제도에 진입한 후, 오전 10시 15분 무렵에 거제시 남부면 소재지인 저구 항에 도착하였다. 그곳에서는 왕조산(413.6m)과 가라산(580)이 가까이 바라보였다.

11시에 출항하여 근자에 관광지로서 각광을 받고 있는 장사도와 거제 본섬 사이의 해로를 따라 직항하여 약 30분 후에 매물도의 唐今마을에 도착하였다. 나는 1층 선실에서 동부산악회 회원들과 어울려 그들이 준비해 온 모듬회를 안주로 명석막걸리 전주를 마시다가, 술판이 끝날 무렵 뒤쪽 갑판으로 나가 다도해의 바다 풍경을 바라보았다. 갈매기 무리가 승객이 던져주는 새우깡을 받아먹으려고 제법 먼 곳까지 배를 따라왔는데, 개중에는 승객의 손에서 직접 먹이를 낚아채가는 놈도 있었다.

매물도에서 가장 많은 주민이 산다는 당금 항에서는 마을 뒤편의 언덕에 올라 발전소를 거쳐서 해금강을 조망할 수 있는 전망대에 올랐다가, 도로 돌아 나와서 이미 폐교가 된 원평초등학교 어의분교장을 거쳐 한려해상 바다백리길의 5구간인 해품길로 접어들었다. 오르막길로 나아가다가 도중에 사각형의 목조 쉼터 파고라에 올라 일행과 더불어 점심을 들었다. 매물도는 섬 전체에 동백나무가 많고, 지금이 절정인 듯 꽃이 만개해 있었다. 모처럼 동백꽃을 실컷 감상하였다. 대항마을과의 갈림길을 지나 SK텔레콤의 기지국 송신탑이 있는 장군봉(210) 정상에 도착하였다. 정상 부근에는 과거 일본군이 포진지로서 구축한 여섯 개의 동굴이 있다고 하지만 내 눈에는 띄지 않았다.

장군봉 전망대에서 이 섬의 서쪽 끝인 꼬돌개 쪽으로 내려가는 1.5km 정도의 능선길이 있는데, 나는 송신탑 쪽으로 연결된 양쪽 가에 로프가 쳐져 있는 다소 넓은 길이 그것인 줄로 알고서 그 길을 따라 내려오다 보니 도중에 장군봉으로 올라왔던 길과 도로 마주치는 것이었다. 할 수 없이 갈림길을 거쳐 대항마을 쪽으로 내려왔다가, 아쉬움이 남아 마을에서 이어지는 해변 길을 따라서 꼬돌개 방향으로 나아가 보았다. 마을이 끝나는 지점에 경상남도 기념물 제214호로 지정된 후박나무 堂上木으로 인도하는 안내판이 보여 그 길을 따라 100m 정도 들어가 그것을 구경하였다. 수령 300여 년으로서 가슴 높이 둘레 3.9m, 높이 약 22m인데, 지상

1.5m 부위에서 수간이 두 갈레로 갈라져 있었다. 바로 옆에 위치한 높이 4m, 너비 3m의 바위와 함께 마을의 수호신으로 여겨지는 것으로서, 정월 보름에 堂山祭를 지낸다고 한다. 꼬돌개 오솔길은 1km 남짓한 길이인데, 꼬돌개란 이 길 도중의 지점에 매물도의 초기 정착민이 살았는데, 오랜 흉년으로 모두 꼬돌아졌다(꼬꾸라졌다) 하여 이런 이름이 붙었다고 한다. 길 가에 그들이 일군 다랑논이 눈에 띄었으나, 지금은 경작하지 않고 버려져 있었다. 섬의 서쪽 끄트머리에 다다르니 그곳은 커다란 바위들이 이어져 있고, 건너편으로 소매물도가 지척의 거리에 바라보였다.

대항마을로 되돌아와 거기서 다시 이어진 바닷가 언덕길을 따라 당금마을까지 돌아왔다. 타고 왔던 배가 다시 들어와서 출항하는 오후 4시 30분까지는 한 시간 정도 여유가 있어 그 근처 바깥의 철제 조각 작품 두 점 등을 감상하며 어슬렁거렸다. 돌아올 때는 소매물도를 경유하였기 때문에 약 한 시간 정도가 소요되었다. 저구 항에서 봄 냉이를 천 원어치 샀다.

돌아올 때는 동부면 소재지와 거제읍을 지나 4번 지방도로를 경유하여 14번 국도를 만난 다음, 예전에 거제 칠천도를 다녀오다가 비 내리는 밤중에 어딘지도 모르고서 정거하여 새우젓을 샀던 견내량 다리 건너편 통영 쪽의 휴게소에 다시 정거하였다. 밤 8시 무렵 집에 도착하였다.

23 (일) 완연한 봄 날씨 -도지봉, 지초봉, 둥지봉
청솔산악회를 따라 전북 임실군 신덕면에 있는 棹止峰(돛대봉, 430)·지초봉(475)·둥지봉(470)에 다녀왔다. 8시 30분까지 우리 아파트 옆의 구 진주역에 집결하여 대절버스 두 대로 출발했다. 남해 및 전주-광양 간 고속도로를 경유하여 임실요금소에서 빠져나왔는데, 후자는 근년에 새로 개통된 도로이고 긴 터널이 많았다. 10시 45분 무렵에 산행들머리에 도착하였다.

오늘 산행은 도지봉 아래에 위치한 신덕면 소재지를 중심으로 하여 원을 그리며 한 바퀴 빙 두르는 코스인데 대부분 400m 대의 낮은 봉우리

들이라 야산 정도의 규모이고, 그 높이는 현지에서나 산악회로부터 배부받은 지도에도 대부분 표시되어 있지 않은데, 어쩌다 확인한 것도 서로 다른 경우가 많았다. 그러나 높은 산이라 할지라도 등산 시작 지점은 해발고도가 꽤 높은 경우가 많으므로, 야산이라 하여 반드시 쉬운 것은 아니다. 산은 낮으나 그런대로 등산로가 잘 정비되어 있었고, 곳에 따라 전망대나 나무로 만든 계단도 설치되어 있었다. 오늘 산행 코스에는 아름다운 우리말 지명이 많았다. 그 코스를 표시해 보면 다음과 같다. 상사암·기름재·도지봉·제비설날·평풍바위·피재재·지초봉·으름재·둥지봉·배나무재·도끼샘·꽃밭날등. 오후 3시 45분에 면소재지인 신덕 마을에 도착하였다. 오늘 코스는 총 11.5km라고 한다. 산 위에서는 산수유를 닮은 노란 생강나무 꽃이 자주 눈에 띄었다.

30 (일) 오전 중 짙은 안개에 가끔 빗방울 듣다가 오후는 개임 −함안 오봉산

북두름연합산악회를 따라서 함안군 군북면과 진주시 이반성면의 경계에 위치한 오봉산(524.7m)에 다녀왔다. 8시 10분까지 시청 앞에 집결한 후 장대동의 어린이놀이터 앞에서 30분 남짓에 출발하였다. 2번 국도를 따라가다가 이반성에서 지방도로 빠져나와, 18번 지방도가 군북면으로 접어드는 경계지점인 소어석터널 위의 작은고개에 도착하여 9시 20분에 등산을 시작하였다. 제산령을 지나 옛날 내가 답사 차 방문했다가 주차를 잘못하여 운전해 왔던 승용차가 골짜기로 떨어져 마침내 폐차처분 하고 말았던 聖殿庵의 바로 뒤가 오늘 행정의 최고봉인 오봉산이었다. 정상에 도착하여 약간 빗방울이 듣는 가운데 산신제를 지내고 막걸리 석 잔과 돼지고기로 음복을 한 다음 다시 떠났다.

도중에 햇볕이 든 소나무 숲 빈터에서 점심을 든 후, 다시 걷기 시작하여 낙남정맥 코스와 만나는 삼거리에 도착한 다음, 우회전하여 2번국도 상의 발산재에 이르기까지 전체 행정의 2/3 남짓 되는 거리는 낙남정맥을 따라 남쪽으로 걸었다. 이 코스는 예전에 통과한 바 있었던 것인데,

바야흐로 진달래가 절정이었다. 일행 중에는 진달래·두릅 및 각종 약초 뿌리 등을 채취하는 사람도 있었다. 나는 일행으로부터 떨어져 터벅터벅 혼자 걸어서 오후 3시 45분에 대절버스가 대기하고 있는 발산재의 舊도로에 제일 먼저 도착하였다.

그 건너 쪽에 커다란 비석이 보이므로 가서 읽어보았는데, 孝烈公隼峯高從厚神道碑로서, 시인 薛昌洙 씨가 짓고 尹孝錫이 글씨를 써서 1991년 10월에 세운 것이었다. 비문을 읽어보니 그 부친인 霽峰 高敬命은 문과에 장원급제하였고, 隼峰 자신도 문과급제자라고 되어 있었다. 무덤이 있는 산 이름도 隼峯山이었다. 고종후는 임진왜란으로 진주성이 함락될 때 순절한 촉석루 三壯士의 한 사람으로 거론되기도 하는 인물인데, 예전에 낙남정맥 코스를 걷다가 우연히 그 무덤을 발견한 바 있었다.

하산주를 마시고 진주로 돌아오는 도중의 버스 속에서 제비뽑기를 하여 나는 식사용 깔개 하나를 덤으로 얻었다.

4월

6 (일) 맑으나 찬바람 -장흥 가지산

산수산악회의 53차 산행에 동참하여 전남 장흥군 장평면과 유치면의 경계에 위치한 迦智山 주봉(509.9m)과 그 건너편의 상봉(511)에 다녀왔다. 오전 8시 20분까지 시청 앞에 집결하여 공설운동장 앞을 경유하여 49명이 출발하였다.

남해고속도로와 목포-광양 간 고속도로를 경유하여 장흥군의 장동면에서 지방도로 빠져나와 長平 쪽으로 접어들었다. 寶林寺 앞과 인동초민주동지기념비를 지나 오전 11시 5분에 등산로 입구에 도착하였다. 소나무산림욕장을 지나 가지산 주봉에 다다랐고, 12시 10분경에 오늘 산행의 최고봉인 주봉 인근의 상봉에 도착하였다. 대부분의 일행은 주봉에서 갈림길을 따라 하산 코스로 접어들었고, 상봉까지 오는 사람은 많지 않았다. 나는 바위로 이루어진 상봉 꼭대기에서 주변 풍경을 바라보며 혼자 점심을 든 다음, 주봉으로 돌아와서 갈림길을 따라 하산 코스에 접어들었다. 도중에 조망이 트인 望遠石을 지나, 오후 2시 10분에 보림사 주차장에 당도하였다.

보림사는 羅末麗初의 九山禪門 가운데 하나인 사찰이기 때문에 과거에 두 차례 정도 답사를 왔던 적이 있었다. 절 이름은 아마도 중국 禪宗의 六祖 慧能이 자기 출신지인 廣東省에다 세운 曹溪山 寶林寺에서 유래할 것이다. 중국에서 돌아와 迦智山門의 初祖가 된 사람은 道儀禪師인데, 이 절은 신라 경덕왕 때(759년) 원표대덕이 창건하였으며, 이 가지산파에서 고려시대에 一然과 太古 普愚, 조선시대에 蓮潭 有一 등이 배출되었다.

절은 여순반란사건 때 대부분 소실되었다가 그 후에 복원된 모양인데, 그럼에도 불구하고 경내에 국보 44호인 삼층석탑 및 석등과 국보 117호인 철조 비로자나불 좌상, 보물 155호 동부도, 156호 서부도, 157호 보조선사창성탑, 158호 보조선사창성탑비 등이 보존되어 있고, 지금 그 전각을 수리 중이라 보지는 못했지만 전국에서 규모가 가장 크다는 목각 사천왕상도 아마 보물인가에 지정되어 있다고 안내판에서 읽은 듯하다. 예전에 보지 못했던 聖寶박물관이 있어 무료로 입장할 수 있었고, 또한 이 절은 비자림 삼림욕장이 유명한 모양이다.

대절버스가 주차해 있는 절 앞 광장은 찬바람에 먼지가 인다 하여 돌아오는 도중에 보성휴게소에 들러 그곳 식당을 빌려서 하산주를 들었다. 나는 거기서 찹쌀로 빚었다는 진도홍주 고급품 한 병을 샀다.

13 (일) 부슬비 -옥산

경상대학교총동문회 개척산악회의 제9회 개척가족등반대회에 참여하여 하동군 玉宗面에 있는 玉山(614.2m)에 다녀왔다. 오전 9시 30분쯤에 스쿨버스 세 대로 본교 정문 앞을 출발하여 국도 2호선을 따라가다가 1005호 지방도로 접어들어 10시 15분쯤에 하동군 북천면과 옥종면의 경계지점인 백토재(배토재)에서 하차하였다. 그곳은 洛南正脈 코스였다.

1회용 우비를 하나씩 지급받아 착용하고서 제법 넓게 나 있는 등산로를 따라 걷기 시작했다. A코스와 B코스로 나뉘어졌는데, 일행은 대부분 도중의 헬기장에서 보다 짧은 B코스를 선택해 내려가고, 나는 A코스를 계속 걸어 정상에 이른 다음 12시 45분 무렵에 하산지점인 정수리 쪽으로 내려왔다. 산 위는 안개가 끼어 사방을 넓게 조망할 수 없었다.

도로 가에서 대기하고 있는 스쿨버스 한 대에 올라 가족한마당 잔치가 열리는 장소인 옥종의 옥천관 쪽으로 이동하였다. 거기서 재직동문인 자연대 생물과 및 생화학과 교수들과 어울려 준비된 음식으로 점심을 들었는데, 권순기 총장과 고영진 교육감도 참석하였다. 본교 재직동문의 비율은 서울대 출신자 다음으로 많은 모양이다. 고 교육감은 이미 그 직을 두 번 거쳤는데, 6월에 있을 지방선거에 대비하여 마지막인 세 번째 출마를 위해 선거운동 차 온 모양이었다. 교육감이 먼저 돌아간 다음, 권 총장의 관용차에 동승하여 나도 먼저 진주로 돌아왔다.

20 (일) 맑음 -대야산 중대봉

비경산우회의 창립 첫 산행에 참여하여 충북 괴산군 청천면과 경북 문경시 가은읍의 경계에 위치한 大耶山 중대봉(846m)에 다녀왔다. 오전 7시 10분에 시청 건너편 육교 있는 곳에서 비경마운틴클럽의 전용버스를 타고서 51명이 출발했다. 비경마운틴클럽은 산행대장인 정상규 씨의 개인 산악회 비슷한 것이어서 평소 신문에 광고도 내지 않고서 인터넷 홈페이지만으로 연락하여 매주 몇 차례씩 산행을 하는데, 근자에는 참가자 모집에 다소 애로가 있었던지 오늘부터 한 달에 한 번씩 셋째 일요일에는 다른 산악회와 마찬가지 방식으로 회원을 모아 운영하는 모양이다.

고령까지는 일반국도를 경유하고 고령에서부터 중부내륙고속도로에 올라 북상하여 연풍 요금소에서 빠져나온 다음, 속리산의 쌍곡계곡과 제수리재를 지나 오전 10시 50분에 등산기점인 괴산군 청천면 삼송리에 닿았다. 거기서부터 농바위(농바우)골을 거쳐 나아가다가 제2갈림길에서부터 산을 오르기 시작하였다. 이곳 역시 입산금지구역으로 지정된 곳이라 마을이 끝나가는 지점에서 산불감시원의 복장을 한 사람으로부터 제지를 받았지만, 그를 설득하여 계속 나아갈 수 있었다. 그래서인지 길은 비교적 뚜렷이 나 있었고 도중에 리본도 여기저기서 눈에 띄었으나 산행 도중에 다른 사람은 전혀 만나지 못했다. 정상에 가까워질수록 암벽이 많아 설치된 로프를 잡고서 올라야 하는 곳들이 있었다. 한참을 오르다가 중간지점의 곰바위에서 점심을 들고, 대슬랩을 지나서 오후 2시 10분에 마침내 정상에 닿았다.

바로 근처에 백두대간이 지나가는 대야산 정상이 바라보이고, 그 뒤편으로는 희양산·막장봉·장성봉 등이, 왼쪽의 그 반대편으로는 속리산 주능선이 펼쳐졌다. 정상을 떠나 도중에 커다란 바위 구멍을 지나가는 통천문을 거쳐서 한 바퀴 큰 원을 그리며 하산하다가, 도중에 보덕암으로 이어지는 듯한 콘크리트 포장도로를 만나 오후 4시 30분 무렵 출발지점에서 가까운 농바위마을회관 쪽으로 하산하였다. 산에는 남녘에서 이미 지고 만 진달래가 만발해 있고, 들에는 벚꽃도 아직 한창이었다. 마을의 정자 부근에 앉아서 약간의 하산주를 마시다가, 대야산으로 갔던 사람들 다섯 명이 다 돌아오기를 기다려 5시 30분 무렵 출발하여 상주시 화북면 소재지를 경유하여 귀로에 올랐다. 도중에 경남 합천군 삼가면 서부로 55(소오리 395-10번지)에 금년 정월 오픈한 커다란 건물의 합천축협 삼가브랜드육타운에 들러 늦은 저녁을 든 후, 밤 10시 남짓에 귀가하였다.

석식 때 이 산악회의 신임 임원과 한 자리에 앉았는데, 그는 인도 히말라야의 시블링 봉의 이름을 취해 닉네임으로 삼는 사람이라고 한다. 물어보니 그 자신이 시블링에 올랐던 것은 아니고 광운공대 팀의 등정기를 읽고서 감명을 받았으며, 과거에는 시블링 근처에 있는 바기라티 1·2·3봉에서 취해 바기라티라는 닉네임을 썼던 적도 있었던 모양이다. 나는 2000년 8월 8일에 갠지스 강의 발원지 가우묵으로 향하는 길에 그 봉우리들을 모두 육안으로 바라본 적이 있었는데, 최근에 그 때의 경험 등을 모아 『해외견문록』 상·하권을 출판했다고 하니 믿지 않는 모양이었다.

5월

4 (일) 흐림 -철승산(태화산)

산수산악회의 제52차 산행에 동참하여 충남 공주시에 있는 鐵繩山(泰華山, 423m)에 다녀왔다. 오전 8시 20분까지 시청 앞에 집결하여 운동장을 거쳐서 출발하였다. 철승산은 麻谷寺를 감싸 안고 있는데, 마곡사 일주문 등에는 태화산이라 적고 있다. 대전·통영 간 고속국도를 따라 북상하여 서대전에서 대전·당진 간 고속국도로 접어들었고, 유성과 세종시를 거쳐 마곡사 요금소로 빠져나온 후 629번 지방도를 경유하여 오전 11시 37분에 마곡사 시설지구 주차장에 닿았다. 가는 도중의 휴게소에서 새 등산용 샌들을 하나 구입하였다.

한참을 걸어 들어가 마곡사 바로 앞의 천연송림욕장으로 들어가는 길로 접어들어 얼마간 올라가다가 도중에 우리 일행 몇 명이 점심 판을 벌여놓은 곳에 함께 앉았다. 점심을 든 후 세 명은 하산하고 두 명만이 계속 산을 올랐다. 길은 잘 닦아져 있어 시종 승용차 한 대가 지나갈 수 있을 정도의 넓이였다. 곳곳에 나무나 콘크리트로 계단을 설치해 두었는데, 나는 가능한 한 계단을 밟지 않고서 흙 위를 걸었다. '春麻谷秋甲寺'라는 말이 있듯이 지금이 이곳 관광의 가장 좋은 시기인 셈이다. 정상인 활인봉에 닿았더니 정자가 있는데, 수리 중인지 금줄로써 출입을 막아두었다. 다시 한참을 걸어 생골고개를 지나서 두 번째로 높은 봉우리인 나발봉(414m)에 닿았더니, 거기에도 사각형의 정자가 세워져 있었다. 키 큰 소나무 숲속을 걸어 한국동양철학회의 16대 회장인 이광호 교수 때 겨울수양회를 가진 바 있었던 전통불교문화원 즉 현재는 한국문화연수원으로 개칭한 곳으로 하산하였다.

오늘 걸으면서도 느꼈는데, 지난 며칠 동안 아무래도 내 오른쪽 발에 좀 문제가 생긴 듯하다. 오른 발이 땅에 닿을 때 부딪치는 소리가 왼쪽 발에 비해 좀 강하며, 아주 미약하나마 발의 마비증세 비슷한 것을 느낄 수 있는 것으로 미루어 척추의 이상에서 유래하는 것이 아닌가 한다.

그러나 보행에 지장이 있을 정도는 아니다.

원점으로 돌아오는 도중에 마곡사에 들러 보물 801호인 대웅보전, 보물 802호인 대광보전, 그리고 역시 보물로 지정된 5층석탑 등을 둘러보았고, 대광보전과 5층석탑 앞쪽의 백범이 심었다는 향나무 한 그루도 보았다. 백범 김구는 1896년 명성황후 시해에 대한 분노로 황해도 안악에서 일본군 장교를 살해한 후 1898년 이 절에 은거하여 圓宗이라는 법명으로 잠시 출가 수도하였던 것이다. 조국광복 후 다시 이곳을 찾아 대광보전 주련의 '去來觀世間 猶如夢中事'라는 글귀를 보고서 감개무량하여 그 때를 회상하며 이 나무를 심었다고 한다. 오늘 우리가 걸은 등산로 전체에도 백범명상길이라는 이름이 붙어 있었다.

오후 4시경에 버스 있는 곳으로 돌아와 하산주를 마시다가, 함께 앉은 일행으로부터 소문을 듣고서 근처의 장승마을이라는 곳으로 구경가보았다. 8,000여 평의 넓은 테마 펜션인데, 구내에는 세계 최대의 석등으로 공인 받았다는 높이 14.8m, 무게 280t의 마야석등불이 있고, 그 외에 나무나 돌에다 조각한 것들이 많으며, RV 차량들도 여러 대 늘어서 있었다. 마곡천에 면한 쪽 산책로 가에는 온갖 포즈의 성교하는 모습을 조각한 석상들이 있고, 이즈음 그린 춘화들을 전시해 놓은 방도 있었다. 그래서 입구에서는 입장료 2,000원씩을 받고 있었다.

귀로에는 앞좌석에 앉은 비교적 젊은 여인이 내가 농경제학과의 이영만 교수와 꼭 닮았다면서 자꾸만 맥주와 안주를 권했다. 나중에 비어 있는 내 옆자리로 온 그녀와 맥주를 나누어 마시며 대화를 나누다가 밤 8시 무렵에 귀가했다.

11 (일) 오전에 맑았다가 오후에는 흐린 후 밤부터 비 ─욕지도숲길

부부산악회를 따라 통영시 욕지도 산행을 다녀왔다. 이 섬에는 과거에 두 번 정도 와 본 적이 있었는데 마치 처음 와보는 것처럼 낯설었다. 이번에는 등산을 온 것이니 또 색다른 체험이 되었다.

오전 8시에 시청 건너편 육교 밑에서 대절버스를 타고 회원인 기사까

지 포함하여 31명이 출발하였다. 이 산악회의 정식 회원은 부부가 함께 가입하는 것으로 되어있는 모양이다. 남해 및 대전-통영 간 고속도로를 거쳐 8시 50분에 서호동 316번지에 있는 통영항여객선터미널에 도착하였다. 오늘 보니 통영항에 거북선 세 척과 판옥선 한 채, 그리고 그 밖의 전통 배 한 척이 나란히 정박해 있었다. 통영서 욕지까지는 하루 다섯 차례 카페리호가 운항하는데, 우리는 9시 30분에 출발하는 2항차 서동고속페리 1호를 타고서 출발하였다. 이는 부산 선적의 것인 모양인데, 4층으로 된 제법 큰 배였다. 나는 꼭대기 층의 갑판에서 시종 다도해의 바다와 섬들이 이루는 풍경을 바라보았다.

통영에서 32km 떨어진 욕지도까지는 한 시간 반이 소요되며, 그 중 한 시간 만에 욕지도에 이웃한 연화도에서 한 번 기착한 후 목적지로 향했다. 우리 회원 중 네 명은 잘못 알고 연화도에서 하선했다고 한다. 욕지도에 내린 사람 중에서도 두 명은 등산을 하지 않은 모양이므로, 24명만이 선착장에서 섬 안을 운행하는 버스를 타고서 4km쯤 떨어진 위치에 있는 버스 회차장 야포로 이동하여 등산을 시작하였다.

욕지도의 면적은 12.62㎢로서 우리나라의 3,510개 섬 중에서 마흔네 번째 크기인 모양이다. 욕지도의 중심에 위치한 최고봉인 천왕산(천황산)은 그 높이가 392미터로서 그다지 높지는 않지만, 워낙 울창한 숲을 이루고 있어서 과거에는 정상을 오르기가 거의 불가능하였다고 하나, 지금은 '욕지도숲길'이라는 이름의 등산로를 개발해 두고 있었다. 우리는 그 길을 따라서 먼저 능선인 일출봉(190m)에 오른 다음, 숲 사이 양쪽으로 바다가 바라보이는 능선 길을 따라서 사각의 정자가 서있는 망대봉(206)을 지나 계속 나아가다가 노적에서 섬 전체를 순환하는 2차선 콘크리트 포장도로를 만났다.

그 길을 따라 걷다가 산길을 걷다가 하며 좀 더 나아가니 개미목이라는 이름의 섬의 폭이 잘록하게 가장 좁아진 곳에 이르게 되고, 그 부근에서 포장도로를 벗어나 바닷가로 향하는 비렁길이라는 것을 만나게 되었는데, 그 길이 바다에 닿는 지점에 출렁다리가 있고, 그 다리 건너편에

펠리칸바위라는 이름의 조망이 좋은 널따란 바위 절벽이 펼쳐져 있었다. 우리는 거기서 점심을 들었다.

점심을 든 후에 혼자서 다시 길을 떠나려 하니 뒤에서 아주머니가 한 사람 따라오며 자기는 출렁다리를 건너기가 무서우니 내 배낭을 좀 잡고서 같이 건너자고 하므로 내가 이왕이면 손잡고 가자고 하여 둘이서 연인처럼 손을 잡고 긴 다리를 건넜다. 그 여인은 올해 58세로서, 50대 초부터 퇴행성관절염이 와 산길을 잘 걸을 수가 없다는 것이었다. 그래서 함께 데크가 설치된 바닷가 오솔길을 따라 걷다가, 다시 순환도로를 만나자 그녀는 그 길을 따라서 근처의 선착장으로 향했다. 뒤에 알고 보니 그 여인은 진주 출신의 국가대표 축구선수인 김민우의 모친으로서, 김군은 현재 일본 팀에 들어가 활약하고 있다고 한다.

김민우의 모친과 헤어진 후 다시 숲길을 걷기 시작하여 한참 후에 섬에서 두 번째로 높은 대기봉(355)에 이르렀다. 거기서 숲길이 두 갈래로 갈라지는데, 나는 거기에 대기하고 있던 산악회의 간부 한 명과 함께 새천년기념공원(해맞이 장소)으로 가는 길을 따라가다가 그것이 정상 쪽으로 향하는 길이 아님을 알고서 도중에 대기봉까지 다시 돌아와 다른 쪽 길을 취했다. 얼마 후 천왕봉(사자바위)이 나타났는데, 그 꼭대기에는 해군 제3950부대의 레이더 기지가 들어서 있어서 오르는 것이 무의미하므로, 그 아래에서 태고암을 거쳐 하산 길에 접어들었다. 절 입구에 세워진 비석에는 '天皇山太古庵'이라고 새겨져 있었다.

태고암까지는 콘크리트 진입로가 개설되어져 있으므로 그 길을 따라서 여객선터미널이 있는 항구로 내려왔다. 예전에 아내가 회원으로 있는 경남수필문학회의 세미나에 참석하여 우리 가족이 다 함께 방문한 적이 있는 욕지중학교 입구를 거쳐 원량초등학교를 지나서 항구까지 내려왔다. 하길중 산행대장 등과 어울려 반쯤 포장을 친 술집에 들어가 고등어회를 안주로 소주를 좀 마시기도 하다가, 오후 4시 30분에 출항하는 마지막 배인 욕지아일랜드 호를 탔다. 그 배는 3층으로 되어 있었는데, 나는 이번에도 3층 갑판에 올라가 찬바람을 피해 선실 문 옆에 있는 탁자에 걸터앉아서 바다 풍경을 바라보았다. 배는 우도와 그 옆의 연화도에 각각 기착한 후 통영으로 돌아왔다.

대절버스 옆에서 하산주로서 맥주를 좀 마신 후 오후 7시 10분에 진주로 출발하였다. 나는 출발 전에 동피랑꿀빵에 들러 통영 명물인 꿀빵을 한 통 샀다. 이즈음은 마을 벽화로 예전부터 유명한 동피랑 외에 서피랑 마을도 새로 생겼다고 한다.

18 (일) 맑음 -청계산

산사랑축동사랑을 따라서 경기도 과천시와 성남시의 사이에 있는 청계산(618m)에 다녀왔다. 이 산악회는 사천시 축동면의 축동초등학교 동창 모임으로서 출발한 모양인데, 사천을 경유하여 온 대절버스를 진주시청 주차장 옆에서 오전 6시 무렵에 타고 떠났다. 20명이 탄 우등고속형의 고급버스였다. 통영-대전 간 고속국도와 경부고속국도를 거쳐 오전 10시 무렵에 서울특별시 서초구 신원동의 원터에서 하차하여 원터골을 따라서 등산을 시작하였다. 서울의 산들이 화강암으로 이루어진 것들이 많음에 비해 청계산은 육산이라 경사가 비교적 완만하였다. 서울 근교의 산이니만치 아무래도 오르는 사람들이 많았다.

곳곳에 설치된 계단들을 가능하면 피해 오르다가 매바위(758)를 지나 매봉(583) 부근에서 점심을 들었고, 이어서 정상인 망경대에 다다르니 그곳에도 군부대가 있었다. 석기봉(608)과 이수봉(545)을 거쳐서 오후 2시 55분에 성남시 상적동의 옛골 쪽으로 하산하였다. 오늘의 산행거리는 9km라고 한다.

이수봉 부근에는 이 산이 정여창이 거주하던 곳이라는 설명문이 있었으나, 경남 함양 사람인 그가 서울 부근에 오래 거주한 적이 있었던지 의문스러웠다. 청계산은 한국학중앙연구원의 뒷산으로 알고 있었지만, 산위에서 바라보니 서울대공원은 눈에 띄어도 한국학중앙연구원 같은 곳은 보이지 않았다. 집에 돌아와서 5만분의 1 지도를 펼쳐보니 한국학중앙연구원이 위치한 곳은 판교신도시가 있는 분당구의 운중동으로서 그 뒤편에도 청계산이라는 이름의 자그마한 봉우리가 있었지만, 오늘 오른 곳과 같은 산은 아니었다.

돌아오는 길에 안성휴게소에 들러 하산주를 마셨고, 먼저 사천에 들러 몇 군데에 회원들을 하차시켜 주고 난 다음 진주에 도착하였다. 몇 주 전에 고속도로 휴게소의 스포츠용품점에서 산 샌들을 돌아올 때 처음으로 신어보았는데, 발뒤꿈치 부분의 끈을 버턴으로 잠그도록 되어 있으나 걸을 때 그 버턴이 자꾸만 끌러져 도무지 사용할 수 없는 물건임을 비로소 알았다. 택시를 타고서 집으로 돌아왔는데, 호주머니 속에 넣어둔 돈 5만 원이 어딘가에 흘러 떨어져 버린 모양이어서 집에 있는 아내에게 전화를 걸어 내려와서 택시요금을 지불하게 했다. 샤워를 마친 다음 밤 평소처럼 밤 9시에 취침하였다.

25 (일) 흐리다가 오후부터 부슬비 -북한산 숨은벽(수문벽)능선

대명산악회를 따라서 북한산 숨은벽(수문벽)능선에 다녀왔다. 오전 6시까지 제일은행 앞에 집결하여 대전-통영, 경부, 중앙고속도로를 따라 북상하였다. 동서울 톨게이트에서 서울외곽순환고속도로에 접어들어 구리·별내·불암터널·수락터널·사패터널을 지나 양주시 장흥면의 송추IC로 진입하였다. 송추는 대학시절에 학과 행사로 놀러왔던 기억이 있다.

오전 10시 35분에 송추에서 하차하여 북한산둘레길을 따라 좀 걸어 들어간 다음, 효자동에서 밤골로 진입하여 등산을 시작하였다. 나는 북한산에 이미 여러 번 올랐으나, 오늘 코스는 가본 적이 없는 듯하여 참가하였는데, 북한산의 다른 코스보다는 사람이 적은 듯하였다. 이 숨은벽 능선 코스는 북한의 김신조 등 무장공비 일당이 청와대를 기습하기 위해 통과했던 길이라고 한다.

머지않아 위험한 바위 능선들이 나타나 그것을 타고서 아슬아슬하게 올라갔다. 숨은벽을 지나 오후 1시 20분에 북한산의 최고봉인 白雲臺(836.5m)에 올랐더니, 바람이 세차고 흐리던 날씨가 변하여 약간 빗방울

이 떨어지기 시작하였다. 하산 길에 백운산장 앞마당의 나무탁자에 끼어 앉아서 혼자 점심을 들었다. 하루재를 지나 백운대탐방지원센터 쪽으로 내려왔는데, 주차장 부근에서부터 빗방울이 굵어지고 우리 팀의 대절버스는 보이지 않으므로, 기사에게 전화를 걸어 물어보니 거기서 한참을 더 내려온 지점의 전철역 부근에 주차해 있다는 것이었다. 그래서 우이동의 동네 속으로 계속 걸어 내려오던 도중에 등산장비점에 들러 K2제품의 샌들을 하나 3만 원에 구입하였다. 몇 주 전에 고속도로 휴게소에서 구입했던 것은 5만 원이나 주었으나 전혀 사용할 수 없는 불량품이었기 때문이다.

오후 3시 40분에 우리 대절버스가 서 있는 주차장에 도착하여 부슬비 속에서 간단한 하산주를 마신 다음, 4시 반에 출발하여 경부고속도로를 따라 내려오는 도중에 천안휴게소 주차장에서 집행부가 준비해 온 비빔밥으로 저녁을 들었다. 조반은 상경하던 도중 금산의 인삼랜드에서 들었었다. 집에 도착하여 샤워를 마치고 나니 밤 10시 45분이었다. 지난번의 가지산 등반 이후로 산수산악회의 전 회장인 윤홍열 씨를 공주의 철승산에 이어 세 번째로 만났는데, 오늘 인사를 나누고 서로 휴대폰 번호를 교환하였다.

6월

1 (일) 맑음 -작은동산

민들레산악회를 따라 충북 제천시 청풍면에 있는 작은東山(545m)에 다녀왔다. 오전 7시까지 운동장 1문 앞에 집결하여 대절버스 한 대로 상봉아파트 뒤편의 과수원 길을 경유하여 집현면에서 합천 가는 국도에 오른 후, 고령에서 중부내륙고속도로에 올랐고, 구마·중앙고속도로를 경유해 一路 북상하여 남제천요금소에서 82번 지방도로 빠져나와, 오전 10시 25분에 무암계곡 입구의 무암교에서 하차하였다. 중앙고속도로 상의 휴게소에 정거했을 때 차에 올라온 상인으로부터 토시 3개와 물병 커버 2개, 그리고 땀 닦는 수건 하나를 구입하기도 하였다.

무암계곡은 과거에 몇 번 와본 곳이기는 하지만, 무암제 아래에서부터 가능한 한 아스팔트 포장도로를 피해 오솔길을 따라서 직선 코스로 걷다가, 東山 쪽으로 향하는 첫 번째 갈림길에서 무암사로 이어지는 아스팔트 도로를 벗어나 오른쪽 등산로로 접어들었다. 12시 30분에 안개봉(692)에 도착하여 혼자 점심을 들었고, 얼마 후 오늘 산행의 최고봉인 성봉(825)에 도착한 다음, 거기서 오른쪽 계곡을 향하여 갈라지는 길을 따라 내려왔다. 성봉 부근에서 반대쪽으로부터 내려오는 비경마운틴의 간부인 시블링 씨를 만나기도 하였는데, 그는 고려산악회 사람들과 함께 왔다고 했다.

도중에 등산을 통해 낮이 익은 노인과 더불어 바위에 앉아 물을 마시다가 등산용 물통의 뚜껑을 바위 절벽 아래로 떨어뜨려 잃어버리기도 하였다. 모래고개(445)까지 내려오니 다시 길이 갈라지는데, 나는 거기에다 배낭을 두고서 500m 정도 떨어진 위치의 작은동산까지 다녀왔으나, 알고 보니 오늘의 우리 코스는 작은동산을 거쳐 계속 이어지는 등산로를 따라 나아가 목장삼거리와 외솔봉(481.6)을 경유하여 도착지점인 교리로 향하게 되어 있는 것이었다. 그러나 오늘 무암교에서 하차한 사람들 중에는 작은동산까지 다녀온 사람조차도 나와 그 노인 두 사람 밖에는 없는 듯하며, 교리에서 하차하여 작은동산을 올랐다가 백 코스로 하산한 사람이 더러 있는 모양이었다.

모래고개에서부터는 직선 코스로 교리를 향하는 제법 넓은 길이 나 있어 그 길을 따라 내려와 3시 45분에 도착하였다. 교리는 충주(청풍)호 가에 위치한 제법 큰 동네로서, 거기에 힐 호텔과 레이크 호텔 등 호텔 두 개가 있었고, 청풍문화재단지도 멀지 않았다.

하산주를 마신 다음, 왔던 코스를 경유하여 귀로에 올랐는데, 도중에 충주호 부근의 예전에 가본 적이 있는 금월봉도 지나쳤다. 집에 돌아와 샤워를 마치고 나니 밤 8시 50분이었다.

8 (일) 흐리고 오전 중 짙은 안개 −계룡산 신원사, 고왕암, 갑사

판문산악회의 제176차 정기산행에 동참하여 충남의 계룡산에 다녀왔
다. 시청 서문 앞에서 대절버스를 타고 오전 7시 반에 출발하여 판문동
쪽으로 이동해 대부분의 사람들을 태웠으며, 또한 운동장을 출발한 다른
한 대의 버스와도 합류하여 함께 출발했다. 이 산악회는 원래 판문동
주민들을 위주로 하여 시작한 모양인데, 오늘이 17주년 기념 산행이라
고 한다. 매주 목요일에 출발하다가 4·5년 전에 한동안 일요일로 바뀐
적도 있었으나 다시 목요일로 돌아갔다가, 이번에 임원진이 바뀌면서
또 일요일로 변경된 모양이다. 그런 까닭인지 나로서는 생소한 산악회이
며, 모인 사람들도 대부분 낯설었다.

통영·대전 간 고속국도를 따라 북상하다가, 익산·장수 간 고속도로로
접어들었으며, 다시 호남고속도지선을 타고서 북상하여 여산·남논산을
거쳐서 서논산요금소를 지난 후 23번 국도로 빠져나왔고, 노성면을 지
나서 다시 691번 지방도로를 따라 오전 10시 52분에 계룡산의 서남쪽
끄트머리에 위치한 新元寺에 도착하였다.

이 절은 공주시 계룡면 양화리 8번지에 위치해 있는데, 조계종 제6교
구 본사인 마곡사의 말사 중 하나로서, 백제 의자왕 11년(651)에 고구려
보장왕의 국사로 있다가 후에 백제로 망명해 온 普德和尙에 의해 창건되
었다고 한다. 나는 이 절의 요금소를 통과한 후부터 일행과 떨어져 혼자
서 절 구내를 천천히 둘러보았다. 보물 1293호로 지정된 中嶽壇에 들러
보았다. 조선 태조 3년에 이성계의 왕명으로 무학대사가 짓고 왕실의
기도처로 내려오다가 효종 5년에 폐사되었으며, 고종 16년(1879) 명성
왕후의 서원으로 재건하면서 神院寺였던 寺名을 대한제국의 신기원을
연다는 뜻으로 현재의 한자로 고쳤다고 한다. 원래 묘향산에 상악단, 계
룡산에 중악단, 지리산에 하악단이 있었으나 둘은 소실되고 이 중악단만
남아 있으며, 이태조의 개국 후 매년 국비로 산신제를 지내온 모양이다.
이 절에는 국보 제299호인 노사나불화가 있다고 하므로 중악단에서 물
어보았더니 대웅전에 있다 하여 다시 대웅전으로 돌아가 보았다. 그러나

거기에 걸려 있는 것은 모조품이었다. 그 밖에 대웅전 건물과 그 안에 걸려 있는 후불탱화 3점, 그리고 고려시대에 만들어진 오층석탑 등 지방 문화재로 지정되어져 있는 것 석 점도 둘러보았다. 또한 이 절에는 국제 선원이 있는데, 세계 각국의 외국인 출가자들이 숭산스님 등의 참선지도 로 수행해 온 곳이라고 한다. 숭산이 계룡산 갑사에다 국제선원을 열었 다는 말은 들었어도 이 절에 그런 것이 있음은 처음으로 알았다.

우리 일행은 오늘 도중의 부속암자에서 능선 길로 접어들어 먼저 연천 봉에 올랐다가, 문필봉·관음봉과 자연성능을 거쳐 금잔디고개에서 동학 사로 이어지는 넓은 길을 만나 갑사 쪽으로 내려가기로 되어 있으나, 나 는 연천봉까지의 그 코스는 예전에 가본 적이 있었기 때문에 오늘은 계속 계곡 길을 걸었다. 의자왕의 아들 隆이 피난하였다가 나당연합군에 의해 체포된 장소라고 하는 古王庵에 들러본 다음, 12시 반쯤에 산길이 계곡물 과 만나는 장소의 바위 위에서 혼자 점심을 들었다. 隆이라 함은 중국 낙양의 북망산에서 그 墓誌가 발견된 夫餘隆 바로 그 사람일 것이다.

연천봉과 문필봉 사이의 연천봉고개를 넘어서 예전에 망진산악회 사 람들과 함께 올라온 바 있었던 갑사 쪽으로 향하는 계곡 길로 내려가 모처럼 다시 갑사 경내를 한 번 둘러본 다음, 오후 4시쯤에 갑사 주차장 의 남쪽 끄트머리에 있는 우리들의 대절버스에 도착하여 각종 안주로 제법 성찬을 마련한 하산주를 들었다. 올라오는 길에 집행부로부터 스마 트폰 케이스도 하나 얻었다.

5시 35분에 갑사 주차장을 떠나 국립대전현충원과 월드컵경기장을 거쳐서 귀가하였더니, 아내가 큰집 귀순누나의 남편인 최석호 자형이 지난 4월에 이미 별세하셨다는 소식을 전해주었다.

15 (일) 맑음 −국수봉, 은을암, 치술령, 망부석, 박제상유적지
지구산악회를 따라 울산광역시 울주군 범서읍과 두동면 사이에 있는 國秀(讐)峰(603m)과 경북 경주시 외동읍과 울주군 두동면 사이에 있는 鵄述嶺(767)에 다녀왔다. 치술령은 예전에도 한 번 간 적이 있었으나,

이번에는 국수봉을 경유한다고 하므로 동참한 것이다.

오전 8시까지 시청 육교 밑에 집결하여 대절버스 한 대로 출발하였다. 남해고속도로와 경부고속도로를 거쳐, 언양분기점에서 울산고속도로에 접어들어 울산시내까지 들어갔다가, 24번 국도와 1025번 지방도를 경유하여 10시 20분에 범서읍 중리의 허고개에서 하차하였다. 11시 40분에 국수봉의 정상석에 닿았다. 거기서 멀리 울산시의 풍경을 바라보고서 다시 출발했다가, 얼마 가지 않아 등산로를 벗어나서 계곡 쪽으로 난 길을 한참동안 따라 내려가 隱乙岩에 닿았다. 박제상의 부인이 딸 둘을 데리고 치술령에 올라 남편이 사신으로 간 일본 쪽을 바라보며 기다리다가 순절하여 부인의 몸은 화하여 望夫石이 되고 그 혼령은 새로 화하여 그 남쪽 국수봉 은을암의 굴속으로 날아 들어갔다는 곳이다. 지금은 그곳에 통도사에 속한 제법 큰 암자가 위치해 있는데, 은을암 바위 절벽 위에 절의 종각이 서 있었다.

은을암으로 통하는 콘크리트 포장도로를 따라 내려가 널찍한 주차장인 서낭재에 닿은 다음, 다시 오솔길을 따라 산을 오르기 시작하여 도중에 우리 일행 두 명이 점심을 들고 있는 바람이 시원한 빈터를 만나 바위위에 앉아 쉬다가 나도 거기서 점심을 들었다. 콩두루미재와 일행 대부분이 점심을 든 갈비봉(610)을 지나 마침내 오늘 산행의 최고봉인 치술령에 닿았다.

치술령 부근에 망부석이 두 군데 있었는데, 하산로의 도중에 있는 두번째 망부석 부근에서부터 길을 잘못 들어 원래 예정된 법왕사를 거쳐 박제상유적지가 있는 치산휴게소로 내려오는 길이 아니고, 오후 4시 20분에 그 조금 위쪽 후미리 1번지의 두동알프스라고 하는 전원주택단지 쪽으로 내려와 자동차 도로를 만나게 되었다. 치술령 서북능선을 탄 모양이다. 오늘 산행의 총 거리는 11km 정도 된다고 한다.

그쪽으로 내려온 사람들이 대절버스 기사에게 전화를 걸어, 우리를 데리러 온 버스를 타고서 박제상유적지 쪽 하산지점으로 이동하였다. 하산주를 마신 다음, 유적지를 둘러보았는데, 지난번에 왔을 때는 치산

서원만 있고 그 부근에 빈터가 많았으나, 지금은 크게 확장되고 울산광역시 기념물 제1호로 되어 서원도 새 모습으로 단장되고 그 옆에 더욱 큰 박제상기념관이 들어서 있었으며, 기념관의 앞뒤로 삼모녀상과 신라 충신박제상추모비도 서 있었다. 예전에 왔을 때는 이곳이 박제상의 가족이 살던 집터라는 설명을 읽은 듯하나, 지금은 박제상의 부인을 鵄述神母로 추앙하여 제사하던 터라는 것이었다.

22 (일) 흐림 -억불산, 우드랜드, 남미륵사

한보산악회를 따라 전남 장흥군 장흥읍·용산면·안양면의 경계에 위치한 億佛山(518m)에 다녀왔다. 오전 8시 20분까지 시청 육교 밑에 집결하여 대절버스 한 대로 출발하였다. 남해 및 목포·광양고속도로를 경유하여 오전 10시 30분에 억불산 아래의 천문과학관 주차장에 도착하였다. 억불산은 들판에 우뚝 선 독립된 산이라고 할 수 있는 것이었다. 내가 예전부터 고문헌을 통해 익히 알고 있는 장흥읍 우산리 부근으로서, 대체로 데크가 조성된 길이 많아 산책하는 듯한 느낌이 들었다. 약수터와 천문과학관을 거쳐 정상인 연대봉에 도착하였다. 장흥은 이즈음 강원도의 正東鎭을 본떠 正南鎭을 표방하고 있는데, 이 천문과학관의 앞에도 정남진이라는 이름이 붙어 있었다. 일반인에게 입장료를 받고서 관람시키는 장소이나, 오늘은 문을 닫고 있었다.

정상 근처에서 일목회 회원들과 함께 점심을 들었다. 정상 아래의 하산로에 거대한 바위 하나가 우뚝 높이 서 있는 며느리바위를 지나 긴 너덜지대를 따라서 내려왔다. 그 일대는 해방 이후에 조성된 편백나무 숲이 넓게 펼쳐져 있었는데, 나는 다른 회원들과 함께 자동차도로를 따라 다소 올라가 편백림 속의 우드랜드로 이동해 가서 그 일대의 시설물들을 대충 한번 둘러본 다음, 오후 3시 10분에 억양사 부근의 주차장에 도착하였다. 우드랜드는 넓은 면적 안에 각종 목조건물들이 들어선 일종의 공원이었다. 오늘 산행 코스는 대략 5.5km 정도 된다고 한다.

돌아오는 길에 강진에 있는 南彌勒寺 주차장에서 하산주를 들었다. 술을 든 다음 남미륵사 경내를 한번 둘러보았다. 세계불교미륵大宗총본산을 표방하고 있는 일종의 신흥종교인 듯한데, 꽤 규모가 크고 사천왕상을 비롯하여 돌로 조성된 조각상이 많았다.

7월

6 (일) 대체로 비 -금수산 얼음골계곡(능강계곡)

오전 7시 10분까지 시청 건너편 육교 근처에서 집결하여 충북 제천시 수산면 능강리에 있는 금수산 얼음골계곡(능강계곡)에 다녀왔다. 고령까지는 국도를 이용하고, 중부내륙·구마·중앙고속도로를 거쳐 단양요금소로 빠져나온 다음, 장회나루와 옥순대교를 거쳐서 20번 지방도를 따라 오전 11시에 능강교에서 하차하였다.

이곳은 조선시대 이래의 명승지인 이른바 綾江九曲으로서 그 중 제1곡에서 4곡까지는 충주댐 건설로 물에 잠기고, 제5곡 또한 능강교가 건설되면서 본래의 모습을 상실했으며, 현재는 연자탑·만당암·취적대만이 존재하고 있다고 한다. 이 계곡의 끝 지점에는 寒陽地의 氷穴이 있어, 현재는 이 계곡 길을 자드락길 제3코스 얼음골생태길이라고 부르고 있다.

초입 근처에는 돌탑이 많았다. 혼자서 올라가면서 전체 코스의 절반이 채 못 된 지점의 계곡 큰 바위 위에서 정오 무렵 혼자 점심을 들었다. 진주는 부슬비가 내리고, 북쪽으로 올라가는 도중에는 비가 내리지 않는 곳이 많았으나, 목적지인 능강교에 다다르니 또 빗방울이 듣고 있었다. 계곡을 걸어 올라가는 도중 빗방울이 점점 많아지다가 점심 후에는 제법 비가 내렸는데, 돌아오는 도중에 다시 그쳤다. 한양지까지 가보니 밀양 얼음골과 마찬가지로 역시 경사지고 긴 바위너덜지대로 되어 있었다.

오후 3시 반에 능강교로 돌아와 그 근처의 주차장에 대기하고 있는 대절버스를 찾아가 반시간 정도 하산주를 든 다음, 오후 4시경에 출발하여 진주로 돌아왔다. 얼음골 코스의 길이는 6.6km라고 한다. 그러나 대절버스 한 차에 가득한 일행 중 나처럼 전체 코스를 답파한 사람은 몇 명밖에 되지 않는 모양이다.

집에 도착해 보니 서울 갔던 아내와 회옥이는 이미 돌아와 있는데, 어제 외송에서 따 온 과일들은 모두 치워지고 없었다. 그 중 플라스틱 박스에 가득 담겨진 자두는 너무 익어서 위쪽의 무게에 눌려 터져서 액체가 흘러나온 것도 있었는데, 아내가 돌아와 보니 개미들과 날파리가 온통 득실거리고 있었으므로, 전체 자두 중 상한 것 1/3 정도는 버렸다고 한다. 어제 온종일 힘들여 작업한 것이 헛수고가 되고 말았다.

13 (일) 부슬비 내리다가 그치고 흐림 –완주 만덕산

친구산악회를 따라 전북 완주군 上關面과 所陽面의 경계에 있는 萬德山(763.3m)에 다녀왔다. 오전 8시 30분까지 장대동의 어린이놀이터에 집결하여 출발하였다. 대전·통영, 익산·장수간 고속도로를 경유하여 26번 국도로 빠진 뒤, 749·721번 지방도를 따라서 오전 10시 45분에 상관면 마치리의 淨水寺에 도착하였다. 부슬부슬 내리던 비가 우리가 도착하자말자 그치고서 햇빛이 나기 시작하여, 여름철 치고는 등산하기에 이상적인 그다지 덥지 않은 날씨로 되었다.

평지인 정수골(강삼골)을 따라 한참 나아가다가 산길로 접어들어 석간수가 있는 기도터를 지나서부터 본격적으로 가파른 등산로에 접어들었다. 꼬불꼬불 이어지는 오솔길을 따라 올라 마침내 진안군 聖壽面과의 경계지점인 삼거리에 도착하였다. 거기서부터는 호남정맥 코스를 따라 나아가 관음봉(675)을 지나서 호남정맥의 끄트머리인 삼면봉(761)에 다다라 정보환 씨 등과 어울려 점심을 들었다. 정상은 거기서 호남정맥을 벗어나 200m 정도 떨어진 곳에 있었다. 정상을 지나서 좀 더 나아가 690고지에 다다른 다음, 상관면 대흥리 쪽으로 내려왔다. 그 길은 다니는 사람이 없어 여름철 잡초가 무성하게 자라 나아갈 곳이 잘 보이지 않게 되어 있었다.

대흥리로 이어지는 도로를 따라서 출발지인 정수리로 되돌아왔다. 그 마을의 언덕바지에는 1554년(명종 9년)부터 1623년(인조 원년)까지 생존한 인물인 熙川人 金遵階 장군을 기리는 신도비가 세워져 있었다. 오늘 산행에서는 우리 일행 외에 다른 등산 팀을 전혀 만나지 못한 듯하다. 정수사 주차장에서 하산주를 들었다.

진주에 도착한 후 시청 앞에서 내리자 함께 내린 정보환 씨가 다시 한 잔 하러가자고 하므로, 그의 일행 세 명을 따라 촉석아파트 부근의 술집으로 가서 2차를 하고 그 비용은 내가 지불하였다.

20 (일) 대체로 맑으나 오후 한 때 부슬비 -하천산, 화개장터, 송림공원

초원산악회를 따라 전남 구례군 간전면에 있는 荷川山(691.2m)에 다녀왔다. 오전 8시 반까지 시청 육교 부근에 집결하여 대절버스 한 대에 꽉 차고도 남는 53명이 출발하였다. 남해고속도로를 따라가다가 국도 19번으로 빠져서 섬진강을 따라 올라갔다. 경남 하동군 화개면의 화개장터 부근에서 섬진강 위에 걸쳐져 있는 남도대교를 건너니 거기가 바로 등산로 입구였다.

오전 10시경부터 산을 오르기 시작하였다. 그러나 그 등산로는 머지 않아 이장한 후 폐묘가 된 어느 무덤 터에 이르더니 거기서부터는 길이 끊어졌다. 잡목 숲을 헤치며 한참을 올랐더니 능선 부근에서 다시 리본이 달려 있는 등산로를 만났다. 그리고 그 길은 또 얼마 후에 콘크리트 포장이 된 임도로 연결되었는데, 임도를 따라가다가 일행 대부분은 습도 높은 여름 산의 무더위를 견디지 못해 그 길을 따라서 하산하고, 여자 3명 남자 7명으로 구성된 10명만이 정상까지 올랐다.

하천산을 지난 후 등산로는 또다시 밥봉(933.3)과 도솔봉(따리봉, 1127.1)을 지나 11번 지방도를 만나는 광양시 옥룡면 및 다압면과의 경계 지점인 한재까지 멀리 이어지지만, 마지막 남은 일행 10명 모두는 정상 부근에서 점심을 든 후 왔던 길을 도로 돌아가 900m 정도 떨어진 지점인 거석삼거리에서 대절버스가 대기하고 있는 거석마을 쪽으로 빠지는지라, 나도 그들을 따라서 하산하였다. 원래는 밥봉에서 묘동 쪽으

로 내려올 예정이었으나, 무덥기도 하려니와 포장된 11번 지방도를 따라서 버스가 대기하고 있는 거석마을까지 또 상당한 거리를 걸어와야 하는 점도 엄두가 안 났던 것이다.

등산로가 선명하지 않은 오솔길을 따라 한참을 내려와 거의 하산을 마친 지점에서 계곡물을 만나 알탕을 하고서 옷을 갈아입은 후, 오후 3시 반쯤에 거석마을에 도착하였다. 마을 안 개울가의 송림 속 쉼터로 내려가서 하산주를 마신 후, 차도 가에 주차해 있는 버스로 돌아와 출발하였다. 도중에 화개장터에서 내려 일행은 쌍계사까지 새로 만든 도로 입구의 장터에서 한참동안 자유 시간을 가졌다. 장터는 각종 한약재를 파는 상점이 주를 이루고 있었다. 다시 출발하여 이번에는 하동읍의 송림 휴게소에서 다시 주차하였다. 드넓은 주차장을 건너 송림공원으로 걸어가서 오랜만에 그 입구에 서서 내부 쪽을 바라보았다.

갈 때는 사천휴게소에서 슈바이처 식의 주위에 햇볕 가리는 넓은 챙이 있는 타원형 모자를 하나 샀고, 돌아올 때는 다시 사천휴게소에서 쇠망치 하나를 샀다.

회옥이는 교회를 다녀온 후 오늘 오후에 상경하였다. 서강대 근처의 수목레지던스라는 여성 전용 숙소의 107호실에서 앞으로 한 달간 머물게 되는데, 인턴쉽 교육을 받는 세브란스 병원까지는 걸어서 15분 정도의 거리라고 한다. 인터넷을 통해 물색하였는데, 에어컨도 있고 침대도 있어 그런대로 마음에 든다고 한다. 한 달 후면 아프리카의 말라위로 파견되므로, 6년 반의 해외유학을 마치고서 집으로 돌아와 1년 남짓 머문 후, 이제 새로운 직장을 찾아 자신의 인생을 걸어가게 된 것이다.

찾아보기